MARIE LACROSSE

Das Kaffeehaus
Geheime Wünsche

GOLDMANN
Lesen erleben

Marie Lacrosse

Das Kaffeehaus Geheime Wünsche

Roman

GOLDMANN

MIX
Papier aus verantwortungsvollen Quellen
FSC® C014496
FSC www.fsc.org

Penguin Random House Verlagsgruppe FSC® N001967

2. Auflage
Originalausgabe Oktober 2021

Dieses Werk wurde vermittelt durch die
Montasser Medienagentur, München.
Gestaltung des Umschlags und der Umschlaginnenseiten:
UNO Werbeagentur, München
Umschlagmotiv: © Laurence Winram/Trevillion Images
© akg-images/Imagno
© INTERFOTO/Friedrich
Redaktion: Heike Fischer
Karte: © Peter Palm, Berlin
BH · Herstellung: ik
Satz: Uhl + Massopust, Aalen
Druck und Bindung: GGP Media GmbH, Pößneck
Printed in Germany
ISBN 978-3-442-20619-3
www.goldmann-verlag.de

Jürgen und Mirko gewidmet,
für ihre emotionale Unterstützung in schwierigen Zeiten.

Wien ist eine Stadt,
die um einige Kaffeehäuser herum errichtet ist.

Bertolt Brecht

Die Straßen Wiens sind mit Kultur gepflastert. Die Straßen anderer Städte mit Asphalt.

Karl Kraus, österreichischer Schriftsteller und Journalist

Wenn man den Hysterischen in *Hypnose* versetzt und seine Gedanken in die Zeit zurückleitet, zu welcher das betreffende Symptom zuerst auftrat, so erwacht in ihm die halluzinatorisch lebhafte Erinnerung an ein psychisches Trauma (…) aus jener Zeit, als dessen Erinnerungssymbol jenes Symptom fortbestanden hat.

Dr. Sigmund Freud, Begründer der Psychoanalyse, aus: Inhaltsangaben der wissenschaftlichen Arbeiten des Privatdocenten Dr. Sigm. Freud

Wer a Jud is, bestimme ich!

Dr. Karl Lueger, Bürgermeister von Wien

Kristiana
KGR.
NORWEGEN
Personalunion
Stockholm
OSTSEE
KGR.
SCHWEDEN
Riga
NORDSEE
KGR.
DÄNEMARK
Kopenhagen
Memel
Tilsit
Eydt
Königsberg
Danzig
Schleswig
Hamburg
KGR.
NIEDERLANDE
Weichsel
Warschau
Amsterdam
Berlin
Oder
Polen
DEUTSCHES REICH
Breslau
Rhein
Brüssel
Schlesien
Krakau
BELGIEN
Frankfurt
Prag
Kgr. Böhmen
Mgft.
Mähren
LUX.
Brünn
Straßburg
Linz
Wien
Preßburg
München
Salzburg
Ischl
Budapest
Basel
Innsbruck
ÖSTERREICH-UNGAR
SCHWEIZ
Gft. Tirol
Kgr. Ungarn
Bozen
Laibach
Arco
Venetien
Agram
Donau
Triest
Kroatien und
Slawonien
Lombardei
Fiume
Po
Venedig
Bosnien
1878 okkupiert
1908 annektiert
Belgra
KGR. FRANKREICH
Genua
SERB
Sarajevo
SAN MARINO
Kgr.
Dalmatien
Marseille
MONACO
Florenz
Mostar
Sandschak
Novipazar
Toulon
KGR.
ITALIEN
ADRIA
MONTE
NEGRO
Korsika
Rom

Kazan
Moskau
N
W
O
S
Saratow
Wolga
Minsk
Kaiserreich Russland
Zarizyn
Charkow
Don
Kiew
Dnjepr
erg
Czernowitz
Hzm.
Bukowina
Bessarabien
Moldau
nbürgen
Dobrudscha
Schwarzes Meer
Rumänien
Konstanza
Bukarest
Walachei
Warna
ulgarien
Burgas
Ostrumelien
fia
Philippopel
Adrianopel
Konstantinopel
Osmanisches Reich
Thrakien
donien

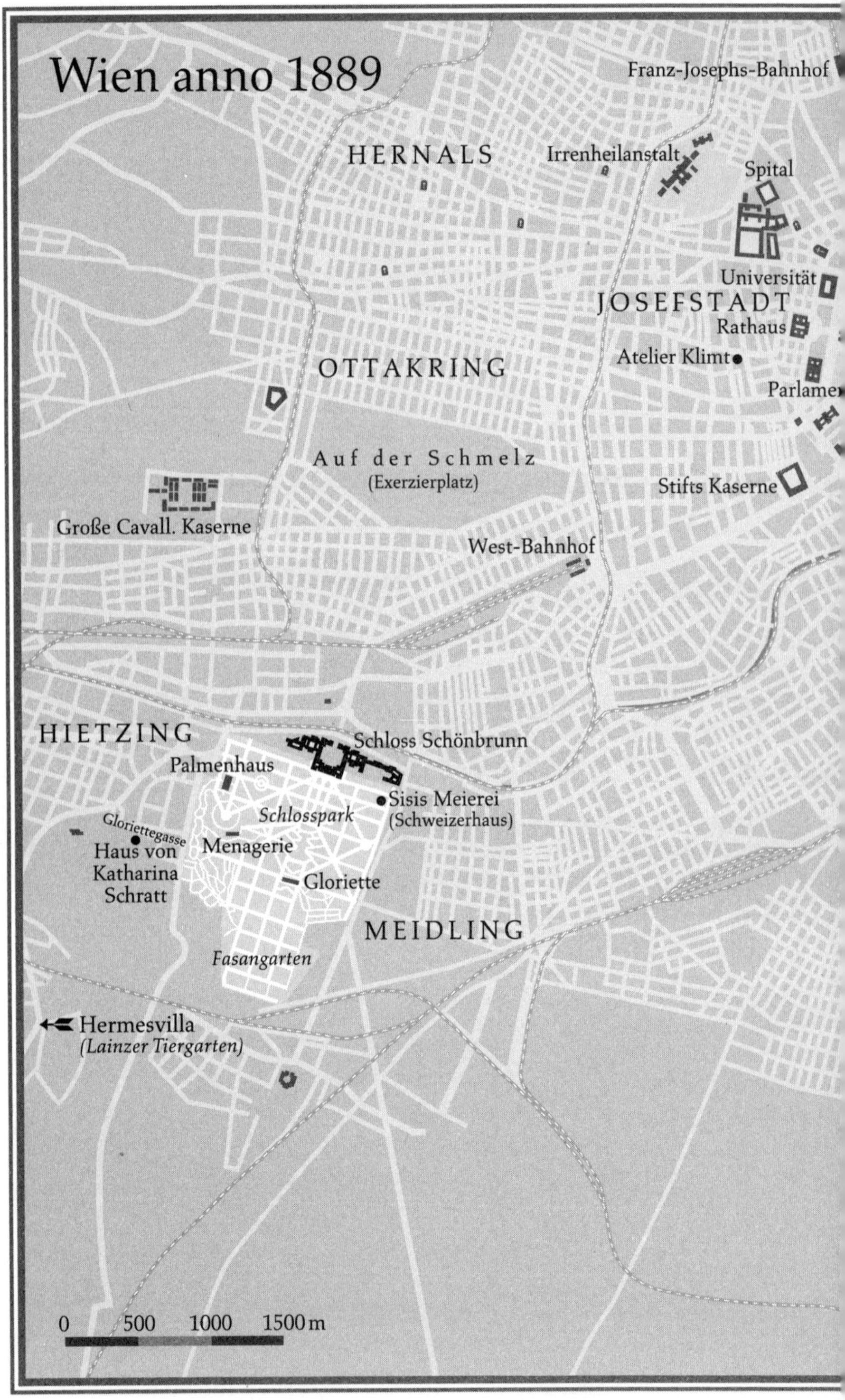
Wien anno 1889
Franz-Josephs-Bahnhof
HERNALS
Irrenheilanstalt
Spital
Universität
JOSEFSTADT
Rathaus
Atelier Klimt
OTTAKRING
Parlame
Auf der Schmelz
(Exerzierplatz)
Stifts Kaserne
Große Cavall. Kaserne
West-Bahnhof
HIETZING
Schloss Schönbrunn
Palmenhaus
Sisis Meierei
(Schweizerhaus)
Schlosspark
Gloriettegasse
Haus von
Katharina
Schratt
Menagerie
Gloriette
MEIDLING
Fasangarten
Hermesvilla
(Lainzer Tiergarten)
0
500
1000
1500 m

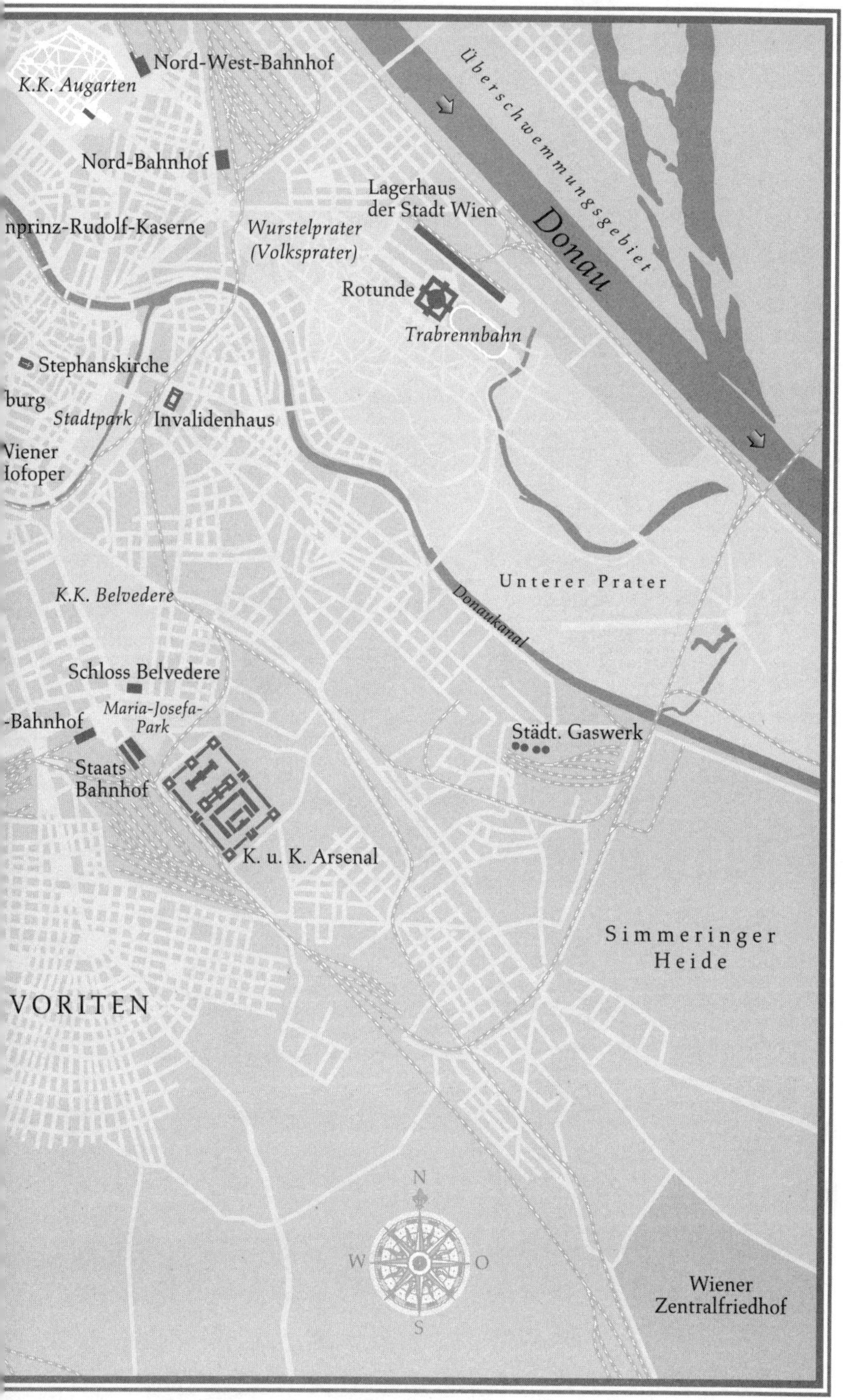
Nord-West-Bahnhof
K.K. Augarten
Nord-Bahnhof
Überschwemmungsgebiet
Lagerhaus
der Stadt Wien
Donau
nprinz-Rudolf-Kaserne
Wurstelprater
(Volksprater)
Rotunde
Trabrennbahn
Stephanskirche
burg
Stadtpark
Invalidenhaus
Wiener
Hofoper
Unterer Prater
Donaukanal
K.K. Belvedere
Schloss Belvedere
Maria-Josefa-
Park
-Bahnhof
Städt. Gaswerk
Staats
Bahnhof
K. u. K. Arsenal
Simmeringer
Heide
VORITEN
N
W
O
S
Wiener
Zentralfriedhof

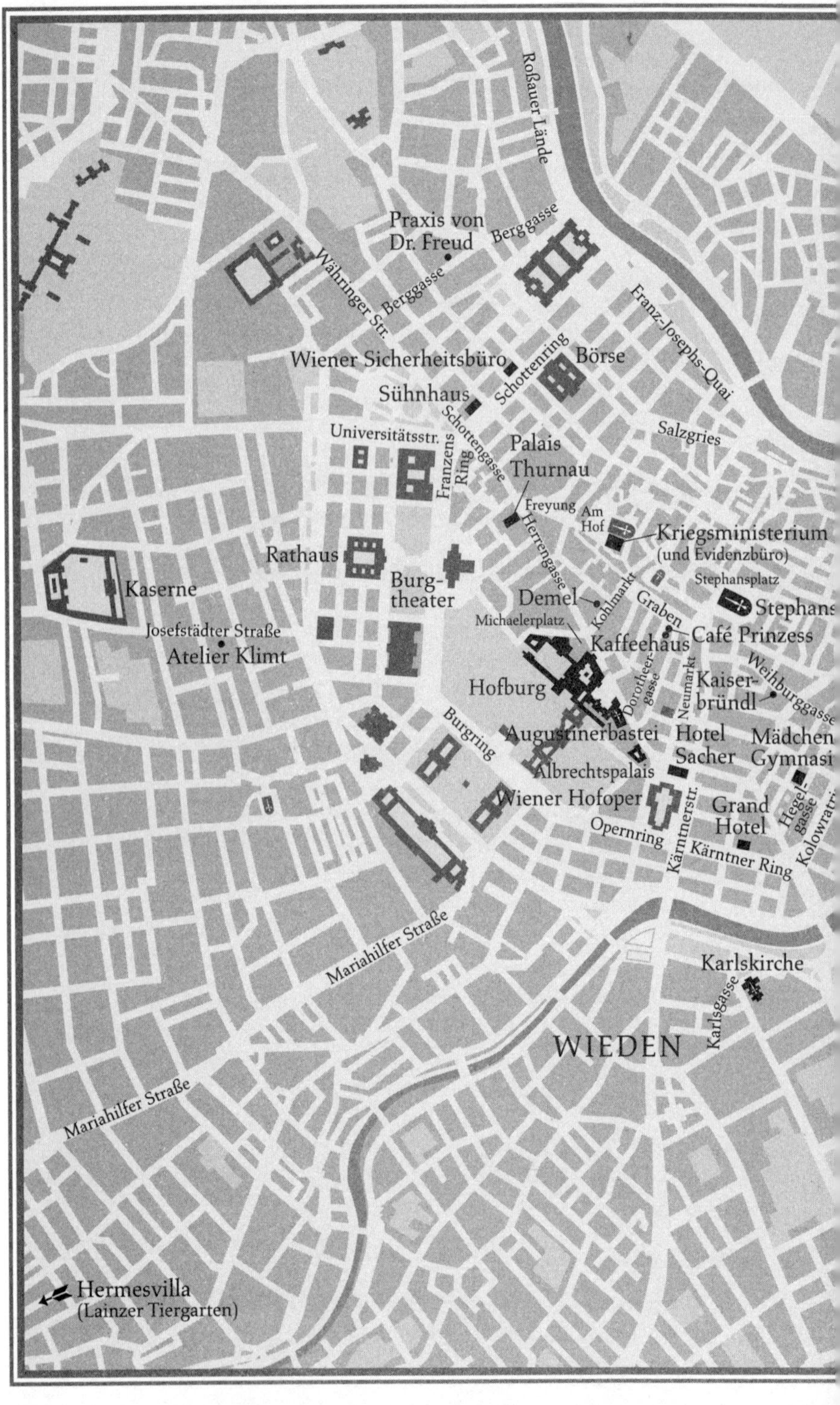
Roßauer Lände
Praxis von
Dr. Freud
Berggasse
Berggasse
Währinger Str.
Franz-Josephs-Quai
Wiener Sicherheitsbüro
Schottenring
Börse
Sühnhaus
Schottengasse
Salzgries
Universitätsstr.
Franzens Ring
Palais
Thurnau
Freyung
Am Hof
Kriegsministerium
(und Evidenzbüro)
Herrengasse
Rathaus
Burg-
theater
Stephansplatz
Kaserne
Demel
Kohlmarkt
Graben
Stephans
Josefstädter Straße
Atelier Klimt
Michaelerplatz
Kaffeehaus
Café Prinzess
Weihburggasse
Hofburg
Dorotheer-
gasse
Neumarkt
Kaiser-
bründl
Burgring
Augustinerbastei
Hotel
Sacher
Mädchen
Gymnasi
Albrechtspalais
Wiener Hofoper
Grand
Hotel
Hegel-
gasse
Opernring
Kärntnerstr.
Kärntner Ring
Kolowrat
Mariahilfer Straße
Karlskirche
Karlsgasse
WIEDEN
Mariahilfer Straße
Hermesvilla
(Lainzer Tiergarten)

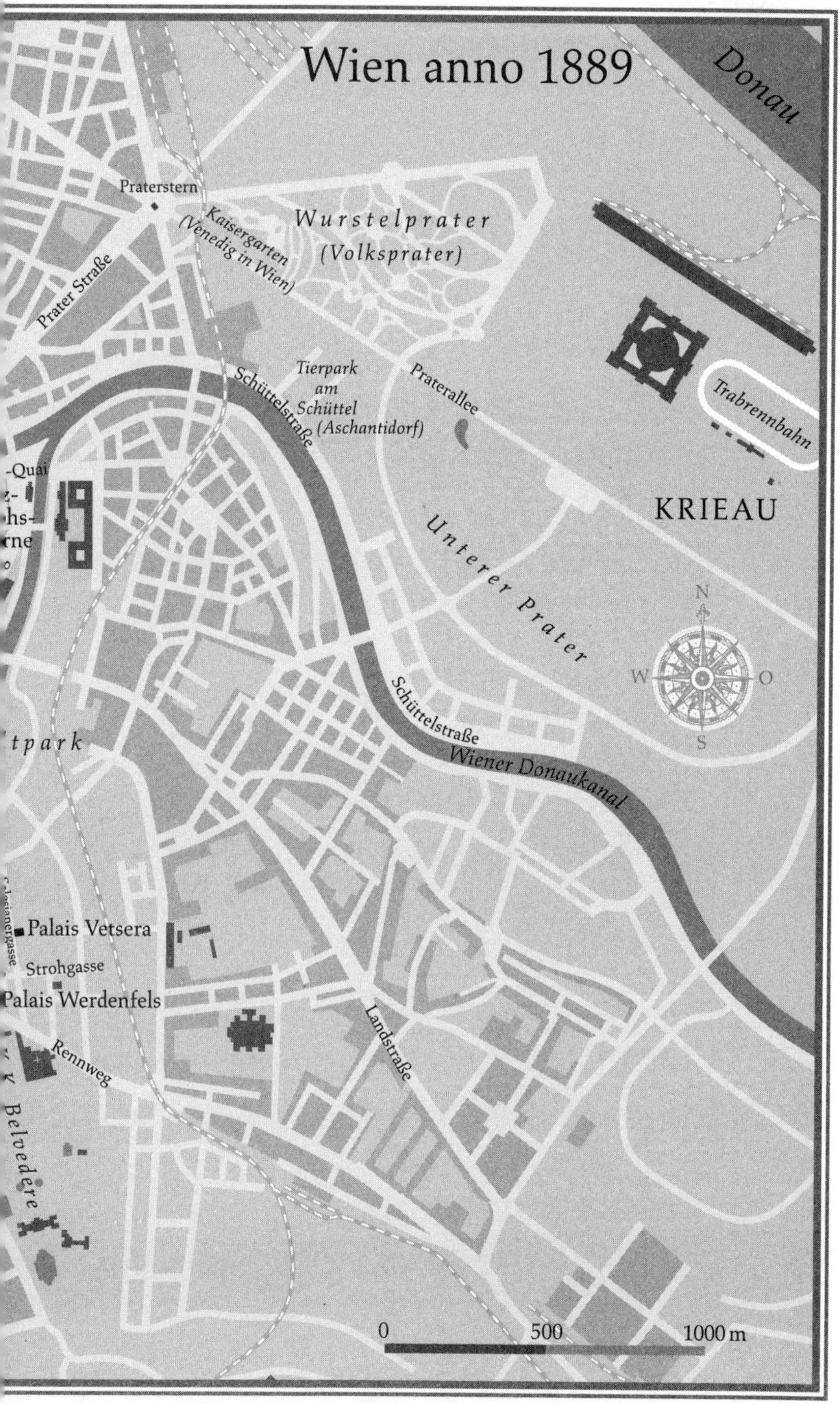

Wien anno 1889
Donau
Praterstern
Kaisergarten (Venedig in Wien)
Wurstelprater (Volksprater)
Prater Straße
Tierpark am Schüttel (Aschantidorf)
Schüttelstraße
Praterallee
Trabrennbahn
KRIEAU
Unterer Prater
N
W
O
S
Schüttelstraße
Wiener Donaukanal
Palais Vetsera
Strohgasse
Palais Werdenfels
Rennweg
Landstraße
Belvedere
0
500
1000 m

Dramatis Personae

*Es werden nur die handlungstragenden Figuren aufgeführt. Historische Persönlichkeiten sind mit einem * gekennzeichnet.*

Sophies Familie

Komtess Sophie von Werdenfels, genannt **Phiefi**, ältere Tochter des verstorbenen Freiherrn Nikolaus von Werdenfels
Henriette von Freiberg, genannt **Yetta**, geb. Danzer, ehemalige Freiherrin von Werdenfels, Sophies wiederverheiratete Mutter
Arthur, Freiherr von Freiberg, ihr zweiter Ehemann und Sophies Stiefvater
Emilia, genannt **Milli**, Sophies jüngere Schwester
Stephan Danzer, Henriettes verstorbener älterer Bruder, Sophies Patenonkel, ehemaliger Besitzer des Kaffeehauses Prinzess

Richards Familie

Richard von Löwenstein, genannt **Richie**, einziger Sohn einer Nebenlinie der Familie, Major im Generalstab der k.u.k. Armee und Freund des verstorbenen Kronprinzen Rudolf
Eduard von Löwenstein, Richards Vater
Graf Maximilian von Löwenstein, genannt **Max**, Richards Onkel und Majoratsherr der Familie von Löwenstein

Maximilian, genannt **Maxi**, dessen ältester Sohn; Leutnant in der k.u.k. Armee

Alfred, genannt **Fredl**, ebenfalls Offizier in der k.u.k. Armee und später Mitglied des österreichischen Geheimdienstes

Graf Adalbert von Thurnau, ein Cousin mütterlicherseits von Richards Vater

Amalie von Löwenstein, genannt **Ami**, geb. von Thurnau, seine einzige Tochter und Richards Gattin

Die kaiserliche Familie

Kaiser Franz Joseph I.*, regierender Monarch und Familienoberhaupt der Habsburger

Kaiserin Elisabeth*, genannt **Sisi**, seine Frau

Kronprinz Rudolf*, ihr einziger Sohn, durch Selbstmord verstorben im Januar 1889

Kronprinzessin Stephanie*, Rudolfs Frau

Prinzessin Elisabeth*, genannt **Erzsi**, Rudolfs und Stephanies Tochter

Erzherzog Albrecht von Österreich-Teschen*, Onkel des Kaisers Franz Joseph und oberster Heerführer von Österreich-Ungarn; Richard von Löwensteins Vorgesetzter

Erzherzog Rainer*, Schwager von Erzherzog Albrecht und Großneffe Kaiser Franz Josephs, Inhaber des 59. Infanterieregiments in Salzburg

Personal und Dienstleister

Franzi, Sophies Kammerzofe in der Hofburg und später in deren persönlichen Diensten

Emma, Dienstmädchen im Haushalt Stephan Danzers und nach dessen Tod im Haushalt Sophies

Elfi Braun, Franzis Freundin, ehemaliges Stubenmädchen im Hotel Sacher, später Spülerin im Kaffeehaus
Berta, Amalies Zofe
Ida, langjährige Mitarbeiterin in Stephan Danzers Kaffeehaus, später Mamsell im Haushalt von Werdenfels, unter Sophie wieder Mitarbeiterin im Kaffeehaus
Mina Löb, Aufseherin im Café Prinzess
Toni Schleiderer, ehemaliger Chefkonditor, dann Mitgeschäftsführer des Kaffeehauses nach Stephan Danzers Tod
Rudi Wallner, Nachfolger von Toni Schleiderer als Chefkonditor
Dr. Anastasius Krömer, Testamentsvollstrecker Stephan Danzers, später Rechtsbeistand von Sophie und Henriette

Mitglieder der Wiener Künstlerszene
(in alphabetischer Reihenfolge)

Hermann Bahr*, Literat und Begründer der Schriftstellergruppe Jung-Wien
Alexander Girardi*, Schauspieler und Sänger
Hugo von Hofmannsthal*, Literat und Mitglied von Jung-Wien
Gustav Klimt*, Maler
Felix Salten*, Literat und Mitglied von Jung-Wien
Dr. Arthur Schnitzler*, Dichter und Arzt, Mitglied der Schriftstellergruppe Jung-Wien

Weitere fiktive Personen von Bedeutung für die Handlung
(in alphabetischer Reihenfolge)

Irene Gerban, Arbeiterführerin, zukünftige Gräfin von Sterenberg
Benjamin von Hirschstein, Sohn von Theodor von Hirschstein

Theodor von Hirschstein, Textilfabrikant und Großaktionär der Wiener Tramway-Gesellschaft
Benjamin Löb, jüdischer Kleinkrämer und Minas Vater
Heinz Pichler, Privatdetektiv
Dimitri Rostov, Mitarbeiter der russischen Botschaft in Wien
Gräfin Pauline von Sterenberg, Irene Gerbans Schwiegermutter
Felix Wagner, Oberleutnant im 14. Infanterieregiment in Linz
Karl Winkler, Hauptmann im Generalstab

Weitere historische Personen von Bedeutung für die Handlung

(in alphabetischer Reihenfolge)

Dr. Victor Adler*, Arbeiterführer und Mitgründer der Sozialdemokratischen Partei Österreichs
Generaloberst Friedrich von Beck*, Nachfolger des verstorbenen Erzherzogs Albrecht als Leiter des Generalstabs und damit Vorgesetzter von Richard
Gräfin Ida von Ferenczy*, ungarische Hofdame Sisis
Dr. Sigmund Freud*, Nervenarzt, späterer Begründer der Psychoanalyse
Oberstleutnant Desiderius Kolossváry de Kolosvár*, Leiter des Wiener Evidenzbüros ab 1896
Dr. Karl Lueger*, Begründer der Christlichsozialen Partei, später Bürgermeister von Wien
Emilie Platter*, Anführerin der weiblichen Anhängerschaft Karl Luegers; spätere Präsidentin des Christlichen Wiener Frauenbunds
Adelheid Popp*, Arbeiterführerin
Amalie Ryba*, Anführerin des ersten Wiener Frauenstreiks
Anna Sacher*, Besitzerin und Geschäftsführerin des gleichnamigen Hotels
Katharina Schratt*, Schauspielerin am Hofburgtheater, anfangs

Freundin, später wahrscheinlich Mätresse Kaiser Franz Josephs

Moritz Stukart*, Kommissär, ab 1896 Oberkommissär im Wiener Sicherheitsbüro

Komtess Marie Alexandrine von Vetsera*, genannt **Mary**, Sophies ehemals beste Freundin und Geliebte des Kronprinzen Rudolf, mit ihm gestorben im Januar 1889

Prolog

Wiener Zentralfriedhof

Ende Juni 1891

Sophie von Werdenfels würgte es schon wieder in der Kehle, als der Priester in der Michaelerkirche die letzten Worte des Trauergottesdienstes für Stephan Danzer sprach. Ihre Augen brannten vom vielen Weinen über den zwar nicht unerwartet, aber dennoch plötzlich eingetretenen Tod ihres geliebten Patenonkels Stephan vor acht Tagen.

Mit Toni Schleiderer, Stephan Danzers langjähriger rechter Hand im Kaffeehaus Prinzess, an der Spitze traten sechs Männer vor, die den schweren Eichensarg gemeinschaftlich auf ihre Schultern hoben, um den lieben Verstorbenen von seinem Platz vor dem Altar zu dem schwarzen Leichenwagen vor dem Kirchenportal zu bringen. Dieser sollte Danzer zu seiner letzten Ruhestätte auf dem Wiener Zentralfriedhof bringen, wo er endlich wieder mit seiner längst verstorbenen Frau Annerl vereint sein würde.

Alle Sargträger waren als Ober oder Koch im Unternehmen Prinzess beschäftigt, das aus einem älteren, traditionellen Kaffeehaus und einem erst etliche Jahre später entstandenen, vornehmeren Konditorei-Café bestand. Alleiniger Inhaber beider Gaststätten war Stephan Danzer gewesen.

Mit ihrer Mutter, Henriette von Freiberg, Danzers Schwester, zu ihrer Linken und Emilia, genannt Milli, ihrer jüngeren Schwester, zu ihrer Rechten bildete Sophie die Spitze des Trauerzugs, hinter dem sich die restliche Trauergemeinde zum Auszug aus der Kirche formierte.

Ob Arthur von Freiberg, Henriettes zweiter Gatte, tatsächlich wegen einer unaufschiebbaren Angelegenheit im Ministerium des Äußeren, wo er im diplomatischen Dienst stand, unabkömmlich war, oder ob er dies als Vorwand benutzt hatte, um der Beerdigung seines ungeliebten Schwagers fernzubleiben, war Sophie herzlich gleichgültig. Ihr Stiefvater war wahrlich der letzte Mensch, den sie am heutigen Tag vermisste.

Ohnehin war die Trauergemeinde, die Stephan Danzer die letzte Ehre erweisen wollte, so groß, dass die Kapelle auf dem Zentralfriedhof, wo es keine eigene Kirche gab, viel zu klein gewesen wäre. Selbst in der weitläufigen Michaelerkirche war fast jeder Platz während der Totenmesse besetzt. Danzer war in Wien eine bekannte Persönlichkeit gewesen. Er gehörte zu den Zuckerbäckermeistern, denen der k.u.k. Hoflieferantentitel verliehen worden war, eine Auszeichnung, derer sich nur die besten Meister ihres jeweiligen Fachs erfreuen durften.

Zu den Produkten des Cafés Prinzess, das Danzer vor ungefähr zwanzig Jahren gemeinsam mit seiner früh verstorbenen Frau Annerl als Ergänzung des alten Kaffeehauses gegründet hatte, gehörte an erster Stelle die mittlerweile weit über Wien hinaus bekannte Mokkaprinzentorte, die ihrem Schöpfer schließlich den begehrten Titel eingetragen hatte.

Nur flüchtig und durch ihre tiefe Trauer abgelenkt, hatte Sophie wahrgenommen, dass auch die anderen Wiener Hoflieferanten aus Danzers Gewerbe ihrem geschätzten Konkurrenten das letzte Geleit gaben. Nun schritt sie am Ehepaar Sacher vorbei, dem eines der besten Hotels in Wien gegenüber der Hofoper gehörte. Die Schokoladentorte, die nach den Eheleuten benannt worden war, exportierten sie inzwischen in alle Welt.

»Leider eignet sich die Mokkaprinzentorte nicht zum Versand«, hatte ihr Onkel des Öfteren geklagt. »Die Sachertorte besteht nicht aus vielen Biskuitböden, sondern aus einem Schokoladenteig, der nur einmal durchgeschnitten und mit Marillenmarmelade anstatt Buttercreme gefüllt wird. In einem stabilen Holzkarton, der verhindert, dass der Schokoladenüberzug Risse bekommt, hält sie sich wochenlang und kann mit den schnellen Dampfschiffen sogar nach Übersee gelangen, bevor sie verdirbt.«

»Aber die Mokkaprinzentorte ist trotzdem ungleich köstlicher als die Sachertorte«, versicherte Sophie ihrem Onkel dann jedes Mal. »Auch wenn sie sich gekühlt höchstens drei Tage lang frisch hält.«

Unwillkürlich lächelte Sophie unter Tränen, als sie sich jetzt an diese Dispute mit ihrem Onkel erinnerte. Erst ein leichter Puff ihrer Mutter gemahnte sie daran, das Ehepaar Sacher mit einem Neigen des Kopfes zu grüßen, als sie die Kirchenbank passierte, in der die beiden saßen.

Ihr Gruß wurde nicht nur von den Sachers, sondern auch von einem distinguiert wirkenden älteren Herrn erwidert, in dem Sophie Anton Gerstner erkannte. In der Backstube seines ebenfalls mit dem Hoflieferantentitel ausgezeichneten Konditorei-Cafés in der Kärntnerstraße hatte Stephan Danzer einst seine Lehre absolviert und dabei den Ehrgeiz entwickelt, es seinem ehemaligen Meister gleichzutun, der den Titel schon einige Jahre vor dem Café Prinzess erhalten hatte.

Wieder wurde Sophies Kehle eng. Anton Gerstner war viele Jahre älter als ihr geliebter Onkel, den ein bösartiger Tumor im Gehirn noch vor der Vollendung seines fünfzigsten Lebensjahrs hinweggerafft hatte.

»Ach, warum musstest du so früh sterben?«

Erst als ihre Mutter ihren Arm drückte, merkte Sophie, dass sie diese Worte nicht nur gedacht, sondern geflüstert hatte. »Ich fürchte, unser geliebter Stephan wird diesen Sommer nicht der einzige Trauerfall unter Wiens Zuckerbäckermeistern bleiben«, raunte ihr Henriette ins Ohr. »Maria Demel, das ist die Dame, die hinter den Sachers sitzt, ist ohne ihren Gatten gekommen. Man sagt, Karl Demel sei ebenfalls schwer erkrankt.«

Sophie nahm dies nur beiläufig zur Kenntnis. Gerade hatte sie Richard von Löwenstein in der Trauergemeinde entdeckt. Zu dem Schmerz um ihren Onkel kam nun ein weiterer hinzu. Richard war der Mann, den sie von ganzem Herzen liebte. Doch obwohl er ihre Gefühle erwiderte, war er unerreichbar für sie. Seit Oktober 1890 war er mit Amalie von Thurnau verheiratet. Es war eine der im Hochadel üblichen arrangierten Ehen. Da Richard samt seiner ganzen Familie finanziell von Amalies Vater Adalbert abhängig war, hatte er der Hochzeit seinerzeit wohl oder übel zugestimmt.

Heute war Richard natürlich allein gekommen. Amalie und Sophie hatten sich von ihrer ersten Begegnung an nicht ausstehen können. Doch Richard nahm nicht nur um Sophies willen an der Beerdigung teil. Er war ein häufiger Gast sowohl im Café als auch im Kaffeehaus Prinzess, und nach seiner anfänglichen Skepsis hatte Stephan Danzer Richard ins Herz geschlossen. Erst recht, nachdem dieser Sophie zur Flucht aus der ihr verhassten Hofburg verholfen hatte, kurz bevor sie zu einer Heirat mit einem ungeliebten ungarischen Grafen gezwungen worden wäre.

Vor der Kirche warteten zahlreiche Fiaker auf den Teil der Trauernden, die dem Toten nach der Messe noch das letzte Geleit zu seinem Grab geben wollten. Es waren weit mehr Mietdroschken, als Sophie für das Personal des Kaffeehauses bestellt hatte. Aber auch etliche private Kutschen standen dort, darunter Danzers eigener Landauer, mit dem sie und ihre Familie fahren würden.

Der Wiener Zentralfriedhof war nämlich sehr weitläufig und nicht bequem zu erreichen. Der Weg zu seinem Haupttor führte über die belebte Simmeringer Hauptstraße, auf der sich der Leichenzug zwischen mit Bierfässern beladenen Brauereifahrzeugen und Wagen, die ungarisches Vieh zum nahe gelegenen Schlachthof brachten, seinen Weg bahnen musste.

Auch zum Grab Danzers war es vom Eingangstor des Friedhofs aus noch eine gute Strecke Wegs. Der Wagenzug bog in eine der von ausladenden Zweigen üppiger Laubbäume beschatteten Haupt-Alleen des Zentralfriedhofs ein. Man passierte das pompöse Denkmal für die Opfer des Ringtheaterbrands im Dezember 1881, dem auch Sophies und Millis älterer Bruder Nikki zum Opfer gefallen war. Da seine Leiche wie die vieler anderer nicht mehr hatte identifiziert werden können, ruhten Nikkis sterbliche Überreste nun in dem Sammelgrab unter der marmornen Statue der trauernden Vindobona, die die Stadt Wien symbolisierte.

Sophie hörte ihre Mutter aufschluchzen und drückte ihr nun tröstend den Arm. *Wir sollten an der Ringtheater-Gedenkstätte später ein paar Blumengebinde ablegen,* kam ihr in den Sinn. *Sicherlich sind es so viele, dass sie ohnehin nicht alle auf Onkel Stephans Grab passen.*

Schließlich erreichte der Leichenzug den Abzweig zur Grabstätte. Hier stiegen die Trauernden aus, um die letzten Meter zu Fuß zurückzulegen. Wieder schritten die Sargträger hinter dem Priester und seinem Messdiener dem Zug voran. In der Tat erstreckte sich zu beiden Seiten des Wegs ein ganzes Blumenmeer. Toni Schleiderer hatte mit den Friedhofsgärtnern vereinbart, dass die Kränze, Gestecke und Sträuße auf dem Grab arrangiert werden sollten, nachdem die Beerdigung abgeschlossen war.

Die Grabstätte lag idyllisch im Schatten einer großen Rosskastanie, die gerade Früchte anzusetzen begann. Im Mai, als Sophie mit ihrem Onkel zum letzten Mal vor dessen eigenem Tod Annerls Grab besucht hatte, hatte der Baum noch verschwenderisch mit unzähligen rosa Kerzen geblüht.

Sie erinnerte sich noch genau an Stephan Danzers damalige Worte. »Annerl hat Rosskastanien geliebt. Nichts erfreute sie mehr, als im Frühling unter diesen Bäumen im Prater spazieren zu gehen.«

Nun würde er Seite an Seite mit seiner geliebten Frau und seinem tot geborenen Sohn ruhen. Obwohl Annerl ihm dies sicher von ganzem Herzen gegönnt hätte, war Stephan Danzer zu seinen Lebzeiten kein neues Liebesglück beschieden gewesen. Aufgrund seiner fortschreitenden Krankheit hatte er es nicht gewagt, sich gegenüber Mina Löb, der tüchtigen Aufseherin im Café Prinzess, zu erklären, die, wie Sophie wusste, seine Gefühle erwiderte.

Sophie bedauerte zutiefst, nicht neben Mina, die ihr inzwischen eine treue Freundin geworden war, am Grab stehen zu dürfen. Doch dies verbot die Konvention. Offiziell war Mina »nur« eine Angestellte und führte daher im Trauerzug die Gruppe der weiblichen Bediensteten des Cafés an, das wie das Kaffeehaus heute geschlossen war. Nur einige Köche waren zurückgeblieben, um den anschließenden Leichenschmaus vorzubereiten.

Überwältigt von ihren Erinnerungen und den dazugehörigen Empfindungen stand Sophie nun in der ersten Reihe der Trauernden vor dem offenen Grab. Mechanisch murmelte sie die Totengebete mit, ohne den Sinn der Worte zu erfassen. Noch einmal überfiel sie das Gefühl des Unwirklichen, das sie in den vergangenen Tagen seit dem Tod ihres Onkels immer wieder ergriffen hatte.

Heute war so ein herrlicher Tag! Ein Tag, um verliebt im Prater zu bummeln, kein Tag für eine Beerdigung! Eine milde Junisonne strahlte von einem leuchtend blauen Himmel, über den ein paar duftige Schleierwölkchen zogen. Es roch betörend nach den Blumen der Sträuße, die die meisten Trauergäste in den schwarz behandschuhten Händen hielten, in denen sie sicherlich inzwischen heftig schwitzten.

Sophie erhaschte einen weiteren Blick auf Richard, der sich verstohlen den Schweiß von der Stirn wischte. Als einer der

Adjutanten von Erzherzog Albrecht, dem obersten Heerführer der k.u.k. Armee, trug er die Gala-Uniform eines Mitglieds des Generalstabs. Leider gehörte ein überaus unbequemer, grüner Federhut zu dieser Gala-Adjustierung, über den sich Richard bei früheren Gelegenheiten schon weidlich beklagt hatte.

Auch ihr wurde es in der zunehmenden Juni-Wärme immer heißer in ihrem hoch geschlossenen schwarzen Kleid mit dem steifen Stehkragen, den bis zu den Handgelenken reichenden Ärmeln und dem Hut mit dichtem Trauerschleier. Kurz entschlossen schlug Sophie den Schleier zurück, um freier atmen zu können. Anstatt dies zu missbilligen, taten es ihr Henriette und einige andere Damen umgehend nach.

Langsam näherte sich die Andacht am Grab ihrem Ende. »Ich bin die Auferstehung und das Leben. Wer an mich glaubt, wird leben, auch wenn er stirbt, und jeder, der lebt und an mich glaubt, wird in Ewigkeit nicht sterben«, hörte Sophie den Priester sagen. Dann wurde der Sarg ins Grab gesenkt.

Der Abschluss der Zeremonie stand bevor. Der Geistliche trat vor das Grab, besprengte den Sarg mit Weihwasser und warf dann mithilfe einer kleinen Schaufel etwas Erde darauf. »Von der Erde bist du genommen, und zur Erde kehrst du zurück. Der Herr aber wird dich auferwecken«, betete er.

Dann trat er zurück und reichte die Schaufel an Henriette weiter. Sophies Mutter trat ans Grab. Tränen liefen ihr über die Wangen. Auch sie nahm etwas Erde aus einem neben dem Sarg stehenden Gefäß. Als sie diese auf den Eichensarg fallen ließ, dröhnte das Geräusch in Sophies Ohren. Sogar das Aufklatschen des kleinen Teerosensträußes, den Henriette der Erde hinterherschickte, kam ihr überlaut vor.

Nun war sie an der Reihe. Ein Schluchzer entrang sich ihrer Kehle, als sie Erde und ihren Strauß aus Vergissmeinnicht und Schleierkraut hinunterwarf. Da war ihr plötzlich so, als höre sie noch einmal die Stimme ihres Onkels. So deutlich, als stünde er neben ihr: »Du wirst mein Lebenswerk fortsetzen, Phiefi«, nannte er sie bei ihrem Kosenamen. »Und dabei erfolgreicher sein, als ich es je war.«

»Und wirst du dabei über mich wachen?« Lautlos formten Sophies Lippen diese Worte. »Das werde ich!«, lautete daraufhin seine für sie deutliche Antwort. Etwas getröstet trat Sophie vom Grab zurück. Ihre Tränen versiegten.

Nach Milli, die leise weinte, trat Toni Schleiderer als Danzers ranghöchster Mitarbeiter vor. Er hatte einen Buchsbaumzweig als letzte Gabe mitgebracht. Danach sprach er Henriette und ihren Töchtern sein Beileid aus. Einer spontanen Regung folgend, zog Sophie den Konditormeister in eine Reihe mit ihrer Mutter und Schwester. Er sollte ebenso wie Mina Löb, die Toni mit rot geweinten Augen als ranghöchste weibliche Angestellte des Cafés folgte, die Beileidsbezeugungen der zahlreichen Gäste entgegennehmen.

Nach Annerls Tod hatte Danzer als einzige lebende Verwandte nur noch seine Schwester Henriette und deren Töchter gehabt. So waren ihm seine treuesten Mitarbeiter im Kaffeehaus zur zweiten Familie geworden. Dazu gehörte auch Mamsell Ida, die Henriette nun den Haushalt führte und ehemals Sitzkassiererin im Kaffeehaus und Aufseherin im Café Prinzess gewesen war. Auch ihr liefen Tränen über die rundlichen Wangen, als sie ihrem ehemaligen Vorgesetzten den letzten Gruß entbot.

Ein Trauergast nach dem anderen kondolierte Sophie und den vier anderen, die mit ihr vor dem Grab standen. Viele kannte Sophie zumindest vom Sehen. Außer Danzers Personal waren etliche Gäste des Cafés Prinzess unter den Teilnehmern der Beerdigung. Sie stammten zumeist aus großbürgerlichen Familien. Doch selbst einige Adelige, wie die Gräfin Anna von Wilczek und andere Besucherinnen von Henriettes jeden Donnerstag stattfindendem Jour fixe, drückten ihr Beileid aus.

Kondolenzkarten hatten sogar Mitglieder höchster Adelskreise an Danzers Adresse gesandt. Darunter befanden sich so illustre Persönlichkeiten wie die Fürstin Kinsky und sogar die erste Dame der Wiener Gesellschaft, Pauline von Metternich.

Auch aus der Hofburg war eine Beileidskarte eingetroffen, unterzeichnet von der Obersthofmeisterin Sisis, Gräfin Maria von Goëss, die ihre Anteilnahme auch im Namen Ihrer allerhöchsten Majestät, der Kaiserin, zum Ausdruck brachte. Natürlich wusste Sophie nicht, ob diese Karte nicht nur eine reine Förmlichkeit war, von der Sisi nie Kenntnis erhalten hatte, oder ob sie tatsächlich auch in deren Namen abgesandt worden war. Sie nahm die Grüße dennoch als ein positives Zeichen dafür, dass man ihr ihre überstürzte Flucht aus dem Dienst der Kaiserin, deren Promeneuse sie fast zwei Jahre lang gewesen war, verziehen hatte.

Darauf wies auch der Brief von Sisis langjährigster Hofdame Ida von Ferenczy hin, der zusammen mit einem Bukett aus roten Rosen und weißen Lilien am Morgen in Danzers Wohnung abgegeben worden war. Ida war Sophies einzige Vertraute am Kaiserhof gewesen.

Hinter Dr. Victor Adler, dem Führer der Sozialdemokratischen Partei Österreichs, der auch Stephan Danzers behandelnder Arzt gewesen war, trat nun eine zierliche ältere Frau vor, die Sophie aus dem Café Prinzess nur flüchtig bekannt war. Doch die Dame kam zu ihrem großen Erstaunen in einer anderen Funktion als der einer Besucherin des Cafés.

Sie reichte Sophie ihre in einen schwarzen Spitzenhandschuh gehüllte Hand. »Gestatten Sie, dass ich mich vorstelle. Ich bin Pauline von Sterenberg, die Schwiegermutter von Irene Gerban. Sie weilt gerade in ihrer Heimat Rheinbayern und hat mich daher gebeten, sie bei der Beerdigung zu vertreten und Ihnen allen in ihrem Namen ihr tief empfundenes Beileid auszusprechen. Irene sagt, sie selbst und die Männer und Frauen, die sie als Arbeiterführerin vertritt, hätten Ihrem verstorbenen Onkel viel zu verdanken.«

»Das ist wahr«, bestätigte Mina Löb der angesichts dieser Worte verblüfften Sophie, als die Dame sich Henriette zuwandte. »Ihr Onkel gewährte den bei dem Tramway-Kutscherstreik vor zwei Jahren verletzten Demonstranten Zuflucht in seinem Kaffeehaus und schützte sie damit vor dem Zugriff der Gendarmen.«

»Davon wusste ich bislang gar nichts«, erwiderte Sophie, noch immer erstaunt.

»Ihr Onkel war ein sehr honoriger Mann, der sein Herz am rechten Fleck hatte. Schon als Schuljunge setzte er sich für die Schwachen und Gehänselten ein, zum Beispiel für einen Judenbuben wie mich. Obwohl er der Jüngere von uns beiden war.«

»Das ist mein Vater, Benjamin Löb«, stellte Mina den drahtigen Mann vor, der auf Pauline von Sterenberg folgte. Gerührt konstatierte Sophie, dass die Großherzigkeit ihres Onkels offenkundig noch weit über die gegenüber seiner Familie und seiner Belegschaft hinausgegangen war.

Weitere Trauergäste zogen an ihr vorbei. Manche hatte sie zwar, wie den Sänger und Schauspieler Alexander Girardi, noch nie von Angesicht zu Angesicht gesehen, kannte aber ihre Gesichter und Namen aus der Zeitung, da sie in ganz Wien bekannt waren. Dazu gehörten auch die Gebrüder Klimt. Deren Fresken, auf denen die Geschichte des Theaters in den Stiegenhäusern des neuen Burgtheaters dargestellt war, hatte Sophie schon vor Jahren bewundert.

Sie müssen Gäste des alten Kaffeehauses sein, überlegte sie nun bei sich. Dabei wurde ihr klar, dass sie von diesem Teil des Erbes ihres verstorbenen Onkels noch so gut wie gar nichts wusste. Denn im klassischen Wiener Kaffeehaus wurden Frauen in der Regel nicht gern gesehen.

Sophies Neugier wuchs, als auch Männer kondolierten, von denen sie noch nie etwas gehört hatte.

»Dr. Arthur Schnitzler«, stellte sich ihr ein Mann mit einem spitz zulaufenden schwarzen Vollbart, den Sophie auf ungefähr

Anfang dreißig schätzte, mit einer Verbeugung vor. »Habe die Ehre, Ihnen als regelmäßiger Gast des Kaffeehauses des teuren Verblichenen mein tief empfundenes Beileid auszusprechen. Und ich darf dies auch im Namen meines geschätzten Kollega, Dr. Sigmund Freud, tun. Er ist heute leider verhindert, aber frequentiert das Prinzess als mein Spielpartner beim Tarock ebenfalls regelmäßig.«

Erst Jahre später würde Sophie erfahren, dass Freud Beerdigungen grundsätzlich mied.

Weitere Namen prasselten auf sie ein.

»Felix Salten, habe die Ehre!«

»Hermann Bahr, mein tief empfundenes Beileid.«

An Toni Schleiderers erfreuter Miene erkannte Sophie, dass es sich auch bei diesen Herren um Stammgäste des Kaffeehauses handeln musste.

Auch ein blutjunger Bursche, dessen Alter Sophie auf noch weit unter zwanzig Jahre schätzte, ergriff ihre Hand und verneigte sich. »Hugo von Hofmannsthal, gnädiges Fräulein. Zwar blieb es mir versagt, Ihren Onkel zu seinen Lebzeiten kennenzulernen. Doch ich habe so viel Gutes von ihm als Förderer der Kunst gehört, dass ich heute nicht versäumen wollte, ihm die letzte Ehre zu erweisen.«

Onkel Stephan, ein Förderer der Kunst? Wieder war Sophie völlig verblüfft. Offenbar waren ihr etliche Facetten der Persönlichkeit ihres Onkels völlig entgangen.

Toni Schleiderer bemerkte ihre Verwirrung. »Ihr Onkel hat diesen Literaten im letzten Jahr einen ständigen Tisch im Kaffeehaus zur Verfügung gestellt, der nur für sie reserviert ist. Sie treffen sich dort regelmäßig zu einer Art Künstlerstammtisch. Meines Wissens war dies allerdings die einzige Art der Förderung, die er diesen ›jungen Wilden‹, wie er sie nannte, zuteilwerden ließ.«

Toni zwinkerte Sophie verschwörerisch zu und brachte sie damit trotz der traurigen Umstände beinahe zum Lachen. Doch schon wurde ihre Aufmerksamkeit erneut abgelenkt. Diesmal von Richard von Löwenstein.

Er war tatsächlich der Letzte in der Reihe der kondolierenden Trauergäste und trug zu ihrem Erstaunen keinen Buchsbaum- oder Lorbeerzweig bei sich, wie ihn die meisten Männer als letzte Gabe mitgebracht hatten, sondern einen Kranz, der üppig mit roten, gelben und weißen Rosen bestückt war. Sophie fiel auf, dass das Gebinde keine Schleife trug, die auf den Spender hinwies.

Richard verneigte sich vor Henriette und Sophie. »Darf ich den Damen diese Gabe der Baronin Helene Vetsera überreichen?«, fragte er. »Sie möchte sie anonym aufs Grab legen lassen, zumal sie auch nicht persönlich an der Beerdigung teilnehmen kann. Diese Bitte hat sie über ihren Bruder Alexander, mit dem ich gut bekannt bin, an mich herantragen lassen.«

Sophies Stimmung trübte sich sofort wieder ein. Seit Kronprinz Rudolf ihre ehemals beste Freundin Mary im Jänner 1889 mit sich in den Freitod gerissen hatte, wurden die Vetseras in ganz Wien geächtet. Man machte die ehemals hoch angesehene Familie für die Tragödie mit verantwortlich, obwohl sie diese nicht hätte verhindern können. Selbst Sophie und Richard, die durch ihre jeweilige Freundschaft mit Mary und dem Kronprinzen Rudolf viel mehr über deren düstere Absichten ahnten, hatten die Katastrophe von Mayerling nicht abwenden können.

»Ich respektiere den Wunsch meiner Freundin Helene und lasse ihre Gabe gern auf einen Ehrenplatz auf dem Grab meines Bruders legen«, hörte Sophie ihre Mutter Henriette nun zu ihrer Überraschung mit fester Stimme antworten. »Doch wenn Sie wieder in Kontakt zu ihrem Bruder treten, lassen Sie der Baronin bitte ausrichten, sie wäre mir von Herzen willkommen gewesen.«

Für den Bruchteil einer Sekunde sah Sophie das Gesicht ihres Stiefvaters Arthur vor sich. Da er seiner Frau Henriette jeden Kontakt zu den Vetseras verboten hatte, wäre er über ihre Worte außer sich gewesen. Doch offensichtlich ließ sich Henriette nicht mehr so stark von seinem drohenden Zorn einschüchtern wie früher.

Sich über diese Wendung der Dinge im Palais Werdenfels zu freuen, vermochte Sophie im Augenblick allerdings nicht. Die Erinnerung an die Tragödie von Mayerling und deren bisherige Folgen, auch für sie persönlich, war gar zu erdrückend. Obwohl die Sonne nach wie vor strahlend vom Himmel schien, war es Sophie nun, als schöben sich düstere Wolken davor. Trotz der Hitze begann sie zu frösteln.

Am liebsten hätte sie sich jetzt in ihre Kammer in Danzers Wohnung über dem Kaffeehaus zurückgezogen und sich dort ausgeweint. Doch das war unmöglich. Der Brauch verlangte es, dass sie, ebenso wie Henriette und Milli, am Leichenschmaus für ihren Onkel im Café Prinzess teilnahm. Das wäre selbst dann der Fall gewesen, wenn ihr Onkel nicht immer wieder angedeutet hätte, dass er sie zu seiner Nachfolgerin und damit zur Leiterin des Cafés bestimmen wollte. Vor ihr lag noch ein langer anstrengender Tag.

Am besten gewöhne ich mich schon einmal daran, dass mich die Pflicht auch ruft, wenn mir ganz und gar nicht danach zumute ist, dachte sie trübsinnig.

In zwei Tagen fand die Testamentseröffnung ihres Onkels statt. Dann würde sie ganz genau wissen, welche Rechte, aber auch welche Pflichten er ihr, seinem Patenkind, zugedacht hatte.

Salon in Danzers Privatwohnung über dem Kaffeehaus

Ende Juni 1891, zwei Tage später

Beklommen betrat Sophie hinter ihrer Mutter den großen Salon in der Privatwohnung ihres Onkels, in der sie seit ihrer Flucht aus der Hofburg im vergangenen Dezember eine Kammer bewohnte. Diese war einst als Kinderzimmer für den Nachwuchs des Ehepaars Danzer bestimmt gewesen, den es dann aber nie gegeben hatte.

Im Laufe der Zeit, sobald sie die Sachen ihres Onkels geordnet hätte, beabsichtigte Sophie, ins weitaus geräumigere Elternschlafzimmer umzuziehen, das Stephan Danzer in den letzten fünfzehn Jahren allein bewohnt hatte. Aber noch war es längst nicht so weit. Bis auf den besten schwarzen Anzug ihres Onkels, den der Bestatter dem Toten anzog, hatte Sophie noch nichts in seinem Zimmer angerührt. Geschweige denn, damit begonnen, seine persönlichen Dinge durchzusehen. Das wäre ihr so bald nach seinem Tod wie ein Sakrileg erschienen.

Dennoch würde sie sich heute dem letzten Willen ihres Onkels stellen müssen. Der Testamentsvollstrecker, Dr. Anastasius Krömer, ein würdiger älterer Advokat in einem für die Jahreszeit viel zu warmen, grauen Anzug aus Wollstoff mit Weste und langem Gehrock, war bereits vor fünfzehn Minuten eingetroffen. Das Dienstmädchen Emma hatte ihm das gewünschte Glas Wasser im Salon serviert, während er seine Papiere auf der hellgrün gemaserten Marmorplatte des Tisches ausbreitete und ordnete. Dafür hatte er sich genau die Viertelstunde Zeit ausbedungen, die nun vorüber war.

Schon vor Danzers Beerdigung hatte Krömer ein Schreiben an Sophie gesandt, in dem er sie davon unterrichtete, dass ihr Onkel erst im Frühjahr ein neues Testament aufgesetzt und sie darin zur Haupterbin bestimmt habe. Der Anwalt hatte außerdem darum gebeten, dass ihre Mutter Henriette, Herr Antonius Schleiderer und Fräulein Mina Löb bei der Testamentseröffnung anwesend sein sollten. Das konnte nur bedeuten, dass Onkel Stephan auch diese drei mit größeren Legaten bedacht hatte.

Hinter Henriette und ihr traten daher nun auch Toni und Mina in den Salon. Ihnen folgte eins der Serviermädchen aus dem Café mit einem Tablett, auf dem verschiedene Getränke aus der Kaffeeküche des Prinzess standen. Drei Tassen Mandelmelange für Sophie, Henriette und Mina, eine Tasse Pfefferminztee für den Advokaten und ein Großer Schwarzer für Toni. Das Dienstmädchen brachte dazu eine große Karaffe gekühlten Wassers und Gläser.

Nach einem Stück Torte war ihnen allen nicht zumute gewesen. Vorsorglich hatte Sophie allerdings auf einem Servierwagen Cognac, Obstbranntwein und Marillenlikör bereitgestellt, sollte es einen der Anwesenden im Laufe des Nachmittags nach geistigen Getränken gelüsten.

Aus unerfindlichen Gründen hatte der Advokat außerdem eine Flasche Champagner verlangt, die in einem silbernen, mit Eis aus der Kühlkammer gefüllten Kübel stand.

Nachdem Dr. Krömer sich davon überzeugt hatte, dass alle Anwesenden den Personen entsprachen, die er eingeladen hatte, räusperte er sich. Dann erbrach er das große rote Siegel eines Umschlags aus schwerem Büttenpapier.

»Hierin befindet sich das Original des handgeschriebenen Testaments von Herrn Stephan Johannes Danzer, geboren am 14. Jänner 1842 in Wien, selig im Herrn verschieden am 19. Juni 1891 im Alter von neunundvierzig Jahren, ebenfalls in Wien«, deklamierte er theatralisch.

»Das Testament wurde am 14. April dieses Jahres eigenhändig von dem Verstorbenen aufgesetzt. Bevor ich das Dokument persönlich in diesem Umschlag versiegelte, wurden zwei Abschriften davon angefertigt, die in meiner Kanzlei und einem Bankschließfach des Verblichenen aufbewahrt werden. Es war der Wille des Verstorbenen, mich in persona zum Testamentsvollstrecker zu ernennen. Eine Pflicht, der ich sorgfältig nachkommen werde, so wahr mir Gott helfe.«

Trotz ihrer Befangenheit spürte Sophie eine leichte Ungeduld in sich aufsteigen. Es verlangte sie danach, dass der Anwalt endlich zur Sache käme. Noch unruhiger als sie schien allerdings Toni Schleiderer zu sein, der unablässig mit den Füßen scharrte und an seiner Serviette zupfte.

Nachdem noch einige weitere Formalien verlesen worden waren, die die Beglaubigung der Abschriften sowie das genaue Prozedere der Vollstreckung des letzten Willens betrafen, kam Krömer endlich zum entscheidenden Punkt.

Er räusperte sich noch einmal und trank einen Schluck Wasser. »Ich komme jetzt zum letzten Willen des verstorbenen Herrn Stephan Johannes Danzer. Zur Haupterbin bestimmt der Verblichene seine Nichte Sophie von Werdenfels. Ich lese nun den genauen Wortlaut der Verfügungen vor.«

Obwohl ihr Onkel Sophie vor seinem Tod enige Male angedeutet hatte, dass er ihr den Löwenanteil seines Vermögens hinterlassen würde, begann sich ihr Puls zu beschleunigen. Es war etwas anderes, Vermutungen zu hegen als Tatsachen zu hören. Die folgenden Worte Danzers trieben Sophie die Tränen in die Augen.

Meine Nichte Sophie stand meinem Herzen jederzeit so nahe wie die Tochter, die mir versagt blieb. Ich schätze mich glücklich, dass es mir nach dem frühen Tod ihres leiblichen Vaters Nikolaus vergönnt war, dessen Stelle in ihrem Leben zumindest zum Teil ausfüllen und ihr ein väterlicher Freund sein zu dürfen.

Sophie hat einen guten Charakter. Sie ist treu, ehrenhaft, überaus fleißig und strebsam und jederzeit dazu bereit, für die Menschen, die ihr am Herzen liegen, zu sorgen und falls nötig, sogar zu kämpfen. Dies ist umso höher zu bewerten, als sich die Verhältnisse in ihrem Elternhaus nach dem Tod ihres Vaters Nikolaus nicht zum Besten entwickelt haben.

Nun begann auch Sophies Mutter zu weinen.

Dabei ist es besonders bedauerlich, dass sich die Familie des verstorbenen Nikolaus von Werdenfels nach der Heirat meiner Schwester Henriette mit Arthur von Freiberg vollständig von ihr und ihren Töchtern abwandte.

Zwar ist mir bekannt, dass Sophie im Fall ihrer Hochzeit eine erkleckliche Mitgift aus dem Erbe ihres leiblichen Vaters zu erwarten hat, die von der Rothschild-Bank als Treuhänder verwaltet wird. Es ist mir jedoch ein Herzensanliegen, Sophie zur völligen materiellen Unabhängigkeit zu verhelfen, auch im Vertrauen darauf, dass sie auf dieser Basis ihrer Mutter Henriette und ihrer jüngeren Schwester Emilia jeden Beistand gewähren wird, sollte sich dies als notwendig erweisen.

Wie betäubt lauschte Sophie den konkreten Fakten, die auf diese einleitenden Worte folgten. Es stellte sich heraus, dass Stephan Danzer über ein noch größeres Vermögen verfügt hatte, als von ihr vermutet.

Er vermachte Sophie zum einen die beiden Gebäude in der Dorotheergasse und der Ecke zum Graben, in denen sich das alte Kaffeehaus sowie das Café Prinzess befanden und die mittlerweile durch Mauerdurchbrüche miteinander verbunden waren. Zum anderen hinterließ er ihr seine weitläufige Privatwohnung, die sich über die beiden oberen Etagen der Häuser erstreckte.

Bis auf einige Erinnerungsstücke, die ich mir lieb gewordenen Menschen zugedacht habe, soll Sophie außerdem das Interieur der Wohnung und der beiden Unternehmensteile erben.

Zusätzlich erhielt Sophie das gesamte Barvermögen im Wert von mehreren hunderttausend Gulden, das zu einem großen Teil in gewinnbringenden Wertpapieren angelegt war.

Jedoch sind aus diesem Barvermögen die folgenden Legate zu entrichten.

Wieder räusperte sich der Anwalt und trank einen Schluck Wasser, offenbar, um die Spannung zu steigern.

Meiner geliebten Schwester Henriette von Freiberg hinterlasse ich die Summe von fünfundzwanzigtausend Gulden. Aus diesem Legat kann Henriette allerdings erst einen Nutzen ziehen, wenn sie, durch welche Umstände auch immer, nicht mehr mit Herrn Arthur von Freiberg in einem gemeinsamen Haushalt lebt.

Henriette zuckte zusammen und stöhnte hörbar auf.

Krömer fuhr ungerührt fort. *So lange wird die Summe durch einen Treuhänder, zu dem ich die Rothschild-Bank bestimme, verwaltet, die Henriette nach Bedarf davon Teilbeträge zur Bestreitung ihres Lebensunterhalts auszahlen wird, sobald die Trennung von ihrem jetzigen Ehemann erfolgt ist. Erst danach kann meine Schwester auch über das gesamte Guthaben mit Zins und Zinseszins frei verfügen. Arthur von Freiberg wird ausdrücklich von jedem Anspruch auf das Legat oder dessen Nutznießung ausgeschlossen.*

Auch die Summe von zehntausend Gulden für Milli, über die sie ab dem Tag ihrer Volljährigkeit verfügen kann, soll bis dahin von der Treuhandgesellschaft verwaltet werden.

Nun komme ich zu meinen treuen Mitstreitern im Kaffeehaus und dem Café Prinzess.

Hier war Danzers letzter Wille, dass jedes Mitglied der Belegschaft eine gewisse Summe erhalten sollte, die sich nach seiner Stellung und der Dauer seiner Mitarbeit im Unternehmen richtete. Die Höhe der Summen reichte von fünfzig Gulden für Lehrbuben und einfache Serviermädchen bis hin zu fünfhundert Gulden für die ranghöchsten und langjährigsten Mitarbeiter.

Zur letzten Gruppe gehörte auch Danzers Dienstmädchen Emma, das seit Annerls Tod seinen Privathaushalt versorgt hatte und vor Freude außer sich sein würde, vermutete Sophie. Denn für ein Dienstmädchen bedeuteten fünfhundert Gulden den Lohn mehrerer harter Arbeitsjahre.

Krömer fuhr fort, Danzers letzten Willen zu verlesen. *Für die unschätzbaren Dienste, die sie mir, meiner Nichte Sophie und dem Café Prinzess in der kurzen Zeit ihrer Mitarbeit erwiesen hat, bedenke ich Fräulein Mina Löb mit einem Legat von fünftausend*

Gulden. In der Hoffnung, dass sie ihre unschätzbare Arbeitskraft auch meiner Nichte weiterhin zur Verfügung stellen wird.

Nun schossen Mina ebenfalls die Tränen in die Augen. Halb blind tastete sie nach einem Sacktuch und bemühte sich angestrengt, ihr Schluchzen zu unterdrücken.

Mit einem Legat von zehntausend Gulden möchte ich dagegen die Treue meines langjährigen Mitarbeiters Antonius Schleiderer belohnen.

Täuschte sich Sophie, oder huschte einen Lidschlag lang ein unwilliger Ausdruck über Schleiderers Gesicht, ehe er ob der Erbschaft eine freudige Miene aufsetzte, die Sophie allerdings nicht ganz ehrlich vorkam.

Nun ja. Toni ist schon seit mehr als zwanzig Jahren im Kaffeehaus tätig, dachte sie bei sich. *Da erscheint es ihm vielleicht unverhältnismäßig, dass Mina, die erst vor knapp zweieinhalb Jahren zur Belegschaft dazu gestoßen ist, schon die Hälfte der Summe erhält, die Onkel Stephan ihm zugedacht hat.*

Es folgten noch die restlichen Verfügungen Danzers über sein Privatvermögen. Henriette und Milli sollten sich so viele Erinnerungsstücke aus seinem Nachlass aussuchen dürfen, wie es ihnen beliebte. Schleiderer sollte zum Andenken seine goldene Taschenuhr erhalten, Mina Löb und das Dienstmädchen Emma jeweils ein Schmuckstück ihrer Wahl aus Annerls Schatulle. Der Rest der Preziosen ging wiederum an Sophie.

Spontan beschloss sie, auch ihrer treuen Kammerzofe Franzi, die ihr aus der Hofburg in ihr derzeitiges Domizil gefolgt war, ein Schmuckstück von Annerl zu überlassen, das ihr gefiel.

Weitere zehntausend Gulden liegen, ebenfalls von der Treuhandgesellschaft verwaltet, auf einem Sperrkonto, auf das nur meine Nichte Sophie von Werdenfels Zugriff hat, sofern sie dem Treuhänder nachweisen kann, dass sie diese Summe ganz oder teilweise für notwendige Investitionen im Kaffeehaus oder dem Café Prinzess verwenden will.

Sofern die Summe von zehntausend Gulden durch solche Zu-

griffe unterjährig vermindert wird, soll sie nach Möglichkeit aus dem Gewinn des nächsten Geschäftsjahres ganz oder teilweise wieder aufgefüllt werden, damit eine ständige Liquidität, insbesondere für Notfälle, zur Verfügung steht.

Wieder glaubte Sophie, einen unwilligen Ausdruck auf Schleiderers Gesicht wahrzunehmen, bis dieser erneut eine undurchdringliche Miene aufsetzte.

Doch schon durch seine nächste Reaktion verriet er, dass er auf etwas wartete. Als Krömer erneut einen Schluck Wasser nahm, fragte Toni: »Hat der selige Herr Danzer denn auch etwas bezüglich der zukünftigen Leitung des Unternehmens Prinzess verfügt?«

»Dazu komme ich noch«, erwiderte der Anwalt steif. »Zuvor möchte ich Ihnen allerdings die Modalitäten der Treuhandverwahrung erläutern.«

Es vergingen weitere zähe zehn Minuten, die Sophie insbesondere deshalb überflüssig vorkamen, da Dr. Krömer diese Informationen von einem Blatt ablas, das er Henriette, Milli und ihr als den drei von der Treuhandregelung betroffenen Erbinnen im Anschluss aushändigte.

Nicht nur Toni Schleiderers innere Spannung stieg, während der Anwalt das nun allen bekannte Ritual des Sich-Räusperns und Trinkens eines Schlucks Wasser ein weiteres Mal wiederholte. Dann wandte er sich zunächst an Toni.

»Herr Schleiderer, Sie erkundigten sich soeben nach den Verfügungen Ihres verehrten ehemaligen Dienstherrn über die zukünftige Leitung des Kaffeehauses und des Cafés Prinzess. Nun, dann mache ich Sie jetzt wortwörtlich mit Herrn Danzers diesbezüglichen Instruktionen vertraut.« Damit griff er erneut zu Danzers Originaltestament und begann, den Text vorzutragen.

Ein besonderes Augenmerk habe ich darauf gelegt, wer in welchem Ausmaß die Leitung meines Unternehmens nach meinem Ableben ausüben soll. Dabei gehe ich ohne Zweifel davon aus, dass meine Nichte Sophie von Werdenfels trotz ihres jugendlichen Alters und der Tatsache, dass man geneigt sein könnte, sie als Frau zu unterschätzen, ein großes Interesse an der Fortsetzung und Weiterentwicklung meines Lebenswerks hat und auch das nötige Talent dafür besitzt.

Aus diesem Grund möchte ich ihr mit meinen testamentarischen Bestimmungen die Möglichkeit geben, dieses Talent zur Entfaltung zu bringen, sofern sie dies will.

Dabei vertraue ich außerdem darauf, dass mein langjähriger treuer Mitarbeiter und in jüngster Zeit auch mein Stellvertreter bei der Leitung des Kaffeehauses, Herr Antonius Schleiderer, meine Nichte Sophie mit seiner Erfahrung und seiner Loyalität nach Kräften unterstützen wird.

Diesmal machte sich der Zuckerbäckermeister erst gar nicht die Mühe zu verbergen, dass ihn Danzers Worte beunruhigten. »Und was soll das nun genau heißen?«, fragte er den Advokaten mit belegter Stimme.

Der blieb weiterhin ungerührt. »Dazu bedarf es einer sehr differenzierten Erläuterung. Denn der verblichene Erblasser hat hier einige unterschiedliche Möglichkeiten skizziert. Ich fahre fort.«

Sollte meine Nichte Sophie zum Zeitpunkt meines Ablebens bereits über mindestens drei Jahre Erfahrung bei der Leitung des Cafés Prinzess verfügen und sich auch, soweit es ihr als Frau möglich ist, in die Belange des Kaffeehauses eingearbeitet haben, darf sie vollkommen eigenständig darüber entscheiden, ob sie Herrn Antonius Schleiderer an meiner Stelle in die Geschäftsführung berufen möchte.

Schleiderer stieß hörbar die Luft aus. Auch Henriette und Mina starrten den Advokaten erstaunt an. Dass Danzer so viel Vertrauen in Sophie setzen würde, hatten selbst sie offenbar nicht erwartet. Einen Moment lang schwiegen alle Beteiligten rund um den Tisch.

»Dies ist aber nun nicht der Fall«, ergriff Schleiderer als

Erster das Wort. Er klang zornig. »Im Gegenteil! Fräulein von Werdenfels hat an der Seite meines verehrten, verstorbenen Vorgesetzten, Herrn Danzer, nicht einen einzigen Tag lang die Geschäftsführung ausgeübt. Diese Position hatte er ihr meines Wissens erst nach Erreichen ihrer Volljährigkeit zugedacht. Doch dazu kam es dann ja nicht mehr.«

Sophie zuckte zusammen. Ihr einundzwanzigster Geburtstag, dem sie so lange entgegengefiebert hatte, war nur einen Tag nach dem plötzlichen Tod ihres Onkels und daher einer der traurigsten, anstatt einer der glücklichsten Tage ihres Lebens gewesen. In ihrem Gram hatte sie sich jegliche Feierlichkeit verbeten, sogar das Ständchen, das ihr das Personal des Cafés bringen wollte. In einer Ecke ihrer Kammer lagen noch immer die Geschenke ihrer Mutter und Schwester sowie der Bediensteten des Prinzess, die sie bislang nicht ausgepackt hatte. Lediglich den großen Blumenstrauß Richards von Löwenstein hatte sie in ihr Zimmer gestellt.

Verstört fragte sie sich, warum Toni Schleiderer, den sie bislang immer als einen ihr wohlgesonnenen und freundlichen Mann erlebt hatte, so taktlos war, das unglückliche Zusammentreffen ihres Geburtstags mit dem Tod ihres Onkels so harsch zu betonen. Doch schon fuhr Toni fort.

»Fräulein Sophie hat bislang insgesamt nur wenige Wochen als Aufseherin im Café mitgewirkt. Diese liegen zudem größtenteils schon über zwei Jahre zurück.«

Nun blickten auch Henriette und Mina betreten drein. Jedermann wusste doch, dass Sophie es nur aufgrund der Feindseligkeit ihres Stiefvaters nicht gewagt hatte, schon vor ihrem einundzwanzigsten Geburtstag wieder als Aufseherin tätig zu werden. Außerdem hatte sie sich schon während ihrer Zeit als Hofdame in die Buchhaltung des Prinzess eingearbeitet und seit ungefähr einem halben Jahr die Verantwortung dafür übernommen. Das erwähnte Schleiderer nun mit keinem Wort.

Auch Dr. Krömer schien die veränderte Atmosphäre im

Raum zu spüren. Er räusperte sich erneut und trank einen weiteren Schluck Wasser. Sophie bemerkte, dass er seinen Pfefferminztee noch nicht angerührt hatte, und fragte sich irritiert, warum ihr ausgerechnet in diesem dramatischen Moment solch eine Nebensächlichkeit auffiel.

Doch nun ergriff der Anwalt wieder die Initiative. »Lassen Sie mich zunächst einmal zum Ende kommen, Herr Schleiderer! Erst dann macht es Sinn, den letzten Willen Ihres verstorbenen Dienstherrn zu kommentieren.« Er las weiter vor:

Für den Fall, dass ich so früh versterben sollte, dass ich meine Nichte keine drei Jahre lang in meine Nachfolge einführen konnte, verfüge ich, dass (sein Einverständnis vorausgesetzt) Herr Antonius Schleiderer gemeinsam mit meiner Nichte die Geschäfte sowohl des Kaffeehauses als auch des Cafés Prinzess zunächst für die Dauer von fünf Jahren führt.

Ich wünsche, dass Herr Schleiderer dabei seine Erfahrung an meine Nichte weitergibt und alle wesentlichen Entschlüsse, zum Beispiel über größere Investitionen, einvernehmlich getroffen werden. Obwohl ich von Herzen hoffe, dass dieser Fall niemals eintreten wird, bestimme ich einschränkend, dass meine Nichte Sophie bei einer nicht auszuräumenden Uneinigkeit zwischen ihnen das letzte Wort bei geschäftlichen Entscheidungen hat.

Für die Dauer seiner Mitarbeit als Geschäftsführer erhält Herr Antonius Schleiderer zusätzlich zu seinem Salär eine Gewinnbeteiligung von jährlich zehn Prozent. Das Jahresgehalt meiner Nichte sollte dem Salär von Herrn Schleiderer entsprechen.

Aus dem restlichen Gewinn wird bei Bedarf zunächst die Summe, die für Investitionen und Notfälle zurückgelegt wird, wieder auf zehntausend Gulden aufgestockt. Sollte darüber hinaus ein Gewinn erzielt worden sein, kann meine Nichte darüber nach ihrem eigenen Gutdünken verfügen.

Da Toni Schleiderer Anstalten machte, den Advokaten an dieser Stelle zu unterbrechen, hob der die Hand und beeilte sich, den restlichen Absatz des Testaments vorzulesen. Natürlich war dem erfahrenen Advokaten klar, wie konfliktträchtig diese ungewöhnlichen Verfügungen Danzers waren. Das galt insbesondere für die nun folgenden, abschließenden Bestimmungen des Testaments.

Nach Ablauf der fünf Jahre gemeinsamer Geschäftsführung kann Sophie von Werdenfels entscheiden, ob und in welchem Ausmaß sie Herrn Schleiderer weiterhin an der Geschäftsführung beteiligen möchte. Es steht ihr auch frei, diese gänzlich an Herrn Schleiderer abzutreten, sofern eine Fortsetzung ihrer Berufstätigkeit nicht mehr mit zusätzlichen, insbesondere familiären Verpflichtungen vereinbar ist.

Es steht meiner Nichte außerdem frei, den Entschluss, die Geschäftsführung an Herrn Schleiderer abzutreten, schon vor Ablauf der fünf Jahre zu treffen. Dies gilt jedoch nicht für die Entscheidung, Herrn Schleiderer vorzeitig von der Geschäftsführung zu entbinden. Als einzige Ausnahme gälte nur der sehr unwahrscheinlich eintretende Fall, dass sich dieser eines erheblichen, geschäftsschädigenden Fehlverhaltens schuldig gemacht haben sollte.

Im Übrigen verfüge ich, dass sowohl Herr Antonius Schleiderer als auch Fräulein Mina Löb unter der Voraussetzung eines untadeligen Verhaltens im Unternehmen Prinzess unkündbar sind und nach ihrem altersbedingten Ausscheiden eine Rente von fünfzig Prozent ihres letzten Einkommens aus den Einnahmen des Unternehmens beziehen sollen.

Sophie bezweifelte, dass überhaupt noch einer der vier Anwesenden Krömers umständlichen Erläuterungen folgte, wie und ab wann diese Rente zur Auszahlung kommen sollte. Nicht nur sie selbst, auch die beiden anderen Frauen schienen deutlich zu merken, wie enttäuscht der Zuckerbäckermeister von den Verfügungen Danzers war. Machten ihn diese als erfahrenen Konditormeister und zuletzt sogar stellvertretenden Leiter des Kaffeehauses in einem hohen Ausmaß abhängig von dessen blutjunger Nichte.

Auch Sophie fehlten zunächst die Worte. Sie kannte Schleiderer schon, seit sie ein kleines Mädchen war. Viele Jahre lang war er für sie eine Respektsperson gewesen, in den letzten sechs Monaten seit ihrer Flucht aus der Hofburg zumindest ein gleichberechtigter Kollege, auf dessen Rat sie viel Wert legte.

Doch noch war die Zeremonie nicht zu Ende. Wieder ergriff der Anwalt das Wort, zunächst mit einer überraschenden Mitteilung.

»Ich möchte nicht verhehlen, dass ich gegenüber Herrn Danzer mein Erstaunen, ja sogar meine Irritation über diese weitreichenden Verfügungen zugunsten seiner noch sehr jungen Nichte zum Ausdruck gebracht habe. Sie verzeihen mir sicherlich diese Offenheit, Komtess von Werdenfels.« Er neigte den Kopf leicht in Sophies Richtung.

»Aber die Übertragung einer solch hohen Verantwortung an einen so jungen Menschen, noch dazu an eine Frau ...«, Krömer unterbrach sich kurz, als er seine Taktlosigkeit bemerkte, fuhr dann aber entschlossen fort: »... erschien mir zumindest ... ungewöhnlich.«

Er trank zum ersten Mal hastig einen Schluck von seinem sicherlich mittlerweile kalt gewordenen Tee, verschluckte sich dabei und hustete zunächst ausgiebig in sein Sacktuch. Nach einer Weile, die Sophie unendlich erschien, da ihr die gesamte Situation zunehmend unangenehm wurde, kam der Anwalt endlich wieder zu Atem.

»Ich räume freimütig ein, dass ich bei dem lieben Verstorbenen kaum Gehör mit meinen Einwänden fand. Doch zumindest mit diesem meinem Vorschlag war er letztlich einverstanden.«

Krömer rückte seinen Kneifer zurecht. »Herr Danzer hat mir zugestimmt, dass solch weitreichende Bestimmungen nicht über die Köpfe der beiden Betroffenen hinweg verfügt werden sollten. Deshalb hat er auf meine Empfehlung hin angeordnet, dass sowohl Sie, gnädiges Fräulein von Werdenfels, als auch Sie, verehrter Herr Schleiderer, Ihre explizite Zustimmung zu diesen Verfügungen über die Zusammenarbeit bei der zukünftigen Geschäftsführung des Unternehmens Prinzess schriftlich zum Ausdruck bringen sollten. Die entsprechenden Dokumente habe ich vorbereitet und heute mitgebracht. Daher frage ich Sie nun beide, ob Sie bereit sind, die Bedingungen von Herrn Danzer zu erfüllen und dies durch Ihre Unterschrift zu bestätigen. Sollten Sie sich dazu heute noch nicht in der Lage sehen, wird Ihnen eine Bedenkzeit von zehn Tagen eingeräumt.«

Mit einem skeptischen Blick auf Sophie fügte er hinzu: »Dabei steht es Ihnen selbstverständlich frei, diesen Teil der Bestimmungen von Herrn Danzers Testament abzulehnen.«

»Und was geschieht dann?«, kam Henriette Sophies Frage zuvor.

»Über Herrn Danzers Anweisungen für diesen Fall bin ich nicht befugt, Auskunft zu geben, bevor sich Fräulein von Werdenfels und Herr Schleiderer entschieden haben.«

Sophie spürte plötzlich einen Kloß im Magen. Sie fühlte sich innerlich zerrissen. Einerseits traute sie sich die alleinige Leitung des Prinzess keineswegs zu und wusste auch nicht, ob ihr Onkel ihr diese überhaupt anvertrauen würde, sollte Schleiderer dessen Vorschlag ablehnen. Andererseits war sie gerührt über das Vertrauen ihres Onkels in sie, obwohl ihr auch klarwurde, dass er offensichtlich nicht damit gerechnet hatte, schon so bald nach der Abfassung seines neuen Testaments zu sterben. Ebenso wenig, wie er seine schwere Erkrankung anfänglich ernst genommen hatte.

Aber besonders deutlich spürte sie, dass eine Bedenkzeit die Entscheidung keineswegs vereinfachen würde. Sie war auf Toni Schleiderer angewiesen. Dass er in seinem sichtlich verletzten Stolz über seine Zurücksetzung geneigt sein könnte, Danzers Vorschlag abzulehnen, wenn er nur lange genug darüber nachdachte, wollte sie nicht riskieren, indem sie jetzt unnötig zögerte.

Sie holte tief Luft und trat die Flucht nach vorn an. »Ich bin mit den Verfügungen meines Onkels vollkommen einverstanden und daher auch bereit, dies heute an Ort und Stelle zu unterschreiben. Es wäre mir eine große Ehre, Herr Schleiderer, mit Ihnen als unverzichtbare Stütze an meiner Seite gemeinsam die Geschäfte des Prinzess führen zu dürfen!« Bittend sah sie den korpulenten Mann mit dem bereits ergrauten, zur Halbglatze zurückgewichenen Haar an. Der erwiderte ihren Blick anfangs mit unergründlicher Miene, während er ein Ende seines ausladenden Schnurrbarts zwirbelte.

Schließlich verzogen sich seine Lippen zu einem Lächeln. »Wenn es denn der letzte Wunsch Ihres verehrten Herrn Onkels war, Fräulein Sophie, so will auch ich mich ihm nicht widersetzen. Also, lassen Sie uns unser Glück gemeinsam versuchen!«

Auch Krömer lächelte jetzt schmal. »So kommt der Champagner heute doch noch zum Einsatz«, klärte er endlich auf, weshalb er darauf gedrungen hatte, dass die Flasche bereitgestellt würde. »Es war Herrn Danzers ausdrücklicher Wunsch, dass wir alle auf diese Vereinbarungen anstoßen, sollten sie bereits am Tag der Testamentseröffnung von beiden Parteien unterzeichnet werden.«

Teil 1

Aller Anfang ist schwer

Kapitel 1

Café Prinzess am Graben

Januar 1892

Sophie warf einen letzten Blick in den Spiegel im Ankleidezimmer der Aufseherinnen, um zu überprüfen, ob ihr dunkelgrünes Nachmittagskleid aus Samt, das sie mithilfe ihrer Kammerzofe Franzi soeben angelegt hatte, auch richtig saß. Sie trug es heute zum ersten Mal.

Denn nun war über ein halbes Jahr seit dem Tod ihres Onkels vergangen und damit die sogenannte Halbtrauerzeit angebrochen. Jetzt schrieb die Konvention nur noch schwarze Accessoires an der ansonsten in gedeckten Farben erlaubten Garderobe vor, mit denen angezeigt wurde, dass das gesamte Trauerjahr um einen lieben Verstorbenen noch nicht vorbei war.

Sophie versuchte, tief durchzuatmen, was ihr schwerer fiel als in ihrem Aufseherinnenkleid, das sie kurz zuvor noch getragen hatte. Die Taille der Samtrobe war um zwei Zentimeter enger als die ihrer Tracht, sodass Franzi sie zuvor fester geschnürt hatte. *Dieses leidige Korsett ist wahrlich die Geißel aller Frauen,* dachte sie mit einem Anflug von Ärger.

Doch im Schneideratelier von Jungmann & Neffe, in dem ihre neue Garderobe angefertigt worden war, hatte man Sophie versichert, dass die neueste Mode eben nun einmal diese schmale Taille verlangte. Und so hatte sie sich, wie jede Dame von Stand in der Wiener Gesellschaft, dem Modediktat der aktuellen Saison seufzend gebeugt.

»Des steht Ihna aba ganz prächtig zu G'sicht, gnä's Fräulein«, versicherte ihr auch Franzi zufrieden. »Jetz, wo S' endlich nimmer des düst're Schwarz tragen müssen, schaun S' aus wie a andere Mensch. Nur die Haar würd i Ihna gern no richten. So is die Frisur zu streng.«

Sophie warf einen Blick auf die Uhr. Kurz vor halb vier. Bis zu Ida Ferenczys Ankunft, die sie heute zum ersten Mal seit ihrer Flucht aus der Hofburg im Café Prinzess besuchen wollte, war noch mehr als eine halbe Stunde Zeit. Und Franzi, die seit Sophies erstem Tag bei Hofe vor nunmehr fast drei Jahren in ihren Diensten stand, war eine sehr geschickte Friseuse.

Das Mädchen hatte außerdem mit seiner Anmerkung recht. Sophies Kleid war ein Meisterwerk der Schneiderkunst. Zum Zeichen der Halbtrauer war es am Oberteil, der Vorderseite des glockenförmigen Rocks und am Saum mit rautenförmigen, schwarzen Borten verziert. Jede Raute war wiederum, wie der bis zum Kinn reichende Stehkragen, aufwendig bestickt. Der letzte Schrei waren die schwarzen Fransen, die rundherum auf Brusthöhe angebracht waren. So wirkte die Robe züchtig, zugleich aber auch eine Spur erotisch.

Zu dieser eleganten Aufmachung passte der strenge Dutt, der den Aufseherinnen im Café Prinzess vorgeschrieben war, in der Tat nicht. Zudem würde das ebenfalls mit grünem Samt überzogene und mit einer schwarzen Feder geschmückte Hütchen nicht gut darauf zu befestigen sein.

Während Franzi ihre Haare löste und mit einer Bürste zu kämmen begann, ließ Sophie ihre Gedanken schweifen. Es war nun länger als ein Jahr her, dass ihr Ida Ferenczy zur Flucht aus der Hofburg verholfen hatte. Seither hatten sich die beiden nicht mehr gesehen.

Dafür waren verschiedene Umstände verantwortlich. Zwar hatte sich das Problem mit Sophies ungeliebtem Freier, dem ungarischen Grafen Lajosz von Szalay, dank Richard von Löwensteins Hilfe sehr rasch gelöst. Und da Richard Szalay in der Hand hatte, bewirkte der Ungar darüber hinaus sogar trotz Sophies Flucht aus der Hofburg ihre Entlassung in allen Ehren aus dem Dienst der Kaiserin.

Dennoch war Sophie damals zum einen mit ihrem Onkel und Richard übereingekommen, sich bis zu ihrer Volljährigkeit nicht mehr als Aufseherin im Café zu zeigen und auch alle gesellschaftlichen Anlässe in der Wiener Frühjahrssaison zu meiden, um keinerlei unnötiges Aufsehen in der Öffentlichkeit zu erregen.

Dann war zum anderen Sophies Onkel gestorben. Anfangs fühlte sich Sophie wie betäubt durch ihren Schmerz und schleppte sich mühsam von Tag zu Tag. Später nahm die Übernahme der vielen Aufgaben im Kaffeehaus sie eine Zeit lang völlig in Anspruch. Als sie Ida im Herbst danach endlich ins Café Prinzess einlud, riet diese ihr brieflich, noch die Hälfte des Trauerjahrs abzuwarten. Denn während der ersten sechs Monate nach einem Todesfall waren auch aushäusige, gesellschaftliche Treffen verpönt und hätten Anlass zu Klatsch und Tratsch gegeben, wäre ihrer beider Wiedersehen von Gästen des Cafés bemerkt worden.

Ein Mitglied des Hofstaats der Kaiserin in Danzers bürgerliche Wohnung einzuladen, schloss Sophie dagegen von vorneherein aus. Sie spürte instinktiv, dass sich dies mit der Würde einer Hofdame nicht vereinbaren ließ und ihre Freundin in eine peinliche Situation gebracht hätte.

Der Verzicht auf den persönlichen Kontakt zu Ida war Sophie im Laufe der Zeit recht schwergefallen. Beide waren jedoch ständig in brieflichem Kontakt miteinander geblieben.

Die Ungarin war die dienstälteste Hofdame der Kaiserin und besaß deren volles Vertrauen. Während ihre heimliche Konkurrentin, die ebenfalls ungarische Hofdame Marie von Festetics, vor Wut über das Scheitern ihrer Pläne, Sophie zu schaden, schäumte, hatte diese es Ida zu verdanken, dass die Kaiserin letztlich kaum Notiz davon nahm, dass ihr Sophie den Dienst quittiert hatte.

Sisi ist völlig von Janka Mikes eingenommen, hatte ihr Ida schon vor Weihnachten 1890 geschrieben. Die Kaiserin war nur kurze Zeit nach Sophies Flucht von einer mehrmonatigen Mittelmeerreise zurückgekehrt. *Außerdem leidet Sisi an einem hartnäckigen Husten und macht sich große Sorgen um ihre an den Masern erkrankte Tochter Marie Valerie. Da Sisi ohnehin nicht nach Dir geschickt hat, hat zunächst niemand gewagt, sie mit dieser ganzen unangenehmen Angelegenheit überhaupt zu belästigen.*

Auch wenn Idas Ausdrucksweise ihr zunächst einen kleinen Stich versetzte, war Sophie letztlich froh darüber, dass die Kaiserin sie nicht vermisste, da sie in ihrer Zeit als Hofdame durchaus unter einigen Eigenheiten Sisis gelitten hatte.

Das waren vor allem die Rastlosigkeit und Sprunghaftigkeit der Kaiserin gewesen, die sich nach dem Selbstmord ihres einzigen Sohnes Rudolf sogar noch verstärkt hatten. Seitdem befand sich Sisi, die sich schon zuvor kaum noch in Wien aufgehalten hatte, beständig auf Reisen. Da sie nun den größten Teil des Jahres in halb Europa unterwegs war, brauchte sie eine kräftige Hofdame, die sie auf ihren fast täglichen, exzessiven Wanderungen und ausgedehnten Schiffsreisen im Mittelmeerraum begleitete.

Als ihre Promeneuse hatte Sophie diese Aufgabe über ein Jahr lang übernommen. Doch als sie der Kaiserin im Sommer 1890 mitteilte, dass sie aufgrund der schweren Erkrankung ihres Onkels nicht auf eine geplante Mittelmehrfahrt mitkommen könne, hatte Sisi Sophie schnell und offenbar ohne Bedauern durch die junge Ungarin Janka Mikes ersetzt. Die Kaiserin war dafür bekannt, Menschen sofort fallen zu lassen, die ihren Vorstellungen von unbedingter Treue und Loyalität bis hin zur Selbstaufgabe nicht mehr entsprachen.

Sophie wäre trotzdem zufrieden gewesen, hätte Marie Festetics mithilfe Jankas nicht die Intrige gegen sie gesponnen und sie mit ihrem an Syphilis erkrankten Cousin Lajosz zwangszuverheiraten versucht, was schließlich zu ihrer Flucht geführt hatte.

»Schaun S' amal, gnä's Fräulein, ob's jetz so passt«, riss Franzi Sophie aus ihren Gedanken. Sie kam der Aufforderung ihrer Kammerzofe nach und betrachtete sich im fleckigen Spiegel der verschrammten Frisierkommode, vor der sie saß.

In der Tat hatte sich Franzi wieder einmal selbst übertroffen. Statt des streng nach hinten gebundenen Dutts hatte sie Sophies blonde Haare zu weichen Zöpfen geflochten und kunstvoll am Hinterkopf aufgesteckt, wie sie ihr nun mittels eines Handspiegels zeigte. Aufgrund der blinden Stellen im Spiegel der Kommode musste Sophie allerdings mehrmals den Kopf bewegen, um die Frisur betrachten zu können.

»Wunderschön, Franzi!«, lobte Sophie, während Franzi gleichzeitig sagte: »Wollen S' des schäbige Ding ned amal ersetzen?«

»Auf gar keinen Fall«, lehnte Sophie spontan ab. Als sie daraufhin die verwunderte Miene ihrer Zofe im Spiegel erblickte, griff sie hastig zur ersten Ausrede, die ihr einfiel. »Die Kommode ist ein Erbstück von Annerl Danzer, der Frau meines verstorbenen Onkels.«

»Aba die is scho ewig lang tot«, argumentierte Franzi hartnäckig. »Dann lassen S' wenigstens den Spiegel neu mach'n!«

Auch das wies Sophie zu Franzis Verblüffung zurück. »Setz mir jetzt bitte den Hut auf!«, bat sie dann.

»Sehr wohl, gnä's Fräulein.«

An der steifen Antwort erkannte Sophie, dass Franzi ein wenig verschnupft darüber war, dass sie ihre Vorschläge so brüsk abgelehnt hatte. Aber dafür gab es nun wahrlich einen triftigen Grund.

Denn im Geheimfach der Frisierkommode, das Sophie seinerzeit zufällig entdeckt hatte, bewahrte sie Mary Vetseras Abschiedsbrief aus Mayerling auf. Er enthielt all die verräterischen Einzelheiten über den von Kronprinz Rudolf geplanten Tod ihrer ehemals besten Freundin, welche der Kaiserhof, der bis heute Marys Anwesenheit in Mayerling leugnete, beharrlich zu vertuschen versuchte.

Dieser Brief, der ihr von Rudolfs Leibfiaker Josef Bratfisch nur einen Tag nach Marys Hinscheiden überbracht worden war, hatte Sophie bislang gleichermaßen Glück wie Unglück eingetragen. Zwar behauptete sie gegenüber der Kaiserin, die durch ein Geständnis des Fiakers von der Existenz dieses Briefes wusste, ihn vernichtet zu haben. Doch ihr daraus resultierendes, gefährliches Wissen war der einzige Grund dafür gewesen, dass Sisi sie, eine Komtess aus niederem Adel, als Promeneuse in ihren Hofstaat berufen hatte, worüber Sophie anfangs sehr unglücklich gewesen war. Aber als Mitglied des Hofes war sie über alle internen Angelegenheiten zum Schweigen verpflichtet gewesen und musste darüber sogar einen Eid ablegen.

Nach ihrer Flucht hatte sie den Inhalt des Briefes dagegen zu ihren Gunsten verwenden können, nämlich als Waffe gegen ihren ebenso herrsch- wie geltungssüchtigen Stiefvater Arthur von Freiberg. Als ihr Vormund stimmte er der Zwangsheirat mit dem ungarischen Grafen zu, da er sich davon als Gegenleistung einen Hoftitel versprach. Auch nach Sophies Flucht verfolgte er diesen Plan zunächst weiter.

Auf Richards Rat hin, der damals als Einziger außer ihr und ihrem jetzt verstorbenen Onkel von der Existenz dieses Dokuments wusste, hatte sie ihren Stiefvater dann jedoch genau mit der Drohung, den Inhalt des Briefs an die Öffentlichkeit zu bringen, zum Nachgeben gebracht. Denn Arthur war mittlerweile zu einem ranghohen Diplomaten im Ministerium des Äußeren aufgestiegen. Und im Habsburgerreich war es durchaus üblich, die gesamte Familie für das Fehlverhalten eines ihrer Mitglieder büßen zu lassen, vor allem, wenn sich der Kaiserhof dadurch düpiert fühlte. Daher hätte ein solcher Verstoß gegen ihren Schweigeeid nicht nur für Sophie, sondern auch für ihren Stiefvater schlimme Konsequenzen gehabt. Arthur von Freiberg hätte sein Amt als hoher Beamter im Dienste Seiner Majestät sofort aufgeben müssen und wäre wahrscheinlich sogar seiner Pension verlustig gegangen.

Allerdings beabsichtigte Sophie nie, ihre Drohung wahr- und den Brief, der sicher in seinem Versteck im Kaffeehaus ruhte, publikzumachen. Aber sie verstand es, ihrem Stiefvater das Gegenteil so geschickt weiszumachen, dass er auf ihre Finte hereinfiel und sie seither in Ruhe ließ.

Nicht auszudenken, wenn ein Glaser, der den Spiegel der Kommode auswechselt, dabei aus Versehen, wie ich damals, den Mechanismus des Geheimfachs auslöst, dachte Sophie nun, während Franzi die Hutnadel befestigte. Den Brief an einen anderen Ort zu bringen, war für Sophie ausgeschlossen. In einem Anflug von Aberglauben war sie fest davon überzeugt, dass dies unweigerlich zu seiner Entdeckung führen würde.

»So, passt's jetz?« Franzi war fertig und klang wieder versöhnlicher.

»Sehr schön!«, antwortete Sophie nach einem weiteren Blick in den fleckigen Spiegel. Das grüne Kleid mit dem passenden Hütchen kleidete sie tatsächlich ganz vorzüglich. Es betonte ihren hellen, rosigen Teint und brachte vor allem ihre Augen vorteilhaft zur Geltung, die jetzt wie Smaragde schimmerten. Grün war schon immer ihre Lieblingsfarbe gewesen.

Wie gut, dass ich den Schneider gewechselt habe, freute sie sich. Bis zum Verlassen der Hofburg hatte ihre Mutter Henriette Sophies Garderobe im Atelier der Madame Spitzer bestellt. Das hatte zwar den gleichen guten Ruf wie der k.u.k. Hoflieferant Jungmann & Neffe.

Doch dessen Modeatelier, das genau neben dem Hotel Sacher lag, war eine hochexklusive Stoffhandlung mit riesiger Auswahl angeschlossen. Aus diesem Grund waren die Stoffe dort günstiger als bei Madame Spitzer, die sie erst bei einem Händler einkaufen musste, um ihre Kundinnen bedienen zu können.

Zufrieden lächelte Sophie ihrem Spiegelbild noch einmal zu,

bevor sie voller Vorfreude auf das Treffen mit ihrer Freundin Ida Ferenczy das Ankleidezimmer verließ.

Als Sophie zu dem für sie reservierten Separee ging, stellte sie aufs Neue fest, dass viele Gäste in ihr nicht die Aufseherin des Cafés Prinzess, in dem sie noch vor einer Stunde gearbeitet hatte, erkannten. *Kleider machen Leute,* schmunzelte sie in sich hinein. Das Phänomen kannte sie schon aus dem vergangenen Herbst.

Sophie hatte kaum Platz genommen, als Mina auch schon Ida Ferenczy hereinführte. Sophie schlug Mandelmelange als Getränk und je ein Stück »Überraschungskuchen« vor, wie sie sich ausdrückte. Nachdem Ida zugestimmt und Mina nach einem Augenzwinkern zu Sophie das Separee verlassen hatte, betrachteten sich die Freundinnen voller Wiedersehensfreude.

»Wunderhübsch schaust du aus, Phiefi«, sagte Ida. »Irgendwie reifer als in der Hofburg. Fraulicher, wie mich dünkt, aber in jedem Fall noch schöner. Das Kleid steht dir ganz ausgezeichnet.«

Sophie errötete ob dieses Kompliments. Gerne hätte sie es aus ganzem Herzen erwidert. Doch im Gegensatz zu ihr wirkte Ida müde und trotz ihres herzlichen Lächelns irgendwie resigniert. Ihre Falten um Mund und Augen hatten sich vertieft, ihr silbergraues Haar wurde jetzt weiß. Dabei war Ida weitaus jünger als Sisi, machte allerdings im Gegensatz zur Kaiserin, die noch immer einen wahren Schönheitskult betrieb, keinerlei Aufhebens um ihr Aussehen.

»Wie geht es dir denn?«, fragte Sophie stattdessen und ergriff über den Tisch hinweg beide Hände der Freundin.

Deren Lächeln wurde schmerzlich. »Das Gliederreißen plagt mich mehr denn je und hält mich viele Nächte lang wach«, bestätigte sie Sophies Vermutung. »Und die Kaiserin …« Sie unterbrach sich. »Aber darüber sollten wir jetzt nicht sprechen.«

Doch Sophie wollte es wissen. »Was ist mit Ihrer Majestät?«

Ida seufzte schwer und schwieg eine kleine Weile. »Sie gibt immer mehr Anlass zur Sorge«, gestand sie schließlich.

Sophie fragte nicht noch einmal nach, sondern wartete.

»Es ist noch ganz geheim!« Unwillkürlich senkte Ida die Stimme und neigte sich näher zu Sophie über den Tisch. »Sie hat zuletzt viele Monate damit verbracht, ihre neue Villa auf Korfu einzurichten, was sehr viel Geld verschlungen hat, und … und nun …« Das Weitersprechen fiel Ida sichtlich schwer. Sie holte tief Luft und beendete den Satz. »Und kaum ist das Achilleion fertig, denkt sie schon wieder daran, es zu verkaufen.«

Sophie war fassungslos. »Aber warum denn nur?«

Ida zuckte die Achseln. »Das weiß nur Sisi allein. Der Kaiser wird toben, wenn er es erfährt. Sie hat mir ihre Absicht erst gestern unter dem Siegel strengster Verschwiegenheit anvertraut. Und du sagst es doch niemandem weiter, schwörst du mir das?« Ida blickte Sophie bittend an.

In diesem Moment brachte Mina die bestellte Mandelmelange und den Kuchen.

»Aber Ida!« Sophie griff wieder nach deren Hand, nachdem Mina serviert hatte. »Natürlich verrate ich niemandem darüber ein Sterbenswörtchen.«

Als die Ungarin nur bedrückt nickte, fragte sie weiter. »Liegt dir sonst noch etwas auf der Seele?«

Wieder zögerte Ida kurz. »Sisi wird immer absonderlicher. Sie ernährt sich weiterhin überwiegend von Milch. Bei ihrer Rückkehr aus Korfu kurz vor Weihnachten hat sie etliche Ziegen mitgebracht. Nun will sie eine Art Meierei im Park von Schönbrunn einrichten, um dort das Milchvieh zu halten, das sie schon aus ganz Europa hierhergeschickt hat. Weiß der Himmel, was der Kaiser dazu sagen wird! Und mir hat sie die Planung für dieses Projekt übertragen, da sie den größten Teil dieses Jahres wieder auf Reisen sein will.«

Ida stach ein Stück Kuchen ab, führte die Gabel jedoch nicht zum Munde. »Kein Wunder, dass sich der Kaiser immer häufiger mit Katharina Schratt trifft«, seufzte sie. »Katharina ist ihm ein immer größerer Trost und die Einzige, die ihn noch zum Lachen bringt. Sisi dagegen verbreitet nur Trübsal. Zum Christtag gab es erneut weder einen Weihnachtsbaum noch Geschenke, geschweige denn ein fröhliches Fest im Familienkreis.«

Sophie schwieg betreten. In ihrer Verlegenheit steckte auch sie sich ein Stück Kuchen in den Mund, ohne wirklich zu schmecken, was sie aß. Sie wusste von Franz Josephs Verhältnis zu der ehemaligen Burgschauspielerin, das Sisi nicht nur tolerierte, sondern sogar förderte.

Ida deutete Sophies Schweigen falsch. »Doch entschuldige, dass ich dich zuerst mit meinen Sorgen belästige. Eigentlich sollte es bei unserem Wiedersehen doch vor allem um dich gehen.«

Sophie schüttelte entrüstet den Kopf. »Aber keineswegs, liebe Ida. Du hast wahrlich genug für mich getan. Und ich habe Ihre Majestät ja ebenfalls kennengelernt und weiß, wie schwer sie einem das Leben machen kann.«

»Trotzdem hänge ich noch immer mit ganzem Herzen an ihr«, räumte Ida mit einem traurigen Lächeln ein. »Und Sisi an mir. So schwer die Bürden sind, die sie mir manchmal auferlegt, so nehme ich sie letztlich doch als ein Zeichen ihres Vertrauens zu mir.«

»Das verhält sich zweifellos genauso, wie du sagst«, bestätigte Sophie. »Hättest du der Kaiserin nicht versichert, dass ich trotz meiner Flucht aus der Hofburg kein Sterbenswörtchen über Mayerling oder sie selbst verraten werde, hätte sie vielleicht doch auf meiner Heirat mit dem Grafen Szalay bestanden, um mich dadurch unter Kontrolle zu behalten.«

»Nun, da hast du sicherlich recht, Phiefi«, stimmte Ida ihr zu. »Marie Festetics hat sich jedenfalls auf die Hinterbeine gestellt, um das Misstrauen Ihrer Majestät dir gegenüber aufrechtzuerhalten. Aber geglaubt und vertraut hat Sisi schließlich mir.« Idas Lächeln wurde nun ein wenig triumphierend.

Sophie dagegen erschrak noch im Nachhinein. »Dass es so heftig dabei zuging, hast du mir bislang gar nicht geschrieben«, wunderte sie sich.

Wieder zuckte Ida die Achseln. »Warum hätte ich dich damit noch mehr belasten sollen, meine Liebe, als du es ohnehin schon warst? Durch die Impertinenz deines Stiefvaters und die Krankheit deines Onkels hattest du doch wahrlich Sorgen genug.«

Sophie war zutiefst gerührt über die Rücksichtnahme ihrer Freundin. Bevor sie zu einer Antwort ansetzen konnte, hob Ida jedoch die Hand.

»Aber nun lass uns von schöneren Dingen sprechen«, bat sie. Dann probierte sie endlich den Kuchen und verzog genussvoll den Mund.

»Hmmm! Das schmeckt ja ganz köstlich. Was ist das denn für ein Gebäck?«

Sophie lächelte. »Eigentlich ein Weihnachtskuchen. Eines der letzten Stücke unseres Christstollens nach Dresdner Art. Der wird immer besser, je länger er liegt. Wenn du möchtest, gebe ich dir einen davon mit in die Hofburg.«

»Gott bewahre! Ein kleines Stück nehme ich gerne! Aber Dr. Widerhofer rät mir immer wieder, nicht allzu mächtig zu essen, da es mein Rheuma fördert.«

Dr. Hermann Widerhofer war der kaiserliche Leibarzt und behandelte auch jedes Mitglied des Hofstaats.

»Aber nun erzähl endlich, wie es dir hier geht! Deinem feinen Kleid nach zu urteilen, hättest du es kaum nötig zu arbeiten.«

»Das kommt auf den Blickwinkel an«, versetzte Sophie. »Nötig, um davon leben zu können, hätte ich die Arbeit nicht. Mein Onkel hat mir ein beträchtliches Vermögen hinterlassen. Aber mein Geist würde völlig veröden ohne meine Tätigkeit hier im Kaffeehaus.«

»Und worin genau besteht diese Tätigkeit?«

»Zum einen besteht sie in meiner Funktion als Aufseherin hier im Café Prinzess, die ich mir mit meiner tüchtigen Kollegin Mina teile. Sie hat uns gerade bedient. Und zum anderen liegt mittlerweile die gesamte Buchhaltung in meinen Händen. In diesem Zusammenhang prüfe und bezahle ich auch alle Lieferantenrechnungen und stelle die Rechnungen an unsere Kunden für größere Bestellungen außer Haus.«

»Wenn mich nicht alles täuscht, hast du diese Tätigkeiten aber auch früher schon ausgeübt«, wandte Ida ein.

»Das ist richtig«, bestätigte Sophie, deren Miene sich nun verdüsterte. »Am liebsten beschäftige ich mich außerdem mit einem Auftrag, den mir mein Onkel testamentarisch erteilt hat, nämlich der Weiterentwicklung seines Lebenswerks.«

Ida beobachtete Sophie scharf. »Und wo ist der Haken, wenn dir das solchen Spaß bereitet?«

»Mein Onkel hat ebenfalls testamentarisch bestimmt, dass sein langjähriger Mitarbeiter Toni Schleiderer und ich uns die Geschäftsführung des Unternehmens fünf Jahre lang teilen. Aber Toni Schleiderer ist viel älter als ich und daher natürlich auch viel erfahrener.« Sie stockte.

»Und daher Neuerungen eher abgeneigt?«, traf Ida ins Schwarze.

»Leider ist das so«, seufzte Sophie. »Ich habe zum Beispiel noch vor dem Tod meines Onkels vorgeschlagen, einen regelmäßigen Lunch im Café Prinzess anzubieten. Damals schien es mir so, als ob auch Toni damit einverstanden wäre. Aber als ich zwei Monate nach der Beerdigung diesen Vorschlag wiederholte, war es sehr mühsam, darüber zu einer Einigung mit ihm zu kommen. Und einigen will ich mich mit Toni, da dies dem Wunsch meines Onkels entspricht.«

»Und was ist letztlich daraus geworden?«

»Erst einmal nur ein Kompromiss.« Sophie lächelte schief. »Dazu muss ich jetzt aber etwas weiter ausholen. Um einen regelmäßigen Mittagstisch im Café anzubieten, bedarf es zunächst einiger Veränderungen in den Küchen. Denn die Küche des Cafés ist für die Zubereitung von warmen Mittagsmahlzeiten auf Dauer zu klein, zumal wenn das Angebot bei vielen Gästen Anklang findet. Doch meinen Vorschlag, diese kleinere Küche mit der größeren des Kaffeehauses zusammenzulegen, hat Toni nach der Beerdigung erst einmal rundweg abgelehnt. Obwohl er dieser Idee bei unserer letzten Diskussion am Todestag meines Onkels, wie gesagt, gar nicht abgeneigt schien.«

»Und warum lehnte Toni deinen Vorschlag später ab?«

Sophie seufzte schwer. »Wir kamen damals zu keinem endgültigen Ergebnis. Doch heute bin ich mehr denn je der Überzeugung, dass wir die Küchen zusammenlegen sollten. Aber dafür muss letztendlich eine Zwischenwand eingerissen werden. Und dann könnten natürlich auch im Kaffeehaus für die Dauer des Umbaus keine warmen Mahlzeiten mehr angeboten werden. Dagegen hat sich Toni natürlich heftig verwahrt. Er betonte dabei, dass das Kaffeehaus Prinzess eines der ersten in Wien war, das überhaupt warmes Essen anbot, und er sich dieser Tradition weiterhin verpflichtet fühlt. Obwohl das jetzt schon über zwanzig Jahre her ist und mittlerweile viele Kaffeehäuser mit vergleichbaren Speiseangeboten nachgezogen haben.«

Sophies Gesichtsausdruck wurde nun trotzig. »Doch ich gelte als hartnäckig, manche sagen auch ›starrsinnig‹ dazu. Als ich mich mit meiner Idee letztes Jahr schließlich gegen ihn durchgesetzt habe, war es jedoch schon zu spät, um noch mit dem Umbau zu beginnen. Jetzt wird es bis zum Frühjahr dauern, ehe wir damit anfangen können.«

»Aber ich glaube doch, in verschiedenen Inseraten, zum Beispiel im *Wiener Salonblatt*, gelesen zu haben, dass es einen Lunch im Café Prinzess gibt«, hakte Ida verwundert nach.

Jetzt lächelte Sophie wieder. »Das genau war mein Kompromiss mit Toni. Wenn ich dich später nach draußen begleite, zeige ich dir, dass wir außer der Vitrine für die Mehlspeisen und das Konfekt jetzt noch eine dritte haben, in der mittags kalte Speisen angeboten werden. Also so eine Art Buffet. Die Gäste können zwischen verschiedenen Salaten und kalten Platten mit Pasteten, geräuchertem Fisch und aufgeschnittenem Braten wählen, was sie essen möchten. Dazu gibt es jeden Tag eine andere Suppe. Dafür reicht der Platz in der Café-Küche gerade so aus.« Nun klang ihre Stimme wieder etwas sarkastisch.

Ida runzelte die Stirn. »Und hatte deine Idee denn schließlich Erfolg? Inserate habe ich jedenfalls immer wieder gesehen. Fast so viele, wie das Hotel Sacher schaltet.«

»Möglicherweise hatte meine Idee für Tonis Geschmack sogar zu viel Erfolg«, blieb Sophie sarkastisch. »Anfangs befürchtete er nämlich, der Umsatz, den wir mit dem Lunch machen, würde nicht einmal die Unkosten für die Inserate decken, geschweige denn die für das Geschirr und das Besteck, das wir zusätzlich anschaffen mussten. Aber das Angebot wurde von Anfang an sehr gut angenommen und findet nach wie vor großen Anklang. Dazu trägt auch die zentrale Lage des Cafés am Graben bei, wo viele Damen vormittags ihre Kommissionen tätigen. Die sind sogar ausgesprochen froh, dass sie bei uns zu Mittag essen können, anstatt dafür in ihre Palais zurückkehren zu müssen. So können sie jetzt gleich nach ihren Einkäufen zu ihren Nachmittagsbesuchen aufbrechen und sparen sich den Umweg nach Hause.«

Ida musterte Sophie weiterhin skeptisch, da diese nicht allzu stolz auf diesen Erfolg zu sein schien. »Wenn aber deine Idee so gut ankommt, wo ist der Pferdefuß?«

Jetzt wurde es Sophie schwer ums Herz, denn dieses Problem beschäftigte sie schon seit einigen Wochen. »Ich habe Toni anhand der Buchhaltung bewiesen, dass uns der Lunch mittlerweile sogar Gewinn einbringt. Er hat mir zwar dazu gratuliert, aber mit so säuerlicher Miene, dass ich den Eindruck habe, er missgönnt mir diesen Erfolg.«

»Das tut mir sehr leid für dich, Phiefi.« Ida tätschelte

Sophies Hand. »Aber vielleicht musst du einfach mehr Geduld mit Herrn Schleiderer haben. Es ist sicher nicht leicht für ihn, sich die Geschäftsführung des Prinzess mit einer Frau zu teilen. Erst recht, mit einer so jungen, wie du es bist.«

Sophie seufzte. »Diesen Rat hat mir deine Namensvetterin, Mamsell Ida, die meiner Mutter den Haushalt führt und früher im Prinzess gearbeitet hat, auch schon gegeben. Sie war eine Vertraute und altgediente Angestellte meines Onkels. Als solche hat sie mir auch im Vertrauen erzählt, dass mein Onkel Toni Schleiderer in einem älteren Testament zu seinem Nachfolger bestimmt hatte und ihm sogar einen Teil des Kaffeehauses vererben wollte. Das war natürlich, bevor er wusste, dass ich nicht nur das Interesse, sondern auch das Talent mitbringe, um im Kaffeehaus mitzuarbeiten. Denn eigene Kinder hatte mein Onkel ja nicht. Aber ich konnte schon während der Testamentseröffnung merken, dass Toni sehr enttäuscht darüber war, dass Onkel Stephan mich in seinem neuen Testament zur Haupterbin gemacht und mir darüber hinaus weitgehende Befugnisse im Kaffeehaus erteilt hat.«

Sophie verschwieg, dass diese Befugnisse sogar über die Tonis hinausgingen. Das wusste außer dem Testamentsvollstrecker und den Erben nur noch Mamsell Ida. Stillschweigend war man darin übereingekommen, niemanden sonst einzuweihen, schon gar nicht die Angestellten des Prinzess. Es hätte in der Belegschaft zu einem noch höheren Gesichtsverlust Tonis geführt als Sophies Berufung zur gleichberechtigten Geschäftsführerin, von der das Personal wusste.

»Wie alt ist Herr Schleiderer?«, legte auch Ida den Finger in die Wunde.

Sophie fühlte die ihr schon vertraute Resignation. »Ungefähr so alt wie mein verstorbener Onkel«, räumte sie ein.

»Und wie lange arbeitet er bereits hier?«

»Über zwanzig Jahre lang«, gab Sophie widerwillig zu. »Er war lange Zeit Leiter der Backstube, das Café Prinzess verdankt ihm sehr viele Novitäten. Zum Beispiel auch diesen Dresdner Christstollen, den Toni nachgebacken und gegenüber dem Originalrezept noch verfeinert hat. Dazu stand er auch den Küchen jahrelang vor. Zuletzt hat er, noch zu Lebzeiten meines immer gebrechlicher werdenden Onkels, das Kaffeehaus geleitet und war deshalb nur noch selten eigenhändig in Küche und Backstube tätig.«

»Und wie verhält sich das jetzt?«

Ida rührte, ohne es zu wissen, an einen weiteren wunden Punkt in der Zusammenarbeit zwischen Toni und Sophie. »Das Kaffeehaus leitet er weiterhin. Ich wiederum teile mir als Aufseherin die Leitung des Cafés Prinzess mit Mina Löb, wobei Mina mich selbstverständlich als ihre Vorgesetzte akzeptiert. Sie zieht mich in allen bedeutsamen Belangen zu Rate und informiert mich aus freien Stücken über alles Wichtige.«

»Und das tut Toni Schleiderer nicht«, schlussfolgerte Ida.

»Nicht in dem Ausmaß, in dem es erforderlich wäre«, gab Sophie zu. »Nach dem Tod meines Onkels wurde uns der Hoflieferantentitel, der meinem Onkel verliehen wurde, erst einmal entzogen. Das ist leider so üblich, da der Titel stets an die Person gebunden ist, die ihn einst erhalten hat.«

Ida nickte. »Das ist mir bekannt.«

»Einer Frau wurde dieser Titel bislang noch nie verliehen«, seufzte Sophie. »Man erzählte mir, dass deshalb auch Maria Demel nach dem Tod ihres Gatten im letzten Sommer vor dem Problem stand, den Hoflieferantenstatus erneut zu erhalten.«

Sophie stocherte wieder lustlos auf ihrem Kuchenteller herum.

»Auf jeden Fall sandte das Obersthofmeisteramt das Schreiben über den Entzug des Hoftitels an den jetzigen Geschäftsfüh*rer*«, Sophie betonte die letzte Silbe ingrimmig, »des Kaffeehaus-Unternehmens Prinzess. Also an Toni. Der hat den Brief geöffnet, mir anfangs aber nichts davon erzählt. Auch nicht, dass er den Titel erneut beim Obersthofmeisteramt beantragt hat. Erst als das Amt den Nachweis darüber forderte, dass er der alleinige rechtmäßige Nachfolger meines Onkels ist, hat Toni mich eingeweiht. Danach musste er den Antrag noch einmal, und zwar in meinem Namen, stellen, da er ja nicht der Besitzer des Prinzess ist. Das Unternehmen an sich hat mein Onkel nämlich mir hinterlassen.«

Ida wiegte ihr nahezu weißes Haupt. »Das klingt leider nicht nach dem Frieden, den ich dir nach dem Tod deines Onkels gewünscht hätte, Phiefi. Andererseits heilt die Zeit alle Wunden. Das gilt sicherlich auch für die Kränkung Toni Schleiderers angesichts seiner Zurücksetzung. Ich empfehle dir deshalb, einfach Geduld mit ihm zu haben. Dann wirst du auch sehen, ob auf Dauer alles wieder in guten Bahnen verläuft.«

Sophie verzichtete darauf, Ida zu widersprechen. Über ihre Probleme zu diskutieren, war vergeudete Zeit bei ihrem ersten Treffen nach über einem Jahr.

Denn sie sah bereits den nächsten Machtkampf mit Toni heraufziehen. Schon seit der Beerdigung war sie fest entschlossen, auch das alte Kaffeehaus, über dessen Führung und Gäste sie im Augenblick so gut wie nichts wusste, gründlich kennenzulernen. Bislang hatte Toni ihre diesbezüglichen Absichten jedoch brüsk mit dem Argument zurückgewiesen, das klassische Kaffeehaus sei keine Umgebung, in der Frauen willkommen seien, schon gar nicht, was dessen Leitung betraf.

Aber auch da hatte Mamsell Ida Sophie aus ihrer früheren Berufserfahrung heraus einen wunderbaren Rat gegeben. Und den gedachte sie, bei nächster Gelegenheit in die Tat umzusetzen. Doch noch war ihr Plan nicht ganz ausgereift, und daher erschien es ihr auch noch zu früh, Ida Ferenczy in ihn einzuweihen.

Stattdessen wechselte Sophie das Thema. »Aber lass uns nun endlich über erfreuliche Dinge sprechen«, schlug sie vor. »Du hast ja schon kurz nach unserer Begrüßung mein Kleid bewundert. In der Tat habe ich ein wunderbares Modeatelier für mich entdeckt. Es liegt gleich neben dem Hotel Sacher.«

»Jungmann & Neffe«, lächelte Ida. »Da hat sogar die Kaiserin schon Stoffe für ihre Garderobe bestellt.«

Der Rest des Nachmittags verlief mit leichtem, fröhlichem Geplauder.

Tuchhandlung Jungmann & Neffe

Ende Januar 1892

Mit hoch erhobenem Kopf betrat Amalie von Löwenstein, vormalige von Thurnau, zusammen mit ihrer Zofe Berta die Tuchhandlung neben dem Hotel Sacher. Sie war heute zum ersten Mal hier. Das hatte einen Grund, der sie mit großer Vorfreude erfüllte.

Dass ich das Angenehme mit dem Herrlichen verbinden kann, ist wahrlich ein außerordentlicher Glücksfall, ging es ihr durch den Kopf, als sie sich in dem beeindruckenden Geschäft mit der dunklen Täfelung und der hohen Kassettendecke aus dem gleichen Holz umsah. In einem kreisrunden Rahmen prangte in der Mitte der Decke eines jener Gemälde, die gerade überall in Wien in Mode waren. Jedes Palais, sogar manch reiches Bürgerhaus, war mit solchen Malereien geschmückt, die in der Regel von Schülern des berühmten Hofmalers Hans Makart stammten, der bereits im Jahr 1884 verstorben war. Dies tat der von ihm favorisierten und mit seiner eigenen Note versehenen sogenannten Historienmalerei jedoch keinen Abbruch.

Amalie runzelte die Stirn, als sie das Fresko betrachtete. Es zeigte, wie so viele andere Gemälde in diesem Stil, lauter fast nackte Figuren. Amalie hatte nicht die geringste Ahnung, was es darstellte, da sie alles andere als eine Kunstkennerin war. Und es interessierte sie auch gar nicht. Mit leichtem Ärger stellte sie stattdessen fest, dass diese Tuchhandlung tatsächlich sehr vornehm zu sein schien.

Ich hätte schon viel früher einmal hierherkommen sollen, dachte sie bei sich, erst recht, als sie den Doppeladler, das Wappen der Habsburger Monarchie, mit dem darunter angebrachten Schriftzug *kaiserlich-königlicher Hoflieferant* an der gelb getünchten Wand hinter der großen Verkaufstheke erblickte. Sie selbst war seit ihrer ersten Wiener Saison vor vier Jahren Kundin des ebenfalls hoch gerühmten Ateliers von Madame Spitzer. Und wäre es wahrscheinlich exklusiv geblieben, hätte sie nicht dieser ganz besondere Anlass heute hierhergeführt.

Nun, besser spät als nie, schob sie ihren Ärger beiseite. Es war nicht ihre Art, über verschüttete Milch zu klagen. Außerdem musste das der Tuchhandlung angeschlossene Modeatelier erst noch beweisen, dass es mit den Kreationen von Madame Spitzer mithalten konnte.

»Darf ich der gnädigen Frau unser Deckengemälde erläutern und sie gleichzeitig herzlich in unserem Gewölbe willkommen heißen?«

Der Herr, der jetzt auf sie zutrat, trug einen eleganten schwarzen Anzug aus gutem Stoff. Auch die Kleidung des Personals entsprach der Vornehmheit des Geschäfts.

Amalie neigte zum Zeichen der Zustimmung leicht den Kopf. »Gräfin von Löwenstein«, korrigierte sie den Mann. Zwar stand ihr dieser Titel gar nicht zu, da ihr Gatte Richard nur der Neffe des Majoratsherrn der Löwensteiner war, dessen ältester Sohn einmal seine Nachfolge antreten würde. Deshalb war es äußerst unwahrscheinlich, dass Richard den Grafentitel »von Löwenstein« jemals tragen würde.

Also könnte sie nur eine echte Gräfin werden, wenn es ihrem Vater Adalbert von Thurnau gelänge, Abhilfe zu schaffen. Da er keinen Sohn hatte, war Adalbert bereits vor ihrer Hochzeit im Oktober 1890 beim Obersthofmeisteramt vorstellig geworden. Doch sein Antrag, nach seinem Ableben den Titel »von Thurnau« auf Richard übertragen zu können, hatte – wenn überhaupt – nur Aussicht auf Erfolg, wenn Amalie zuvor mindestens einen männlichen Nachkommen gebären würde. Erst dann wollte man im Obersthofmeisteramt weitersehen.

An sich hätte diese Bedingung kein Problem darstellen dürfen. Denn Amalie war jung, erst einundzwanzig Jahre alt, dazu sehr hübsch und an sich gesund. Trotzdem standen die Chancen für eine Empfängnis beileibe nicht gut. Genauer gesagt, es gab sie im Augenblick gar nicht.

Schon am Abend ihrer Hochzeit hatte Amalie, die bereits zuvor mit ihrem Verlobten Richard verkehrt hatte, ihre zweite Fehlgeburt erlitten, an der sie beinahe gestorben wäre. Seither mied ihr Gatte unter dem Vorwand, ihr Leben nicht erneut gefährden zu wollen, ihr Bett.

Sowohl Amalie als auch ihr Vater Adalbert vermuteten mittlerweile jedoch, dass Richards wahres Motiv für seine Enthaltsamkeit seine Rache für die Hochzeit war, zu der ihn sein Vater Eduard und Adalbert zu beiderseitigem Nutzen gezwungen hatten. Denn nach Amis Verhältnis mit einem jungen Kammerdiener, das zu ihrer ersten Fehlgeburt und eventuellen Unfruchtbarkeit geführt hatte, konnte ihr Vater sie trotz ihrer Schönheit und reichen Mitgift nicht mehr mit einem hochadeligen Bewerber verheiraten. Zu groß war die Gefahr, dass der Bräutigam ihre verlorene Jungfräulichkeit bereits in der Hochzeitsnacht bemerkt hätte.

Um keinen Ansehensverlust in der Wiener Adelsgesellschaft zu riskieren, war Amalies Vater nichts anderes übrig geblieben, als ihren entfernten Verwandten Richard, den er aufgrund seiner hohen Spielschulden finanziell in der Hand hatte, zu ihrem Ehegatten zu machen.

Doch steckte die Ehe von Amalie und Richard schon von ihrem ersten Tag an in einer Sackgasse. Zwar hatte sich mittlerweile erwiesen, dass Amalie noch empfängnisfähig war. Doch ob sie ein Kind aus einer nächsten Schwangerschaft überhaupt austragen konnte und seine Geburt überleben würde, stand weiterhin in den Sternen. Das lag keineswegs an ihr. Sobald

Amalie genesen war, hatte sie jedenfalls nichts unversucht gelassen, um Richard erneut zu verführen. Vergeblich! Auch alle diesbezüglichen Gespräche ihres Vaters mit Richard hatten bisher zu nichts geführt.

Also muss ich mir eben anders behelfen, dachte sie trotzig, während sich ihr Puls in Erwartung dessen, was sie heute noch erleben würde, wieder beschleunigte. *Es wird sicher ganz nett, denn er scheint sich wirklich etwas aus mir zu machen.* Doch nun galt es, erst einmal ihre Tarnung aufrechtzuerhalten. Auch damit ihre Zofe Berta, in deren Begleitung sie sich befand, keinen Verdacht schöpfte. Eine Dame von Stand durfte in Wien nie allein aus dem Haus gehen.

Jetzt verneigte sich der Verkäufer vor ihr. »Ich bitte vielmals um Verzeihung, sehr verehrte Frau Gräfin von Löwenstein. Womit darf ich Ihnen dienen?« Einen kurzen Moment lang erwog Amalie, den Mann anzuweisen, sie mit »Eure Durchlaucht« anzusprechen, beschloss dann jedoch, darauf zu verzichten. Diese Bezeichnung stand, strenggenommen, nur einer Fürstin zu, obwohl man es in Wien mit den Titeln außerhalb des Kaiserhofs nicht so genau nahm.

Doch Amalie wollte bei ihrem ersten Besuch in der Tuchhandlung nicht noch mehr Aufsehen erregen, als sie es als neue Kundin ohnehin tun würde.

»Ich möchte mir Stoffproben ansehen, um zu entscheiden, ob ich eine Frühjahrsrobe in Ihrem Etablissement bestellen werde.« Ihrer Stimme einen hoffärtigen Klang zu verleihen, bereitete Amalie keine Mühe. So sprach sie mit jeder Person, die sie im engeren oder weiteren Sinne zu ihren Bediensteten zählte. Dann fiel ihr ein, was ihr der Mann vorher angeboten hatte. »Doch zuvor erklären Sie mir, was jene unanständigen Gestalten dort zu bedeuten haben.« Sie machte eine Kopfbewegung nach oben.

»Unser Deckengemälde stellt eine Allegorie des Seidenhandels dar.« Der Angestellte verbeugte sich wieder. Amalie hob noch einmal die Augen zur Decke empor. »Aha«, bemerkte sie. Was eine Allegorie war, wusste sie nicht. Doch das wollte sie sich auf keinen Fall anmerken lassen. »Und warum muss das so unzüchtig abgebildet werden?«

Zu ihrer Genugtuung röteten sich die Wangen des Mannes leicht. Er verneigte sich ein drittes Mal. »Ich bitte die Frau Gräfin um Entschuldigung, wenn ihr Gefühl für Anstand durch unser Gemälde verletzt worden ist.«

Amalie war zufrieden. Hier wusste man offensichtlich, wie man mit hochgestellten Persönlichkeiten umzugehen hatte. »Dann möchte ich jetzt Ihre Frühjahrskollektion an Stoffen sehen«, beschied sie dem Mann. »Wie Sie ja bereits bemerkt haben, bin ich zum ersten Mal hier. Ich muss mir zunächst einen Eindruck darüber verschaffen, ob Ihr Geschäft mit dem Schneideratelier, das bislang für mich gearbeitet hat, mithalten kann.«

Doch in dieser Hinsicht erwartete sie eine echte Überraschung. Hätte sie einen besseren Blick für die Befindlichkeit ihrer Mitmenschen gehabt, hätte Amalie vielleicht bemerkt, dass die Genugtuung über ihr Entzücken angesichts der riesigen Auswahl an Stoffen nun auf der Seite des Verkäufers lag. Ursprünglich hatte Amalie vorgehabt, nur eine einzige Robe zu bestellen. Doch allein die Vielfalt an Stoffen in ihrer Lieblingsfarbe hellblau, die besonders gut zu ihrem rotgoldenen Haar und ihren hellgrauen Augen passte, bereitete ihr die Qual der Wahl.

Als sie sich endlich für einen leichten Seidenmoiré entschieden hatte, ließ sie sich im Laufe der nächsten Stunde weitere Stoffproben in den Farben Flieder und Silbergrau vorlegen und wählte aus dem umfangreichen Katalog mit den neuesten Frühjahrsmodellen die passenden Schnitte für ein Kostüm und zwei Tageskleider aus. Inzwischen bedauerte sie sogar, all ihre Abend- und Balltoiletten für die bereits begonnene Faschingssaison bei Madame Spitzer bestellt zu haben.

Schließlich ließ sie sich den Weg in den ersten Stock weisen, zu dem eine breite Freitreppe im hinteren Teil des Verkaufsraums hinaufführte. Oben warteten zwei Schneiderinnen darauf, ihre Maße zu nehmen. In einem mit einem schweren Brokatvorhang abgetrennten Abteil legte Amalie mit Bertas Hilfe ihr Kostüm aus dunkelblauem Samt ab. Sie hoffte, dass ihre Zofe erneut keine Fragen stellen würde, warum Amalie heute ihre reizvollste Unterwäsche trug. Aber Berta, durch die ständigen, vielen Zurechtweisungen ihrer Herrin eingeschüchtert, äußerte sich, wie schon am Morgen, mit keiner Silbe dazu.

Amalie genoss das Gefühl der kostbaren Stoffbahnen auf ihren entblößten Schultern, die die Näherinnen vor einem mannshohen Spiegel bis hinab zu ihren Füßen fallen ließen, verbunden mit vielen Komplimenten, wie gut diese Farben sie kleideten. Sie steckten Stellen für Abnäher unter ihrem vollen Busen fest, vermaßen Taille und Hüfte und kennzeichneten die benötigte Rocklänge auf der Innenseite der Stoffe mit Schneiderkreide.

Während Amalie auch noch die Accessoires zu den bestellten Roben, ebenfalls aus einer Vielzahl von Mustern, auswählte, zeigte ihr ein Blick auf die Uhr, dass sie schon jetzt fast eine Viertelstunde zu spät dran war. Doch das ließ sie kalt. Es erfüllte sie im Gegenteil sogar mit leichtem Spott. *Wenn man einen Mann warten lässt, macht man sich dadurch nur noch begehrenswerter.*

Endlich war sie so weit. Nun würde die Probe aufs Exempel folgen, der Grund, warum sie heute überhaupt bei Jungmann & Neffe hereingeschaut hatte. Mittlerweile war es schon kurz nach vier Uhr, mehr als eine halbe Stunde über die vereinbarte Zeit hinaus.

»Ich habe gehört, man kann den Damensalon des Hotels Sacher von Ihrem Etablissement aus erreichen, ohne die Straße betreten zu müssen«, sagte sie geziert.

Die angesprochene Schneiderin nickte und winkte einem

Lehrmädchen. »Die gnädige Frau Gräfin hat recht. Die Liesl wird ihr den Weg weisen.«

Amalie erschrak. »Das wird nicht vonnöten sein.« Denn sie hatte ja keineswegs vor, ihren Nachmittagstee in diesem Damensalon einzunehmen. Schließlich hatte er ihr bedeutet, ein Gang führe vom Atelier gleich zu dem Flur mit den Separees, für die das Hotel Sacher bekannt war. Anders als im Café Prinzess, in dem die Separees lediglich türlose Nischen waren und nur Topfpalmen rechts und links des Eingangs vor allzu neugierigen Blicken schützten, waren die des Sacher geschlossene Räume. Sie wurden daher auch häufig genau für jenen Zweck genutzt, zu dem er heute eines von ihnen bis halb sieben Uhr abends gemietet hatte.

»Bitte weisen Sie mir lediglich die Richtung! Ich finde den Weg schon allein«, fuhr Amalie hochmütig fort. Siedend heiß fiel ihr erst jetzt auf, dass sie die kostbare und sicher sehr teuer bezahlte Zeit bis zum frühen Abend bereits zu einem Gutteil mit der Auswahl ihrer Roben vergeudet hatte.

»Kann mein Dienstmädchen hier auf mich warten?«, fragte sie schroff.

Die Schneiderin nickte mit einem angedeuteten Knicks. »Wenn es der gnädigen Frau Gräfin so beliebt, selbstverständlich. Es gibt im Sacher aber auch ein Gesindecafé. Es liegt im Untergeschoss. Die Treppe befindet sich gleich hinter dem Gang zum Hotel.«

Amalie war entzückt, aber darum bemüht, sich dies nicht anmerken zu lassen. Offensichtlich handhabte man im Sacher auch die delikaten Begegnungen in den Separees mit der Diskretion und hohen Professionalität, die das Markenzeichen des Hotels waren.

Huldvoll neigte sie den Kopf. »Dann hoffe ich, dass Sie meine Roben zu meiner vollsten Zufriedenheit fertigstellen werden«, sagte sie ohne ein Wort des Dankes für die gute Bedienung.

Nachdem sie das Hotel Sacher erreicht, Berta ein paar Kreuzer in die Hand gedrückt und die Treppe zum Gesindecafé hinabgeschickt hatte, ging sie mit klopfendem Herzen den Flur entlang, an dem zu beiden Seiten die Separees lagen. Schließlich erreichte sie die Tür mit der Nummer 6, die in ein kleines Messingschild eingraviert war.

Nun doch plötzlich zaghaft, pochte sie leise an. Er öffnete ihr sofort. »Du kommst spät«, beschwerte er sich, nachdem er die Tür sorgfältig wieder abgeschlossen hatte.

»Besser spät als nie«, antwortete sie mit einem koketten Augenaufschlag.

Dann nahm er sie in die Arme.

Kapitel 2

Café Demel am Kohlmarkt

Februar 1892

Richard sah nervös auf seine goldene Taschenuhr, die er aus seiner flaschengrünen Uniformjacke zog. Bereits zehn Minuten nach drei. Wo blieb Sophie denn nur? Es war eigentlich nicht ihre Art, sich zu verspäten.

Endlich sah er sie durch die Tür treten, mit ihrer Zofe Franzi im Schlepptau. Vom Ecktisch aus, an dem er saß und der in einer unauffälligen Nische stand, winkte Richard ihr zu. Strahlend trat sie an seinen Tisch. Sie freute sich genauso wie er über ihre erste Begegnung im neuen Jahr.

Heute sieht Phiefi ganz besonders bezaubernd aus. Wie immer, wenn sie sich trafen, beschleunigte sich sein Pulsschlag. Und wie immer spürte er seine Liebe zu ihr fast wie einen körperlichen Schmerz.

Das hellgraue Kostüm, das sie unter ihrem Umhang trug, den Franzi jetzt an der Garderobe aufhängte, kannte Richard noch nicht. Es bestand aus einer elegant geschnittenen Jacke, deren Schöße Sophie bis knapp auf die Hüften reichten. Die Keulenärmel hatte Richard bereits an Amalies Garderobe gesehen. Er fand sie ein wenig lächerlich. Doch Ami hatte ihm ausführlich erklärt, dies sei in der diesjährigen Wintersaison der letzte Schrei.

Die aus schwarzer Spitze bestehenden Einsätze der Keulenärmel, die sich an den Unterarmen verengten und deren Manschetten ebenfalls spitzenbesetzt waren, hätte man wie die gleichartigen Einsätze im Stoff des schwingenden Rocks nicht unbedingt für ein Zeichen der Halbtrauer gehalten. Wusste man nicht, dass der Tod von Sophies geliebtem Onkel Stephan noch kein Jahr her war, würde das Ensemble lediglich als très chic ins Auge springen. Amüsiert bemerkte Richard, dass die Blicke einiger in der Nähe sitzender Damen tatsächlich auf Sophies Garderobe ruhten.

Was ihm andererseits nicht besonders willkommen war. Denn obwohl Sophie gesellschaftliche Anlässe nach wie vor mied, wurde sie in Wien zunehmend bekannter. Auch wenn nicht jeder in der eleganten jungen Dame auf Anhieb die Aufseherin des Cafés Prinzess erkannte, hatte Sophie doch an einigen Festlichkeiten bei Hofe teilgenommen, während sie im Dienst der Kaiserin stand. In ihrem erlesenen Kostüm erkannte man die ehemalige Hofdame schon eher in ihr.

Auch aus diesem Grund hatten sich beide in den letzten Wochen immer wieder den Kopf darüber zerbrochen, wann, wie oft und vor allen Dingen wo sie sich nach Ablauf des ersten Trauerhalbjahrs wiedersehen könnten. Im Café Prinzess hätte dies mittlerweile viel zu viel Aufsehen erregt, erst recht, wenn sie sich, wie es zu Lebzeiten Danzers öfter der Fall gewesen war, in einem der Separees träfen. Das würde in der tratschsüchtigen Wiener Gesellschaft für viel Gesprächsstoff sorgen. Denn mittlerweile sprach sich immer mehr herum, dass die ehemalige Promeneuse der Kaiserin das Café Prinzess geerbt hatte und zudem als Adelige noch eigenhändig darin tätig war.

Dies kam dem Umsatz des Cafés zwar zugute, da viele Damen es anfangs aus reiner Neugier aufsuchten und, da sie mit dem Service und dem Angebot an Speisen und Getränken zufrieden waren, allmählich zu regelmäßigen Gästen wurden. Doch Sophie und Richard waren sich darüber einig, dass sie ihre zarte Liebesbeziehung keinesfalls zur Zielscheibe von aufdringlicher Neugier und anschließendem Klatsch machen wollten.

Im ersten Halbjahr nach dem Tod ihres Onkels hatte sich Sophie nie in einer eleganten Gesellschaftsrobe im Café oder außerhalb davon an einem öffentlichen Ort gezeigt. Dies hätte sich nicht geschickt. Ihre Tracht als Aufseherin bestand zum Glück ohnehin aus einem schwarzen Kleid. Nachdem Sophie dessen helle Verzierung außerdem durch eine schwarzfarbige ersetzt hatte, verstieß sie in dieser Aufmachung nicht gegen Sitte und Brauch.

Nach wie vor bestand ihre Liebesbeziehung nur im Austausch leidenschaftlicher Küsse. Das war Sophies Wunsch, dem sich Richard schließlich gebeugt hatte, da er Sophie schon einmal fast verloren hätte, als er sie zu seiner heimlichen Geliebten machen wollte. Denn sein Ehegelöbnis mit Amalie hatte bereits bestanden, als er sich in Sophie verliebte.

Doch obwohl ihre Beziehung keine Chance auf eine Legalisierung hatte, trieb sie ihre Sehnsucht nach dem jeweils anderen dazu, sich wenigstens ab und zu heimlich zu treffen. Darauf konnten sie auch in dem halben Jahr nach der Beerdigung Danzers nicht gänzlich verzichten. Insgesamt dreimal schlich sich Richard daher verstohlen die Hintertreppe in Danzers ehemalige Wohnung hinauf. Sein Besuch fand jedoch jedes Mal vor den Augen von Sophies häuslichen Dienstboten, dem langjährigen Dienstmädchen Emma und ihrer Kammerzofe Franzi, statt.

Zwar hatten die beiden Richard und Sophie diskret im Salon allein gelassen. Für Sophie war dieser Ort trotzdem nur eine Notlösung für ihre Treffen gewesen. Immer wieder hatte sie überlegt, ob sie Emma und Franzi in die Art ihrer Beziehung zu Richard einweihen sollte, war letztlich aber davor zurückgeschreckt. Wie hätte sie ihnen auch plausibel erklären können, warum sie sich gegen jede Konvention in ihren eigenen vier Wänden mit einem verheirateten Mann traf? Auch wenn sie nicht miteinander schliefen, sondern nur Küsse austauschten?

Bisher waren sowohl Emma als auch Franzi rücksichtsvoll

genug, keine Fragen zu stellen. Dennoch bestand Sophie darauf, sich nach Ablauf des ersten Halbtrauerjahres nur noch außerhalb ihrer Wohnung mit Richard zu treffen. Auch wenn dies den Verzicht auf die wenigen Zärtlichkeiten bedeutete, die sie Richard gestattete.

Nach vielem brieflichen Hin und Her hatten sie sich schließlich heute das Café Demel für ihr erstes öffentliches Treffen nach Danzers Beerdigung ausgesucht. Sophie verband dabei das Angenehme mit dem Nützlichen. Das Demel war Wiens bekanntestes Café, von dem sie sich einige neue Inspirationen für das Prinzess erhoffte.

Interessiert hatte sie bereits vor ihrem Eintritt die geschmackvolle Schaufensterdekoration bemerkt. Dort waren Konfekt und Bonbons in hübschen Schachteln und Blechdosen ausgestellt. Leider fehlte Sophie heute die Zeit, um die Auslage intensiver zu betrachten. Sie beschloss, dies ein andermal nachzuholen.

»Is's dem gnä' Fräulein recht, wenn i a bisserl spazieren geh?«, fragte Franzi nun von sich aus, als sie zum Tisch zurückkam.

Richard zückte bereits seine Börse, während Sophie Franzi antwortete. »Natürlich, meine Liebe. Geh einfach eine Stunde lang bummeln!«

»Und kauf dir was Schönes!«, ergänzte Richard, während er Franzi einen halben Gulden in die Hand drückte.

Einen kurzen Moment lang sah es so aus, als wolle die treue Seele gegen diese Großzügigkeit protestieren. Doch dann knickste Franzi nur und verschwand mit einem »I dank recht schön!« nach draußen.

»Es tut mir leid, dass ich zu spät komme, Richie«, entschuldigte sich Sophie. »Aber es gab im Café eine Beschwerde, die ich erst zur Zufriedenheit des Gasts klären musste.«

»Was dir ohne Zweifel hervorragend gelungen ist«, mutmaßte Richard, und wurde mit einem so liebevollen Lächeln belohnt, dass er geradezu dahinschmolz.

»Es ist so schön, dich endlich wiederzusehen, Phiefi«, sagte er mit belegter Stimme, nachdem Sophie Platz genommen hatte. »Zumal du heute außerordentlich elegant aussiehst«, versuchte er sich dann an einem kecken Tonfall, um sich seine Bewegtheit nicht allzu sehr anmerken zu lassen.

»Das liegt an meinem neuen Schneider«, schmunzelte Sophie. »Ich bin jetzt Kundin bei Jungmann & Neffe.«

»Was für ein interessantes Zusammentreffen!«, wunderte sich Richard. »Da kauft auch Amalie neuerdings ein.«

Ein Schatten huschte über Sophies Gesicht, was Richard seine Bemerkung sofort bereuen ließ. Doch Sophie wahrte die Contenance. »Das Geschäft hat tatsächlich einen außerordentlich guten Ruf«, bestätigte sie. »Ich hätte es schon viel früher aufsuchen sollen.«

Richard verzichtete darauf zu erwähnen, dass Amalie genau das Gleiche nach ihrem ersten Besuch dort des Langen und Breiten geäußert hatte. Denn die Zeit mit Sophie war einfach zu kostbar, um über seine unglückliche Ehe auch nur eine weitere Silbe zu verlieren.

»Und wie steht es mittlerweile im Kaffeehaus?«, setzte Richard die Konversation fort, nachdem beide ihre Bestellung aufgegeben hatten.

Wieder huschte ein Schatten über Sophies Gesicht. »Im Café Prinzess ist alles in Ordnung«, antwortete sie vielsagend.

Richard griff den Faden auf. »Und was läuft nicht so, wie du es dir wünschst?«

»Ich diskutiere mit Toni Schleiderer schon seit Wochen darüber, dass ich auch Einblick in das Geschehen im alten Kaffeehaus nehmen möchte.«

»Doch dies ist ihm nicht recht«, schlussfolgerte Richard.

Sophie nickte bedrückt. »Ich glaube, dass Toni mich mit voller Absicht dort heraushalten will. Womöglich, um sich als Geschäftsführer auch nach Ablauf unserer fünf gemeinsamen Jahre unentbehrlich zu machen.«

Sie hatte Richard selbstverständlich von den Bestimmungen im Testament ihres Onkels erzählt.

»Und was schlägt er stattdessen vor?«

»Er will die alleinige Leitung des Kaffeehauses behalten. Ich soll dagegen meine Position der Aufseherin aufgeben und ganz offiziell die Führung des Cafés Prinzess übernehmen.«

»Das scheint mir an sich eine gute Aufgabenteilung zu sein«, überlegte Richard. »Mit der Rolle einer Aufseherin stellst du die Leitungsfunktion, die dir dein Onkel zugedacht hat, im Moment zu sehr unter den Scheffel.«

»Aber dann müsste ich eine zweite Aufseherin einstellen«, argumentierte Sophie. »Mina Löb kann diese Aufgabe nicht allein bewältigen.«

»Und was wäre dabei?«, fragte Richard. »Den Plan, eine zweite Aufseherin einzustellen, hatte dein Onkel doch schon im vergangenen Herbst, als du noch in der Hofburg gebunden warst.«

Sophie zerteilte ihre bestellte Cremeschnitte lustlos in kleine Stücke, ohne etwas davon zu essen. »Mein Onkel hat die zweite Aufseherin erst gebraucht, als er selbst nicht mehr so viel mithelfen konnte. Also muss ich entweder eine weitere Aufseherin einstellen oder verrichte die gleiche Arbeit wie bisher, nur in einem feineren Kleid. Unsere Gäste würde das nur verwirren.«

»Das spricht doch wiederum dafür, eine zweite Kraft zu beschäftigen, damit du dich wirklich auf die Leitung des Cafés konzentrieren kannst«, argumentierte Richard. »Dein Onkel arbeitete quasi rund um die Uhr. Das könntest du dir ersparen und stattdessen das Leben genießen. Auch einmal ins Theater gehen oder im Prater ausfahren. Meines Wissens hat dein Onkel das so gut wie nie getan.«

Sophie schwieg und blickte weiterhin verstockt auf ihren Teller.

»Oder wirft das Café so wenig ab, dass du dir keine weitere Aufseherin leisten kannst?«, erschrak Richard.

Sophie schüttelte heftig den Kopf. »Ganz im Gegenteil, Richie. Die Umsätze im Café haben sich im Vergleich zum letzten Jahr sogar erhöht.«

»Dann sag mir doch frei heraus, was dagegenspricht, Schleiderers Vorschlag anzunehmen, Phiefi! Zumal«, Richard sah sich im Café Demel um, »du nicht einmal die erste weibliche Leiterin eines Konditorei-Cafés wärst. Maria Demel hat diese Rolle sofort nach dem Tod ihres Gatten übernommen. Das traue ich dir auch zu.«

Endlich gab Sophie sich einen Ruck. »Darum geht es doch gar nicht«, entgegnete sie. »Ich möchte mich nur nicht völlig von Toni Schleiderer abhängig machen, was die Fortsetzung der gemeinsamen Geschäftsführung angeht. Doch das wäre ich, wenn ich mich in den Belangen des alten Kaffeehauses gar nicht auskennen würde. Dann könnte ich nicht mehr frei entscheiden, wie es nach Ablauf der fünf Jahre weitergehen soll.«

Richard ging ein Licht auf. »Glaubst du, dass Toni das ahnt?«

»Ich weiß es nicht. Und möchte ihm auch nichts unterstellen. Aber seit uns das Obersthofmeisteramt den Hoflieferantentitel mit dem ausdrücklichen Hinweis wiedererteilt hat, dass man Toni Schleiderers großer Erfahrung vertraut, während ich selbst nur am Rande erwähnt wurde, weist er bei jeder Gelegenheit auf seine großen Verdienste hin.«

»Die er ja auch zweifellos hat«, gab Richard zu bedenken. »Oder redet er dir auch in die Belange des Cafés hinein?«

»Ja und nein«, antwortete Sophie. »Er besteht jedenfalls immer wieder darauf, dass sich manche Traditionen des alten Kaffeehauses nicht für das Konditorei-Café eignen. Das betrifft zum Beispiel die Neujahrskarten, die das Personal im Kaffeehaus seinen Stammkunden überreicht, wenn diese dort zum ersten Mal im neuen Jahr erscheinen. Ich wollte auch für das Café solche Glückwunschkarten drucken lassen. Doch Toni hat es mir letztlich ausgeredet.«

»Mit welcher Begründung?«

»Er behauptet, die Ober im Kaffeehaus seien viel mehr auf Trinkgelder versessen als meine Serviermädchen im Café. Dabei freuen sich die Madln auch über jeden Kreuzer, den man ihnen zusteckt.«

In dieser Hinsicht wusste Richard genau, was Toni Schleiderer meinte. »Damit hat er durchaus recht«, klärte er Sophie auf. »Zur vornehmen Atmosphäre des Cafés würde es meiner Ansicht nach wirklich nicht passen, wenn man den Damen, die es aufsuchen, eine solche Neujahrskarte mit der gleichen Aufdringlichkeit in die Hand drücken würde, wie ich sie aus den traditionellen Kaffeehäusern kenne. Dort stört sich kein Gast an dieser Sitte, zumal er damit rechnen muss, demnächst mit seinen Bestellungen übersehen zu werden, wenn er sich als zu knausrig erweist.«

Sophie hörte jetzt aufmerksam zu.

»Stell dir eine solche Szene einmal im Café Prinzess vor!«, fuhr Richard, dadurch ermutigt, fort. »Wenn ein Serviermädchen gegenüber einer Gräfin oder sogar einer Fürstin mit solch einer Karte symbolisch die Hand ausstreckt, um ein Trinkgeld zu ergattern.«

»Aus dieser Warte habe ich das noch nie betrachtet«, versetzte Sophie betroffen. »Weil Toni es mir nämlich nicht so erklärt hat wie du«, ergänzte sie verbittert und wurde dann sehr traurig. »Ich wünschte so sehr, Onkel Stephan wäre noch am Leben. Er wollte, dass ich auch das alte Kaffeehaus kennenlerne. Das hat er sogar in seinem Testament betont.«

»Aber wie genau sich dein Onkel das vorgestellt hat, erschließt sich mir leider nicht, Phiefi«, erwiderte Richard. »Denn Toni hat auch noch in anderer Hinsicht recht«, versuchte er, sie zu überzeugen. »In einem Kaffeehaus gibt es nur eine einzige Frau, nämlich die Sitzkassiererin, bei der jeder Gast seine Rechnung bezahlt. Weibliches Servierpersonal würde gar nicht geduldet, weibliche Gäste zumindest missbilligt werden.«

Doch statt Einsicht erreichte Richard das Gegenteil. Nun blitzte Trotz in Sophies grünen Augen auf. »Genau das meine ich ja«, erklärte sie kryptisch. Als Richard sie verständnislos ansah, erläuterte sie ihren Plan:

»Ich habe Toni Schleiderer vorgeschlagen, die alte Helene, die seit über zwanzig Jahren Sitzkassiererin im Kaffeehaus ist, zeitweise als Aufseherin im Café einzusetzen, während ich im Kaffeehaus ihre Aufgabe übernehme. Auf diese Weise könnte ich die Abläufe im Kaffeehaus und vor allen Dingen die Gäste kennenlernen.«

»Doch wenn ich in einem zwar schlichten, aber vornehmen Nachmittagskleid als Leiterin des Cafés einherstolziere, kann ich nicht gleichzeitig Sitzkassiererin im Kaffeehaus sein«, fügte sie ironisch hinzu. »Das passt nicht zusammen.«

Gerade ging Maria Demel an ihrem Tisch vorbei. Sie trug ein anthrazitgraues, ebenfalls mit Zeichen der Halbtrauer besetztes Kleid aus schwerer Seide. Ihr Mann war ungefähr einen Monat nach Stephan Danzer gestorben.

»Übrigens hat sich Maria Demel ebenfalls erneut um den Hoflieferantentitel beworben, der ihr demnächst auch erteilt werden soll«, sagte Sophie verdrossen. »Mich hat man dagegen im Obersthofmeisteramt nahezu ignoriert.«

Richard verzichtete diplomatisch auf den Hinweis, dass Maria Demel mindestens fünfundzwanzig Jahre älter als Sophie war. Stattdessen versuchte er, sie zu beschwichtigen.

»Mit der Zeit wird sich alles finden, Phiefi. Du musst einfach Geduld mit Toni haben. Ihr beide werdet euch schon noch zusammenraufen.«

Doch der beabsichtigte Effekt blieb aus. Im Gegenteil, Sophie schnaubte empört. »Das höre ich nun schon seit Wochen. Aber ich bin es leid und fest dazu entschlossen, spätestens ab März eine Weile Sitzkassiererin im Kaffeehaus zu werden. Notfalls auch gegen Tonis Willen! Anstatt mich im Café Prinzess als Leiterin aufzuspielen, die am Ende auch keiner ernst nimmt.«

Bevor Richard darauf reagieren konnte, öffnete sich die Tür des Demel. Herein traten zwei distinguiert aussehende Herren in Zylinder und warmem Gehrock. In einem davon erkannte Richard zu seiner Bestürzung seinen Schwiegervater Adalbert von Thurnau.

Als ihre Blicke sich trafen, erstarrten Adalberts Züge. Zweifellos hatte er Sophie von Werdenfels an Richards Tisch sofort erkannt. Richard schwante, dass ihm nach seiner Rückkehr ins Palais Thurnau ein unangenehmes Gespräch bevorstehen würde.

Palais Thurnau in der Herrengasse

Februar 1892, am frühen Abend des gleichen Tages

Wie Richard es schon im Café Demel erwartet hatte, ließ ihn sein Schwiegervater unmittelbar, gleich nachdem er aus der Stadt zurückgekehrt war, in die Bibliothek bitten.

»Was hat das zu bedeuten?«, fragte er schroff, ohne Richard vorher zu begrüßen.

Der hatte die vergangenen Stunden dazu genutzt, um sich zu überlegen, wie er Adalbert gegenübertreten sollte. Und dabei einen kühnen Entschluss gefasst. Diesmal wollte er seinem Schwiegervater reinen Wein einschenken, ohne Sophie in die Auseinandersetzung mit hineinzuziehen.

»Was hat *was* zu bedeuten?«, stellte er daher, statt einer Antwort, erst einmal eine Gegenfrage.

»Nun, dass du dich schon wieder mit dieser zweifelhaften Komtess von Werdenfels triffst«, kam Adalbert jetzt ohne Umschweife auf den springenden Punkt.

Richard ließ sich bewusst mit seiner Entgegnung Zeit. Er trat an den Servierwagen und goss sich ein Glas Cognac ein. Sein Schwiegervater lehnte das Angebot, auch ihm ein Glas einzuschenken, barsch ab und zündete sich stattdessen eine Zigarre an. Er wusste, dass Richard Zigarrenrauch hasste.

Doch der ließ sich nicht beeindrucken und setzte sich mit gemessenen Bewegungen in einen der schweren Ledersessel. Nachdem er einen Schluck Cognac genommen hatte, ließ er das Glas sinken und sah Adalbert gerade in die Augen.

»Nur dass wir uns heute richtig verstehen, Schwiegervater. Ich bin kein dummer Junge mehr, der sich für einen Lausbubenstreich zu verantworten hat. Schon gar nicht bin ich dir Rechenschaft darüber schuldig, mit wem ich meine rare Freizeit verbringe. Sprich also bitte nicht mehr in diesem Ton mit mir, sonst erachte ich unsere Unterredung sofort als beendet.«

Adalbert zuckte zusammen. Eine solche Tonart war er von Richard nicht gewohnt. Tatsächlich war dieser seit seiner Hochzeit allen Auseinandersetzungen eher aus dem Weg gegangen. Bei den vorigen Aussprachen mit Adalbert über den Zustand seiner Ehe hatte er stets ausweichend reagiert. Doch damit sollte es heute ein Ende haben.

Da seinem Schwiegervater jetzt offenbar die Worte fehlten, stellte Richard die nächste Frage. »Also, was genau möchtest du wissen, Adalbert? Und bevor du sprichst, merke dir ein für alle Mal, dass Komtess Sophie von Werdenfels eine ehrbare Dame und mir eine liebe Freundin ist. Eine weitere Beleidigung ihrer Person lasse ich mir ebenfalls nicht bieten. Wenn du mit mir sprechen möchtest, befleißige dich zumindest der einfachsten Höflichkeitsformen!«

Jetzt errötete Adalbert vor Zorn, nahm sich aber sichtlich zusammen. »Du weißt sehr gut, worum es mir geht, Richard. Ich bin in größter Sorge um deine Ehe mit Amalie.«

»Nun, das nimmt mich Wunder. Denn eigentlich hättest du dir doch denken können, dass diese mir aufgezwungene Heirat keine innige Liebe zur Folge haben kann. Unsere Hochzeit war nicht mehr als die Erfüllung eines zuvor abgesprochenen Geschäfts.«

Angesichts Richards Offenheit schnappte Adalbert nach Luft. »Bedeutet das etwa, dass ... dass ...«, er stockte und holte tief Luft, »dass du nicht die Absicht hast, deinen ehelichen Pflichten wieder nachzukommen?«

»Was bedeutet *wieder*?«, entgegnete Richard spöttisch.

»Nun ...«, Adalberts Röte vertiefte sich, diesmal aus Verlegenheit. Dann entschloss er sich zur Konfrontation. »Du hast mit meiner Erlaubnis schon vor eurer Hochzeit intim mit Amalie verkehrt. Doch die Ehe im eigentlichen Sinne hast du in der Tat noch nicht vollzogen. Du meidest ihr Bett, seit sie am Abend eurer Hochzeit ihre zweite Fehlgeburt erlitt.« Er atmete noch einmal tief durch. »Allerdings lasse ich mir nicht weiter weismachen, dass dies ausschließlich aus Sorge um Amalies Gesundheit geschieht.«

Richard sah ihm kühl in die Augen. »Du hast recht, Adalbert. Der Grund, warum ich Amalies Bett meide, ist ganz einfach der, dass ich sie nicht begehre.«

»Weil du ein Verhältnis mit dieser zweifelhaften Komtess unterhältst?«, fauchte Adalbert.

Wie er es angekündigt hatte, stand Richard wortlos auf und wandte sich zur Tür. Er hatte den Knauf schon in der Hand, als Adalbert ihn zurückrief.

»Ich entschuldige mich für meinen erneuten Fauxpas.« Die Worte kamen ihm nur schwer über die Lippen. »Doch lass uns jetzt offen von Mann zu Mann darüber sprechen, wie es mit dir und Ami weitergehen soll.«

Richard zuckte die Achseln, blieb aber noch in der Nähe der Tür. »Ich bin bereit, in der Öffentlichkeit den Schein zu wahren. Nicht mehr und nicht weniger. Allein in dieser Saison habe ich Amalie bereits auf fünf Bälle begleitet, darunter den diesjährigen Hofball. Das muss genügen.« Zu seinem eigenen Erstaunen bemerkte er, dass er innerlich ganz ruhig war und heute das Richtige tat.

»Soll das ... soll das bedeuten, dass du nie wieder mit Amalie schlafen willst?« Nun klang Adalbert fassungslos. »Du weißt doch, wie sehr ich mir Enkel wünsche.«

Richard grinste spöttisch. Betont langsam nahm er wieder in dem Lederfauteuil Platz und fixierte Adalbert aufs Neue. »Weil dir etwas an den neuen Erdenbürgern liegt, oder weil du über sie den Titel ›von Thurnau‹ erhalten möchtest?«

Adalberts Gesicht färbte sich dunkelrot. »Das eine schließt das andere ja nicht aus«, rechtfertigte er sich. Dann verlegte er sich zu Richards Verblüffung aufs Jammern.

»Ich gebe ja zu, dass wir, dein Vater und ich, euch beide zu dieser Hochzeit gezwungen haben. Doch ich selbst hatte immer die Hoffnung gehegt, dass ihr am Ende doch noch glücklich miteinander werdet. Nicht umsonst habe ich dich damals gebeten, Amalies Ehering aus dem meiner verstorbenen Frau Lori schmieden zu lassen. Ich habe Lori jedenfalls von ganzem Herzen geliebt, obwohl wir damals auch nicht aus freien Stücken geheiratet haben.«

Einen kurzen Moment lang spürte Richard einen Anflug von Mitgefühl mit dem alternden Mann. Doch mit Adalberts nächsten Worten verschwand diese Anwandlung so rasch, wie sie gekommen war.

»Bedenke außerdem, was ich alles in eure Ehe investiert habe!« Nun sprach der auf Profit fixierte Geschäftsmann, wie Richard ihn kannte, aus Adalbert. »Den ganzen Mezzanin habe ich umbauen lassen, um dir und Ami für eure traute Zweisamkeit eine abgeschlossene Suite innerhalb meines Palais zur Verfügung stellen zu können.«

Als Amalie klargeworden war, dass die Führung eines eigenen Haushalts nach der Hochzeit auch mit Verpflichtungen für sie einhergehen würde, hatte sie nämlich davon Abstand genommen, das Palais Thurnau zu verlassen, und ihren Vater um diese Lösung gebeten. Richard hatte sich aus der ganzen Sache, die ihm ohnehin einerlei war, herausgehalten.

Adalbert wartete einen kurzen Moment lang. Als Richard

nicht reagierte, fuhr er mit seinem Lamento fort. »Auch deine ganze Familie habe ich unterstützt. Deinem Vater Eduard habe ich einen großzügigen Kredit gewährt, damit er euer baufälliges Schloss in Tirol endlich sanieren kann. Auch deinem Onkel Maximilian habe ich viel Geld geliehen. Und deine beiden Vettern Maxi und Fredl verdanken mir ihre Laufbahn bei den Dragonern. Ohne meine Geldzuwendungen wären sie nie bei dieser Elite-Kavallerieeinheit untergekommen.«

Richard erwiderte immer noch nichts.

»Auch du profitierst von Amalies exorbitant hoher Mitgift, die ich sogar noch einmal auf insgesamt einhundertfünfzigtausend Gulden aufgestockt habe. Ohne die Schulden, die du seinerzeit angehäuft hast, damit zu verrechnen.«

Als Richard erneut nicht antwortete, begann Adalbert zu drohen. »Doch wenn eure Ehe nur mehr auf dem Papier besteht, steht dir auch Amis Mitgift nicht zu. Ich könnte sie von dir zurückfordern.«

Das war eine leere Drohung, wie Richard wusste. Dies galt zwar nicht für die zweite, die Adalbert unmittelbar danach formulierte. Aber auch die ließ ihn kalt.

»In meinem Testament habe ich Ami und dich bislang außerdem als gemeinsame Erben eingesetzt. Diese Bestimmung kann ich leicht wieder ändern und alles Amalie hinterlassen. Ohne dir eine Verfügungsgewalt über dieses Vermögen oder seine Erträge zuzugestehen. Damit entgeht dir ein Besitz, zu dem du es selbst niemals bringen wirst.«

Nun hatte Richard genug. »Bist du fertig?« Er fixierte Adalbert kalt. »Dann höre, was ich *dir* jetzt zu sagen habe.«

Er richtete sich kerzengerade auf. »Welche finanziellen Zuwendungen du meiner Familie zukommen lassen hast, ist allein deine Sache. Ob mein Vater oder mein Onkel dir ihre Schulden jemals zurückzahlen können, ist mir herzlich gleichgültig. Und was die Unterstützung meiner Vettern Maxi und Fredl angeht, so lass dir gesagt sein, dass sie, was Maxi betrifft, völlig vergeudet war. Er ist ein Taugenichts und wird einer bleiben.«

Adalbert starrte Richard verblüfft an. Natürlich wusste er nichts von jener Affäre in der Bukowina, über die Richard ihn auch nicht aufklären wollte. Und natürlich wusste er erst recht nicht, dass es Maxi von Löwenstein auf irgendeine Weise fertiggebracht hatte, sich dort so aus der Affäre zu ziehen, dass er die Treppe sogar noch hinaufgefallen war. Er war von jener abgelegenen Gegend des Reiches vor einigen Wochen ins 4. Dragonerregiment versetzt worden, das erst seit diesem Jahr in Wien stationiert war. Diese Versetzung war sogar mit seiner Beförderung zum Oberleutnant verbunden gewesen.

Bis heute war Richard nicht klar, ob sein Dienstherr, Erzherzog Albrecht, von dieser Versetzung und Beförderung wusste. Er war zwar der Oberbefehlshaber der gesamten k.u.k. Armee, konnte in dieser Funktion aber unmöglich über alles Bescheid wissen, was in den vielen Garnisonen und Regimentern im Einzelnen vor sich ging. Richard selbst hatte von Maxis Versetzung nur durch einen reinen Zufall erfahren, als er im Rahmen der Vorbereitung für das Frühjahrsmanöver die Offizierslisten des 4. Dragonerregiments durchging.

Anfangs hatte er mit sich gerungen, ob er Erzherzog Albrecht auf seinen verderbten Cousin ansprechen sollte, dann aber Abstand davon genommen, um Maxis Bruder Alfred, genannt Fredl, nicht zu schaden. Denn dessen Laufbahn beim Militär verlief weitaus vielversprechender als die seines Bruders.

Fredl besuchte im Augenblick die begehrte Kriegsschule, die als Ausbildungsstätte für spätere Offiziere im Dienst des Generalstabs nur wenigen Auserwählten nach einer strengen Aufnahmeprüfung offenstand. Das Bekanntwerden von Maxis Schande hätte auch Fredls Karriereaussichten zerstört. Denn die Voraussetzung für einen der begehrten Plätze im Generalstab war nicht nur der untadelige eigene Ruf, sondern auch der der eigenen, über jeden Zweifel erhabenen Familie.

Richard, der die Kriegsschule und die damit verbundene Ausbildung nie absolviert hatte, gehörte diesbezüglich zu den wenigen Ausnahmen. Denn er verdankte seine ersten Beförderungen dem verstorbenen Kronprinzen Rudolf, der ihn aufgrund ihrer Freundschaft bereits in jungen Jahren in seinen persönlichen Stab berufen hatte. Erzherzog Albrecht übernahm Richard nach Rudolfs Freitod dann in seinen Generalstab, wo er sich seine weiteren Karriereschritte redlich verdient hatte.

»Und Fredl ist gut genug, um seinen eigenen Weg auch ohne dein Geld erfolgreich weiterzugehen«, versetzte Richard Adalbert einen weiteren Schuss vor den Bug.

»Und ich brauche dein Geld ebenfalls nicht«, kam er dann zu dem für ihn wichtigsten Argument. »Weder die Mitgift deiner Tochter noch dein Erbe. Mein Sold als Major ermöglicht mir ein zwar bescheidenes, aber durchaus auskömmliches Leben. Also tust du am besten daran, meine Beziehung mit Ami so zu akzeptieren, wie sie ist. Es sei denn, du bevorzugst eine Scheidung. Auch damit wäre ich einverstanden.«

Adalbert prallte zurück. »Bist du jetzt ganz und gar von Sinnen?«, stammelte er. »Mein gesamtes gesellschaftliches Ansehen wäre dahin, vielleicht sogar die Hoffähigkeit derer von Thurnau ebenso wie derer von Löwenstein. Gerade hat mich Fürstin Pauline von Metternich zu einer ihrer Soireen eingeladen. Weißt du, wie viel Anstrengung es mich gekostet hat, endlich diese Anerkennung zu erlangen?«

Ich wüsste lieber, wie viele Gulden es dich gekostet hat, dachte Richard ironisch, sprach dies jedoch nicht aus. Denn in der Tat konnte Adalbert mit seinem Geld machen, was er wollte. Da er nach Auffassung seiner Standesgenossen durch unseriöse Spekulationen während des Börsenkrachs von 1873 zu seinem Reichtum gekommen war, hatte ihn die vornehme Wiener Gesellschaft danach viele Jahre lang geschnitten. Erst in jüngster Zeit war es Adalbert gelungen, durch erkleckliche Geldzuwendungen für die Wohltätigkeitsaktivitäten hochadeliger Damen den Status zu erreichen, den er sich lange vergeblich gewünscht hatte.

»Es liegt also ganz bei dir, Schwiegervater. Unternimmst du nichts gegen mich, wahre ich den Schein und erhalte die Ehe mit Ami aufrecht«, kam Richard zum Schluss.

Natürlich würde der Skandal einer Scheidung, zumal nach weniger als zwei Jahren Ehe, auch Richards Karriere im Generalstab schaden. Zudem wusste er nicht, ob er sein sehnlichstes Ziel damit überhaupt erreichen würde. Denn wäre Sophie dazu bereit, eine Ehe mit ihm als geschiedenem Mann in Betracht zu ziehen? Da eine solche Verbindung als anrüchig galt, könnte ihr diese auch als Geschäftsfrau erheblich schaden. Zumal er außerdem im Gegensatz zu ihr ohne jedes Vermögen dastehen würde.

Wieder und wieder hatte er über diese Problematik in den letzten Monaten gegrübelt, ohne bislang einen Ausweg gefunden zu haben. Sophie war anders als ihre ehemalige Freundin Mary Vetsera, die bereit gewesen war, sich über jede Konvention hinwegzusetzen, und alles, sogar ihr Leben, für ihre Liebe zu Kronprinz Rudolf zu geben. Sophie dagegen neigte nicht zu verblendeter Schwärmerei und war daher auch nicht bereit, um jeden Preis mit ihm zusammen zu sein. Das hatte sie in den vergangenen Jahren bereits zur Genüge bewiesen.

Durch diese Grübeleien abgelenkt, bekam er Adalberts nächste Worte zunächst nicht mit. »Also, soll ich diesbezüglich einmal mit Amalie sprechen?«, war dessen erster Satz, der wieder in sein Bewusstsein drang.

»Entschuldige bitte, ich war einen Moment lang mit meinen Gedanken woanders. Worüber möchtest du mit Amalie sprechen?«

»Ich … Also ich dachte …« Adalbert setzte mehrfach zum Sprechen an. Offensichtlich war ihm peinlich, was er nun wiederholen sollte. Er gab sich einen Ruck. »Also, wenn es Amalie an den Qualitäten fehlen lässt, die einem gestandenen Mann wie dir ausreichend Vergnügen bereiten«, er stockte wieder und wurde womöglich noch röter im Gesicht, »gibt es vielleicht die ein oder andere erfahrene Kurtisane, die gegen ein gutes Honorar bereit wäre, Amalie ein wenig ... also ein wenig in die Kunst der Liebe einzuführen«, rang sich Adalbert schließlich zu den entscheidenden Worten durch.

Anfangs war Richard verdutzt. Dann hätte er am liebsten laut aufgelacht. Bruchstückhaft erschienen die vielen Szenen vor seinem inneren Auge, die es in den letzten Monaten gegeben hatte, seit Amalie von ihrer Fehlgeburt genesen war. Immer wieder war sie nachts splitternackt durch die Zwischentür, die ihre beiden Schlafgemächer miteinander verband, geschlichen und hatte sich, während er schlief, neben ihn gelegt. Nachdem er die Tür dann irgendwann abgeschlossen hatte, schloss sie sie tagsüber wieder von seinem Zimmer aus auf und besorgte sich schließlich sogar einen Dietrich dafür. War sie erst einmal in seinem Bett, hatte sie mit ihren Händen und ihrem Mund nichts unversucht gelassen, um ihn zu reizen.

Vor ihrer Hochzeit hatte Richard, wie er sich heute beschämt eingestand, Amalies erotische Fähigkeiten sogar geschätzt. Jedoch war dafür seine Kränkung nach der Zurückweisung durch Sophie ausschlaggebend gewesen. Seitdem er sich wieder mit Sophie versöhnt hatte, ekelte ihn Amis Gebaren, mit dem sie ihn zu verführen versuchte, regelrecht an. Ihre Nachstellungen hatten erst aufgehört, seitdem er jede Nacht eine schwere Truhe vor die Zwischentür schob.

Nun grinste er anzüglich. »Ich versichere dir, lieber Schwiegervater, dass so manch eine Kurtisane eher etwas von deiner Tochter lernen könnte als umgekehrt. Obwohl ich kein regelmäßiger Gast in den Hurenhäusern war, geht es dort wahrscheinlich harmloser zu als mit deiner Tochter im trauten Schlafgemach.«

Adalbert war wie vom Donner gerührt. Regungslos starrte er Richard an. Der hatte nun endgültig genug von diesem Gespräch und stand auf.

»Ich denke, jetzt ist alles zu diesem Thema gesagt«, zog er ein Fazit. »Verschone mich also in Zukunft bitte damit!«

Damit trank er seinen Cognac aus, verließ die Bibliothek und ließ Adalbert völlig verstört zurück.

Kaffeehaus Prinzess

März 1892

»Sie sind also die Neue, mein Fräulein? Ist denn die alte Helene in den Ruhestand gegangen?«

»Nein, werter Herr«, antwortete Sophie. »Frau Helene arbeitet an meiner statt gerade als Aufseherin im Café Prinzess. Damit ich das Kaffeehaus besser kennenlernen kann, werden wir uns hier als Sitzkassiererin abwechseln.«

»Aha, so ist das also. Und warum wurde dieses Arrangement so getroffen, wenn ich fragen darf ... Fräulein«, der Herr stockte einen Moment lang, »oder doch Frau ...?«

»Sophie, mein Name ist Fräulein Sophie«, erläuterte sie in der Hoffnung, der Herr würde ihr nicht ansehen, wie überdrüssig sie der Frage nach ihrem Ehestand mittlerweile war. Erst recht der zweiten, die auf dem Fuße folgte. »Ich bin die Nichte des verstorbenen Kaffeehausbesitzers Stephan Danzer«, gab sie, gefühlt zum hundertsten Mal, die gewünschte Auskunft, seitdem sie hier angefangen hatte. »Mein Onkel hat mir das Kaffeehaus vermacht, da er keine eigenen Kinder hatte. Daher ist es mir ein Anliegen, das Unternehmen zur Gänze kennenzulernen.«

»Aha«, brummte der Herr noch einmal. »Sie wollen als junges Fräulein arbeiten, obwohl Sie das gar nicht nötig hätten?« Als Sophie darauf nicht reagierte, fügte der Mann hinzu: »Aber so etwas scheint in Wien mittlerweile ja in Mode zu kommen. Der Demel und sogar das traditionsreiche Kaffeehaus Griensteidl werden ja auch von Frauen geführt.« Sein Tonfall ließ deutlich erkennen, dass er das missbilligte.

Auch diese Reaktion war Sophie nur allzu bekannt, seit sie sich mit ihrem Plan gegenüber Toni Schleiderer durchgesetzt hatte. Trotzdem ärgerte sie sich jedes Mal aufs Neue darüber. Seit einer Woche fungierte sie nun als Sitzkassiererin im alten Kaffeehaus. Da sie mittlerweile die Erfahrung gemacht hatte, dass es sinnlos war, in irgendeiner Weise auf den Spott oder die Kritik der Männer einzugehen, überging sie die letzten Worte des Gastes einfach.

Irgendwann wird der Tag kommen, an dem mich auch die langjährigen Besucher als Sitzkassiererin akzeptieren und es nicht mehr ungewöhnlich finden, dass ich mich mit Helene abwechsle, beruhigte sie sich.

Doch bis dahin würde noch viel Wasser den Donaukanal hinabfließen. Das alte Kaffeehaus Prinzess hatte schon unter Stephan Danzers Vater existiert, also mehrere Jahrzehnte vor dem Konditorei-Café. Es hatte daher in Wien eine lange Tradition und eine weitaus größere Anzahl an Stammgästen als das Café.

Denn im Kaffeehaus konnte sich jeder Gast so lange aufhalten, wie es ihm beliebte, selbst wenn er nach der ersten Bestellung eines Kleinen Schwarzen nichts mehr orderte. Das dazugehörige Wasserglas füllten die Ober trotzdem immer wieder auf.

Deshalb nutzten gerade in der kälteren Jahreszeit viele Männer das Kaffeehaus, um hier kostenlos die Zeitungen zu lesen und zu Hause die Kohlen für den Ofen zu sparen, sofern sie sich Heizmaterial überhaupt leisten konnten. Auch der dunkelgraue Anzug des Gastes, der nun in seinem abgetragenen Jackett nach ein paar Münzen fischte, hatte schon bessere Tage gesehen.

Sophie kassierte den armseligen Betrag, ohne eine Miene zu verziehen. Auch das hatte sie mittlerweile gelernt. Im Café wurden Gäste, die ihre Speisen und Getränke verzehrt hatten, immer wieder von den Serviermädchen oder, falls dies erfolglos blieb, von der Aufseherin angesprochen, ob sie noch etwas bestellen wollten. Lehnten sie ab, wurden sie freundlich, aber bestimmt zur Kasse gebeten.

Denn das Café war sehr viel kleiner als das alte Kaffeehaus, wie Sophie bereits an ihrem ersten Tag dort überrascht feststellte. Tatsächlich hatte sie das Kaffeehaus bis dahin noch kein einziges Mal betreten. Obwohl es Damen seit 1840 nicht mehr verboten war, sich hier aufzuhalten, gehörte sich das einfach nicht für eine Frau, schon gar nicht für eine so junge wie Sophie. Die Sitzkassiererin hinter ihrem Tresen blieb das einzige geduldete weibliche Wesen im Kaffeehaus.

Aus diesem Grund hatten etliche Kaffeehäuser, darunter auch das Sacher, für weibliche Gäste mittlerweile Damensalons eingerichtet, die wiederum für Herren in der Regel tabu waren. Eine Alternative zu diesen Damensalons waren die Konditorei-Cafés, in denen sich beide Geschlechter aufhalten konnten.

Als Stephan Danzer und seine Frau Annerl weiland vor der Alternative standen, ob sie einen Damensalon einrichten oder es dem Demel und der Konditorei Gerstner nachtun sollten, entschieden sie sich für das Café. Die Räumlichkeiten dazu zweigten sie allerdings nicht von denen des alten Kaffeehauses ab, sondern richteten es in dem von Annerl ererbten Eckhaus zum Graben ein, das sie über einen Durchbruch mit Stephan Danzers Elternhaus in der Dorotheergasse verbanden.

In der Tat unterschied sich die Atmosphäre des Kaffeehauses in vielerlei Hinsicht von der des Cafés Prinzess. Die Luft im Kaffeehaus war permanent vom Qualm der Zigarren und Zigaretten geschwängert, ein Umstand, an den sich Sophie noch nicht gewöhnt hatte. Dagegen herrschte im Konditorei-Café striktes Rauchverbot.

Die Konversation im Café verlief vornehm gedämpft. Im Kaffeehaus herrschte im Vergleich dazu ein Lärm von beständigem Stimmengewirr und sogar lauten Rufen, besonders im linken Flügel, wo man Karten spielte und der große Billardtisch stand. Während man als Gast des Cafés diskret mit einem Heben des Fingers anzeigte, dass man noch einen Wunsch hatte, riefen die Besucher des Kaffeehauses schon einmal durch den ganzen Raum nach dem Ober.

Der sonstige Umgang mit dem Kaffeehaus-Personal entsprach diesen eher lose wirkenden Sitten interessanterweise jedoch nicht. Bis auf den Schani, wie man die Lehrbuben nannte, wurde jeder Ober mit einem höflichen »Herr« vor seinem Vornamen angesprochen und selbstverständlich gesiezt. Dagegen nannten die Besucherinnen des Cafés die einfachen Serviermädchen nur bei ihren Vornamen und duzten sie sogar oftmals. Nur die Aufseherinnen wurden mit »Frau« oder »Fräulein« gefolgt von ihren Vornamen angesprochen und durchgängig gesiezt.

Lediglich bei der Korrektheit der Kleidung gab es keine Unterschiede. Die Ober im Kaffeehaus trugen schwarze Anzüge mit Weste, blütenweißen, gestärkten Hemden und schwarzer Fliege, die Serviermädchen im Café die noch von Annerl Danzer entworfene dunkelblaue Tracht mit weißer Latzschürze und Häubchen.

Hier wie dort traten die Frauen in hervorgehobener Position in schwarzen Kleidern auf. Die Sitzkassiererin im Kaffeehaus trug allerdings keine Tracht, sondern ein in der Regel streng geschnittenes, hoch geschlossenes schwarzes Kleid ihrer Wahl. Wie die Ober erhielt sie einen jährlichen Zuschuss für die Anschaffung dieser Garderobe. Sophie gab dies die Möglichkeit, die mittlerweile abgelegte Trauerkleidung für ihren verstorbenen Onkel aufzutragen.

Bezahlt wurde auch im Café nicht bei den Serviererinnen, sondern an einer mit wechselndem Personal besetzten Kasse. Hier wie dort nahmen Servierkräfte die Bestellungen auf und meldeten sie an die Kassiererin, die die entsprechenden Beträge mit der dazugehörigen Tischnummer notierte.

Natürlich wurde im Café jede Besucherin von dem sie bedienenden Serviermädchen oder, bei besonders hochgestellten Persönlichkeiten, von der Aufseherin zu dieser Kasse geführt. Im Kaffeehaus trat jeder Gast selbstständig an den Tresen der Sitzkassiererin.

Die Kasse im Café befand sich in einer diskreten Nische im Hintergrund. Hinter einem Tisch mit dem Kassenbuch, in das jeder Posten säuberlich eingetragen wurde, und der Geldkassette saß die Kassiererin, die von den meisten Plätzen im Café aus gar nicht zu sehen war.

Dagegen thronte die Sitzkassiererin im Kaffeehaus wie eine Königin hinter ihrer überall sichtbaren Theke. In alten Zeiten hatte sie sogar den Zucker verwahrt, als der noch zu teuer und deshalb zu kostbar gewesen war, um ihn zur freien Verfügung auf die Tische zu stellen, wie es jetzt in beiden Gaststätten der Fall war.

Im Gegensatz zur sonstigen Einrichtung, die Sophie im Vergleich mit der des Cafés als ausgesprochen schäbig empfand, war die Theke der Sitzkassiererin durchaus beeindruckend. Im Kaffeehaus war sie so platziert, dass sie exakt in der Mitte zwischen dem ruhigeren Lesesaal mit den Zeitungen zur Rechten und dem lebhafteren Spielbereich zur Linken lag. So konnte Sophie beide Teile des Kaffeehauses überblicken, auch wenn sie dazu ihren Lehnstuhl drehen und sich ein wenig den Kopf verrenken musste.

Der Tresen war aus schwerem Mahagoniholz gefertigt, das im Laufe der Jahre nachgedunkelt war, und mit geschnitzten Kassetten verziert. Er hatte die Form eines Quadrats, in dem die Sitzkassiererin in Richtung des Lesebereichs des Kaffeehauses ihren Platz hatte und auf der Marmorplatte vor sich die Bestellungen notierte und abkassierte. Eine hohe Vitrine aus dem gleichen Holz, die hinter der Sitzkassiererin auf dem rückwärtigen Teil des Tresens aufgesetzt war, enthielt die Gläser für die alkoholischen Getränke. Auch diese kostbaren Gefäße aus Kristallglas waren ursprünglich von der Sitzkassiererin ausgegeben worden, jetzt jedoch auch für die Ober zugänglich.

Denn Wein und stärkere geistige Getränke gehörten heutzutage zum selbstverständlichen Angebot eines Kaffeehauses, Bier in der Regel allerdings nicht. Zur Entstehungszeit dieser Einrichtungen, nach der zweiten Belagerung Wiens durch die Türken Ende des 17. Jahrhunderts, hatte es dort dagegen tatsächlich nur Kaffee gegeben. Glaubte man der Legende, hatten die Belagerer nach ihrem Abzug einen Sack mit seltsamen graugrünen Bohnen in der Stadt zurückgelassen, aus denen der erste Kaffeehausbetreiber dieses damals noch völlig unbekannte Getränk zusammenbraute.

Es trat rasch seinen Siegeszug durch ganz Wien an. Im Jahr 1730 gab es dort bereits dreißig offizielle Kaffeehäuser. Schnell erweiterte sich deren Angebot auch auf Kakao, Tee, Limonaden, alkoholische Getränke und kleine Speisen. Ein Mittagstisch wie im Kaffeehaus Prinzess wurde jedoch erst in jüngerer Zeit angeboten und war noch immer nicht überall Standard.

Zur Tradition der Kaffeehäuser gehörte von Beginn an ein umfangreiches Angebot an Tageszeitungen. Auch das Prinzess verfügte über Abonnements jeder bekannten Gazette in Wien und einer Vielzahl anderer österreichischer und sogar ausländischer Blätter. Da man Zeitungen ansonsten nur in den sogenannten Trafiken bekam, wo auch die Abonnenten sie regelmäßig abholen mussten, und sie darüber hinaus recht teuer waren, gehörte dieser Lesestoff zu den Hauptattraktionen jedes Kaffeehauses. Viele Besucher kamen nur deshalb mehrere Stunden täglich dorthin, um sich nach und nach durch jedes einzelne Blatt zu wühlen.

Nicht immer verhielten sich diese Leser rücksichtsvoll gegenüber anderen Interessenten. Halb amüsiert, halb ärgerlich beobachtete Sophie auch jetzt wieder einen typischen »Zeitungsmarder«. Der ältere Mann hielt sich bereits seit Stunden im Prinzess auf und hatte in dieser Zeit, ebenso wie der gerade verabschiedete Gast, kaum etwas bestellt. Rund um seinen Platz hatte er jedoch alle heutigen Tageszeitungen gestapelt, die er ergattern konnte.

Gerade trat ein weiterer, gut gekleideter Herr an den Tisch des Zeitungsmarders und zeigte auf eine der gehorteten Gazetten. Von ihrem Platz aus, den Sophie nur ausnahmsweise oder in ihren Pausen verlassen durfte, konnte sie das heftige Wortgeplänkel, das sich daraufhin zwischen den beiden entspann, zwar kaum verstehen. Aber deren Gesten wirkten immer bedrohlicher.

Gerade kam der Oberkellner, Herr Franz, an ihrer Theke vorbei. Sophie winkte ihn zu sich. »Bitte, Herr Franz! Dort drüben entspinnt sich mal wieder ein Streit um die Zeitungen. Bevor es wie gestern zugeht, wo ein paar Gazetten in dem Gerangel sogar zu Schaden kamen, gehen Sie doch bitte einmal hinüber und schlichten den Streit!«

Herr Franz verbeugte sich knapp und ohne ein Lächeln, kam Sophies Aufforderung dann aber nach. Auch beim ausschließlich männlichen Personal würde es noch dauern, bis man sie in ihrer Doppelrolle als Sitzkassiererin und Eignerin des Kaffeehauses akzeptierte. Toni Schleiderer hatte ihr dies vorausgesagt. Sophie hatte ihn darüber hinaus im Verdacht, die Ober gegen sie aufgehetzt zu haben.

Um sich von diesen unangenehmen Gedanken abzulenken, ließ sie ihre Blicke umherschweifen, nachdem Herr Franz tatsächlich eine gütliche Einigung zwischen den Kontrahenten herbeigeführt hatte. Sie beobachtete weitere Gäste, die sich zu dieser Nachmittagsstunde im Kaffeehaus aufhielten. Anders als im Café, wo um diese Tageszeit Hochbetrieb herrschte, war es im Kaffeehaus bis zum frühen Abend vergleichsweise ruhig. Dies nutzten die anwesenden Besucher, um weitere Annehmlichkeiten in Anspruch zu nehmen.

Wie in jedem Kaffeehaus, das etwas auf sich hielt, gab es auch im Prinzess mit Papier, Feder und Tinte ausgestattete Schreibtische, an denen Gäste ihre privaten Korrespondenzen erledigen konnten. Beide Tische waren im Augenblick besetzt.

Einer der beiden Schreibenden beugte sich so tief über das Papier, dass er es fast mit seiner Nasenspitze berührte. Der andere stand gerade auf, um an das Bücherregal zu treten, in dem das Kaffeehaus Fahrpläne für die Tramway, Nachschlagewerke, Kalender, Adressbücher und sogar Lexika aufbewahrte. Auch dieses Angebot stand den Besuchern kostenlos zur Verfügung.

Eine eher symbolische Gebühr musste man lediglich für die Benutzung des Billards im links gelegenen Spielsaal entrichten. Für fünf Kreuzer pro Partie konnte sich jeder Gast mit einem Mitspieler oder, mangels eines Partners, sogar allein amüsieren. Lediglich, wenn alle Bälle eingelocht und in den Tiefen des Tisches verschwunden waren, musste die Gebühr erneut entrichtet werden, wenn ein weiteres Spiel gewünscht war.

Die Brettspiele in einem Regal an der Wand waren dagegen wie die Utensilien im Lesesaal kostenlos.

Auch im linken Flügel war heute wenig los. Nur zwei der Tische, an denen in der Regel gespielt wurde, waren besetzt. An einem dieser Tische maßen sich zwei ernst dreinblickende Kontrahenten, größtenteils schweigend, beim Schach. Sophie interessierte sich jedoch mehr für die drei Personen am zweiten Tisch. Sie spielten Tarock, ein Kartenspiel, das Sophie bislang nicht gekannt hatte.

Zwei der Spieler waren auf der Beerdigung ihres Onkels gewesen, und der eine von ihnen hatte sich ihr damals als Dr. Schnitzler vorgestellt. Den Namen des zweiten, den sie heute zum ersten Mal im Prinzess sah, hatte sie vergessen, den Mann aber an seiner markanten Stirnlocke wiedererkannt. Beim dritten Spieler handelte es sich ebenfalls um einen Arzt, wie ihr der Oberkellner Herr Franz schon in der letzten Woche auf ihre Nachfrage hin erklärt hatte.

»Des is der Dr. Freud. Der kommt am Samstag immer her.«

»Was ist das für ein Arzt?«, fragte sie nach.

Der Oberkellner zuckte mit den Achseln. »Des weiß i ned so genau. Seine Praxis is jetz in der Berggass'n. Es heißt, da gehn Leut hin, die ned ganz richtig im Kopf sind.«

Auch das war ein Unterschied zwischen dem Kaffeehaus und dem Café Prinzess. Im Café wurden selbst die einfachen Serviererinnen dazu angehalten, reines Hochdeutsch mit den Gästen zu sprechen. Im Kaffeehaus dagegen durfte sich ein Anflug von Dialekt in den Umgangston einschleichen. Lediglich Toni Schleiderer befleißigte sich als Leiter einer einwandfreien Sprache.

Sophie erinnerte sich, dass Freud an Danzers Beerdigung verhindert gewesen war. Seit Herrn Franz' Erklärung war ihr Interesse an diesem Gast besonders geweckt. Gerne hätte sie mitgehört, was am Tisch so alles gesprochen wurde. Doch leider hatte Freud sowohl am vergangenen Samstag als auch heute so weit von ihrer Theke weg gesessen, dass sie die Gespräche nicht verstanden hatte.

Lautes Johlen an diesem Spieltisch zeigte Sophie nun an, dass der Tarockspieler, dessen Namen sie nicht mehr wusste, offensichtlich gewonnen hatte.

Die große barocke Standuhr schlug ohrenbetäubend viermal. Das Schlagwerk war so laut, dass es selbst noch den größten Lärm im Kaffeehaus übertönte. Sophie seufzte.

Leider würde Helene sie schon bald als Sitzkassiererin ablösen. Wie es Toni Schleiderer zu Sophies Missfallen zu Recht befürchtet hatte, machte sich Helene als Aufseherin im Café nicht besonders gut. Sie hatte zu viele Jahre lang nur gesessen und war daher viel zu schwerfällig geworden, um die Gäste und Kunden an ihren Tischen oder den Verkaufstheken flink zu bedienen.

Auch Helenes Umgangsformen ließen zu wünschen übrig, worüber sich Mina Löb schon bei Sophie beklagt hatte. Kein Wunder, war Helene doch das Kaffeehaus gewöhnt, in dem es weit rauer zuging als im Café.

Heute musste Mina Löb früher aufhören. Ihrer Mutter, die ihre Lungenkrankheit nie ganz auskuriert hatte, ging es wieder schlechter. Mina wollte sie zu ihrem Arzttermin begleiten.

Jetzt trat Helene auch schon durch die Tür des Flurs, der Kaffeehaus und Café miteinander verband. Stirnrunzelnd bemerkte Sophie, dass sie noch ihre Aufseherinnentracht trug, anstatt sich für den Dienst als Sitzkassiererin wieder ihr eigenes Kleid anzuziehen.

Aber jetzt war keine Zeit mehr, Helene zurückzuschicken. Mina wollte spätestens um halb fünf gehen, und Sophie musste sich ihrerseits natürlich noch umziehen.

Ich muss bei nächster Gelegenheit einmal ein ernstes Wort mit Helene sprechen, nahm sie sich vor.

Denn von all den Problemen entmutigen lassen wollte sie sich auf keinen Fall. Sie freute sich im Gegenteil schon jetzt auf ihren nächsten Einsatz im Kaffeehaus.

Kapitel 3

Hotel Sacher

Anfang April 1892

»Und Sie können tatsächlich keine genauere Beschreibung abgeben?« Richard runzelte die Stirn.

Der Nachtportier, dessen Veilchen rund um sein zugeschwollenes rechtes Auge in einem dunklen Lila schillerte, schüttelte bedauernd den Kopf. »Ich bin mir nur sicher, dass es sich um Dragoneroffiziere gehandelt hat. Das konnte ich an den Uniformen erkennen.«

»Aber darin sind Sie sich immerhin sicher? Obwohl die Herren keine Helme trugen?«

Der Nachtportier nickte. »Ich besuche jedes Jahr die Mai-Paraden auf der Schmelz, sofern es mein Dienst erlaubt. Deswegen kann ich die einzelnen Kavallerieeinheiten ganz gut auseinanderhalten.«

»Aber aus welchem Dragonerregiment die Offiziere stammen, wissen Sie nicht? Das hätten Sie an den Aufschlägen der Uniformjacken erkennen können.«

Wieder schüttelte der Mann mit einem Ausdruck des Bedauerns den Kopf. »Die Herren hatten die Jacken abgelegt«, erklärte er.

Der Ober Herr Adam, der gestern Abend den Spätdienst in der Blauen Bar des Hotels Sacher gehabt hatte, meldete sich zu Wort. »Ich glaube, die kamen gar nicht alle aus dem gleichen Regiment, sondern haben sich erst hier kennengelernt.«

»Woraus schließen Sie das?«

»Es waren insgesamt vier Herren. Zwei kamen zusammen, die beiden anderen allein. Zuerst saßen die Herren an verschiedenen Tischen, erst, als außer ihnen kein Gast mehr in der Bar war, setzten sie sich an einen gemeinsamen Tisch.«

»Ist Ihnen denn aufgefallen, welche Farbe die Aufschläge der Uniformjacken oder die Knöpfe hatten?«

Das Gesicht des Obers hellte sich auf. »Ja, gnädiger Herr. Es waren weiße und gelbe Knöpfe.«

Richard spürte einen Anflug von Resignation. Verschiedenfarbige Knöpfe bedeuteten zwar tatsächlich, dass die Randalierer aus verschiedenen Regimentern stammten. Doch ohne die Farbe der Jackenkragen und -aufschläge waren die Regimenter allein an den Knöpfen nicht zu identifizieren. Die Uniformen der insgesamt fünfzehn Dragonerregimenter unterschieden sich durch die *Kombination* der Knopffarbe und der von Aufschlägen und Kragen.

»Rot war dabei«, erinnerte sich der Nachtportier jetzt doch. »Eine der Uniformjacken hatte rote Aufschläge.«

Erst in diesem Moment wurde Richard bewusst, dass ihm auch diese Information nicht wirklich weiterhalf. Es gab ganz verschiedene Rottöne bei den Uniformen. Ob es nun Dunkelrot, Scharlachrot oder Krapprot war, konnten häufig nicht einmal Experten auf Anhieb erkennen. Erst recht konnte Richard mit diesen wenigen Angaben des Personals die Regimentszugehörigkeit der Offiziere nicht ermitteln.

Genauso vage war die Personenbeschreibung, die die beiden Bediensteten des Sacher ihm gaben. Die Herren Offiziere seien groß, schlank und gut aussehend gewesen, zwei mit braunen, zwei mit blonden Haaren. Vom Alter her wahrscheinlich zwischen zwanzig und dreißig. Auch diese Beschreibung passte auf Tausende von Kavallerie-Offizieren.

Leider sah es vor diesem Hintergrund ganz danach aus, als ob die Angelegenheit nicht aufzuklären wäre. Im Hinterkopf überlegte Richard bereits, wie er dies Erzherzog Albrecht beibringen sollte, der ihn heute Morgen mit der Untersuchung dieses Falls von Vandalismus betraut hatte.

»Die Gendarmen, die noch in der Nacht vor Ort erschienen, konnten nichts ausrichten«, erklärte ihm Albrecht mit finsterer Miene. »Die Übeltäter waren längst über alle Berge und unterliegen als Angehörige des Militärs ohnehin nicht der Polizeigerichtsbarkeit. Deshalb muss ich Sie als meinen Sonderbeauftragten für solche Vorfälle innerhalb der Truppen mit der Aufklärung beauftragen, Major von Löwenstein.«

Diese Rolle hatte Erzherzog Albrecht, der oberste Heerführer der k.u.k. Armee, Richard vor ungefähr zwei Jahren zugedacht, nachdem sich dieser über das gewalttätige Vorgehen des Militärs gegenüber streikenden Tramway-Kutschern beklagt hatte, was er mit der Ehre der in der Habsburgermonarchie hochgelobten Armee für unvereinbar hielt.

Mit seiner Kritik traf Richard bei Erzherzog Albrecht, der den Ehrbegriff der von ihm befehligten Truppen über alles stellte, seinerzeit einen empfindlichen Nerv. Als ihm weitere Vorfälle zu Ohren kamen, die den Ruf der Armee schädigten, betraute Albrecht Richard mit deren Ermittlung. Meistens war Richard dabei erfolgreich gewesen. Allerdings hatte sich keine dieser Unregelmäßigkeiten bislang in der Hauptstadt Wien abgespielt.

Genau dies machte den gestrigen Vorfall für den Erzherzog besonders brisant. »Ich erwarte die vollständige Aufklärung dieser schändlichen Missetaten, Major von Löwenstein. Und zwar ohne Verzug. Wenn sich Offiziere Seiner allerhöchsten Majestät quasi vor den Augen des Kaisers derart schäbig benehmen, muss dies umgehend geahndet werden.«

Zumal diese Wüstlinge einen beträchtlichen Schaden angerichtet hatten. Der Anlass ihrer Gewalttätigkeiten war gewesen, dass der Ober der Blauen Bar sich geweigert hatte, ihnen weitere Getränke zu servieren, da es schon weit nach Mitternacht und damit über die übliche Öffnungszeit hinaus war. Als die Gäste trotzdem keine Anstalten machten zu gehen, rief der Ober den Nachtportier zu Hilfe.

Dieser beging den Fehler, mit den Gendarmen zu drohen, was die betrunkenen Offiziere nur noch mehr aufgebracht hatte. Ihre Wut darüber, dass ein subalterner Dienstbote es wagte, sie zu maßregeln, ließen sie zunächst am Mobiliar aus. Die Randalierer schlitzten die Hälfte der mit dunkelblauem Samt überzogenen Sofas und Stühle auf. Einen der Stühle, der dabei zerbrach, sowie etliche Flaschen warfen die Offiziere in die mannshohen Spiegel, die die Wände schmückten. Natürlich war das kostbare Kristallglas in tausend Scherben zersprungen.

Als der Nachtportier einzugreifen wagte, handelte er sich einen Faustschlag auf sein rechtes Auge ein und konnte noch von Glück sagen, dass es bei dieser Misshandlung geblieben war. Denn selbstverständlich führten alle Offiziere sowohl ihre Säbel als auch ihre Pistolenhalfter mit sich.

Erst als sich Ober und Nachtportier mit der Ankündigung zurückzogen, jetzt die Gendarmen zu rufen, hatten sich die Offiziere bequemt, das Sacher endlich zu verlassen. Zuvor steckten sie sich jedoch noch diverse Flaschen mit teuren Alkoholika in die Taschen, die sie natürlich ebenso wenig bezahlten wie ihre beträchtliche Rechnung. Im Augenblick wartete Richard noch auf den Bescheid von Anna Sacher, der Ehefrau des Hotelbesitzers, über die Höhe des angerichteten Schadens.

Wahrscheinlich gingen außerdem drei zerschossene Gaslaternen am Opernring auf das Konto dieser Vandalen. Jedenfalls sagten der Nachtportier und der Ober aus, draußen noch mehrere Schüsse gehört zu haben.

Jetzt öffnete sich die Tür zu Anna Sachers Kontor, in dem Richard die Vernehmung der beiden Dienstboten vorgenommen hatte. Die Hoteldirektorin trat ein. Ihr folgte ein weiterer, in die Livree des Sacher gekleideter Mann.

»Hier bringe ich Ihnen den Tagesportier, Major von Löwenstein«, sagte Anna Sacher mit ihrer tiefen Altstimme. »Er hat eine Information, die von Interesse für Sie sein dürfte.«

Anna Sacher galt mit ihren etwas über vierzig Jahren als die Seele des Hotels und war eine entsprechend imposante Erscheinung. Gemeinsam mit ihrem Gatten Eduard leitete sie das Hotel seit über zehn Jahren und hatte mit dazu beigetragen, dass es inzwischen eines der ersten Häuser am Platz war.

Anna Sacher war von leicht fülliger Statur und trug gemäß ihrer Rolle als Vorgesetzte einer umfangreichen Belegschaft ein hoch geschlossenes, schwarzes Kleid aus schwerem Seiden-Satin. Ihre Frisur kontrastierte zu ihrer strengen Robe. Die braunen Haare waren zwar am Hinterkopf zusammengebunden, einige mit der Brennschere zu Locken geformte Strähnen jedoch leicht und locker seitlich über den Ohren festgesteckt worden. Nun musterte Anna Richard intensiv mit ihren rehbraunen Augen.

Zweifellos genoss sie uneingeschränkten Respekt bei ihrem Personal, was Richard daran bemerkte, dass der mitgebrachte Portier erst auf ihr Handzeichen hin zu sprechen begann.

Der Mann verbeugte sich vor Richard. »Ich habe die Ehre, Ihnen mitteilen zu dürfen, dass zumindest einer der Gäste vom vergangenen Abend im Haus namentlich bekannt ist. Er heißt Giselher von Drachenburg und hat schon einige Male das persische Separee gebucht.«

Richard merkte auf. Der Name erschien ihm äußerst ungewöhnlich für einen österreichischen Offizier. Er erinnerte ihn auch an etwas, auf das er jedoch im Augenblick nicht kam.

»Woher wissen Sie, dass dieser Gast zu den Randalierern gehörte?«, fragte er nach.

»Der Herr traf gestern Abend kurz vor meinem Dienstende ein, wünschte jedoch nicht zu speisen. Daraufhin beauftragte ich einen Pagen, ihn in die Blaue Bar zu führen, wo ihn der Ober in Empfang nahm. Es war der letzte Gast, den ihm der Alois brachte, der danach ebenfalls Dienstschluss hatte. Deshalb sind wir sicher, dass es der Herr von Drachenburg war.«

»Beschreiben Sie den Offizier!«, forderte Richard den Portier auf.

Der verneigte sich noch einmal. »Er ist groß gewachsen, sicherlich um die ein Meter achtzig, schlank und drahtig, hat dunkelblonde, gewellte Haare, einen kleinen Schnauzer und etwas o-förmige Beine.«

Richard stöhnte innerlich auf. Auch diese Beschreibung passte auf Hunderte von Kavallerie-Offizieren.

»Haben Sie ein besonderes Merkmal wahrgenommen?«

»Wie belieben, gnädiger Herr?«

»Nun zum Beispiel einen Akzent wie bei einem gebürtigen Böhmen oder Ungarn, eine Narbe oder eine andere Auffälligkeit.«

Der Portier dachte einen Moment lang nach. »Einen Akzent habe ich nicht gehört, Herr Major. Der Herr Offizier sprach wie ein gebürtiger Österreicher. Aber seine Nase war etwas schief. Als sei sie schon einmal gebrochen worden.«

Das war zwar ein etwas auffälligeres Merkmal als die bisher genannten, passte aber ebenfalls auf viele Offiziere. Also fragte Richard weiter: »Haben Sie seine Augenfarbe bemerkt?«

Ob Richards ungeduldigem Tonfall, errötete der Mann und verbeugte sich noch einmal. Da er stumm blieb, kam ihm Anna Sacher zu Hilfe.

»Mein ausgezeichnet ausgebildetes Personal pflegt unseren Gästen in der Regel nicht direkt in die Augen zu schauen, werter Major von Löwenstein«, sagte sie spitz. »Dies würden sowohl unsere Gäste als auch ich selbst als unbotmäßig empfinden.«

Richard verkniff sich ein resigniertes Seufzen. »Wie oft hat dieser Offizier das persische Separee schon gemietet?«

Anna Sacher gab dem Portier ein Zeichen. Der ergriff nun wieder das Wort.

»Ungefähr alle zwei Wochen in den letzten beiden Monaten.«

»Und jedes Mal nannte er Ihnen diesen skurrilen Namen?«

Der Portier nickte. »Sie haben recht, gnädiger Herr. Auch mir kam der Name recht seltsam vor. Doch viele unserer Gäste mieten ein Separee nicht unter ihrem richtigen Namen, insbesondere, wenn …« Der Mann stockte erschrocken und warf einen Blick auf seine Dienstherrin.

»… insbesondere, wenn sie dort Damenbesuch empfangen möchten«, ergänzte Anna Sacher ungerührt. »Natürlich behandeln wir solche Buchungen in der Regel sehr diskret«, fügte sie, jetzt ebenfalls mit leicht erröteten Wangen, hinzu. »Doch in dieser heiklen Angelegenheit mache ich eine Ausnahme. Zumal sich der angerichtete Schaden auf mindestens fünfzehnhundert Gulden belaufen dürfte.«

»Ausnahmen bestätigen die Regel. Vor allem angesichts einer solchen Summe.« Die sarkastische Bemerkung konnte sich Richard nicht verkneifen. Er hatte noch nie verstanden, warum man in diesem in ganz Wien aufs Beste beleumundeten Haus, unbehelligt von der Sitte, eine Art Stundenhotel unterhalten durfte.

Seine weiteren Nachfragen erbrachten jedoch keine verwertbaren Auskünfte mehr. Wieder schien die Ermittlung in eine Sackgasse zu geraten.

Frustriert wurde Richard klar, dass ihm wohl nichts anderes übrig bleiben würde, als die endlos langen Offizierslisten der Dragonerregimenter durchzusehen, zumindest derer, die in oder rund um Wien stationiert waren. Obwohl er der felsenfesten Überzeugung war, dass es sich bei »Giselher von Drachenburg« um einen Fantasienamen handelte, rechnete er damit, dass Erzherzog Albrecht unnachgiebig darauf pochen würde, jeder noch so kleinen Spur nachzugehen, um die Sache aufzuklären.

In diesem Moment fiel ihm außerdem ein, was den Unbekannten zu seinem seltsamen Namen inspiriert haben könnte. *Wahrscheinlich die Nibelungensage,* schoss es ihm durch den Kopf.

Dann kam ihm eine Idee. »Wie lange hat der besagte Giselher von Drachenburg das persische Zimmer jeweils gemietet?«

Der Portier dachte angestrengt nach. »Die Buchungen müsste ich vorsichtshalber noch einmal in unserem Reservierungsbuch nachschlagen. Doch ich bin relativ sicher, es war nie unter drei Stunden Dauer.«

»Und wann war die letzte Reservierung?«

Diesmal lächelte der Mann. »Das war genau vor zwei Wochen«, gab er Auskunft. »Ich erinnere mich daran, weil an diesem Tag auch der portugiesische Botschafter das Separee mieten wollte und leer ausging.«

»Ähem!« Anna Sacher räusperte sich vernehmlich. Der Portier errötete jetzt bis zu den Haarwurzeln. Richard war klar, dass der Mann gerade die Identität eines weiteren Interessenten an einem der Separees verraten und damit die eiserne Diskretionsregel des Sacher verletzt hatte.

Er ignorierte den kleinen Vorfall und fasste einen Entschluss. »Ist es möglich, mir sofort in meiner Dienststelle in der Franz-Josephs-Kaserne Bescheid zu geben, sollte der besagte Herr von Drachenburg eine weitere Buchung tätigen?«

»Selbstverständlich ist dies möglich«, kam Anna Sacher ihrem Bediensteten zuvor.

»Dann lassen Sie uns das so festhalten«, forderte Richard sie auf. »Sobald dieser Herr die nächste Reservierung vornimmt, lassen Sie mich umgehend benachrichtigen.«

Es war nur ein Strohhalm, an den Richard sich klammerte. Wahrscheinlich würde der Offizier davor zurückschrecken, das Sacher noch einmal zu betreten, da er ja befürchten musste, wiedererkannt und für den Schaden haftbar gemacht zu werden. Andererseits hatte das Hotel schon so manchem Gast, allen voran aus der Gruppe der Erzherzöge, einen Fauxpas dieser Größenordnung verziehen. Zudem galt das Sacher als sehr diskret und Offiziere Seiner Majestät nahezu als sakrosankt. Vielleicht hoffte der Offizier außerdem, dass sich der Tagesportier, den er am Abend ja nur kurz getroffen hatte, nicht mehr an ihn erinnern würde. Und tagsüber, wenn er die Reservierung des Separees vornahm, waren weder der Nachtportier noch der Ober in der erst ab dem späten Nachmittag geöffneten Blauen Bar im Dienst.

Ein heftiges Pochen an der Tür zum Kontor ließ alle auffahren. Anna Sacher zog ihre Augenbrauen missbilligend zusammen.

»Kommen Sie herein!«

Ein weiterer Ober aus der Blauen Bar, der wegen der Schadensbeseitigung heute ausnahmsweise vormittags ins Sacher gekommen war, trat ein. Er verbeugte sich und hielt Richard auf der flachen Hand einen silbernen Gegenstand hin. »Dieses Feuerzeug haben wir gerade beim Aufräumen unter den Trümmern gefunden. Es ist mit Initialen versehen.«

Richard streckte die Hand aus. Als er die Buchstaben betrachtete, durchfuhr es ihn heiß und kalt. Konnte das denn möglich sein?

Mit dem Feuerzeug, das er fest umklammert hielt, in der Jackentasche machte sich Richard auf den Rückweg zur Franz-Josephs-Kaserne. *Natürlich ist es möglich,* dachte er ingrimmig. *Doch wenn es so ist, wie ich vermute, muss ich das erst recht hieb- und stichfest beweisen können.*

Kaffeehaus Prinzess

April 1892

»Und ich sage es euch allen noch einmal! Der Naturalismus ist vorüber, seine Rolle ist ausgespielt, sein Zauber ist gebrochen.«

Von ihrem Platz hinter der Theke der Sitzkassiererin aus hatte Sophie keinerlei Schwierigkeiten, Hermann Bahrs kräftigen Bass zu verstehen. Mittlerweile kannte sie den Namen des Herrn mit der Stirnlocke, der zum sogenannten Künstlerstammtisch gehörte. Die Herren trafen sich in wechselnder Besetzung und unregelmäßigen Abständen an einem Tisch, den Toni Schleiderer beständig für sie freihielt.

Nach Danzers Beerdigung hatte Toni den Stammtisch jedoch ein gutes Stück näher an die Grenze zum lauteren linken Flügel mit den Spieltischen und dem Billard verlagert. Denn sobald sich mehr als drei Dichter um diesen Tisch versammelten, pflegten sie so lebhaft miteinander zu diskutieren, dass sich die Leser im gesamten rechten Flügel dadurch gestört fühlten. Nach einigen Beschwerden hatte Toni daher diesen Standortwechsel vorgenommen, der es Sophie nun ermöglichte, den Disputen am Stammtisch zu lauschen, obwohl sie deren Inhalt oft nicht verstand.

»Darin sind wir uns doch alle einig, Hermann. Das musst du nicht ständig wiederholen«, antwortete Felix Salten, der ebenfalls auf Danzers Beerdigung gewesen war. Auch seinen Namen hatte Sophie nicht gleich erinnert, Salten vor einiger Zeit allerdings ebenso wie Hermann Bahr danach gefragt, als er seine Rechnung beglich. Da die beiden keinen Anstoß daran nahmen, hatte sie diese Methode beibehalten und konnte deshalb nun schon eine große Anzahl der regelmäßigen Gäste des Kaffeehauses namentlich begrüßen oder verabschieden.

Im Nachhinein ärgerte sie sich sogar ein wenig darüber, dass sie anfangs zu schüchtern gewesen war, um die Gäste nach ihren Namen zu fragen. Denn die schienen sich ausnahmslos über ihr Interesse zu freuen, was außerdem zu einer mittlerweile sehr viel größeren Akzeptanz ihrer Rolle als Sitzkassiererin beitrug als in den ersten Tagen. Einige Herren versuchten sogar, ein wenig mit ihr zu poussieren, und schienen die alte Helene immer weniger zu vermissen.

Der Oberkellner Herr Franz bestätigte Sophie augenzwinkernd, dass manche Gäste es bedauerten, wenn sie nicht im Dienst war. Auch bei ihm und dem restlichen männlichen Personal des Kaffeehauses hatte sich Sophie durch ihre freundliche Art mittlerweile beliebt gemacht. Sie vermutete, dass Toni Schleiderer den Kellnern zuvor eingeredet hatte, Sophie wolle sie in ihrer Rolle als Eignerin des Kaffeehauses herumkommandieren. Nun war das Personal eines Besseren belehrt worden, was zumindest zur Folge hatte, dass Toni das Arrangement der wechselnden Sitzkassiererin, wenn auch mit säuerlicher Miene, inzwischen akzeptierte.

Sophies wachsende Beliebtheit im Kaffeehaus hatte wiederum Helenes Eifer, sich im Café bewähren zu wollen, gutgetan. Mina Löb beschwerte sich nur noch selten über sie. Helene gab sich merklich mehr Mühe, sodass sowohl die Serviererinnen als auch die anspruchsvollen Gäste des Cafés Prinzess sie allmählich als Aufseherin zu akzeptieren begannen. Nach einem ernsthaften Gespräch, das Sophie schon vor einigen Wochen mit ihr geführt hatte, wechselte Helene nun auch regelmäßig ihre Aufseherinnentracht gegen ihr schwarzes Sitzkassiererinnenkleid, bevor sie Sophie ablöste.

»Wie kommt es nur, dass der Mann so g'scheite Sachen sagt, aber alles, was er schreibt, so langweilig ist?« Eine hohe Stimme mit herrischem Tonfall riss Sophie aus ihren Grübeleien und lenkte ihre Aufmerksamkeit wieder auf den Stammtisch. Im letzten Sprecher erkannte sie den blutjungen Hugo von Hofmannsthal. Sie wusste mittlerweile, dass der junge Mann unter dem Decknamen Loris schon etliche Literaturkritiken und sogar eigene Gedichte in Wiener Gazetten veröffentlicht hatte. Sophie wunderte sich allerdings noch immer darüber, wie viel Respekt diesem jungen Mann von den anderen, deutlich um einige Jahre älteren Künstlern in der Runde entgegengebracht wurde. Das sprach eindeutig für Hugos dichterisches Talent.

Da sich die Diskussion erneut um Themen drehte, denen sie nicht folgen konnte, ließ Sophie ihre Augen durch den Kaffeehaussaal schweifen, der zu dieser Nachmittagsstunde nur halb besetzt war. Ihr Blick blieb an der Bank in einer der Sitznischen hängen, deren schon vorher schäbiger Lederbezug jetzt sogar aufgeplatzt zu sein schien. Von Weitem wirkte es jedenfalls so, als ob die helle Polsterfüllung daraus hervorquoll.

Kurz überlegte sie, ob sie schnell nachschauen sollte, ob dem wirklich so war. Dann entschloss sie sich, einen gerade vorbeieilenden Lehrbuben damit zu beauftragen.

»Recht ham S', Fräulein Sophie. Der Bezug is ganz kaputt«, meldete ihr der Junge schon nach kurzer Zeit.

Das gemahnte Sophie an das jüngste Problem, über das sie sich mit Toni Schleiderer nicht einig war. Ihre Vorschläge, das Mobiliar im Kaffeehaus nach und nach zu erneuern, hatte Toni schroff zurückgewiesen, obwohl sich Sophie darum bemühte, ihre Ideen so behutsam zu formulieren, dass sie seinen Stolz nicht verletzten.

Finanzielle Gründe konnte seine Weigerung nicht haben. Bereits das zweite Halbjahr 1891 hatte mit einem Gewinn geendet, aus dem Sophie Toni Schleiderer seinen Anteil von zehn Prozent korrekt ausgezahlt hatte. Auch das Rücklagenkonto für Investitionen war gut gefüllt.

»Die Leute sind diese Einrichtung gewöhnt«, argumentierte Toni. »Viele kommen schon seit Jahrzehnten hierher und kennen es gar nicht anders. Zudem ist dieses ganze moderne Zeug richtig scheußlich.«

Sophie war nicht dieser Ansicht. Im Gegenteil hatte sie sich einen Katalog der in Wien sehr bekannten Firma für Innenausstattung Portois & Fix besorgt und die darin abgebildeten Möbelstücke intensiv betrachtet. Besonders gut gefielen ihr Stühle aus Buchenholz, die wegen ihrer geschwungenen Lehnen und Beine »Bugholzsessel« genannt wurden. Sie wirkten weit eleganter als die verschrammten Stühle im Prinzess mit ihren unbequemen, geschnitzten Lehnen, die einem in den Rücken drückten, wenn man zu lange darauf saß.

Auch die mannshohen Spiegel im Katalog gefielen Sophie sehr gut. An den Stirnseiten von Lese- und Billardsaal angebracht, würden sie den Raum optisch vergrößern. Hierzu hatte ihr Toni jedoch ohne weiteren Kommentar einen Bericht aus der *Wiener Zeitung* auf die Theke gelegt. Darin hieß es, die teuren Kristallspiegel in der Blauen Bar des Sacher seien gerade von Wüstlingen nach einem Saufgelage zerschlagen worden.

Wenigstens die Lederpolster der Sitzbänke müssen erneuert werden, beschloss Sophie nun. *Notfalls muss ich das eben wieder gegen Tonis Willen durchsetzen.*

Wohl war ihr bei diesem Gedanken jedoch nicht. Immer wieder kam ihr das Gespräch mit Richard im Café Demel in den Sinn, in dem er ihr geraten hatte, sich auf die Leitung des Cafés Prinzess zu konzentrieren und Toni das Kaffeehaus zu überlassen. Mittlerweile war sie des ewigen Kleinkriegs mit Schleiderer müde und erwog diesen Gedanken daher immer öfter. Zumal sie die Situation im Kaffeehaus ja nun nach über sechs Wochen als Sitzkassiererin zur Genüge kannte.

Andererseits empfand sie das Geschehen und die Gäste dort als weitaus interessanter als im Café Prinzess. Gerade entspann sich am Künstlerstammtisch eine neue Diskussion.

»Es ist vollkommen unzulässig, die Redewendung: ›Draußen sei ein so miserables Wetter, dass man keinen Hund hinterm Ofen hervorlocken könnte‹, zu verwenden«, betonte Hermann Bahr.

»Du hast recht«, pflichtete Arthur Schnitzler ihm bei. »Hier hat man zwei Redewendungen in einen Topf geworfen und damit widersinnig zusammengesetzt.«

»Denn niemand wird bei schlechtem Wetter seinen Hund hinausjagen«, ergänzte Hugo von Hofmannsthal.

Felix Salten nickte heftig Beifall. »Geschweige denn, ihn hinauslocken. Wozu auch?«

Diesmal verstand Sophie zwar den Inhalt der Diskussion, konnte aber deren Sinn beim besten Willen nicht nachvollziehen. Wie sich vier erwachsene Männer über eine so unbedeutende Kleinigkeit derart echauffieren konnten, war ihr ein Rätsel.

Wieder schweiften ihre Gedanken ab, diesmal zu einem Thema, das sie zunehmend beunruhigte. Es ging einmal mehr um ihre jüngere Schwester Milli, die bei ihren regelmäßigen Besuchen mit ihrer Mutter in Sophies Wohnung ein immer merkwürdigeres Verhalten zeigte. Milli brauste selbst bei den geringfügigsten Anlässen auf, was Sophie an den gerade stattfindenden Disput am Künstlerstammtisch erinnerte.

Das Gebaren der Dichter hielt sie für eine skurrile Eigenheit, die ihrem Künstlertum geschuldet war. Millis Verhalten konnte sie dagegen immer weniger nachvollziehen. Deren letzter Besuch mit Henriette lag erst zwei Tage zurück.

Versehentlich hatte Sophie nicht die von Milli gewünschte Orangentorte, sondern auch für sie ein Stück Mokkaprinzentorte aus dem Café in ihre Wohnung heraufbringen lassen. Milli war daraufhin in Tränen ausgebrochen.

»Meine Wünsche sind euch allen doch vollständig gleichgültig«, schluchzte sie und war selbst dann kaum zu beruhigen gewesen, als Sophie das Dienstmädchen Emma sofort ins Café schickte, um das Stück Orangentorte für Milli zu besorgen. Tatsächlich rührte ihre Schwester den Kuchen hernach kaum an.

Noch mehr beunruhigt war Sophie über eine Beobachtung, die sie auf dem Abtritt gemacht hatte. Im Wäschekorb lag ein blutiges Handtuch, kurz nachdem Milli die Toilette benutzt hatte. Als Sophie sie danach fragte, bestritt sie so heftig, etwas mit dem Tuch zu tun zu haben, dass die sofort von ihren Fragen abließ.

Doch als Milli wenig später den Abtritt erneut benutzte, vertraute Henriette Sophie an, dass auch die Dienstmädchen im Palais Werdenfels immer wieder Blutspuren oder blutige Tücher im Bad und in Millis Zimmer gefunden hätten. Daraufhin hatte Henriette sich Millis Handgelenke zeigen lassen, die jedoch mit Ausnahme der Narben von Schnitten, die sich Milli schon vor über zwei Jahren zugefügt hatte, keine Verletzungen aufwiesen. Damals hatte Milli behauptet, es habe sich jeweils um Unfälle gehandelt, was ihr jedoch weder Henriette noch Sophie glaubten.

Auffällig war außerdem, dass Milli sich neuerdings weigerte, in Gegenwart ihrer Mutter oder einer Kammerzofe zu baden. Stattdessen schloss sie sich im Badezimmer ein und ließ sich auch kein heißes Wasser in die Wanne nachfüllen, obwohl sie sich oft mehr als eine Stunde lang darin aufhielt.

»Auch in der Schule hat Milli stark nachgelassen«, berichtete Henriette Sophie von weiteren Sorgen. »Nicht nur in der Rechtschreibung, die fast wieder genauso schlecht ist wie früher. Deshalb hat Arthur auch den Nachhilfelehrer entlassen. Doch in Fächern wie Mathematik oder Geografie bringt Milli ebenfalls nur noch schlechte Noten nach Hause, obwohl sie dort früher zu den Klassenbesten gehörte.«

Damit gefährdete Milli ihren Abschluss auf der Mädchenschule der Salesianerinnen, der in diesem Sommer bevorstand.

Bestürzt erfuhr Sophie außerdem, dass auch Millis Betragen in der Schule immer mehr zu wünschen übrigließ. Sie gab aufsässige Antworten, kam zu spät aus den Pausen zurück und wirkte im Unterricht häufig abwesend.

»Deswegen hat mich die Oberin in die Sprechstunde einbestellt. Im Gespräch hat sie mir zwar erläutert, dass sich Milli jetzt in der schwierigen Lebensphase zwischen Kindheit und Erwachsenwerden befindet, in der sich viele junge Mädchen recht merkwürdig verhalten. Dennoch glaubt auch sie, dass Milli etwas belastet.«

Sophies Angebot, einmal mit ihrer Schwester zu sprechen, lehnte Henriette fast panisch ab.

»Wenn sie erfährt, dass ich dir von ihren schlechten Leistungen in der Schule oder ihrem sonderbaren Verhalten erzählt habe, wird sie dies als Vertrauensbruch ansehen. Möglicherweise verschließt sie sich dann nur noch mehr.«

»Und wie reagiert Arthur darauf?«, fragte Sophie alarmiert.

»Erstaunlicherweise überhaupt nicht«, berichtete Henriette.

»Er scheint Milli mehr und mehr zu ignorieren. Er bestraft sie nicht einmal, wenn sie ihm bei den Mahlzeiten freche oder gar keine Antworten auf seine Fragen gibt.«

»Allerdings besteht er darauf, sich jeden Tag nach seinem Dienstschluss mit Milli in der Bibliothek zu treffen, wo sie ihm ihre Hausaufgaben und ihre Klassenarbeiten zeigen muss. Außerdem verlangt er einen ausführlichen Bericht über ihren Schultag. Am schulfreien Sonntag gibt er Milli zusätzliche Hausaufgaben, die er ebenfalls in der Bibliothek kontrolliert. Dabei darf niemand die beiden stören.«

Sophie kam dies sehr seltsam vor. »Hast du schon einmal mit Milli darüber gesprochen, was in jener Zeit in der Bibliothek vor sich geht?«

Henriette hob resigniert die Schultern. »Natürlich habe ich das. Doch Milli hat mir immer nur das berichtet, was ich dir gerade gesagt habe.«

»Und du glaubst, das ist die Wahrheit?«

Henriette zögerte einen Moment lang mit der Antwort. »Offen gestanden, nein. Milli verschweigt mir irgendetwas. Doch ich habe keine Ahnung, um was es sich handeln könnte. Zumal sich Arthur ja an alles hält, was ihr nach deiner Flucht aus der Hofburg vereinbart habt.« Dazu gehörte auch, weder Milli noch Henriette zu schikanieren.

»Den Nachhilfelehrer hat Arthur aber entlassen«, wandte Sophie ein.

»Dies geschah auf den eigenen Wunsch des Lehrers, Phiefi. Er sah keinen Sinn in einer Fortsetzung seiner Arbeit, da Milli keine Fortschritte mehr machte, sondern sogar in ihre früheren Fehler zurückfiel. Außerdem verweigerte sie auch ihm den Respekt und hielt sich nicht weiter an seine Anweisungen.«

Seither grübelte Sophie vergeblich darüber nach, was all dies zu bedeuten haben könnte.

Soeben löste der Stammtisch sich auf. Bis auf Arthur Schnitzler, der noch sitzen blieb, traten die anderen Herren an Sophies Theke und beglichen ihre Rechnungen.

Kaum hatten sie das Kaffeehaus verlassen, kam Dr. Sigmund Freud herein. Er setzte sich zu Arthur Schnitzler an den nunmehr verwaisten Tisch. Beide diskutierten lebhaft über einen Artikel, den Freud über eine Methode namens »Hypnose« bei der Behandlung einer Krankheit, die er »Hysterie« nannte, einsetzte. Ein Bericht darüber sollte offenbar in einer Zeitschrift erscheinen, bei der Arthur Schnitzler, der ja ebenfalls von Beruf Arzt war, als Rezensent für medizinische Artikel fungierte.

Viel verstand Sophie auch von dieser Diskussion nicht. Sie wimmelte nur so von ihr unbekannten Fachausdrücken.

Dennoch fiel ihr eine Bemerkung des Oberkellners Herrn Franz ein, die er vor einigen Wochen über Dr. Freud gemacht hatte: »Zu dem gehn Leut, die ned richtig im Kopf sind.«

In gewisser Weise traf dies im Augenblick auch auf Milli zu. Sollte Sophie ihrer Mutter einmal vorschlagen, Freuds Sprechstunde mit ihrer Schwester aufzusuchen? Vielleicht wüsste der Arzt ja einen Rat. Oder würde alles nur noch schlimmer werden, wenn Milli den Eindruck bekäme, man hielte sie für verrückt?

Bis zum Ende ihrer Schicht als Sitzkassiererin hatte Sophie noch keine Antwort auf diese Frage gefunden.

Hotel Sacher

Ende April 1892
fast drei Wochen nach den Ereignissen in der Blauen Bar

Richards Puls beschleunigte sich immer mehr, je näher der Zeitpunkt rückte, den er mit Anna Sacher und Herrn Adam, dem Ober der Blauen Bar, für ihr Eindringen ins persische Separee vereinbart hatte. Nun stand die Überführung zumindest eines der Übeltäter, die für die Schäden in der Blauen Bar vor fast drei Wochen verantwortlich zeichneten, unmittelbar bevor.

Ehe gestern die Nachricht aus dem Sacher eingetroffen war, dass der dubiose Giselher von Drachenburg das persische Separee für heute Nachmittag erneut gebucht habe, hatte Richard die Hoffnung fast schon aufgegeben, auf diese Weise doch noch zu einem späten Ermittlungserfolg zu gelangen. Denn der Tagesportier hatte ja betont, dass die früheren Buchungen im Abstand von nur zwei Wochen stattgefunden hätten. Nun waren jedoch schon beinahe fünf Wochen seit der letzten Reservierung vergangen.

Richard zog daher aus diesem Umstand den Schluss, dass der angebliche Giselher sich davor fürchtete, als einer der Randalierer identifiziert zu werden, und das Sacher seither mied. Möglicherweise hatte er sich mit seiner Liebschaft aber auch eine andere Bleibe gesucht.

Nervös sah Richard ein weiteres Mal auf die große Standuhr in der Halle, die er von seinem bequemen Fauteuil aus im Blick hatte. Noch zehn Minuten!

Er hoffte von ganzem Herzen, dass er heute erfolgreich sein würde. Denn tatsächlich hatte Erzherzog Albrecht, wie von Richard bereits am Tag nach der Tat befürchtet, recht ungnädig auf das bislang magere Ergebnis seiner Nachforschungen reagiert. Albrecht bestand wie erwartet darauf, dass Richard die Regimentslisten durchging, obwohl selbst er einräumen musste, dass »Giselher von Drachenburg« wahrscheinlich ein Deckname war. Natürlich hatte Richard, der die Offizierslisten tagelang durchforstete, auch keinen Leutnant, Oberleutnant oder Hauptmann dieses Namens gefunden.

Dass es sich bei dem Übeltäter um einen noch höheren Dienstgrad handeln könnte, schloss er allein wegen des recht jungen Alters der Offiziere aus. Beförderungen in der k.u.k. Armee ließen oft Jahre, wenn nicht sogar Jahrzehnte auf sich warten. Dass Richard selbst binnen knapp zwölf Jahren vom

Leutnant zum Major aufgestiegen war, blieb die große Ausnahme und der Tatsache geschuldet, dass er sowohl seinem verstorbenen Freund, dem Kronprinzen Rudolf, als auch seinem jetzigen Dienstherrn Erzherzog Albrecht als Mitglied ihres jeweiligen Stabs gute Dienste geleistet hatte.

Entsprechend groß war nun auch die Erwartung des Erzherzogs an die Fortdauer von Richards erfolgreicher Tätigkeit. Fast so groß wie dessen eigene Ungeduld, diesen Vorfall, der unseligerweise auch der Wiener Presse zu Ohren gekommen war, aufzuklären.

Richard sah ein weiteres Mal auf die Uhr. Immer noch fünf Minuten Wartezeit.

Sein kurzes Vorgespräch mit Anna Sacher ging ihm noch einmal durch den Kopf. »Ich möchte jegliches Aufsehen vermeiden, insbesondere an diesem sensiblen Ort in meinem Hotel, Major von Löwenstein. Die Angelegenheit muss also mit größter Vertraulichkeit behandelt werden. Sobald Herr Adam die Identität des Verdächtigen bestätigt hat, wird er sich zurückziehen und Ihnen das Weitere überlassen.«

Aus dem gleichen Grund hatte Anna Sacher auch darauf bestanden, dass Richard lediglich in Begleitung seines treuen Burschen Clemens ins Separee eindringen sollte. Als Major verfügte er natürlich über die Berechtigung, einen ihm vom Rang her untergebenen Offizier zur Preisgabe seiner Identität zu zwingen.

»Wie die Armee dann weiterhin mit dem Schuldigen verfährt, bitte ich Sie, außerhalb des Hotels abzuhandeln. Ich möchte auf keinen Fall den Eindruck erwecken, dass einer meiner Gäste hier in meinem Hause verhaftet wird. Dafür verzichte ich sogar auf die Geltendmachung einer Entschädigung.«

Auch bezüglich der anwesenden Dame hatte Anna Sacher klare Vorstellungen. »Mit wem sich jener Herr von Drachenburg, oder wie er sonst heißen mag, im persischen Separee aufhält, ist mir weder bekannt, noch möchte ich es wissen. Die

Dame hat sich jeweils durch den Gang, der die Tuchhandlung Jungmann & Neffe mit dem Sacher verbindet, ins Separee begeben. Auf dem gleichen Weg soll sie sich auch heute unerkannt und unbehelligt entfernen dürfen.«

Unter Anna Sachers stechendem Blick blieb Richard nichts anderes übrig, als diesen Bedingungen zuzustimmen. Er hegte keinen Zweifel daran, dass die Hoteldirektorin anderenfalls das gesamte Vorhaben zum Scheitern bringen würde.

Endlich schlug die große Standuhr viermal. Es war so weit. Richard winkte seinem Burschen, der sich in einem für Dienstboten reservierten Teil der Halle aufhielt, und begab sich mit klopfendem Herzen ins Obergeschoss des Sacher.

Vor der Tür mit der Nummer 6 wartete bereits der Ober aus der Blauen Bar. Richard holte tief Luft und sammelte sich. Dann klopfte er energisch an die Tür des Separees.

Das leise Gemurmel aus dem Innern des Raums verstummte. »Wer ist da?«, ertönte dann eine männliche Stimme.

Es waren nur wenige Worte, doch der Klang der Stimme verstärkte Richards Verdacht.

»Herr von Drachenburg, für Sie wurde ein wichtiges Telegramm an der Rezeption abgegeben«, spielte Herr Adam die für ihn vorgesehene Rolle. »Offensichtlich stammt es von Ihrem Regiment.«

Wieder ertönte das leise Gemurmel, dieses Mal weit aufgeregter als vorher. Die Worte waren allerdings durch das dicke Eichenholz der Tür hindurch nicht zu verstehen.

Zu Richards Erleichterung drehte sich schließlich der Schlüssel im Schloss. Das ersparte es ihm, die Tür mit dem mitgeführten Dietrich zu öffnen, mit dem sich jedes Zimmer im Sacher von außen öffnen ließ, selbst wenn der Schlüssel von innen steckte.

Doch ganz so einfach, wie er es sich vorstellte, ging die Sache nicht ab. Der Mann machte die Tür nur einen Spalt weit auf und streckte seine Hand hindurch, um das Telegramm in Empfang zu nehmen. Trotz Anna Sachers Warnung reagierte Richard impulsiv. Er warf sich mit seinem ganzen Körpergewicht gegen die Tür und stieß sie rücksichtslos auf. Mit einem Schreckensschrei taumelte der überraschte Mann auf der Innenseite zurück, sodass Richard und nach ihm auch Clemens eindringen konnten.

»Sie warten hier draußen, bis ich Sie brauche!«, gab Richard Herrn Adam Anweisung. Dann schlug er dem Ober die Tür vor der Nase zu.

Sie standen im kleinen Vorraum des Separees. Dessen Mieter, nur mit einem Handtuch um die Hüften bekleidet, wich zurück und schlüpfte durch die Tür ins eigentliche Separee, die er nun von innen zuhielt.

Doch Richard hatte den Mann längst erkannt. Noch einmal klopfte er energisch an. »Lass mich ein, Maxi! Sonst sei versichert, wird alles noch sehr viel schlimmer kommen, als es schon ist.«

Der Mann hinter der Tür trat, völlig verblüfft, so rasch zurück, dass Richard ins Stolpern geriet, als sie plötzlich nachgab. Dann stand er mitten im Raum.

Schemenhaft nahm er die bunten, orientalischen Teppiche wahr, mit denen Wände und Boden bedeckt waren. Das Ambiente mit den Sofas entlang der Wände, den lederbezogenen Schemeln und den niedrigen, mit Intarsien eingelegten Tischen erinnerte ihn an Kronprinz Rudolfs Türkisches Zimmer in der Hofburg.

Die ganze Mitte des Raums nahm ein mächtiger Diwan ein, auf dem völlig zerwühlte Decken und Kissen lagen. Von der Frau, die sich unter den Laken verbarg, erblickte Richard nur den blonden Haarschopf.

Die Dame interessierte ihn allerdings nicht. Er fixierte seinen Cousin Maxi. »Ich grüße Sie, Herr von Drachenburg«, sagte er mit vor Sarkasmus triefender Stimme und einer spöttischen

Verbeugung. »Ein fantasievoller Name. Sicherlich beeindruckender als Maximilian von Löwenstein.«

Maxi starrte ihn mit einer Mischung aus Wut und Trotz an. Diesen Gesichtsausdruck kannte Richard schon von der Affäre in der Bukowina. Er ballte die Hände zu Fäusten und zwang sich, ruhig zu bleiben. »Dies ist nun schon unsere zweite unangenehme Begegnung, lieber Maxi. Für dich sicherlich folgenreicher als die erste«, ätzte er. »Nun höre, was ich dir anzubieten habe. Du ziehst dich umgehend an und begibst dich alsdann mit meinem Burschen und mir vor die Tür des Separees, wo der Ober aus der Blauen Bar bereits auf uns wartet. Während Herr Adam mir Auskunft darüber geben wird, ob du zu den Randalierern gehörst, die die Blaue Bar vor drei Wochen verwüstet haben, kann dein Liebchen sich anziehen und hernach verschwinden. Ihre Identität interessiert mich nicht.«

Ein breites, höhnisches Grinsen verzerrte plötzlich Maxis Gesicht. »Das sollte es aber, mein Lieber!« Mit einem Satz sprang er neben den Diwan und zog das Laken zurück. Die Frau, die nun zum Vorschein kam, quiekte entsetzt auf.

Fassungslos starrte Richard auf den nackten Körper seiner Gattin Amalie.

Palais Thurnau in der Herrengasse

Anfang Mai 1892, ungefähr eine Woche später

»Also, Richie, welchen Ausweg aus dieser misslichen Affäre bringst du aus dem Albrechtspalais mit?«

Adalbert von Thurnau bemühte sich sichtlich, die Fassung zu bewahren. Außer ihm, Richard und dessen Onkel Maximilian befanden sich noch Maxi und Amalie im Raum, beide mit abgewandtem Gesicht und einem trotzigen Ausdruck in den Augen. Maximilian von Löwenstein konnte seine Wut über seinen ältesten Sohn kaum zügeln, wie seine zu Fäusten geballten Hände verrieten. Offensichtlich waren diese auch bereits einige Mal im Antlitz seines missratenen Sprösslings gelandet, wie dessen aufgeplatzte Oberlippe und blaue Flecken auf den Wangen zeigten.

Auf Richards Empfehlung hin hatte Erzherzog Albrecht persönlich angewiesen, dass Maxi von Löwenstein erst einmal von seinem Dienst im 4. Dragonerregiment suspendiert und im Palais Thurnau unter Hausarrest gestellt wurde. Selbstverständlich hatte Herr Adam, der Ober der Blauen Bar, Maxi identifiziert, ihn sogar als den Haupttäter bezeichnet, der die drei anderen Offiziere immer wieder zu neuen Verwüstungen angestachelt hätte.

Vielleicht übte Erzherzog Albrecht auch aus diesem Grund Nachsicht mit Maxis Weigerung, seine drei Komplizen zu verraten. Richard glaubte jedoch eher, dass Albrechts widerwillige Bewunderung dafür, dass Maxi zumindest diesen Aspekt des Ehrenkodex der Armee einhielt, dafür verantwortlich war. Der schrieb vor, niemals einen Kameraden ans Messer zu liefern.

Allerdings hatte Albrecht verfügt, dass Maxi wieder zum Leutnant degradiert und in ein, im Augenblick noch unbekanntes, Infanterieregiment versetzt werden würde. Außerdem galt für ihn ein zehn Jahre langes Beförderungsverbot. Ob Maxi jemals wieder über den Rang eines Leutnants aufsteigen würde, sollte von den Beurteilungen seiner Vorgesetzten nach Ablauf dieser Zeit abhängen.

Zu den Dragonern durfte er jedenfalls nie wieder zurückkehren. Denn diese Kavallerieeinheit gehörte zu den Elitetruppen der k.u.k. Armee, und Maxi hatte für immer die Ehre verwirkt, dort als Offizier dienen zu dürfen. Er musste sogar froh sein, dass er seinen Offiziersstatus nicht völlig verloren hatte. Immerhin war dies schon der zweite Vorfall, der dem obersten Heerführer über ihn zu Ohren gekommen war.

Zum Glück sorgte Albrecht dafür, dass die Schande der Familie von Löwenstein nicht auch noch in der Presse breitgetreten wurde, welcher jede offizielle Stellungnahme über das Ergebnis der Ermittlung verweigert wurde. Auch das Hotel Sacher hatte keinerlei Interesse daran, mit solch einer unerfreulichen Angelegenheit Aufsehen in Wien zu erregen.

Nun ging es nur noch um die Schadensregulierung. Diesbezüglich war Richard bereits das Wagnis eingegangen, sowohl dem Erzherzog als auch Anna Sacher zu versichern, dass die Familie Löwenstein gänzlich für den angerichteten Schaden aufkommen würde. Das Geld dazu musste allerdings Adalbert von Thurnau zur Verfügung stellen, was Richard ihm nun beizubringen hatte, um seine Zusage einhalten zu können.

»Die Lösung entspricht einem quid pro quo«, begann er kryptisch. »Die Angelegenheit wird intern geregelt, Maxi bleibt ein Verfahren vor dem Militärgericht erspart. Aber der gesamte Schaden muss von unserer Familie beglichen werden. Zusätzlich zu einer Strafzahlung von fünftausend Gulden in die Armeekasse zugunsten von Offizierswitwen und -waisen.«

»Und wer soll das bezahlen?«, fuhr Maximilian von Löwenstein auf. »Ich jedenfalls habe das Geld dafür nicht.«

Richard nahm diese Äußerung kühl zur Kenntnis. Er war nicht überrascht.

»Dann fürchte ich, dass du die Summe begleichen werden musst, lieber Schwiegervater«, wandte er sich an Adalbert.

Der war empört. »Ich denke gar nicht daran«, schnappte er. »Ich habe diesem verkommenen Subjekt bereits seine Karriere bei den Dragonern finanziert. Völlig umsonst, da er sie sich nun ruiniert hat. Mit seiner Schande will ich nichts zu tun haben, geschweige denn, auch noch dafür bezahlen.«

»Ich fürchte, du steckst in dieser Misere weit tiefer mit drin, als dir klar ist, lieber Adalbert«, versetzte Richard. »Immerhin ist dein wertes Töchterlein im persischen Separee mit Maxi im Bett erwischt worden. Bislang konnte ich die Identität von

Maxis Gespielin vor Erzherzog Albrecht noch geheim halten. Auch das Sacher wird sich diesbezüglich diskret verhalten.« Er machte eine bedeutungsschwangere Pause.

»Aber?«, fragte Adalbert, wie von Richard beabsichtigt, nach. Sein Tonfall klang schrill.

Doch Richard blieb gelassen. »Ich sagte dir doch bereits: Quid pro quo, Schwiegervater. Das gilt auch für dich. Wir können alle von Glück sagen, dass ich Maxi als Ergebnis einer internen Ermittlung im Auftrag des Erzherzogs identifiziert habe. Bislang hat Seine Exzellenz noch immer Abstand davon genommen, Übeltäter, die ich schon bei früheren Aufträgen auf diese Weise entlarvt habe, offiziellen Stellen wie dem Militärgericht oder dem Ehrenrat eines Regiments zur Aburteilung zu überstellen, und die Angelegenheit stattdessen diskret geregelt.«

»Ich verstehe nicht, worauf du hinauswillst, Richie«, fiel ihm Adalbert ins Wort.

»Nuuun«, antwortete Richard gedehnt. »Diesmal habe ich dem obersten Heerführer eine Information vorenthalten, nämlich wer Maxis Bettgefährtin im persischen Separee war. Zum Glück hat Albrecht bislang auch nicht danach gefragt. Aber jetzt ist Eile geboten, wenn wir die Sache zu einem zwar teuren, aber letztlich doch noch glimpflichen Abschluss bringen wollen.«

Er schaute seinem Schwiegervater geradewegs in dessen dunkelgraue Augen. Zu seiner Genugtuung begann Adalberts Blick zu flackern.

»Also mache ich dir den folgenden Vorschlag: Du zahlst den Schaden, und ich nehme im Gegenzug Abstand davon, Erzherzog Albrecht Amis Identität preiszugeben. Du weißt sehr gut, dass ich eigentlich sofort die Scheidung wegen Ehebruchs beantragen müsste. Außerdem müsste ich Maxi zum Duell fordern. Beides verlangt meine Ehre. Möglicherweise bliebe einer von uns im Duell dabei sogar auf der Strecke.«

»Deine Ehre, deine Ehre«, äffte Maximilian von Löwenstein Richard nun nach. »Hättest du besser auf deine Frau aufgepasst, wäre das alles nicht geschehen.«

Sein Sohn Maxi grinste. »Vor allen Dingen wäre es nicht geschehen, wenn du deine ehelichen Pflichten besser erfüllt hättest. So musste ich eben für dich einspringen.«

Richard verschlug es vor Wut einen Moment lang die Sprache. Dann holte er zum Gegenschlag aus. »Du weißt sehr gut, Maxi, dass dies nicht das erste Mal ist, dass du dich in große Schwierigkeiten gebracht hast. Muss ich dich wirklich an die Sache in der Bukowina erinnern?«

Adalbert von Thurnau und Maximilian von Löwenstein starrten Richard an. »Was soll das heißen?«, krächzte Maxis Vater schließlich.

Richard skizzierte mit kurzen Worten die damaligen Vorfälle, während Maxi kreidebleich wurde. »Schon damals hättest du deine Offizierscharge verlieren können, Maxi«, kam er zum Schluss. »Und damit Schande über unseren guten Namen gebracht.«

Maxis Vater hielt es nicht mehr auf seinem Sitz. »Also hast du uns alle belogen!«, brüllte er und machte erneut Anstalten, mit den Fäusten auf seinen Ältesten loszugehen.

Eine Geste Richards hielt seinen Onkel davor zurück. »Was hat Maxi euch denn gesagt?«, fragte er neugierig. Das interessierte ihn sehr.

»Ich habe fünftausend Gulden an die Regimentskasse der Neuner Dragoner in Czernowitz gespendet, damit Maxi nach Wien versetzt und zum Oberleutnant befördert wird«, schrie sein Vater mit sich überschlagender Stimme. »Weil dieser Nichtsnutz mir weisgemacht hat, an dieser abgelegenen Stelle des Reichs käme er niemals auf einen grünen Zweig.«

Jetzt verstand Richard endlich, auf welche Weise es Maxi bewerkstelligt hatte, nach Wien zu kommen. Er fühlte heftigen Zorn auf den Oberkommandierenden des 9. Dragonerregiments, Oberstleutnant Ferdinand Weiss, in sich aufsteigen.

Den Mann hatte er schon damals entweder für zu feige oder zu bequem gehalten, den Missständen in seinem Regiment energisch entgegenzutreten. Dieser Verdacht bestätigte sich nun. Wahrscheinlich war Weiss nur allzu froh gewesen, Maxi loszuwerden, und korrupt genug, um ihn für die fünftausend Gulden, mit denen er das Loch in der Regimentskasse infolge der Entschädigung der drangsalierten Bevölkerung stopfen konnte, sogar für eine Beförderung vorzuschlagen.

»Und diese fünftausend Gulden stammen von mir, Maximilian! Du bist sie mir noch schuldig!«, fuhr Adalbert seinen Cousin an. »Und genau deswegen denke ich nicht im Traum daran, schon wieder für deinen missratenen Sohn zu bezahlen!«

Wieder griff Richard ein. »Ich sagte doch schon, Schwiegervater, dass dir gar nichts anderes übrig bleiben wird. Entweder ich melde meinem Dienstherrn, Erzherzog Albrecht, morgen Vollzug. Oder ich lege offen, mit wem sich ›Giselher von Drachenburg‹ im Separee vergnügt hat. Mit allen Konsequenzen für dein gesellschaftliches Ansehen in Wien!«

Richard war klar, dass er seinen Schwiegervater mit dieser Drohung erpresste. Natürlich hätte er das Geld für die Strafzahlung auch aus Amis Mitgift nehmen können. Doch das war seine Notlösung. Dass er auf keinen Fall beabsichtigte, gegenüber seinem obersten und in dieser Hinsicht erzkonservativen Dienstherrn preiszugeben, dass Ami ihm mit seinem eigenen Cousin Hörner aufgesetzt hatte, behielt er für sich.

Denn die bereits von ihm genannten Konsequenzen, sich sofort von seiner untreuen Frau trennen und mit Maxi duellieren zu müssen, waren dann mit Sicherheit zu erwarten, flöge die ganze Affäre auf. Darauf würde Albrecht gemäß des Ehrenkodex der Armee für solche Vorfälle persönlich bestehen.

Zwar hätte Richard die Scheidung von Amalie durchaus begrüßt, jedoch nicht um den Preis des ganzen Wirbels, der mit dieser Affäre einhergehen würde, sollte auch nur ein Fitzelchen von ihr publik werden. In der Presse als Hahnrei verspottet zu werden, hätte ihn als Bewerber um Sophies Hand völlig inakzeptabel gemacht. Wenn er das Duell mit seinem Cousin überhaupt unbeschadet überstände.

»Bedenke außerdem, Onkel Adalbert, dass du nun viel Geld für Amalies Garderobe einsparst«, setzte Maxi, der sich nach dem ersten Schrecken wieder gefasst hatte, dem Ganzen noch spöttisch die Krone auf. »Immerhin muss sie jetzt nicht mehr dauernd zu Jungmann & Neffe, um neue Roben zu bestellen.« Obwohl eigentlich Richard seit der Hochzeit für die Bezahlung von Amis Ausstattung verantwortlich war, ließ diese ihre Rechnungen weiterhin an ihren Vater schicken, der sie bislang auch anstandslos beglichen hatte. Richard war das natürlich nur recht.

Jetzt fuhr Amalie auf, als hätte sie eine Natter gebissen. »Du gemeiner Schuft!«, fauchte sie Maxi an. Es waren die ersten Worte, die sie in dieser peinlichen Zusammenkunft von sich gab. »Ich hasse dich!«

»Gib doch zu, dass du den Spaß hattest, den du dir gewünscht hast«, legte Maxi noch einmal nach. »Ich hatte ihn jedenfalls, denn du warst ganz gut im Bett!«

Nun hatte Richard genug. »Können wir diese unwürdige Szene jetzt endlich beenden?«, wandte er sich wieder an Adalbert. »Du weißt, dass Maxis Vater das Geld nicht aufbringen kann. Und ich bin ebenfalls nicht dazu bereit, für die Niedertracht meiner untreuen Gattin auch noch zu bezahlen. Morgen früh muss ich Erzherzog Albrecht Rapport erstatten, ob diese leidige Geschichte nun bereinigt ist oder nicht«, schwindelte er, um seiner Forderung mehr Nachdruck zu verleihen.

Auf Adalberts Gesichtszügen zeigte sich der innere Kampf, den er gerade durchfocht. Maxis nächste freche Bemerkung gab den Ausschlag, diesmal erstaunlicherweise zum Positiven. »Denk doch nur, was deine werte Fürstin Pauline von Metternich zur Scheidung Richies von deiner untreuen Tochter sagen würde!«

Adalbert stöhnte auf. Es klang fast wie ein Jaulen.

Er zeigte mit dem Finger auf Maxis Vater. »Das ist das letzte Mal, Maximilian, dass ich dir aus der Klemme helfe. Zumindest das letzte Mal, bevor du mir nicht jeden Kreuzer, den du mir schuldest, zurückgezahlt hast.«

Maximilian von Löwenstein nickte. »Damit bin ich einverstanden.«

Natürlich wusste jeder im Raum, dass Adalbert von Thurnau keinen müden Heller seines verliehenen Geldes jemals wiedersehen würde.

Kaffeehaus Prinzess

Mai 1892

Mit einer Mischung aus Neugier und Besorgnis beobachtete Sophie das Geschehen an einem der Spieltische im Billardsaal des Kaffeehauses. Dort ging einer der Tarock-Spieler einem sogenannten Kiebitz gerade an die Gurgel.

»Kiebitz« nannte man einen Beobachter beim Kartenspiel, der hinter den Spielern stand und sich die Blätter, die sie in der Hand hielten, ansah. Natürlich wurde von solchen Kiebitzen erwartet, dass sie dem Rest der Spieler jeweils mit keiner Miene oder Geste verrieten, wie gut die Karten desjenigen waren, die er sich gerade angeschaut hatte.

»Kiebitzen« gehörte neben Lesen, Erledigen von Korrespondenzen, Billard und Kartenspiel zu den häufigsten Beschäftigungen der Dauergäste in Kaffeehäusern. Insbesondere ärmere Besucher wagten nicht, sich an den Kartenspielen zu beteiligen, da in der Regel um Geld gespielt wurde, über das sie nicht verfügten. Obwohl es meistens nur relativ geringe Beträge waren.

Handgreiflichkeiten zwischen Gästen hatte Sophie in den beiden Monaten, die sie nun schon als Sitzkassiererin im Kaffeehaus arbeitete, noch nie erlebt, sah man einmal von einigen Rangeleien um begehrte Zeitungen ab. Zwei der Gäste am Spieltisch, nämlich den Kiebitz und einen der Kartenspieler, sah sie heute allerdings zum ersten Mal im Prinzess.

Zwar hatte sich der Kiebitz unauffällig benommen, soweit sie das von ihrem Platz aus erkennen konnte. Aber die Unruhe an diesem Spieltisch war in der letzten Stunde beständig gestiegen. Das lag offensichtlich daran, dass der ihr unbekannte Kartenspieler viel häufiger als seine drei Mitspieler gewann und den Einsatz einstrich.

Wahrscheinlich hegten die übrigen drei bereits seit einiger Zeit den Verdacht, dass es dabei nicht mit rechten Dingen zuging. Nachdem der Sophie unbekannte Mann vor fünf Minuten erneut sein Blatt triumphierend auf den Tisch gelegt und nach dem Einsatz gegriffen hatte, erhob sich zunächst lauter Protest.

»Hier ist doch was faul im Staate Dänemark!«, zitierte einer der drei Mitspieler lautstark aus dem Hamlet.

»Was soll das heißen?«, wehrte sich der Gewinner. »Halten Sie mich etwa für einen Betrüger?«

»Ja genau, und ich glaube das ebenfalls«, mischte sich ein weiterer Spieler ein. Er wies mit ausgestrecktem Zeigefinger auf den Kiebitz. »Der da verrät Ihnen, wie gut unsere Karten sind. Ich sah ihn mehrmals zwinkern, bevor Sie gewonnen haben.«

»Das ist doch Unsinn!«, verteidigte sich der Kiebitz. »Mir ist etwas ins Auge geflogen. Aber Sie sind ein schlechter Verlierer!«

»Wahrscheinlich ist er ein Waschlappen und bekommt jetzt zu Hause Ärger mit seiner Alten, wenn er mit leerem Säckel heimkehrt«, spottete der Gewinner.

Das gab den Ausschlag. Der so Verhöhnte sprang auf, packte seinen Beleidiger am Kragen und schüttelte ihn.

Sophie befürchtete bereits, dass die nagelneuen Kristallspiegel im Billardsaal zu Bruch gehen könnten, wenn es zu einer echten Rauferei käme, als zu ihrer Erleichterung Toni Schleiderer mit großen Schritten den Raum durchmaß. Der Oberkellner Herr Franz und zwei weitere Ober folgten ihm auf dem Fuße.

»Meine Herren, was geht hier vor?«, hörte Sophie Toni mit sonorer Stimme fragen. Angreifer und Verteidiger wiederholten ihre Beschuldigungen.

Toni Schleiderer ließ alle Männer zunächst ausreden. Dann hob er begütigend beide Hände, nachdem ihm Herr Franz zuvor noch etwas ins Ohr geflüstert hatte.

»Wer im Recht oder im Unrecht ist, kann ich nicht beurteilen, da ja Aussage gegen Aussage steht«, erklärte Schleiderer. »Doch um des lieben Friedens und auch um unserer anderen Gäste willen, sehe ich mich als Hausherr leider dazu gezwungen, diesen Spieltisch für heute aufzulösen. Ich bitte beide Seiten um Contenance und Sie, meine Herren«, dabei wandte er sich an den Kiebitz und den Dauergewinner, »sich an diesen Tisch dort drüben zu begeben.« Toni wies auf einen weit entfernten Platz neben dem Billard. »Zum Dank für Ihrer aller Einsicht spendiere ich jedem der Herren einen Cognac.«

Sophie bewunderte Tonis Geschick, auf diese Weise die Wogen zu glätten. Als er an ihrer Theke vorbeikam, nachdem er den Streithähnen den Cognac eigenhändig serviert hatte, gab sie ihm ein Zeichen, näher zu kommen.

»Das hast du wirklich gut gemacht, Toni«, lobte sie ihn, was ihr ein dankbares Lächeln eintrug. Mittlerweile duzten sich die beiden. »Aber sag mir ganz offen«, sie senkte die Stimme, »ging es denn bei diesem Kartenspiel ehrlich zu?«

Schleiderer zog die Augenbrauen zusammen, seine Miene verfinsterte sich. »Mitnichten, Sophie. Der Kiebitz und sein Kumpan sind mittlerweile stadtbekannt. Herr Franz hat mir erzählt, dass sie wegen eines ähnlichen Vorfalls erst gestern aus dem Café Central gewiesen wurden.«

»Oh! Und warum hast du die Angelegenheit dann auf diese Weise gelöst?«, fragte Sophie etwas ratlos ob der Tatsache, dass es ja sehr wohl Schuldige und Unschuldige zu geben schien.

Nun grinste Toni wieder. »Mir erschien es die bessere Lösung zu sein, kein Aufsehen zu erregen. Herr Franz sagt, im Central ging es gestern bei diesem Rauswurf so lautstark zu, dass sich sämtliche Gäste belästigt fühlten und einige das Café sogar empört verließen. So etwas wollte ich hier im Kaffeehaus vermeiden.

Zudem werden die zwei Gauner nicht mehr hierherkommen, jetzt, wo sie enttarnt worden sind. Da kannst du versichert sein, Sophie«, begründete er seine Strategie.

Dann wandte sich Schleiderer mit einem kurzen Gruß wieder ab und ging zurück in sein Kontor, um die Buchhaltung für das Kaffeehaus fortzusetzen.

Die Vereinbarung, Toni diesen Teil der Buchhaltung zu überlassen, gehörte wie das Duzen zu dem Burgfrieden, den Sophie vor vierzehn Tagen mit ihm geschlossen hatte. Ausschlaggebend dafür war Tonis Abbitte gewesen, als die neu überzogenen Bänke in den Sitznischen tatsächlich von vielen Gästen mit großem Lob bedacht worden waren. Einige betonten dabei, sich über die Schäbigkeit des Mobiliars schon gewundert zu haben.

»Manche Herren hielten dies sogar für ein Zeichen, dass es mit dem Kaffeehaus Prinzess bergab geht«, räumte Toni reumütig ein. »Ich gebe daher zu, Sophie, dass dein Gespür besser war als das meinige.«

Zum Dank hatte er Sophie daraufhin von sich aus die Anschaffung der von ihr gewünschten Kristallspiegel vorgeschlagen, die nun die Schmalwände des Lese- und des Billardsaals schmückten. Auch diese Verbesserung der Einrichtung wurde weidlich gelobt.

Nur gegen die Bugholzstühle hatte Toni noch Bedenken, vor allem deshalb, weil sie ihm, im Gegensatz zu Sophie, überhaupt nicht gefielen. Sie gehörten zu einer Stilrichtung, die sich »Wiener Moderne« nannte und die überladenen und verschnörkelten Möbel der Gründerzeit, zumindest die im neobarocken Stil, durch schlichtere Formen ersetzen wollte. Das war nun einmal nicht jedermanns Geschmack, hatte Sophie sich selbstkritisch klargemacht. Schließlich redete ihr Toni Schleiderer ja auch nicht in die Art der Ausstattung des Cafés hinein. Also hatte sie die Idee mit den Bugholzstühlen erst einmal fallen gelassen.

Stattdessen war nun der Umbau der beiden Küchen in vollem Gange und würde schon in der nächsten Woche abgeschlossen sein. Kalte Speisen für beide Gaststätten wurden derweil in der großen gemeinsamen Kaffeeküche und der Backstube hergestellt.

Mit dieser Lösung war Toni am Ende nicht nur einverstanden gewesen, sondern hatte erst vor wenigen Tagen sogar eine Novität für beide Etablissements beigesteuert. Ab und zu werkelte er nämlich noch selbst in der Backstube, wenn er Zeit dazu fand. Das war, wie ehedem bei ihrem Onkel Stephan, seine eigentliche Leidenschaft. In Zusammenarbeit mit Rudi Wallner, dem jetzigen Leiter der Backstube, war dabei ein köstliches Käsegebäck herausgekommen, das es im Kaffeehaus als Kipferl, im Café Prinzess als kleine ausgestochene Kekse mit Verzierungen von Sesam, Kümmel und Pistazienkernen gab. Nicht nur die Gäste, auch Sophie war auf Anhieb begeistert von dieser neuen Leckerei.

Die beiden Idas und Richie hatten doch recht, lächelte sie nun in sich hinein. *Mit Diplomatie erreicht man mehr als mit Hartnäckigkeit.*

Dass Toni nun seinen Teil der Buchhaltung selbst übernahm, nachdem Sophie ihn in die wesentlichen Schritte eingewiesen hatte, entlastete sie zudem und verschaffte ihr zumindest ab und zu einen freien Sonntag. Darüber hinaus hatten die beiden vereinbart, sich an jedem ersten Samstag im Monat zusammenzusetzen, um sich über die vormonatlichen Ergebnisse der Buchhaltung beider Gaststätten auszutauschen und diese miteinander zu vergleichen.

Da Toni ja auch am Gewinn beteiligt ist, ist es nur rechtens, dass er genau wie ich regelmäßig über Umsätze, Einnahmen und Kosten im Bilde ist, war ihr inzwischen bewusstgeworden.

Gerade verließen die beiden Gauner das Prinzess, die Unruhe im Kaffeehaus war verebbt. Sonst war im Augenblick nicht viel los. Da die aktuelle Seite des Kassenbuchs, in dem die Bestellungen und dazugehörigen Beträge notiert wurden, voll war, begann Sophie schon einmal damit, eine Zwischenrechnung der heutigen Einnahmen zu machen. Das gehörte zu den Aufgaben der Kassiererinnen, sobald sie nicht mit anderen Dingen beschäftigt waren.

Plötzlich entstand an der Tür zum Flur, der das Kaffeehaus und das Café miteinander verband, Unruhe. Erstaunt erblickte Sophie ihr Dienstmädchen Emma, das einem Ober heftige Handzeichen gab. Der trat auf sie zu, drehte sich dann auf dem Absatz um und steuerte mit schnellen Schritten auf Sophies Theke zu.

»Fräulein Sophie, gehen S' rasch einmal nach oben in Ihre Wohnung. Da is was passiert.«

Sophie erschrak. »Aber ich kann meinen Platz hier nicht verlassen«, sagte sie aufgeregt. »Worum geht es denn?«

»Des wollt des Dienstmadl ned sagen«, erklärte der Ober. »Aba es is dringend!«

Sophie war ratlos. Helene hatte heute frei, es gab also keinen Ersatz für sie als Sitzkassiererin. »Seien Sie so gut und bitten Sie Herrn Schleiderer, einmal herzukommen.«

Wenig später kam Toni erneut zu ihr an die Theke. Mit raschen Worten erklärte ihm Sophie die Sachlage.

»Geh nur hoch, Sophie«, lächelte er. »Wir kommen schon zurecht. Sind's ja gewohnt.«

Dankbar eilte Sophie die Hintertreppe zu ihrer Wohnung hinauf. Dabei grübelte sie kurz darüber nach, was Toni mit seiner letzten Bemerkung gemeint haben könnte.

Wahrscheinlich bezog sie sich auf die Arbeitszeiten im Kaffeehaus, das weit länger geöffnet hatte als das Café. Wobei die Schicht der Sitzkassiererin im Kaffeehaus um acht Uhr abends endete, obwohl dieses an den meisten Tagen bis nach Mitternacht aufhatte. Manchmal herrschte abends sogar noch Hochbetrieb, insbesondere nach Ende der Theatervorstellungen. Allerdings gab es nach acht Uhr keine Speisen mehr, sondern nur noch Getränke.

Beschämt konstatierte Sophie nun, dass sie Toni noch nie gefragt hatte, wie man zu diesen Zeiten ohne Sitzkassiererin mit den Gästen abrechnete. Solche Nachfragen hatte sie tunlichst vermieden, solange ihr Verhältnis relativ angespannt gewesen war.

Doch jetzt blieb keine Zeit für solche Nebensächlichkeiten. Beunruhigt schloss Sophie mit ihrem Schlüssel die Hintertür zu ihrer Wohnung auf. Sie war zu aufgeregt, um darauf zu warten, dass Emma ihr öffnete. Als sie eintrat, sah sie auf dem Weg zum Salon, dass der Flur voller Koffer, Hutschachteln und anderer Gepäckstücke war.

Da kamen ihr auch schon Henriette und Milli aus dem Salon entgegen. Henriette war bleich und hatte rote Flecken auf ihren Wangen, die ihre Nervosität verrieten. Millis Gesicht war dagegen kalkweiß. Um die Handgelenke trug sie dicke Verbände.

»Ich habe Arthur verlassen«, fiel Henriette mit der Tür ins Haus. »Können Milli und ich vorläufig hier bei dir wohnen? Ich wüsste sonst nicht, wohin.«

Teil 2

Wer wagt, gewinnt?

Kapitel 4

Kaffeehaus Prinzess

August 1892

Nachdenklich betrachtete Sophie Dr. Sigmund Freud, der, wie an jedem Samstag, zum Kartenspielen ins Kaffeehaus Prinzess gekommen war. Noch immer war sie zu keinem Entschluss darüber gelangt, ob sie ihn einmal auf ihre Schwester Milli ansprechen sollte. Ein weiteres Mal ließ sie sich die Ereignisse im Palais Werdenfels, von denen sie mittlerweile erfahren hatte, durch den Kopf gehen und erwog verschiedene Möglichkeiten.

An erster Stelle stand für sie Millis Wohlergehen. Doch ihre Schwester war auch jetzt noch, fast ein Vierteljahr nach der überstürzten Flucht mit ihrer Mutter aus dem Palais, völlig verschlossen und teilte sich niemandem mit.

Henriettes Hausarzt Dr. Grienbauer wusste keinen anderen Rat mehr, als Milli eine, wenn auch schwache, Laudanum-Lösung zu verschreiben. Er empfahl, ihr die Tropfen insbesondere dann zu verabreichen, wenn sie nachts wieder einmal durch die Wohnung schlafwandelte und schreiend um sich schlug, selbst wenn man sie noch so behutsam zu wecken versuchte. Am nächsten Morgen konnte sie sich zudem an diese Vorfälle nicht mehr erinnern.

Sophie misstraute Dr. Grienbauer allerdings, obwohl er sich dankenswerterweise bereit erklärt hatte, Milli auch in Sophies Wohnung zu behandeln. Aber Grienbauer hatte ihrem Stiefvater Arthur damals den Nervenarzt Dr. Kaltenbrunn empfohlen, der Milli nach ihrem offenkundigen Selbstmordversuch in die psychiatrische Klinik einweisen wollte, in der er einige Belegbetten unterhielt.

Arthur erteilte dafür sofort sein Einverständnis. Aber diesmal war Henriette von Anfang an über sich selbst hinausgewachsen, wie sie Sophie schon am Abend nach ihrer Ankunft erzählte. Vorher hatten beide die völlig erschöpfte Milli zu Bett gebracht.

»Wie soll meine Tochter in dieser Irrenanstalt behandelt werden?«, berichtete Henriette, den Nervenarzt inquisitorisch befragt zu haben.

»Es handelt sich um ein renommiertes Sanatorium«, wehrte sich Dr. Kaltenbrunn zunächst gegen Henriettes abfällige Bemerkung. »Ich empfehle die neuartige Elektrotherapie. Sie ist außerordentlich erfolgreich bei solchen Leiden«, fuhr der Psychiater kryptisch fort.

Doch Henriette ließ nicht locker. »Davon habe ich noch nie etwas gehört. Worin besteht diese Behandlung genau?«, insistierte sie.

»Und stell dir vor, dieser Unmensch wollte Milli Stromstöße durch den Kopf jagen«, fasste Henriette das Ergebnis ihrer Unterredung mit dem Nervenarzt in diesem ersten Gespräch mit Sophie empört zusammen. »Dabei hätte man ihr eine Form von Plättchen an die Schläfe gelegt, die man Elektroden nennt, durch die dann der Strom hindurchgeleitet worden wäre. Und währenddessen wird den Patienten ein Beißholz zwischen die Zähne gelegt, damit sie sich die Zunge nicht abbeißen.«

»Stromstöße durch den Kopf?« Sophie war entsetzt. »Wozu soll das denn gut sein?«

»›Es beruhigt das angegriffene Nervenkostüm‹«, äffte Henriette den salbadernden Tonfall des Psychiaters nach. »›Die Hirnströme werden wieder in geordnete Bahnen gelenkt. Im besten Fall hüllt eine gnädige Amnesie die Ereignisse rund um die versuchte Selbstentleibung in völliges Vergessen.‹«

»Völliges Vergessen? Wollte der Arzt denn nicht die Ursache für Millis Verzweiflungstat herausfinden?«

Henriette schüttelte den Kopf. »Daran schien er nur wenig Interesse zu haben. So wenig wie Arthur«, fügte sie bitter hinzu.

»Und welche Erklärung hat Milli dir genannt?«

»Das ist ja einer der Gründe, warum Arthur sie einsperren lassen wollte. Sie hat überhaupt nichts erklärt, auch mir nicht«, antwortete Henriette verzweifelt. »Hätte Mamsell Ida sie nicht rechtzeitig in der Badewanne gefunden und ihr geistesgegenwärtig die Arme abgebunden, wäre Milli verblutet. Sie wäre tot, und ich wüsste nicht einmal warum!«

Bei der Vorstellung zitterte Henriette sogar noch heute am ganzen Leib. Sophie wusste mittlerweile auch, dass sie sich heftige Vorwürfe machte, weil sie an jenem Abend eine Soiree bei der Gräfin Anna Wilczek besucht hatte.

»Ich habe mich nicht genug um Milli gekümmert«, wiederholte Sophies Mutter angesichts Millis trostlosen Zustands seither ihre Selbstvorwürfe immer wieder. Es hatte einiger Gespräche bedurft, bis Sophie sich die Ereignisse im Palais Werdenfels, die sich vor einigen Wochen abgespielt hatten, lückenlos zusammenreimen konnte.

Offensichtlich war ein heftiger Streit mit ihrem Stiefvater Millis Selbstmordversuch vorausgegangen. Milli hatte sich geweigert, ihm ihre Hausaufgaben, wie üblich, in der Bibliothek zu zeigen, und sich stattdessen auf ihr Zimmer geflüchtet. Daraufhin verfügte Arthur, dass sie dort zu bleiben habe, bis ihr Trotz gebrochen sei, und außer Wasser und Brot keine Nahrung erhalten sollte. Unseligerweise war Henriette bereits vor dem Streit zu ihrer Soiree aufgebrochen.

Für Sophie war es nur ein schwacher Trost, dass dies nach ihren Vereinbarungen mit Arthur, weder ihre Mutter noch ihre Schwester weiterhin zu sekkieren, die erste Strafe dieser Art gewesen war.

Zu Millis Glück oder Unglück, das kam auf den jeweiligen

Blickwinkel an, hatte aber auch Arthur an diesem Abend eine gesellschaftliche Verpflichtung außer Haus. Wie schon in früheren Zeiten, als Arthur Milli immer wieder in ihr Zimmer eingesperrt hatte, widersetzte sich Mamsell Ida seiner Anordnung und brachte Milli heimlich ein Abendessen aufs Zimmer. Die brachte jedoch kaum einen Bissen herunter.

Stattdessen flehte sie Ida an, ihr ein heißes Vollbad zu erlauben. Ida war unter der Bedingung, dass die Zofe Milli bei dieser Gelegenheit auch die Haare waschen dürfte, damit einverstanden gewesen. Denn es war wesentlich mühsamer, Millis mittlerweile bis zur Taille reichendes Haar über der Waschschüssel zu waschen als in der Badewanne.

Bislang war dies aber nicht anders gegangen, da sich Milli geweigert hatte, jemanden beim Baden hinzukommen zu lassen. »Das führten wir alle auf ihre übergroße Schamhaftigkeit zurück«, erklärte Henriette.

»Wir glaubten, Milli wolle ihren sich langsam zur Frau entwickelnden Körper niemandem zeigen«, bestätigte dies auch Mamsell Ida, die am Morgen nach Henriettes Flucht aus dem Palais Werdenfels mit einer ganzen Mietdroschke voller weiterer Kleidungsstücke und Gebrauchsgegenstände zu ihnen stieß, nachdem Arthur zu seiner Dienststelle aufgebrochen war. Seitdem lebte Ida ebenfalls in Sophies Wohnung.

»Milli erbat sich allerdings vor dem Waschen der Haare eine halbe Stunde ungestörten Badens«, erklärte Ida weiter. Damals war ihr dieser Wunsch nicht ungewöhnlich vorgekommen, zumal Arthur nicht vor Mitternacht zurückerwartet wurde. Es gab also genügend Zeit, Milli ihr ausgiebiges Bad samt Haarwäsche zu gönnen und das Badezimmer hernach zu reinigen, damit Arthur nichts merkte.

Wie vereinbart, erschien die Zofe, begleitet von zwei Dienstmädchen mit einem Bottich frischen heißen Wassers, nach einer halben Stunde vor der Tür des Badezimmers und fand sie zu ihrer Verblüffung verschlossen vor. Als Milli sich auch auf ihr Klopfen hin nicht rührte, rief man Ida herbei. Der schwante sofort Übles. Kurz entschlossen befahl sie einem Hausdiener, die Tür aufzubrechen, und fand Milli gerade noch rechtzeitig in der mit lauwarmem, blutigem Wasser gefüllten Wanne. Sie hatte sich beide Handgelenke mit einer Nagelschere aufgeschlitzt und war bereits nicht mehr bei Bewusstsein.

»Gott sei Dank, hat sie nicht so tief geschnitten, dass die Pulsadern allzu schwer verletzt wurden«, stellte der Hausarzt, der sofort herbeigeeilt war, nach der ersten Untersuchung fest. »Sonst hätten wir ihr Leben wohl nicht mehr retten können.«

»Als ich nach Hause kam, war Milli gerade aus ihrer Ohnmacht erwacht, aber kaum ansprechbar«, fuhr Henriette mit dem Bericht über die Ereignisse fort. »Hätte Ida nicht so geistesgegenwärtig gehandelt, hätten wir sie verloren. Das wäre dann auch mein eigener Tod gewesen«, schluchzte sie auf. »Den Verlust eines zweiten Kindes hätte ich nicht verwunden.« Sie weinte haltlos.

»Was bin ich nur für eine miserable Mutter«, fuhr sie dann trotz Sophies und Idas Beschwichtigungsversuchen in ihrer Selbstanklage fort. »Ida wäre euch eine viel bessere Mutter als ich gewesen. Denn sie hat schon seit längerer Zeit geahnt, dass irgendetwas mit Milli ganz und gar nicht stimmt.«

Während die beiden Frauen nach Millis Selbstmordversuch an ihrem Bett wachten, hatte Dr. Grienbauer in der Bibliothek auf Arthur gewartet, um ihn nach seiner Rückkehr ins Bild zu setzen.

»Und bei dieser Gelegenheit empfahl er Arthur dann die Hinzuziehung des Nervenarztes?«, fragte Sophie nach.

Henriette nickte. »So ist es. Dr. Kaltenbrunn erschien schon am nächsten Vormittag im Palais Werdenfels, um Milli zu untersuchen. Arthur hatte sich dafür extra freigenommen. Aber Milli äußerte in seiner Gegenwart kein einziges Wort. Als Dr. Kaltenbrunn Arthur bat, den Raum zu verlassen, sodass nur noch ich bei Milli war, begann sie furchtbar zu weinen, weigerte sich aber weiterhin, mit dem Arzt zu sprechen.«

Henriette schnäuzte sich in ihr Sacktuch, während Ida, die neben ihr auf der Chaiselongue saß, ihr die Hand tätschelte.

»Erst recht wehrte sich Milli heftig dagegen, als der Arzt sie körperlich untersuchen wollte. Erst als deine Mutter mich hinzurief und wir beide Milli gut zuredeten und versprachen, während der gesamten Untersuchung zugegen zu sein, willigte sie widerwillig ein«, setzte Ida die Beschreibung der Vorfälle fort. »Aber sie wimmerte und zuckte bei jeder Berührung des Arztes zusammen.«

Wieder schluchzte Henriette bei Idas Bericht auf und schnäuzte sich in ihr Sacktuch. Wieder streichelte Ida ihr tröstend die Hand.

»Und dann sah ich es mit meinen eigenen Augen!«, fuhr Henriette mit zitternder Stimme fort. »Millis Oberschenkel waren mit Schnitten übersät. Sie waren zum Teil vernarbt, zum Teil verschorft und manche noch ganz frisch. Natürlich erklärte Milli dem Arzt mit keinem Ton, wie sie zu diesen Verletzungen gekommen war. Aber es steht zweifelsfrei fest, dass sie sich diese selbst zugefügt hat.«

»So wie schon die Verletzungen an ihren Armen vor einigen Jahren«, schlussfolgerte Sophie erschüttert. »Auch damals hat niemand von uns geglaubt, dass es sich dabei um Unfälle handelte. Vor allem du nicht, liebe Ida«, erinnerte sich Sophie an einen Brief ihrer Mutter, der sie während einer Reise mit Kaiserin Elisabeth erreicht hatte.

Sie lächelte Ida traurig zu. Dann gewann ihre Bestürzung wieder die Oberhand. »Aber warum fügt sich Milli denn bereits seit so langer Zeit solche Wunden zu?«

»Darüber gibt es geteilte Meinungen«, erklärte Henriette mit Bitterkeit. »Mamsell Ida und ich glauben inzwischen, dass Milli, insbesondere wegen Arthurs Schikanen, schon seit langer Zeit todunglücklich war. Dies weist Arthur natürlich weit von sich. Gegenüber dem Nervenarzt betonte er sogar, nur seine Vaterpflichten gegenüber Milli wahrgenommen zu haben.«

Sophie schnaubte verächtlich.

»Doch die Schnittwunden überzeugten den Psychiater wohl endgültig davon, dass«, Henriette äffte den Arzt erneut nach, »›Milli an einer typischen Störung der Adoleszenz leidet, wie sie in diesem Alter öfter bei jungen Mädchen auftritt.‹«

»Und worauf führt er eine solche Störung zurück?«

»Angeblich können die jungen Mädchen nicht mit den Veränderungen ihres Körpers umgehen«, wiederholte Henriette Dr. Kaltenbrunns Ausführungen. »Ihre Selbstverletzungen seien eine Folge davon, dass sie die zunehmend weiblichen Formen ihres Körpers ablehnen. Da ihre Entwicklung zur Frau mit den monatlichen Blutungen einhergeht, inspiriere dies die Mädchen außerdem dazu, sich auch an anderen Stellen ihres Körpers zum Bluten zu bringen.« Henriettes Tonfall war deutlich zu entnehmen, dass sie diese These für ausgemachten Unsinn hielt. Auch Ida zog die Mundwinkel verächtlich herab.

Sophie runzelte die Stirn. »Dies scheint mir eine sehr weit hergeholte Diagnose zu sein, wenn nicht sogar blanker Unsinn«, schloss sie sich der Meinung der beiden Frauen an.

Henriette nickte. »So sehe ich das auch. Deshalb wollte ich Milli auch zu Hause gesund pflegen und dabei den Versuch unternehmen, ihr Vertrauen so weit zurückzugewinnen, dass sie mir anvertraut, warum sie sich das angetan hat.«

»Doch diesen Plan hat Arthur offensichtlich durchkreuzt«, vermutete Sophie.

»So ist es«, bestätigte Henriette. »Natürlich hinter meinem Rücken. Ich hatte dem Nervenarzt unmissverständlich erklärt, dass ich Milli auf gar keinen Fall in diese Irrenanstalt stecken möchte. Trotzdem hat Arthur heimlich die Einverständniserklärung zu ihrer Einlieferung unterschrieben. Dabei hat er verfügt, dass Milli am nächsten Tag abgeholt werden sollte, da er mich zur verabredeten Zeit bei einem Jour fixe wähnte.«

»Arthur hat tatsächlich geglaubt, du würdest dein krankes Kind schon so bald im Stich lassen, um einen Jour fixe zu besuchen?« Sophie konnte es kaum glauben.

Doch Henriette nickte, diesmal mit grimmigem Gesichtsausdruck. »Genauso ist es. Es entspricht seinem Charakter. Aber ich habe ihm einen dicken Strich durch die Rechnung gemacht!« Zum ersten Mal wirkte Henriette mit sich zufrieden. »Ich hielt mich gerade mit Ida im Damenzimmer auf. Da kam Gruber herein und meldete mir, dass Dr. Kaltenbrunn mit zwei Wärterinnen in der Halle warte, um Milli abzuholen und in einer geschlossenen Kutsche in sein sogenanntes Sanatorium zu bringen. Als ich mich empört weigerte, ihn überhaupt zu empfangen, brachte mir Gruber die von Arthur unterschriebene Einweisungsbestätigung. Derweil hätte ich Milli dann fast zum zweiten Mal verloren.« Henriettes Stimme erstarb.

Sophie erschrak bis ins Mark. »Wieso denn das?«

»Auch Milli sah die Kutsche in den Hof einfahren und erkannte den Nervenarzt. Mit bloßen Füßen und nur im Nachthemd rannte sie aus ihrem Zimmer auf den Speicher hinauf. Von dort aus stieg sie mit einer Leiter durch die Luke aufs Dach.«

Sophie schlug sich entsetzt beide Hände vor den Mund. »Aber das Dach ist doch abschüssig!« Henriette nickte mit Tränen in den Augen.

»Milli wollte lieber sterben, als in die Anstalt eingewiesen zu werden«, erklärte Ida. »Zum Glück hatte die Zofe ihr Entweichen bemerkt und rief uns sofort zu Hilfe.«

»Doch Milli kam erst wieder herein, als ich ihr versprach, den Nervenarzt wegzuschicken und das Palais Werdenfels noch am gleichen Tag mit ihr zu verlassen«, sagte Henriette, nun wieder mit fester Stimme. »Ida half uns beim Packen und versprach, am nächsten Tag nachzukommen, wie sie es dann ja auch getan hat.«

Sie holte tief Luft. »Ich hätte Arthur schon vor Jahren verlassen müssen«, ergänzte sie bitter. »Aber ich war einfach zu feige dazu.«

»Besser spät als nie«, versuchte Sophie, ihre Mutter zu trösten. »Zumal du ja nicht gewusst hast, wovon du dann leben sollst.«

»Unsinn!«, fuhr Henriette Sophie fast ärgerlich an. »Ich hätte jederzeit hierher zu meinem Bruder Stephan kommen können. Er hätte uns nie im Stich gelassen. Sogar nach seinem Tod hat er noch für uns alle gesorgt.«

»Das ist wahr«, räumte Sophie betreten ein.

Dadurch war Henriette jetzt sogar zweifach finanziell unabhängig von Arthur. Selbst wenn es Danzers Vermächtnis an sie nicht gegeben hätte, auf das er Arthur den Zugriff ja explizit verwehrt hatte, wäre Sophie mit Leichtigkeit in der Lage gewesen, für ihre Mutter und Milli zu sorgen.

Aber dieses Angebot lehnte Henriette ab. »Ich will endlich auf eigenen Füßen stehen«, erklärte sie. »Ich werde mir daher regelmäßig etwas aus dem Legat auszahlen lassen, das Stephan mir hinterlassen hat.« Zu diesem Zweck suchte sie Dr. Anastasius Krömer auf, um ihn als Testamentsvollstrecker um seinen Beistand gegenüber der Treuhandgesellschaft zu bitten, die ihr Erbe verwaltete.

Und dort erfuhr sie etwas für sie völlig Überraschendes. »Als leibliche Mutter von Milli können Sie die Vormundschaft beantragen, wenn Sie dauerhaft vorhaben, von Ihrem jetzigen Ehegatten getrennt von Tisch und Bett zu leben. Da er nicht der leibliche Vater Ihrer Tochter ist, geben viele Vormundschaftsgerichte einem solchen Antrag statt, sofern es nicht gravierende Einwände gegen Ihre Erziehungsfähigkeit gibt«, erklärte ihr der Advokat zu ihrer anfänglichen Verblüffung und weckte damit einen ersten Hoffnungsschimmer in Henriette. »Sie müssen beim Vormundschaftsamt vorstellig werden, um Ihren Anspruch anzumelden. Erhebt Ihr jetziger Gatte dagegen keinen Einspruch, geht es möglicherweise sogar ohne Gerichtsverhandlung ab.«

Angesichts Arthurs Charakter rechnete damit zwar niemand. Aber auch Sophie und Ida waren perplex, als Henriette mit dieser Neuigkeit in die Wohnung zurückkam. Wer hätte gedacht, dass im rückständigen Habsburgerreich, das dem Mann in der Regel die nahezu uneingeschränkte Gewalt über seine Familie zusprach, eine solche Möglichkeit überhaupt existierte?

Schon einen Tag später sprach Henriette in Begleitung Dr. Krömers, den sie auch in dieser Angelegenheit um seinen juristischen Beistand gebeten hatte, auf dem Vormundschaftsamt vor. Als Glücksfall erwies sich jetzt, dass Henriette trotz ihres überstürzten Aufbruchs aus dem Palais Werdenfels alle wichtigen Papiere mitgenommen hatte. Darunter befand sich auch Millis Geburtsurkunde.

Arthur hatte die Dokumente zwar in einer verschlossenen Lade in der Bibliothek verwahrt. Doch Henriette besaß seit jeher einen Schlüssel dazu, den ihr einst ihr verstorbener Ehemann Nikolaus überantwortet und dessen Existenz sie Arthur nach ihrer Hochzeit mit ihm instinktiv verschwiegen hatte.

Dr. Krömer übernahm es auch, den Psychiater Kaltenbrunn darüber zu informieren, dass der Entscheid über eine Einweisung Millis in sein »Sanatorium« vorläufig ausgesetzt werden sollte, bis die Vormundschaftsfrage geklärt sei. Zwar hätte Kaltenbrunn mithilfe von Arthurs Einverständniserklärung auf Millis Aufnahme bestehen können, da sie im Augenblick ja noch dessen Mündel war. Doch offensichtlich legte Dr. Kaltenbrunn keinen Wert darauf, in einen Familienzwist hineingezogen zu werden. Jedenfalls hatten sie von dem Arzt seither nichts mehr gehört.

Natürlich legte Arthur Einspruch gegen Henriettes Anspruch ein, sodass eine Gerichtsverhandlung notwendig werden würde. Doch vorläufig hatte das Amt entschieden, Milli bei ihrer Mutter zu belassen, nachdem diese unmissverständlich erklärt hatte, nicht zu ihrem Mann zurückkehren zu wollen. Eine Verhandlung würde es aufgrund der Überlastung des Gerichts frühestens im Herbst geben.

Und so hätte sich nun alles langsam erst einmal zum Guten wenden können, wenn … Sophie seufzte, während sich Dr. Freud ihrem Tresen näherte, … ja, wenn Milli nicht immer noch völlig verstört wirken würde. Nach wie vor öffnete sie sich niemandem. Auch Sophie hatte etliche Male vergeblich versucht, mit ihr ins Gespräch zu kommen. Doch immer noch hüllte Milli sich in völliges Schweigen darüber, warum sie sich monatelang selbst verletzt und zuletzt sogar in der Badewanne umzubringen versucht hatte.

»Was bin ich schuldig, Fräulein Sophie?« Freud musterte sie intensiv mit seinen dunklen Augen.

Sophie warf einen Blick ins Kassenbuch, in dem sie alle Bestellungen notierte. »Fünfundsechzig Kreuzer«, antwortete sie mechanisch, noch immer tief in Gedanken.

Freud fingerte einen Gulden aus seiner Westentasche. »Behalten Sie den Rest!«, wehrte er großzügig ab, als Sophie ihm das Wechselgeld reichen wollte. »Ich hatte heute viel Glück beim Tarock.«

Plötzlich fällte Sophie eine Entscheidung. Sie lächelte Freud zaghaft an.

»Ich danke Ihnen recht schön, Herr Doktor. Und würde Ihnen gern eine Bitte vortragen.« Einen Moment lang zögerte sie noch, dann überwand sie ihre letzten Skrupel. »Ich habe gehört, Sie kennen sich mit dem Seelenleben der Menschen aus. Darf ich Sie einmal in Ihrer Sprechstunde konsultieren?«

Freud blickte sie forschend an. »Jederzeit, Fräulein Sophie«, antwortete er dann mit einer kleinen Verbeugung. »Meine Ordinationszeiten für neue Patienten sind jeden Dienstag- und Donnerstagvormittag zwischen neun und elf Uhr. Sie finden meine Praxis in der Berggasse 19.«

Eine Offizierswohnung in Wien

Ende August 1892

Hauptmann Karl Winkler grinste breit, als er vernahm, was ihm sein Bursche Anton gerade meldete.

Wer wagt, gewinnt, frohlockte er. Heute Abend würde ihm das Madl, das er erst in der vergangenen Woche in einem Grinzinger Heurigen kennengelernt hatte, ein Rendezvous gewähren.

Schüchtern schien ihm die Kleine ohnehin nicht zu sein. Deshalb war sich Karl relativ sicher, dass sie nicht abgeneigt sein würde, gleich bis zum Äußersten zu gehen, obwohl sich beide noch kaum kannten. Schließlich hatte die Gretl ja bereits am Samstagabend auf seinem Schoß gesessen und ihr ausladendes Gesäß lasziv auf seinem erigierten Gemächt hin- und herbewegt, da er seine Erregung über den weichen Frauenkörper nicht verbergen konnte.

Gretl verdiente ihren Lebensunterhalt als Wäscherin und Zugehfrau, hatte sie ihm erzählt. Angeblich in lauter vornehmen Haushalten. Aber Karl vermutete darüber hinaus noch eine andere Einkunftsquelle, denn oft verfügten Frauen mit dieser Beschäftigung über kein gesichertes Einkommen. *Vielleicht ist sie ja eine Gelegenheits-Grabennymphe,* dachte er nun. Viele Frauen in Wien mussten sich mit illegaler Prostitution etwas dazuverdienen, um überhaupt über die Runden zu kommen.

Auf jeden Fall hatte er Gretl heute Morgen, gleich nachdem er das Werbegeschenk erhalten hatte, durch seinen Burschen Anton ein Billett an die von ihr angegebene Adresse geschickt und um ein weiteres Treffen gebeten. Da Gretl nicht daheim gewesen war, war Anton am späten Nachmittag noch einmal losgelaufen und brachte nun die ersehnte Antwort mit. In zwei Stunden würde das Madl in Karls Wohnung eintreffen.

Bei der Erinnerung an Gretls üppige Formen spürte Karl, dass sein Penis erneut steif wurde. Trotzdem war er in dieser

Hinsicht ein gebranntes Kind. Als er das letzte Mal ein Freudenhaus aufgesucht hatte, versagte ihm sein unzuverlässiger Kamerad im entscheidenden Moment doch tatsächlich den Dienst. Das sollte ihm heute nicht noch einmal passieren. Zumal wenn Gretl am Ende doch noch Geld für ihre Dienstleistungen verlangen würde.

Aber vielleicht käme er ja auch gratis zu den ersehnten Wonnen, wenn er sich vorher nicht lumpen ließe.

»Geh Anton und lauf rasch um die Ecke zum Blumenmarkt. Dort kaufst einen Strauß, der ned so viel kostet, aber trotzdem was hermacht.«

Er drückte Anton einige Münzen in die Hand. Der Bursche starrte ratlos darauf. »Nur zehn Kreuzer, Herr Hauptmann? Dafür krieg i aba nix G'scheites.«

»Wirst sehn, des wird reichen. Es is ja schon fast sechse. Da geben die Blumenmadln die Sträuß billiger her. Und nun spute dich!«

Kaum hatte der Bursche die Tür hinter sich geschlossen, griff Winkler erneut nach der Schachtel, die ihn heute Morgen per Post erreicht hatte. Noch einmal las er das Begleitschreiben.

Der Absender, ein gewisser Louis Hevert, pries in ihm die beiden Oblaten-Pastillen, die das Schächtelchen enthielt, als unfehlbares Mittel an, um »die männliche Potenz bedeutend zu erhöhen«. Es sei eine Novität, und man bediene sich dieser Gratisproben, um seine rasche Verbreitung zu gewährleisten. Die Wirkung des Mittels sei verblüffend, daher sei das Urteil der Nutzer die beste Reklame dafür, hieß es weiter im Schreiben. Die Pastillen seien eine halbe Stunde vor dem Koitus mit kaltem Wasser einzunehmen.

Plötzlich kamen Winkler Zweifel. *Was ist, wenn das Mittel am Ende nicht wirkt? Dann blamier ich mich gründlich.* Das Gelächter der Hure, bei der er versagt hatte, klang ihm noch immer in den Ohren.

Aber die Lösung dieses Problems lag Gott sei Dank auf der

Hand. Die Schachtel enthielt zwei Pastillen! *Ich nehme einfach eine von beiden jetzt schon mal ein,* beschloss der Hauptmann. *Wenn das Zeug wirkt, merk ich's ja gleich und hab dann die zweite Pastille für die Gretl, falls ich sie dann überhaupt noch brauch. Vielleicht wirkt die erste auch noch, wenn das Madl da ist.*

Winkler warf noch einmal einen Blick auf das Begleitschreiben der Schachtel. »Eine Adresse steht auch drauf«, murmelte er halblaut vor sich hin. »Es ist zwar nur ein Postfach, aber der Absender will ja was verkaufen. Also kann ich das Mittel nachbestellen, wenn es was taugt.«

Gesagt, getan. Winkler füllte einen Becher mit Wasser, steckte sich eine der Pastillen in den Mund und spülte sie hinunter. Dann wartete er gespannt auf die Wirkung. Doch die fiel ganz anders aus, als er erwartet hatte.

Als Anton mit einem schon etwas welken Strauß orangefarbener und gelber Ranunkeln zurückkehrte, wand sich Winkler in heftigen Krämpfen. Er verstarb noch in den Armen seines entsetzten Burschen, ehe dieser Hilfe herbeiholen konnte.

Praxis Dr. Freuds in der Berggasse

Mitte September 1892

Mit einem mulmigen Gefühl saß Sophie auf der äußersten Kante eines Sessels ohne Armlehnen im Wartezimmer von Dr. Sigmund Freuds Praxis. Geistesabwesend starrte sie auf das beigefarbige florale Muster des roten Samts, mit dem die komplette Sitzgarnitur überzogen war.

Noch immer war sie nicht vollständig davon überzeugt, ob ihr heutiger Besuch in der Sprechstunde des Psychiaters eine gute Idee war. Aus diesem Grund lag ihre Bitte, Dr. Freud einmal konsultieren zu dürfen, auch schon über vier Wochen zurück.

Nur ihre Mutter wusste von ihrem heutigen Besuch. Ida hätte ihn wahrscheinlich nicht gutgeheißen. Milli hätte ihre Initiative womöglich sogar in neue Panik versetzt. Doch auch Henriette hatte Sophies Idee lange Zeit ablehnend gegenübergestanden.

»Milli ist nicht verrückt!«, argumentierte sie spontan, als Sophie ihr den Gedanken zum ersten Mal mitteilte. »Deshalb braucht sie auch keinen Irrenarzt.«

»Aber Millis Seele ist krank und bedarf der Heilung«, verteidigte Sophie ihren Einfall. »Und dieser Dr. Freud behandelt seine Patienten angeblich vor allen Dingen mit Gesprächen. Vielleicht auch mit Arzneien, aber auf gar keinen Fall mit der Elektrotherapie, oder wie diese Behandlung sich nennt.«

»Selbst wenn ich einverstanden wäre, würde sich Milli mit Händen und Füßen dagegen sträuben, diesen Arzt aufzusuchen«, entgegnete Henriette. Und leider musste Sophie sich eingestehen, dass ihre Mutter damit wahrscheinlich recht hatte.

»Denn wenn sie uns schon nicht traut, liebe Phiefi, weshalb sollte sie dann einem wildfremden Menschen erzählen, was in ihr vorgeht?«, schloss sich Ida Henriettes Skepsis an. »Noch dazu einem Mann?« Auch dieses Argument war nicht von der Hand zu weisen.

Richard, dem Sophie bei einem Treffen ihre Sorgen um Milli und ihre Absicht, Dr. Freud deshalb einmal aufzusuchen, anvertraute, hatte ebenfalls zurückhaltend reagiert. »Ich glaube, dieser Nervenarzt hat in Wien keine allzu gute Reputation. Ich werde einmal Erkundigungen über ihn einziehen.«

»Leider hatte ich recht, Phiefi«, erklärte ihr Richard bei ihrer nächsten Begegnung. »In seriösen Medizinerkreisen gilt dieser Mann als dubios. Er beschäftigt sich mit einer Störung, die sich Hysterie nennt.« Sophie erinnerte sich, dass Freud mit Arthur Schnitzler einmal über dieses Thema diskutiert hatte.

»Diese Krankheit tritt ausschließlich bei Frauen auf«, setzte Richard seine Erläuterungen fort. »Dr. Freud hat aber bereits vor einigen Jahren behauptet, dass auch Männer daran erkranken können. Hier habe ich dir einen kritischen Artikel darüber mitgebracht. Dr. Brückner, ein auf Frauenheilkunde spezialisierter Arzt, der auch Ami behandelt, hat ihn mir gegeben, als ich ihn auf Freud ansprach.« Richard überreichte Sophie eine bereits abgegriffene medizinische Fachzeitschrift.

Tatsächlich las Sophie darin zu ihrer Bestürzung, dass Freud bereits im Jahr 1886 mit einem Vortrag über den Fall eines angeblich hysterischen männlichen Patienten bei der renommierten Wiener Ärzteschaft durchgefallen war. Sie erfuhr aus diesem Artikel ebenfalls, dass schon der Name der Störung auf den altgriechischen Begriff für Gebärmutter zurückging. Wieso also ein Mann an dieser »Hysterie« leiden sollte, erschloss sich auch ihr als medizinischer Laiin nicht.

Keine Rolle für ihre Beurteilung des Artikels spielte allerdings für sie, dass Freud von dessen Verfasser auch wegen seiner jüdischen Herkunft angegriffen wurde. Leider breitete sich der Antisemitismus in Wien immer weiter aus, was Sophie zutiefst abstieß. Zumal viele ihr lieb gewordene Gäste im Kaffeehaus und auch im Café Prinzess jüdischer Abstammung waren.

Dieser Gesichtspunkt hatte auch Richard, der in dieser Hinsicht genauso dachte und fühlte wie sie, nicht gegen Freud beeinflusst. Allerdings brachte er noch eine weitere verstörende Information aus seinem Gespräch mit Dr. Brückner mit.

»Es heißt, dieser Arzt befragt seine Patienten über …« Er stockte und errötete leicht, was Sophies Herz schneller schlagen ließ. Richards Narbe auf seiner linken Wange stach dann stärker hervor, ein sichtbares Zeichen seiner Verletzlichkeit, obwohl er ansonsten stets so stark und selbstbewusst wirkte. Sophie rührte das immer wieder.

»Also, worüber befragt der Arzt seine Patienten?«, lächelte sie Richard an. Wie gerne hätte sie jetzt ihre Hand auf seine Wange gelegt! Doch wie üblich befanden sich die beiden an einem öffentlichen Ort, diesmal in einem bekannten Wiener Restaurant mit dem kuriosen Namen »Zum Schwarzen Kameel«.

Richard holte tief Luft und überwand sich sichtlich. »Man behauptet, Dr. Freud frage seine vor allem weiblichen Patienten über ihr Geschlechtsleben aus«, stieß er hervor.

Einen Augenblick lang war auch Sophie verblüfft, bevor sie albern zu kichern begann. »Nun, selbst wenn dies so sein sollte, dürfte meine Schwester ihm in dieser Hinsicht nichts mitzuteilen haben.«

Richard zog seine Stirn kraus und reagierte missbilligend auf Sophies Heiterkeitsausbruch. »Brückner hat mir in diesem Zusammenhang mitgeteilt, dass er Freud deshalb keine seiner Patientinnen überweisen würde. Auch viele seiner Kollegen nehmen Abstand davon. Darunter selbst einige von Freuds ehemaligen Studienkameraden.«

Angesichts dieser durchgängigen Skepsis der Menschen, die ihr am nächsten standen, ließ Sophie den Gedanken, einmal mit Dr. Freud über Milli zu sprechen, zunächst fallen. Nachdem der Nervenarzt sie bei seinem nächsten Besuch im Kaffeehaus auf ihre Absicht, ihn zu konsultieren, angesprochen hatte, war sie Freud sogar aus dem Weg gegangen. Sie sorgte dafür, an den Samstagen, an denen Freud das Prinzess aufzusuchen pflegte, entweder ihren freien Tag zu nehmen oder im Café Prinzess als Aufseherin zu arbeiten.

Doch in der vorletzten Nacht hatte sich die Situation mit Milli zugespitzt. Wieder einmal war Sophie dadurch wach geworden, dass es in der Wohnung polterte. Sie vermutete sofort, dass Milli schlafwandelte. Noch bevor sie ihren Morgenmantel überziehen konnte, um nachzusehen, ertönte ein lautes Klirren. Entsetzt rannte sie hinaus und ertappte Milli mit blutenden Händen vor der Geschirr-Vitrine im Esszimmer. Offensichtlich war Milli in die Glasscheibe hineingelaufen, deren Scherben nun vor ihren bloßen Füßen lagen.

Um ihre Schwester vor weiteren Verletzungen zu schützen, versuchte Sophie diesmal nicht, sie sanft zu wecken, wie sie es bei früheren Gelegenheiten getan hatte, sondern packte sie heftig an beiden Armen und riss sie zurück. Daraufhin begann Milli, um sich zu schlagen und durchdringend zu schreien. Erst nach zehn Minuten beruhigte sie sich wieder. Mittlerweile waren natürlich auch Henriette, Ida und sogar das Dienstpersonal aufgewacht.

Während das Dienstmädchen Emma die Scherben zusammenfegte und Sophies Zofe Franzi Verbandszeug herbeiholte, um Millis neue Schnittwunden zu versorgen, wurde Sophie klar, dass es nicht länger so mit ihrer Schwester weitergehen konnte. Sie musste Dr. Freud konsultieren und hoffte, er würde zumindest nicht vorschlagen, Milli in eine Klinik einzuweisen.

»Was ist, wenn sie sich eines Tages im Schlaf sogar die Treppe hinabstürzt oder aus einem der Fenster springt?«, konfrontierte Sophie ihre immer noch widerstrebende Mutter mit ihren Befürchtungen. Derweil brachte Ida Milli wieder zu Bett und verabreichte ihr Laudanum-Tropfen.

»Dann werde ich eben darauf bestehen, dass Milli zu mir ins Elternschlafzimmer zieht«, schlug Henriette als Lösung vor. Sophie gab zu, dass dies zumindest ein kleiner Fortschritt wäre, sofern sich Milli nicht weiter dagegen sträubte und wie bisher auf ihrem eigenen Zimmer bestand.

Schon kurz nach dem Einzug von Henriette und Milli hatte Sophie das Elternschlafzimmer, das sie nach dem Tod ihres Onkels Stephan bewohnt hatte, wieder gegen ihre frühere Kammer getauscht. Doch Milli war bislang nicht dazu zu bewegen gewesen, das große Schlafzimmer mit ihrer Mutter zu teilen. Stattdessen schlief sie im zweiten Kinderzimmer, das Annerl Danzer einst in der Hoffnung auf Nachwuchs eingerichtet hatte.

»Doch das reicht nicht, um Millis Sicherheit wirklich zu gewährleisten«, wiederholte Sophie ihre Forderung. »Stell dir nur vor, Mama, du wachst nicht gleich auf, wenn Milli erneut schlafwandelt. Wer weiß, was ihr eines Tages dabei noch zustoßen könnte.«

»Dann müssen wir ihr eben jeden Abend die Laudanum-

Tropfen vor dem Zubettgehen eingeben, damit sie durchschläft.« Noch blieb Henriette uneinsichtig.

»Das kommt auf gar keinen Fall infrage, Mama!« Sophie schüttelte energisch den Kopf. »Schon Dr. Adler, der Onkel Stephan behandelt hat, hat immer wieder davor gewarnt, dass dieses Medikament süchtig machen kann. Möchtest du, dass deine gerade einmal siebzehnjährige Tochter davon abhängig wird und ohne das Zeug nicht mehr leben kann?«

»Was außerdem ebenfalls dazu führen könnte, dass sie in eine Irrenanstalt kommt«, fiel Sophie ein weiteres Argument aus einem Gespräch mit Dr. Adler ein, in dem er ihr einmal erklärt hatte, dass auch von Laudanum abhängige Menschen häufig in Nervenkliniken endeten.

Erst jetzt wirkte Henriette zum ersten Mal betroffen. Bevor sie auf Sophies Vorhaltungen antworten konnte, fiel dieser sogar noch eine weitere schlagende Begründung für ihr Ansinnen ein. »Und denk doch nur einmal daran, was passiert, wenn Arthur während der Gerichtsverhandlung über die Vormundschaft im Herbst erfährt, dass es Milli nach wie vor so schlecht geht. Das gibt ihm doch geradezu die Waffe in die Hand, dir die Erziehungsfähigkeit abzusprechen und selbst wieder die Vormundschaft für Milli zu übernehmen.«

Dieses letzte Argument gab den Ausschlag. Deshalb saß Sophie heute in Dr. Freuds Sprechstunde.

Albrechtspalais auf der Augustinerbastei

Mitte September 1892

»Also, Major von Löwenstein, was halten Sie von der Sache?«

Richard konnte sich nicht daran erinnern, Erzherzog Albrecht jemals so grimmig erlebt zu haben. Auch er war erschüttert von dem, was er gerade gelesen hatte.

Einer der Offiziere aus dem Generalstab, den Richard zwar nicht persönlich kannte, dem er sich als Soldat jedoch kameradschaftlich verbunden fühlte, war offensichtlich einem feigen Mordanschlag zum Opfer gefallen. Ein Unbekannter hatte Hauptmann Karl Winkler ein kleines Packerl mit einem angeblich neuartigen Aphrodisiakum als Werbegeschenk zugeschickt. Die beiden Pillen enthielten jedoch reines Zyankali, und zwar jeweils in tödlicher Dosis.

Aber es war noch schlimmer gekommen. »Es haben sich also auf die heeresinterne Anfrage an die Garnisonen insgesamt elf weitere Offiziere gemeldet, die ein solches Packerl mit den vergifteten Oblaten-Pastillen erhalten haben?«

Erzherzog Albrecht schnaubte. »Das steht doch so in der Akte. Es sind alles Offiziere aus dem Generalstab. Also, was halten Sie für das Motiv dieser feigen Mordanschläge?«

»Auf den ersten Blick kommt es mir so vor, als wolle jemand das Herzstück der Generalität Seiner Majestät des Kaisers treffen«, gab Richard zu. »Schließlich arbeiten nur ausgewählte Offiziere im Generalstab. Aber«, Richard stockte und überlegte, ob der Erzherzog überhaupt für eine alternative Hypothese zugänglich war.

»Aber?«, echote Albrecht.

»Es handelt sich ausschließlich um noch recht junge Offiziere«, gab Richard seine Gedanken preis. »Warum hat man das Gift nicht auch an höhere Würdenträger im Generalstab gesandt? Dadurch hätte man im Fall einer Einnahme des Mittels doch sehr viel mehr Schaden anrichten können.«

Albrecht schnaubte wieder und errötete leicht, was Richard noch niemals zuvor an ihm gesehen hatte. »Auf so etwas fallen am ehesten junge Männer herein«, sagte der Feldherr verächtlich. »Mit zunehmendem Alter wird man gesetzter und weniger anfällig für derartige Versuchungen.«

Richard verkniff sich ein Lächeln. Aber über diesen Punkt wollte er nicht mit seinem Vorgesetzten diskutieren.

»Immerhin hat keiner der anderen Empfänger eine der Pastillen eingenommen«, gab er dennoch zu bedenken.

»Was ein unerhörter Glücksfall ist!«, erwiderte der Erzherzog. »Diese elf hatten offensichtlich einen guten Schutzengel.«

Richard blätterte erneut in der Akte. »Glauben Sie, Exzellenz, dass wir mit den elf Offizieren alle Empfänger solcher Sendungen gefunden haben?«

Albrecht schnaubte ein drittes Mal. »Das hoffe ich zwar«, betonte er. »Aber wer weiß, wer sich aus Schamhaftigkeit nicht gerührt hat!«

»Obwohl es hier um die Aufklärung eines Mordes an einem Kameraden geht? Also um die schlimmste Verletzung der Ehre der Armee Seiner Majestät, die man sich vorstellen kann?«

»Vielleicht fürchtete der ein oder andere um seine Reputation, da sich der Erhalt eines solchen Mittels kaum mit der Würde eines höheren Rangs vereinbaren lässt.«

Richard war verblüfft. Offensichtlich merkte der Heerführer gar nicht, dass er sich soeben widersprach. Noch vor einer Minute hatte er behauptet, nur junge Männer seien für die Versuchungen eines potenzsteigernden Mittels anfällig. Doch wieder war Richard klug genug, nicht weiter auf die Bemerkung seines Vorgesetzten einzugehen.

»Wenn ich es richtig verstehe, glaubt die Polizei nicht nur an eine Tat aus politischen Motiven«, lenkte er auf ein anderes Thema ab. »Im Wiener Sicherheitsbüro hält man es für möglich, dass auch ein persönliches Motiv dahinterstecken könnte.«

»Das riecht nach den Sozialisten«, bestätigte die nachfolgende Antwort des Erzherzogs Richards Vermutung, dass dieser die Schuldigen bereits ausgemacht hatte. »Dieses Gesindel hasst nichts mehr als unsere ehrenwerte Armee.«

Erneut erwiderte Richard nichts darauf. Innerlich war er angeödet. Was auch immer Schlimmes im Habsburgerreich geschah, schob man von höherer Seite regelmäßig zuerst den Sozialisten in die Schuhe.

»Wer sonst sollte denn ein persönliches Motiv haben, mindestens zwölf junge Offiziere umbringen zu wollen?«, schnappte Albrecht, offensichtlich gereizt, weil Richard keinen Kommentar zu seinem Verdacht abgab. »Es sei denn, es handelt sich um einen Irren.«

»Dagegen spricht allerdings die sorgfältige Vorbereitung dieses teuflischen Anschlags«, ergriff Richard jetzt wieder das Wort. »Alle zwölf Offiziere haben das gleiche handgeschriebene Begleitschreiben erhalten. Und auch die Herstellung der Pastillen erforderte einiges Geschick.«

»Auf jeden Fall sind wir bei der Ermittlung des Täters keinen Schritt weiter, obwohl schon zwei Wochen vergangen sind, seit der Mord verübt wurde«, konstatierte Albrecht grimmig.

Auch dazu ersparte sich Richard zunächst jeglichen Kommentar. Die Akte enthielt sogar schon mehrere Ergebnisse der polizeilichen Nachforschungen, die Richard vielversprechend erschienen. Aber das wollte er lieber mit dem zuständigen Kriminalbeamten erörtern.

»Daher betraue ich *Sie* mit der Aufgabe, die Sache aufzuklären. Selbstverständlich mithilfe der Assistenz der Beamten des Wiener Sicherheitsbüros, aber unter Ihrer Leitung. Das ist eine Angelegenheit der Armee, die im Falle der Ergreifung des Täters auch vor einem Militärgericht verhandelt werden wird. Ich lege daher äußersten Wert darauf, dass Sie die Ermittlungen führen und des Mörders bald habhaft werden.« Albrechts Tonfall klang endgültig.

Richard kannte die Signale, die anzeigten, dass der Erzherzog eine Unterredung für beendet erachtete, bereits zur Genüge. Er stand auf und salutierte.

»Jawohl, Eure Exzellenz. Ich werde, wie immer, mein Bestes geben.«

Kapitel 5

Praxis Dr. Freuds in der Berggasse

Mitte September 1892

Pünktlich um zehn Minuten vor zehn, wie es ihr Freuds Dienstmädchen erklärt hatte, öffnete sich die Tür von dessen Sprech- zum Wartezimmer. Eine gut gekleidete Dame mittleren Alters mit einem eleganten Hut trat heraus. Mit ihr drang eine Wolke übelriechenden Zigarrenqualms aus dem Raum. Sophie rümpfte unwillkürlich die Nase.

Während Freud kurz den Raum verließ, nachdem er auf Sophies Bitte hin ein Fenster geöffnet hatte, sah sie sich, diesmal aufmerksamer als im Wartezimmer, im Behandlungsraum um. Schon beim Eintritt war ihr ein mächtiges Ruhebett aufgefallen. Nun wandte sie ihren Kopf zur Seite, um von dem Fauteuil aus, den ihr Freud vor seinem imposanten Schreibtisch angewiesen hatte, das auffällige Möbel näher betrachten zu können. Es war vollständig von einem rotgrundigen, orientalisch gemusterten Teppich bedeckt. Ein kleines Kissen mit blütenweißem Bezug lag auf dem leicht erhöhten Kopfteil.

Erst jetzt bemerkte Sophie, dass hinter dem Kopfende des Ruhebetts ein bequem wirkender, mit grünem Samt bezogener Armsessel stand. Er war seitlich zum Bett gestellt, sodass Freud mit dem Profil zu der auf dem Ruhebett liegenden Person in ihm saß. Offensichtlich schaute Freud seine Patienten während seiner »Redekur«, wie Richard die Behandlungsmethode des Arztes bezeichnet hatte, nicht an. Sophie kam dies merkwürdig vor.

Noch während sie die bis zur Decke reichenden Regale betrachtete, die mit Büchern und antik anmutenden kleinen Skulpturen vollgestellt waren, kehrte Freud zurück. Er nahm hinter seinem Schreibtisch Platz und zündete sich eine neue Zigarre an, nachdem er das Fenster wieder geschlossen hatte. Einen Augenblick lang war Sophie versucht, den Nervenarzt darum zu bitten, das Rauchen zu unterlassen. Dann fiel ihr ein, dass sie Freud ja aus dem in der Regel ebenfalls stark verqualmten Kaffeehaus kannte und er deshalb über ihre Bitte verwundert sein könnte.

»Also, wertes Fräulein Sophie, ich darf Sie doch auch hier weiterhin so nennen? Welches Leiden führt Sie denn heute zu mir?«, eröffnete Freud das Gespräch.

Sophie schüttelte den Kopf. »Mich führt kein eigenes Leiden zu Ihnen, verehrter Dr. Freud, sondern die Sorge um meine erst siebzehnjährige Schwester Emilia.«

Auf Freuds Aufforderung hin erläuterte Sophie ihm ihr Anliegen und berichtete von Millis Selbstmordversuch und deren Flucht aus dem Palais Werdenfels zusammen mit ihrer Mutter. Von Anfang an war sie von den klugen Nachfragen des Psychiaters beeindruckt. Obwohl sie damals bei Henriettes Gesprächen mit Millis Ärzten nicht dabei gewesen war, schien ihr Freud sehr viel sensibler zu agieren als Dr. Kaltenbrunn, wenn sie sein Verhalten mit den Schilderungen ihrer Mutter verglich.

»Wann genau fiel Ihnen zum ersten Mal auf, dass Emilia sich zu ritzen begann?«, fragte er schließlich, nachdem er sich einen groben Überblick über Millis Krankheitsbild verschafft hatte.

»Ich war gar nicht dabei, als Milli, so lautet ihr Kosename, zum ersten Mal angab, dass sie sich ungeschickterweise an den Scherben ihres zersplitterten Spiegels die Handgelenke verletzt hätte. So berichtete es mir meine Mutter brieflich.«

»Haben Sie damals den Angaben Ihrer Schwester geglaubt?«

Sophie biss sich auf die Lippen. »Offen gestanden, nein. Aber ich hatte damals keine Möglichkeit, mit ihr zu sprechen, da ich gerade mit der Kai …«, sie hielt inne und beendete den Satz dann anders, »da ich gerade auf einer Reise außerhalb Wiens war.« Sie wusste nicht, ob Freud jemals von ihrer Vergangenheit als Hofdame Ihrer Majestät gehört hatte, wollte jedoch, unabhängig davon, in keinem Fall die Konversation in diese Richtung lenken.

Doch Freud, der sich in einem mit dunkelrotem Leder eingebundenen Büchlein eifrig Notizen machte, ging gar nicht weiter darauf ein. Stattdessen stellte er die nächste Frage.

»Wann ist Ihnen denn selbst zum ersten Mal etwas Ungewöhnliches an Millis Verhalten aufgefallen?«

Sophie runzelte die Stirn und rechnete nach, bevor sie antwortete. »Das muss im Frühling 1889 gewesen sein, also vor etwa dreieinhalb Jahren. Damals kam ich zu einem kurzen Besuch in mein Elternhaus. Dabei fiel mir zum ersten Mal auf, dass Millis Stimmung beständig wechselte. In einem Moment wirkte sie fröhlich und unbeschwert, im nächsten dann wieder zurückgezogen und still. Einen konkreten Anlass dafür konnte ich nicht ausmachen.«

»Hat sie jemals das Gespräch mit Ihnen gesucht, weil sie Ihnen etwas anvertrauen wollte?«

Wieder dachte Sophie angestrengt nach. Dann fiel es ihr wie Schuppen von den Augen. »Ja, verehrter Dr. Freud!«, rief sie aus. »Genau bei jenem ersten Besuch war Milli beleidigt, weil meine Mutter etwas unter vier Augen mit mir besprechen wollte. Sie betonte, auch sie wolle sich vertraulich mit mir unterhalten. Doch als ich später darauf zurückkam, behauptete sie zunächst, das hätte sich erledigt.«

Dann fiel ihr noch etwas ein. »Als ich hartnäckig blieb, behauptete Milli, sie habe mir einen Aufsatz zeigen wollen, damit ich ihre Rechtschreibung korrigieren könne, um ihr Schelte von unserem Stiefvater zu ersparen.«

»Schelte?«, echote Dr. Freud.

»Ja, Milli hatte schon immer große Probleme mit der Rechtschreibung, anfänglich auch mit dem Lesen. Dabei war sie ansonsten eine sehr gute Schülerin.«

Freud fragte detailliert nach und machte sich dabei weitere Notizen. Dann zog er ein erstes Resümee. »Die Störung der Rechtschreibung, die Sie bei Ihrer Schwester beschreiben, ist keineswegs selten. Man hat sie noch nicht genau erforscht, aber sie scheint nichts mit Intelligenz oder Begabung zu tun zu haben. Aus bislang unerfindlichen Gründen erschließt sich solchen Schülern und Schülerinnen die Aneinanderreihung von Buchstaben zu Wörtern nicht, wie es bei uns anderen der Fall ist.«

»So ist dies also gar keine Eigenheit meiner Schwester allein?« Sophie war gleichzeitig erschüttert und erleichtert.

»Mitnichten. Jedoch führt diese Lese-Rechtschreib-Schwäche, wie ich sie einmal nennen möchte, häufig dazu, dass sich die betroffenen Schüler dafür schämen und sich anderen gegenüber minderwertig fühlen. Glauben Sie, das könnte auch bei Ihrer Schwester der Fall gewesen sein?«

Zum ersten Mal hatte Sophie das sichere Gefühl, mit Dr. Freuds Konsultation genau das Richtige getan zu haben. Er sprach aus, was sie bislang nur gefühlt hatte.

»Das verhält sich ganz gewiss so, Herr Doktor«, bestätigte sie Freuds These. »Vor allem hatte Milli wegen dieser Schwäche sehr unter meinem Stiefvater zu leiden.«

»Inwiefern?«

Sophie erzählte Freud von Arthurs Kontrolle der Hausaufgaben Millis, den strengen Strafen, die er gegen sie verhängte, wenn er mit ihrer Rechtschreibung nicht zufrieden war, und erwähnte sogar das verpfuschte Christfest 1889, bei dem Arthur Milli jedes Weihnachtsgeschenk verweigerte, das nichts mit der Schule zu tun hatte.

Freud hörte aufmerksam zu, stellte weitere Fragen nach Details und machte sich viele Notizen.

»Und Sie sagten, Sie haben Ihren Stiefvater zweimal dazu

bewegen können, mit diesen Schikanen Millis aufzuhören? Womit haben Sie das erreicht?«

Sophie ließ sich mit der Antwort Zeit. Sie betrachtete aufmerksam Freuds Antlitz mit den ausdrucksstarken, dunklen Augen. Seine untere Gesichtshälfte wurde völlig von einem schwarzen Vollbart verdeckt, der nahtlos in die Koteletten des links gescheitelten und straff nach rechts gekämmten Haars überging. Dieses lag glatt und dicht am Kopf an, obwohl Freud keine Pomade benutzte. Auch die über die Wangen hinausreichenden Spitzen seines Schnurrbarts hielten ihre Form ohne Pomade.

Was kann ich dem Mann anvertrauen?, grübelte sie. *Wie soll ich ihm die Geschichte mit dem Grafen Szalay erklären, ohne dabei alle Hintergründe aufzudecken?*

Freud erriet ihre Gedanken. »Ich stehe selbstverständlich unter ärztlicher Schweigepflicht«, versicherte er ihr. »Keine Silbe von dem, was Sie mir heute sagen, verlässt den Raum.«

Sophie schaute unwillkürlich zu Freuds Notizbüchlein, neben dem er seine qualmende Zigarre in einem gläsernen Aschenbecher abgelegt hatte. Freud folgte ihrem Blick, seufzte leise und zog ein weiteres Mal an der Zigarre.

»Ich merke, Sie wagen es nicht, mir mitzuteilen, womit Sie Ihren Stiefvater unter solch starken Druck gesetzt haben«, traf er ins Schwarze.

Sophie senkte den Blick auf ihren Schoß und spielte nervös mit ihren Händen. Schließlich nickte sie leicht.

»Dann stelle ich Ihnen jetzt einfach ein paar Fragen, die Sie mit einem schlichten Ja oder Nein beantworten können, ohne die Sache an sich dabei berühren zu müssen. Aber ich brauche noch ein paar Informationen dazu.«

Nach kurzem Zögern signalisierte Sophie ihr Einverständnis.

»War es für Ihren Stiefvater sehr unangenehm oder sogar gefährlich, womit Sie ihm gedroht haben?«

»Ja, beim zweiten Mal war es in jedem Fall so. Das erste Mal gab er nur nach, um etwas, das er sehr begehrte, zu bekommen. Doch beim zweiten Mal ging es um seine Karriere als Diplomat, die Schaden genommen hätte«, antwortete Sophie jetzt doch differenzierter. Kurz erläuterte sie, wo Arthur arbeitete.

»Besteht diese Bedrohung noch immer? Könnten Sie seiner Karriere auch heute noch schaden?«

Sophie überlegte kurz, was sie antworten sollte. Über den Grafen Szalay würde sie schwerlich noch einmal etwas bei Baron Nopcsa erreichen können. Szalay hielt sich meistens auf seinen ungarischen Landgütern auf. Würde Sophie gegenüber Arthur ein Treffen mit dem Ungarn vortäuschen, könnte der dem *Wiener Fremdenblatt,* das tagesaktuell über alle Aufenthalte prominenter Personen in Wien berichtete, leicht entnehmen, dass sie log. Andererseits hatte sie Arthur nach ihrer Flucht aus der Hofburg auch mit weiteren Verbündeten gedroht, die im Ministerium des Äußeren seine Versetzung ins Ausland erwirken könnten.

»Die Bedrohung ist de facto nicht mehr so stark, wie sie es damals war«, räumte sie ein. »Aber mein Stiefvater weiß das wahrscheinlich nicht.«

Zu ihrem Erstaunen huschte ein Lächeln über Freuds Gesicht, so als ob sie mit ihrer Antwort eine Vermutung, die er hegte, bestätigt hätte.

»Haben Sie einen Verdacht, was mit Milli sein könnte?«, fragte sie aufgeregt.

Freuds Miene wurde wieder ernst. »Es ist im Augenblick nur eine sehr schwammige Vermutung. Bevor ich sie in Worte fassen kann, müsste ich Milli persönlich kennenlernen, um meine Hypothese zu überprüfen. Alles andere wäre verantwortungslos, denn ich könnte mich ja auch irren.«

Sophie zerknüllte resigniert ihr Sacktuch im Schoß. Freud sah derweil auf seine Taschenuhr.

»Oh, ich sehe, dass unsere Zeit fast vorüber ist. Ich kann Ihnen leider nur die gleichen fünfzig Minuten reservieren wie meinen anderen Patienten. Daher habe ich nur noch eine letzte

Frage. War Ihr Stiefvater öfter mit Ihrer Schwester allein in einem Raum?«

Sophie sah überrascht auf. »Ja, er kontrollierte in der letzten Zeit, in der Milli noch mit ihm im gleichen Haushalt lebte, jeden Tag ihre Hausaufgaben und Klausurergebnisse in der Bibliothek. Dabei durfte ihn niemand stören.«

Freud machte sich mit unbewegter Miene eine weitere Notiz. »Wissen Sie, wie lange diese Zusammenkünfte währten?«

Sophie dachte nach. »Meine Mutter sprach von mindestens einer halben Stunde täglich, manchmal auch länger.«

»Und Anlass für die Eskalation vor dem Selbstmordversuch Millis war ihre Weigerung, diesem Wunsch Ihres Stiefvaters an jenem Tag nachzukommen?«

»Ja, so ist es. Arthur bestrafte Milli ...« Sie unterbrach sich, als Freud die Hand hob.

»Leider ist unsere Zeit um, wertes Fräulein Sophie. Ich weiß zudem nun alles, was ich benötige, um Milli behandeln zu können. Es wäre jedenfalls einen Versuch wert.«

Sophie seufzte schwer. »Ich weiß nicht, ob ich meine Schwester dazu bewegen kann. Und mir können Sie wirklich gar nichts über Ihre Vermutungen sagen?«

Freud schüttelte den Kopf. »Leider nicht, Fräulein Sophie. Da es bislang nur Hypothesen sind, wäre das völlig unverantwortlich, wie ich schon sagte.«

Er machte eine unmissverständliche Handbewegung, die Sophie zum Aufstehen veranlasste. »Was bin ich Ihnen schuldig?«

Jetzt lächelte Freud wieder. »Zwei Gulden, wenn dies unsere einzige Sitzung bleibt. Ich halte Milli eine Woche lang einen Behandlungsplatz in meiner Praxis frei. Sollte ich bis dahin nichts mehr von Ihnen gehört haben, schicke ich Ihnen meine Liquidation zu.«

Sophie war schon an der Tür, als er sie noch einmal zurückrief.

»Ach ja, das hätte ich jetzt fast vergessen. Wenn Milli das nächste Mal schlafwandelt, wecken Sie sie nicht auf, sondern fassen Sie sie bei der Hand und geleiten sie zurück in ihr Bett. In der Regel schlafen Somnambule dann sofort wieder fest ein.«

Somnambule, was für ein seltsames Wort, dachte Sophie auf dem Rückweg ins Kaffeehaus. Aber noch mehr beschäftigte sie die Frage, welche Hypothesen Freud wohl aufgrund ihres Berichts entwickelt hatte.

Wiener Sicherheitsbüro am Schottenring

Mitte September 1892

Schon einen Tag nach seiner Unterredung mit Erzherzog Albrecht saß Richard im Sicherheitsbüro, wie die kriminalpolizeiliche Abteilung in Wien hieß, dem Kriminal-Kommissär Moritz Stukart gegenüber. Er leitete die polizeilichen Ermittlungen im Mordfall Karl Winkler.

Stukart hatte sich schon vor einigen Jahren eine beeindruckende Reputation als Kriminalbeamter erworben, indem er eine grausame Mordserie an Dienstmädchen aufklärte. Er überführte den Täter und seinen Helfershelfer des vierfachen Mordes. Beide waren zum Tod durch den Strang verurteilt und hingerichtet worden.

Seitdem handelte man Moritz Stukart in Wien als den zukünftigen Leiter des Sicherheitsbüros. Ihn mit der Aufklärung des Mordes an Hauptmann Winkler zu betrauen, hatte vonseiten seiner Vorgesetzten wahrscheinlich mehrere Gründe, vermutete Richard. Zum einen setzte man auf Stukarts Ermittlungsgeschick, zum anderen sicherlich auch auf den Ehrgeiz des Mittdreißigers, sich in einem weiteren spektakulären Fall zu bewähren, um seine Aufstiegschancen dadurch zu befördern.

Insofern wusste Richard die polizeilichen Nachforschungen in den allerbesten Händen. Es erschien ihm daher auch nicht angezeigt, gegenüber dem Polizeibeamten zu betonen, dass Erzherzog Albrecht ihn, Richard, mit der Leitung der Ermittlungen beauftragt hatte.

Nach der kurzen Begrüßung und gegenseitigen Vorstellung kam er daher diesbezüglich gleich auf den Punkt. »Ich maße mir keineswegs an, über Ihre Erfahrung und Ihr Geschick bei der Aufklärung von Kriminalfällen zu verfügen, werter Herr Stukart. Zwar habe auch ich bereits heeresinterne Missstände erfolgreich entlarven und beseitigen können. Doch ich gestehe frei heraus, dass bislang kein Mordfall dabei war. Insofern biete ich Ihnen eine Zusammenarbeit auf Augenhöhe an und würde mich freuen, wenn wir zumindest inoffiziell so miteinander umgehen könnten.«

Richards Intuition hatte ihn nicht getrogen. Stukarts rundliche Gesichtszüge entspannten sich sichtlich. Er neigte lächelnd den Kopf. »Ihre Offerte freut mich außerordentlich, Major von Löwenstein. Ich nehme Ihr Angebot daher sehr gerne an.«

Nachdem die Formalitäten damit geklärt waren, kam Richard zur Sache. »Ich habe selbstverständlich die Akte gelesen und mir auch schon meine eigenen Gedanken gemacht.« Dass er dabei auf eine überraschende Systematik gestoßen war, verschwieg er dem Kriminalbeamten vorläufig. »Doch ich habe die Erfahrung gemacht, dass es für mich aufschlussreicher ist, die Fakten noch einmal in einem Gespräch zu erörtern, anstatt sie lediglich in schriftlicher Form zur Kenntnis zu nehmen. Hätten Sie die Güte, mir zu erläutern, was Sie bislang herausgefunden haben?«

Stukart nickte. »Nachdem sich elf weitere Empfänger eines solchen Giftpackerls gemeldet hatten, begannen wir zunächst damit auszuforschen, wo und wann die Sendungen zur Post gegeben worden sind. Dabei ergaben unsere Ermittlungen, dass alle Kuverts am selben Tag, nämlich dem 26. August, einem

Freitag, beim Postamt Wien 59 abgestempelt wurden. Sie sind dort allerdings nicht persönlich aufgegeben worden, sondern stammen aus einem Briefkasten. Aufgrund der Leerungszeiten können wir eingrenzen, wann die Kuverts mit dem Gift eingeworfen wurden. Da sie um acht Uhr früh abgestempelt sind, können sie nur aus einer bestimmten Briefkastenleerung in der Nähe des Postamts stammen, die um halb acht vorgenommen wurde. Der Mörder muss die Kuverts also nach der ersten Leerung um sechs und vor der nächsten um halb acht Uhr früh dort eingeworfen haben. Den genauen Standort des Briefkastens können Sie einer Karte in der Akte entnehmen.«

»Dass Sie Ort und Zeitraum des Einwurfs so eng eingrenzen konnten, ist eine bewundernswerte Leistung«, warf Richard ein.

Stukart lächelte geschmeichelt. »Alle Packerl liegen uns mittlerweile vor. Jedes enthielt den Ihnen sicherlich bereits bekannten Begleitbrief«, Stukart sah Richard fragend an, der dies bestätigte, »sowie ein braunes, in rosa Seidenpapier eingewickeltes Schächtelchen, das jeweils zwei dieser vergifteten Oblaten-Pastillen enthielt.«

»Es ist also davon auszugehen, dass der Täter alle Pastillen gleichzeitig anfertigte?«

Stukart nickte. »Da alle Kuverts den gleichen Poststempel tragen, sieht es danach aus. Natürlich haben wir auch rasch herausgefunden, dass es weder den Absender ›Louis Hevert‹ noch das angegebene Postfach gibt.«

»Auch davon war auszugehen«, stimmte Richard zu. »Was mich von Ihren bisherigen Erkenntnissen allerdings am meisten beeindruckt, ist, dass Sie sogar herausgefunden haben, woher die Schachteln und das Briefpapier stammen.«

Stukart freute sich sichtlich über Richards erneutes Lob. »Beides wurde in Wiener Firmen angefertigt. Allerdings werden die Schachteln der Papierfabrik Richter & Rudolf bereits seit fünf Jahren nicht mehr hergestellt. Es gibt jedoch noch Lagerbestände, die nach wie vor ausgeliefert werden. Leider an so viele Kunden in der Provinz, dass wir vorläufig davon abgesehen haben, sie zu kontaktieren. Wir sollten vorher zumindest eine Vorstellung davon haben, wer der Verdächtige sein und in welchem Ort er die Utensilien erstanden haben könnte.«

»Eine umfangreiche Nachforschung bei allen Kunden, die die Schachteln beziehen, wäre also das letzte Mittel der Wahl?«, hakte Richard nach.

»So ist es, Major von Löwenstein. Das Gleiche gilt für die Nachverfolgung des Briefpapiers, zumal dieses aktuell noch produziert wird. Deshalb ist die Zahl der damit belieferten Kunden noch weit größer als die Zahl der Kunden der kleinen Schachteln.«

»Was ergaben denn Ihre bisherigen Ermittlungen in Wien bezüglich des Zyankalis und der Oblaten?« Hierzu stand nämlich noch kein Ergebnis in der Richard bekannten Akte.

Stukart schüttelte betrübt den Kopf. »Diesbezüglich haben unsere Nachforschungen leider nichts ergeben, obwohl meine Detektive in jeder Wiener Apotheke vorgesprochen haben. Insofern gehe ich im Augenblick davon aus, dass diese Materialien außerhalb Wiens erstanden wurden.«

»Ist Ihnen noch etwas anderes aufgefallen?«, fragte Richard gespannt.

»Was meinen Sie genau?«

»Nun, ob es Gemeinsamkeiten zwischen den zwölf Empfängern der Giftsendungen gibt.«

»Alle gehörten dem Generalstab an«, antwortete Stukart. »Alle jedoch erst seit wenigen Monaten. Allerdings waren beziehungsweise sind sie an ganz verschiedenen Dienststellen beschäftigt.«

Richard grinste freudig. Also hatte auch er noch einen wichtigen Punkt zu den Ermittlungen beizutragen.

»Ich habe mir gleich gestern Zugang zu den Personalakten der betroffenen Offiziere verschafft. Alle zwölf haben im gleichen Jahrgang die Kriegsschule besucht und ihren Abschluss erst im Frühjahr dieses Jahres gemacht. Soweit ich das aus den einzelnen Akten beurteilen kann, mit guten bis sehr guten Ergebnissen. Ein Großteil der zwölf, darunter auch der ermordete Winkler, wurden außerdem zum Hauptmann befördert, noch bevor sie in den Generalstab eintraten.«

Stukart kratzte sich den Schädel an einer seiner bereits deutlichen Geheimratsecken. »Und was schließen Sie daraus, Major von Löwenstein?«

»Ich hege deswegen einen bestimmten Verdacht. Aber bevor ich Ihnen meine Hypothese offenlege, möchte ich noch einige Informationen einholen.«

Praxis Dr. Freuds in der Berggasse

Ende September 1892

Weitaus energischer, als sie sich fühlte, betätigte Sophie den Messingklopfer an der dunkelbraun gebeizten, mit Kassetten versehenen Eingangstür zu Freuds Praxis. Das Dienstmädchen öffnete ihr sofort.

Während es Sophies leichten Regenmantel an der grün gestrichenen, mit vielen Messinghaken versehenen Garderobe aufhängte, die eine ganze Längswand einnahm, überlegte Sophie, dass Dr. Freuds Praxis wohl für weit mehr Patienten ausgelegt war, als sie im Augenblick frequentierten. Außer ihrem eigenen Umhang hing nur ein einziger Mantel über dem Baststoff, mit dem die Mitte der Garderobe bezogen war, um die daran aufgehängten Kleidungsstücke zu schonen.

Andererseits, sinnierte sie, *empfängt Dr. Freud nur jeweils einen Patienten auf einmal. Wieso braucht er also eine so ausladende Garderobe? Aber vielleicht führt er hier ja auch Besprechungen mit seinen Kollegen durch,* überlegte sie, während sie dem Dienstmädchen ins Wartezimmer folgte.

Unterschwellig war Sophie klar, dass sie mit diesen müßigen Gedanken nur ihre Nervosität im Zaum hielt. Bislang weigerte sich Milli vehement, Dr. Freud einmal in seiner Praxis aufzusuchen. Um ihr den Platz für die »Redekur« trotzdem freizuhalten, hatte Sophie in der vorigen Woche eine weitere Sitzung bezahlt, ohne dass Milli sie in Anspruch genommen hätte.

Mittlerweile war ihr erster Besuch in der Berggasse jedoch bereits über zwei Wochen her. Angesichts ihrer immer stärker werdenden Ratlosigkeit über ihre häusliche Situation, die sie zunehmend als unhaltbar empfand, hatte sie beschlossen, den für heute freigehaltenen Termin selbst wahrzunehmen.

Als besonders ärgerlich empfand sie es, dass nicht nur Milli Widerstand gegen eine »Redekur« bei Dr. Freud leistete, sondern auch ihre Mutter erneut zu ihrer ehemaligen Abwehrhaltung zurückgekehrt war. Den Grund, den sie dafür nannte, empfand Sophie zudem als vollkommen lächerlich, entstammte er doch dem Bereich des Aberglaubens.

»Dr. Grienbauer«, nahm Henriette Bezug auf den Hausarzt, der Milli nach wie vor behandelte, »hat mir erzählt, dass Dr. Freud erst seit dem vergangenen Jahr in der Berggasse praktiziert. Vorher hatte er seine Praxis im Sühnhaus.« Henriette machte eine bedeutungsschwangere Pause und sah Sophie an, offensichtlich in Erwartung einer bestimmten Reaktion.

Die hatte nicht die geringste Vorstellung davon, auf was ihre Mutter hinauswollte. Natürlich kannte Sophie das Sühnhaus. Dies war ein Zinshaus, das von Kaiser Franz Joseph nach dem verheerenden Brand des Ringtheaters aus seinen privaten Mitteln gestiftet und an der Stelle des im Dezember 1881 zerstörten Gebäudes errichtet worden war. Die darin erzielten Mieteinnahmen kamen bis heute den ärmeren Angehörigen der Opfer des Unglücks zugute, insbesondere denen, die infolge des Brands zu Witwen und Waisen geworden waren.

»Ich verstehe dich nicht, Mama. Was meinst du damit?«

Die Antwort ihrer Mutter überraschte und empörte Sophie

gleichermaßen. »Dieses Zinshaus ist in ganz Wien übel beleumundet. Man sagt, dass die Opfer des Brands bis zum heutigen Tag dort herumspuken. Ich halte es daher für ein ganz schlechtes Omen, dass ein Arzt, der Milli behandeln soll, dort seine Praxis hatte.«

Sophie starrte ihre Mutter fassungslos an. »Wie kommst du denn auf so einen Unsinn?« Gleichzeitig hatte sie das Gefühl eines Déjà-vus. Auch Kaiserin Sisi war abergläubisch gewesen, was Sophie in so manch eine groteske Situation gebracht hatte, wenn sie sie begleitete.

Hinter Henriettes Widerstand steckte jedoch noch ein zweiter realerer Grund. »Dr. Grienbauer hat außerdem große Bedenken gegen die Behandlungsmethoden dieses Nervenarztes geäußert. Denn er versetzt seine Patientinnen in einen Zustand, der sich ›Hypnose‹ nennt und in dem sie nicht mehr Herrinnen ihrer Sinne sind.«

Zwar erinnerte sich Sophie daran, dass in dem von ihr vor einigen Monaten mitgehörten Fachgespräch zwischen Freud und dem Dichterarzt Dr. Schnitzler ebenfalls von dieser Methode die Rede gewesen war, konnte sich aber nichts Rechtes darunter vorstellen.

»Außerdem sagt Dr. Grienbauer, Millis Symptome seien ›hysterisch‹«, argumentierte Henriette weiter. »Dagegen helfen jedoch keine simplen Gespräche, erst recht nicht, wenn die Patienten dabei nicht einmal bei vollem Bewusstsein sind.«

Sophie ärgerte sich darüber, dass Henriette während ihrer Dienstzeit im Kaffeehaus dem Hausarzt von ihrem Besuch in Freuds Praxis erzählt hatte. »Und was schlägt Dr. Grienbauer stattdessen vor?« Ohne die Antwort ihrer Mutter abzuwarten, lieferte Sophie diese in zynischem Tonfall gleich selbst. »Klinikeinweisung mit Elektrotherapie oder Einnahme von Laudanum-Tropfen, bis Milli davon ganz und gar abhängig ist?«

Henriette zog die Schultern hoch und schwieg.

»Obwohl ihr beide jetzt schon über vier Monate lang bei mir wohnt, hat sich Millis Zustand überhaupt nicht gebessert. Sie liegt den ganzen Tag apathisch auf ihrem Bett, spricht nach wie vor mit niemandem über die Ursache ihrer Selbstverletzungen, geschweige denn ihres ersten Selbstmordversuchs, und hat sich sogar in den letzten beiden Wochen wahrscheinlich wieder zu ritzen begonnen. Das weißt du doch ganz genau, denn Franzi hat uns die Blutflecke auf der Bettwäsche gezeigt, und Emma hat blutige Handtücher im Badezimmer gefunden.«

»Das mag eine Folge des Drucks sein, den du indirekt auf Milli ausübst«, erwiderte Henriette vorwurfsvoll. »Ich sorge mich jedenfalls darum, dass Milli sich wieder weit Schlimmeres antun könnte, als sich zu schneiden, wenn wir sie zwingen wollen, zu diesem Arzt zu gehen.«

Sophie durchfuhr ein Stich, da diese Befürchtung ihrer Mutter nicht von der Hand zu weisen war. Dennoch konnte es nicht mehr so weitergehen.

»Immerhin hat schon der erste Rat, den Dr. Freud uns gegeben hat, gewirkt«, entgegnete sie und unterdrückte dabei ihre Furcht. »Seit wir Milli des Nachts nicht mehr aufwecken, wenn sie zu schlafwandeln beginnt, sondern lediglich behutsam zurück in ihr Bett führen, hat sie sich weder verletzt noch in der Wohnung einen weiteren Schaden angerichtet.«

Widerwillig musste Henriette eingestehen, dass dies den Tatsachen entsprach.

»Vor allem aber ist ihr derzeitiger Zustand für uns alle auf Dauer nicht tragbar«, ergänzte Sophie. »Niemand von uns schläft auch nur eine einzige Nacht durch. Selbst wenn nichts passiert, lauschen wir alle mit einem Ohr darauf, ob Milli schlafwandelt. Zumal sie sich auch nach wie vor weigert, zu dir ins große Schlafzimmer zu ziehen.«

So standen die Dinge, als sich Sophie dazu entschloss, Dr. Freud ein weiteres Mal allein in seiner Praxis aufzusuchen. Diesmal wollte sie sich zum einen die Methode der Hypnose erklären lassen, zum anderen einen weiteren Versuch unternehmen, Freuds Hypothesen über die Ursachen von Millis Störung aufgrund seines ersten Gesprächs mit ihr vor zwei Wochen herauszufinden.

In diesem Moment verließ ein junger Mann das Behandlungszimmer. Freud selbst winkte Sophie herein.

»Womit kann ich Ihnen denn heute dienen, Fräulein Sophie?«, eröffnete der Nervenarzt das Gespräch.

»Ich möchte Ihnen die Bedenken meiner Mutter gegen eine Behandlung meiner jüngeren Schwester in Ihrer Praxis vorstellen. In der Hoffnung, dass Sie mir Informationen geben können, mit denen ich diese Bedenken zerstreuen kann.«

»Was möchten Sie denn genau wissen?«

Sophie atmete tief ein. »Meine Mutter behauptet, Sie würden eine Methode namens Hypnose verwenden, die Ihren Patienten das Bewusstsein raubt. Oder besser gesagt, das hat unser Hausarzt, der Milli allerdings nach wie vor nur mit Laudanum behandelt, meiner Mutter eingeredet.« Den abergläubischen Vorbehalt Henriettes aufgrund Freuds erster Praxis im Sühnhaus, der den Boden für ihren Widerstand bereitet hatte, behielt sie für sich.

»Soll ich Ihnen die Methode beschreiben, oder soll ich sie Ihnen gleich an sich selbst demonstrieren?«, stellte Freud Sophie vor eine überraschende Alternative.

Sie überlegte kurz. »Vielleicht könnten Sie ja beides tun«, schlug sie vor.

»Dann würde ich gerne damit beginnen, Ihnen die Methode an sich selbst zu zeigen. Denn wenn ich Ihnen vorher zu viel darüber verrate, funktioniert sie möglicherweise nicht, da Sie sich dann zu viele Gedanken darüber machen, anstatt sich zu entspannen.«

Einladend wies Freud auf das breite Ruhebett. Aus einer Lade zog er ein frisch bezogenes Kissen hervor, das er gegen das noch immer am Kopfende liegende des vorangehenden Patienten austauschte.

Zögernd ließ sich Sophie auf dem Ruhebett nieder. Freud nahm hinter ihr auf dem grünen Sessel Platz, sodass Sophie ihn nicht mehr sehen, sondern nur noch seine Stimme hören konnte.

Folgsam schloss sie zunächst die Augen und konzentrierte sich auf Freuds Anweisungen.

»Atmen Sie ruhig und tief! Aus und ein. Wieder aus und wieder ein. Konzentrieren Sie sich nur auf Ihren Atem! Aus und ein. Aus und ein.«

Sophie gehorchte und fühlte sich bereits nach wenigen Minuten wohler.

»Nun merken Sie, dass sich Ihr ganzer Körper entspannt. Stellen Sie sich vor, ein wärmender Sonnenstrahl wandert von Ihren Fußsohlen ganz langsam über Ihre Beine und Ihre Körpermitte bis in Ihre Brust hinauf. Spüren Sie Ihr Herz ruhig und gleichmäßig schlagen.«

In dieser Tonart ging es noch eine ganze Weile weiter, deren Dauer Sophie zeitlich nicht hätte benennen können. Es konnte genauso gut eine Minute wie eine Stunde sein. Doch sie spürte, dass die Methode wirkte. Ihr Körper entspannte sich zunehmend, fühlte sich weich und wohltuend warm und schwer an.

»Nun möchte ich Sie in eine wunderschöne Erinnerung führen. Lassen Sie Bilder von einer Situation an Ihnen vorüberziehen, in der Sie sich ganz besonders glücklich gefühlt haben!«

Vor Sophies innerem Auge glitten anfangs rasch einige Erinnerungsfetzen vorbei, bis ihr Geist an einem Ereignis hängen blieb. Es war ihr erster Kuss, den sie damals in der Bibliothek im Palais Werdenfels mit Richard getauscht hatte. Sie spürte seine warmen Lippen auf den ihren und seine Hände, die ihre Schultern umfassten und sie festhielten. Ein überströmendes Glücksgefühl breitete sich in ihrem ganzen Körper aus. Genauso wie es damals tatsächlich gewesen war.

»Ich sehe, dass Sie bei einer solchen Situation angekommen sind«, vernahm sie nun wieder Freuds Stimme. »Lassen Sie jetzt einen weiteren schönen Moment Ihres Lebens bildlich vor Ihr inneres Auge treten! Einen Moment, in dem Sie sich gefreut haben und Spaß hatten.«

Sophies Geist wanderte fort aus der Bibliothek in die Backstube des Kaffeehauses. Dort sah sie sich als kleines Mädchen Kekse ausstechen und Teig naschen. Ihr Onkel Stephan lächelte ihr liebevoll zu. Das Herz floss ihr vor Dankbarkeit über ihren Patenonkel schier über.

»Und jetzt eine Situation, in der Sie sich übersprudelnd lebendig gefühlt haben!«

Wieder erschien Richard vor Sophies innerem Auge. Er lächelte sie vergnügt an und drehte sich in einem Walzer mit ihr. Es war der Faschingsball im Palais Vetsera, auf dem sie Richard kennengelernt hatte.

Nur ungern verabschiedete sie sich von diesen Eindrücken, als Freud sie anschließend bat, zunächst die Hände mehrmals zu öffnen und zu Fäusten zu ballen, sich dann ausgiebig zu recken und zu strecken und schließlich die Augen wieder zu öffnen.

»Das ist also Hypnose?«, konstatierte sie ebenso fasziniert wie erstaunt, als sie wieder vor Freuds Schreibtisch saß. »Es waren wunderbare Szenen, in die Sie mich geführt haben. Aber das Gefühl, die Kontrolle oder sogar das Bewusstsein zu verlieren, hatte ich dabei nie.«

Freud lächelte schmallippig. »Das gehört zu den Vorurteilen meiner werten Kollegen und vieler Möchtegern-Mediziner, die sich niemals ernsthaft mit Hypnose beschäftigt haben. Ich würde diesen Zustand als ›Trance‹ bezeichnen.«

»Also hat Milli von dieser Methode gar nichts zu befürchten?« Neue Hoffnung durchströmte Sophie. Dann fiel ihr jedoch etwas auf. »Aber worin besteht nun die Redekur? So hat ein Freund Ihre Gesprächsmethode bezeichnet.«

Freud blickte sie ernst an. »Ich habe es mir heute nur zur Aufgabe gemacht, Ihnen das Wesen der Hypnose nahezubringen, Fräulein Sophie. Dabei habe ich mich ausschließlich auf positive Situationen aus Ihrem vergangenen Leben konzentriert. Arbeite ich jedoch mit einem psychisch so belasteten Menschen, wie Sie mir Ihre Schwester schildern, verzichte ich anfangs gänzlich auf solche positiven Suggestionen, wie man diese inneren Vorstellungen fachmännisch nennt.«

Er machte eine kleine Pause und wartete offensichtlich auf Sophies Frage, die prompt erfolgte. »Und was tun Sie stattdessen?«

»Wenn der Körper des Patienten in Trance entspannt ist, führe ich ihn mit meinen Anweisungen in die Situation, in der das Symptom oder eines der Symptome, die den Patienten belasten, entstanden ist. Manchmal kann sich der Patient nicht auf Anhieb erinnern, weil seine Psyche sich dem zunächst verweigert. Denn in der Regel war es eine traumatische, also für den Patienten extrem belastende Situation, in der er seinen Gefühlen keinen angemessenen Ausdruck verleihen konnte, sodass sich die ganze Energie dieser Emotionen im Körper staute und dieses Symptom verursachte. Erinnert sich der Patient jedoch, fordere ich ihn auf, die Situation nicht nur zu beschreiben, sondern auch all den Gefühlen Ausdruck zu geben, die dabei von Bedeutung waren. Darin besteht dann die Redekur.«

»Und was bewirken diese Erinnerungen?«

»Dadurch durchlebt der Patient oder die Patientin, in Ihrem Fall also Ihre Schwester Milli, diese traumatische Situation im ersten Schritt noch einmal und verleiht dabei ihren wahren Gefühlen Ausdruck, die sie zuvor unterdrücken musste. Diesen Gefühlsausbruch nennt man im Fachbegriff ›Katharsis‹. Im zweiten Schritt kann Milli die Kontrolle über ihre Reaktion, die sie damals verloren hat, zurückgewinnen. Es ist dann nicht mehr erforderlich, die psychische Anspannung mit einem jener Symptome zum Ausdruck zu bringen, mit denen sie sich bei ihr bislang manifestiert hat, zum Beispiel dem Ritzen ihrer Haut. Denn, wie ich schon sagte, hinter diesen Symptomen stehen in der Regel entsetzliche Erfahrungen, denen der Mensch ausgeliefert war, ohne ihnen etwas entgegensetzen zu können. Diese Erlebnisse äußern sich dann in vielfältigen körperlichen Beschwerden oder, wie bei Ihrer Schwester, in für den gesunden Menschenverstand auf Anhieb nicht nachvollziehbaren Reaktionen wie zum Beispiel den Selbstverletzungen.«

Sophie war sehr erschrocken. »Also glauben Sie, verehrter Herr Dr. Freud, dass solcherart schreckliche reale Erfahrungen für den jetzigen Zustand meiner Schwester verantwortlich sind?«

Freud nickte. »Ansonsten hätte es ja keinerlei Sinn, eine Redekur im Zustand der Hypnose auch nur in Betracht zu ziehen. Habe ich erst einmal einen Zugang zu der Situation gefunden, in der Milli eine traumatische Erfahrung machte, und kann Ihre Schwester mir diese beschreiben und ihre damals unterdrückten Gefühle ausleben, ist das der erste Schritt auf dem Weg zur Heilung.«

»Aber welche entsetzlichen Erlebnisse könnte meine Schwester denn gehabt haben, dass sie sich deswegen sogar das Leben nehmen wollte?«, fragte Sophie bestürzt.

Freud antwortete nicht direkt darauf, sondern blickte Sophie weiter intensiv an. »Haben Sie darüber bislang gar keine Vermutungen angestellt, Fräulein Sophie?«

Ein furchtbarer Gedanke nahm in Sophie Gestalt an. »Es muss mit meinem Stiefvater Arthur zu tun haben. Und weit schlimmer sein als Stubenarrest oder Schelte wegen fehlerhafter Rechtschreibung«, murmelte sie. Dann hob sie den Kopf. »Glauben Sie das auch, Dr. Freud?«

Jetzt endlich äußerte sich Freud das erste Mal konkret zu seinen Hypothesen über Milli. Er nickte. »Ich vermute es bereits seit Ihrem ersten Besuch und Ihrem Bericht über die Störung Ihrer Schwester.«

»Aber was könnte Arthur ihr denn angetan haben, was sie zudem ihrer Mutter und mir bis heute verschweigt?«

Sie sah Freud an, dass er auch darüber eine Hypothese hatte. Aber zu ihrer Enttäuschung schüttelte er nun den Kopf.

»Das kann mir nur Ihre Schwester sagen. Darüber spekulieren möchte ich vorher nicht.«

Trotz Sophies Bitten war Freud, was diesen Punkt betraf, nicht zu erweichen. Sie hatte sich schon von ihm verabschiedet und hielt den Türknauf zum Wartezimmer in der Hand, als ihr trotz ihrer Erschütterung noch etwas einfiel.

»Etwas in meiner Trance, wie Sie diesen Zustand nennen, kommt mir merkwürdig vor. Es gab eine Szene, da gaukelte mir meine Erinnerung das Gefühl eines an dieser Situation beteiligten Menschen vor, das dieser so gar nicht gehabt haben kann.«

Damit meinte sie ihren Tanz mit Richard auf dem Faschingsball im Palais Vetsera. Richard war damals, im Gegensatz zu ihr, alles andere als erfreut über ihre Begegnung gewesen, sondern hatte nur, um der Baronin Helene Vetsera einen Gefallen zu erweisen, mit Sophie getanzt.

Freud lächelte ihr spitzbübisch zu. Bevor er antwortete, zündete er sich eine Zigarre an. Erst jetzt fiel Sophie auf, dass er während ihrer Sitzung auf das Rauchen verzichtet hatte.

»Würden wir ein Gespräch über diese Situation führen, käme wahrscheinlich dabei heraus, dass Sie sich die Beziehung zu dieser Person in der Trance so vorgestellt haben, wie Sie sie einst gerne erlebt hätten oder heute erleben. Nicht wie sie damals tatsächlich war. Der beste Beweis dafür, wie beweglich die menschliche Psyche ist. Im Guten wie im Schlechten steht das im Vordergrund, was wir fühlen und glauben. Nicht unbedingt das, was der Wirklichkeit entspricht.«

Richards Kontor in der Franz-Josephs-Kaserne

Ende September 1892, ungefähr zehn Tage nach Richards Einstieg in die Ermittlungen

Lieber Richie,
ich hoffe, dass Dich mein Schreiben nicht nur rechtzeitig erreicht, sondern dass Du auch etwas damit anfangen kannst. Zunächst zu Deiner ersten Frage: Natürlich kenne ich alle zwölf der von Dir aufgeführten Kameraden. Wir haben gemeinsam unsere zweijährige Ausbildung in der Kriegsschule absolviert. Zwar mochte ich Karl Winkler nicht besonders, da er immer recht großspurig auftrat, aber natürlich habe ich ihm nie ein so furchtbares Schicksal gewünscht.
Dass er von fast siebzig Offizieren zu den zwanzig Auserwählten gehörte, die von unserem Ausbildungsjahrgang sofort in den Generalstab berufen wurden, hat mich allerdings gewundert. Auch wenn er nur in der Eisenbahnabteilung tätig war und damit in keiner der zentralen Stellen im Generalstab. Geneidet habe ich Karl das jedoch nie, obwohl ich bei der Auswahl ja leer ausging.
Etwas schwerer fällt es mir, Deine zweite Frage zu beantworten, nämlich, warum es genau jene zwölf Absolventen, die das Giftpackerl erhalten haben, in den Generalstab geschafft haben, und ob sie darüber hinaus sonst noch etwas gemeinsam haben. Interessanterweise gehören alle nicht zu den Besten unseres Jahrgangs. Jedenfalls befanden sich die fünf Offiziere, die außer mir die besten Prüfungsergebnisse hatten, nicht unter diesen Zwölfen. Sicherlich wird der ein oder andere der Zwölf ein Ersatz für einen qualifizierteren Absolventen sein, dem wie mir, unabhängig von seinen Leistungen, ein Makel anhaftet, den der Generalstab für nicht tragbar hält.

Richard ließ das Schreiben sinken und fühlte erneut Wut über die Fehltritte seines Cousins Maxi und deren Folgen, insbesondere für dessen jüngeren Bruder Alfred, in sich aufsteigen. Tatsächlich hatte Fredl als Viertbester seines Jahrgangs abgeschnitten, war aber nicht in den Generalstab berufen worden, ohne dass man dies näher begründet hätte. Doch es lag sowohl für Richard wie auch für Fredl, dessen Schreiben er gerade las, auf der Hand, dass der Name »von Löwenstein« durch dessen älteren Bruder Maxi Schaden in der k.u.k. Armee genommen hatte.

Wahrscheinlich war Fredl deshalb »nur« zum Oberleutnant befördert und erneut ins 11. Dragonerregiment nach Galizien versetzt worden, bei dem er bereits vorher gedient hatte. Wenigstens waren die Elfer Dragoner, trotz des weit von Wien weg gelegenen Garnisonsstandorts, das Regiment, dessen Namensgeber Kaiser Franz Joseph persönlich war. Das ging natürlich auch mit einem gewissen Renommee der »Kaiser-Dragoner« einher.

In einem früheren Schreiben hatte Fredl Richard außerdem mitgeteilt, er bemühe sich eifrig darum, sowohl die polnische als auch die ruthenische Sprache perfekt zu erlernen, was ihm durch den aktuellen Standort der Elfer Dragoner in Ruthenien erleichtert würde. Dadurch erhoffe er sich auf Dauer eine Kompensation für den Karriereknick, den sein leichtfertiger Bruder Maxi verursacht hatte. Obwohl Fredl Richard dies nicht näher erläuterte, vermutete der, dass sein jüngerer Cousin eine gute Position in der Auslandsabteilung des Evidenzbüros, wie man den österreichischen Geheimdienst nannte, anstrebte.

Richard riss sich von seinen Gedanken über Maxi und Fredl los und konzentrierte sich erneut auf Fredls Schreiben. Der äußerte im weiteren Verlauf seines Briefs eine sehr interessante Hypothese.

Etwas ist mir tatsächlich noch aufgefallen. Vielleicht ist es ja reiner Zufall, dass, außer den fünf Jahrgangsbesten, drei weitere Offi-

ziere aus unserer Klasse in Deiner Auflistung fehlen, die ebenfalls in den Generalstab berufen wurden. Vielleicht haben sich doch nicht alle Kameraden gemeldet, die solch ein Packerl erhalten haben. Du solltest die drei vorsichtshalber noch einmal anschreiben, um Dich persönlich davon zu überzeugen, ob der Mörder nicht auch ihnen die Zyankali-Pillen geschickt hat.

Denn ich kenne einige Kameraden, die mit weit weniger Contenance als ich selbst weggesteckt haben, dass auch sie in ihre Regimenter zurückkehren mussten. Dabei solltest Du ein besonderes Augenmerk auf Thomas Egger richten. Er wurde nämlich aufgrund von ihm verheimlichter Spielschulden wieder aus dem Generalstab entfernt und in sein ehemaliges Infanterieregiment zurückversetzt. Daraufhin rückte ein anderer Kamerad, der in der ersten Runde nicht zum Zuge gekommen war, auf seine Position nach. Vielleicht hat Thomas das übelgenommen. Ein Indiz dafür könnte sein, dass dieser nachgerückte Kamerad unter den Elfen ist, die das Giftpackerl erhalten haben, ohne dessen Inhalt zu verwenden.

Vielleicht ist es aber auch ein Kamerad von der Warteliste, der anhand von Eggers Schicksal realisiert hat, dass es doch noch möglich ist, zum Ziel zu kommen, wenn jemand ausfällt. Die Tatsache, dass genau zwölf Kameraden getötet werden sollten, könnte darauf hinweisen, dass der Mörder unter den ersten zwölf Offizieren auf dieser Warteliste ist. In diesem Fall wären seine Chancen, nachzurücken, umso größer gewesen, je mehr Offiziere sich an den Pillen vergiftet hätten.

Richards Puls begann, sich zu beschleunigen. Er spürte, dass an diesem Verdacht seines Cousins etwas dran sein könnte, und beschloss, sich sofort die Warteliste der Generalstabsanwärter des diesjährigen Jahrgangs zu besorgen.

Es war auf jeden Fall ein guter Ansatzpunkt für weitere Ermittlungen.

Kapitel 6

Praxis Dr. Freuds in der Berggasse

Anfang Oktober 1892

»Du wirst sehen, Milli, Dr. Freud versetzt dich zuerst in einen sehr angenehmen Zustand. Wenn du dann ganz entspannt bist, stellt er dir einige Fragen.« Sophie und ihre Schwester saßen nebeneinander auf dem rot bezogenen Sofa im Wartezimmer der Praxis.

Zu Sophies Frustration blieb Millis Miene unverändert misstrauisch und starr. »Muss ich die Fragen denn beantworten?« Die Stimme ihrer Schwester klang piepsig wie die eines kleinen Mädchens, nicht wie die einer Siebzehnjährigen.

Sophie bemühte sich um ein beruhigendes Lächeln. »Es wäre schon gut, wenn du die richtigen Antworten geben würdest, Milli. Sonst kann dir der Doktor doch nicht helfen.«

Milli sagte weder Ja noch Nein zu Sophies Ratschlag. Sie bewegte ständig ihre Hände mit den bis auf die blutige Haut abgebissenen Fingernägeln im Schoß und vermied jeden Augenkontakt mit ihr.

Das sieht nicht nach einem vielversprechenden Behandlungsstart aus, seufzte Sophie in sich hinein. Dabei hatte es sie all ihre Überzeugungskraft gekostet, Milli überhaupt zum heutigen Besuch in der Praxis von Dr. Freud zu bewegen. Jetzt überdachte sie noch einmal die Ereignisse der letzten Woche.

Wenigstens hatte Sophie sowohl bei Henriette als auch bei Mamsell Ida nach ihrer Rückkehr aus der Berggasse leichteres

Spiel gehabt. Beide waren völlig entsetzt darüber, dass Arthur Milli etwas angetan haben könnte, das weit über die ihnen bekannten, von ihm verhängten Strafen hinausging und wahrscheinlich die Ursache für Millis psychische Störungen war.

»Was ich vor allem überhaupt nicht verstehe, ist, wieso sich die Situation in den letzten Monaten, bevor ich Arthur verlassen habe, derart zugespitzt hat.« Henriette rang verzweifelt die Hände. »Denn bis auf jenen Tag, an dem Milli sich weigerte, Arthur ihre Hausaufgaben zu zeigen, hat er sie nie wieder so hart bestraft wie vor euren Absprachen nach deiner Flucht aus der Hofburg.«

»Aber er war jeden Tag mindestens eine halbe Stunde lang mit Milli allein in der Bibliothek«, warf Ida ein. »Vielleicht sind dort Dinge geschehen, von denen wir alle nicht die geringste Vorstellung haben.«

Mit dem letzten Halbsatz traf Ida ins Schwarze. Denn tatsächlich hatte keine der drei Frauen einen konkreten Verdacht, was sich dort abgespielt haben könnte. Milli, die sie ein weiteres Mal gemeinsam und schließlich auch einzeln darüber befragten, gab zwar zu, dass ihre Probleme mit ihrem Stiefvater zu tun hätten, hüllte sich über die konkreten Einzelheiten aber in undurchdringliches Schweigen.

Was Henriette und Ida sofort eingeleuchtet hatte, war Milli jedoch viel schwerer beizubringen. »Wir müssen alles dafür tun, damit Arthur vor dem Vormundschaftsgericht nicht gewinnt und Milli auf diese Weise wieder in seine Gewalt bekommt. Ich glaube, das wäre ihr Tod«, argumentierte Sophie. »Doch selbst, wenn die Behandlung bei Dr. Freud noch keine Erfolge gezeitigt haben sollte, wenn die Verhandlung stattfindet, können wir zumindest vorweisen, dass sich Milli in fachlich kompetenter medizinischer Betreuung befindet. Das erschwert es Arthur, weiterhin auf ihrer Klinikeinweisung zu bestehen.«

Denn die konnte auch durch das Vormundschaftsgericht angeordnet werden, wenn Arthurs Argumente dafür überzeugend genug waren. »Dann würde sich eventuell erst nach Millis Krankenhausaufenthalt entscheiden, ob sie besser bei ihrem Stiefvater oder ihrer Mutter aufgehoben ist«, steuerte Dr. Krömer, ihr juristischer Beistand, das schlagende Argument bei, das schließlich auch Milli umstimmte.

»Wir müssen mit allen Mitteln verhindern, dass du entweder ins Palais Werdenfels zurückkehren musst oder in eine Klinik eingewiesen wirst, Milli! Das leuchtet dir doch sicher ein?«

Milli nickte zögernd und begann, unkontrolliert zu zittern.

»Doch wenn du dir ein weiteres Mal etwas anzutun versuchst, ist der Würfel über dein weiteres Schicksal gefallen!«, fügte Sophie voller Furcht, Milli könne das in Betracht ziehen, hinzu. »Denn entweder bist du dann tot und Mama und ich sind für den Rest unseres Lebens unglücklich. Oder du überlebst und wirst als unheilbar verrückt in eine Anstalt geschafft.« Sie drückte sich bewusst drastisch aus.

»Nun gut. Dann gehe ich eben da hin«, gab Milli schließlich ohne besondere Überzeugung nach. »Helfen kann mir der Doktor zwar nicht, aber wenn es mich gegen meinen Stiefvater schützt, tue ich es.«

Eine Bedingung stellte Milli allerdings von Anfang an. »Aber du musst mitgehen, Phiefi, auch in das Behandlungszimmer. Ich will auf gar keinen Fall mit dem Mann allein sein.«

Dieser Wunsch Millis war gleich aus zwei Gründen problematisch. Zum einen wusste Sophie nicht, wie Freud darauf reagieren würde. Zum anderen müsste sie die Zeit für die Begleitung Millis zu den auf Vorschlag Freuds alle zwei Tage angesetzten Behandlungsterminen von ihren Schichten im Kaffeehaus oder im Café Prinzess abknapsen, was für die alte Helene und Mina Löb natürlich Mehrarbeit bedeutete. Daher suchte Sophie zunächst nach einer anderen Lösung.

Doch Milli reagierte nahezu panisch, als Henriette ihr anbot, sie an Sophies Stelle zu begleiten. »Das will ich auf gar keinen Fall!«, weinte sie. »Eher gehe ich gar nicht hin.«

Was kann denn das nur bedeuten, überlegte Sophie zum wiederholten Mal, als Freud die Tür zum Behandlungszimmer öffnete und Milli hereinbat.

Zu Sophies Erleichterung hatte er keine Einwände dagegen, dass sie ihre Schwester begleitete. Trotzdem trat fast unmittelbar nach ihrem Eintritt das nächste Problem auf. Freud wies Sophie den Platz vor seinem Schreibtisch an und forderte Milli auf, sich auf das Ruhebett zu legen.

Doch die schüttelte heftig den Kopf und blieb stehen. Dabei krümmte sie sich zusammen, als wäre sie eine gebrechliche alte Frau. Erst als Sophie mit Freud vereinbarte, dass sie sich neben Milli setzen und ihre Hand halten wolle, war ihre Schwester damit einverstanden, auf diese Weise mit der Behandlung zu beginnen.

Sophie fiel auf, wie ungelenk Millis Bewegungen waren, bis sie endlich auf dem Ruhebett lag. Dort überkreuzte sie krampfhaft die Beine und griff so fest nach Sophies Hand, dass es wehtat. Erleichtert war sie lediglich, als Freud hinter ihrem Kopf Platz nahm, sodass sie ihn nicht mehr sehen musste.

Die nächste Schwierigkeit trat auf, als Freud Milli zu entspannen versuchte. Anfangs weigerte sie sich konsequent, ihre Augen zu schließen. Als Sophie sie mit viel Überredungskunst schließlich auch dazu bringen konnte, kniff sie die Lider viel zu fest zusammen.

Mittlerweile hatte Freud offensichtlich seine Absicht geändert, schon in dieser ersten Sitzung zur eigentlichen Thematik zu kommen. Stattdessen versuchte er es mit der gleichen Strategie, die er bei Sophie zur Demonstration der Hypnose angewandt hatte. Er bemühte sich, Milli in positive Erinnerungen zu führen. Doch sie verkrampfte sich umso mehr, je mehr er sie zu entspannen versuchte. Schließlich schlug sie sogar in Panik um sich, als Freud sie mit Sophies Einverständnis sanft an der Schulter und dem Kopf berührte, damit sie endlich lockerließ.

»So kommen wir leider nicht weiter«, gab Freud nach einer halben Stunde vergeblichen Bemühens vorzeitig auf. »Aber ich habe eine Idee. Milli muss erst einmal lernen, ruhig zu liegen und sich dabei zu entspannen. Dies könnten Sie auch zu Hause mit ihr üben, dann hat unsere nächste Sitzung vielleicht etwas mehr Erfolg. Ich möchte daher die nächsten beiden Behandlungstermine streichen und Milli erst in einer Woche wieder empfangen.«

Frustriert und nun ebenfalls völlig verkrampft saß Sophie auf dem Rückweg in der Mietdroschke und fragte sich, wie, um Himmels willen, dies alles nur enden sollte.

Sophies Kontor im Kaffeehaus

Mitte Oktober 1892

Stirnrunzelnd verglich Sophie die Lieferantenrechnung des Weinguts Gerban von Anfang August mit den im Bilanzbuch verzeichneten Umsätzen der Produkte im Café und im Kaffeehaus bis Ende September. Es gab zwischen Lieferumfang und den dadurch zu erwartenden üblichen Umsätzen in den beiden Monaten eine Gesamt-Differenz von nahezu fünfundzwanzig Gulden, die sie sich nicht erklären konnte, zumal diese auch nicht durch die Ende September verzeichneten, noch vorhandenen Vorräte abgedeckt war.

Solche Vergleiche zwischen Lieferungen und Einnahmen gehörten zu Sophies Aufgaben, mit denen sie durch die Zusatzbelastung mit Millis Therapie jetzt schon seit einiger Zeit im Verzug war. Heute hatte sie sich endlich wieder einmal an diese Arbeit gesetzt. Dass es gleich bei ihrer ersten Berechnung zu Problemen kommen würde, hatte sie allerdings nicht erwartet.

Denn die Umsätze alkoholischer Getränke ließen sich viel leichter mit den gelieferten Mengen abgleichen, als dies bei

Kaffee und Lebensmitteln der Fall war. Vor allem Wein wurde den Gästen oft in ganzen Flaschen, Cognac oder Branntwein in normierten Gläsern serviert. Eine Flasche Alkohol ergab also relativ zuverlässig einen bestimmten Umsatz. Die Abweichungen waren gering, da nur selten etwas verschüttet wurde.

So einfach verhielt es sich bei den übrigen Lieferungen nicht. Hier konnte man das Verhältnis von Umsätzen und Liefermengen nur in etwa überschlagen, hatte weiland schon Stephan Danzer Sophie erklärt. Dies galt auch für die Arabica-Kaffeebohnen. Obwohl die Kaffeeköche die Anweisung hatten, die Menge des zuvor gemahlenen Kaffeepulvers sorgfältig mit einem Messlöffel abzuwiegen, bevor die einzelnen Getränke zubereitet wurden, waren Materialverluste unumgänglich. Schon beim Mahlvorgang ging so manches Gramm verloren. Manchmal verzählte sich der Kaffeekoch außerdem beim Abmessen, manchmal war bereits aufgebrühter Kaffee zu bitter oder zu schwach geworden und daher unverkäuflich, manchmal wurde er auch verschüttet. Dass es hier jeweils Verluste von mehreren Pfund Kaffee pro Monat gab, verglich man die Bestellungen mit der Liefermenge, ließ sich infolgedessen nicht vermeiden.

Noch weniger exakte Kontrolle war bei Lebensmitteln möglich. Auch hier gab es Einbußen. Produkte wie Schlagobers konnten sauer oder durch zu langes Schlagen zu Butter werden. Insbesondere die Menge der Zutaten zu den Mittagsmahlzeiten ließ sich nicht genau berechnen. Jeder Koch hatte seine sorgsam gehüteten Geheimnisse, mit welchen Kniffen er seine Gerichte besonders schmackhaft machte. Und keiner wog die Portion Gulasch ab, die er auf den Teller schöpfte.

Selbst bei Torten, Gefrorenem oder Konfekt ließ sich die Menge der benötigten Zutaten nicht immer gleichmäßig bestimmen. Denn die Rezepte wiesen viele Grauzonen auf. *Dann bestreiche man den Tortenboden tüchtig mit Marmelade,* war eine solche Formulierung, die jeder Konditor anders auslegen konnte.

Bis zu einem gewissen Maß unkalkulierbar blieb sogar der Verbrauch sehr teurer Produkte wie zum Beispiel exotisches Obst. Ananas berechnete der Obsthändler in der Regel nach Stückzahl, die Früchte waren deshalb aber nicht zwingend gleich schwer. Und ob ein Ananas-Sorbet ausreichend fruchtig schmeckte, oder ob man noch einige Scheiben pürierter Früchte hinzufügen musste, hing vornehmlich vom Aroma der Früchte ab.

Überwiegend galt es also, durch den Kosten-Umsatz-Vergleich sicherzustellen, welchen Gewinn man unter dem Strich erzielte, und vor allem zu verhindern, dass man mehr ausgab als einnahm.

Umso wichtiger war es, zumindest bei Alkoholika, die zum einen zu den teuersten Einkäufen, zum anderen aber auch zu den größten Umsatzträgern gehörten, den Überblick zwischen Liefermengen und Einnahmen zu behalten. Eine so große Differenz, wie sie Sophie jetzt bei den Gerban'schen Produkten bemerkt hatte, war ihr, seitdem sie die Buchhaltung machte, bislang noch nicht untergekommen.

Am einfachsten wäre es gewesen, Toni zu fragen, ob und womit er sich das erklären könne. Denn im Kaffeehaus wurde ja weit mehr Wein verkauft als im Café. Aber Toni hatte heute seinen freien Tag.

Sophie beschlich ein ungutes Gefühl. Daher beschloss sie, erst einmal eigenständig nach den Ursachen zu forschen. Dazu musste sie auf die Kassenbücher zurückgreifen, die in einem Rollschrank, getrennt nach Café und Kaffeehaus Prinzess, hinter ihrem Schreibtisch verwahrt wurden.

Dass die Einträge in den Kassenbüchern des Cafés Prinzess fehlerhaft waren, schloss Sophie von vorneherein aus. Diese prüfte sie ja regelmäßig selbst. Dabei war ihr nichts Ungewöhnliches aufgefallen. Trotzdem schaute sie vorsichtshalber noch einmal auf die Umsätze der Gerban'schen Produkte. Sie entsprachen dem üblichen Durchschnitt.

Also musste etwas im Kaffeehaus passiert sein. Seufzend zog sich Sophie die Kassenbücher für die fraglichen Monate heran. Ihre eigenen Eintragungen ins Kassenbuch der Sitzkassiererinnen hatte sie während ihrer Schichten zwar säuberlicher gemacht als die alte Helene. Dennoch konnte sie auch deren Aufstellung gut lesen und die Eintragungen den einzelnen Produkten zuordnen. Auch die jeweiligen Umsatzsummen waren zumindest bei den Stichproben, die sie nachrechnete, korrekt.

Sophie schwante daher nichts Gutes, als sie sich zuletzt die Kassenbücher für die Abendstunden ohne Sitzkassiererin heranzog. Schon Danzer hatte getrennte Kassenbücher eingeführt, um morgens, wenn die Sitzkassiererin wieder im Dienst war, die Abendeinnahmen prüfen zu können.

Das Prozedere des Umgangs mit dem spätabendlichen Kassenbuch des Kaffeehauses nach Dienstschluss der Sitzkassiererin war weitgehend ähnlich. Die Ober sollten wie diese zuvor jede Bestellung gleich nach der Aufnahme eintragen. Im Unterschied zur Sitzkassiererin sollten sie zusätzlich noch ihren Namen vermerken, damit Rückfragen möglich waren.

Nachdem die Bestellung serviert worden war, sollte der Ober sofort abkassieren. Die Einnahme vermerkte er dann neben der Bestellung im Kassenbuch und legte das Geld in die in einer abschließbaren Lade verwahrte Abendkassette, zu der jeder Ober einen Schlüssel besaß. Dieser entnahm er auch das Wechselgeld und rechnete bei einer aufgerundeten Summe, die sein Trinkgeld enthielt, dieses heraus.

Schon als sie neben der Buchhaltung des Cafés auch noch die des Kaffeehauses gemacht hatte, war Sophie aufgefallen, dass dort die abendlichen Kassenbücher nicht so ordentlich geführt wurden wie die der Sitzkassiererinnen oder des Cafés. Immer wieder waren Eintragungen nur schwer lesbar oder Produkte nicht genau bezeichnet. Dann hieß es darin zum Beispiel »Rotwein« anstatt »Spätburgunder«. Sophie erkannte häufig nur am Preis, um welches Produkt es sich handelte und ob eine Flasche oder nur ein Glas serviert worden war.

Toni, bei dem sich Sophie öfter über diese Missstände beklagt hatte, entschuldigte sie in der Regel mit der Hektik des Abendgeschäfts. Daher war Sophie ausgesprochen froh gewesen, als Toni ihr die lästige Aufgabe der Buchhaltung des Kaffeehauses vor einigen Monaten abgenommen hatte. Seither hatte sie die abendlichen Kassenbücher auch nicht mehr eingesehen.

Jetzt fiel ihr auf Anhieb auf, dass die Eintragungen in den letzten Monaten August und September noch einmal chaotischer geworden waren, als sie es von früher kannte. Sie waren lückenhaft und oft ungenau. Es gab viele Zusätze und Ergänzungen in Tonis Handschrift, insbesondere bei den Preisen der Bestellungen, die oft sogar nahezu unleserlich waren.

Besonders erschrocken war Sophie über die vielen geschwärzten Stellen, die nicht mehr erkennen ließen, was dort einmal gestanden hatte. Hinter jede Schwärzung hatte Toni sein Namenskürzel gesetzt. Also musste er sie selbst vorgenommen oder zumindest abgesegnet haben, wenn es sich um den Eintrag eines Obers handelte. Schwärzungen kamen eigentlich nur dann vor, wenn ein Gast das Kaffeehaus verließ, nachdem er eine Bestellung aufgegeben, diese aber aus irgendwelchen Gründen weder konsumiert noch bezahlt hatte. Nun häuften sich die schwarzen Stellen aber von Woche zu Woche mehr.

Einen Grund für dieses Chaos vermutete Sophie sofort. Es hatte wahrscheinlich mit der Mitte August stattgefundenen Währungsumstellung in der Habsburgermonarchie zu tun.

Am 18. August dieses Jahres hatte Österreich eine neue Leit-Währung eingeführt, die Krone zu einhundert Hellern. Zwei Kronen entsprachen dem Gegenwert eines Gulden, wobei Gulden und Kreuzer weiterhin neben der neuen Währung existierten.

Trotzdem verkomplizierte die Währungsreform natürlich das Kassieren, zumal mit Kronen und Hellern im Augenblick längst noch nicht so häufig bezahlt wurde wie mit Gulden und Kreuzern. Es war auch für Sophie gewöhnungsbedürftig gewesen, die gleichen Produkte in zwei verschiedenen Währungen kassieren zu müssen. Trotz der Preislisten, die von ihr und Toni gemeinsam sowohl für das Kaffeehaus als auch für das Café in Gulden und Kronen erstellt worden waren.

Besonders kompliziert war vor allem die Herausgabe des Wechselgelds. Denn zweihundert Heller entsprachen sechzig Kreuzern. Und es kam immer wieder vor, dass man auf Kronen mit Kreuzern herausgeben musste, da man nicht genügend Heller hatte. Diese Reform machte ihnen also allen zu schaffen. Trotzdem hatte Sophie nicht mit einem solchen Chaos in den späten Abendstunden des Kaffeehauses gerechnet, wie es sich jetzt in den Kassenbüchern spiegelte.

Doch als Sitzkassiererin hatte es Sophie zugegeben sehr viel leichter, in aller Ruhe abzukassieren und dabei auch die notwendigen Umrechnungen vorzunehmen sowie die Trinkgelder herauszurechnen, als die Ober. Schließlich musste sie nicht wie diese zwischenzeitlich auch noch servieren oder sich gar um Beschwerden von Gästen kümmern.

Konnte es sein, dass die Ober in der Hektik des Abendgeschäfts jetzt weit mehr Fehler machten als vor der Währungsreform? Unterließen sie ihre Eintragungen, wenn sie falsch abkassiert und eine Krone für einen Gulden berechnet hatten und das vertuschen wollten? Oder hatten sie zu viel Wechselgeld herausgegeben?

Doch das erklärte noch lange nicht Tonis häufige Korrekturen. Er war doch in der Regel gar nicht bis zur Schließung des Kaffeehauses im Dienst, sondern machte die Abrechnung wie weiland ihr Onkel und sie selbst am nächsten Morgen! Oder etwa nicht?

Sophie wurde zunehmend beklommen zumute. Selbst wenn die Differenzen zwischen Liefermenge und Umsätzen der Gerban'schen Produkte eine Folge der chaotischen Kassenbuchführung waren, sah es für sie so aus, als ob Toni noch weit größere Probleme mit der Buchhaltung hätte.

Sie verglich die von Toni errechneten Abendumsätze des Kaffeehauses mit den Eintragungen im Bilanzbuch, das noch in der Guldenwährung geführt wurde. Sie stimmten für jeden Tag im August und September bis auf den Kreuzer überein. Weshalb also die vielen Korrekturen?

Plötzlich kam ihr ein Verdacht, der ihr das Blut zu Kopfe steigen ließ. Mit zitternden Händen griff sie nach dem Oktober-Kassenbuch für die Abendstunden. Und tatsächlich:

Hier gab es noch so gut wie keine Korrekturen in Tonis Handschrift. Aber es fehlte auch jeden Tag die Summe der Abendumsätze, obwohl eine Zahl im Bilanzbuch verzeichnet war. Ihr Verdacht bestätigte sich.

Sophies Wohnung über dem Kaffeehaus

Mitte Oktober 1892, einige Stunden später

»Toni hat im ganzen Monat Oktober noch kein einziges Mal die übliche Abrechnung für die Abendstunden gemacht«, schüttete Sophie Ida nach dem Abendessen ihr Herz aus. Sie saßen noch bei einem Glas Wein im Salon. Henriette lag schon mit Kopfschmerzen zu Bett, und auch Milli war, wie üblich, sofort nach dem Nachtmahl in ihrem Zimmer verschwunden.

»Alle für die Summe der Umsätze vorgesehenen Spalten im Abend-Kassenbuch des Oktobers sind leer. Trotzdem steht eine Zahl für jeden Oktoberabend im Bilanzbuch. Ebenso wie die Umsätze tagsüber und die tägliche Gesamtsumme für das Kaffeehaus. Wie erklärst du dir das, Ida?«

Ida schnaubte. »Das muss daher rühren, dass Toni morgens nur das Geld in der Abendkasse zählt. Abzüglich des Wechselgelds nimmt er das zunächst als reguläre Einnahme und trägt die Zahl ins Bilanzbuch ein. Ohne tagesaktuell zu prüfen, ob das eingenommene Geld auch mit den eingetragenen und abkassierten Bestellungen am Vorabend übereinstimmt.«

Ida hatte lange im Kaffeehaus mitgearbeitet. Daher kannte sie sich mit den Abläufen dort noch immer hervorragend aus.

Sophie stöhnte auf. »Aber wie kann er denn so etwas tun? Dann stimmen doch gleich zwei Beträge im Bilanzbuch nicht. Die Abendumsätze genauso wenig wie der Gesamtumsatz eines Tages von acht Uhr früh bis Mitternacht.«

Ida nickte mit einem zynischen Lächeln. »Und wenn Toni dann irgendwann merkt, dass bei der Addition der Einträge im Kassenbuch etwas anderes herauskommt, als er schon ins Bilanzbuch eingetragen hat, manipuliert er die Einträge im Kassenbuch nachträglich so lange, bis die Zahlen übereinstimmen.«

»Womöglich macht er die Buchhaltung sogar nur einmal pro Monat«, jammerte Sophie. »Zumindest nicht öfter als zweimal. Heute haben wir den 15. Oktober, doch bislang steht keine einzige Abrechnung im Abend-Kassenbuch!«

»Dabei weisen die vielen Preiskorrekturen und vor allem die Schwärzungen darauf hin, dass an vielen Tagen weniger Geld in der Kasse war, als nach den Originaleintragungen hätte eingenommen werden müssen«, jammerte sie weiter. »Ich habe mir die Mühe gemacht, dies für einige Tage im Oktober einmal nachzuprüfen. Nach den dort von Toni noch nicht addierten Einträgen für den 3. Oktober gibt es eine Differenz von zwei Gulden mehr, als im Bilanzbuch steht. Am 6. Oktober sogar von drei Gulden!«

»Und was schließt du jetzt daraus, Sophie?«, fragte Ida.

»Ich glaube, dass Toni auf diese Weise Fehler vertuscht, anstatt die Missstände, die sich offenbar in den Abendstunden eingeschlichen haben, energisch anzugehen!« Sophie redete sich immer mehr in Rage. »Daher dürften auch die Differenzen zwischen Liefermenge und Umsatz der Gerban'schen Produkte stammen! Denn Toni kann ja, wenn er die Umsätze der Weine berechnet, gar nicht mehr erkennen, welche Eintragungen er geschwärzt hat, hinter denen aber die Bestellungen dieser teuren Weine stehen.«

»Und was willst du jetzt tun, Phiefi?«, fragte Ida mit einem Gesichtsausdruck, der auf Sophie fast so wirkte, als würde Ida eine bestimmte Antwort von ihr erwarten.

Sophie zuckte resigniert die Achseln und spürte, dass sie kurz davor war, in Tränen auszubrechen. »Ich muss Toni zur Rede stellen«, sagte sie müde. »Denn ich kann ihm nicht mehr vertrauen. Er wollte die Buchhaltung für das Kaffeehaus übernehmen und ist jetzt zu faul, um sie ordentlich zu machen. Er lernt nicht einmal etwas aus seinen Fehlern, wie die fehlenden Abendabrechnungen im Kassenbuch vom Oktober zeigen. Stattdessen nimmt er die Missstände zugunsten seiner Bequemlichkeit billigend in Kauf. Und wenn die Ober erst einmal merken, dass sie tun und lassen können, was sie wollen, wird es schlimmer und schlimmer werden.«

Sophie ballte die Hände zu Fäusten. »Also werde ich ihn morgen mit seinem Fehlverhalten konfrontieren, das eines Geschäftsführers unwürdig ist.«

»Und wie, glaubst du, wird Toni darauf reagieren?«

»Er wird sich natürlich ausspioniert und in die Enge getrieben vorkommen. Womöglich streitet er sogar alles ab. Mit dem Frieden im Unternehmen Prinzess ist es dann jedenfalls erst einmal wieder vorbei.«

Sie holte tief Luft und unterdrückte ein Schluchzen. »Aber was bleibt mir anderes übrig? Da ich Toni nach einer solchen Konfrontation erst recht nicht mehr vertrauen kann, muss ich die Buchhaltung für das Kaffeehaus eben wieder selbst übernehmen. Und das ausgerechnet in einer Situation, in der ich schon jetzt aufgrund von Millis Therapie meinen Aufgaben nur noch unzureichend nachkommen kann.«

»Du merkst also, dass mit einer solchen Auseinandersetzung

niemandem gedient ist«, reagierte Ida zu Sophies Verblüffung. »Darum werde ich dir dazu auch gleich einen anderen Vorschlag machen. Jetzt sag mir aber erst einmal, wie es Milli geht. Sind denn noch gar keine Fortschritte in ihrer Behandlung zu verzeichnen?«

Sophie war zwar verwirrt, gab Ida jedoch zunächst Auskunft über den Verlauf der Behandlung. Heute Vormittag hatte sie wieder zwei Stunden mit ihrer Schwester in der Praxis von Dr. Freud verbracht. Da Milli so schwer zugänglich war, behandelte Freud sie mittlerweile in Doppelsitzungen. Mit dem Hin- und Rückweg war Sophie dadurch mehrmals pro Woche zu wechselnden Tageszeiten mehr als drei Stunden abwesend und musste in dieser Zeit entweder von Mina im Café oder Helene im Kaffeehaus vertreten werden.

Sie zuckte mutlos mit den Schultern. »Um deine Frage zu beantworten: Ob Milli Fortschritte macht, kommt auf den Blickwinkel an. Immerhin haben unsere häuslichen Übungen etwas genützt. Mittlerweile hat Milli ihren Widerstand gegen das Ruhebett aufgegeben und liegt jetzt im Vergleich zum Anfang relativ entspannt darauf. Aber bisher sind alle Versuche Dr. Freuds, sie in Trance zu versetzen, gescheitert. Also sind wir immer noch keinen Schritt weiter bei der Erforschung dessen, was Arthur ihr angetan hat. Milli hat heute lediglich noch einmal eingestanden, dass ihre Probleme wirklich etwas mit ihm zu tun haben. Aber wieder keine Einzelheiten darüber preisgegeben.«

»Und Anfang November steht die Verhandlung vor dem Vormundschaftsgericht an«, versetzte Ida unglücklich. »Was wollt ihr dann sagen, wenn der Richter sich nach Millis Befinden erkundigt?«

»Wenigstens in dieser Hinsicht gibt es etwas Positives zu vermelden«, antwortete Sophie mit einem schwachen Lächeln. »Allein die Angabe Millis, dass Arthur ihr etwas angetan hat, reicht Dr. Freud aus, um eine schriftliche Empfehlung abzugeben, dass sie auf gar keinen Fall zu ihrem Stiefvater zurückkehren sollte. Er hat mir versprochen, dieses Schriftstück bis zur nächsten Sitzung aufzusetzen und mir mitzugeben, sodass Dr. Krömer es rechtzeitig beim Vormundschaftsgericht einreichen kann.«

»Das ist doch eine wirklich gute Nachricht«, freute sich Ida und klatschte sogar in die Hände. Dann wurde sie wieder ernst.

»Aber langsam beginne ich, mir Sorgen um dich zu machen, Phiefi. Du verlangst einfach zu viel von dir. Aufseherin im Café Prinzess im Wechsel mit der Sitzkassiererin im Kaffeehaus zu sein, zudem in den Abendstunden oder an deinem freien Tag die Buchhaltung des Cafés und die Bearbeitung aller Rechnungen zu machen, und jetzt auch noch die viele Zeit, die du mit Milli in Freuds Praxis verbringst, das überfordert dich auf Dauer. Du bist doch jetzt schon überlastet, auch ohne die Buchhaltung des Kaffeehauses wieder zu übernehmen und einen, diesmal sicher ernsthaften, Konflikt mit Toni Schleiderer auszutragen.«

»Aber was soll ich denn sonst machen?«, begehrte Sophie auf, obwohl ihr im Grunde genommen klar war, dass Ida recht hatte. »Ich weiß doch selbst nicht, wie ich das alles unter einen Hut bringen soll.« Nun kamen ihr aus lauter Erschöpfung doch die Tränen.

»Du könntest zum Beispiel alle Kräfte nutzen, die dir zur Verfügung stehen«, erwiderte Ida kryptisch, ohne Sophie wie gewöhnlich zu trösten.

»Und welche Kräfte sollen das sein? Jetzt auch noch eine neue Aufseherin oder eine neue Sitzkassiererin zu suchen und einzuarbeiten, dazu fehlt mir einfach die Kraft. Zumal ich dafür auch Tonis Einverständnis brauche.«

»Vielleicht könntest du ja auf eine Person zurückgreifen, die solche Erfahrungen bereits mitbringt und Toni Schleiderer darüber hinaus schon lange kennt.«

Sophie begriff zuerst nicht, worauf Ida hinauswollte, bis die mit dem Zeigefinger auf sich selbst deutete.

»Was spricht denn dagegen, dass ich einspringe? Ich kenne mich sowohl im Café als auch im Kaffeehaus aus. Bevor ich in den Haushalt deiner Mutter überwechselte, habe ich jahrelang als Kassiererin in beiden Etablissements gearbeitet und war zuletzt sogar halbtags Aufseherin im Café.«

»Das würdest du wirklich tun?« Auf der Stelle spürte Sophie eine große Erleichterung. Doch sie hatte auch Bedenken. »Aber wer soll sich dann hier um den Haushalt kümmern?«

Jetzt wurde Idas Lächeln spöttisch. »Die gleichen Personen, die das bereits getan haben, bevor wir hier wohnten. Emma und Franzi. Beide sind tüchtige Madln und werden es ja wohl fertigbringen, zu zweit den Haushalt für uns vier zu bewerkstelligen. Zumal sie ja nicht kochen müssen, da wir alle warmen Mahlzeiten aus der Küche des Kaffeehauses beziehen.«

Das leuchtete Sophie sofort ein. Sie begann sich sogar schon darüber zu ärgern, weshalb sie Ida nicht längst von sich aus um ihre Hilfe gebeten hatte.

»Ich langweile mich nämlich hier oben zu Tode«, baute Ida Sophie die nächste Brücke. »Die Decke fällt mir regelrecht auf den Kopf. Deine Mutter geht nirgendwo mehr hin, seit sie Arthur verlassen hat, und bedarf daher auch keiner Begleitung. Und Milli will von mir genauso viel oder wenig wissen wie von dir oder Henriette.«

»Dann werde ich Toni Schleiderer gleich morgen mitteilen, dass du wieder im Prinzess anfängst, wenn ich ihn um eine Aussprache wegen seiner unordentlichen Buchhaltung bitte. Es macht natürlich den meisten Sinn für mich, wenn du als Sitzkassiererin während der späten Abendschichten im Kaffeehaus fungierst. Wärst du denn dazu bereit? Dein Dienst würde wohl häufig erst nach Mitternacht enden.«

»Das macht mir in der Tat überhaupt nichts aus«, erklärte Ida. »Schließlich muss ich ja nur eine Treppe hinaufsteigen, um in mein Bett zu kommen. Allerdings möchte ich dir etwas zu bedenken geben, Phiefi.«

Sie machte eine kleine Pause und suchte Sophies Blick. »Am besten riskierst du jetzt keinen Konflikt mit Toni. Lass deine jüngsten Beobachtungen völlig unter den Tisch fallen! Es ist sicherlich ärgerlich, dass Toni so schlampig mit der Buchhaltung umgegangen ist. Aber er sollte auf keinen Fall das Gefühl bekommen, dass du meine Einstellung vorschlägst, um ihn zu kontrollieren. Denn noch ist der Schaden ja nicht allzu groß und wird in Zukunft gar nicht mehr vorkommen, da ich abends alle wichtigen Zahlen für die Buchhaltung des Kaffeehauses im Auge behalten kann. Sodass Fehler in dieser Größenordnung gar nicht mehr auftreten können.«

»Das kommt überhaupt nicht infrage!«, lehnte Sophie spontan ab. »Wer weiß, was der Kerl noch alles anstellt, wenn ihm niemand auf die Finger klopft.«

Ida legte Sophie beruhigend die Hand auf den Arm. »Jetzt hör mir einmal zu, Phiefi, und vertraue meiner Lebenserfahrung! Schließlich bin ich weit mehr als doppelt so alt wie du.«

Sie fixierte Sophie und setzte ihre Rede erst fort, als Sophie Blickkontakt zu ihr hatte. »Du weißt, dass Toni immer damit gerechnet hat, dass dein Onkel ihm die alleinige Leitung des Prinzess überträgt.«

Sophie nickte widerwillig.

»Mit seinem Testament hat dein Onkel also Tonis Lebenstraum zerstört. Zu Recht, wie sich jetzt herausstellt, auch wenn Stephan Danzer das in dieser Drastik nicht vorhersehen konnte. Als Untergebener war Toni weitaus fähiger, als er es als Geschäftsführer ist. Das ist wahr. Ob er glaubt, er darf sich nun alles leisten, weil er der Chef ist, oder ob sein Verhalten eine Trotzreaktion gegen dich ist, da du trotz deiner jungen Jahre mehr Befugnisse hast als er, bleibt dahingestellt. Aber besser, als ihn jetzt zur Rede zu stellen, ist es, nach vorne zu schauen und die Verhältnisse so zu ändern, dass solche Missstände nicht mehr vorkommen können.«

Ida sprach sehr überzeugend. Trotzdem zögerte Sophie.

Einerseits widerstrebte es ihr, Toni so einfach davonkommen zu lassen. Schließlich hatte er seine Pflichten als Geschäftsführer in einem sehr gravierenden Punkt verletzt. Die Manipulation der Abendeinnahmen des Kaffeehauses war eine ernste Sache. Andererseits hatte sie keine Kraft für neue Streitigkeiten. Sie hatte mit Milli wahrlich Sorgen genug.

Dennoch erhob sie einen weiteren Einwand. »Wenn ich die Verluste bei den Gerban'schen Produkten auf alle Alkoholika hochrechne, kommt eine erhebliche Schadenssumme zusammen.«

Ida lächelte. »Meines Wissens sind die Produkte des Weinguts Gerban die teuersten alkoholischen Getränke im Kaffeehaus. Abgesehen vielleicht von den Cognacs und Sherrys, die aber weitaus seltener bestellt werden. Doch selbst wenn zu den fünfundzwanzig Gulden, die du bislang als Verlust ausgemacht hast, noch einmal zwanzig oder dreißig dazukommen, ist die Schadenssumme längst nicht so hoch, dass das Prinzess sie nicht einmalig verkraften könnte. Und einmalig wird sie ja bleiben, wenn ich abends dort wieder Sitzkassiererin bin.«

Sophie schwieg, obwohl sie wusste, dass Ida recht hatte.

»Sag Toni einfach, dass ich unbedingt wieder im Prinzess arbeiten möchte. Und du zur Entlastung der Ober in erster Linie dafür die Abendstunden im Kaffeehaus vorschlägst. Warum sollte Toni Einwände dagegen erheben? Wir kennen uns jetzt schon seit zwei Jahrzehnten. Dass ich als Sitzkassiererin nach meiner Schicht noch die Addition der Einnahmen mache, versteht sich von selbst. Das ist bei Helene und dir ja auch nicht anders. Genauso verhält es sich mit der Abrechnung, die ich Toni im Lauf des nächsten Vormittags vorlege und die wir gemeinsam mit dem Geld in der Kassette abgleichen. Vielleicht ist das für ihn sogar ein Wink mit dem Zaunpfahl, dass du die Unregelmäßigkeiten entdeckt hast und eine taktvolle Lösung suchst. Und mir machst du das Leben ebenfalls leichter, wenn du ihm nicht offenlegst, dass ich ihn in Zukunft kontrollieren soll.«

Ida überlegte kurz und fügte dann hinzu: »Am besten schlägst du Toni vor, dass ich zum 1. November beginne. Dann gibt es ein neues Kassenbuch, und er muss nicht befürchten, dass ich seine Manipulationen der letzten drei Monate entdecke.«

Das leuchtete Sophie schließlich ein. »Du hast recht, Ida. So sollten wir es machen. Und wenn du deinen freien Tag hast, übernehme ich die Abendschicht und erledige dabei als deine Vertretung auch die Berechnung der Abendumsätze«, steuerte sie eine weitere Idee bei.

Zu ihrem Erstaunen verzog Ida missbilligend den Mund. »Dazu möchte ich dir gleich noch etwas sagen, Phiefi. Doch vorher habe ich eine weitere Bitte. Da wir ja auch noch die alte Helene haben, habe ich tagsüber freie Zeit. Deshalb würde ich gerne zusätzlich einige Stunden im Café Prinzess als Aufseherin arbeiten.«

»Mina Löb wird sich sicherlich freuen«, stimmte Sophie auch diesem Vorschlag zu. »Zumal ich momentan ja auch im Café so oft fehle.«

»Das ist das Zweite, was ich dir zu bedenken geben möchte, Phiefi«, erklärte Ida nun zu Sophies Verwunderung.

»Was gibt es denn noch zu bedenken?«

»Du kennst doch sicher das Sprichwort: ›Viele Köche verderben den Brei‹. Wenn ich zusätzlich in beiden Etablissements mitarbeite, im Café als Aufseherin und im Kaffeehaus als Sitzkassiererin, übernehme ich zum Teil deine jetzige Rolle.« Sie machte eine bedeutungsschwangere Pause.

Plötzlich wurde Sophie klar, worauf Ida hinauswollte. Das Herz sank ihr in die Schuhe. »Du meinst, dann werde ich in diesen Funktionen nicht mehr gebraucht?«

»So würde ich das nicht ausdrücken!«, wehrte Ida ab. »Du sollst lediglich die Rolle einnehmen, die dir zusteht und die Toni Schleiderer schon längst innehat. Werde auch offiziell zur Leiterin des Cafés Prinzess! Versetze Helene wieder ganz als Sitzkassiererin ins Kaffeehaus! Die Abendschichten und die Vertretung an Helenes freiem Tag übernehme ich. Weil ich dann an diesem Tag im Café fehle, kannst du dort immer noch aushelfen, wenn es nötig ist, so wie es auch dein Onkel sein Lebtag lang gehalten hat. Und du kannst dich in Ruhe mit der Buchhaltung des Cafés und, wenn es Milli endlich wieder bessergeht, mit all den anderen Dingen beschäftigen, die dir am Herzen liegen, zu denen du aber im Augenblick gar nicht kommst. Zum Beispiel mit der Schaufensterdekoration, die dich im Demel so begeistert hat. Warum soll so etwas nicht auch im Café Prinzess möglich sein?«

Sophie spürte einerseits, dass sie nur zu gerne anstelle der Aufseherin die Rolle der Leiterin im Café wahrnehmen würde, jetzt, wo sie mit Ida und Mina zwei absolut zuverlässige Mitarbeiterinnen hatte, die jederzeit auch zu Überstunden bereit wären. Andererseits würde sie auch etwas einbüßen, das ihr sehr am Herzen lag. »Aber dann könnte ich im Kaffeehaus ja gar nicht mehr in Erscheinung treten!«

Ida schürzte die Lippen. »Warum denn nicht, mein Kind? Du schlägst Toni Schleiderer einfach vor, dass ihr euch mit der Führung des Kaffeehauses und des Cafés abwechselt. Dein Onkel hat seinerzeit auch beide Gaststätten geleitet. Und denk doch nur an Susanna Griensteidl! Auch sie führt das Kaffeehaus ihres verstorbenen Mannes weiter. Warum sollst also nicht auch du regelmäßig die Aufsicht im Kaffeehaus ausüben?«

»Und was Tonis Leitungszeit im Café Prinzess betrifft, weihst du Mina Löb in alles ein, damit sie ihm dort auf die Finger schaut«, ergänzte Ida. »Dann kann doch eigentlich nichts mehr schiefgehen.«

Die Summe der Argumente überzeugte Sophie schließlich. Sie wusste zwar noch nicht, wie Toni Schleiderer auf diese Vorschläge reagieren würde. Aber sie war fest entschlossen, diesbezüglich den Stier bei den Hörnern zu packen und sich erneut durchzusetzen.

Wiener Sicherheitsbüro am Schottenring

Ende Oktober 1892

»Also fassen wir unsere bisherigen Ergebnisse noch einmal zusammen. Bevor wir uns unserem jetzigen Hauptverdächtigen zuwenden, sollten wir die bislang vorliegenden Fakten noch einmal sorgfältig betrachten.«

Richard war mit dem Vorschlag des Kriminal-Kommissärs Stukart einverstanden. Er warf einen Blick auf seine Notizen und begann: »Im Augenblick steht fest, dass tatsächlich nur zwölf von insgesamt zwanzig Absolventen des diesjährigen Jahrgangs der Kriegsschule, die hernach in den Generalstab berufen wurden, die Schachtel mit den vergifteten Pastillen erhalten haben. Die anderen acht Offiziere haben mir persönlich versichert, kein solches Packerl bekommen zu haben.«

Nach dem Schreiben seines Cousins Fredl hatte sich Richard nicht damit begnügt, nur die drei Offiziere anzuschreiben, die nicht zu den allerbesten Absolventen gehörten, sondern hatte sich vorsichtshalber an alle acht Offiziere gewandt.

»Thomas Egger können wir als Verdächtigen von unserer Liste streichen«, fuhr Richard fort. »Egger befindet sich nachgewiesenermaßen seit Juni, und damit also auch im August, als die Briefe aufgegeben wurden, ununterbrochen bei seinem Regiment in Bosnien-Herzegowina. Selbst wenn Egger einen Mittelsmann gefunden hätte, der die Kuverts in Wien statt seiner in den Briefkasten geworfen hat, gab es keine Möglichkeit für ihn, sich dort die Schachteln oder das verwendete Briefpapier zu besorgen. Beide Produkte wurden noch nie in diese abgelegene Region exportiert.«

»Geschweige denn hätte Egger dort das Zyankali oder die Oblaten zur Herstellung der Pillen erwerben können«, ergänzte Stukart. »In dem Gebiet, in dem das Regiment stationiert ist, gibt es so gut wie keine Apotheken. Und aus den Regimentsbeständen wurde nichts entwendet.«

»Also kommen wir zu den zwölf Kandidaten auf der aktuellen Nachrücker-Warteliste«, fuhr Richard fort. »Ich habe ihre jeweiligen Garnisonskommandanten persönlich angeschrieben und sie um Auskunft gebeten, ob sich der betreffende Kandidat Ende August im Urlaub befunden hat. Dies traf nur auf einen einzigen Offizier auf der Warteliste zu: Oberleutnant Felix Wagner auf Platz fünf der Liste, stationiert im Infanterieregiment Nummer 14, kurz ›die Hessen‹ genannt, in Linz. Wagner gab an, seinen einwöchigen Urlaub, der sich über den 26. August hinaus erstreckte, vollständig in Wien verbringen zu wollen, um dort seine schwangere Frau zu besuchen. Stattdessen hielt er sich jedoch noch bis zum Morgen des 25. August in Linz auf.«

Stukart las Richards Angaben in seinen Notizen mit. Dann setzte er die Indiziensammlung weiter fort. »Meine nach Linz entsendeten Kriminalbeamten haben herausgefunden, dass sowohl die Schachteln als auch die Kuverts und das Briefpapier bei den dortigen Kunden der Wiener Firmen, die diese Produkte herstellen, vorrätig waren. Selbstverständlich gibt es auch in Linz viele Apotheken, in denen das Gift und die Oblaten erstanden werden können.«

»Das allein würde jedoch nicht ausreichen, um den Verdacht gegen Felix Wagner zu erhärten«, fuhr Stukart nach einer kurzen Pause fort. »Wagners Ehefrau und ihre Eltern, bei denen sie sich aktuell aufhält, haben unabhängig voneinander bestätigt, dass ihr Gatte erst am Abend des 25. August in Wien eintraf und sich sehr früh am nächsten Morgen bereits wieder außer Haus begab. Wagner hätte in dieser Zeit also die Packerln mit den Giftpastillen aufgeben können.«

»Ausschlaggebend ist jedoch ein Vergleich der Handschriften auf den Begleitbriefen der tödlichen Sendungen mit handschriftlichen Dokumenten Wagners aus der Kriegsschule«, ergänzte Richard. »Gerade heute Morgen ist dieses Gutachten unseres militärischen Grafologen eingetroffen, der im Evidenzbüro arbeitet und im Rahmen seiner geheimdienstlichen Tätigkeit Handschriften aller Art beständig miteinander vergleicht. Der Experte hat mir versichert, dass kein Zweifel daran besteht, dass es sich bei den Klausurarbeiten Wagners in der Kriegsschule und den Begleitbriefen zu den Packerl um die Handschrift ein und derselben Person handelt.«

Er schob Stukart das Gutachten des Geheimdienst-Grafologen über den Tisch hinweg zu. Der Kriminal-Kommissär überflog es rasch.

»Was beabsichtigen Sie jetzt im nächsten Schritt zu tun, Herr von Löwenstein?«

»Ich denke, die Indizien sind erst einmal ausreichend für eine Durchsuchung von Wagners Wohnung in Linz. Der sollten wir beide beiwohnen, in der Hoffnung, dort weitere hieb- und stichfeste Beweise für den Mord und die Mordversuche zu finden. Der Handschriftenvergleich allein erscheint mir nämlich als einziger handfester Beweis noch zu wenig. Denn sollte sich unser Verdacht bestätigen, handelt es sich um eine ungeheuerliche Affäre, wie sie die k.u.k. Armee noch nie erlebt hat: Ein Offizier ermordet heimtückisch einen Kameraden und versucht dies gleichzeitig noch bei elf anderen.«

Kapitel 7

Kaserne des 14. Infanterieregiments in Linz

Ende Oktober 1892, drei Tage später

»Nun, Herr Oberleutnant Wagner, wie stehen Sie selbst zu dem Anlass unserer heutigen Unterredung?«

»Das ist vollkommen lächerlich, Herr Kommissär«, verteidigte sich Wagner. »Es ist absurd, mich einer so abscheulichen Tat zu bezichtigen.«

Moritz Stukart lehnte sich gelassen in seinem breiten Lehnstuhl zurück, der hinter dem verschrammten Schreibtisch im Garnisonsbüro stand, das man ihnen für das Verhör zur Verfügung gestellt hatte, und zündete sich eine Zigarette an. Er bot auch Wagner sein Etui an, der sich eine Zigarette herausnahm und von Stukart Feuer geben ließ. Dann begann er, hektisch mit tiefen Zügen zu rauchen, was Richard als Zeichen seiner Nervosität deutete.

Nach der mittlerweile erdrückenden Last der Indizien und Beweise hatten sich Richard und Stukart darauf geeinigt, Wagner heute zum Verhör vorzuladen. Richard ließ dem erfahrenen Polizeibeamten dabei den Vortritt und fungierte nur als Beobachter und Protokollant. Auf einen vonseiten der Garnison gestellten Protokollanten oder gar einen Untersuchungsausschuss aus Wagners Regiment hatten sie vorläufig verzichtet, auch in der Hoffnung, Wagner dadurch eher zum Reden bewegen zu können. Zudem war die Angelegenheit hochsensibel, und man wollte nicht vorzeitig mehr Personen einweihen, als es zum jetzigen Zeitpunkt unbedingt notwendig war.

Stukart warf einen Blick auf seine Aufzeichnungen, was Richard an das Gebaren Erzherzog Albrechts erinnerte. Auch der Heerführer, der aufgrund seiner Sehschwäche kaum mehr lesen konnte, pflegte vorzugeben, sich Inhalte, die er längst auswendig kannte, noch einmal zu vergegenwärtigen, bevor er sich zu ihnen äußerte.

»Kommen wir gleich zur wichtigsten Frage, Herr Wagner«, eröffnete Stukart das eigentliche Verhör. »In Ihrer Wohnung wurde ein Papiersackerl aus der Linzer Apotheke ›Zum Schutzengel‹ gefunden, welches noch einen kleinen Rest des tödlichen Gifts Zyankali enthielt. Wie erklären Sie uns das?«

Richard fixierte Wagner scharf, während der sich offensichtlich eine Antwort überlegte. Der ungefähr dreißigjährige Mann wurde blass im Gesicht, während sich seine leicht abstehenden Ohren erstaunlicherweise röteten. Solch einen Kontrast hatte Richard bislang noch nie bei einem Menschen, der sich in Verlegenheit befand, gesehen. Auch der Blick seiner fast schwarzen Augen wurde unstet.

Eigentlich wäre der Kerl ein ganz stattlicher Mann, dachte Richard. Trotz seiner zweifelsfrei deutschen Herkunft wirkte Wagner mit seinen dunklen Haaren und dem dichten, schmucklosen Schnauzer eher wie ein Ungar. Er war von schlanker Statur, sein Körper wirkte drahtig. *Eigentlich das Urbild eines feschen Offiziers.*

»Das Zyankali habe ich für meinen Hund besorgt. Troll, so heißt er, leidet an Bandwürmern. In geringer Dosis wirkt Zyankali gegen diese Plage, hat man mir bedeutet.«

»Wer hat Ihnen das denn gesagt?«, hakte Stukart nach.

»Der Apotheker, bei dem ich das Mittel gekauft habe«, behauptete Wagner.

Stukart warf einen weiteren Blick auf seine Notizen. »Daran kann sich der Apotheker aber gar nicht erinnern.«

Wagners Gesicht wurde daraufhin noch bleicher, seine Ohren verfärbten sich dagegen dunkelrot. »Dann war das vielleicht ein Kamerad aus der Truppe, der sich mit Hunden auskennt. Genau kann ich das nicht mehr sagen«, wich er einer klaren Aussage aus.

»Sie haben auch Oblaten in einer Apotheke erstanden, wenn auch nicht in derselben, in der Sie das Zyankali erworben haben«, fuhr Stukart fort. Diese Erkenntnis verdankte das Ermittlungsduo den akribischen Nachforschungen von Stukarts Detektiven, die jede Apotheke in Linz aufgesucht hatten. »In der ›Kronen-Apotheke‹ haben Sie allerdings ein anderes Pulver gegen die Bandwürmer Ihres Hundes gekauft und sich sogar zeigen lassen, wie man die Oblaten mit diesem Pulver befüllt, um sie zu Pastillen zu machen.«

»Auf diese Weise erschien es mir einfacher, Troll das Medikament einzugeben. Oft sind solche Bandwurm-Mittel bitter oder auf andere Weise übelschmeckend. Mischt man sie ins Futter, verweigern die Tiere möglicherweise die Aufnahme. Ein schneller Happen, zumal wenn man die Oblate außen noch mit Leberwurst bestreicht, ist die einfachere Methode, einem Hund ein solches Medikament einzugeben.«

»Aber aus welchem Grund haben Sie den Kronen-Apotheker, der Ihnen das ja anbot, nicht damit beauftragt, solche Pastillen für Sie anzufertigen? Dieser Dienst hätte Sie nicht einmal etwas gekostet.«

»Ich wollte das Mittel nach Bedarf herstellen und Troll eingeben. Manchmal brauchen Hunde nur ein oder zwei Pastillen und sind dann geheilt.«

»Aha«, machte Stukart. »Wenn sich das so verhält, warum haben Sie dann gleich fünfzig Oblaten erstanden? Obwohl das Pulver, das Sie in der ›Kronen-Apotheke‹ gekauft haben, höchstens für die Füllung von fünf solcher Oblaten gereicht hätte.«

»Die anderen Oblaten wollte ich mit dem Zyankali füllen«,

erklärte Wagner wenig überzeugend. »Dann hätte ich zwei Mittel zur Verfügung gehabt, um Troll von den Bandwürmern zu befreien.«

»Also verstehe ich Sie richtig, dass Sie vorhatten, Ihrem Hund höchstens fünf Pastillen mit dem in der ›Kronen-Apotheke‹ erstandenen, ungiftigen Pulver zu verabreichen, aber im Zweifelsfall weitere fünfundvierzig mit Zyankali gefüllte?«

Richard bewunderte Stukarts Verhörgeschick. Tatsächlich senkte Wagner bei dieser letzten Frage den Kopf und antwortete zunächst gar nicht. »Ich kann mich nicht mehr so genau daran erinnern, was ich vorhatte«, wich er dann erneut aus. Dabei nuschelte er so stark, dass Richard ihn kaum verstehen konnte.

Stukart ließ dies zunächst so stehen und warf einen weiteren Blick auf seine Notizen. »Kommen wir dann zu einem anderen Punkt. Eine in Ihrer Wohnung gefundene Quittung weist aus, dass Sie am Montag, dem 22. August, insgesamt zwanzig kleine Schachteln, wie sie auch für die Versendung der Giftpillen benutzt wurden, hier in Linz in der Papierhandlung Ploy & Müller gekauft haben. Wozu brauchten Sie so viele Schachteln?«

Jetzt bemerkte Richard, dass Wagners Hände zu zittern begannen, sodass er sie in seinem Schoß verkrampfte. Seine Zigarette hatte er längst zu Ende geraucht.

»Es sind hübsche Schachteln, um kleine Geschenke darin einzupacken«, erklärte er nach einer Pause.

»In Ihrer Wohnung haben wir allerdings nur noch fünf dieser Schachteln gefunden, Herr Wagner. Wem haben Sie denn insgesamt fünfzehn solcher kleinen Geschenke gemacht?«

»Das weiß ich doch jetzt nicht mehr«, fuhr Wagner auf. »Schließlich führe ich darüber kein Buch!«

Stukart studierte die Quittung der Papierhandlung aus Wagners Wohnung. »Der Kauf der Schachteln ist erst ungefähr zwei Monate her. Da werden Sie sich doch zumindest noch an den ein oder anderen erinnern können, den Sie in dieser Zeit mit einem Präsent erfreut haben?«

Wagner blieb stumm und starrte verstockt auf seinen Schoß.

Stukart öffnete eine Lade des Schreibtischs und zog eine Schachtel heraus. »Einen Empfänger eines solchen Geschenks haben wir ausgemacht.« Er schob Wagner die Schachtel über den Tisch hinweg zu. »Das eigentliche Präsent ist sogar noch in der Schachtel enthalten. Es sind Federn.«

Wagners Züge entspannten sich. »Ja, daran erinnere ich mich! Das war ein Geschenk zum Geburtstag meines lieben Kameraden, des Oberleutnants Hans von Waldburg. Er ist Freizeit-Ornithologe. Ich habe ihm einige seltene Vogelfedern verehrt.«

»So stammt diese Schachtel also zweifelsfrei von Ihnen?«

Wagner nickte heftig. »Ja, so ist es.«

Stukarts Miene blieb unbewegt, während sich Richards Puls zu beschleunigen begann. Gerade eben hatte Wagner sich selbst die Grube gegraben, in die er in Kürze hineinfallen würde.

Aber noch war es nicht so weit. Stukart konfrontierte den Verdächtigen mit weiteren Ermittlungsergebnissen. Offensichtlich hatte Wagner das Briefpapier und die Kuverts bei der Linzer Firma Kirchmayer erworben, ebenfalls am 22. August. Wagner behauptete allerdings, auch das nicht mehr zu wissen.

Eine Quittung für diesen Kauf hatte sich, im Gegensatz zu den Schachteln, in der Wohnung zwar nicht finden lassen. Doch die Verkäuferin bei Kirchmayer erinnerte sich anhand einer Fotografie an Wagner. Er hatte sich nämlich mehrere Sorten von Kuverts zeigen lassen und sich erst nach einigem Hin und Her für eine besonders stabile Variante entschieden. Dabei hatte er sogar angegeben, wertvolle Packerl mittels dieser Kuverts versenden zu wollen.

Das stritt der Verdächtige allerdings ab, als ihn Stukart mit der Aussage der Verkäuferin konfrontierte.

Als Nächstes zog der Kriminal-Kommissär eines der Begleitschreiben hervor, die den Giftpackerln beigefügt worden waren. Es war nicht das Schreiben, das bei der Sendung des ermordeten Karl Winkler gefunden worden war, sondern eines aus den restlichen elf Packerl an die übrigen Offiziere. Dann schob Stukart Wagner einen leeren Papierbogen zu und wies auf Tinte und Feder auf dem Schreibtisch. »Wären Sie so freundlich, Oberleutnant Wagner, uns eine Schriftprobe zur Verfügung zu stellen?«

»Warum brauchen Sie die?«, fragte Wagner argwöhnisch.

»Um Ihre Handschrift mit der Handschrift des Absenders der Giftpastillen vergleichen zu können«, erklärte Stukart offen. Natürlich verriet er Wagner nicht, dass das Ergebnis des Grafologen über den Handschriftenvergleich längst vorlag.

»Nun gut.« Wagner griff hastig zu Tinte und Feder und kritzelte einige nahezu unleserliche Worte auf den Papierbogen. Dann schob er ihn zurück über den Schreibtisch. Stukart nahm den Bogen auf und studierte ihn aufmerksam.

Dann griff er erneut in die Schreibtischschublade. »Hier habe ich den Geburtstagsgruß, den Sie Ihrem Kameraden Oberleutnant von Waldburg zusammen mit dem Geschenkpackerl überreicht haben. Ihre damalige Schrift weist keinerlei Ähnlichkeit mit Ihrer heutigen Schriftprobe auf. Wie erklären Sie sich das?«

Wagner blieb zunächst wieder stumm. »Dazu kann ich nichts sagen«, nuschelte er schließlich.

Mittlerweile konnte Richard kaum noch an sich halten. Er wusste, dass sie nun genügend Beweise gegen Wagner in der Hand hielten, um eine sofortige Verhaftung zu rechtfertigen. Unbemerkt von dem Delinquenten machte er Stukart ein Zeichen. Zu seinem Erstaunen schüttelte der Kommissär jedoch unmerklich den Kopf. Offensichtlich beabsichtigte er, das Verhör weiter fortzusetzen.

Tatsächlich legte Stukart nun das Begleitschreiben der Giftpackerl sowie das Geburtstagsschreiben an den Oberleutnant von Waldburg nebeneinander auf den Schreibtisch, und zwar so, dass Wagner die Schrift lesen konnte.

»Diese beiden Schreiben ähneln sich jedenfalls mehr als Ihre heutige Schriftprobe Ihrem damaligen Glückwunsch.«

Diesmal gab Wagner überhaupt keine Antwort. Stattdessen trat er die Flucht nach vorn an und brauste auf: »Wie lange wollen Sie mich eigentlich noch mit diesen idiotischen Fragen belästigen? Ich habe nichts mit dem Mord an dem Kameraden Winkler zu tun! Wie oft soll ich Ihnen das denn noch sagen?«

»Lassen Sie mich noch einen allerletzten Punkt klären, dann komme ich zum Schluss«, versprach Stukart. Er studierte ein weiteres Schriftstück.

»Hier habe ich Ihren Urlaubsantrag an Ihren Garnisonskommandanten vorliegen. Sie erbaten sich darin eine volle Woche Urlaub, und zwar vom 21. bis zum 28. August. Also von Sonntag zu Sonntag. Ist das richtig?«

Wagner nickte knapp.

»Als Urlaubsbegründung gaben Sie an, die gesamte Zeit mit Ihrer schwangeren Frau in Wien verbringen zu wollen. Ist das ebenfalls richtig?«

»Ja.«

»Und warum haben Sie Ihre Pläne dann so kurzfristig geändert?«

Wieder wich Wagner aus. »Das weiß ich nicht mehr. Ich werde schon gewichtige Gründe dafür gehabt haben«, schnappte er.

»Vielleicht den Kauf der Oblaten in der ›Kronen-Apotheke‹ sowie der Schachteln und der Kuverts?«, provozierte ihn Stukart. »Diese Käufe haben Sie alle am Montag, dem 22. August, getätigt. Das Geschenk an Ihren Kameraden haben Sie ihm am Dienstag, dem 23. August, überreicht, als Sie schon längst in Wien sein wollten.«

Von seinem Platz aus glaubte Richard zu bemerken, dass einen Lidschlag lang ein triumphierender Ausdruck über Wagners Miene huschte. Dann schlug sich der Offizier theatralisch an die Stirn.

»Natürlich! Jetzt weiß ich es wieder! Waldburg hatte mich zu seiner Geburtstagsfeier eingeladen. Dem wollte ich ursprünglich Folge leisten. Deshalb bin ich zunächst noch in Linz geblieben. Sie sollte am Dienstagabend in meiner Urlaubswoche stattfinden.«

»Oberleutnant von Waldburg hat uns jedoch gesagt, dass Sie sich mit der Begründung, etwas Übles gegessen zu haben und daher an Magendrücken zu leiden, entschuldigt hätten.«

»Ja, so war es. Auch das fällt mir jetzt wieder ein! Ich hatte zu Mittag eine schon etwas grünlich verfärbte Wurst gegessen. Das hätte ich besser unterlassen.«

»War diese Magenverstimmung auch der Grund, dass Sie erst am Donnerstag, dem 25. August, nach Wien aufbrachen?«

Jetzt lächelte Wagner entspannt und nickte wieder heftig. »Ja, natürlich, ich wollte ursprünglich zuerst an der Geburtstagsfeier teilnehmen und dann am nächsten Tag, also dem 24. August, zu meiner Frau fahren.«

»Dann lassen Sie uns jetzt einmal Ihre Aussagen zusammenfassen!«, kam Stukart endlich zum Schluss des Verhörs, derweil es Richard kaum noch auf seinem Sitz hielt. Zumal er nicht wusste, worauf der Kriminalbeamte eigentlich mit seinen letzten Fragen hinauswollte.

Jetzt zog Stukart ein weiteres Dokument aus der Schreibtischschublade. »Diesen Brief von Ihnen an Ihre werte Gattin übergab diese meinen Wiener Detektiven. Er wurde bereits am Samstag, dem 20. August, also einen Tag vor Beginn Ihres Urlaubs, in Linz aufgegeben, wie der Poststempel zeigt. Sie kündigen bereits in diesem Schreiben an, erst am 25. August in Wien eintreffen zu können, da Sie *mittwochs«,* Stukart betonte das Wort, »also am 24. August zur Geburtstagsfeier eines Kollegen gehen wollten. Ist das korrekt?«

Richard war völlig verblüfft, da er dieses Dokument noch gar nicht kannte. Schweigend streckte er die Hand danach aus und überflog es nach Erhalt. Derweil lauschte er mit einem Ohr dem weiteren Fortgang des Verhörs.

Wagner blieb zunächst verstockt. »Ich habe keine Lust mehr, Ihnen weitere dumme Fragen zu beantworten.«

»Lassen Sie mich trotzdem fortfahren!« Stukart blieb völlig gelassen. »Oberleutnant von Waldburg hat ausgesagt, dass er ursprünglich gar nicht die Absicht hatte, Sie zu seiner Geburtstagsfeier einzuladen. Die außerdem auf Dienstag, den 23., und nicht auf Mittwoch, den 24., fiel und zu der er sich erst am Morgen dieses Tages entschlossen hatte, wie er glaubhaft versichert. Erst als Sie ihm nachmittags Ihr Geschenk überreichten, sah er sich genötigt, Sie zum abendlichen Umtrunk hinzu zu bitten. Zu seinem Erstaunen sagten Sie ihm jedoch unter Hinweis auf Ihre Magenverstimmung sofort ab. Oberleutnant von Waldburg war darüber sogar erleichtert. Denn er räumt offen ein, dass er Sie für einen Streber hält und nicht besonders gut leiden kann.«

Wagner schnappte hörbar nach Luft, verkniff sich aber eine wütende Bemerkung.

»Und nun bleiben die folgenden Fragen offen.« Stukart lehnte sich selbstzufrieden wieder in seinem Stuhl zurück und lächelte süffisant.

»Wie konnten Sie bereits einen Tag vor dem Antritt Ihres Urlaubs wissen, dass Sie an Waldburgs Geburtstagsfeier teilnehmen würden, die zu diesem Zeitpunkt noch gar nicht geplant war? Und die außerdem nicht auf den Mittwoch, sondern auf den Dienstag in der besagten Augustwoche fiel? Zumal er Sie ursprünglich nicht einmal dazu einladen wollte?«

Stukart machte eine kleine Pause. Wagner antwortete erwartungsgemäß nicht.

Nun richtete sich Stukart kerzengerade auf und fixierte den Offizier grimmig. »Dann will ich Ihnen die Antworten auf diese Fragen geben, Oberleutnant Wagner. Hören Sie gut zu!«

Praxis Dr. Freuds in der Berggasse

Ende Oktober 1892

Gespannt beobachtete Sophie Dr. Freud und Milli und stellte sich die bange Frage, ob es heute endlich zum ersehnten Durchbruch in der Behandlung kommen würde.

Nachdem sich Milli für die klassische Hypnose als ungeeignet erwiesen hatte, versuchte Freud seit nunmehr drei Behandlungseinheiten eine andere Methode. Milli hatte er diese im Beisein Sophies zunächst folgendermaßen erklärt:

»Ich werde dich am Kopf berühren und einen leichten Druck auf deine Stirn ausüben, Milli. Dazu umfasse ich deinen Kopf mit beiden Händen, natürlich ganz sanft. Während ich mit den Daumen diesen leichten Druck ausübe, wird dir ein Einfall oder eine Erinnerung kommen, die du als Bild vor dir siehst. Diesen Einfall oder auch alles andere, was du dann siehst, musst du mir sofort mitteilen, ohne erst darüber nachzudenken, ob dieser Einfall der richtige ist, sobald ich die Hände wieder von deiner Stirn nehme. Wollen wir diese Methode einmal probieren?«

Milli, die es zwar mittlerweile ertragen konnte, ruhig mit geschlossenen Augen auf dem Ruhebett zu liegen, reagierte erwartungsgemäß beim ersten Versuch Freuds, ihren Kopf zu umfassen, panisch und schlug wieder um sich.

»Offensichtlich kann Milli Berührungen nicht ertragen«, interpretierte der Nervenarzt diese Reaktion.

»Das stimmt so nicht, Dr. Freud«, protestierte Sophie. »Milli versteift sich zwar dabei, aber sowohl meine Mutter als auch ich und sogar unsere ehemalige Haushälterin Ida können sie durchaus in den Arm nehmen.«

Freud wiegte sein Haupt. »So, so«, hörte Sophie ihn murmeln. »Das ist ein weiteres Indiz für meine Hypothese.«

Zu Sophies Enttäuschung ließ er sich jedoch erneut nicht weiter über seine Annahme aus.

Es hatte zwei volle Behandlungseinheiten mit verschiedenen Versuchen gedauert, bis Milli die Hände des Arztes auf ihrem Kopf ertragen konnte, ohne sich zu verkrampfen oder die Augen aufzureißen. In der heutigen Sitzung hoffte Freud daher, endlich an eine Erinnerung Millis heranzukommen, die Aufschluss darüber geben könnte, was die Ursache ihrer Probleme war.

Sophie, die wie immer neben dem Ruhebett saß, hielt Millis eiskalte Hand in der ihren und bemerkte mit einem Hoffnungsschimmer, dass Milli sie wenigstens nicht mehr umklammerte. Auch als Freud ihren Kopf umfasste, zuckte sie nur einen kurzen Moment lang zusammen, ohne die Augen zu öffnen, und entspannte sich dann wieder.

»Wunderbar, Milli! Du machst das heute ganz wunderbar«, lobte sie Freud. »Jetzt lasse ich dich gleich los, und du erzählst mir, welches Bild du gesehen hast.«

»Ich sehe Bücher«, flüsterte Milli plötzlich. »Da sind viele Bücher.«

Die Bibliothek, schoss es Sophie durch den Kopf. Sie öffnete schon den Mund, um Freud diese Interpretation mitzuteilen, als dieser seine Hände von Millis Kopf nahm, seinen Zeigefinger an die Lippen legte und sie damit zum Schweigen aufforderte. Sophie verstand, dass sich Milli selbst an weitere Einzelheiten erinnern und sie aussprechen musste.

»Was siehst du noch, Milli?«, fragte Freud sie mit sanfter Stimme. Als Milli leicht den Kopf schüttelte, umfasste er ihn wieder mit beiden Händen und übte erneut den sanften Druck aus. Und tatsächlich schien die Methode heute zu funktionieren.

»Ich sehe den Kamin, er ist angefeuert. Es ist eigentlich sehr warm im Raum, aber mir ist bitterkalt.«

»Warum ist dir denn so kalt?«

Milli stockte, doch schließlich äußerte sie: »Ich habe gar keine Strümpfe an.«

»Warum hast du denn keine Strümpfe an, wenn es draußen doch so kalt ist, dass im Kamin ein Feuer brennt?«

Diesmal antwortete Milli ohne längeres Zögern. »Ich habe schon wieder ein ›nicht genügend‹ im Diktat. Deshalb muss ich die Strümpfe ausziehen.«

Es war, als griffe eine eiskalte Hand nach Sophies Herz. Sie begann, vage zu ahnen, was sich in der Bibliothek abgespielt haben könnte.

Freud warf ihr über Millis Kopf hinweg einen bedeutungsvollen Blick zu. »Musstest du noch etwas ausziehen?«

Milli erstarrte, ihre Hände krampften sich um die Sophies.

Wieder übte Freud mit seinen Daumen einen leichten Druck auf ihre Stirn aus. »Ich werde dir jetzt einfach einige Fragen stellen, die du nur mit einem Kopfnicken oder einem Kopfschütteln beantworten musst, Milli. Ist das in Ordnung für dich?«

Nach kurzem Zögern bejahte Milli mit einem winzigen Kopfnicken.

»Musstest du auch deinen Rock ausziehen?«

Milli schüttelte den Kopf. Doch ehe sich Erleichterung in Sophie ausbreiten konnte, fragte Freud schon weiter.

»Musstest du den Rock hochheben?« Zu Sophies Entsetzen nickte Milli.

»Musstest du außer den Strümpfen noch etwas anderes ausziehen?«

Sophie begann, sich wie in einem Albtraum zu fühlen, als Milli erneut nickte.

»War es dein Schlüpfer?« Wieder nickte Milli. Sophie erstarrte zu Eis.

»War es dein Stiefvater, der dir befohlen hat, die Strümpfe und den Schlüpfer auszuziehen?«

Erneutes Nicken. Jetzt verzog sich Millis Gesicht schmerzlich, als wolle sie gleich zu weinen anfangen.

»Wollte er dich damit für dein schlechtes Diktat bestrafen?«

Wieder nickte Milli.

»Hat er dich angefasst, als du den Schlüpfer ausgezogen hattest?«

Plötzlich schrie Milli auf wie ein verwundetes Tier. »Jaaa, jaaa, das hat er getan! Er hat mich angefasst, da, wo mich noch nie jemand angefasst hat! Damit hat er mich für das schlechte Diktat bestraft. Und es tat weh, er hat mir wehgetan!«

Sophie fühlte Übelkeit in sich aufsteigen. Mit aller Kraft unterdrückte sie einen Brechreiz. Sie durfte Milli jetzt nicht im Stich lassen.

Freud gab ihr ein Zeichen, dass er vorläufig nicht weiterfragen würde.

»Milli, öffne nun deine Augen!«, befahl er ihr sanft. »Dann sieh mich an!«

Als ihre Blicke sich trafen, lächelte er ihr liebevoll zu. »Das hast du ganz großartig gemacht, Milli. Ich bin sehr stolz auf dich.«

Milli zog sich an Sophies Händen in eine sitzende Stellung hoch. »Also wird meine Mutter mich jetzt nicht verstoßen, weil er mich so angefasst hat?«

»Nein, liebe Milli, das wird sie nicht tun«, versicherte ihr Freud.

Kaserne des 14. Infanterieregiments in Linz

Ende Oktober 1892

Stukart formte die Hände zu einer Raute und lehnte sich erneut in seinem Lehnsessel zurück.

»Dies ist unsere Rekonstruktion der Ereignisse, Oberleutnant Wagner! Zunächst belogen Sie sowohl Ihren Kommandanten als auch Ihre Frau. Sie hatten niemals vor, schon am 21. August nach Wien zu reisen. Stattdessen wollten Sie Ihre ersten Urlaubstage nutzen, um das Mordkomplott vorzubereiten. Am Montag, dem 22. August, besorgten Sie sich daher in der ›Kronen-Apotheke‹ die Oblaten und das ungiftige Pulver für Ihren Hund, außerdem am gleichen Vormittag das Briefpapier, die Kuverts und die Schachteln. Das Zyankali war schon in Ihrem Besitz.«

»Warum hätte ich meinen Urlaubstag denn nicht für Besorgungen nutzen sollen?«

Stukart ging auf diese Bemerkung nicht ein. Stattdessen fuhr er fort. »Kommen wir zum Dienstag, dem 23. August. Auf irgendeine Weise erfuhren Sie vom Geburtstag des Oberleutnants von Waldburg. Da Sie gegenüber Ihrer Frau behauptet hatten, eine Geburtstagsfeier sei der Grund für Ihre verspätete Abreise, übergaben Sie Waldburg ein kleines Geschenk in der Hoffnung, er würde Sie zu dieser Feier einladen. *Die Welt ist ein Dorf,* pflegte meine Großmutter immer zu sagen. Denn hätte Ihre Frau durch irgendeinen Zufall erfahren, dass es gar keine Einladung zu einer Geburtstagsfeier gegeben hat, hätte Sie Ihnen das übelnehmen können. Zumal sie ja nach der Niederkunft wieder zu Ihnen nach Linz ziehen wollte.«

Wagner setzte ein freches Grinsen auf, obwohl seine Hände jetzt wie Espenlaub zitterten. »Sie wären ein guter Märchenerzähler für mein noch ungeborenes Kind.«

Stukart ließ sich nicht beirren. »Was Sie nicht wussten, ist, dass sich Waldburg erst im Laufe des Tages zu diesem Umtrunk entschlossen hatte. Erst recht hatten Sie niemals vor, wirklich dort hinzugehen. Schon um nicht gefragt zu werden, warum Sie immer noch in Linz und noch nicht in Wien seien, falls jemand der anderen Eingeladenen von Ihrem Urlaubsantrag wusste. Außerdem benötigten Sie die Zeit für die Herstellung der Giftpastillen und der Begleitbriefe. Insbesondere die Herstellung der Oblaten-Pastillen erfordert nämlich einiges Geschick, wie uns der Kronen-Apotheker versicherte. Wahrscheinlich haben wir auch daher keine übrig gebliebenen Oblaten mehr in Ihrer Wohnung gefunden. Sie dürften diversen Fehlversuchen zum Opfer gefallen sein.«

»Spekulationen! Das sind doch alles nur Spekulationen!« Wagners Stimme klang schrill. »Sie haben keinen einzigen handfesten Beweis!«

Stukart blieb ruhig, während Richard vor Wut ob der Unverfrorenheit dieses Lügners die Hände zu Fäusten ballte.

»Sie haben recht, Wagner.« Nur an der unhöflichen Anrede merkte Richard, dass nun auch Stukart zunehmend gereizt war. »Das sind nur Indizien. Neben diesen und den vielen Widersprüchen, in die Sie sich in Anwesenheit des Majors von Löwenstein als Zeugen gerade verwickelt haben, gibt es allerdings auch einen unwiderlegbaren Beweis für Ihre Schuld am Mord Ihres Kameraden Karl Winkler. Ein Grafologe aus dem Wiener Evidenzbüro, unserem österreichischen Geheimdienst, hat eindeutig nachgewiesen, dass Ihre Handschrift mit jener auf den zwölf Begleitschreiben zu den Giftpackerln identisch ist. Ebenfalls unzweifelhaft ist dieser Beweis.«

Stukart drehte das Geschenkschächtelchen um, das die Federn für Waldburg enthielt, und wies auf den Unterboden. Dann legte er eine Schachtel, die Richard gestern in der Papierhandlung Ploy & Müller erworben hatte, daneben. »Vergleichen Sie die Aufschrift! Auf dieser Schachtel«, Stukart zeigte auf die Originalschachtel des Händlers, »steht der Firmenname des Herstellers: ›Richter & Rudolf‹, dahinter der Herstellungsort ›Vienne‹. Auf dieser Schachtel jedoch«, jetzt wies Stukart auf die Schachtel mit den Federn, »ist der Firmenname sorgfältig ausradiert. Nur noch die französische Bezeichnung für Wien, ›Vienne‹, ist zu erkennen.«

»Und wieso ist das ein Beweis?« Noch immer blieb Wagner frech.

Nun konnte Richard nicht mehr an sich halten und griff zum ersten Mal ein: »Warum Sie den Firmennamen auf all den von Ihnen erworbenen Schachteln ausradiert haben, bleibt letztlich Ihr Geheimnis, Wagner. Der Inhaber der Linzer Firma Ploy & Müller hat mir jedenfalls versichert, dass seine vorrätigen

Schachteln alle am Unterboden den Herstellernamen »Richter & Rudolf« aufweisen. Er hat mir seinen gesamten Vorrat sogar gezeigt, als ich ihn darum bat, sodass ich mich selbst davon überzeugen konnte.«

Richard machte eine kurze Pause, um sich zu sammeln, da er bemerkt hatte, dass seine Stimme immer lauter geworden war. »Dagegen weisen alle fünf Schachteln in Ihrem Besitz sowie die Schachtel von Oberleutnant Waldburg und alle Schachteln mit den Giftpastillen den ausradierten Schriftzug auf. Das können nur Sie bewerkstelligt haben. Vielleicht wollten Sie auf diese Weise den Verdacht für die Morde auf einen Täter aus Wien lenken oder die Ermittlung der Herkunft der Schachteln erschweren.«

Wagner wich Richards Blick aus und rührte sich nicht.

»Zum Schluss bleiben noch ein paar weitere *Indizien*«, ergriff Stukart nun wieder spöttisch das Wort. Zum letzten Mal warf er einen Blick auf seine Notizen. »Meine Wiener Detektive haben mir ein weiteres Ergebnis aus der Befragung Ihrer Frau und Ihrer Schwiegereltern übermittelt. In getrennten Vernehmungen haben alle drei noch einmal bestätigt, dass Sie trotz Ihrer späten Ankunft am Abend des 25. August gleich am nächsten Morgen in aller Herrgottsfrühe aufgebrochen seien, um eine ›unaufschiebbare Besorgung‹ zu erledigen. Sie hätten das Haus um halb sieben verlassen und seien erst kurz nach halb acht zum Frühstück zurückgekehrt. Dies entspricht genau dem Zeitraum, in dem Sie die zwölf Kuverts in den Briefkasten, der um halb acht geleert wurde, hätten werfen können. Zumal die Wohnung Ihrer Schwiegereltern nicht weit vom Wiener Postamt 59 entfernt liegt, wo die Kuverts abgestempelt wurden.«

»Interessanterweise haben Sie zu Hause außerdem ausführlich über die angebliche Geburtstagsfeier Ihres Kameraden, an der Sie gar nicht teilnahmen, gesprochen«, ergänzte Richard Stukarts Angaben. »Das beweist zumindest, dass Sie ein notorischer Lügner sind. Und auf einen letzten Beweis warten wir noch.«

»Was soll das nun wieder für ein Hirngespinst sein?«

»Noch steht die chemische Analyse der Tinte aus, mit der die Begleitschreiben und das Geburtstagsschreiben an Ihren Kameraden angefertigt wurden. Wir gehen davon aus, dass die Tinte identisch ist«, gab Stukart Auskunft.

»Pah, nur noch ein weiteres Indiz ohne Beweiskraft. Hunderte von Leuten benutzen die gleiche Tinte.«

Obwohl Wagner damit nicht einmal unrecht hatte, riss Richard nun endgültig der Geduldsfaden. Er stand auf.

»Im Namen der k.u.k. Armee und des Wiener Sicherheitsbüros verhaftete ich Sie, Oberleutnant Felix Wagner, unter dem dringenden Tatverdacht, den Hauptmann Karl Winkler mit Zyankali-Pastillen vergiftet zu haben. Außerdem werden Sie verdächtigt, Mordanschläge der gleichen Art auf elf weitere Kameraden aus Ihrem Kriegsschuljahrgang verübt zu haben.«

Wagner lachte hysterisch auf. »Und aus welchem Grund soll ich so etwas Absurdes getan haben?« Seine Stimme überschlug sich fast.

Richard holte tief Luft und sah Wagner gerade in die Augen. »Es gibt zahlreiche Zeugen, sowohl aus Ihrem Jahrgang in der Kriegsschule als auch aus Ihrem Linzer Regiment, die bestätigen, dass Sie sehr aufgebracht darüber waren, nach Ihrem Abschluss an der Kriegsschule nicht in den Generalstab übernommen worden zu sein. Stattdessen mussten Sie zu Ihrem früheren Infanterieregiment zurückkehren. Auch ließen Sie sich sehr ausführlich darüber aus, dass Hauptmann Thomas Egger aufgrund seiner Spielschulden wieder aus dem Generalstab entfernt und zurück in die Linie versetzt wurde. In diesem Zusammenhang waren Sie darüber empört, aufgrund Ihres Wartelistenplatzes nicht zum Nachrücker für die Position Eggers ausgewählt worden zu sein.«

Eigentlich machte Richard an dieser Stelle nur eine kleine

Pause, um Atem zu schöpfen. Deshalb war er von Wagners Reaktion vollkommen überrascht.

»Das war ja auch eine bodenlose Ungerechtigkeit!«, schrie der Oberleutnant. »Dieser Egger hat nie was getaugt. Aber er hatte mächtige Gönner, die dafür sorgten, dass er und auch andere, die es nicht verdient haben, in den Generalstab gekommen sind. Ich meinerseits wollte nicht noch einmal riskieren, übergangen zu werden, sollte noch einmal ein Nachrücker gebraucht werden.«

Sogar Stukart starrte Wagner jetzt verblüfft an. Er fasste sich jedoch rascher wieder als Richard. »So geben Sie also zu, dass Sie insgesamt bis zu zwölf Ihrer Kameraden vergiften wollten, da Sie den geheimen Wunsch hegten, auf diese Weise doch noch als Nachrücker zu einer Stelle im Generalstab zu kommen?«

Wagner starrte trotzig zurück. »Dass alle zwölf an dem Zeug krepieren, habe ich nie geglaubt. Doch dass es nur einer ist, auch nicht. Ich stehe auf Platz fünf der Warteliste. Es hätte mir also gereicht, wenn nur die Hälfte das Zeug gefressen hätte.«

Obwohl Richard schon mit einigen Übeltätern in der k.u.k. Armee zu tun gehabt hatte, war er erschüttert. Zwar wäre es seine Aufgabe gewesen, jetzt wieder die Initiative zu ergreifen. Trotzdem war er dankbar, dass Moritz Stukart dies an seiner Stelle tat.

»So nehme ich hiermit im Beisein des Herrn Majors Richard von Löwenstein zur Kenntnis, dass Sie als Täter geständig sind, Oberleutnant Wagner. Sie werden noch heute in das Wiener Garnisonsgefängnis überstellt werden, um dort auf Ihren Prozess vor dem Militärgericht zu warten.

Sophies Wohnung über dem Kaffeehaus

November 1892, am Abend

»Ich werde mich scheiden lassen, Phiefi. Koste es, was es wolle! Und dann den Namen dieses Ungeheuers ablegen!« Sophie konnte sich nicht daran erinnern, ihre sanftmütige Mutter jemals so entschlossen erlebt zu haben.

Auch aufgrund der gesellschaftlichen Ächtung, mit der eine geschiedene Frau aus ihren Kreisen rechnen musste, hatte Sophies Mutter bislang lediglich eine Trennung von Tisch und Bett von ihrem Ehemann Arthur in Betracht gezogen. Das hatte sich nun geändert, seit sie wusste, was er Milli angetan hatte.

Heute Morgen hatte Freud nur Henriette und Sophie in seine Praxis einbestellt, um mit ihnen den aktuellen Stand der Therapie Millis zu erörtern. Danach musste Sophie im Café arbeiten, sodass sie erst jetzt am Abend zu einer Nachbesprechung zusammensaßen.

Unmittelbar, nachdem sie ihren Entschluss verkündet hatte, brach Henriette erneut in Tränen aus. Sie schlug sich mehrfach mit der Hand an die Stirn. »Wie konnte ich nur so blind sein und all die lange Zeit das Elend meines Kindes nicht erkennen! Warum habe ich mich nicht dagegen gewehrt, dass Arthur Milli beständig sekkierte? Ich wusste ja, dass er es tat.« Henriette schluchzte herzzerreißend.

»Aber du konntest nicht wissen, was er ihr tatsächlich antat, Mama.« Sophie streichelte ihrer Mutter sanft über die Hände. »Und deshalb machen weder Milli noch ich dir einen Vorwurf daraus. Auch ich hätte in meinen schlimmsten Albträumen nicht vermutet, wozu Arthur in der Lage ist.«

»Auch das ist allein meine Schuld!«, meinte Henriette schniefend. »Ich habe ihm seine ehelichen Rechte nur noch selten gewährt und auch das nur mit dem allergrößten Ekel. Das hat er dann Milli büßen lassen.«

Sophie nickte, ohne etwas dazu zu sagen. Henriette hatte diesen Umstand heute schon einmal erwähnt.

Seit jener Sitzung vor einigen Wochen, in der Milli zum ersten Mal über den Missbrauch durch ihren Stiefvater berichtete, hatten sich die Ereignisse überschlagen. Als wäre ein Damm gebrochen, sprudelte nun alles, was geschehen war, aus Milli heraus, sogar zwischen den Behandlungssitzungen bei Freud. Deshalb ergab sich jetzt ein relativ vollständiges Bild, über das Freud heute Morgen auch Millis Mutter Henriette informiert hatte, soweit es ihm seine ärztliche Schweigepflicht erlaubte.

Praxis Dr. Freuds in der Berggasse

November 1892, am Vormittag desselben Tages

Tatsächlich hatten die Misshandlungen bereits vor mehr als drei Jahren, nämlich einige Wochen vor Millis vierzehntem Geburtstag begonnen. Arthurs Demütigungen und Quälereien standen dabei zeitlich durchaus in engem Zusammenhang zu den Schnitten, die sich Milli an den Armen zufügte. Heute Morgen hatte Freud Sophie und Henriette den Hintergrund erläutert:

»Sich körperliche Schmerzen zuzufügen, ist ein Versuch, die viel schlimmeren seelischen Schmerzen zu unterdrücken und in den Hintergrund zu drängen.«

»Aber warum hat dieses Scheusal diese furchtbaren Dinge getan?«

Freud fixierte Henriette mit seinen dunklen Augen. »Ich vermute, Ihr Gatte neigt zum Sadismus. Auf jeden Fall fehlt ihm jegliche Fähigkeit, sich in die Gefühle anderer hineinzuversetzen. Im Grunde seines Herzens fühlt er sich vollkommen minderwertig. Dieses Gefühl versucht er, durch verschiedene Handlungsweisen zu kompensieren. Sie haben mir berichtet, dass Ihr Gatte an einem ausgeprägten Dünkel leidet und beständig dazu neigt, sich über andere zu erheben. Doch dies ist ihm in Ihrer Familie offensichtlich immer weniger gelungen.«

Während Sophie gedankenvoll nickte, fragte Henriette nach. »Wie meinen Sie das?«

»Wenn ich Ihre Familiengeschichte richtig verstanden habe, haben *Sie* sich Ihrem Stiefvater zuerst widersetzt, Fräulein Sophie. Dann haben auch Sie, werte Frau von Freiberg, begonnen, zunehmend Ihr eigenes Leben zu leben. Sie haben sich Ihren eigenen Freundeskreis aufgebaut und sich, wenn auch eher im Verborgenen, dem Willen Ihres Gatten immer weniger gebeugt. Aber Menschen wie Ihr Ehemann haben sehr feine Sensoren für Opposition gegen sie, selbst wenn die objektiven Beweise dafür fehlen. In der Sorge, die Macht über seine gesamte Familie zu verlieren, hat er sich dann an dessen schwächstem Mitglied vergriffen.«

»Also trage ich doppelte Schuld!«, klagte sich Henriette an. »Ich habe Arthurs Wünsche mehr und mehr missachtet, nicht nur bei Tage, sondern auch im Ehebett. Und Milli musste dafür bezahlen!« Henriette begann, sich so fest mit beiden Fäusten gegen die Brust zu schlagen, dass Sophie eingriff und ihre Hände festhielt.

»Schuld daran ist allein Arthur, Mama!«

Freud nickte nachdrücklich dazu. »Niemandem, am wenigsten Ihrer jüngsten Tochter Milli, ist damit gedient, wenn Sie nun zusammenbrechen, gnädige Frau. Was geschehen ist, kann nicht ungeschehen gemacht werden. Aber Milli hat noch ihre ganze Zukunft vor sich. Sie braucht Sie nun als Mutter, vor allen Dingen, weil Ihr Gatte ihr ja weisgemacht hat, Sie würden sie verstoßen, sobald Sie wüssten, was er ihr angetan hat.«

Henriette war jetzt erst recht außer sich. »Wie konnte er ihr nur so einen Irrsinn einflüstern?«

»Das ist ein Merkmal solcher Täter«, erklärte Freud. »Sie geben dem Opfer die Schuld für ihre eigenen Untaten. Und gerade junge, noch sehr beeinflussbare Mädchen neigen dazu, dies für bare Münze zu nehmen.«

»Außerdem ging Arthur erst zu diesen Drohungen über, als sein Verhalten sich Milli gegenüber immer mehr sexualisierte«, ergänzte der Nervenarzt.

»Wie erklären Sie es sich denn, dass es überhaupt begann?«, fragte Sophie.

»Vermutlich demütigte Ihr Stiefvater Milli anfangs aufgrund ihrer schlechten Schulleistungen nur mit Worten. Und auch das anfänglich nicht mit großem Erfolg. Denn da er sich jahrelang im Ausland aufgehalten hatte, von wo aus er nur einen begrenzten Einfluss auf Milli ausüben konnte, betrachtete sie ihn nicht als ihren Vater und wehrte sich anfangs gegen ihn. Das ahndete er dann mit harten Strafen, wie dem von Ihnen berichteten Stubenarrest bei Wasser und Brot. Irgendwann gab Milli ihm in der Bibliothek so heftige Widerworte, dass er ihr hart mit der Hand aufs Gesäß schlug. Diese Situation scheint dann der Ausgangspunkt für weitere, zunehmend sexuell getönte Misshandlungen gewesen zu sein.«

»Aber warum hat sich Milli mir denn nicht von Anfang an anvertraut?«, klagte Henriette.

»Wie würden Sie denn Ihre ursprüngliche Beziehung zu Ihrem Gatten beschreiben?«

Henriette errötete und senkte den Kopf. »Viele Jahre lang habe ich mir alles klaglos von Arthur gefallen lassen«, räumte sie ein. »Und nach dem Tod meines ältesten Sohnes Nikki verfiel ich zudem in tiefe Melancholie. In jener Zeit war ich nicht einmal mehr in der Lage, meinem eigenen Haushalt vorzustehen.«

»Also könnte Milli Sie in diesen Zeiten durchaus als hilflos und schwach erlebt haben?«

Henriette nickte stumm. Wieder liefen ihr die Tränen über die Wangen.

»Deshalb nahm Milli schon Arthurs erste Drohungen, sie in ein Heim für schwer erziehbare Mädchen oder gar eine Irrenanstalt einweisen zu lassen, wenn sie irgendjemandem von den Geschehnissen in der Bibliothek erzählte, sehr ernst«, schlussfolgerte Sophie. »Sie glaubte, weder ihre Mutter noch ich könnten sie schützen.«

»Was den Tatsachen damals ja wohl auch entsprach«, konstatierte Freud nüchtern. Weder Sophie noch Henriette konnten dem widersprechen.

»Erst als Sie, Fräulein Sophie, Ihren Stiefvater unter Druck zu setzen begannen, änderte er sein Verhalten gegenüber Milli zumindest kurzfristig. Sie berichteten, Ihr erster Erfolg sei darauf zurückzuführen gewesen, dass Sie Ihrem Stiefvater drohten, er würde jede Aussicht auf den Hoftitel einbüßen, den Sie ihm durch Ihre Einflussnahme zu verschaffen versprachen.«

Mittlerweile hatte Sophie Freud von ihrer Zeit bei Hofe erzählt und ihm auch den Hintergrund ihres ersten Erfolgs, Arthur in Schach zu halten, offengelegt.

»Obwohl Milli uns über die Periode nach dieser ersten Episode noch nicht allzu viel berichtet hat, scheint es eine gute Zeit für sie gewesen zu sein«, fuhr Freud mit seiner Analyse fort. »Ihr Stiefvater ließ sie weitgehend in Ruhe, und durch die Unterstützung des Nachhilfelehrers machte sie auch Fortschritte in der Rechtschreibung. So war es doch, oder?«

Sowohl Sophie als auch Henriette nickten.

»Dann verließen Sie jedoch den Kaiserhof, was Ihrem Stiefvater jede Chance auf den Hoftitel und dadurch auch die für sein lädiertes Selbstbewusstsein so wichtige Aufwertung nahm. Trotzdem trieben Sie ihn mit einem so starken Druckmittel erneut in die Defensive, dass er auch Sie selbst danach in Ruhe ließ, obwohl Sie noch nicht volljährig waren. Habe ich das so weit richtig verstanden?«

Sophie bestätigte es wieder.

Freud seufzte. »Es wäre hilfreich für meine Analyse, wenn Sie mir auch die Art dieses Druckmittels verraten würden, Fräulein Sophie«, versuchte er es erneut.

Doch das wagte Sophie nicht. Trotzdem hakte sie nach: »Warum ist das so wichtig für Sie?«

»Ich halte die Stärke dieses Druckmittels für ausschlaggebend dafür, dass das Verhalten Ihres Stiefvaters gegenüber Milli danach mit der Zeit immer drastischer wurde. Vielleicht hielt er sich anfangs noch von ihr fern. Ab wann begann er denn, Ihre jüngere Tochter wieder zu dieser angeblichen Hausaufgabenkontrolle in die Bibliothek zu bestellen, gnädige Frau?«, wandte sich Freud an Henriette.

»Anfangs bestellte er Milli nur ab und zu ein«, überlegte diese. »Es muss einige Zeit nach dem Tod meines Bruders im vergangenen Juni begonnen haben.«

»Also als Fräulein Sophie volljährig und damit unwiderruflich seiner Kontrolle entzogen war. Und er zudem womöglich darauf hoffte, sie sei durch die Übernahme der Geschäfte des Unternehmens Prinzess abgelenkt«, murmelte Freud mit abwesender Miene vor sich hin, ohne dazu eine Stellungnahme der beiden Frauen zu erwarten. Offensichtlich vervollständigte diese Information seine bisherige Analyse.

Dann hob er den Kopf und blickte Henriette und Sophie wieder aufmerksam an. »Ich halte das Gefühl der Unterlegenheit, das er Ihnen gegenüber empfunden haben muss, Fräulein Sophie, für den ausschlaggebenden Grund, wieder mit den Misshandlungen Millis zu beginnen. Jedoch scheint Ihr Druckmittel so stark gewesen zu sein, dass er Milli ein noch viel stärkeres Schweigegebot auferlegte als in der ersten Missbrauchsperiode. Und natürlich auch seine Drohungen verstärkte, sollte sie sich jemandem anvertrauen. Zudem machte er Ihrer Schwester weis, dass es ihre eigene Schuld wäre, da sie ihn durch ihr schlechtes Verhalten dazu zwingen würde, sie auf diese Weise zu bestrafen. Damit wurde Milli in ihrer Selbstwahrnehmung also vom Opfer zur Schuldigen.«

»Aber wie konnte ihm das nur gelingen?«, warf Henriette verzweifelt ein.

»Junge Mädchen sind außerordentlich beeinflussbar, gnädige Frau. Vor allem, wenn sie einen scheinbaren Makel aufweisen, der an ihrem Gefühl nagt, etwas wert zu sein. In Millis Fall ist das ihre chronische Rechtschreibschwäche. Je stärker ausgeprägt die sexuellen Übergriffe ihres Stiefvaters wurden, desto mehr glaubte Milli, Sie als ihre Mutter würden sie verstoßen, wenn Sie davon erführen. Da seine Taten ja mehr und mehr dem ähnelten, was nach der gültigen Moral nur zwischen Eheleuten erlaubt ist.«

Trotz des schwerwiegenden Inhalts hörte Sophie Freuds letzte Worte nur noch mit einem Ohr. Auch sie fühlte sich plötzlich sehr elend. *Ich habe Milli also nicht geschützt, indem ich Arthur erpresste, sie und Mama nicht mehr zu schikanieren. Im Gegenteil, ich habe ihm Milli ausgeliefert.*

»Und am Tag, als sich Milli in der Badewanne die Pulsadern aufzuschneiden versuchte, fühlte sie sich so sehr in die Enge getrieben, dass sie keinen anderen Ausweg mehr sah, als sich das Leben zu nehmen?«, fragte sie dann mit schwacher Stimme. Die Schuldgefühle drohten nun auch sie zu überwältigen.

»So ist es, Fräulein Sophie. Und da Sie bei der Sitzung dabei waren, in der Milli uns den Grund dafür berichtete, können Sie das Ausmaß ihres Leids ja ermessen.«

»Darf auch meine Mutter wissen, was an jenem Tag in der Bibliothek geschah?«

Freud überlegte einen kurzen Moment lang. »Ich selbst stehe unter ärztlicher Schweigepflicht und darf es Ihrer Mutter nicht mitteilen, bevor Milli mich nicht davon entbunden hat. Aber Ihnen, Fräulein Sophie, ist diese Geheimhaltungspflicht ja nicht auferlegt. Daher entscheiden Sie allein, was Sie Ihrer Mutter über die Einzelheiten des Missbrauchs mitteilen möchten. Doch es sollte nicht hier in der Praxis geschehen. Denn nur dann, wenn ich offiziell nichts davon weiß, verletze ich auch nicht das Ethos, das mein Beruf mir auferlegt.«

Sophies Wohnung über dem Kaffeehaus

November 1892, am Abend desselben Tages

Und so saßen Henriette und Sophie nun nach dem Abendessen allein im Salon. Ida hatte bereits seit Beginn des Monats ihre Stelle als Sitzkassiererin angetreten.

Bislang hatte Sophie ihrer Mutter noch keine Einzelheiten über die Sitzungen bei Freud berichtet. Allerdings hatte sie Millis Einverständnis eingeholt, Henriette nunmehr in die Details einzuweihen, das ihr Milli nach kurzem Zögern erteilt hatte. Bei dem Gespräch dabei sein wollte sie allerdings auf gar keinen Fall.

Sophie holte tief Luft. »Bist du denn jetzt bereit, Mama, alles zu erfahren, was Arthur Milli angetan hat? Du musst mir aber versprechen, nicht ununterbrochen in Tränen auszubrechen.« Auch ihre Stimme schwankte nun. »Ich bringe diese Ungeheuerlichkeiten nämlich auch so schon nur mit größter Mühe über die Lippen.«

Henriette schnäuzte sich in ihr Sacktuch und straffte den Rücken. »Ich bin bereit, Phiefi«, signalisierte sie dann.

»Damit du es besser verstehst, Mama, möchte ich dir die ganze Misere von Anfang an schildern. Ergänzt von den Interpretationen, die Dr. Freud zu den einzelnen Stationen beigesteuert hat.«

Wieder nickte Henriette. Sophie begann zu erzählen.

Offensichtlich hatte Arthur erst begonnen, sich Milli zuzuwenden, nachdem Sophie in Sisis Hofstaat berufen worden war. Dazu trug nach Freuds Auffassung maßgeblich bei, dass er Sophie ihre hohe Stellung einerseits neidete, andererseits nur zu gerne davon profitiert hätte, was ihm zunächst jedoch nicht möglich war.

»Außerdem stellte sich nach seiner Rückkehr aus Kairo rasch heraus, dass eure Ehe nur noch Fassade war. Du hast selbst eingestanden, dass du ihm ausgewichen bist, wann immer du konntest, Mama. Auch dir neidete er deine zunehmende Beliebtheit in deinem immer größer werdenden Freundeskreis. Zumal Arthur in Wien bis heute sowohl im Ministerium als auch in der Gesellschaft ausgesprochen unbeliebt ist.«

Henriette, der bei Sophies ersten Sätzen erneut die Tränen gekommen waren, riss sich zusammen. »Fahr fort, mein Kind! Ich will alles hören.« Sophie folgte ihrer Aufforderung und erzählte weiter.

»Unter dem Vorwand, es sei eine Schande, dass Milli mit fast vierzehn Jahren noch immer derartig schlecht in der Rechtschreibung war und dass er nicht bereit sei, dafür ein so hohes Schulgeld zu bezahlen, gewöhnte Arthur sich an, ihre Hausaufgaben täglich zu kontrollieren.«

»Dabei ist die Schule der Salesianerinnen die preiswerteste Mädchenschule für höhere Töchter in ganz Wien«, fiel Henriette ihr ins Wort.

Sophie machte eine unwillige Handbewegung. »Das tut doch jetzt nichts zur Sache, Mama. Unter Arthurs Geiz haben wir alle jahrelang gelitten. Also unterbrich mich nicht mehr! Es fällt mir schwer genug, den Verlauf der Entwicklung zu schildern.«

Zum Zeichen des Einverständnisses presste sich Henriette beide Hände auf den Mund.

Tatsächlich waren Millis schriftliche Leistungen wieder abgefallen, seit Sophie ihr keine Nachhilfe mehr hatte geben können. Das löste außerdem bereits im Vorfeld bei Diktaten und Klausuren eine immer größere Versagensangst in ihr aus, was die schlechten Ergebnisse noch beförderte. »Es war ein Teufelskreis, sagt Freud. Denn damit war der Boden für Arthur bereitet, Milli völlig in seine Gewalt zu bringen.«

»Aber hat Arthur Milli denn wie eine Frau begehrt?«, konnte Henriette sich jetzt doch nicht länger zurückhalten.

Sophie verneinte. »Dr. Freud hat Milli und mir erklärt, dass das Sexuelle bei solchen Männern nur vordergründig eine Rolle spielt. Der eigentliche geheime Wunsch des Täters ist es, die vollständige Macht über sein Opfer auszuüben. Es ist das Ausgeliefertsein des Opfers, das den Misshandler erregt, weit mehr als die sexuellen Handlungen an sich. Oft beginnen diese sogar schleichend. Das scheint auch bei Milli so gewesen zu sein, soweit wir es bis heute wissen.«

Ein exaktes Datum für den ersten Übergriff konnte Milli nicht mehr benennen. »Aber es muss schon vor dem Gründonnerstag 1889 gewesen sein, so habe ich es mir jedenfalls zusammengereimt. Einen Tag vorher habe ich euch im Palais Werdenfels besucht. Damals wollte Milli mir etwas unter vier Augen anvertrauen. Erinnerst du dich?«

Henriette nickte, blieb aber stumm.

»Aber dann schämte sie sich zu sehr, mir von den ersten Übergriffen Arthurs zu berichten«, sagte Sophie traurig. »Und bat mich stattdessen, ihr bei einem Aufsatz zu helfen. Auch dadurch hoffte sie wohl, einer weiteren derartigen ›Bestrafung‹ zu entgehen. Vergeblich, wie sie recht schnell erfuhr. Denn Arthur tarnte seine Übergriffe nur als Strafe für schlechte Leistungen oder freche Antworten Millis, wenn es die Gelegenheit dazu gab. Aber auch unabhängig davon machte er es sich zunehmend zur Gewohnheit, Milli unsittlich zu berühren. Er ließ Milli auch bei anderen Gelegenheiten vor sich stehen, derweil er vor ihr saß. Anfangs packte er sie am Gesäß. Nach einer Weile ließ er seine Finger auch zwischen ihre Beine gleiten.«

Henriette schüttelte sich vor Ekel, hielt sich aber an ihr Versprechen, Sophie nicht mehr zu unterbrechen.

Die fühlte sich zunehmend elend, fuhr aber fort. »Zu Beginn berührte Arthur Milli nur durch die Kleidung hindurch. Als sich Milli daraufhin angewöhnte, mehrere Unterröcke anzuziehen, um sich besser schützen zu können, griff er ihr auch unter die Röcke und betastete ihr Geschlecht über dem Schlüpfer. Das war der Anlass für Millis erste Selbstverletzungen. Davon bekamen wir nur die Schlimmste mit, weil Milli an diesem Tag so heftig an den Armen blutete, dass sie ihren Spiegel zerbrach, um die Wunden als Folge eines Unfalls zu tarnen.«

Doch nicht nur Mamsell Ida und Sophie hatten nicht an diesen Unfall geglaubt. Auch Arthur erkannte sofort, was in Wahrheit dahintersteckte. Er nahm es als ein Zeichen, dass Milli sich ihm widersetzen wollte oder dass zumindest die Gefahr der Aufdeckung seiner Misshandlungen bestand, und raste vor Wut. Um sie vollständig einzuschüchtern, knebelte er Milli bei ihrem nächsten Treffen in der Bibliothek mit einem Sacktuch und zwang sie, ihre Röcke zu heben. Dann verabreichte er ihr zehn starke Schläge mit einer Rute, damals noch auf ihr mit der Unterhose bekleidetes Gesäß. Er drohte ihr außerdem zum ersten Mal, sie bei einem ähnlichen Vorfall in eine Irrenanstalt einweisen zu lassen, sodass Milli es zunächst nicht mehr wagte, sich solche Verletzungen zuzufügen.

Dr. Freud sagt, dass sich Milli Arthur spätestens ab diesem Zeitpunkt völlig ausgeliefert und hilflos fühlte. Doch es kam dann noch schlimmer für sie. Du erinnerst dich an das schreckliche Christfest, bei dem Arthur Milli fast all ihre Geschenke wegnahm, Mama?«

Henriette nickte.

»Da Milli sich so sehr auf diesen Tag gefreut hatte, hielt sie die seelischen Schmerzen diesmal nicht aus und versuchte, sie mit körperlichen Verletzungen zu verdrängen, als sie allein bei Wasser und Brot in ihrem Zimmer eingesperrt war. Arthur stellte sie später zur Strafe vor eine schreckliche Wahl: Entweder sollte sie weitere zehn Schläge erdulden, diesmal auf das nackte Gesäß, oder sofort in eine Anstalt geschickt werden. Milli wählte natürlich die Schläge.

Die nächsten vier Wochen wurden dann die Hölle für sie. Für jeden Fehler, den Arthur in ihren Hausaufgaben entdeckte, drohte er ihr mit weiteren Schlägen auf das nackte Gesäß. Um sie zu schonen, wie er es zynisch ausdrückte, begnügte er sich jedoch als Ersatz mit dem weiteren Begrapschen ihres Körpers und verhängte, wie auch schon früher, immer wieder Zimmerarrest über sie. Das ging so lange, bis ich Arthur mit dem Verlust aller Aussichten auf den Truchsess-Titel drohte, wenn er nicht aufhören würde, euch beide zu sekkieren«, schloss Sophie ihren Bericht über die erste Phase der Misshandlungen ab.

Henriette griff nach Sophies Hand. »Du warst immer viel mutiger als ich, Phiefi«, flüsterte sie mit tränenerstickter Stimme.

»Trotzdem ahnte auch ich nicht das wahre Ausmaß dessen, was Arthur Milli bereits angetan hatte«, wehrte Sophie ab, nun wieder von Schuldgefühlen erfüllt. »Zum Glück konnte ich Milli zumindest eine Atempause verschaffen. Denn er ließ tatsächlich von ihr ab und stellte den Nachhilfelehrer ein. Wie Freud uns ja heute Morgen erläutert hat, begehrte Arthur den Hoftitel mehr als alles andere. Zum Schein ließ er sich weiterhin ab und zu Millis Hausaufgaben zeigen. Doch er quälte sie nicht mehr wie ehedem, aus Furcht, dass sie mir am Ende doch noch verraten würde, was er ihr antut.«

»Milli blühte in dieser Zeit regelrecht auf«, erinnerte sich Henriette. »Ihre Noten besserten sich deutlich und natürlich auch ihre Stimmung. Zumal sie nachmittags oft mit einer Zofe im nahen Park des Schlosses Belvedere spazieren gehen durfte, anstatt in ihrem Zimmer eingesperrt zu sein.«

Sophie sah ihre Mutter forschend an. »Sollen wir es für heute dabei bewenden lassen, oder möchtest du den Rest auch noch hören?«

»Auf jeden Fall!« Henriette überlegte keine Sekunde lang. Sie schnäuzte sich wieder. »Milli wollte sich vor sechs Monaten sogar das Leben nehmen. Er muss ihr später also noch weit Schlimmeres angetan haben.«

Sophie nickte traurig. »So ist es, Mama.« Mit belegter Stimme fuhr sie mit ihrem Bericht fort.

»Wieder begannen die Misshandlungen schleichend. Da Millis Schulleistungen Arthur anfangs kaum Grund zur Kritik gaben, veränderte er seine Taktik. Nun gab er vor, ihre körperliche Entwicklung zur Frau als Vater kontrollieren zu müssen, wenn er sie in die Bibliothek bestellte.« Sophie schnürte es vor Ekel den Magen zu, als sie sich vorstellte, was Milli hatte erdulden müssen.

Immer wieder stockend, fuhr sie fort. »Arthur zwang Milli anfangs dazu, ihm ihr Mieder zu zeigen oder ihren Schlüpfer. Er wolle, sagte er, sich davon überzeugen, dass sie sich reinlich hielte. Mit der Zeit zwang er sie, beides auszuziehen, und betrachtete abwechselnd ihre knospenden Brüste und ihr nacktes Geschlecht, jedoch ohne sie zu diesem Zeitpunkt schon zu berühren. Er behauptete frech, das sei seine Pflicht, die er wie jeder Vater wahrnehmen müsse. Du als Mutter wüsstest davon und würdest es gutheißen!«

Henriette stöhnte auf. »Warum hat mich Milli denn nie darauf angesprochen?«

Sophie zuckte mit den Schultern. »Freud meint, dass Milli durchaus ahnte, dass Arthur sie belog. Aber viele Opfer schämen sich zu sehr für das, was ihnen geschehen ist, um sich jemandem mitzuteilen. Deshalb kommen bei solchen Misshandlungen die meisten Täter ja auch ungeschoren davon.

Natürlich verschlechterten sich auch Millis Noten wieder, was Arthur zusätzlichen Anlass bot, seine Demütigungen und Misshandlungen auszudehnen. Dazu gehörte nun auch, sie an den Brüsten, am Gesäß und am entblößten Geschlecht zu berühren. Schließlich führte er sogar seinen Finger in ihr Gesäß und ihre Scheide ein. An die erste derartige Handlung hat sich Milli genau in der Sitzung bei Freud erinnert, in der er auch den Durchbruch erzielt hat.

Außerdem verstärkte Arthur sein Schweigegebot. Je krasser seine Handlungen in sexueller Hinsicht wurden, desto mehr machte er Milli dafür verantwortlich. Er beschuldigte sie, aufgrund der Notwendigkeit, sie bestrafen zu müssen, Gefühle in ihm hervorzurufen, die unrecht sind, weil sie nicht Milli, sondern eigentlich nur dir als seiner Gattin zustünden, Mama.

Wenn sie es also wagen sollte, dir als Mutter auch nur ein Sterbenswörtchen über die Geschehnisse in der Bibliothek zu erzählen, würdest du Milli verstoßen. Oder ihr gar nicht erst glauben und sie für verrückt halten.«

Henriette saß wie erstarrt. Die Tränen strömten ihr in Sturzbächen über die Wangen. »So hat er Milli also das Vertrauen zu mir geraubt! Mein armes, armes Kind!«, jammerte sie leise.

Sophie begann, sich ernstliche Sorgen darüber zu machen, ob und wie ihre Mutter das alles verkraften würde. »Willst du denn wirklich heute alles erfahren, Mama?«

Wieder nickte Henriette. »Wenn Milli dies über Monate hinweg ertragen musste, ist es mir ja wohl zuzumuten, mir anzuhören, was ihr widerfahren ist.«

Auch Sophie verspürte jetzt den Wunsch, es hinter sich zu bringen. »Mit der Zeit verschlechterte sich Millis psychischer Zustand gravierend, hat Freud mir erklärt. Was auch immer sie tat, sie fühlte sich ausgeliefert und ohnmächtig. Arthur erstickte all ihre Versuche, sich gegen ihn zu wehren, bereits im Keim. Schließlich wurde sie zunehmend gleichgültig gegenüber ihrem Schicksal, da sie glaubte, ihr Leben sei ohnehin vorbei. Sie begann wieder, sich selbst zu verletzen, jedoch an den Schenkeln, wo es uns nicht so leicht auffallen konnte.

Arthur bemerkte es natürlich und schlug sie regelmäßig dafür, aber mittlerweile war Milli schon zu abgestumpft, um davon abzulassen. Der körperliche Schmerz war leichter zu ertragen als der seelische, das hat uns Freud ja erklärt. Und da sie sich vor ihrem Körper zu ekeln begann, zeigte sie ihn niemandem, sodass dir und Ida oder ihrer Zofe die Schnitte auch nicht auffallen konnten. Die Dienstmädchen fanden lediglich Blutspuren auf den Laken oder den Handtüchern.

Schließlich führte schon die geringste Frustration dazu, dass sich Milli Schmerzen zufügte. Du erinnerst dich sicher an euren Besuch bei mir, als Milli nicht gleich ihre Orangencremetorte vorfand. Obwohl ich sofort dafür sorgte, dass sie aus dem Café heraufgebracht wurde, schnitt sie sich sogar in meinem eigenen Badezimmer in die Haut.«

Wieder schluchzte Henriette auf, gab Sophie aber dennoch ein Zeichen, ihren Bericht zu Ende zu bringen.

»Milli verlor aufgrund des fortgesetzten Terrors außerdem jede Motivation, sich in der Schule anzustrengen. Ihre Noten wurden ihr völlig gleichgültig. Auch mit ihrem Verhalten gab sie sich keine Mühe mehr. Sie war abwechselnd frech gegenüber Erwachsenen, auch gegenüber ihren Lehrerinnen und ihrem Nachhilfelehrer, dann wieder völlig apathisch. Was sie tat, spielte keine Rolle, sie würde der Hölle daheim sowieso nie mehr entkommen, dachte sie. Schließlich kam es am Tag vor ihrem Selbstmord zu einem Eklat.«

»Einem Eklat?«, wiederholte Henriette. Sie wurde bleich wie die Wand. »Hat … Hat dieser Unmensch etwa versucht, Milli zu vergewaltigen?«

Sophie nickte. »Zuvor hatte er sie bereits gezwungen, auch sein Gemächt zu berühren. Beim letzten Vorfall in der Bibliothek entblößte er es zum ersten Mal vor ihr. Dabei kündigte er ihr an, sie bald wie seine kleine Ehefrau benutzen zu müssen, da sie eben diese Gefühle in ihm hervorriefe, die eigentlich nur dir zustünden. Obwohl Milli zum Glück nicht genau wusste, was sich hinter dieser Drohung verbarg, ahnte sie, dass ihr noch Furchtbareres bevorstand, als sie bereits erlitten hatte. Deshalb beschloss sie am nächsten Tag, Arthurs Befehl, sich wie üblich in der Bibliothek einzufinden, keine Folge zu leisten und sich stattdessen die Pulsadern aufzuschneiden. Den Rest der Geschichte kennst du ja, liebe Mama.«

Eine lange Weile herrschte Schweigen im Raum. Sophie streichelte die verkrampfte Hand ihrer Mutter. »Glaubst du …«, setzte Henriette schließlich mit krächzender Stimme an. Sie räusperte sich. »Glaubst du, dass sich Milli jemals von diesen Schrecknissen erholen wird?«

»Dr. Freud meint, dass es noch eine längere Zeit dauern

wird, und will sie daher auch weiterhin behandeln. Noch macht sich Milli starke Selbstvorwürfe und schämt sich für das, was Arthur ihr angetan hat. Und da sie nun weiß, dass niemand sie verurteilt oder sogar verstößt, klagt sie sich auch an, sich nicht genügend gewehrt zu haben. Diese Gefühle möchte Freud in seiner Redekur in den Mittelpunkt stellen und nach und nach durch positivere Gefühle ersetzen. Milli muss lernen, sich selbst zu verzeihen, hat er mir erklärt.«

Henriette blickte ungläubig drein. »Milli muss mir verzeihen, nicht sich selbst! Sie ist doch vollkommen unschuldig!«

Sophie lächelte zum ersten Mal während dieses schwierigen Gesprächs. »Freud sagt, wenn Milli das erkannt hat, ist sie wahrscheinlich geheilt. Und er ist zuversichtlich, dass dies möglich ist. Denn er meint, Milli sei eine Kämpferin und habe im Grunde genommen einen starken Charakter.

Die Zuversicht, dass sie sich wieder vollständig von ihrem Trauma erholen könnte, schöpft er daraus, dass die hysterischen Symptome schon stark auf dem Rückzug sind. Milli schlafwandelt nur noch selten und zieht sich nicht mehr so stark zurück wie zuvor. Das beste Zeichen ist jedoch, dass sie aufgehört hat, sich zu verletzen. Sie hat zwar noch seelische Schmerzen, aber diese sind nicht mehr so stark, dass sie sich körperlich wehtun muss, um sie aushalten zu können. Vor allem dieser Umstand macht Freud Hoffnung auf einen weiteren positiven Verlauf durch die Fortsetzung der Redekur.«

Sophie fasste die Hand ihrer Mutter fester. »Auch du selbst spielst bei Millis Genesung eine wichtige Rolle, Mama. Geh nun zu ihr! Sie wartet sicherlich ängstlich darauf, wie du auf all das reagierst, was ich dir gerade erzählt habe! Zumal sie vielleicht noch immer ein wenig glaubt, du nähmst ihr übel, was Arthur ihr angetan hat. Sag ihr, dass du sie liebst und um Verzeihung dafür bittest, nicht früher bemerkt zu haben, wie es ihr erging! Und dass du wie eine Löwin gegen Arthur kämpfen wirst, um sie in Zukunft vor ihm zu beschützen!«

Mit jedem Appell Sophies straffte sich Henriettes Körper mehr. Ihre Augen blickten entschlossen drein. Sie drückte Sophies Hand. »Ich danke dir von Herzen für alles, was du für Milli und mich getan hast, Phiefi. Und ich gelobe bei meinem Seelenheil, alles in meiner Macht Stehende zu tun, damit Milli doch noch eine glückliche junge Frau wird.«

An der Tür drehte sie sich noch einmal zu Sophie um. »Etwas liegt mir noch auf der Seele, Phiefi. Warum bin ich mit Arthur bloß an ein solches Scheusal von Mann geraten? War ich besonders schwach, blind oder gutgläubig? Hat Freud auch dazu etwas gesagt?«

Sophie stieß hörbar die Luft aus. Einen Augenblick lang zögerte sie. Dann entschloss sie sich, ihrer Mutter offen zu antworten.

»Um ehrlich zu sein, habe ich Dr. Freud auch eine derartige Frage gestellt, Mama. Doch ich kann dich beruhigen. Wörtlich hat er mir in etwa so geantwortet: ›Arthur hat auch die Schwäche Ihrer Mutter erkannt und ausgenutzt. Doch die ist darin leider genauso wenig ein Einzelfall, wie es Millis Schicksal ist. In meiner Praxis stoße ich immer wieder auf solche Phänomene, Fräulein Sophie. Hinter allen hysterischen Störungen, sei es bei Frauen oder sogar bei Männern, stecken sexuelle Traumata. Millis Schicksal mag Ihnen einzigartig schlimm erscheinen. Aber glauben Sie mir: Es gibt Hunderte oder sogar Tausende junger Frauen und Mädchen, denen es tagtäglich ähnlich oder sogar noch schlimmer ergeht. Und ich stoße auch auf ein weitaus schlimmeres Verhalten von Müttern, als man es der Ihrigen anlasten kann. Viele Frauen ahnen oder wissen sogar, was ihre Ehemänner den Töchtern antun, verschließen jedoch die Augen davor. Das kann man Ihrer Mutter nun beileibe nicht vorwerfen. Und wie Milli wird sie sicher aus ihren Fehlern lernen.‹«

Teil 3

Gut Ding will Weile haben

Kapitel 8

Café Prinzess am Graben

Anfang März 1893

»Nun, Herr Klimt, ich bin außerordentlich gespannt, was Sie mir heute mitgebracht haben.«

Dies war keineswegs eine Floskel, die Sophie nur benutzte, um das Gespräch mit dem bekannten Wiener Künstler zu eröffnen. Im Gegenteil klopfte ihr Herz sogar etwas schneller, als Klimt jetzt seine Zeichenmappe auseinanderfaltete und ihr drei farbige Skizzen vorlegte.

Sophie betrachtete sie neugierig und voller Spannung. Dann zeigte sie spontan auf das mittlere Bild. »Dieses gefällt mir am besten, Herr Klimt. Vor allem der Mokkaprinz ist hier außerordentlich gut getroffen.«

»Sie sind wirklich ein ausnehmend begabter Künstler«, fügte Sophie ein Kompliment für den Maler hinzu.

Zu ihrem Erstaunen wirkte Klimts Lächeln, mit dem er auf ihr Lob reagierte, eher gequält als geschmeichelt. »Ich danke Ihnen, Fräulein von Werdenfels«, hielt er sich mit seiner Antwort jedoch an die Höflichkeitskonventionen.

Sophie betrachtete die Skizze noch einmal. Sie zeigte ein Gewölbe, das von Säulen mit vergoldeten Kapitellen getragen wurde und durch das Geschick des Künstlers dreidimensional wirkte. Die Wände im Hintergrund waren in Blautönen gehalten und ebenfalls reich mit gemalten goldenen Ornamenten verziert. Im Vordergrund ruhte eine Figur mit dem Aussehen und der Kleidung des einst von Stephan Danzer entworfenen Mokkaprinzen lässig halb sitzend, halb liegend auf einem Diwan.

Davor saßen drei in Pluderhosen, Blusen mit weiten Ärmeln und reich bestickten Westen gekleidete Haremsdamen auf einem vielfarbigen Teppich rund um einen kleinen orientalischen Tisch, auf dem eine dreistöckige Torte prangte. Im Gegensatz zu allen anderen Bildelementen war die Torte noch nicht ausgemalt oder verziert.

»Ich kann mich gar nicht mehr daran erinnern, wie die Mokkaprinzentorte ursprünglich aussah, als mein Onkel sie vor vielen Jahren entworfen hat«, sagte Sophie. »Zum Glück ist der Konditormeister, der die Urform kennt, noch immer im Haus, sodass ich ihn fragen konnte.« Toni Schleiderer hatte Sophie zwar die gewünschte Auskunft erteilt, aber deutlich durchblicken lassen, dass er von ihrer Idee, eine aufwendige Schaufensterdekoration für das Café in Auftrag zu geben, nicht viel hielt.

Gustav Klimt sah Sophie fragend an. »Zuerst wollte mein verstorbener Onkel die Torte nach dem Kronprinzen Rudolf benennen«, erklärte sie. »Das wurde ihm vom Obersthofmeisteramt jedoch untersagt. Daraufhin gestaltete er nach dem Vorbild der kleinen Figur aus Meißner Porzellan, die ich Ihnen bei unserer ersten Besprechung gezeigt habe, den Mokkaprinzen aus Marzipan und benannte unsere berühmte Torte nach ihm.«

Klimt nickte, wirkte aber, als wäre er mit seinen Gedanken woanders. »Etwas wollte ich Ihnen zu Ihrer Idee noch sagen, Fräulein von Werdenfels. Ich hatte schon die Gelegenheit, mir das Bühnenbild und die Requisiten der Mozart-Oper ›Die Entführung aus dem Serail‹ anzuschauen, zu der Ihre Schaufensterdekoration ja passen soll. Ein Kostüm wie Ihr Mokkaprinz trägt dort allerdings niemand. Es gibt auch keinen Mohren in diesem Stück.«

»Das weiß ich, Herr Klimt. Ich möchte ja auch keine Opernszene nachstellen. Sondern das bekannteste Produkt des Cafés

Prinzess zur Geltung bringen, dies allerdings in einem Ambiente, das an die Oper erinnern soll. Und daher ist es wichtig, dass der Mokkaprinz in seinem Originalkostüm mit der roten Pluderhose, der blauen Bluse mit der goldenen Weste und Schärpe und dem grünen Turban mit der goldenen Feder in der Schaufensterdekoration genauso aussieht wie die Marzipanfigürchen, mit denen die Torte üblicherweise geschmückt wird.«

Sie stand auf und warf einen Blick aus dem Separee, in dem sie mit Gustav Klimt saß. »Und da kommt auch schon der Küchenjunge mit der Torte, wie sie einst vor dem Mokkaprinzen aussah. Da wir den Mokkaprinzen ja als zentrale Figur in der Dekoration darstellen, sollte er auf der Torte nicht mehr erscheinen. Aber die Betrachter werden dennoch erkennen, welche Torte gemeint ist.«

Sophie winkte dem Lehrbuben, die Torte auf dem Tisch des Separees abzustellen. Sie war wie das frühere Original mit Tupfen aus Schlagobers verziert, auf denen jeweils eine Kaffeebohne aus Bitterschokolade und eine ungeschälte Mandel prangten.

»Die Torte sollten Sie jedoch dreistöckig herstellen«, erläuterte Sophie. »Auch das Demel stellt seine Tortenmodelle im Schaufenster immer dreistöckig aus.«

Klimt zeigte wie schon zuvor ein etwas gequältes Lächeln, das seine braunen Augen nicht erfasste. »Passt schon, Fräulein von Werdenfels.«

Sophie sah den Maler forschend an. »Ich hoffe, es ist nicht unter Ihrer Würde, eine solche Schaufensterdekoration herzustellen«, brachte sie ihre mittlerweile aufgekeimten Zweifel zum Ausdruck.

Klimt antwortete nicht, und da er seinen Blick auf die Torte gerichtet hielt und seine untere Gesichtshälfte bis zu den Koteletten von einem dichten Vollbart und einem an beiden Enden aufgezwirbelten kurzen Schnurrbart bedeckt war, konnte Sophie seinen Gesichtsausdruck nicht genau erkennen. Dennoch glaubte sie, Unmut wahrzunehmen.

Vielleicht war es doch keine so gute Idee, ausgerechnet Klimt für meine erste Schaufensterdekoration zu engagieren, dachte sie.

Die Idee war ihr vor zwei Wochen gekommen, als sie, nunmehr nicht mehr als die Sitzkassiererin »Fräulein Sophie«, sondern als die Leiterin des Cafés, »Fräulein von Werdenfels«, das Kaffeehaus in den Abendstunden betreten hatte. Dort war ihr Klimt sofort ins Auge gestochen, der bei einem Glas Rotwein einsam an einem Tisch saß. Da ihr Herr Franz erzählt hatte, dass der Maler schon längere Zeit nicht mehr als Gast im Kaffeehaus gewesen war, gesellte sich Sophie zu ihm. Tagsüber hielt sie sich allerdings dort nicht mehr auf.

Auf diesem Arrangement hatte Toni Schleiderer zu ihrem Ärger und ihrer Enttäuschung bestanden. Anders als es von ihr und Ida zuletzt geplant gewesen war, lehnte er es strikt ab, Sophie eine Weisungsbefugnis im Kaffeehaus einzuräumen. Im Gegenzug verzichtete er vollständig darauf, im Wechsel mit ihr eine solche im Café Prinzess in Anspruch zu nehmen.

»Das Personal im Kaffeehaus ist strikt hierarchisch organisiert«, begründete Toni seine Auffassung. »Dein verstorbener Onkel war als alleiniger Inhaber und Geschäftsführer sowohl des Kaffeehauses als auch des Cafés natürlich für alle Mitarbeiter der oberste Vorgesetzte. Das ist heute jedoch anders. Im Kaffeehaus bin ich an die Stelle deines Onkels getreten, während du aufgrund deines Wunsches, erst einmal Sitzkassiererin zu werden, erst mit zeitlicher Verzögerung Leiterin des Cafés geworden bist. Diese Aufteilung ist für alle Mitarbeiter verständlich und nachvollziehbar. Dagegen würde es nur zu Verwirrung und Irritation führen, wenn du auf einmal im Kaffeehaus einem so altgedienten Oberkellner wie Herrn Franz gegenüber genauso weisungsbefugt wärst, wie ich es als Nachfolger deines Onkels bin. Zumal du noch eine sehr junge Frau bist«, konnte es sich Toni nicht verkneifen hinzuzufügen.

Da Sophie jedoch nicht bereit war, sich gänzlich vom Kaffeehaus fernzuhalten, hatte man schließlich einen Kompromiss gefunden.

»Wenn du im Café nicht in Erscheinung treten willst, ist das deine Sache, Toni«, erklärte sie zunächst kategorisch. »Ich bin aber auf keinen Fall bereit, mich im Gegenzug völlig aus dem Kaffeehaus zurückzuziehen.«

»Das musst du auch nicht, Sophie. Da dich zumindest all unsere Stammgäste bereits als Sitzkassiererin kennen, kannst du dich in den Abendstunden nach der Schließung des Cafés jederzeit dort aufhalten und mit den Besuchern plaudern. Sofern du mir dabei als Leiter nicht ins Handwerk pfuschst. Zum Ausgleich halte ich mich dafür, wie ich es dir ja bereits gesagt habe, aus allen Angelegenheiten des Cafés heraus.«

Da Schleiderer zumindest keine Einwände dagegen erhoben hatte, dass Ida jeden Abend bis zur Schließung des Kaffeehauses als Sitzkassiererin fungierte, hatte Sophie diesem Kompromiss im letzten Herbst schließlich wohl oder übel zugestimmt. Allerdings hatte sich ihr vorübergehend besseres Verhältnis zu Toni wieder deutlich abgekühlt, obwohl sie das Chaos in den Abend-Kassenbüchern des Kaffeehauses ihm gegenüber nie erwähnt hatte.

Doch wenigstens konnte sie auf diese Weise weiterhin Kontakt zur Kundschaft des Kaffeehauses halten, die sie mittlerweile weit interessanter fand als die Gäste des Cafés. Das war auch Sophies Motiv gewesen, aus dem heraus sie sich vor vierzehn Tagen zu Gustav Klimt an den Tisch gesetzt hatte.

Außerdem glaubte sie zu wissen, warum der Maler dem Prinzess so lange ferngeblieben war. Klimt hatte im vergangenen Jahr zwei Todesfälle in seiner Familie verkraften müssen. Im Juli war sein Vater verstorben, im Dezember überraschend auch sein jüngerer Bruder Ernst, mit dem er neben dem Maler Franz Matsch die renommierte Wiener Künstler-Compagnie gebildet hatte.

Als Erstes kondolierte Sophie Klimt natürlich zum Tod seines Bruders. Da sie als Sitzkassiererin immer nur die nötigsten Worte mit ihm gewechselt hatte, nutzte sie außerdem die Gelegenheit, ihm ihr Kompliment für die Dekoration der Stiegenhäuser im Burgtheater und seine Gemälde in der Hermesvilla einmal persönlich auszusprechen. Schon damals fiel ihr auf, dass der Maler wenig begeistert auf ihr Lob reagierte.

Da Milli sich mittlerweile auf dem Weg der Besserung befand und sich mit Henriettes Begleitung zu ihren Behandlungsstunden in Freuds Praxis begnügte, hatte Sophie endlich genügend Zeit gefunden, um sich mit der Frage der Schaufensterdekoration des Cafés zu befassen, die ihr seit dem letztjährigen Besuch mit Richard im Demel beständig im Kopf herumspukte.

Bereits am Morgen vor ihrem ersten Gespräch mit Klimt hatte sie in einer Wiener Gazette gelesen, dass man in der Hofoper demnächst die Aufführung des Mozart-Stücks »Die Entführung aus dem Serail« plante. Das hatte sie zu der Idee einer ersten Schaufensterdekoration im Stil eines arabischen Harems mit dem Mokkaprinzen und der prominent zur Schau gestellten Torte inspiriert.

Da sie wusste, dass Gustav Klimt auch Auftragsarbeiten annahm, hatte sie ihn gefragt, ob er an einer solchen Arbeit interessiert sei, und war nach seiner Zustimmung mit ihm so verblieben, dass er ihr heute einige Entwürfe vorlegen sollte.

»Wie genau stellen Sie sich denn die Ausführung der Dekoration vor?«, nahm sie den abgerissenen Gesprächsfaden im Separee jetzt wieder auf.

»Ich dachte, am einfachsten wäre es, ich würde es nach dem Modell einer Puppenstube herstellen«, erklärte Klimt.

Obwohl er sich unklar ausgedrückt hatte, verstand Sophie sofort, was der Maler meinte.

»Sie möchten also eine nach vorne hin offene Holzkonstruktion verwenden, deren Wände Sie so bemalen, wie Sie es in der Skizze ausgeführt haben. Die Möbel, die Figuren und die Torte werden sie dann figürlich darstellen. Aus bemaltem Gips?«

Klimt nickte knapp. »Es muss nur sichergestellt sein, dass die Maße der Konstruktion mit Ihrer Stellfläche hinter dem Fenster übereinstimmen. Die Betrachter vor der Fensterscheibe können keinen Schaden anrichten. Aber auch innen muss die Konstruktion einen sicheren Stand haben, damit sie nicht versehentlich heruntergestoßen und dabei zerstört wird.«

Darüber hatte Sophie sich bereits Gedanken gemacht. »Wenn Sie mir die Maße nennen, die Sie für erforderlich halten, kann ich sie dem Tischlermeister, den ich für morgen bestellt habe, bereits mitteilen, um einen entsprechenden Unterbau bei ihm in Auftrag zu geben. Allerdings muss ich auch die Höhe der Konstruktion kennen, damit die jetzt bodenlangen Fenstergardinen auf die richtige Länge gekürzt werden können.«

Wie schon bei all ihren früheren Neuerungen, hatte Sophie recht schnell erkannt, dass zwischen einer Idee und ihrer Umsetzung viele kleine Zwischenschritte lagen, die einer genauen Detailplanung bedurften.

Jetzt führte sie den Maler zu dem Fenster, das sie mit ihrer ersten Dekoration schmücken wollte. Es befand sich gleich rechts neben der Eingangstür zum Café, die zum immer belebten Graben hin lag. Sollte sich ihre Idee bewähren, beabsichtigte Sophie, auch noch die restlichen drei Fenster zum Graben mit solchen Dekorationen zu bestücken. Falls sie sich dies überhaupt leisten konnte.

Die Entlohnung hatte sie mit dem Maler nämlich noch nicht geklärt. Ihr Puls begann sich zu beschleunigen, als sie Klimt nach ihrer Rückkehr ins Separee die entscheidende Frage stellte. »Was wird mich Ihr Kunstwerk denn kosten?«

Klimt überlegte einen Augenblick lang. »Wenn ich die Skizze zugrunde lege, die Sie sich ausgesucht haben, ist es das aufwendigste der drei Modelle. Mit zwanzig bis fünfundzwanzig Gulden müssten Sie rechnen, Fräulein von Werdenfels. Ganz genau kann ich Ihnen das erst nach der Fertigstellung sagen.«

Sophie schluckte. Das war ein Preis, mit dem sie nicht gerechnet hatte. Er lag um fünf bis zehn Gulden höher als die Summe, die sie eigentlich investieren wollte.

Klimt interpretierte ihre betroffene Miene richtig. »Sie müssen berücksichtigen, Fräulein von Werdenfels, dass ich allein für die Herstellung der drei Skizzen bereits mehrere Arbeitsstunden aufwenden musste. Wenn ich die Wände der Holzkonstruktion nun so detailliert bemale, wie in dem von Ihnen ausgesuchten Modell, dazu die Säulen, Möbel, Figuren und die Torte aus Gips herstelle und ebenfalls im Anschluss bemale, bin ich sicherlich etliche Arbeitstage damit beschäftigt.«

Sophie wollte sich lieber gar nicht vorstellen, wie Toni Schleiderer dreinblicken würde, wenn er wüsste, wie kostspielig ihre neue Idee war, mit der sie dem Café Prinzess zu noch mehr Aufmerksamkeit in Wien verhelfen wollte. »Da müssen aber eine Menge Gäste eine Menge Tortenstücke und Mandelmelange konsumieren«, hörte Sophie ihn bereits mit spöttischer Stimme sagen.

Andererseits war das Café Prinzess seit dem Angebot eines warmen Tagesgerichts zusätzlich zum Mittagsbuffet mit seinen kalten Speisen und der täglich wechselnden Suppe, das Sophie nach dem Umbau der Küche beibehalten hatte, jeden Mittag geradezu brechend voll. Die zusätzlichen Umsätze ermöglichten es ihr auf jeden Fall, weitere Investitionen zu tätigen. Obwohl das Geld nach Tonis Ansicht sicherlich besser in Mobiliar, moderne Küchengeräte oder Ähnliches investiert worden wäre.

Ich probiere erst einmal aus, ob mir die Schaufensterdekoration tatsächlich mehr Umsatz einbringt, nahm sie sich vor. Sie hoffte dabei unter anderem auf mehr Gäste in den beiden ersten und letzten Stunden des Tages, in denen das Café noch nicht ausreichend besucht war. *Aber vielleicht führt es auch zu mehr Laufkundschaft, die etwas zum Mitnehmen erwerben möchte und durch die Schaufensterdekoration neugierig auf unsere Torten, unsere Kekse und unser Konfekt geworden ist.*

Und Toni sage ich erst im nächsten Bilanzgespräch, was mich die Schaufenstergestaltung kostet, beschloss sie dann. Zum ersten Mal war sie froh darüber, dessen Vorschlag angenommen zu haben, dass sich jeder von ihnen aus dem Geschäftsbereich des jeweils anderen weitestgehend heraushalten sollte.

»Also gut«, akzeptierte sie nun Klimts Vorschlag. »Und wenn Ihre Dekoration das Aufsehen erregt, das ich mir wünsche, habe ich auch schon eine Idee für unsere Orangencremetorte. Die könnten wir in einem exotischen Garten platzieren.«

Wieder lächelte Klimt gequält. Diesmal konnte Sophie sich eine spitze Bemerkung nicht verkneifen. »Es sei denn, Sie legen keinen Wert auf Folgeaufträge.«

Die Antwort des Malers überraschte sie. »Es bleibt mir leider gar nichts anderes übrig, Fräulein von Werdenfels. Bitte verstehen Sie das nicht falsch, aber als Künstler fordern mich solche Werke natürlich nicht.«

»Das kann ich nachvollziehen. Doch Aufträge wie das Ausmalen der Stiegenhäuser im Burgtheater oder des Salons Ihrer Majestät in der Hermesvilla kann ich Ihnen leider nicht anbieten.« Sophies Stimme klang schroffer, als sie es beabsichtigt hatte. In versöhnlicherem Tonfall fuhr sie fort: »Trotzdem freue ich mich darüber, Sie für meine Idee gewonnen zu haben.«

»Nach dem Tod meines Bruders muss ich jetzt für seine Familie sorgen«, erklärte ihr Klimt unaufgefordert. »Daher werde ich selbstverständlich mein Bestes geben, um Sie zufriedenzustellen und dadurch möglicherweise auch weitere Aufträge zu erhalten.«

Die Offenheit des Malers machte Sophie betroffen. »Ich wollte soeben nicht unhöflich sein, Herr Klimt. Und bei Licht besehen, kann ich natürlich verstehen, dass ein so großartiger Künstler wie Sie lieber Werke von bleibendem Wert schafft als eine flüchtige Schaufensterdekoration.«

»Wenn Sie damit erneut die Malereien im Burgtheater oder

in der Hermesvilla meinen, lassen Sie sich gesagt sein, dass ich auch darauf nicht mehr besonders stolz bin.« Klimt zog eine Taschenuhr aus seinem etwas abgetragenen Anzug. »Doch das erläutere ich Ihnen ein anderes Mal, Fräulein von Werdenfels. Nun muss ich leider aufbrechen.«

Noch lange, nachdem Klimt das Café Prinzess verlassen hatte, grübelte Sophie immer noch darüber nach, was der Maler mit seiner letzten Bemerkung wohl gemeint haben könnte. Insbesondere die Szenen aus der Geschichte des Theaters im Hofburgtheater gefielen ihr sehr. Der Kaiser hatte der Künstler-Compagnie dafür sogar das Goldene Verdienstkreuz verliehen. Doch es wollte ihr keine plausible Erklärung für Klimts abfällige Anspielung einfallen.

Im Wiener Prater

Mitte April 1893

Lustlos schlenderte Amalie von Löwenstein unter den Kastanienbäumen im Wiener Prater entlang. Die schwellende Natur, die sich an diesem warmen Apriltag überall in zartem Grün und bunten Blüten manifestierte, bereitete ihr eher Missvergnügen als Entzücken.

Überall erwacht das pralle Leben nach diesem harten Winter, nur ich fühle mich Tag für Tag mehr wie eine vertrocknete Frucht. Wut und Traurigkeit über ihren eintönigen Alltag schnürten Amalie die Kehle zu. Krampfhaft wich sie den Blicken der ihr entgegenkommenden Spaziergänger aus und hoffte, dass niemand darunter war, der sie kannte.

In der Tat löste der Frühling die Gefühle, die sie bislang noch mit aller Kraft unterdrückt hatte, nun stärker denn je in ihr aus. Seit ihrer Affäre mit Maxi lebte sie im Palais Thurnau wie eine Nonne. *Sofern sich auch Nonnen ab und zu die körperliche Befrie-*

digung verschaffen, die ihnen ihr geistlicher Stand eigentlich verbietet, dachte sie zynisch.

Was Amalie zudem mehr zu schaffen machte, als sie sich bisher eingestehen wollte, war, dass sie niemanden hatte, dem sie einmal ihr Herz über ihre in dieser Hinsicht so unglücklich verlaufende Ehe ausschütten konnte. Ihre Mutter war schon bei ihrer Geburt verstorben, und enge Freundinnen hatte sie zeit ihres Lebens nicht gehabt.

Stattdessen hatte sie den einzigen Menschen, der bislang zu ihr gehalten hatte, nun auch verloren. Ihr Vater Adalbert zürnte ihr, auch ein Jahr nach ihrer Affäre mit ihrem Cousin, noch immer. »Meine Geduld mit deinen Allüren ist nun endgültig am Ende, Amalie«, hatte er ihr in einem Vier-Augen-Gespräch damals unmissverständlich erklärt. »Wenn du dich durch dein …«, er stockte kurz und suchte nach den richtigen Worten, »dein unmäßiges und für eine Frau besonders schändliches Verhalten noch einmal in solche Schwierigkeiten bringst, werde ich dich verstoßen. Denn all meine Bemühungen, deine schon in jugendlichem Alter verlorene Ehre und Schande zumindest nicht an die Öffentlichkeit treten zu lassen, sind zum Scheitern verurteilt, wenn dein Gatte, den du offenbar bislang trotz all meiner Ratschläge nicht für dich einnehmen konntest, die Scheidung wegen Ehebruchs einreicht.

Also, sieh zu, dass du deinen rechtmäßigen Gemahl wieder in dein Schlafgemach lockst, anstatt dir dein zweifelhaftes Vergnügen in fremden Betten zu suchen!«, fügte ihr Vater noch hinzu. Als Amalie sich verteidigen wollte, bedeutete er ihr unverblümt, dass er diesmal kein Interesse daran hätte, Näheres über ihre Meinung zu den Ursachen ihrer Eheprobleme zu erfahren.

Seit diesem Gespräch war ihr Verhältnis zu ihrem Vater merklich abgekühlt. Da Adalbert den gesamten von Maxi angerichteten Schaden samt der dafür fälligen erklecklichen Geldstrafe aus seiner Tasche bestreiten musste und erwartungsgemäß von Maxis Vater noch keinen Kreuzer zurückerhalten hatte, erwies er sich ihr gegenüber längst nicht mehr so spendabel wie früher. Im Gegenteil musste ihm Amalie seither über jede Rechnung für ihre Garderobe Rechenschaft ablegen. Seit dem vergangenen Herbst hatte er sogar eine Höchstsumme festgesetzt, die er Amalie pro Saison für ihre Ausgaben zugestand.

Trotz all dieser Widrigkeiten bemühte Amalie sich eine Zeit lang aufrichtig darum, Richards Gunst wiederzugewinnen. Auch weil Maxi sich nach dem Auffliegen der Affäre ihr gegenüber keineswegs wie ein Ehrenmann verhalten hatte. Mit Richard machte sie allerdings trotz all ihrer Anstrengungen, charmant und liebenswürdig zu sein, immer wieder die frustrierende Erfahrung, dass es vergebliche Liebesmüh war. Er mimte nur dann den glücklichen Gatten, wenn sie sich in der Öffentlichkeit befanden. Auf den gesellschaftlichen Ereignissen in der vergangenen Wintersaison, zu denen Richard Amalie begleitet hatte, schämte er sich nicht, die Komplimente für seine gut aussehende Ehefrau in ihren wunderbaren Toiletten mit einer Miene entgegenzunehmen, als würde er sich aufrichtig darüber freuen.

Doch sobald er wieder mit Amalie allein war, zeigte er ihr die kalte Schulter und schenkte ihr keine weitere Beachtung. Erst drei Monate nach dem Ende ihrer Affäre mit Maxi hatte Amalie es deshalb überhaupt gewagt, sich wieder einmal in sein Bett zu schleichen. Das Risiko, dass er sie rüde hinausweisen würde, ging sie von vornherein ein. Dass er sie jedoch mit den Worten: »lasterhaft wie eine Grabennymphe« beschimpfen würde, kam für sie unerwartet und verletzte sie zutiefst.

Dabei hatte Richard ihr sogar zu den Zeiten vor ihrer Hochzeit, als er noch mit ihr schlief, niemals auch nur annähernd die gleiche Lust bereitet, die ihr Maxi verschafft hatte. Da Amalie töricht genug gewesen war, ihm dies als Retourkutsche für seine Beleidigung an den Kopf zu werfen, wäre ihr erster und letzter Versuch, sich im Bett wieder mit Richard zu versöhnen, sogar um ein Haar in Gewalttätigkeiten geendet.

Er hatte schon die Hand gegen sie erhoben, als er sich in letzter Minute zurückhielt. »Verlustiere dich meinetwegen mit einem Fiaker! Aber lass mich in Zukunft zufrieden, sonst schlage ich dich windelweich!«, zischte er mit zusammengebissenen Zähnen, bevor er sie brutal durch die Zwischentür in ihr eigenes Schlafgemach zurückstieß. Die Abdrücke seiner fünf Finger waren nach seinem harten Zugriff noch etliche Tage als blaue Flecken auf ihrem linken Arm zu sehen gewesen.

Seither ließ Amalie Richard wohl oder übel zufrieden. Sie wagte nicht einmal, ihn um das Geld für die Kleider zu bitten, für die das Budget ihres Vaters jetzt nicht mehr ausreichte.

Auch ansonsten war ihre Lage trostlos. Ersatz für Maxi war nicht in Sicht, zumal Amalie es auch nicht gewagt hätte, sich erneut mit einem Mann aus ihren eigenen Kreisen einzulassen. Gäbe sie Richard einen weiteren Anlass zur Scheidung, würde er nicht zögern, ihn zu nutzen. Und aufgrund der gesellschaftlichen Ächtung, die Amalie dann drohte, würde auch ihr Vater sie danach verstoßen. Daran hegte sie keine Zweifel.

Aufgrund ihres für die Sommersaison bereits zusammengeschrumpften Kleider-Etats war auch ihr heutiger Besuch im Atelier von Jungmann & Neffe keine wirkliche Ablenkung für Amalie gewesen. Der entzückende, in sich gemusterte, hellgelbe Musselin, aus dem sie sich gern eine weitere Sommerrobe hätte schneidern lassen, erwies sich zu ihrem Bedauern als viel zu teuer. Zwar hatte sie es sich nicht nehmen lassen, den Stoff intensiv zu betrachten und ihn sich in der Anprobe im ersten Stock sogar vorhalten zu lassen. Doch im entscheidenden Moment, als die Schneiderin sie fragte, ob sie Amalies Maße nehmen dürfe, um den Stoff abschneiden und abstecken zu können, musste sie wohl oder übel einen Rückzieher machen.

Ein weiterer Stadtbummel war ihr danach verleidet. Kurz entschlossen nahm sie eine Mietkutsche, um sich und ihre Zofe Berta in den Prater fahren zu lassen. Doch hier erging es ihr noch einmal schlechter als in der Innenstadt. Angesichts des bunten Frühlingstreibens rund um sie herum sehnte sie sich mehr denn je nach Liebe. Vor allem nach ihrer körperlichen Form, mit der sie am vertrautesten war.

»Lass uns zurückgehen, Berta! Mir ist der Appetit vergangen.« Eigentlich hatte sie ihrer Zofe versprochen, in eines der Prater-Gasthäuser einzukehren. Sie ignorierte Bertas enttäuschte Miene und marschierte entschlossen zum Fiakerstand zurück.

Die erste Droschke in der Reihe der dort wartenden war dieselbe, mit der Amalie auch schon in den Prater gefahren war. Der Kutscher sprang dienstfertig vom Bock und lüftete seinen Hut.

»Scho z'ruck, gnä's Fräulein? Wohin darf i Eure Gnaden jetz bringen?«

Hätte der Kutscher Amalie nicht mit einem Titel bedacht, mit dem man sie in der Regel nicht ansprach, wäre sie wahrscheinlich, ohne den Mann eines weiteren Blickes zu würdigen, in den Fiaker eingestiegen. Nun aber schenkte sie ihm stattdessen ein betörendes Lächeln.

»Was schlagen Sie denn vor?«, antwortete sie mit einem koketten Augenaufschlag. Als der Mann sie von Kopf bis Fuß zu mustern begann, spürte Amalie plötzlich ein vertrautes Ziehen im Unterleib. Der Blick des Fiakers, den Amalie auf etwa Mitte zwanzig schätzte, wirkte begehrlich. Seit Maxi hatte sie kein Mann mehr so angeschaut, geschweige denn ihr eigener Ehemann.

Ein vager Gedanke, beflügelt durch ihr feucht werdendes Geschlecht und das damit verbundene angenehme Schwächegefühl in der Magengrube, begann Gestalt in ihr anzunehmen.

Der Kutscher beobachtete ihr Gesicht und grinste anzüglich. »Mei, da könnt i dem gnä' Fräulein a paar schöne Ecken empfehlen. Wo ned viel los is um die Zeit. Ham' S' Lust zum Hinfahr'n?«

Amalie, die die Offerte des Kutschers richtig deutete, fasste den spontanen Entschluss, Richards zynischer Aufforderung während ihres letzten Streits Folge zu leisten. Sie pickte ein paar Münzen aus ihrer Börse und drückte sie Berta in die Hand. »Da hast du das Geld für eine Jause! Warte hier in genau einer Stunde auf mich!«

Sie ignorierte das verstörte Gesicht ihrer Zofe und stieg in die Kutsche.

Während der Fiaker anfuhr, blickte Amalie aus dem Fenster. Nach kurzer Zeit bog die Kutsche mehrmals in vom letzten Regen noch matschige, kaum belebte Seitenwege ab und hielt schließlich an einer Stelle, an der weit und breit keine Menschenseele zu sehen war.

Der Kutscher sprang ab und öffnete den Schlag. »Is's da recht, gnä's Fräulein?«

Amalie beugte sich aus der Kutschentür und warf rechts und links einen Blick entlang des schlammigen Wegs. Er war voller Pfützen und Schlaglöcher. So schnell würde hier niemand vorbeikommen.

Mit einem lustvollen Gefühl zwischen ihren Beinen bemerkte Amalie, dass der Kutscher seinen Blick auf ihr Dekolleté gerichtet hielt. Schon auf dem Weg hierher hatte sie ihr Oberteil so weit heruntergezogen, wie es die Tagesrobe, ohne zu reißen, erlaubte.

»Steigen Sie ein!« Ihre Stimme klang heiser. Der Mann ließ sich das nicht zweimal sagen und setzte sich Amalie gegenüber. Im Innern der Kutsche zog Amalie die Vorhänge vor die kleinen Fenster und genoss dabei den Geruch des Kutschers nach Pferd und Schweiß, der sie nur noch mehr erregte.

Doch noch wartete der Mann ab und rührte keine Hand. Amalie begriff, dass die Initiative von ihr ausgehen musste. Schließlich riskierte der Kutscher seine Lizenz, wenn nicht noch Schlimmeres, wenn er einen weiblichen Fahrgast unsittlich berührte. Doch seine Augen zeigten Amalie eindeutig, was er sich wünschte.

Sie griff nach seiner schwieligen Hand und presste sie auf ihre Brust. Gleichzeitig umfasste sie mit der anderen Hand sein Gemächt. Es war so hart wie ein Stein. Der Mann stöhnte auf. Widerstandslos ließ er sich von Amalie den Hosenlatz aufknöpfen. Sein Penis stand aufrecht wie ein Soldat.

Dann hob sie ihre Röcke und zog den Schlüpfer bis zu den Knöcheln herunter. Als sie den zarten Seidenstoff über ihren rechten Halbstiefel zerrte, um ihre Beine frei zu bekommen, zerriss er mit einem ratschenden Geräusch. Amalie schenkte dem keine weitere Beachtung.

Ihr Mund war vor Begierde schier ausgetrocknet, als sie sich mit beiden Händen auf den Schultern des Mannes abstützte und ihre Vagina über seinem Penis positionierte. Derweil streichelte er ihre mittlerweile entblößten Brüste.

Endlich drang er hart in sie ein. Amalie schrie vor Wonne laut auf.

Zum verabredeten Zeitpunkt erwartete Berta sie pünktlich am Fiakerstand. Amalie hatte sich mithilfe eines Taschenspiegels notdürftig die Frisur gerichtet und bedeckte mit ihrer Spitzenstola den Riss in den Rüschen ihres Dekolletés, das ebenso wie ihre Unterwäsche einigen Schaden genommen hatte. Den zerrissenen Schlüpfer hatte sie in den zu ihrer Robe passenden Seidenbeutel gestopft.

Einen Augenblick lang überlegte sie, Berta in die Kutsche einsteigen und sich zurück zum Palais Thurnau bringen zu lassen. Dann verwarf sie den Gedanken wieder. Im Inneren des Fiakers roch es noch durchdringend nach der körperlichen Liebe, die sie gerade genossen hatte. Insgesamt dreimal hatte der Kerl sie zum Höhepunkt gebracht. Auch wenn Amalie Berta für eine Jungfrau hielt, wäre ihr der Moschusgeruch sicher aufgefallen.

Deshalb stieg sie aus und gab dem Kutscher ein paar Münzen. »Ich gehe noch ein wenig spazieren«, bedeutete sie ihm zum Abschied.

Der Mann hob grüßend die Hand an die Mütze. »Aba sicher! Und wenn S' no amal an Fiaker brauchen, melden S'Ihna.« Er bedachte sie mit einem letzten lüsternen Blick. Amalie hoffte, dass Berta die roten Spuren an seinem Hals nicht auffielen, die ihre Zähne dort hinterlassen hatten.

Und wenn schon, dachte sie plötzlich trotzig. *Ich werde das Weib schon zum Schweigen bringen.* Eine Weile überlegte sie noch, während Berta schweigend hinter ihr her trottete. Dann blieb Amalie stehen, wühlte in ihrer Börse und zog einen halben Gulden hervor. Sie hielt ihn vor Berta in die Höhe.

»Das bekommst du jedes Mal, wenn ich in Zukunft einen solchen Ausflug unternehme. Sofern du den Mund darüber hältst. Wenn du jedoch plauderst, schmeiß ich dich auf der Stelle raus. Natürlich mit einem schlechten Zeugnis. Hast du verstanden?«

Als Berta eingeschüchtert nickte, griff Amalie nach ihrer Hand und legte die Münze hinein.

Restaurant im Hotel Sacher

Mitte April 1893

»Und haben sich deine Erwartungen bezüglich der neuen Schaufensterdekoration erfüllt, Phiefi?«, fragte Richard neugierig, kaum dass Sophie ihren Platz an dem zum gemeinsamen Abendessen bestellten Tisch im vornehmen Restaurant Sacher eingenommen hatte.

Wie immer waren sie getrennt zu ihrem Verabredungsort erschienen, den sie regelmäßig wechselten. Zumindest erregte das weniger Aufsehen, als wenn Richard Sophie im Café Prinzess oder von zu Hause abgeholt hätte. Dennoch machten sich beide keine Illusionen darüber, dass die Wiener Bekannten, denen sie zwangsläufig an diesen Orten immer wieder begegneten, irgendwann über sie zu tratschen beginnen würden. Wenn sie es nicht schon längst taten.

Aufgrund seiner zerrütteten Ehe mit Amalie machte sich Richard allerdings weit weniger Gedanken darüber als Sophie. Sollte die Wiener High Society doch ruhig mitbekommen, dass es mit ihm und Amalie nicht zum Besten stand. Umso weniger Aufsehen würde die Scheidung erregen, die er ja über kurz oder lang zu beantragen beabsichtigte.

Obwohl Sophie das unangenehme Thema aus ihren wenigen Begegnungen weitestgehend heraushielt, fürchtete sie sich weit mehr vor dem unvermeidlichen Klatsch als er. Dabei taten beide nicht einmal etwas Unrechtes. Denn ihre Beziehung war nach wie vor eine platonische, und selbst die wenigen Male, bei denen sie leidenschaftliche Küsse ausgetauscht hatten, waren schon eine ganze Weile her, seitdem sie sich nur noch an öffentlichen Orten trafen.

Zwar vermisste Richard den Austausch von Zärtlichkeiten mit Sophie schmerzlich. Trotzdem freute er sich auf jede ihrer Begegnungen, die leider nur im Abstand von einigen Wochen stattfinden konnten. Je nachdem, wann er und Sophie sich zur gleichen Zeit von ihren Pflichten freimachen konnten.

Nun antwortete sie ihm mit vor Freude smaragdgrün funkelnden Augen. »Nur in den allerersten Tagen war ich ein wenig besorgt, ob sich die Investition von immerhin dreiundzwanzig Gulden, die ich Gustav Klimt letztlich für dieses kleine Meisterwerk bezahlt habe, auch lohnen würde. Doch dann drückten sich immer mehr Kinder die Nase an der Schaufensterscheibe platt. Auch Erwachsene blieben häufig vor ihr stehen, um sich die Dekoration anzuschauen.«

»Das kann ich nachvollziehen, Phiefi«, bestätigte Richard. »Auch ich hätte mir am liebsten die Nase an der Scheibe plattgedrückt, um jede Einzelheit von Klimts Kunstwerk noch besser erkennen zu können, als ich es neulich zum ersten Mal sah. Obwohl die Figuren denen aus der Oper ›Entführung aus dem

Serail‹ nicht entsprechen, erkennt zumindest jeder Theaterliebhaber sogleich die Ähnlichkeit der Schaufensterdekoration mit einem der Bühnenbilder.«

Sophies Augen strahlten noch mehr. Wie gern hätte Richard sie jetzt in die Arme genommen und an sich gedrückt! Obwohl Sophie dem aktuell geltenden Schönheitsideal eigentlich nicht entsprach, war sie eine überaus reizvolle Frau, wenn sie, so wie jetzt, mit sich im Reinen war. Möglicherweise war es ohnehin nur eine Frage der Zeit, bis blonde und grünäugige Frauen als ebenso begehrenswert gelten würden wie Frauen mit dunklen Haaren und Augen.

Aber Richard war dies ohnehin einerlei. Selbst die schönste Frau der Welt hätte er nicht gegen Sophie eintauschen mögen. Er hoffte, dass sie ihm nicht allzu stark ansah, wie sehr er sie begehrte. Das machte sie nämlich jedes Mal verlegen und brachte ihre Konversation ins Stocken. Doch heute ging Sophie ganz in ihrer Begeisterung für ihre Schaufensterdekoration auf.

»Ich war schon mit Amalie und meinem Schwiegervater in einer Aufführung dieser Oper«, erklärte Richard überflüssigerweise, woher er das Bühnenbild kannte. Sophie wusste, dass Adalbert von Thurnau ein begeisterter Opernliebhaber war und eine eigene Loge in der Hofoper unterhielt. Sogleich ärgerte sich Richard über seine Bemerkung, zumal er Amalie bei seinen Treffen mit Sophie in der Regel niemals erwähnte.

Doch Sophies Freude über sein Lob war so groß, dass sie völlig darüber hinwegging. »Es dauerte ungefähr eine Woche, bis neue Gäste, die erst durch die Schaufensterdekoration auf uns aufmerksam wurden, ins Café Prinzess kamen. Einige entdeckten das neugestaltete Schaufenster beim Bummel im Graben, etliche andere kamen wohl auch aus Neugier, da ich wöchentlich mehrere Annoncen im *Wiener Salonblatt* geschaltet habe. Vor allem die Kinder erfreuen sich ungemein an der Szenerie.«

»Also haben sich auch deine Umsätze im Café Prinzess dadurch gesteigert?«

Sophie nickte. »Ja, aber nicht allein durch mehr neue Gäste, sondern auch durch eine neue Geschäftsidee, die ich gleich im Anschluss entwickelt habe. Denn viele Besucher kommen zu den Stoßzeiten das erste Mal ins Café und finden dann leider keinen Platz mehr. Und du weißt ja, dass ich keine Möglichkeit habe, die Räume des Cafés zu erweitern.«

»Vielleicht würde ein Schanigarten im Sommer helfen, wenn das Wetter warm genug ist und die Gäste ihre Tortenstücke auch im Freien genießen können«, schlug Richard vor.

Sophie merkte auf. »Das ist eine wunderbare Idee, Richie. Ich werde darüber nachdenken, ob und wie sich das realisieren lässt. Aber bis dahin genieße ich erst einmal die Erfolge meiner neuen Geschäftsidee. Willst du denn gar nicht wissen, worum es sich dabei handelt?«

Sie machte eine kleine Pause, wohl in der Erwartung, dass Richard danach fragen würde. Doch dessen Reaktion zeigte ihr, dass er diese schon zu kennen glaubte.

»Du willst weiterhin mit Gustav Klimt zusammenarbeiten?«

»Das will ich«, bestätigte Sophie. »Da die Oper noch in der gesamten Spielzeit im Programm ist und wahrscheinlich auch in der nächsten Theatersaison aufgeführt werden wird, möchte ich die Mokkaprinzen-Dekoration nicht auswechseln, sondern stattdessen auch das linke Fenster neben der Eingangstür des Cafés ausschmücken lassen. Mir schwebt dabei ein exotischer Obstgarten vor, um unsere Orangencremetorte zu präsentieren. Sie ist zwar nicht ganz so populär wie die Mokkaprinzentorte, nichtsdestotrotz aber unser am zweithäufigsten verkauftes Produkt.«

»Aber die Reaktion der Gäste auf die Schaufensterdekoration hat mich noch zu einer anderen Idee inspiriert«, fuhr sie lächelnd fort. »Mir fiel auf, dass insbesondere in den späteren Nachmittagsstunden viele Mütter und Väter mit ihren Kindern nach der Schule ins Café gekommen sind. Während kurz nach der Öffnung um zehn Uhr morgens noch immer relativ wenig

Betrieb herrscht, ist das Café jetzt oft auch nach fünf Uhr nachmittags ausgebucht. Denn viele Kinder wünschen sich als Belohnung für eine gute Note einen Besuch im Café, vor allem, um das Schaufenster noch einmal betrachten zu können.«

»Das freut mich sehr für dich, Sophie. Und zu welcher Idee hat dich das angeregt?« Jetzt endlich stellte Richard die Frage, auf die Sophie gewartet hatte.

»Wir bieten seit Neuestem ein paar spezielle Produkte für Kinder an«, erwiderte Sophie. »Die Mokkaprinzentorte ist für die Kleinen ja nicht geeignet, weil sie aufgrund des enthaltenen Kaffees viel zu bitter schmeckt. Und unsere Konfektauswahl war bislang ebenfalls hauptsächlich auf Erwachsene ausgerichtet. Viele Pralinen sind mit Bitterschokolade umhüllt oder sogar mit Alkohol gefüllt oder mit exotischen Gewürzen verfeinert. Das alles ist nicht für Kinder geeignet. Darüber waren viele Eltern enttäuscht, die ihren Kindern gerne etwas aus dem Café Prinzess mitbringen wollten.«

Sophie trank einen Schluck Wasser, da ihre Kehle vom vielen Reden ganz trocken geworden war.

»Daher sind wir zunächst dazu übergegangen, den Mokkaprinzen aus Marzipan auch einzeln als kleine Figur zu verkaufen. Die Backstube kam mit deren Herstellung zwar kaum hinterher, doch der Mohr sei zu schade zum Essen, wurde uns später von den Eltern berichtet. Selbst auf Süßigkeiten versessene Kinder würden ihn lieber ins Regal stellen als verspeisen. So kam ich schließlich auf die Idee, ein besonderes Konfekt für Kinder herzustellen. Davon haben wir mittlerweile sogar zwei Sorten. Eine besonders süße Schokolade mit viel Milch und eine mit dieser Schokolade umhüllte Praline. Unser Konditormeister Rudi Wallner hat eine leckere Milchcreme als Füllung dafür kreiert.«

Sie trank noch einen Schluck Wasser. »Die Süßigkeiten verkaufen sich unglaublich gut. An manchen Tagen kann nicht einmal unser Blattgoldkonfekt damit mithalten.«

»Und wo ist der Haken an der Sache?« Richard hatte den Schatten sehr wohl bemerkt, der bei ihren letzten Worten über Sophies Gesicht gehuscht war.

Er ahnte die Antwort bereits, als sie seufzte. »Wieder einmal Toni!«, traf er ins Schwarze. »Doch was ist diesmal der Grund für eure Unstimmigkeiten? Ich dachte, ihr wärt übereingekommen, dass sich jeder weitgehend autonom um die Angelegenheiten der Gaststätte kümmern kann, die er leitet.«

»Das ist richtig, mit der Ausnahme größerer Investitionen. Hier wünschte mein Onkel in seinem Testament, dass wir solche Entscheidungen einvernehmlich treffen. Doch obwohl Toni seit dem Tod meines Onkels das Kaffeehaus leitet und die Führung der Küchen und der Backstube an den dienstältesten Koch sowie an seinen ehemaligen stellvertretenden Konditormeister Wallner abgetreten hat, erwartet er, bei jeder Novität mit ins Boot geholt zu werden. Zweifellos ist Toni noch immer ein begnadeter Zuckerbäcker. Aber ich hätte nie gewagt, ihn darum zu bitten, wieder mit Kittel und Haube in der Backstube zu werkeln, um ein neues Konfekt zu entwickeln. Trotzdem hat er es mir übelgenommen, dass ich seine Expertise dabei nicht in Anspruch genommen habe.«

Nun seufzte auch Richard. »Das sieht mir ganz danach aus, als ob du ihm nie etwas recht machen könntest. Dabei hatte ich so für dich gehofft, dass eure Spannungen abnehmen, sobald jeder von euch seinen eigenen Bereich leitet.«

Sophie schob trotzig die Lippen nach vorne. »Diese Hoffnung gebe ich langsam auf, Richie. So wie es aussieht, erfüllt sich der Wunsch meines Onkels nicht, dass mir Toni zur Seite steht. Im Gegenteil habe ich langsam den Eindruck, dass er mir Knüppel zwischen die Beine wirft, wo immer er kann.«

»Aber eine Weile habt ihr euch doch wieder besser vertragen«, warf Richard ein.

»Seit Ida in den Abendstunden Sitzkassiererin ist, hat sich das leider geändert, obwohl Toni anfangs damit einverstanden war. Aber nun hat er wohl den Eindruck gewonnen, dass ich über Ida heimlich eine gewisse Kontrolle über das Kaffeehaus ausübe. Was sogar der Wahrheit entspricht, obwohl ich ihn nie mit seiner chaotischen Buchhaltung konfrontiert habe. Aber er hat den Braten wahrscheinlich trotzdem gerochen.«

Ihre Miene verdüsterte sich noch mehr. »Ach Gott, das könnte auch deine Idee, im Sommer einen begrünten Außenbereich einzurichten, wieder verkomplizieren. Schließlich muss ich dafür ja eine Menge neues Mobiliar anschaffen und brauche dazu seine Zustimmung.«

»Dann schlage Toni doch vor, in der Dorotheergasse ebenfalls einen Schanigarten für das Kaffeehaus einzurichten. Schließlich schießen diese ins Freie verlagerten Sitzgelegenheiten in den letzten Jahren überall wie Pilze aus dem Boden. Das Café Central hat sich schon einen Außenbereich zugelegt, ebenso das Landtmann und das Bristol.«

Sophies Miene hellte sich wieder auf. »Ich danke dir für deinen Rat, Richie.« Beinahe hätte sie ihm die Hand auf den Arm gelegt, zog sie jedoch im letzten Moment zurück. »Doch jetzt kommt der Ober mit der Menükarte. Lass uns schnell hineinschauen, damit er nicht unverrichteter Dinge wieder abziehen muss. Zumal ich einen wahren Bärenhunger habe.«

Die nächste Stunde verging bei angeregtem Geplauder und einem hervorragenden Kalbsfrikassee mit Schwammerln, hausgemachten Nudeln und einem Salat aus Paradeisern, der Sophie ganz hervorragend mundete. Bislang kannte sie die roten, aus Italien stammenden Früchte vor allem als Zierpflanzen.

»Allein deswegen hat sich mein Besuch im Sacher schon gelohnt«, zwinkerte sie Richard zu. »Ich werde einmal mit unserem Koch darüber sprechen, ob wir nicht gleichfalls Paradeiser in unser Mittagsbuffet aufnehmen können.«

»Die Früchte allein sind allerdings relativ geschmacklos«, ertönte plötzlich eine tiefe Frauenstimme in Sophies Rücken.

»Zumindest im Frühling. Um diese Jahreszeit werden sie nämlich in Gewächshäusern gezogen. Sie brauchen jedoch die pralle Sonne, um ihren ganzen Geschmack zu entfalten.«

Anna Sacher trat auf ihrer Runde durch das Restaurant an Richards und Sophies Tisch. Sie war noch ganz in Schwarz gekleidet, da ihr Ehemann Eduard erst im vergangenen November verstorben war.

Nach der Begrüßung fuhr sie fort. »Wenn Ihnen der Paradeisersalat gemundet hat, liegt dies sicherlich vor allem an der ausgezeichneten Vinaigrette meines Küchenchefs.«

Anna Sacher musterte Sophie mit einem Lächeln, das ihre dunklen Augen nicht erreichte. Die beiden Frauen kannten sich von den Beerdigungen Stephan Danzers und Eduard Sachers.

Sophie spürte zu ihrem Ärger, dass sie errötete, weil Anna Sacher ihren Satz über die Paradeiser offensichtlich gehört hatte. Dennoch behielt sie die Contenance und neigte den Kopf.

»Ich danke Ihnen sehr für diese Empfehlung, verehrte Frau Sacher. Und werde mir natürlich erlauben, sie an meinen Küchenchef weiterzugeben.«

Frau Sacher verzog keine Miene. »Tun Sie das, Fräulein von Werdenfels! Ich freue mich jedenfalls darüber, dass es Ihnen und Herrn von Löwenstein in meinem Restaurant zu gefallen scheint.«

Sie war schon einige Schritt weitergegangen, als sie sich noch einmal zu Sophie umdrehte.

»Für die Paradeiser kann ich Ihnen die Firma Hans Scheidl empfehlen, Fräulein von Werdenfels.« Annas Stimme klang eine Spur herablassend. »Obst und Gemüse sind bei diesem Händler besonders wohlschmeckend. Er beliefert auch die Hofküche.«

Sophie neigte erneut den Kopf. »Ich danke Ihnen für Ihren guten Rat, Frau Sacher. Ich werde ihn sicherlich bei Gelegenheit beherzigen.«

Als Anna Sacher sich außer Hörweite befand, musterte

Richard Sophie mit einem spöttischen Lächeln. »Eigentlich glaubte ich immer, nur Männer würden die Klingen kreuzen.«

Sophie zuckte mit den Schultern. »Mein Onkel hat viele Jahre lang fast all sein Gemüse und Obst bei Scheidl gekauft. Als es dann aufgrund seiner fortschreitenden Krankheit zu einigen kleineren Unregelmäßigkeiten bei der Begleichung der Rechnungen kam, hat der Besitzer ihm auf recht unverschämte Weise die Geschäftsbeziehung aufgekündigt. Seither bestellt eine Abordnung aus den Küchen des Prinzess unsere frische Ware meist gleich auf dem Markt bei den dortigen Händlern. Sie liefern pünktlich, ihre Erzeugnisse sind oft um die Hälfte preiswerter als bei Scheidl, ohne dass ich bislang einen größeren Qualitätsunterschied feststellen konnte. Für exotische Früchte, die es nicht auf dem Markt zu kaufen gibt, haben wir zwei neue Obsthändler, die ich bei ihrer nächsten Lieferung einmal nach den Paradeisern befragen werde.«

»Auf jeden Fall bist du eine ebenso tüchtige Geschäftsfrau wie Anna Sacher, Phiefi«, machte ihr Richard nach einer kleinen, noch dem Auftritt Anna Sachers geschuldeten Pause ein Kompliment.

Sophie sah überrascht auf. »Meinst du das wirklich ernst, Richie? Anna Sacher ist fast zwanzig Jahre älter als ich und hat viel mehr Erfahrung bei der Führung ihres Hotels und seiner ihm angeschlossenen Gaststätten.«

Einen Augenblick lang war Richard versucht, Sophie mitzuteilen, dass Anna Sacher zumindest im Augenblick nur pro forma die Chefin des Unternehmens war. Es gab Gerüchte, dass das Testament ihres Gatten nicht sehr vorteilhaft für sie war. Aber da er diese Information vertraulich erhalten hatte, nahm er Abstand davon, sie an Sophie weiterzugeben.

Stattdessen nickte er noch einmal nachdrücklich. »Ja, liebe Phiefi, das meine ich ernst. Möchtest du denn auch eine Süßigkeit anlässlich deiner neuen Schaufensterdekoration mit dem Orangengarten kreieren lassen?«, lenkte er das Gespräch, in der

Hoffnung, dies würde sie erfreuen und gleichzeitig ermutigen, wieder auf Sophies Ideen für das Café zurück.

Tatsächlich blitzten Sophies Augen erneut freudig auf. »Darüber hatte ich noch gar nicht nachgedacht, Richie. Aber es ist eine gute Idee! Vielleicht könnte man diesmal sowohl ein neues Konfekt für die Erwachsenen als auch für die Kinder erfinden. Irgendetwas mit Orangengeschmack.«

Der restliche Abend verlief wieder in heiterem, unbeschwertem Geplauder.

Es war schon kurz vor Mitternacht, als Sophie an Richards Arm das Restaurant verließ und in die feudale Halle des Hotels Sacher trat. Plötzlich fiel ihr noch etwas ein, das ihr während des Abends entfallen war.

»Oh Richie, das hätte ich jetzt beinahe vergessen! Ich wollte mir doch einmal den neumodischen Fernsprecher anschauen, den das Sacher angeblich bereits installiert hat.«

Telefone, wie man diese seltsamen Apparate auch nannte, waren in Wien noch relativ selten. Sophie hatte in der Zeitung gelesen, dass es in einem Radius von fünfzehn Kilometern rund um den Stephansdom ein Telefonnetz gab, mit dessen Hilfe die Besitzer solcher Apparate miteinander sprechen konnten. Das Netz wurde von einer privaten Gesellschaft betrieben, die von jedem Besitzer eines solchen Apparats eine monatliche Nutzungsgebühr erhob.

In dem Artikel hatte der Redakteur nicht nur erwähnt, dass es sogar schon eine öffentliche, also für jedermann zugängliche Sprechstelle in den Räumlichkeiten der Wiener Börse gab, sondern auch das Sacher gelobt, das als erstes Hotel in Wien diese Innovation eingerichtet hatte.

Richard blickte sich suchend um. Wenig später standen Sophie und er in einer zur Halle hin offenen Nische, in der ein solches Telefon-Gerät auf einem kleinen Mahagonitisch stand.

Sophie betrachtete es eingehend. Gemäß dem Status des

Hotels wirkte der Apparat luxuriös. Auf einem schwarz emaillierten Kasten, dessen Vorderseite das Wappen des Sacher schmückte, war eine seltsame Konstruktion befestigt. In einem silbernen, zweiarmigen, nach oben hin gegabelten Ständer lag ein Stab mit zwei, ebenfalls silbernen, dicken Scheiben an seinen beiden Enden. Die linke war flacher als die rechte, an der etwas befestigt war, das Sophie an ein Hörrohr erinnerte.

»Das ist die Stelle, durch die man die Stimmen hören kann?«, vermutete sie und zeigte auf die rechte Scheibe.

Richard schüttelte lächelnd den Kopf. Dann griff er nach dem mittigen, mit schwarzem Leder überzogenen Teil des Stabs und löste ihn aus seiner zweiarmigen Verankerung.

»Das Ganze nennt man den Telefonhörer, Phiefi«, erklärte er ihr. »Doch man verwendet ihn genau umgekehrt. Die flache Scheibe hält man ans Ohr und in das Rohr an der unteren Scheibe spricht man hinein.« Er führte Sophie vor, wie das ging, und reichte ihr den Hörer dann weiter. Erst jetzt bemerkte sie, dass dieser mit einer Schnur an dem schwarzen Kasten befestigt war, an dessen rechter Seite sich wiederum eine Kurbel befand.

Sie hielt sich das Ding ans Ohr und hörte zu ihrer Enttäuschung gar nichts. »Wie funktioniert das denn?«

Richards Lächeln vertiefte sich. »Du musst dich zuerst einmal mit deinem Gesprächspartner verbinden lassen. Dazu braucht es das Fräulein in der Vermittlungsstelle. Du drehst an dieser Kurbel, dann merkt das Fräulein an einem dadurch ausgelösten Signal, dass jemand telefonieren möchte. Es nimmt zuerst seinen eigenen Hörer ab und erkundigt sich danach, wen du sprechen willst. Dann stellt das Fräulein die Verbindung zu dem von dir gewünschten Gesprächspartner her. Wenn du das Gespräch beenden willst, musst du wieder an dieser Kurbel drehen.«

»Wie stellt das Fräulein denn die Verbindung her?«

Richard hob die Schultern. »So ganz genau weiß ich das

auch nicht, da ich noch nie in einer Vermittlungsstelle gewesen bin. Aber ich habe mir sagen lassen, dass man dazu einen Metallstöpsel an einer bestimmten Stelle der Telefonzentrale in eine Buchse stecken muss.«

»Woher weiß das Fräulein denn, an welche Stelle genau sie den Stöpsel stecken muss, um die Person zu erreichen, die der Anrufer sprechen will?«

»Ich vermute, dass es für jeden Teilnehmer eine ganz bestimmte Buchse gibt. Und das Fräulein wird wissen, wo sich die Buchsen der jeweiligen Teilnehmer befinden.«

»Das klingt alles sehr kompliziert«, resümierte Sophie.

»Wieder ein Wunder der immer weiter fortschreitenden Technik«, bestätigte ihr Richard. »In dieser Telefonie stecken meiner persönlichen Ansicht nach viele große Chancen, auch und gerade für die Armee. Aber Erzherzog Albrecht ist in dieser Hinsicht leider genauso konservativ wie unser Kaiser. Er will von diesem ganzen neumodischen Kram, wie er das nennt, nichts wissen. Also behelfen wir uns weiterhin mit Telegrammen und Eilkurieren, wenn wir eine Nachricht schnell von A nach B bringen möchten.«

»Ja, gibt es denn auch außerhalb von Wien schon solche Telefonnetze, oder wie man das nennt?«

»Natürlich. Meines Wissens zum Beispiel in Graz, Prag oder Triest. Man ist gerade dabei, sogenannte Fernsprechnetze aufzubauen, damit man auch zwischen weit entfernten Orten telefonieren kann.«

»Stell dir nur einmal vor, wie einfach es dann für Albrecht wäre, mit seinem Schwager Erzherzog Rainer in Salzburg zu telefonieren, wenn der Alte nur nicht so rückständig wäre.«

In dieser Tonart lamentierte Richard noch eine Weile weiter, während Sophie sich bereits gedanklich mit einer neuen Idee zu beschäftigen begann. »Meinst du, ein solcher Apparat fände auch im Kaffeehaus Anklang?«, unterbrach sie Richard schließlich.

Der stutzte einen Moment lang und begann dann zu grinsen. »Brütest du in deinem hübschen Köpfchen schon deine nächste Geschäftsidee aus?«

Sophie zog einen Schmollmund. »Necke mich nicht, sondern sage mir ehrlich, wie du darüber denkst!«

Richard überlegte eine kleine Weile. »Ich kann nicht einschätzen, Phiefi, ob ein Fernsprechapparat dem Kaffeehaus Prinzess etwas nutzen würde. Denn viele eurer Gäste möchten für die Dienstleistungen des Kaffeehauses ja nichts bezahlen. Und Gespräche kostenlos anzubieten, würde euch schnell ruinieren.«

»Was kostet denn ein solches Telefongespräch?«

»Das weiß ich nicht genau, Phiefi. Aber ich kann meinen Schwiegervater einmal danach fragen. Schließlich hält er sich oft genug im Wiener Börsenverein auf.«

»Apropos Börse«, kam ihm plötzlich ein Geistesblitz. »Womöglich ist ein Telefonapparat für eure jetzige Kundschaft im Kaffeehaus gar nicht so interessant. Aber du könntest vielleicht eine exklusivere Klientel damit anlocken. Zum Beispiel die Geschäftsleute, die an der Börse spekulieren.«

Er machte eine ausladende Handbewegung in Richtung der Halle des Sacher. »Schließlich hätte dieses Hotel keinen Telefonapparat, wenn seine wohlhabende Kundschaft ihn nicht benutzen würde.«

»Aber es sind wohl hauptsächlich Männer, die das tun?«

»Ich nehme es an. Frauen interessieren sich in der Regel nicht so sehr für Technik wie Männer.«

Selbst wenn es im Café Prinzess dafür eine geeignete Nische gäbe, würde sich die Anschaffung eines solchen Apparats also nicht lohnen, sinnierte Sophie. *Aber im Kaffeehaus könnte man damit sicherlich Kunden anlocken, wenn man genügend auffällige Annoncen schaltet.*

»Was gäbe ich darum, wenn ich endlich alles so bestimmen könnte, wie ich es möchte.«

»Denkst du dabei an Toni?«

Erst angesichts Richards Nachfrage bemerkte Sophie, dass sie ihren letzten Gedanken offensichtlich laut ausgesprochen hatte.

Sie entschloss sich zu einer ehrlichen Antwort. »Ja, ich glaube, dass mit Toni ein echter Fortschritt und eine echte Weiterentwicklung des Lebenswerks meines Onkels, wie er es sich gewünscht hat, auf Dauer nicht möglich sein wird.« Sophie spürte plötzlich mit absoluter Sicherheit, dass sie damit recht hatte.

»Dann musst du deine Geschäftsbeziehung mit ihm eben nach Ablauf der fünf Jahre, die euch dein Onkel auferlegt hat, beenden«, entgegnete Richard nüchtern.

»Das ist leichter gesagt als getan«, seufzte Sophie. »Toni wird sich mit Händen und Füßen dagegen wehren. Und es erscheint mir pietätlos gegenüber dem Andenken an meinen Patenonkel, mich im Streit von ihm zu trennen, da er doch so große Stücke auf Toni hielt und ihm das Kaffeehaus ursprünglich sogar vermachen wollte.«

»Was hältst du denn von der Möglichkeit, die Geschäftsbeziehung mit Toni nicht direkt zu beenden, nachdem dies eh noch nicht möglich ist, dich aber dennoch mit ihm auseinanderzudividieren?«, fragte Richard kryptisch.

Sophie sah ihn verständnislos an. »Wie meinst du das denn?«

»Nun, ich habe gehört, dass das Sacher mittlerweile auch Filialen in anderen Städten der k.u.k. Monarchie plant.«

Das war ein völlig neuer Gedanke für Sophie. Aber noch konnte sie sich nicht mit ihm anfreunden. »Du hast gut reden, Richie. Wenn Anna Sacher eine Filiale in einer anderen Stadt eröffnen möchte, muss sie als Erbin ihres Gatten vorher ja niemanden fragen. Ich aber bin in dieser Hinsicht wiederum von Toni abhängig. Also würden wir von Anfang an in der gleichen Sackgasse landen.«

Jetzt erschien es Richard doch an der Zeit, Sophie reinen

Wein über Anna Sacher einzuschenken. Er blickte über seine Schulter und dämpfte die Stimme.

»Was Frau Sacher angeht, irrst du dich, liebe Phiefi. Wenn das stimmt, was ich gehört habe, hat dein Onkel Stephan weit mehr Vertrauen in dich gesetzt als Eduard in seine langjährige Gemahlin Anna. Angeblich hat er Anna in seinem Testament sowohl einen Verwalter für die Geschäftsführung des Unternehmens als auch einen Vormund für die gemeinsamen minderjährigen Kinder vor die Nase gesetzt. Und das, obwohl sie schon fast zwei Jahrzehnte im Sacher mitgearbeitet hat, als er starb. Im Vergleich dazu erscheint es mir sehr moderat, dass dein Onkel lediglich darauf bestanden hat, dir Toni Schleiderer fünf Jahre lang an die Seite zu stellen. Zumal er ja nicht ahnte, wie sich das auswirken könnte.«

Sophie war zutiefst verblüfft. So selbstbewusst, wie Anna Sacher in ihrem Etablissement auftrat, hätte sie solch eine weitgehende Einschränkung von deren Geschäftsfähigkeit nie für möglich gehalten.

»Und um den Rückerhalt des Hoflieferantentitels, der dem Sacher nach dem Tod Eduards entzogen wurde, muss sie ebenfalls noch immer kämpfen«, fügte Richard hinzu. Dann fiel ihm noch etwas ein.

»Und übrigens hat Eduard Sacher das Telefon installieren lassen. Ich habe diese Nische in der Halle schon im letzten Jahr gesehen, als ich mich beruflich einmal hier aufhielt«, beendete er seine Ausführungen vage. Von Maxis Randale und Amalies Ehebruch hatte er Sophie nie etwas erzählt. Dazu hatte er sich zu sehr vor ihr geschämt.

Die große barocke Standuhr in der Halle schlug Mitternacht. Sophie erschrak. »Ach du meine Güte! Franzi wartet im Gesindecafé auf mich. Sicherlich wird sie sich langsam fragen, ob etwas passiert ist.«

Sie winkte einem Pagen, reichte ihm ein Trinkgeld und bat ihn, ihre Zofe in die Halle zu bringen.

Wenig später verabschiedete sie sich vor dem Sacher von Richard und bestieg mit Franzi die Mietdroschke, die er ihr besorgt hatte.

Franzi, die sie sonst aufgrund ihrer notorischen Neugier stets mit Fragen bestürmte, verhielt sich diesmal merkwürdig still. »Bist du mir gram, dass es so spät geworden ist, Franzi?«, fragte Sophie in einem Anflug schlechten Gewissens, da sie am nächsten Morgen beide früh aufstehen mussten. Bevor Franzi antworten konnte, fuhr sie fort, ohne Richards jüngste Informationen dabei zu erwähnen:

»Aber dieser Besuch im Sacher war auch für mein Geschäft sehr wichtig. Es ist bewundernswert, wie Anna Sacher nach dem Tod ihres Gatten das Unternehmen führt und wie selbstbewusst sie auftritt. Diesbezüglich kann ich mir eine Scheibe von ihr abschneiden.«

Franzi blickte auf. Im schwachen Licht der Gaslaternen, das von draußen durch das kleine Fenster fiel, wirkten ihre Augen riesengroß.

»Bloß ned, gnä's Fräulein«, antwortete sie. »Werden S' bloß ned wie des Weib! Des is a ganz hartherzige Person!«

»Wie kommst du denn darauf, Franzi?«, erwiderte Sophie verstört. Dann glaubte sie zu verstehen. »Als Geschäftsfrau muss man manchmal auch harte Entscheidungen treffen. Wenn man sich nicht unterkriegen lassen will.«

»Des mein i ned, gnä's Fräulein. Aba wenn S' amal so gemein wer'n wie die Sacher, verlass i Ihna. Und des mein i bitterernst.«

Während der restlichen Fahrt lauschte Sophie zunehmend empört der Geschichte, die ihr Franzi von ihrer Freundin Elfi erzählte, die als Stubenmädchen im Hotel arbeitete und sich heute mit Franzi getroffen hatte.

Kapitel 9

Kontor des Anwalts Dr. Krömer

Ende April 1893

»Wenn ich Ihnen raten darf, gnädige Frau, unternehmen Sie vorläufig gar nichts. Wecken Sie besser keine schlafenden Hunde!«

Sophie verzog das Gesicht vor Unmut. Auch ihre Mutter Henriette blickte unglücklich drein. Beide hatten heute den Advokaten Dr. Krömer aufgesucht, da sie bezüglich Henriettes Scheidungswunsches endlich die ersten Schritte einleiten wollten.

In den ersten Tagen und Wochen nach ihrer räumlichen Trennung hatte Arthur sich mehrmals brieflich an Henriette gewandt und sie und Milli zur unmittelbaren Rückkehr ins Palais Werdenfels aufgefordert. Dabei kündigte er natürlich an, ihnen ansonsten keinen Kreuzer Unterhalt mehr zu bezahlen. Persönlich erschienen war er in Sophies Wohnung jedoch nie, nachdem Henriette all seine Schreiben unbeantwortet gelassen hatte. Schließlich gab Arthur auf. Seit Monaten hatte Henriette nun schon nichts mehr von ihm gehört.

Milli ging es mittlerweile von Behandlungsstunde zu Behandlungsstunde besser. Inzwischen sprach sie sogar schon davon, ihren regulären Schulabschluss irgendwann nachholen zu wollen.

Derweil hatte Henriette Millis ehemaligen Nachhilfelehrer wieder für sie engagiert, der mit ihr nicht nur an ihrer Rechtschreibung arbeitete, sondern ihr auch Unterricht in Englisch, deutscher Literatur und Geschichte erteilte. Ein zweiter Lehrer kam abwechselnd mit ihm in Sophies Wohnung und gab Milli Lektionen in Mathematik, Geografie und den Naturwissenschaften.

Beide Lehrer bescheinigten Milli bei ihren wöchentlichen Besprechungen mit Sophie und Henriette, dass sie beständige Fortschritte machte. Auch Millis Symptome waren mittlerweile fast völlig verschwunden. Sie schlafwandelte überhaupt nicht mehr, geschweige denn, dass sie sich Wunden zufügte. Ab und zu plagten sie zwar noch Albträume. Doch dann flüchtete sich Milli auf Anraten Dr. Freuds ins Bett ihrer Mutter, die sie tröstete, bis Milli wieder einschlief.

Diese Fortschritte wollten natürlich weder Henriette noch Sophie gefährden. Doch wenn sie Dr. Krömer richtig verstanden hatten, wäre dies unvermeidlich, sobald Henriette die Scheidung einreichte und dafür als ausschlaggebenden Grund angab, dass ihr Ehemann Arthur ihre minderjährige Tochter missbraucht hätte.

»Milli würde in jedem Fall von einem Richter dazu befragt werden. Mit hoher Wahrscheinlichkeit sogar in Anwesenheit Ihres Gatten. Dabei würde es nicht ausreichen, neutral gehaltene Beschuldigungen zu erheben. Milli müsste sehr konkret beschreiben, was ihr geschehen ist. Auch ohne ihren Nervenarzt bereits dazu befragt zu haben, kann ich mir nicht vorstellen, dass ein solches Verfahren Millis Genesung förderlich wäre«, begründete der Anwalt seinen Rat.

Sophie und Henriette nahmen dies betroffen zur Kenntnis. Doch Sophie war noch nicht bereit, so schnell aufzugeben. »Könnte Dr. Freud Milli nicht ein Attest darüber ausstellen, dass sie nicht aussagefähig ist? Und stattdessen ein ärztliches Gutachten über die Misshandlungen und deren Folgen für Milli erstellen?«

Dr. Krömer räusperte sich und trank einen Schluck Wasser.

»Selbst wenn der Richter einem solchen Gutachten Glauben schenken würde, stünde das Wort Ihres Stiefvaters, der natürlich alles abstreiten wird, dagegen. Im besten Fall würde das Verfahren ausgesetzt werden, bis Milli gesund genug ist, vor Gericht zu erscheinen. Doch auch dann stünde Aussage gegen Aussage.«

»Und im schlimmsten Fall?«, fragte Henriette zaghaft.

»Im schlimmsten Fall geht Ihr Gatte sofort zum Gegenangriff über und reicht seinerseits ein Scheidungsbegehren mit der Begründung ein, Sie, gnädige Frau, hätten ihn böswillig verlassen.«

»Und was würde das bedeuten?« Henriettes Stimme zitterte.

»Sie müssten plausible Gründe dafür vorbringen, warum Sie zu Ihrer Tochter Sophie gezogen sind, um den Vorwurf des ›böswilligen Verlassens‹ zu entkräften. Das brächte wiederum Milli ins Spiel. Wenn Sie dagegen keine oder keine ausreichenden Gründe für Ihren Schritt vortragen, könnte der Richter ein Schlichtungsverfahren anstrengen, um Ihre Ehe zu retten. Als Schlichter wird oft ein katholischer Geistlicher bestallt. Denn obwohl das Scheidungsrecht in Österreich liberaler ist als zum Beispiel das im Deutschen Reich, gilt die Ehe als überaus schützenswerte Lebensgemeinschaft, die nicht ohne triftige Gründe aufgelöst werden sollte. Verweigern Sie sich diesem Schlichtungsverfahren, oder macht der Schlichter Sie für dessen Aussichtslosigkeit verantwortlich, würden Sie schuldig geschieden werden. Das wäre die schlechteste aller Möglichkeiten, sowohl vom finanziellen Aspekt her als auch, was Ihr weiteres gesellschaftliches Ansehen betrifft.«

»Aber Arthur hat auch mich von Beginn unserer Ehe an schlecht behandelt!« Henriette traten die Tränen in die Augen. »Er hat meinen Töchtern und mir aus Geiz jahrelang einen standesgemäßen Unterhalt verweigert. Wir konnten uns nicht einmal eine moderne Garderobe leisten.«

Der Advokat sah Henriette mitleidig an. »Dies würde kein Richter als Scheidungsgrund akzeptieren, und auch nicht als Grund, den Ehemann ohne Aussprache und Versöhnungsversuch zu verlassen. Es sei denn, Sie hätten gehungert oder wären noch schlimmerer Unbill ausgesetzt gewesen. Aber stattdessen lebten Sie meines Wissens sogar in einem Haushalt mit mehreren Dienstboten.«

Sophie stöhnte auf. »Doch das wurde alles aus dem Vermögen meiner Mutter bezahlt, auf das Arthur uneingeschränkten Zugriff hat, den er meiner Mutter bis heute verweigert! Er hat ihr noch keinen Kreuzer ausbezahlt, seit sie ihn vor fast einem Jahr verlassen hat!«

»Haben Sie denn während Ihrer ehelichen Gemeinschaft jemals versucht, eine Auszahlung aus Ihrem Vermögen zu erhalten?«, wandte sich Krömer an Henriette.

Die schüttelte den Kopf. »Auf diese Idee wäre ich nie gekommen. Hätte Arthur dem denn stattgeben müssen?«

Dr. Krömer räusperte sich noch einmal und nahm wieder einen Schluck Wasser. »Wenn Sie Zugriff auf Ihr Vermögen haben möchten, kann Ihr Gatte sich dem nicht verweigern. Denn rechtlich hat er keinen Anspruch auf das Erbe Ihres ersten Mannes, welches Sie in die Ehe miteingebracht haben. Nur auf die Nutznießung der Erträge, die dieses erbringt.«

Sowohl Sophie als auch Henriette waren sprachlos vor Verblüffung. Sophie fasste sich als Erste wieder. »So ist das Erbe meiner Mutter bei ihrer Hochzeit also nicht automatisch in den Besitz meines Stiefvaters übergegangen?«

Krömer schüttelte sein ergrautes Haupt. »Selbstverständlich nicht«, betonte er mit einem Blick über seinen Kneifer hinweg auf Henriette. »Gewalt über Ihr Vermögen hätte Ihr Gatte nur dann erhalten, wenn Sie ihm eine Vollmacht dazu erteilt hätten.« Er fixierte Henriette scharf. »Haben Sie das getan, gnädige Frau?«

»Natürlich nicht!«, verwahrte sich Henriette empört.

»Aber Arthur hat dies ja auch nie von dir verlangt, Mama«, warf Sophie entmutigt ein. »Und da es keinen Zweck hat, der Wahrheit heute auszuweichen, bin ich so ehrlich, dir zu sagen, dass ich im Nachhinein nicht wüsste, ob du ihm eine solche Vollmacht nicht sogar erteilt hättest.«

Henriette errötete, senkte den Kopf und griff nach ihrem Sacktuch. Eine kleine Weile herrschte verlegenes Schweigen, während Henriette angestrengt versuchte, ein Schluchzen zu unterdrücken.

Dr. Krömer ergriff als Erster wieder das Wort. »Also haben Sie Ihren zweiten Gatten während Ihrer gesamten Ehe uneingeschränkt als Haupt Ihrer Familie akzeptiert, gnädige Frau?«

Henriette rang nach Worten, während ihr die Tränen über die Wangen liefen. Sophie griff mit einer Mischung aus Mitleid und Zorn nach ihrer Hand.

»Wir müssen uns einfach den Tatsachen stellen, Mama. Arthur konnte viele Jahre lang im Palais Werdenfels tun und lassen, was er wollte. Du hattest nicht den Mut, ihn offen an irgendetwas zu hindern. Daraus machen weder Milli noch ich dir einen Vorwurf. Doch das schafft heute leider für uns alle sehr unangenehme Fakten.«

Plötzlich kam ihr ein alarmierender Gedanke. Sie wandte sich wieder an den Anwalt.

»Würde auch ein Richter meiner Mutter diese Fragen stellen?«

Krömer nickte. »Davon ist mit höchster Wahrscheinlichkeit auszugehen. Spätestens, wenn Ihr Stiefvater eine eigene Scheidungsklage wegen böswilligen Verlassens einreicht, wird jeder Richter wissen wollen, was sich in der Ehe Ihrer Eltern denn aus Sicht Ihrer Mutter geändert hat, sodass ein Zustand, der jahrelang toleriert wurde, plötzlich inakzeptabel für sie wurde.«

Krömer wandte sich wieder an Henriette. »Dazu gehört übrigens auch, dass ein Richter stillschweigend davon ausgeht, dass Sie mit der Verwaltung Ihres Vermögens durch Ihren Ehemann einverstanden waren, Frau von Freiberg, und ihm ebenso die Nutznießung überlassen haben, über die er Ihnen keine Rechenschaft schuldig ist. Dahinter steht die Vermutung, dass dies Ihr Beitrag zur Tragung des Eheaufwandes ist.«

»Was für ein Schmarrn!« Jetzt platzte Sophie der Kragen. »Meine Mutter soll stillschweigend damit einverstanden gewesen sein, Arthur die Erträge ihres eigenen Erbes zu seinem Gutdünken zu überlassen, obwohl er uns kaum an deren Nutznießung teilhaben ließ?« Sie schnappte nach Luft. »Der einzige Grund, dass dies all die Jahre über so war, ist, dass meine Mutter ihre Lage juristisch nicht einschätzen konnte. Sie wusste von ihren Rechten doch gar nichts.«

Krömer machte eine beschwichtigende Handbewegung. Offensichtlich war er Ausbrüche dieser Art bei dieser Thematik gewöhnt. »Deshalb rate ich vor jeder Heirat, in die Vermögen eingebracht wird, zu einem Ehevertrag, der die finanziellen Verhältnisse eindeutig regelt«, belehrte er Sophie. »Ohne einen solchen Vertrag hätte Ihre Mutter dieser Regelung der Vermögensverwaltung zumindest explizit widersprechen müssen. Juristisch beglaubigt, natürlich!«

Er richtete das Wort wieder an Henriette. »Doch da Sie nicht einmal wussten, dass Ihr zweiter Gatte keinen Anspruch auf die Substanz Ihres Vermögens hat, gehe ich davon aus, dass Sie auch nie Einspruch gegen die Verwaltung der Erträge durch ihn erhoben haben. Habe ich recht?«

Nun konnte Henriette die Tränen nicht mehr zurückhalten und schluchzte heftig. Sophie antwortete an ihrer statt resigniert: »Sie haben recht, Dr. Krömer. Von einem solchen Einspruch ist mir nie etwas zu Ohren gekommen.«

Aber noch war ihr Kampfgeist nicht ganz erloschen. »Sie wissen ja, dass mein Stiefvater meiner Mutter und meiner Schwester noch keinen Kreuzer Unterhalt ausbezahlt hat, seit sie das Palais Werdenfels vor fast einem Jahr verlassen haben. Gibt es denn nicht wenigstens die Möglichkeit, Arthur *jetzt* dazu zu zwingen, die Erträge aus dem Erbe meines Vaters an sie weiterzugeben? Zumindest zum Teil?«

Krömer verneinte mit betrübter Miene. »Ihrem Stiefvater die Nutznießung der Erträge ganz oder teilweise zu entziehen, wäre juristisch nicht einmal möglich, wenn er argen Missbrauch mit dem Geld betreiben würde, also es verspielen oder in den Freudenhäusern …«, unterbrach er sich. »Verzeihen Sie bitte, gnädiges Fräulein!«

Sophie winkte ungeduldig ab. »Selbst wenn er das Geld in die Hurenhäuser tragen würde, könnten wir gar nichts dagegen unternehmen«, drückte sie sich in ihrer Bitterkeit bewusst drastisch aus.

»So sieht es das österreichische Ehegesetz vor«, bestätigte Krömer. »Der Mann gilt nahezu uneingeschränkt als Vorstand des Haushalts. Die Ehefrau und die Kinder sind ihm in den allermeisten Aspekten untertan.«

Sophie hätte am liebsten vor ohnmächtiger Wut mit der Faust auf den Tisch geschlagen oder mit dem Fuß aufgestampft. *Gesetze, von Männern für Männer gemacht!*, schoss es ihr durch den Kopf. Endlich verstand sie, warum Arthur für seine Verhältnisse so rasch aufgegeben hatte, Henriette zur Rückkehr zu bewegen. Er lebte von ihrem Geld ohne Einschränkungen wie eine Made im Speck. Natürlich konnte er kein Interesse daran haben, diesen für ihn komfortablen Zustand zu gefährden.

Doch sie, Sophie, war kein kleines Mädchen mehr, sondern eine gestandene Geschäftsfrau, und wollte nicht kindisch wirken. Denn instinktiv spürte sie, dass der Advokat ihre Mutter nicht wirklich ernst nahm. Er betrachtete sie als das, was sie auch tatsächlich all die Jahre lang in ihrer Ehe mit Arthur gewesen war: eine schwache Ehefrau, die sich ihrem Mann in allem demütig unterworfen hatte. Zumindest sollte er von ihr, Sophie, nicht in der gleichen Weise denken.

Also riss sie sich zusammen. »Habe ich Sie also richtig verstanden, Dr. Krömer, dass mein Stiefvater bis zu einer Scheidung die volle Gewalt über die Erträgnisse aus dem Vermögen meiner Mutter behält?«

»Genauso ist es, Fräulein von Werdenfels. Und wenn die Sache übel für Ihre Mutter ausgeht, kann er darauf sogar noch nach einer Scheidung nahezu uneingeschränkten Anspruch erheben.«

»Wie das?« Die Perversität des österreichischen Eherechts, was die Position der Frau anging, schien Sophie jedes zumutbare Maß zu übersteigen.

»Das Scheidungsverfahren wird vom Entscheid über die Regelung der nachehelichen finanziellen Verhältnisse abgetrennt«, erklärte der Advokat. »Würde Ihre Frau Mutter schuldig geschieden, könnte Ihr Herr Stiefvater sogar einen Anspruch auf Schadensersatz aus dem Vermögen Ihrer Mutter oder zumindest aus dessen Erträgen erheben. Nur bei einer einvernehmlichen Scheidung wäre dies nicht zu befürchten.«

»Aber ich will dieses Scheusal nicht länger in meinem Leben haben!«, heulte Henriette plötzlich auf. »Wenn denn schon keine Scheidung möglich ist, ohne dass ich Millis Genesung gefährde, will ich zumindest eine offizielle Trennung von Tisch und Bett. Damit ich mich wenigstens in der Wiener Öffentlichkeit mit geklärten Verhältnissen wieder sehen lassen kann. Und wenn Milli stabil genug dazu ist, kann ich die Scheidung später ja immer noch einreichen.«

Wieder schüttelte Krömer sein graues Haupt. »Leider ist das nicht möglich, gnädige Frau. Die Trennung einer ehelichen Lebensgemeinschaft ist in Österreich nur auf zwei Weisen möglich, die einander ausschließen: Das eine ist die Trennung von Tisch und Bett, verbunden mit dem Verzicht auf eine Wiederverheiratung. Das andere ist die Ehescheidung, entweder einvernehmlich oder nicht einvernehmlich, wobei in letzterem Fall immer eindeutig gegen einen der Ehepartner als ›schuldig geschieden‹ geurteilt wird.«

»Aber es könnten doch auch nach einer Trennung von Tisch

und Bett gravierende Gründe für eine Scheidung eintreten?« Sophie verstand die Rechtsprechung immer weniger.

Erneut wiegte Krömer sein Haupt, räusperte sich und trank einen Schluck Wasser. »Ein solcher Fall ist mir in den fast dreißig Jahren meiner juristischen Praxis noch niemals untergekommen, gnädiges Fräulein. Was für einen Anlass für eine Scheidungsklage der Ehefrau sollte es auch geben, wenn die eheliche Gemeinschaft gar nicht mehr besteht?«

Resigniert blieb ihm Sophie die Antwort darauf schuldig. Auch ohne eine weitere Erläuterung des Anwalts wusste sie, dass schon innerhalb einer bestehenden ehelichen Gemeinschaft der Ehebruch des Mannes nur als Kavaliersdelikt galt. Erst recht würde kein Richter einen solchen als Scheidungsgrund nach einer Trennung von Tisch und Bett akzeptieren. Zumal, wenn die Initiative zur Trennung von der Ehefrau ausgegangen war.

»Vom Hörensagen ist mir jedoch bekannt, dass in extremen Ausnahmefällen eine Scheidungsklage zugunsten der Ehefrau erfolgreich war, wenn der Ehemann nach der Trennung von Tisch und Bett mehrfach gewalttätig ihr gegenüber geworden ist«, ergänzte der Anwalt seine Ausführungen. »Dies kommt jedoch, wenn überhaupt, höchstens in der Unterschicht, also im Arbeitermilieu, vor.«

»Was ist folglich Ihre abschließende Empfehlung, Dr. Krömer?« Sophie war der fruchtlosen Diskussionen jetzt überdrüssig.

Da Henriette weiterhin haltlos schluchzte, richtete der Advokat seine Antwort direkt an Sophie. »Wie ich es Ihnen schon gleich zu Anfang der heutigen Beratung riet, gnädiges Fräulein, halten Sie alle sich möglichst bedeckt! Ihr Stiefvater weiß ja sehr wohl, was er auf dem Kerbholz hat, und scheut daher offensichtlich davor zurück, weitere Schritte von sich aus zu unternehmen. Doch dies könnte sich ändern, wenn Sie ihm das entziehen wollen, was ihm die augenblickliche Patt-Situation an Vorteilen bietet. Dann wird er höchstwahrscheinlich von sich aus eine Scheidungsklage wegen böswilligen Verlassens einreichen. Dagegen könnte sich Ihre Frau Mutter, wie schon erläutert, nur unter Hinweis auf das wehren, was Ihrer Schwester Milli geschehen ist. Und damit schließt sich der Kreis. Selbst wenn der Richter ihr Glauben schenken würde, würde ihre jüngere Schwester bis zum Hals in den Prozess hineingezogen werden. Mit allen Konsequenzen für ihre seelische Verfassung.«

Nun spürte auch Sophie ein Würgen in der Kehle. Eine allerletzte Frage hatte sie noch, obwohl sie die Antwort darauf schon ahnte. Dennoch stellte sie sie der Vollständigkeit halber.

»Also raten Sie auch davon ab, Dr. Krömer, dass meine Mutter sich *ohne Scheidungsklage* Zugriff auf ihr Erbe verschafft? Zumindest auf einen Teil davon?«

Krömer nickte nachdrücklich. »So, wie Sie Ihren Stiefvater beschreiben, würde dies eine sofortige Eskalation zur Folge haben. Beansprucht Ihre Frau Mutter entweder ihr Vermögen oder auch dessen Erträgnisse für sich selbst, verliert Ihr Stiefvater einen großen Teil seines jetzigen Einkommens. Das kann er fürs Weitere allein schon einmal durch eine Scheidungsklage wegen böswilligen Verlassens verhindern. So lange es kein Urteil gibt, behält er die volle Nutznießung der Vermögenserträge. Und käme es dann zu einem Schuldspruch gegen Ihre Frau Mutter, würde ihm das, wie ich es Ihnen bereits erläutert habe, sogar die Möglichkeit geben, einen Anteil an ihrem Vermögen für sich als Schadensersatz einzuklagen.«

Angesichts der betretenen Mienen der Frauen seufzte Krömer. Er räusperte sich und griff erneut nach dem Wasserglas. Doch er hatte es bereits ausgetrunken.

»Sie sehen also, hier beißt sich die Katze in den Schwanz, wie es volkstümlich so schön heißt. Warten Sie zumindest mit weiteren Schritten ab, bis Ihre Schwester vollständig genesen ist. Am besten sogar, bis sie volljährig ist. Das, zusammen mit dem Gutachten des Nervenarztes, würde ihrer Aussage vor Gericht mehr Gewicht verleihen.«

»Aber das dauert ja noch über drei Jahre!« Sophie war entsetzt.

Krömer hob die Schultern. »Da Ihre Frau Mutter ja noch über das Legat Ihres verstorbenen Onkels verfügt, sehe ich finanziell keine Veranlassung, früher tätig zu werden. Zumal im Moment nicht mit einer einvernehmlichen Scheidung zu rechnen ist, die natürlich die beste Lösung für alle Beteiligten wäre. Also ist dies zu meinem Bedauern der beste Rat, den ich Ihnen heute erteilen kann. Mit der dringenden Empfehlung, ihn zu beherzigen.«

Ein Haus im Arbeiterviertel Hernals

Ende April 1893

Als die Mietdroschke an der von Sophie angegebenen Adresse anhielt, entstieg sie ihr mit einer Mischung aus Neugier und Beklommenheit. Nach dem frustrierenden Besuch bei Dr. Krömer am Vormittag hoffte sie, nicht erneut enttäuscht zu werden. Zumal sie ihren gesamten freien Tag für diese beiden Termine geopfert hatte.

Das Haus, vor dem der Kutscher sie abgesetzt hatte, wirkte einfach, aber gepflegt. Sophie zählte zusammen mit dem Dachgeschoss insgesamt drei Stockwerke über dem Erdgeschoss. Auch vor den kleinen Fenstern des Dachgeschosses hingen Gardinen, was darauf hinwies, dass es ebenfalls bewohnt wurde. Die grüne Haustür schien wie die ebenfalls grünen Fensterläden frisch gestrichen worden zu sein und bildete einen gelungenen Kontrast zu den grauen Hauswänden. Auch deren Anstrich schien noch nicht allzu lange zurückzuliegen.

Sophie öffnete das Türchen des schmucklosen Holzzauns

und ging über einen mit Kies bestreuten Weg durch den kleinen Vorgarten, in dem in sorgfältig geharkten Beeten bunte Tulpen blühten, auf die Haustür zu. Dort betätigte sie einen blank geputzten Messingklopfer. Zu ihrem Erstaunen öffnete ihr ein bulliger, mit Muskeln bepackter Mann.

Sein argwöhnischer Gesichtsausdruck verwandelte sich in ein freundliches Lächeln, das zwei fehlende Schneidezähne offenbarte, als er Sophies ansichtig wurde.

»Grüß Gott, gnä' Frau«, begrüßte er sie aufgrund seiner Zahnlücke mit einem leichten Lispeln. »Wollen S' zu Frau Gerban?«

Sophie grüßte ebenfalls und bejahte.

»Kommen S' mit«, forderte der Mann sie auf. »Die Damen erwarten Ihna scho!«

Die Damen?, wunderte sich Sophie, als sie dem Mann durch einen engen Flur in ein kleines Zimmer folgte, das offensichtlich als Salon diente. Dort saßen rund um einen mit einer Häkeldecke belegten Teetisch drei Frauen. Ein viertes Gedeck war noch unbenutzt.

Zwei der Damen waren Sophie bereits bekannt. Neben Irene Gerban, an die Sophie sich mit ihrem Ansinnen gewandt hatte, saß deren Schwiegermutter, die Gräfin Pauline von Sterenberg. Sophie kannte sie einerseits als, wenn auch seltenen, Gast des Cafés Prinzess, andererseits erinnerte sie sich auch daran, dass Pauline in Vertretung von Irene an der Beerdigung ihres Onkels teilgenommen hatte.

Alle drei Damen erhoben sich, um Sophie die Hand zu reichen. Irene Gerban übernahm die Vorstellung. »Meine Schwiegermutter, Frau von Sterenberg, kennen Sie ja schon, Fräulein von Werdenfels. Heute habe ich zusätzlich die Freude, Ihnen Adelheid Popp vorzustellen. Sie ist der aufgehende Stern am Himmel der Wiener Arbeiterinnenbewegung.«

»Ach geh, Irene!«, wehrte Adelheid errötend ab. »Ich tu doch nur mein Bestes, um zu helfen. Wie alle anderen auch.«

Sophie betrachtete die schlanke, dunkelhaarige und dunkeläugige Frau aufmerksam. Sie schien ihr nicht viel älter zu sein als sie selbst.

»Stell doch dein Licht nicht immer unter den Scheffel, Adelheid!«, forderte Irene sie mit einer Spur Ungeduld auf. »Seit die Lea an der Schwindsucht erkrankt ist, wüsste ich gar nicht, was ich ohne dich täte.«

Während Pauline von Sterenberg Sophie eine Tasse Tee eingoss, erfuhr sie, dass eine Frau namens Lea Walberger, die die Wiener Arbeiterinnen zuvor gemeinsam mit Irene Gerban geführt hatte, nun von all ihren Posten zurückgetreten war. Sie wollte sich ganz auf ihre Genesung von dieser tückischen Krankheit konzentrieren, die vor allem in den unteren Gesellschaftsschichten sehr verbreitet war und jährlich viele Todesopfer forderte.

»Seither spricht Adelheid anstelle von Lea auf unseren Versammlungen«, erklärte Irene. »Sie hat in ihrer früheren Fabrik den 1. Mai als Feiertag durchgesetzt und leitet seit dem vergangenen Oktober die erste Arbeiterinnenzeitung in Wien.«

Adelheid errötete noch tiefer. »Nun lass es aber gut sein, Irene! Das Fräulein von Werdenfels ist doch nicht hergekommen, um *mich* kennenzulernen.« Dann ergriff sie die Initiative und wandte sich direkt an Sophie. »Wollen Sie uns allen erzählen, was genau Sie heute hierherführt?«

Sophie warf Irene Gerban einen etwas verunsicherten Blick zu. Irene hatte sie heute in dieses Haus eingeladen, nachdem Sophie ihr in der Angelegenheit, von der ihr Franzi vor einigen Tagen auf dem Rückweg vom Sacher erzählt hatte, einen Brief ins Palais Sterenberg geschickt hatte. Eigentlich hatte Sophie erwartet, dass Irene danach entweder im Café Prinzess auftauchen oder sie ins Palais Sterenberg einladen würde. Aber Irene hatte anders entschieden und ihr schriftlich geantwortet.

Sie haben es richtig in Erinnerung, Fräulein von Werdenfels, dass wir mithilfe meines Schwiegervaters und weiterer Spender ein Haus unterhalten, in dem ledige Schwangere bis zur Geburt ihres Kindes und im Bedarfsfall auch noch danach betreut werden. Doch das Haus dient mittlerweile noch anderen Zwecken. Gerne würde ich Sie daher gleich vor Ort begrüßen, damit Sie sich einen eigenen Eindruck bilden können. Unter diesen Worten stand die Adresse in Hernals.

Jetzt nickte Irene Sophie aufmunternd zu. Die nahm einen Schluck Tee und sammelte sich.

»Es geht um eine Freundin meiner Kammerzofe Franzi. Die beiden Madln kennen sich aus der Volksschule in Grinzing. Die Freundin, sie wird Elfi gerufen, arbeitet im Augenblick noch als Zimmermädchen im Hotel Sacher. Als Franzi mich neulich zu einem Treffen dorthin begleitet hat, nutzte sie die Gelegenheit, die Elfi einmal wiederzusehen. Dabei erfuhr sie, dass ihre Freundin schwanger ist.«

Die Frauen nickten bedeutungsvoll. »Und jetzt befürchtet die Elfi, dass die Anna Sacher sie rauswirft, sobald sie von dem Malheur erfährt«, traf Adelheid Popp den Nagel auf den Kopf.

»Leider ist die Befürchtung des Mädchens nur allzu berechtigt«, ergänzte Pauline von Sterenberg. »Sie wäre nicht die erste Angestellte aus dem Sacher, die ihr Kind in unserem Haus zur Welt bringt.«

»Und wird sicher auch nicht die letzte sein!« Irene Gerbans Stimme klang sarkastisch.

»Also ist es kein Einzelfall, dass ein Gast dort ein Stubenmädchen schwängert«, konstatierte Sophie. Sie war nicht wirklich überrascht. Franzi hatte ihr erzählt, dass der junge Graf Elfi mit Schmeicheleien und Geschenken dazu gebracht hatte, sich ihm hinzugeben. Als Elfi ihre Schwangerschaft entdeckte, befand er sich schon längst wieder auf seinem böhmischen Landgut.

»I wo«, bestätigte Adelheid Popp. »Das geschieht dort und auch in anderen vornehmen Hotels alleweil. Schließlich sparen sich die jungen Herren während ihres Besuchs in Wien dadurch den kostspieligen Besuch im Freudenhaus.«

»Und müssen zusätzlich nicht befürchten, dass die unschuldigen jungen Dinger sie mit einer Geschlechtskrankheit infizieren. Im Gegenteil, hat die Elfi noch Glück, wenn sie sich nicht bei ihrem Verehrer angesteckt hat.« Irenes Mundwinkel verzogen sich grimmig.

Nur einen kurzen Moment lang war Sophie gleichermaßen verdutzt wie verlegen über die offene Art und Weise, in der die Damen in dieser Runde über das heikle Thema sprachen. Dann sagte sie sich, dass genau diese Vorkommnisse hier nun einmal an der Tagesordnung waren. Wozu hätte man das Haus sonst auch gebraucht?

»Also können Sie der Elfi helfen?«, fragte sie hoffnungsvoll. »Wenn die Franzi recht hat, wird Frau Sacher ihrer Freundin nicht einmal die Adresse des Vaters geben, geschweige denn, diesen über die Schwangerschaft informieren. Die Eltern des Madls sind streng, sagt Franzi. Nach Hause kann sie also nicht zurück.«

»Auch das entspricht leider den Geschichten, die wir zu hören gewohnt sind«, seufzte Adelheid. »Es wundert mich nicht, dass viele dieser armen jungen Dinger in der Gosse landen.«

»Ich übernehme natürlich selbstverständlich alle Unkosten«, erklärte Sophie. »Und eine Lösung für die Zeit, nachdem das Mädchen entbunden hat, kann ich ebenfalls anbieten. Es könnte bei uns in der Küche als Spülerin anfangen. Sofern es tagsüber eine Betreuung für das Neugeborene fände.«

Die Frauen rund um den Tisch lächelten. Pauline von Sterenberg ergriff als Erste das Wort. »Eine solche Betreuung bieten wir sogar hier im Haus an. Im Übrigen ist es sehr ehrenwert, Fräulein von Werdenfels, dass Sie schon so weit gedacht haben. Doch anstatt der Übernahme der entstehenden Kosten würden wir Ihnen lieber eine andere Lösung vorschlagen.«

»Eine andere Lösung?«, echote Sophie erstaunt.

»Elfi wird ja nicht das letzte Mädchen sein, das unsere Hilfe benötigt«, erklärte Irene Gerban. »Lieber wäre es uns daher, wir könnten Sie als regelmäßige Spenderin für unser Haus gewinnen. Dann würden auch andere Frauen und Mädchen, die in Zukunft ungewollt schwanger werden, von Ihrer Unterstützung profitieren können.«

Sophie leuchtete das zwar ein. Dennoch zögerte sie. Sie scheute davor zurück, ihre monatlichen Ausgaben noch um einen weiteren festen Posten zu erhöhen. Bislang bestritt sie diese samt und sonders aus ihrem Einkommen als Geschäftsführerin und hatte ihr Erbe noch nie angegriffen. »An welch eine Summe denken Sie denn?«, fragte sie vorsichtig nach.

»Das liegt ganz bei Ihnen, Fräulein von Werdenfels«, antwortete ihr Pauline. »Uns ist jeder Kreuzer oder auch jeder Heller der nunmehr neuen Währung willkommen. Hauptsächlich ist von Bedeutung, dass wir das ausschließlich durch Spenden finanzierte Budget des Hauses zumindest ungefähr im Voraus berechnen können.«

»Also wäre Ihnen schon mit zehn Gulden im Monat gedient?«

Ein freudiges Lächeln rund um den Tisch zeigte Sophie, dass man gar nicht mit einer so hohen Summe gerechnet hatte. »Auch ein Gulden im Monat wäre uns schon willkommen«, bestätigte Adelheid.

»Dann gebe ich Ihnen zwanzig Gulden pro Monat«, beschloss Sophie beschämt.

Zu ihrem Erstaunen schüttelte Irene Gerban den Kopf. »Zehn Gulden im Monat sind erst einmal vollkommen ausreichend, Fräulein von Werdenfels. Oder darf ich Sie Sophie nennen? Wir duzen uns hier im Haus nämlich alle, müssen Sie wissen.«

Sophie nickte verdutzt. »Das soll mir recht sein, Frau Gerban … ich meine natürlich … Irene.« Vorsichtshalber wandte sie sich angesichts deren Alters jedoch noch eigens an Pauline von Sterenberg. Die zierliche alte Dame mit dem silberweißen

Haar schätzte Sophie auf ungefähr siebzig Jahre. »Wäre Ihnen das denn ebenfalls recht, gnädige Frau?«

»Natürlich, Sophie«, nickte Pauline lächelnd.

»Dann nehme ich das Angebot dankend an!« Plötzlich fiel Sophie dazu noch etwas ein. »Eine Ausnahme davon müsste ich nur machen, wenn ... wenn ihr wieder einmal zu Gast im Café Prinzess wärt. Da würde es leider einen sehr schlechten Eindruck bei den anderen Gästen und meinem Personal hinterlassen, wenn ich euch duzen würde.«

»Darauf können wir uns gerne verständigen, Sophie«, erklärte Irene. »Doch ich möchte dich noch um etwas anderes bitten. Geld allein ist zwar wichtig, aber nicht ausreichend. Wir brauchen Frauen, die uns auch in anderer Hinsicht unterstützen.«

»Und was genau ist damit gemeint?«

»Damit meine ich bestimmte Aktionen innerhalb des Hauses, die den Frauen und Mädchen einmal etwas Abwechslung bieten. Meine Schwiegermutter Pauline leitet zum Beispiel eine Handarbeitsgruppe und bringt den Frauen das Sticken und Klöppeln von Spitze bei. Ich selbst kann sehr gut nähen und unterrichte die Frauen darin. Die Erzeugnisse verkaufen wir mehrmals jährlich auf einem Kirchenbasar. Damit sorgen wir zum einen dafür, dass die Frauen während ihres Aufenthalts hier im Haus einen Beitrag zu ihrem Unterhalt leisten können. Zum anderen können sie damit auch etwas verdienen, wenn wir sie schließlich wieder entlassen. Sofern das überhaupt möglich ist«, ergänzte sie kryptisch.

»Ich kann recht gut backen«, erwiderte Sophie zögerlich. »Aber leider habe ich im Augenblick nur sehr wenig Zeit. Mein Onkel hat mir das Kaffeehaus vermacht, wie du sicherlich weißt. Und die dortige Arbeit füllt mich vollständig aus.«

»Ein Nachmittag im Monat würde schon reichen«, ermutigte sie Adelheid. »Dann haben die Frauen noch etwas, das ihnen regelmäßig Freude bereitet. Vor allem diejenigen, die das Haus nicht verlassen können.«

Erst jetzt merkte Sophie auf. »Aus welchem Grund können einige Frauen dieses Haus denn nicht verlassen?«

Noch ehe eine der Damen antworten konnte, ertönte von draußen ein heftiges Poltern, begleitet von wütendem Geschrei und lautem Weinen.

Palais Thurnau

Ende April 1893, am selben Tag

Mit großen Schritten hastete Richard die Treppe zum Flur hinauf, an dem sein Schlafzimmer lag, dicht gefolgt von seinem Burschen Clemens. Wenn er den letzten Zug, der heute von Wien nach Salzburg ging, noch erreichen wollte, war höchste Eile geboten.

Da er der Installation eines Telefons im Albrechtspalais und in den Kasernen zutiefst abgeneigt war, hatte ihm Erzherzog Albrecht heute Nachmittag einen Boten in die Franz-Josephs-Kaserne gesandt und ihn unverzüglich in sein Kontor bestellt. Dort empfing er Richard sofort.

»Soeben hat mich dieses Telegramm des Regimentsinhabers und damit obersten Befehlshabers des 59. Infanterieregiments in Salzburg erreicht. Erzherzog Rainer bittet mich, Sie unverzüglich zu ihm zu schicken, Major von Löwenstein. Offensichtlich gibt es neue Unregelmäßigkeiten in einigen seiner Kompanien. Zum Glück zwar nicht in denjenigen, in denen Sie vor einigen Jahren so erfolgreich Aufklärungsarbeit geleistet haben. Doch dem Erzherzog ist zu Ohren gekommen, dass es in einer anderen Kaserne schon wieder zu illegalen Verkäufen aus der Kleiderkammer für die Rekruten gekommen sein soll. Sie reisen noch heute Abend ab.«

»Bei allem Respekt, Exzellenz, doch warum diese Eile?«, fragte Richard verblüfft.

Erzherzog Albrecht zog verärgert die Stirn kraus. »Es steht Ihnen eigentlich keineswegs zu, Major, meine Anordnungen zu hinterfragen.« Richards Puls begann, sich zu beschleunigen. Obwohl er schon viele Aufträge des Heerführers erfolgreich erledigt hatte, zuletzt die Überführung des Giftmörders Felix Wagner, der mittlerweile zu lebenslanger Haft verurteilt worden war, neigte Albrecht dazu, ihn ab und zu noch immer wie einen unbedeutenden, subalternen Untergebenen zu traktieren.

Das ist die Seite an dem Alten, die auch Kronprinz Rudolf immer wieder so schlimm gekränkt hat, dachte Richard nicht zum ersten Mal in Hinblick auf den Freitod seines Freundes ingrimmig. *Hätte Albrecht sich diese Herrschsucht verkniffen, wären die beiden sicherlich weit besser miteinander ausgekommen.*

Andererseits wusste Richard, dass es keinen Zweck hatte, dem Heerführer zu widersprechen, wenn er in dieser Laune war. Zum Glück fuhr Albrecht jetzt etwas versöhnlicher fort.

»Bei Erzherzog Rainer hat sich ein Denunziant gemeldet, der behauptet, morgen in aller Frühe um sechs Uhr würde ein Trödler erscheinen, dem der Hauptmann Utensilien, vor allen Dingen Uniformen und Stiefel, aus der Kleiderkammer verkaufen möchte. Damit diese danach nicht leer ist, was schnell auffallen würde, soll der Trödler verschlissene Monturen mitbringen, die gegen die guten ausgetauscht werden sollen. Auch der Rechnungsfeldwebel ist eingeweiht. Offensichtlich wurde er bestochen.«

»Und nun soll ich die Täter auf frischer Tat ertappen«, schloss Richard. »Doch warum beauftragt Erzherzog Rainer dafür nicht einen seiner eigenen Offiziere vor Ort?«

»Das hat Sie nicht zu kümmern!« Albrecht verfiel wieder in seinen rüden Tonfall. »Erzherzog Rainer hat ausdrücklich Sie für diese Aufgabe angefordert. Also sehen Sie zu, dass Sie noch heute Abend nach Salzburg reisen! Der letzte Zug geht um sieben Uhr vom Wiener Hauptbahnhof ab.« Damit war Richard entlassen.

Also blieb ihm gar nichts anderes übrig, als ins Palais Thurnau zu hasten, um rasch zu packen. Im Vorzimmer Albrechts zog er seine Taschenuhr hervor. Noch knapp zwei Stunden Zeit.

Glücklicherweise befand sich sein Bursche Clemens bereits im Palais, um Richards Stiefel zu putzen und die Uniformen zu reinigen. So musste er nicht auch noch nach ihm in die Franz-Josephs-Kaserne schicken lassen.

Aber ärgerlich war diese plötzliche Reise trotzdem. Denn wenn er nicht spätestens übermorgen im Laufe des Tages wieder zurückkehrte, würde er sein nächstes Treffen mit Sophie verpassen. Dabei wusste er, dass sie heute zwei wichtige Termine hatte: Der Advokat wollte sie und ihre Mutter über die erfolgversprechendste Art und Weise beraten, die Scheidung von Arthur von Freiberg einzureichen. Und Sophie hatte ihm unter dem vereinbarten Tarnnamen in die Franz-Josephs-Kaserne geschrieben, dass sie anschließend auch noch das Haus für gefallene Frauen und Mädchen besuchen wollte, das die Arbeiterführerin Irene Gerban leitete. Den Hintergrund für diese Visite wolle sie ihm mündlich mitteilen.

Aufgefallen war Richard außerdem, dass sie in diesem Brief den ursprünglich auf ihren eigenen Wunsch hin erneut im Sacher vereinbarten Treffpunkt jetzt durch ein Rendezvous im Hotel Bristol ersetzen wollte. Vielleicht um sich dessen Schanigarten einmal anzuschauen, dachte er anfangs, war dann aber neugierig auf die Hintergründe von Sophies Vorschlag geworden. Das Sacher hatte sie doch so sehr begeistert!

Aber jetzt musste er nach Salzburg reisen. Ärgerlich machte sich Richard mit dem Gedanken vertraut, dass er Sophie das bevorstehende Treffen absagen musste. Selbst wenn er morgen sofort erfolgreich wäre und den Diebstahl verhindern könnte, würden danach die Verhöre der Übeltäter und ihrer Komplizen beginnen. Er würde Erzherzog Rainer persönlich Bericht erstatten und schließlich noch eine schriftliche Zusammenfassung aller Ergebnisse anfertigen müssen. Wahrscheinlich wäre er daher alles in allem mindestens fünf Tage beschäftigt.

Missmutig gab Richard Clemens Anweisungen, welche Dinge er nach Salzburg mitnehmen wollte. Dann setzte er sich an seinen kleinen Sekretär, um ein paar Zeilen an Sophie zu schreiben. Doch heute schien sich alles gegen ihn verschworen zu haben. Das Tintenfass, das nicht richtig verschlossen worden war, war ausgetrocknet. Mit einem Fluch auf den Lippen stand Richard auf, um das Schreiben in der Bibliothek zu verfassen.

Kaum hatte er den Gang betreten, kam Amalie mit ihrer Zofe Berta um die Ecke. Richard fiel auf, dass sie eine Stola fest über ihrer Brust zusammenhielt und seinem Blick auswich.

»Gut, dass ich dich noch treffe, Ami«, setzte Richard an. »Ich muss noch heute verrei …« Das Wort blieb ihm im Halse stecken, als Amalie sich rasch an ihm vorbeidrängte, ohne das Ende seines Satzes abzuwarten oder gar stehen zu bleiben.

»Gutes Gelingen!«, nuschelte sie. Verblüfft blickte Richard ihr nach. Als sie die Tür zu ihrem eigenen Schlafzimmer öffnete, fiel ihm auf, dass die Rüschen am Saum ihres Kleides an einigen Stellen abgerissen waren. Zudem stieg ihm plötzlich ein merkwürdiger Geruch in die Nase, den er nicht gleich einzuordnen wusste.

Auch Amalies Zofe Berta, die ihr auf dem Fuße folgte, huschte mit einem kurzen Gruß an ihm vorbei. Sie hielt sich die flammend rote Wange, als hätte ihr Amalie gerade erst eine heftige Ohrfeige verpasst.

Was hat denn das schon wieder zu bedeuten?, fragte Richard sich kurz, nachdem die Frauen in Amis Zimmer verschwunden waren. Dann vergaß er in der Hektik des Aufbruchs die Szene wieder.

Erst als er in der Mietdroschke saß, die ihn und Clemens zum Bahnhof brachte, fiel ihm auf, an was ihn der Geruch erinnerte, den Amalie ausgeströmt hatte. *Schweiß, Pferdeäpfel und,* er stutzte, *Sperma.* Aber konnte das denn sein? Sicherlich irrte er sich. Wahrscheinlich war Amalie gestürzt, weil sie sich wieder einmal mit ihren Absätzen im Saum ihres Kleides verheddert hatte. Möglicherweise hatte sie Berta für ihr Stolpern verantwortlich gemacht und ihr war, wie auch schon früher, die Hand ausgerutscht.

Ich werde Amalie nach meiner Rückkehr danach fragen, was diese Szene auf dem Flur zu bedeuten hatte, nahm er sich vor. Dann konzentrierte er sich auf seinen bevorstehenden Auftrag in Salzburg.

Ein Haus im Arbeiterviertel Hernals

Ende April 1893

Noch bevor sich Sophie von ihrem Schreck angesichts des Lärms erholt hatte, riss Irene Gerban schon die Tür des kleinen Salons auf und stürmte in den Flur, dicht gefolgt von Adelheid Popp. Nur Pauline blieb mit einem resignierten Gesichtsausdruck am Tisch sitzen und bedeutete Sophie mit einer Geste, es ihr gleichzutun.

»Was passiert denn da draußen?«, fragte Sophie verstört.

»Wahrscheinlich hat sich wieder einmal eine misshandelte Frau in letzter Minute in unser Haus gerettet. Verfolgt von ihrem gewalttätigen Ehemann. Vielleicht sogar mit ihren Kindern im Schlepptau.«

»Eine misshandelte Frau?« Jetzt ging Sophie ein Licht auf. »Sind das die Frauen, die das Haus nicht verlassen können?«

»So ist es«, nickte Pauline von Sterenberg. »Viele, die bei uns Zuflucht gesucht haben, werden von ihren gewalttätigen Männern weiterhin verfolgt und bedroht. Sie wagen es nicht mehr, allein auf die Straße zu gehen, da die Kerle ihnen oft dort auflauern.«

Sophie war erschüttert. »Also ist dies längst nicht mehr nur ein Haus für die sogenannten gefallenen Mädchen und Frauen? Sondern auch für solche, die in ihrer Ehe Prügel beziehen?«

Pauline seufzte vernehmlich. »Das ist schon seit einiger Zeit so. Seitdem die ersten Schwangeren vor unserer Tür standen, denen es nicht an einem Vater für ihr Kind mangelt, sondern die sich vor diesem zu Tode fürchten. Leider ist unser Haus seither ständig überfüllt, da sich dieser Zufluchtsort natürlich herumgesprochen hat. Mein Gatte denkt bereits daran, ein weiteres Objekt anzumieten oder zu kaufen. Denn das Elend der Arbeiterfrauen ist unvorstellbar. Viele schuften vierzehn Stunden pro Tag in den Fabriken und müssen nebenbei noch ihren Haushalt führen und die Kinder versorgen. Wenn der Ehemann dann seinen eigenen Lohn und oft auch noch den seiner Frau vertrinkt, herrscht in vielen Haushalten die blanke Not. In einem solchen Milieu kommt es dann oft zu schweren Handgreiflichkeiten des Mannes gegenüber der Frau und sogar den Kindern.«

Sophie ließ dies auf sich wirken. Also ging es sehr vielen Frauen noch schlechter in ihren Ehen als ihrer Mutter Henriette. *Sogar sehr viel schlechter,* dachte sie bei sich. *Obwohl es absolut unverzeihlich ist, was Arthur Milli angetan hat, so musste doch niemals eine der beiden Hunger leiden. Auch heute ist meine Mutter dank des Legats meines Onkels Stephan und natürlich dank des Erbes, das er mir vermacht hat, vor jeder wirtschaftlichen Not geschützt.*

Dann zählte sie eins und eins zusammen. »Ist das auch der Grund dafür, dass mich jener stämmige Mann an der Tür begrüßt hat?«

»Ja, das ist Roland. Er hat einst im Prater als Kraftmensch gearbeitet, bis der kleine Zirkus, in dem er auftrat, bankrottging. Er fand keine neue Arbeit mehr, auch weil er von recht einfachem Gemüt ist und nie etwas anderes gelernt hat als Raufen und Ringen. Schließlich verlegte er sich mit wenig Erfolg aufs Betteln.

Eines Tages wurde eine unserer Bewohnerinnen von ihrem

wütenden Ehemann auf offener Straße angegriffen. Roland sprang der Frau bei, schlug den Kerl nieder und begleitete die Frau zu uns zurück. Daraufhin hatte Irene die spontane Idee, ihn trotz seines verwahrlosten Zustands als Türhüter und Leibwächter zu beschäftigen. Und Roland hat es uns und den bedrängten Frauen bisher mehr als gedankt.«

Sie trank einen Schluck Tee und bot Sophie noch eine weitere Tasse an. »Viel bezahlen können wir Roland nicht. Er arbeitet hauptsächlich für Kost und Logis. Aber er scheint sich hier wohl zu fühlen und hilft in Haus und Garten, wo er nur kann. Und wenn wirklich einmal eine unserer bedrohten Frauen das Haus verlassen muss, begleitet Roland sie aufs Amt oder zu ihren Verwandten, oder wo auch immer sie hingehen muss.«

Sophie lauschte gerührt. Draußen ebbte der Lärm allmählich ab. Schließlich kehrten Irene und Adelheid in den Salon zurück. Adelheids hellgrauer Rock war mit Blutflecken besprenkelt.

»Haben … hast du dich verletzt?«, fragte Sophie entsetzt.

Adelheid schüttelte den Kopf. »Die Maria ist wieder zurück«, wandte sie sich, statt Sophie zu antworten, an Pauline. »Diesmal hat ihr der Kerl die Nase gebrochen und die vorderen Schneidezähne ausgeschlagen. Dann hat der Schuft ihr hier vor der Tür aufgelauert. Doch der Roland hat's ihm tüchtig heimgezahlt, sodass er Fersengeld gegeben hat. Die Resi ist schon auf dem Weg zu Dr. Adler, der Maria hoffentlich bald behandeln kommt. So lange haben wir sie oben auf das Notbett gelegt.«

Pauline seufzte. »Mit so etwas haben wir alle bei der Maria gerechnet. Nicht wenige der misshandelten Frauen kehren zunächst nach einem kurzen Aufenthalt bei uns wieder nach Hause zurück«, erklärte sie Sophie. »Insbesondere, wenn ihnen ihr Ehemann oder Lebenspartner verspricht, sich zu bessern. Aber meistens hält diese Phase nicht lange an. Neun von zehn Frauen flüchten sich, oft noch schlimmer misshandelt als zuvor, wieder zu uns zurück.«

»Hat die Maria ihre Kinder denn mitgebracht?«, fiel Pauline dann ein.

»Zum Glück ja«, antwortete Adelheid. »Wenigstens hat der Unmensch die Kleinen diesmal nicht wieder zusammengeschlagen. Mit letzter Kraft hat die Maria die beiden beschützt und sich dann mit ihnen hierher gerettet. Aber sie hat kein einziges Kleidungsstück dabei, geschweige denn etwas Geld.«

»Wir werden in der Spendenkiste schon etwas zum Anziehen für sie und die Kinder finden«, vermutete Irene. »Das ist das kleinste Problem. Schwieriger ist die Frage zu beantworten, wo wir die drei jetzt unterbringen sollen. Bis auf das Notbett ist alles belegt. Die Kinder werden auf Decken auf dem Boden schlafen müssen. Und ich sehe den Tag schon kommen, an dem wir die ersten Frauen, die Hilfe brauchen, abweisen müssen, weil wir einfach keinen Platz mehr im Haus für sie haben.«

Nicht zum ersten Mal während ihres Besuchs war Sophie erschüttert. »Ich schaue sofort, wenn ich heimkomme, nach, ob die abgelegte Kleidung noch da ist, die unsere Dienstmädchen sonst dem Trödler bringen. Das Geld dafür dürfen sie eigentlich behalten, aber ich werde ihnen den Schaden ersetzen. Und wenn ihr schon nicht mehr als die zehn Gulden pro Monat von mir haben wollt, dann lasse ich euch wenigstens heute Abend, wenn ich ins Café Prinzess zurückkehre, ein paar unserer Torten zusammen mit den Kleidern bringen«, bot Sophie an. »Könntet ihr damit etwas anfangen?«

»Oh ja!«, strahlte Irene. »Denn obwohl wir im Garten hinter dem Haus unser eigenes Gemüse ziehen und sogar einen kleinen Acker mit Erdäpfeln bewirtschaften, ist der Speiseplan hier im Haus leider nicht allzu üppig. Wenn überhaupt, gibt es ein oder zwei Mal im Monat sonntags einen einfachen, selbst gebackenen Blechkuchen. Ansonsten reicht es an den meisten Tagen nur zu einem kräftigen Eintopf mit Brot und morgens und abends zu ein paar Schnitten mit Marmelade, Quark oder einer billigen Wurst.«

»Darf ich das Haus einmal sehen?«, wünschte sich Sophie spontan.

Irene zögerte einen Moment lang, doch Adelheid ermutigte sie. »Mach dir keine Gedanken wegen der Maria! Wir müssen die Sophie ja nicht an ihr Krankenbett führen. Und es ist sicher hilfreich für unsere Sache, wenn sich die Sophie einen eigenen Eindruck vom Haus machen kann.« Sie zwinkerte Irene und Pauline zu.

Die Führung begann in der ebenerdig gelegenen Küche. Sie war jetzt am späten Nachmittag blitzblank gescheuert. Zwei Frauen in sauberer, wenn auch abgetragener Kleidung saßen am Tisch und putzten Gemüse. Beide grüßten die hereinkommenden Damen ehrerbietig und scheu. Eine der Frauen hatte zahlreiche, mittlerweile gelbliche Flecken im Gesicht, offenbar die noch nicht ausgeheilten Spuren von Schlägen.

»Das ist Fräulein von Werdenfels«, stellte Irene Sophie vor. »Eine neue Gönnerin. Sie kann wunderbar backen. Vielleicht können wir sie ja dazu überreden, euch das an einem Nachmittag pro Monat einmal beizubringen.«

»Des wär ganz wunderbar!«, strahlte die zweite der Frauen. Als sie den Mund öffnete, sah Sophie, dass ihr sämtliche Vorderzähne fehlten. »Kuchen essen mir alle so gerne!«

Neben der Küche befand sich die Nähstube. Hier arbeiteten vier Frauen an Nähmaschinen, darunter zwei hochschwangere Mädchen, die sicher noch keine zwanzig Jahre alt waren, schätzte Sophie. Auf Stühlen an den Wänden und rund um einen Tisch saßen weitere Frauen und säumten Bettwäsche per Hand. Sophie fiel auf, dass an allen Wänden Matratzen lehnten.

Irene war ihrem Blick gefolgt. »Die Nähstube wird nachts zum Schlafsaal«, erklärte sie. »Ich habe dir ja schon gesagt, dass wir beständig überfüllt sind. Selbst wenn wir genug Betten für alle hätten, würde uns der Platz dafür fehlen, sie aufzustellen.«

Nach einem Abstecher in den noch frühlingskahlen Garten, in dem Roland jetzt Holz hackte, stiegen die Frauen in den ersten Stock.

»Das ist der Bereich für die schwangeren Frauen«, erläuterte Adelheid. Pauline war im Salon zurückgeblieben. »Sie kommen in der Regel erst zu uns, wenn die Leibesfrucht schon so groß ist, dass ihr Zustand offensichtlich ist.«

Sie öffnete eine der vier Türen, die von einem schmalen Flur abgingen. Die räumlichen Verhältnisse waren auch hier sehr beengt, wieder war alles jedoch blitzsauber. Auf und zwischen den Betten saßen die Schwangeren. Sie waren meistens sehr jung, manche von ihnen noch halbe Kinder. Alle waren mit Handarbeiten beschäftigt. Zwei Spinnräder surrten, die übrigen Frauen nähten Säuglingskleidung oder häkelten kleine Schühchen und Mützen.

»Stoffe und Wolle werden übrigens oft gespendet. Es sind Reste, die die Tuch- und Wollwarenhändler nicht mehr weiterverwenden können. Doch hier leisten sie uns gute Dienste.« Irene lachte. »Meine Schwiegermutter ist ein regelrechtes Genie im Einsammeln solcher Spenden. Neulich kam sie sogar mit Leinenresten von Jungmann & Neffe zurück. So feine Windeln gab es hier im Haus noch nie!«

Alle Mädchen erwiderten die Grüße der eingetretenen Damen freundlich. Eins der Mädchen stand sogar auf und knickste. »Hanna!«, sagte Irene mit leichtem Tadel. »Wie oft soll ich dir noch sagen, dass niemand in diesem Haus vor einer anderen Frau knicksen muss.«

»Hanna war Dienstmädchen und wurde vom Hausherrn vergewaltigt«, erklärte Irene zu Sophies erneuter Bestürzung, nachdem sie die Tür wieder hinter sich geschlossen hatte. »Anstatt ihr zu helfen, warf die Dame des Hauses das Mädchen sofort auf die Straße, als sie seine Schwangerschaft entdeckte.«

Auch in den nächsten beiden Zimmern wurde eifrig gewerkelt. Hinter der letzten Tür vernahm Sophie jedoch ein leises Wimmern. »Das ist die Wöchnerinnenstube«, erklärte ihr

Adelheid. »Zum Glück gibt's heute keine Geburt. Deshalb liegt die Maria jetzt dort drin. Auf dem Feldbett für die Hebamme. Das haben wir für den Fall hier, dass eine Geburt sich hinzieht und diese sich einmal ausruhen muss.«

»Das Bett für die Gebärenden halten wir immer frei«, nahm Irene den Faden auf. »Manchmal kann es bei einer Geburt nämlich auch sehr schnell gehen. Daher ist dieses Bett immer frisch bezogen und tabu für alle anderen, sogar dann, wenn wir überbelegt sind. Ist Dr. Adler inzwischen da?«, raunte sie Adelheid zu.

Die nickte. »Ich glaube, ich habe ihn eben auf der Stiege gehört, als wir auf diesem Stockwerk im ersten Zimmer waren. Hoffentlich wurde Maria von ihrem Mann nicht auch noch der Kiefer gebrochen«, fügte sie sorgenvoll hinzu.

Sophie hätte Adler gerne begrüßt, wusste aber, dass sie jetzt nicht stören durfte. Also setzten sie den Rundgang fort. Im zweiten Stock befand sich ein großer Raum, in dem Kinder in allen Altersgruppen von Säuglingen bis hin zu Schulkindern von mehreren Frauen betreut wurden. An den Wänden lehnten, wie im Nähsaal, Matratzen.

»Das ist unsere Krippe«, erklärte Irene. »Sobald eine unserer Schwangeren entbunden hat und wieder in Lohn und Brot steht, hat sie die Möglichkeit, gegen ein kleines Entgelt ihr Kind hier betreuen zu lassen.«

»Und woher stammen die älteren Kinder?«, wunderte sich Sophie.

»Das sind die Kinder der misshandelten Frauen. Die arbeiten im Haus in der Nähstube, in Küche und Garten, waschen oder machen sauber. Wenn ihnen die Kinder dabei im Weg sind, können sie ebenfalls hier betreut werden.«

Der Rest des zweiten Stockwerks und auch das Dachgeschoss beherbergten die Wohnräume der geschlagenen Frauen. Die Zimmer waren dicht an dicht mit Stockbetten zugestellt, manchmal bis zu drei Etagen übereinander. Schränke oder Truhen sah Sophie nicht. Ihre wenigen Habseligkeiten schienen die Frauen auf Wandborden oder an Kleiderhaken zu verwahren.

»Wie viele Menschen wohnen denn im Augenblick hier?«

Irene seufzte. »Ausgelegt war das Haus einmal für höchstens zwanzig Frauen. Nun leben oft mehr als vierzig hier, die Kinder nicht miteingerechnet.«

»Habt ihr denn dann überhaupt noch einen Platz für die Elfi?«, erkundigte sich Sophie besorgt.

»Auf der Schwangeren-Etage wird immer wieder ein Bett frei«, beruhigte sie Adelheid. »Und noch ist es bei der Elfi ja nicht so weit. Sie soll im Sacher niemandem etwas von ihrer Schwangerschaft sagen und möglichst so lange dortbleiben, bis die Hausherrin es bemerkt. Das raten wir allen Madln, die sich in diesem Zustand an uns wenden, damit sie nicht schon vorzeitig aus ihren Anstellungen entlassen werden. Die Madln kommen daher in der Regel erst ungefähr drei Monate vor der Geburt zu uns.«

»Und wird der Platz wirklich einmal knapp, rücken wir einfach noch mehr zusammen«, ergänzte Irene.

Mit schlechtem Gewissen dachte Sophie daran, dass in ihrer großen Wohnung noch zwei Dienstbotenkammern frei waren. *Sollte es hier im Haus wirklich zu eng werden, muss die Elfi eben ein paar Wochen bei mir unterkommen,* beschloss sie spontan. Bisher hatte sie dies nicht in Betracht gezogen, hauptsächlich um ihre Mutter und Schwester, deren psychische Situation ja noch immer fragil war, nicht zu beunruhigen.

Sophie befürchtete außerdem, damit einen Präzedenzfall zu schaffen, der sich herumsprechen würde. Denn regelmäßig ledige Schwangere in ihrer Wohnung aufzunehmen, würde irgendwann auch den Gästen des Prinzess zu Ohren kommen und dem Ruf ihres exklusiven Cafés nicht förderlich sein. Und außerdem Toni Schleiderer wieder neue Munition gegen sie in die Hand geben.

Wenn ich Elfi aufnehme, müsste es also die Ausnahme bleiben, sinnierte sie. Doch die vielen Eindrücke dieses Tages animierten sie zu einem weiteren Versprechen.

»Ich möchte euer Haus in der Tat regelmäßig unterstützen«, sagte sie, als sie in den Salon zurückkehrten. »Ob es einmal im Monat zu einem Backlehrgang reichen wird, kann ich jetzt noch nicht absehen, werde mich aber darum bemühen. Doch auf jeden Fall werde ich euch finanziell helfen. Darüber hinaus habt ihr als Gegenleistung für die Aufnahme von Elfi einen weiteren Wunsch bei mir frei.«

Adelheid, Irene und Pauline lächelten. »Das ist gut zu wissen«, antwortete Irene. »Sei gewiss, wir kommen sicherlich einmal darauf zurück.«

Kapitel 10

Sophies Wohnung über dem Kaffeehaus

5. Mai 1893

Behaglich goss Sophie sich noch eine Tasse Kaffee ein und bestrich eine weitere Semmel mit Marmelade. Dann griff sie nach der Zeitung, die sie für ihren eigenen Bedarf abonniert hatte, obwohl sie diese nach dem Lesen in der Regel dem Kaffeehaus zur Verfügung stellte. Es war das *Neue Wiener Tagblatt*, das ihr Richard empfohlen hatte.

Dessen Herausgeber war Moritz Szeps, der ein persönlicher Freund Kronprinz Rudolfs gewesen war. »Die Zeitung ist nicht so konservativ und devot gegenüber Regierung und Kaiserhof wie die meisten anderen Wiener Gazetten«, begründete Richard ihr seine Empfehlung. »Obwohl der Verleger es sich nicht mehr leisten kann, dass ganze Auflagen aufgrund der Zensur konfisziert werden, greift die Zeitung nach wie vor kritische Themen auf und berichtet objektiver darüber als die meisten anderen Blätter.«

Seit Sophie nicht mehr als Sitzkassiererin im Kaffeehaus arbeitete, gönnte sie sich vor ihrem Dienstbeginn im Café, in der Regel kurz vor zehn Uhr, öfter ein ausgiebiges Frühstück. Heute genoss sie es ganz besonders, da Milli und Henriette bereits zu einer Behandlungssitzung bei Dr. Freud aufgebrochen waren, sodass sie in aller Ruhe die Zeitung studieren konnte. Das kam nicht allzu oft vor, da ihre Mutter und Schwester, die Sophie tagsüber kaum sahen, sie in der Regel beim Frühstück mit Beschlag belegten und ihr dabei oft ihre großen und kleinen Probleme schilderten.

Sofort fiel Sophie nun eine große Schlagzeile auf der Titelseite ins Auge: *Frauenstreik weitet sich aus.* Sie las zu ihrem Erstaunen, dass sich mittlerweile die Arbeiterinnen aus drei Fabriken, in denen Textilien behandelt wurden, im Ausstand befanden. *Zwei weitere Belegschaften haben sich den Forderungen der zuerst Streikenden nach einer Lohnerhöhung bei gleichzeitiger Verkürzung ihrer täglichen Arbeitszeit angeschlossen,* berichtete das *Tagblatt. Damit streiken jetzt siebenhundert Frauen.*

Dann las Sophie zwei ihr wohlbekannte Namen. *Die Arbeiterführerinnen Irene Gerban und Adelheid Popp leiten die Agitation. Erste Versammlungen fanden im Garten eines Gasthauses statt.*

Interessiert überflog Sophie die letzten Abschnitte des Artikels und bemerkte dabei, dass sich der Redakteur darin auf einen Bericht in der gestrigen Ausgabe der Zeitung bezog. Diese hatte sie glücklicherweise, entgegen ihrer Gewohnheit, noch nicht ins Kaffeehaus gebracht, da sie bislang noch keinen Blick hineingeworfen hatte. Nun fischte sie die Gazette aus dem Zeitungsständer und sah sofort, dass auch die gestrige Schlagzeile dem Frauenstreik gewidmet war. Interessiert las sie die Vorgeschichte dieses ungewöhnlichen Ausstands.

Anlass für den Streik war eine Rede der erst siebzehnjährigen Arbeiterin Amalie Ryba im Nachgang zum Arbeiterfeiertag am 1. Mai gewesen. Zwar hatte der Fabrikherr, der Amalie als Packerin in seiner Appreturfabrik beschäftigte, seinen Arbeiterinnen an diesem Tag sogar freigegeben. Dennoch galten die Arbeitsbedingungen in dieser Firma als schlecht.

Die tägliche Arbeitszeit von zwölf Stunden mit einer unbezahlten Mittagspause von einer Stunde wurde für die meisten Werkerinnen nur mit einem Wochenlohn von sieben Kronen oder dreieinhalb Gulden vergütet. Dabei waren viele Frauen den ganzen Tag über giftigen Dämpfen ausgesetzt, die beim Bleichen oder Färben der Textilien entstanden. Stirnrunzelnd las Sophie, dass diese Arbeiterinnen deswegen schon in jungen Jahren häufig an schweren Lungenkrankheiten litten.

Am Tag nach dem 1. Mai hielt Amalie Ryba daher eine agitatorische Rede während der Jausen-Pause in einem großen Fabriksaal, die der Unternehmer, von den Versammelten unbemerkt, mitanhörte. Unmittelbar danach entließ er Amalie.

Doch dies wollten ihre Kolleginnen nicht hinnehmen. Bereits am Abend des 2. Mai beschlossen sie zu streiken, anfangs lediglich mit der Forderung, Amalie Ryba müsse wieder eingestellt werden. Doch schon am nächsten Morgen weiteten sie ihre Forderungen aus, wie die gestrige Ausgabe des *Neuen Wiener Tagblatts* vom 4. Mai berichtete.

Die Ausgabe vom heutigen 5. Mai wiederum benannte die Ansprüche der Streikenden konkret. An sich erschienen sie Sophie nicht unbillig. Für eine tägliche Arbeitszeit von zehn Stunden verlangten die Arbeiterinnen einen Mindestlohn von acht Kronen pro Woche. Das waren zwei Kronen oder ein Gulden weniger, als Sophie selbst den einfachen Serviermädchen oder Verkäuferinnen im Café Prinzess bezahlte, die im Vergleich zu den Fabrikarbeiterinnen eine wesentlich leichtere Tätigkeit ausübten. Dennoch hatten die Besitzer der drei Fabriken diese Forderungen erwartungsgemäß erst einmal abgelehnt.

Doch glaubte man dem Zeitungsbericht, ließen sich die Frauen dadurch nicht entmutigen. Sie nutzten im Gegenteil das schöne Maiwetter, um sich ausgiebig an der frischen Luft aufzuhalten, an der es ihnen während ihrer schweren Arbeit untertags beständig mangelte.

Dann fand Sophie sogar noch ein Zitat von Irene Gerban. *Wir werden jeden Tag vor den Fabriktoren demonstrieren und um unsere Rechte kämpfen,* kündigte sie an. *Bereits jetzt sind zahlreiche Lebensmittelspenden eingegangen, sodass die Arbeiterinnen, die nun ohne Lohn sind, bislang nichts entbehren müssen. Weitere Spenden werden wir in den nächsten Tagen einwerben.*

Als Sophie später um kurz nach zehn Uhr das Café Prinzess betrat, wunderte sie sich daher nicht darüber, dass Mina Löb ihr zwei frühe Besucherinnen ankündigte.

Vor einer Mandelmelange, die ihnen Mina bereits serviert hatte, saßen Irene Gerban und Adelheid Popp in einem der Separees.

»Behaltet doch Platz, ihr Lieben!«, forderte Sophie die beiden auf, als sie hinzukam. »Ich vermute zwar, dass ich schon weiß, was euch heute zu dieser frühen Stunde hierherführt, möchte es aber gern von euch selbst hören.« Da sie sich im Separee aufhielten, duzte Sophie die beiden entgegen ihrer ursprünglichen Bitte im Frauenhaus, sich im Café wieder zu siezen.

Irene lächelte ein wenig schief. »Dass wir so schnell den Gefallen einfordern würden, den wir noch bei dir guthaben, hätten wir vor zehn Tagen, als du unser Frauenhaus besucht hast, wahrlich nicht gedacht. Aber du hast wahrscheinlich schon von dem Arbeiterinnenstreik gehört.«

Sophie nickte. »Davon habe ich just heute Morgen in der Zeitung gelesen. Und spende gern etwas für die Frauen.«

»Jede Spende, die du entbehren kannst, hilft«, erklärte Adelheid Popp. »Wir müssen siebenhundert Frauen, die jetzt ohne Lohn sind, und dazu teilweise noch deren Familien versorgen. Und niemand weiß, wie lange der Ausstand dauern wird.«

»Allerdings ist dies gar nicht der Gefallen, um den wir dich bitten wollen«, sagte Irene zu Sophies Erstaunen. »Natürlich ist uns jeder Kreuzer willkommen. Mit dem Geld können wir Lebensmittel kaufen und den Frauen den Mietzins bezahlen, wenn es nötig sein sollte. Aber noch wichtiger wäre es, wir könnten auf deine Kompetenz und deine Beziehungen als Gastwirtin zurückgreifen.«

Sophie runzelte die Stirn. »Wie meint ihr denn das?«

»Nun, wenn wir mit dem Geld von Irenes Schwiegervater und kleineren Spenden auf den Markt gehen, um einzukaufen, müssen wir dort die regulären Preise bezahlen. Vielleicht könntest du uns zu Rabatten bei deinen Lieferanten verhelfen.«

Sophie dachte nach. »Ich kann es versuchen«, versprach sie dann. »Normalerweise kaufen wir die Zutaten für ungefähr zweihundert Mahlzeiten pro Tag ein. Aber darunter sind viele teure Delikatessen wie Räucherlachs oder Kalbfleisch.«

Irene winkte ab. »Die Arbeiterfrauen sind einfache Kost gewöhnt. Erdäpfel, Kohl, Rüben und Hülsenfrüchte wären gut. Dazu Mehl zum Brotbacken, Milch für die Kinder und Getreide für Brei. Außerdem Speckseiten, billige Butter, Käse und preiswerte Würste. Mehr können sich die Arbeiterinnen von ihrem kargen Lohn in der Regel ohnehin nicht leisten.«

»Wenn überhaupt. Hätte ich das jeden Tag auf dem Tisch gehabt, als ich noch in der Fabrik gearbeitet habe, hätte ich mich glücklich geschätzt«, fügte Irene hinzu.

Diese Bemerkung gemahnte Sophie wieder einmal daran, dass Irene Gerban, die zukünftige Gräfin von Sterenberg, aus kleinsten Verhältnissen in ihre heutige Position aufgestiegen war.

»Ich wäre auch überglücklich über so ein gutes Essen gewesen«, schloss sich Adelheid an. »Wie oft bin ich hungrig zu Bett gegangen, obwohl ich mir bis spät in die Nacht die Finger wund gearbeitet habe.«

Sophies Interesse war geweckt. Während sie schon einiges von Irenes Lebenslauf wusste, war ihr der von Adelheid noch völlig unbekannt.

Die deutete Sophies Blick richtig und begann zu erzählen. »Ich stamme aus einer bitterarmen Familie. Zehn meiner vierzehn Geschwister starben bereits im Kindesalter. Auch mein Vater ist schon lange tot. Er trank und schlug meine Mutter und auch uns Kinder. Ich schäme mich zwar, das zu sagen, aber es war eine Erlösung für uns, als er starb.«

»Und deshalb musstest du gleich nach der Schule dabei mithelfen, den Lebensunterhalt für deine Familie zu verdienen?«, vermutete Sophie mitfühlend.

»Die Schule durfte ich nur drei Jahre lang besuchen«, erklärte Adelheid zu Sophies Überraschung. »Dann musste ich meine erste Arbeitsstelle als Dienstmädchen antreten.«

»Aber in Österreich herrscht doch schon lange eine sechsjährige Schulpflicht«, warf Sophie verwundert ein.

»Meine Mutter ist eine herzensgute Frau«, antwortete Adelheid. »Doch sie kann bis heute weder lesen noch schreiben. Und da sie ihr ganzes Leben lang nur härteste Arbeit gekannt hat, verlangte sie das Gleiche auch von mir, sobald ich zehn Jahre alt war.«

»Aber da warst du doch noch ein Kind!« Erst als Sophie Irenes zynisches Lächeln bemerkte, erkannte sie, wie naiv diese Bemerkung war.

Adelheid dagegen nickte. »Viele Kinder müssen arbeiten, damit ihre Familien das Nötigste zum Leben haben. Wusstest du das denn gar nicht?«

Sophie schüttelte beschämt den Kopf.

»Doch wie Adelheid sagte, ihre Mutter war keine böse Frau«, sagte Irene. »Sie kannte es eben nicht anders und zwang deshalb auch all ihre Kinder ab dem zartesten Alter, viele Stunden pro Tag mitzuarbeiten.«

»Aber womit beschäftigt man denn Kinder, anstatt sie in die Schule zu schicken? Und warum lassen die Behörden denn so etwas zu?«

»Das sind zwei Fragen auf einmal, Sophie«, lächelte Adelheid müde. »Lass sie mich nacheinander beantworten! Ich musste sogar schon mitverdienen, als ich noch ein Schulkind war. Sobald ich nach Hause kam und auch an jedem Sonn- und Feiertag nähte ich Perlmutterknöpfe auf Silberpapier. Für zwölf Dutzend Knöpfe gab es eineinhalb Kreuzer. Mehr als siebenundzwanzig Kreuzer habe ich aber trotz aller Schufterei pro Woche nie verdient.«

Sophie fehlten die Worte.

»Als ich die Schule dann verlassen hatte, steckte meine Mutter mich in eine Werkstatt. Dort musste ich Tücher aus Schafwolle häkeln. Zwölf Stunden am Tag, dazu kamen noch zwei Stunden für den Hin- und Rückweg. Von sechs Uhr früh bis acht Uhr abends war ich unterwegs. Doch oft nahm ich mir auch noch Arbeit mit nach Hause. Insgesamt verdiente ich damit ungefähr zwei Gulden pro Woche.«

»Zwei Gulden für mindestens zwölf oder sogar noch mehr Stunden Arbeit pro Tag? An sechs Tagen in der Woche?«

»Ohne Überstunden nach Feierabend waren es am Tag genau zwanzig Kreuzer«, bestätigte Adelheid.

Sophie überschlug die Zahlen rasch. »Das sind ja weniger als zwei Kreuzer pro Stunde!« Sie war entsetzt.

Wieder lächelte Irene zynisch. »Vielleicht beginnst du jetzt zu verstehen, warum wir uns so für die Sache der Arbeiterinnen einsetzen, Sophie.«

»Ich hatte viele solcher ausbeuterischen Stellen«, fügte Adelheid hinzu. »Ich müsste nachdenken, um mich an alle zu erinnern. Und schon mit dreizehn Jahren hätte mich die Arbeit fast meine Gesundheit gekostet.«

»Hattest du einen Unfall?«

»Nein, ich war beständig giftigen Dämpfen ausgesetzt. Wie auch die jetzt streikenden Frauen. Eines Tages stellte ich mich in einer Bronzewarenfabrik vor. Anfangs schien die Arbeit leicht zu sein, obwohl sie sogar besser bezahlt wurde als meine früheren Tätigkeiten. Ich knüpfte Kettenglieder aus Bronze aneinander. Aber dann bot mir der Fabrikherr eine noch besser entlohnte Arbeit an, zu der ich natürlich nicht Nein sagte. Dabei musste ich Kettenglieder löten und dazu einen mit Gas betriebenen Blasebalg bedienen. Als mir beständig übel wurde und ich mehrere Male sogar in Ohnmacht fiel, wies man mich schließlich in ein Spital ein. Und du wirst es nicht glauben, das war die beste Zeit, die ich bis dahin in meinem Leben hatte.«

»Ein Aufenthalt in einem Spital?«, hakte Sophie ungläubig nach.

Adelheid lächelte. »Ja, meine Liebe. Ich hatte zum ersten Mal ein Bett mit reiner Wäsche für mich allein und konnte mich den ganzen Tag ausruhen. Alle Menschen waren freundlich zu mir. Ich bekam dreimal am Tag eine reichhaltige Mahlzeit mit Fleisch und Kompott, beides kannte ich damals nur vom Hörensagen. Als ich eingeliefert wurde, war ich völlig unterernährt.«

Irene legte Adelheid die Hand auf den Arm. »Du hast schwere Zeiten durchgemacht, liebe Freundin. Doch eigentlich ist es ja nicht der Sinn unseres heutigen Besuchs bei Sophie, ihr deine Lebensgeschichte zu erzählen.«

Doch jetzt war Sophies Neugier erst recht geweckt. »Du sagst, du hast die Schule nur drei Jahre lang besucht. Aber habt ihr mir nicht neulich erzählt, dass du heute die Redaktion einer Arbeiterinnenzeitung leitest?«

Mit einem entschuldigenden Blick auf Irene antwortete Adelheid. »Lass mich Sophie das bitte noch erzählen! Dann versteht sie doch viel besser, warum uns die Rechte der Arbeiterinnen so sehr am Herzen liegen.«

Ohne Irenes Reaktion abzuwarten, fuhr sie fort. »Ich bin dir noch die Antwort auf deine zweite Frage schuldig, Sophie. Nämlich, ob die Behörden nicht einschritten, als ich nicht mehr regelmäßig zur Schule ging. Oh doch, das taten sie ab und an. Sie verwarnten meine Mutter sogar und erlegten ihr Geldbußen auf.«

Sie trank einen Schluck ihrer Melange.

»Das war allerdings der einzige Punkt, in dem ich meine Eltern jemals einig erlebt habe.« Jetzt wurde auch Adelheids Lächeln sarkastisch. »Sie hielten beide drei Jahre Volksschule für mehr als genug. Auch meine älteren Brüder mussten die Schule nach dieser Zeit verlassen. Ich höre meine Mutter noch heute ab und zu sagen, wer bis zu seinem zehnten Lebensjahr nicht genug gelernt hätte, lerne auch später nichts mehr dazu. Obwohl ich eigentlich das genaue Gegenteil bewiesen habe!« Jetzt nahm Adelheids Lächeln einen schmerzlichen Zug an.

»Denn ich war nach Bildung wie ausgehungert. Obwohl ich als Kind und junges Mädchen schuften musste wie ein Lastesel, las ich in jeder freien Minute alles, was mir in die Finger kam. Es waren oft billige Heftchen, die ich mir von meinen Kolleginnen borgte oder die so zerfleddert waren, dass sie niemand mehr haben wollte. Manchmal sparte ich mir auch die Leihgebühr von zwei Kreuzern vom Munde ab und lieh mir etwas aus dem Vorstadt-Antiquariat aus.«

»Doch das reichte natürlich nicht, um unser aufgehender Stern am Arbeiterinnen-Himmel zu werden«, schnitt Irene Adelheid jetzt mit deutlichen Zeichen von Ungeduld das Wort ab. »Unser guter Dr. Victor Adler hat Adelheid entdeckt. Auf einer politischen Versammlung, die sie mit siebzehn Jahren heimlich besuchte und auf der sie spontan ohne jede Vorbereitung ihre erste Rede hielt, wurde man auf sie aufmerksam. Über den Inhalt der Rede verfasste sie sogar ihren ersten Artikel.«

»Noch mit recht mangelhafter Rechtschreibung«, nahm Adelheid Irene das Wort wieder ab. »Doch von da an hatte ich Glück. Victor Adlers Frau Emma gab mir sogar Sprach- und Rechtschreibunterricht. Seit drei Jahren widme ich mich nun mehr und mehr den Rechten der Arbeiterinnen. Nachdem ich die Redaktion der Arbeiterinnenzeitung übernommen habe, sogar im Vollzeitberuf.«

»Was uns wieder zum eigentlichen Zweck unseres Besuchs, den streikenden Arbeiterinnen, zurückführt«, hakte Irene ein. »Du sagtest, du würdest uns auch finanziell unterstützen, Sophie. An welche Summe hattest du denn gedacht?«

»Fünfzig Gulden«, antwortete die spontan. Das war das Fünffache von dem, was sie ursprünglich im Sinn gehabt hatte, und entsprach einem Drittel ihres Monatsgehalts als Leiterin des Cafés. Doch dank des Erbes ihres Onkels würde sie ja auf nichts verzichten müssen, reichte ihr Gehalt für ihre Ausgaben einmal nicht aus.

Ich habe außerdem noch nie wirklich etwas entbehrt, dachte sie schuldbewusst. *Wenn ich mich mit Irene und Adelheid vergleiche oder erst recht mit den Frauen, die jetzt für bessere Arbeitsbedingungen streiken, ging es mir zu jeder Zeit meines Lebens gut.*

»Und ich begleite unsere Köche heute Nachmittag auf den Markt, um gute Preise für die von euch benötigten Lebensmittel auszuhandeln. Allerdings führen unsere Händler möglicherweise nicht alles in ausreichender Menge, was ihr braucht. Erdäpfel und frisches Gemüse dürften kein Problem sein, genauso wenig Mehl. Aber getrocknete Erbsen und Bohnen oder auch Getreide wie Hirse und Hafer, um daraus Brei zu kochen, brauchen wir hier im Prinzess kaum. Höchstens einmal für den Samstags-Eintopf im Kaffeehaus. Aber das handelt sich höchstens um ein paar Kilogramm. Ich weiß also nicht, wie viel unsere Händler von diesen haltbaren Waren vorrätig haben.«

»Vielleicht kann ich dabei helfen.« Zu Sophies Erstaunen trat Mina Löb hinter einer der Topfpalmen am Eingang zum Separee hervor. »Entschuldigen Sie bitte, Fräulein Sophie, ich wollte Sie nicht belauschen, sondern ursprünglich nur nachfragen, ob noch etwas gewünscht wird. Doch dann habe ich Ihre Lebensgeschichte gehört, liebe Frau Popp, und war davon so fasziniert und erschüttert zugleich, dass ich mich nicht von der Stelle rühren konnte. Ich hoffe, Sie sehen es mir nach.«

»Wie könnten Sie uns denn helfen, Fräulein Mina?« Wieder ergriff die praktisch veranlagte Irene das Wort.

»Mein Vater betreibt einen Krämerladen. Die haltbaren Waren, die Sie benötigen, gehören zu seinem ständigen Angebot und werden sehr häufig nachgefragt. Er wird daher die entsprechenden Großhändler kennen, die Sie beliefern und mit denen Sie günstige Preise verhandeln könnten. Da ich noch zu Hause wohne, kann ich meinen Vater gleich heute Abend fragen, ob er in dieser Hinsicht etwas für Sie tun kann. Zumal er ein bekennender Sozialdemokrat ist.«

»Das wäre wirklich ganz ausgezeichnet!«

»Eine wunderbare Idee!«

»Das würde uns sehr helfen!«

Die drei Frauen im Separee sprachen vor Begeisterung wild durcheinander.

»Gekocht wird wahrscheinlich von den Arbeiterinnen?«, vermutete Sophie.

»Ja, wir durften auf der Wiese hinter dem Wirtshaus in Meidling, auf der wir unsere Versammlungen abhalten, dafür mehrere Feuerstellen einrichten. Gegen eine kleine Gebühr erlaubt uns der Wirt, dort unser eigenes Essen zuzubereiten.«

»Und große Töpfe haben wir uns von einigen Arbeitervereinen ausgeliehen, die auch Jugendfreizeiten ausrichten. Geschirr, Besteck und Decken zum Sitzen bringt jede der Frauen selbst mit. Jetzt bleibt uns nur noch zu hoffen, dass das gute Wetter anhält.«

»Das würde ich mir alles zu gern einmal ansehen und an einer der Versammlungen teilnehmen«, entfuhr es Sophie spontan.

Adelheid und Irene lächelten freudig. »Du bist jederzeit auf das Herzlichste willkommen.«

Ein Gasthausgarten in Meidling

10. Mai 1893

Als Sophie im Gasthausgarten in Meidling eintraf, in dem die täglichen Versammlungen der Arbeiterinnen stattfanden, wurde gerade das Mittagessen gekocht. Obwohl es sich nur um eine einfache Mahlzeit handeln konnte, zog ein appetitlicher Geruch über die Wiese.

Bevor sich Sophie zu Adelheid Popp, die sie in der Nähe einer kleinen Bühne im Gespräch mit einigen anderen Frauen sah, gesellte, nahm sie sich die Zeit, um sich umzublicken. Tatsächlich wimmelte die Wiese von Frauen jeden Alters: Sophie sah blutjunge Mädchen, die kaum fünfzehn Jahre alt sein konnten, Frauen in allen sichtbaren Stadien der Schwangerschaft und solche, die das gebärfähige Alter schon lange hinter sich hatten. Sophie schätzte die Ältesten unter den Frauen auf ungefähr sechzig Jahre.

Bislang war Petrus den Streikenden wohlgesonnen. Eine milde Maisonne strahlte vom Himmel, über den einige weiße Schäfchenwolken zogen. Die Kastanienbäume im Wirtshausgarten, unter denen einfache Holztische und Bänke standen, blühten verschwenderisch in Weiß und verschiedenen Rosatönen. Die Pflanzen auf der Wiese waren von den vielen seit Tagen auf ihr lagernden Frauen natürlich zerdrückt. Aber an den Rändern erblickte Sophie noch eine Vielzahl bunt blühender Frühlingsblumen. Löwenzahn, Wiesenschaumkraut und Margeriten waren darunter.

Die Farbvielfalt der einfachen Gewänder der Arbeiterinnen machte das fehlende Blütenmeer auf der Wiese allerdings wett. Die Frauen in ihren schlichten, oft bedruckten Baumwollkleidern in allen Farben des Regenbogens wirkten fröhlich. Überall ertönte munteres Schwatzen und Lachen. Kleinkinder in kurzen Kitteln stapften zwischen den Frauen umher. Einige der Größeren jagten Schmetterlinge mit in die Höhe gestreckten Ärmchen.

Obwohl es in Sophies unmittelbarem Umfeld keine kleinen Kinder gab, fiel ihr auf den zweiten Blick auf, dass kein Junge oder Mädchen pummelig wirkte und den typischen Säuglingsspeck aufwies. Im Gegenteil, waren die ausgestreckten Arme der meisten Kleinen sogar recht mager.

Was werden die Kinder sich über die Schokolade freuen, dachte Sophie. *Ich hoffe nur, ich habe genug für alle mitgebracht.*

Nachdem sie heute Morgen endlich die Zeit gefunden hatte, die streikenden Frauen in Meidling zu besuchen, hatte sie alles Kinder-Konfekt zusammengerafft, das noch in der Kühlkammer auf Kundschaft wartete. Der Zuckerbäckermeister und seine Gesellen hatten zuerst lange Gesichter gemacht, als Sophie sie anwies, umgehend für ausreichend Nachschub zu sorgen. Doch als Sophie erklärte, für welchen Zweck sie die Süßigkeiten benötigte, hatten sich ihre Mienen sofort deutlich entspannt.

Nur Toni Schleiderer, der zufällig ebenfalls in die Backstube kam, runzelte missbilligend die Stirn. »Der Reputation des feinen Cafés Prinzess wird es gar nicht förderlich sein, wenn die Presse oder unsere Gäste Wind davon bekommen, dass du dich mit diesen aufsässigen Arbeiterinnen gemein machst«, gab er ihr zu bedenken, als sie gemeinsam vom Souterrain ins Erdgeschoss stiegen.

»Das lass nur meine Sorge sein, Toni!«, entgegnete Sophie schnippisch. »Du brauchst jedenfalls nicht zu befürchten, dass ich das Konfekt auf unser beider Kosten mitnehme. Ich zahle dafür einen Ausgleich von meinem eigenen Geld.«

»Zum regulären Preis?« Tonis Frage war offensichtlich als Provokation gemeint, wie sein spitzer Tonfall auswies.

»Nein, sondern zu dem Preis, auf den sich die Zutaten aufsummieren dürften«, konterte Sophie. »Schließlich soll das Prinzess ja nicht an mir verdienen, sondern es sollte umgekehrt sein.«

Nicht zum ersten Mal lag es ihr auf der Zunge zu sagen, dass *sie* dagegen die monatelangen Verluste des Kaffeehauses aufgrund der unregelmäßigen Abrechnungen in den Abendstunden mitbezahlt hatte. Seit Ida abends dort wieder als Sitzkassiererin fungierte, hatten sich die Umsätze im Vergleich zu den Monaten vor der Währungsreform wieder deutlich stabilisiert und übertrafen sie häufig sogar.

Umsatzrückgänge in den Abendstunden waren auch schon in Stephan Danzers letzten Lebensjahren aufgetreten. Das hatte Sophie vor einigen Wochen festgestellt, als sie an Tonis freiem Tag alle Abend-Kassenbücher des Kaffeehauses der letzten Jahre durchgesehen hatte. »Es war sicherlich ein Fehler, dass dein Onkel mich zuletzt nur als Aufseherin im Café und nicht auch als Sitzkassiererin ersetzt hat«, erklärte Ida, als Sophie sie auf ihre Entdeckung hin ansprach. »Schließlich hatte ich ja damals wie heute beide Posten anteilig inne. Nach dem Tod seiner Frau übernahm dein Onkel die Aufsicht im Café anfangs selbst. Ich war die erste Aufseherin, die dein Onkel zusätzlich beschäftigte. Und ich begann immer erst am frühen Nachmittag, wenn mehr Gäste kamen. Am dünn besuchten Vormittag war zunächst dein Onkel allein im Dienst.«

»Das wusste ich gar nicht mehr so genau«, räumte Sophie ein.

»Du warst damals ja noch ein Kind und nach dem Tod deines Vaters auch nur noch selten hier.«

»Das ist wahr. Es war eine der traurigsten Zeiten meines Lebens.«

»Seitdem ich die Aufsicht im Café übernommen hatte, musste dein Onkel einiges umorganisieren. Bis dahin teilte ich mir die Rolle der Kassiererin im Café mit einem Serviermadl, das in den Vormittagsstunden an der Kasse saß und ab dem frühen Nachmittag bediente. Dieses Madl übernahm die Café-Kasse nun für eine kurze Zeit lang ganz, heiratete aber dann und wurde schnell schwanger, worauf dein Onkel einen Ersatz für sie suchen musste. Als ich dann im Prinzess aufhörte, musste er auch noch eine neue Aufseherin einstellen. Jedes Mal war eine aufwendige Einarbeitungszeit damit verbunden. Vielleicht war es ihm deshalb einfach zu viel, zusätzlich noch eine neue Sitzkassiererin für die Abendstunden im Kaffeehaus einzuwerben.«

Sophie wurde klar, wie anstrengend die Suche nach gutem Personal sein konnte. Zum Glück war ihr das bislang erspart geblieben.

»Vielleicht fand er auch gar keine Frau, die ausschließlich abends bis oft nach Mitternacht bereit war, als Sitzkassiererin tätig zu werden«, überlegte Ida weiter. »Die alte Helene hat diese Arbeitszeit schon immer gehasst und war jedes Mal unwillig, wenn sie mich an meinem freien Tag vertreten sollte. Früher wurde sie an solchen Tagen sogar oft krank. Dann musste Herr Franz einspringen. Das könnte deinen Onkel auf die Idee gebracht haben, Herrn Franz aufgrund seiner großen Erfahrung und langjährigen Mitarbeit abends die Aufsicht über das Kassenbuch zur Gänze anzuvertrauen. Zudem kontrollierte dein Onkel die Abendeinnahmen ja täglich. Größere Abweichungen von der Regel wären ihm also rasch aufgefallen.«

Das leuchtete Sophie ein. Denn die schleichenden Umsatzrückgänge waren erst aufgetreten, als Stephan Danzers Krankheit sich zunehmend bemerkbar machte. Vielleicht hatte ihr Onkel das wegen seiner fortschreitenden Konzentrationsprobleme aufgrund seines Gehirntumors gar nicht bemerkt. Oder er war wegen der beständigen Schmerzen zu energielos gewesen, um gegenzusteuern. Wenn er sich die Zahlen überhaupt noch ansah, seitdem Sophie die Buchhaltung übernommen hatte. Jedenfalls hatte der dortige Schlendrian, der Sophie erst im letzten Herbst aufgefallen war, offensichtlich schon zu Lebzeiten ihres Onkels begonnen, der sich zunehmend mehr auf seine ranghöchsten Mitarbeiter, den Ober Franz und Toni Schleiderer und schließlich auf Sophie hatte verlassen müssen.

»Aber alles Spekulieren nützt ja nichts«, hatte Ida abschließend geseufzt. »Wir können deinen Onkel nicht mehr danach fragen, ob, wann und was ihm bei den Abendumsätzen des Kaffeehauses aufgefallen ist. Also lass uns die positive Seite der Medaille sehen und freuen wir uns darüber, dass die abendlichen Einnahmen deutlich gestiegen sind, seit ich dort wieder Sitzkassiererin bin.«

Trotzdem ärgerte sich Sophie noch immer weitaus mehr über Tonis Unzuverlässigkeit, als sie sich über die höheren Einnahmen freute. Zumal Toni Schleiderer kein Wort darüber verlor, dass sich diese erst mit Ida wieder positiv entwickelt hatten.

Jetzt auf der Wiese in Meidling wischte Sophie die unangenehmen Gedanken beiseite, zumal sie sich bereits darauf freute, den Kindern die mitgebrachten Süßigkeiten als Nachtisch zu überreichen. Auch Adelheid Popp hatte sie jetzt bemerkt und kam winkend auf sie zu.

»Wie schön, dass du uns heute besuchst!«, begrüßte sie Sophie herzlich.

»Ist Irene denn auch da?«, erkundigte die sich, nachdem sie die Begrüßung erwidert hatte.

»Wir erwarten sie hoffentlich rechtzeitig zum Mittagessen zurück. Sie leitet eine Demonstration vor den Toren einer der bestreikten Fabriken. Es heißt, der Fabrikherr habe Streikbrecherinnen eingeworben, die man heute anlernen wolle. Man hat uns außerdem zugetragen, dass diese nicht morgens um sechs Uhr beginnen sollen, sondern erst gegen zehn.«

»Warum denn das?«

»Nun, Streikbrecher einzuwerben, manchmal sogar mit dem Versprechen, ihnen genau den Lohn zu bezahlen, für den die regulären Arbeiter gerade streiken, ist die probateste Methode der Ausbeuter, den Streik zu unterlaufen. Das wissen natürlich auch die Arbeiter und finden sich daher regelmäßig zu Schichtbeginn vor den Fabriktoren ein, um die Streikbrecher am Betreten der Werkhallen zu hindern. Deshalb hat sich dieser Fabrikherr die Finte ausgedacht, die Streikbrecherinnen erst zu einem Zeitpunkt einzubestellen, an dem die Schicht normalerweise schon einige Stunden lang dauert. In der Hoffnung, die Streikposten wären um diese Zeit längst vor den Toren verschwunden. Aber sein Komplott ist schnell aufgeflogen.« Adelheid zwinkerte Sophie zu.

»Habt ihr einen Spion eingeschleust?«, zwinkerte Sophie zurück.

»Das ist gar nicht nötig«, klärte Adelheid sie auf. »Etliche der Meister und Vorarbeiterinnen stehen auf unserer Seite. Sie streiken zwar nicht offiziell mit, da sie zum einen höhere Löhne als die einfachen Werkerinnen erhalten und zum anderen ihre Stelle riskieren würden, wenn der Streik beendet ist. Denn illoyale Vorgesetzte duldet kein Unternehmer. Er würde nach dem nächstbesten Vorwand suchen, um solche Leute nach dem Streik zu entlassen.«

»Aber die Unternehmer haben ihre Rechnung ohne den Wirt gemacht«, feixte sie. »Denn in der Fabrik leisten uns diese Leute viel wertvollere Dienste, als wenn sie sich unter die Streikenden mischen würden.«

Sophie bemühte sich, all diese Informationen zu verarbeiten, die Adelheid natürlich so geläufig waren wie ihr selbst die Angelegenheiten des Cafés Prinzess. Sie wirkte dabei offenbar angestrengt, denn Adelheid lenkte Sophies Aufmerksamkeit jetzt wieder auf das Geschehen auf der Wiese.

»Komm, ich führe dich einmal herum, Sophie! Dabei können wir auch einen Blick in die Töpfe werfen, damit du siehst, was wir mit den verbilligten Lebensmitteln für Mahlzeiten kochen.«

Tatsächlich hatten sowohl Sophie als auch Minas Vater Benjamin Löb Rabatte für die Nahrungsmittellieferungen an die Streikenden aushandeln können.

Sophie folgte Adelheid interessiert. Zunächst blieben sie vor einer Gruppe von Frauen stehen, die Erdäpfel, Zwiebeln und Möhren schälten.

»Des is die Sophie, des gnä' Fräulein aus'm Café Prinzess«, stellte Adelheid sie vor, wobei sie automatisch in ihren Wiener Dialekt verfiel. »Se hat uns g'holfen, des Essen zum kaufen und selbst für an Teil zahlt.«

»Vergelt's Ihna Gott«, antwortete eine der Frauen. Als Sophie ihr Lächeln erwiderte, fiel ihr die ungesund käsig-bleiche Gesichtsfarbe der Arbeiterin auf. Ihr Antlitz war von vielen Furchen durchzogen, die Haut wirkte schlaff. Schatten lagen unter den tief in den Höhlen liegenden Augen. Die Frau gehörte zu den älteren Arbeiterinnen.

Auch ihre jüngeren Kolleginnen lächelten Sophie zwar fröhlich zu, wirkten aber ebenfalls nicht gesund.

»Was kocht's denn Gutes?«, fragte Adelheid.

»A Eintopfsupp'n, sogar mit Speck!«, strahlte die ältere Frau. »Wollen S' mitessen, gnä's Fräulein?«

Sophie schielte unauffällig zu dem großen Topf hinüber, in dem es einige Meter entfernt von der Gruppe über einem offenen Feuer brodelte. Eine Frau rührte mit einem großen Holzlöffel darin herum. Es roch zwar gut, aber die Farbe der Suppe war von einem undefinierbaren Braun.

Doch noch ehe sie reagieren konnte, hatte Adelheid schon für sie beide geantwortet. »Gern essen mir mit! Wann is's denn so weit?«

»A Stund wird's no dauern.«

»Dann sind mir bei der Zeit z'ruck!«, versprach Adelheid.

»Welche Zutaten sind denn außer dem Gemüse noch in dem Eintopf drin?« Die Frage konnte sich Sophie nicht verkneifen.

Adelheid grinste spöttisch. »Graupen, getrocknete braune Bohnen und Speckseiten, die wir über den Vater deiner Aufseherin, den jüdischen Krämer, bezogen haben. Außerdem allerlei selbst gesammelte Kräuter wie Sauerampfer, Giersch und Löwenzahn. Du wirst sehen, es wird dir munden.«

Sophie erwiderte erst einmal nichts und wechselte das Thema. »Die alte Frau, mit der wir eben gesprochen haben, sieht gar nicht gesund aus. Es ist ein Jammer, dass eine Arbeiterin in diesem Alter noch Geld verdienen muss.«

Adelheid starrte sie zuerst verständnislos an. »Meinst du die Hedi?«, fragte sie schließlich nach.

»Wie sie heißt, weiß ich nicht. Ich meine die Frau dort drüben in dem verwaschenen grünen Kleid.« Sophie drehte sich um und wies auf die Arbeiterin, die in der Gruppe der Gemüseschälerinnen das Wort geführt hatte.

Jetzt verstand Adelheid und holte tief Luft. »Vielleicht wirst du's ja nicht glauben, Sophie, aber die Hedi ist gerade einmal fünfunddreißig Jahre alt. Ihr jüngstes Kind spielt dort drüben.« Adelheid zeigte auf einen kleinen Buben, der nicht älter als drei Jahre sein konnte.

Sophie war schockiert. »Ist die Hedi denn krank? Sie wirkt so bleich und ausgezehrt und um so viele Jahre älter, als sie ist.«

Adelheid schnaubte. »Krank sind die meisten dieser Arbeiterinnen. Sie stehen mit bloßen Füßen im Wasser, wenn sie die Wäsche bleichen, und atmen den ganzen Tag giftige Chlordämpfe ein. Bei Temperaturen von vierzig Grad und mehr.«

Sophie fiel ein, dass auch das in der Zeitung gestanden hatte. Sie schwieg betroffen.

Adelheid dagegen redete sich nun in Rage. »Ich habe dir doch erst neulich erzählt, dass ich schon mit dreizehn Jahren dem Vergiftungstod nahe war. Kein Fabrikherr investiert auch nur einen Heller für die Gesundheit seiner Belegschaft. Wenn wir dafür streiken würden, wären wir im nächsten Jahrhundert noch nicht am Ziel.«

Sophie wusste darauf nichts zu erwidern. Eine kleine Weile gingen die Frauen schweigend durch die Menge der auf der Wiese lagernden Arbeiterinnen. Dann gewann Adelheids gute Laune wieder die Oberhand. Sie lachte und scherzte im Vorbeigehen mit den Frauen, stellte ihnen Sophie als ihre Gönnerin vor und wies immer wieder auf die Versammlung hin, die nach dem Mittagessen stattfinden sollte und bei der sie eine Rede halten würde.

Schließlich riss sich auch Sophie zusammen. Über all diese Eindrücke konnte sie auch später noch nachdenken. Sie war gekommen, um einen unbeschwerten Tag mit diesen tapferen Frauen zu verbringen und ihnen beizustehen, für ihre mehr als gerechte Sache weiterzukämpfen.

Kaffeehaus Prinzess

10. Mai 1893, am frühen Nachmittag

»Was darf ich Ihnen denn zu essen bringen, Herr Klimt?« Toni Schleiderer ließ es sich nicht nehmen, den bekannten Maler höchstpersönlich zu bedienen.

Doch der schüttelte zu seinem Bedauern den Kopf. »Leider gar nichts, Herr Schleiderer. Ich frühstücke jeden Morgen sehr ausgiebig und arbeite dann bis zum Abend ohne Unterbrechung. Das Mittagsmahl fällt daher in der Regel aus.«

»Also bleibt es nur bei Ihrem Großen Braunen? Möchten Sie nicht wenigstens ein Glas Wein trinken? Wir haben gerade eine neue Lieferung unseres ausgezeichneten Spätburgunders aus Rheinbayern hereinbekommen.«

Zu seiner Enttäuschung wehrte Klimt erneut ab. Schleiderer bemerkte eine große Skizzenmappe auf dem Tisch. »Wollten Sie heute wieder zu Fräulein von Werdenfels?«, schoss er ins Blaue.

Der Maler nickte. »Ja, ich wollte ihr einige Entwürfe für die neue Schaufensterdekoration vorlegen. Sie wünscht sich einen exotischen Obstgarten für die Präsentation der Orangencremetorte.«

Tonis verkniffenen Gesichtsausdruck interpretierte Klimt falsch. »Wissen Sie, welche Torte ich meine? Ich habe sie noch nicht gekostet, aber sie soll eine der Spezialitäten des Cafés sein. Kennen Sie sie?«

Toni grinste schief. »Und ob ich die Torte kenne. Schließlich ist sie eine meiner eigenen Kreationen.«

Klimts Miene hellte sich auf. »Oh, das trifft sich aber gut. Im Café sagte man mir nämlich, dass Fräulein von Werdenfels erst heute Abend zurückerwartet wird. Leider hatte ich mich nicht angemeldet. Und in der Regel ist sie ja den ganzen Tag im Café anzutreffen.«

»Fräulein von Werdenfels befindet sich in Meidling bei den streikenden Fabrikarbeiterinnen. Sie ist neuerdings unter die sogenannten Frauenrechtlerinnen gegangen.« Toni machte aus seiner Missbilligung keinen Hehl.

Klimt schien dies peinlich zu sein. Rasch öffnete er seine Skizzenmappe und machte eine einladende Handbewegung. »Wenn Sie die Torte kreiert haben, Herr Schleiderer, können Sie vielleicht auch beurteilen, ob ich mit meinen Entwürfen ungefähr richtigliege.«

Schleiderer folgte der Aufforderung und betrachtete die ausdrucksstarken Skizzen intensiv. Die auffälligste stellte eine Art Paradiesgarten dar, in dem die nackte, nur von ihrem wallenden Haar und einem Feigenblatt bedeckte Eva dem mit einem Lendenschurz bekleideten Adam eine Orange reichte. Die Torte, die auf einem Baumstumpf stand und die Szene vervollständigte, wirkte daneben unauffällig und deplatziert.

»Diese Ausführung erscheint mir zu gewagt, Herr Klimt«, urteilte Toni denn auch. »Eine solche Dekoration käme einem Skandal gleich. Zwar macht natürlich auch ein Skandal die Kundschaft neugierig. Aber auf Dauer schadet so etwas jedem Unternehmen. Besser gefällt mir dieser Entwurf.«

Toni zeigte auf einen kleinen Wald von Orangenbäumen, der sich bis zum gemalten Horizont, an dem die Sonne soeben unterging, erstreckte. Die Torte, die ebenfalls erhöht auf einem Baumstumpf stand, wurde von einer Reihe staunender Wildtiere umringt. Affen, Löwen und Leoparden waren darunter. Im Entwurf dominierten die Farben Grün und Orange in allen Schattierungen.

»Besonders den Kindern wird diese Dekoration wieder sehr gut gefallen«, konstatierte Toni mit einem bitteren Unterton. Erneut würden Scharen von ihnen mit ihren Eltern am späten Nachmittag oder am schulfreien Sonntag ins Café kommen. »Aber in letzter Instanz muss Fräulein von Werdenfels entscheiden, welchen Entwurf sie bevorzugt. Ich fürchte, Sie werden daher morgen noch einmal herkommen müssen. Darf ich Ihnen denn wirklich nichts mehr bringen?«

Nach Klimts Kopfschütteln hatte sich Toni schon zum Gehen gewandt, entschloss sich dann aber doch noch dazu, die Frage zu stellen, die ihm bereits auf der Seele brannte, seit Sophie den Maler für ihre erste Schaufensterdekoration gewonnen hatte.

»Ich hoffe, Sie nehmen mir meine Frage nicht übel, Herr Klimt. Aber was bewegt einen Maler von Ihrem Format, solch einen Tand herzustellen?«

»Geld und Überdruss«, antwortete Klimt offen. »Ich bin aufs Geldverdienen angewiesen. Und solche kleinen Arbeiten, die trotzdem einiges einbringen, übernehme ich weitaus lieber als diese langweilige Historienmalerei.«

»Langweilige Historienmalerei?«, echote Toni verblüfft. »Aber dafür haben Sie doch sogar den ›Kaiserpreis‹ erhalten. Von Seiner Majestät höchstpersönlich.«

Klimt zuckte gleichgültig mit den Achseln. »Seine Majestät, der Kaiser, übt leider keinerlei Einfluss auf die Wiener Künstlerhaus-Genossenschaft aus. Wahrscheinlich, weil die Genossenschaft genauso konservativ ist wie er selbst.«

Unwillkürlich sah Toni sich um. Aber den Anflug von Majestätsbeleidigung, der in Klimts letzter Bemerkung steckte, hatte zum Glück niemand mitbekommen. Der größte Ansturm der Mittagsgäste war bereits vorüber.

»Aber … aber ich glaubte immer, es sei eine große Ehre, dieser Genossenschaft angehören zu dürfen?«, hakte Toni dann verblüfft nach. »Immerhin veranstaltet sie jedes Jahr eine große Ausstellung mit den Werken all ihrer Mitglieder.«

Klimt prustete verächtlich. »Man stellt dort nur Werke aus, die den alten Stilrichtungen verhaftet sind. Jede moderne Strömung wird durch eine harsche Zensur im Keim erstickt. Die geschönte Historienmalerei wird bevorzugt. Maler mit einem moderneren Stil haben hingegen keine Chance, ihre Gemälde dort angemessen präsentieren zu können. Wenn überhaupt, dann hängen sie in irgendeiner dunklen Nische der Ausstellungsräume.«

»Aber die Wiener Künstler-Compagnie, die Sie mitbegründet haben, ist doch eine sehr populäre Gemeinschaft. Man sagt, ihr hervorragendstes Merkmal sei es, dass man gar nicht unterscheiden könne, welche Teile eines Gemäldes von Ihnen selbst, Ihrem so unglücklich früh verstorbenen Bruder oder Ihrem Kollegen Franz Matsch stammen.«

Jetzt sah Klimt regelrecht angeekelt aus. »Genau das, was Sie offenbar als brillant empfinden, stößt mich zutiefst ab. Meine Werke sollen durchaus unterscheidbar von denen anderer Künstler sein. Deswegen denke ich nach dem Tod meines Bruders schon seit einer Weile darüber nach, die Künstler-Compagnie aufzulösen.«

»Um Ihren Lebensunterhalt dann mit Schaufensterdekorationen zu verdienen?« Toni konnte sich den Sarkasmus in seinem Tonfall nicht verkneifen.

Doch Klimt bemerkte das gar nicht, wie seine Antwort verriet. »Nein, um mich in meiner Kunst endlich selbst verwirklichen zu können. Ideen und auch Skizzen, sogar fertige Bilder, habe ich dazu bereits zur Genüge. Was mir jetzt noch fehlt, ist nur die Gelegenheit, diese Werke einem größeren Publikum zugänglich zu machen.«

»Aber vielleicht müssen wir es genauso machen wie die Münchner«, murmelte er dann noch, für Toni unverständlich, in seinen Bart.

Der hatte nun genug. Offensichtlich stach nicht nur die modernen Dichter, die sich weiterhin regelmäßig an ihrem Stammtisch zu abgehobenen Diskussionen versammelten, sondern nun auch noch die Wiener Maler der Hafer. Mit deren abstrusen Ideen konnte Toni nichts anfangen.

Diensteifer mimend, trat er nun den Rückzug an. »Dann wünsche ich Ihnen weiterhin viel Erfolg, Herr Klimt«, verabschiedete er sich verbindlich. »Ich darf mich nun empfehlen, da ich mich auch noch um meine weiteren Gäste kümmern muss.«

Klimt brütete noch eine Weile mit finsterer Miene vor sich hin, bis er das Kaffeehaus schließlich unverrichteter Dinge verließ.

Auf dem Heimweg von Meidling ins Kaffeehaus

10. Mai 1893, am Abend

Die Mietdroschke rumpelte durch ein Schlagloch und rüttelte Sophie unsanft durcheinander. Etwas beschämt sah sie Adelheids erstaunten Gesichtsausdruck wieder vor sich, als sie diese gebeten hatte, sie zum nächsten Fiakerstand zu begleiten.

»Nimm doch die Tramway!«, schlug Adelheid vor. »Die hält auf jeden Fall am Opernring. Von da aus hast du es nur noch ein paar Schritte nach Hause.«

Verlegen hatte Sophie das abgelehnt. Sie war heute Morgen ohne Franzi zur Wiese in Meidling aufgebrochen. Abgesehen davon, dass es unschicklich für eine junge Dame von Stand war, allein unterwegs zu sein, fürchtete sie sich auch ein wenig vor einem Gang durch die abendlichen Straßen der Innenstadt nach Einbruch der Dämmerung.

Eine solche Zimperlichkeit war den Arbeiterfrauen natürlich fremd. Ihre Schicht ging häufig bis spät in den Abend hinein, und nicht jede konnte sich die Tramway überhaupt leisten, wie Sophie mittlerweile wusste. Eine Mietdroschke zu nehmen, galt in diesen Kreisen sicher als absoluter Luxus.

Obwohl Adelheid und Irene noch den nächsten Streiktag planen wollten, ersparten sie Sophie die Verlegenheit, sich von einer ihr unbekannten Arbeiterin zum Fiakerstand führen zu lassen, und begleiteten sie noch bis dorthin.

Kaum saß Sophie allein auf dem unbequemen Sitz, denn luxuriöse Kaleschen verkehrten in dem Arbeiterviertel natürlich nicht, stürmten die vielen, teils widersprüchlichen Eindrücke des Tages wieder auf sie ein.

Noch vor dem Mittagessen war Irene Gerban mit einer Gruppe von Frauen auf die Gasthauswiese zurückgekehrt. »Wo sind denn die Gerda und die Mizzi?«, fragte Adelheid besorgt, bevor Irene die Gelegenheit hatte, auch nur ein Wort zu berichten.

»Verhaftet hat man sie!«, antwortete Irene mit grimmiger Miene. »Der Fabrikherr hat die Polizei gerufen, als wir den Streikbrecherinnen den Weg verstellten. Die Gendarmen versuchten mit Schlagstöcken, unsere Streikposten zu verjagen. Wir haben alle lautstark dagegen protestiert. Die Gerda und die Mizzi haben sie sich dann wahllos aus unserer Gruppe herausgegriffen und mitgenommen.«

»Aber die Mizzi nährt doch noch ihren Säugling!«, erwiderte Adelheid entsetzt.

Irene hob resigniert die Schultern. »Sie hat die Kleine heute Morgen bei der Luise gelassen, damit diese sie nebst ihrem eigenen Säugling stillt. Ich bitte die Luise gleich nach dem Mittagessen, das kleine Madl erst einmal über Nacht bei sich zu behalten. Morgen schalte ich dann den Advokaten meines Schwiegervaters ein. Notfalls stellen wir auch eine Kaution. Wir werden alles tun, um die Kameradinnen wieder aus der Haft zu befreien.«

»Zum Glück ist zumindest niemand von uns verletzt worden«, fügte Irene mit einem schmallippigen Lächeln hinzu.

Unmittelbar danach setzte man sich zum gemeinsamen Mittagessen. Es gab die von den Frauen gekochte Eintopfsuppe, dazu grobes Roggenbrot und zum Nachtisch für jede einen schrumpeligen Apfel. Sophie saß mit Adelheid, Irene und einigen anderen Frauen an einem der einfachen Holztische unter einer der betörend duftenden Kastanien.

Das feine Mittagsgericht aus dem Café Prinzess gewöhnt,

führte Sophie den ersten Löffel der dicken Suppe nur zögerlich zum Munde. Doch Adelheid behielt recht. Das Gericht roch nicht nur gut, es schmeckte auch so. Gerne hätte sich Sophie sogar das Rezept dafür geben lassen. Doch für das Café Prinzess taugte die Suppe trotz aller Schmackhaftigkeit nicht. Und für das rustikalere Speisenangebot im Kaffeehaus war Toni zuständig. Einmal mehr bedauerte es Sophie, nicht allein über das ganze Unternehmen Prinzess bestimmen zu können.

Entschädigt wurde sie durch die leuchtenden Augen der Kinder, als sie ihre Milchschokolade und das mit Milchcreme gefüllte Konfekt unter ihnen verteilte. Kein einziges von ihnen schien schon einmal Schokolade gekostet zu haben. Dies galt wohl auch für die meisten Arbeiterfrauen, die den Kleinen die Süßigkeiten aber allesamt überließen. Nur an ihren begehrlichen Blicken erkannte Sophie, dass auch sie sich über eine Praline zum Nachtisch gefreut hätten.

Nun, da kann ich leicht Abhilfe schaffen, dachte sie angesichts der zu erwartenden Kritik Tonis trotzig und nahm sich vor, vor ihrem nächsten Besuch bei den Streikenden auch die Konfektvorräte für die erwachsenen Kunden zu plündern.

Nach dem Essen bestieg Adelheid die kleine Bühne am Kopfende der Wiese, sodass sie für die im Gras sitzenden Arbeiterinnen gut sichtbar war. Ohne das geringste Zeichen von Nervosität hob sie zu sprechen an. Sophie, die mittlerweile in Erfahrung gebracht hatte, dass Adelheid erst vierundzwanzig Jahre alt und damit nur knapp zwei Jahre älter war als sie, spürte sogar einen Anflug von Neid über das Selbstbewusstsein und die Sicherheit, mit der die aus ärmlichen Verhältnissen stammende junge Frau sprach.

»Arbeiterinnen!«, schallte Adelheids Stimme über die Wiese. »Ihr alle leidet unter der Brutalität und Ausbeutung eurer sogenannten Herren. Wie Lohnsklavinnen schuftet ihr vom grauenden Morgen bis in die späte Nacht. Und könnt mit eurem Lohn trotzdem kein menschenwürdiges Dasein fristen!

Keine unverheiratete Arbeiterin kann sich mehr als einen Schlafplatz als Bettgeherin leisten. Und die verheiratete Arbeiterin ist nicht in der Lage, das Notwendigste für ihre Kinder herbeizuschaffen. Ihr alle leidet Hunger und Not.

Deshalb müssen wir uns gegen die Ausbeuter wehren. Denn nur, wenn wir uns die Hand zum gemeinsamen Bund reichen, sind wir stark.«

Adelheids Rede wurde immer wieder vom frenetischen Jubel der Zuhörerinnen unterbrochen. Sophie war tief beeindruckt, wie stark diese einfache junge Frau die Massen begeistern konnte.

Danach brach ein Großteil der Frauen zu einem Spaziergang auf. Sophie, die mitging, schmerzten die Füße in ihren Halbstiefelchen schon nach kurzer Zeit. Solche Märsche mit falschem Schuhwerk war sie beileibe nicht gewohnt und ärgerte sich darüber, nicht die bequemen Schuhe angezogen zu haben, die sie tagsüber im Café trug, aber nie, wenn sie ausging. Wieder genierte sie sich für den Luxus, in dem sie aufgewachsen und der für sie so selbstverständlich geworden war, dass sie sich einst sogar über Kleider gegrämt hatte, die aufgrund des Geizes ihres Stiefvaters »nur« aus der vorigen Saison stammten.

Die Frauen sangen fröhliche Lieder, keineswegs nur mit politischen Inhalten. Auch bekannte Wiener Gassenhauer waren darunter, wie man sie in den Heurigen zum Besten gab.

Die Reaktionen der Menschen am Straßenrand waren gespalten und wühlten Sophie auf. Einfach gekleidete Männer und Frauen jubelten den Spaziergängerinnen häufig zu, zum Teil auch aus den geöffneten Fenstern ihrer Wohnungen. Manche Leute schlossen sich ihnen sogar an.

Doch es gab auch gänzlich gegenteilige Reaktionen. Insbesondere gut gekleidete Männer in Zylinder und Gehrock machten den Arbeiterfrauen gegenüber verächtliche Gesten. Auch Buh-Rufe wurden laut. Sophie ertappte sich dabei, dass sie anfangs instinktiv ihren Kopf senkte, wenn sie solche Männer passierte. Sie wollte nicht erkannt werden, sollte ein Kunde des Cafés unter ihnen sein, wurde ihr schließlich klar. Danach hob sie trotzig den Kopf und starrte stur geradeaus.

Irene Gerban, die neben ihr ging, bemerkte, was in Sophie vorging. »Es ist sehr mutig von dir, dich uns anzuschließen. Du musst wissen, dass die gesamte konservative Presse unseren Streik in Grund und Boden verdammt. Nun seien auch noch die Arbeiterfrauen aufgehetzt worden, heißt es dort. Ich hoffe daher, dass es deinem Geschäft nicht schadet, dass du uns unterstützt.«

»Und wenn schon«, wiegelte Sophie ab. »Auf solche Kunden lege ich ohnehin keinen Wert.« Dennoch konnte sie ihre Befangenheit während des gesamten Spaziergangs nicht ganz ablegen.

Und nun saß sie in ihrer Mietdroschke auf dem Heimweg in ihre luxuriöse Wohnung und würde morgen wieder ihre verwöhnten Gäste und deren eitles Geschwätz ertragen müssen.

Ich muss es eben genauso halten wie Irene Gerban und deren Schwiegereltern, beschloss sie schließlich. *Ich sollte mich gar nicht um die Meinung von Leuten kümmern, die überhaupt nicht wissen, wie gut sie es haben. Das Café Prinzess geht schon nicht gleich bankrott, wenn es den ein oder anderen Kunden verliert, der es missbilligt, dass ich die Sache der Arbeiterinnen auch in Zukunft unterstützen werde.*

Denn dazu war Sophie nach den Eindrücken des heutigen Tages mehr denn je entschlossen.

Kapitel 11

Kaffeehaus Prinzess

16. Mai 1893

Nach langer Zeit betrat Richard zum ersten Mal wieder das Kaffeehaus Prinzess. Ohne sich dies bislang jemals bewusst gemacht zu haben, hatte er es seit seiner dortigen unangenehmen Unterredung mit dem ungarischen Grafen Szalay gemieden. Damals hatte er den Adeligen mit dessen Syphilis konfrontiert, um auf diese Weise zu erreichen, dass er von Sophie abließ, die der Ungar zu seiner zukünftigen Gattin erkoren hatte.

Auch ein anderes, sehr belastendes Gespräch hatte seinerzeit im Kaffeehaus Prinzess stattgefunden und den Ort nicht attraktiver für ihn gemacht. Hier hatte ihm einst Graf Josef von Hoyos nur wenige Tage nach dem Selbstmord des Kronprinzen Rudolf berichtet, unter welchen Umständen dessen und Mary Vetseras Leichen aufgefunden worden waren.

Auch dass Sophie hier eine ganze Zeit lang als Sitzkassiererin arbeitete, hatte das Kaffeehaus nicht attraktiver für ihn gemacht. Denn anders als heute Abend, an dem sie als Geschäftsführerin des Unternehmens Prinzess zu seinem Treffen mit Victor Adler hinzustoßen würde, hätte er sie in ihrer Rolle als Sitzkassiererin nur aus der Entfernung betrachten und höchstens bei der Begleichung der Rechnung ein paar Worte mit ihr wechseln können. Darin hatte Richard allerdings keinen Sinn gesehen, zumal er und Sophie sich seit dem Tod ihres Patenonkels ja regelmäßig an anderen Örtlichkeiten trafen. Während hier jedes noch so harmlose Geschäker mit der Sitzkassiererin von den übrigen Gästen eifersüchtig verfolgt wurde.

Nun sah sich Richard erst einmal bewundernd um. Das Ambiente des Kaffeehauses hatte durch die neuen Möbel und die hohen Spiegel an den Wänden der beiden Schmalseiten deutlich gewonnen. Er wusste natürlich, dass diese Verschönerungen hauptsächlich auf Sophies Initiative zurückgingen.

Richards Kontakt zu Victor Adler war in der letzten Zeit etwas eingeschlafen. Umso mehr hatte er sich darüber gefreut, ihn gestern zufällig in der Innenstadt getroffen zu haben. Victor berichtete ihm über den Streik der Textilarbeiterinnen und erwähnte dabei, dass sich auch Sophie dafür engagiert hatte.

Das war Richard neu und interessierte ihn natürlich ungemein. Denn er war erst vor wenigen Tagen aus Salzburg zurückgekehrt. Sein Aufenthalt dort hatte fast drei Wochen gedauert, obwohl er die Diebe tatsächlich gleich am frühen Morgen nach seiner Ankunft in der Kleiderkammer auf frischer Tat ertappte.

Doch danach bat ihn Erzherzog Rainer, auch noch andere Teile des 59. Infanterieregiments zu inspizieren. Da Richard tatsächlich Anzeichen für weitere Missstände aufdeckte, schlug Erzherzog Rainer ihm schließlich eine sehr umfassende Maßnahme vor: Richard sollte sich von jeder einzelnen Kompanie ein eigenes Bild machen und dabei auch die Diensteignung eines jeden Leutnants, Oberleutnants und Hauptmanns beurteilen. Denn obwohl sich die meisten Offiziere in diesen Rangstufen nie etwas zuschulden kommen lassen hatten, stammten die identifizierten Übeltäter dennoch samt und sonders aus dieser Gruppe.

Mittlerweile waren Erzherzog Rainers Vorstellungen sogar noch weiter gegangen. Nun hoffte er, dass Richards Untersuchung zu Reformvorschlägen führen würde, welche solchen Unregelmäßigkeiten in Zukunft besser vorbeugen könnten. Deshalb hatte er auch seinen Schwager, Erzherzog Albrecht, davon überzeugt, ihm Richard so lange abzustellen, bis dessen

Auftrag erfüllt war. Im Fall von Richards Erfolg beabsichtigte Rainer darüber hinaus, Albrecht vorzuschlagen, die Reformvorschläge aus Salzburg auch als Modell für andere Infanterieregimenter zu übernehmen.

Richard hatte gemischte Gefühle, als Erzherzog Rainer ihn mit seinen hochfliegenden Plänen vertraut machte. Einerseits ehrte es ihn über alle Maßen, dass Rainer ihm dermaßen vertraute. Auch die Aufgabe an sich reizte ihn natürlich.

Andererseits dachte er mit Bitterkeit an die vergeblichen Bemühungen Kronprinz Rudolfs, solche Reformen durchzuführen. All dessen Pläne waren am Widerstand des Heerführers Albrecht gescheitert, dem sich Rudolfs Vater, Kaiser Franz Joseph, immer kritiklos angeschlossen hatte. Dabei war der Kronprinz als Generalinspekteur sogar der oberste Befehlshaber der Infanterie gewesen, Richard dagegen nur ein einfacher Major in Albrechts Stab.

Mehr noch belastete Richard allerdings, dass er sich in den nächsten Monaten kaum noch in Wien aufhalten und damit Sophie nur noch sehr selten sehen würde. Bislang hatte er ihr gar nichts von seinem neuen Auftrag erzählt. In einem kurzen Briefwechsel unter den Tarnabsendernamen, die sie verwendeten, hatten sie ein persönliches Treffen für den Montag der nächsten Woche im Prater ausgemacht. Sophie musste hierzu erst ihren nächsten freien Tag abwarten. Richard dagegen würde schon am Tag darauf wieder nach Salzburg fahren müssen.

Umso mehr freute er sich darauf, Sophie heute Abend schon einmal vorab zu sehen und aus ihrem eigenen Munde zu hören, welche Erlebnisse sie bislang während des Frauenstreiks, der seines Wissens noch andauerte, gehabt hatte.

Er entdeckte Victor Adler in einer ruhigen Nische im rechten Teil des Kaffeehauses, dem sogenannten Lesesaal. Es war früh am Abend, viel war im Augenblick noch nicht los. Höchstens die Hälfte aller Tische war besetzt.

»Wie geht es Ihnen denn, lieber Herr Adler?«, erkundigte sich Richard nach der Begrüßung.

Adler strahlte über das ganze Gesicht. »Heute geht es mir ganz ausgezeichnet. Denn überraschenderweise sind sich die Streikführerinnen der Textilarbeiterinnen diesen Nachmittag mit den Fabrikherren handelseinig geworden. Es ist ein Sieg auf der ganzen Linie.«

Er blickte an Richard vorbei. »Aber da kommt ja gerade Fräulein von Werdenfels. Sie weiß noch nichts von den jüngsten Entwicklungen. Ich erzähle also detailliert davon, sobald sie zu uns gestoßen ist.«

Auch Sophie hatte die Herren jetzt entdeckt und steuerte auf sie zu. Wieder einmal bewunderte Richard Sophies Aufmachung. In ihrem hoch geschlossenen, aber sehr eleganten dunkelblauen Seidenkleid sah sie einerseits älter aus, als sie mit ihren zweiundzwanzig Jahren tatsächlich war. Trotzdem wirkte sie andererseits so jugendfrisch und unbekümmert wie schon lange nicht mehr.

»Guten Abend, Richie. Guten Abend, Dr. Adler«, grüßte sie. »Ich freue mich sehr, dass wir uns heute hier im Kaffeehaus zusammensetzen. Euch ... Sie beide habe ich ja schon längere Zeit nicht mehr gesehen. Was möchten Sie denn trinken? Auf Kosten des Hauses, natürlich. Oder darf ich Ihnen etwas empfehlen?«, bot sie an.

Als die Herren einverstanden waren, winkte Sophie Herrn Franz. »Bitte bringen Sie uns eine Flasche des Rosé-Weins, den wir neuerdings vom rheinbayerischen Weingut Gerban beziehen.«

»Es ist ein leichter Sommerwein, man sagt sogar, eigentlich ein Damenwein«, erklärte sie dann ihren Gästen. »Aber ich hoffe, er wird euch ... äh ... trotzdem munden.«

»Lassen Sie es uns doch allen einfacher machen, liebes Fräulein von Werdenfels«, schlug Victor Adler vor. »Zumindest hier in dieser trauten Runde schlage ich Ihnen vor, dass wir uns duzen. Irene Gerban und Adelheid Popp haben mir bereits erzählt, dass Sie es mit ihnen genauso halten.«

Sophie blickte unwillkürlich über ihre Schulter. Kein anderer Gast saß in ihrer unmittelbaren Nähe.

Adler deutete ihr Zögern richtig. »Nur, wenn wir unter uns sind, natürlich. Irene hat mir erzählt, dass Sie eine Einschränkung für das Du-Wort gemacht haben, wenn andere Gäste es mitbekommen könnten.«

»Dann bin ich einverstanden«, Sophie zögerte einen winzigen Moment lang, »... Victor. Richie, du hoffentlich auch?«

Richard war zwar ein wenig konsterniert, stimmte aber zu.

»Nun möchte ich aber tatsächlich etwas über den Ausgang des Frauenstreiks hören, Victor«, forderte er Adler auf.

Sophie merkte auf. »Gibt es denn schon Verhandlungsergebnisse?«

»Nur die allerbesten«, wiederholte Adler. »Wie ich Herrn von Löwenstein, ich meine natürlich Richard«, verbesserte er sich zu dessen und Sophies stillem Vergnügen, »schon gesagt habe, ist es ein Sieg auf der ganzen Linie. Alle Forderungen der streikenden Frauen wurden erfüllt.«

Sophie hätte am liebsten laut aufgejubelt und freudig in die Hände geklatscht. In letzter Minute beherrschte sie sich.

»Erzähle, Victor!«, fiel ihr das Duzen nach ihren Besuchen bei den streikenden Arbeiterinnen schon wesentlich leichter.

»Sowohl der Zehn-Stunden-Tag bei gleichzeitiger Erhöhung des Mindestlohns auf acht Kronen oder vier Gulden wöchentlich wurde angenommen als auch die Forderung, der Belegschaft an jedem 1. Mai einen Feiertag zu gönnen. Auch die ursprünglich entlassene Amalie Ryba wurde wiedereingestellt.«

»Das war die erst Siebzehnjährige, deren agitatorische Rede zu ihrer Entlassung und dem nachfolgenden Streik geführt hat?«, erkundigte sich Richard, der mit den Einzelheiten nicht so vertraut war wie Sophie und Victor Adler.

»So ist es«, bestätigte Victor. »Auch die vor einigen Tagen

inhaftierten Frauen wurden schon gestern wieder entlassen.« Seine Miene verfinsterte sich. »Einen Wermutstropfen gibt es allerdings. Wie beim Streik der Tramway-Kutscher, der ja ebenfalls mit einer Lohnerhöhung bei gleichzeitiger Verkürzung der Arbeitszeit ausging, du erinnerst dich sicher«, wandte er sich an Richard, der zustimmend nickte, »braucht es wieder einmal ein Bauernopfer. Diesmal hat es Adelheid Popp getroffen. Sie wurde von einem Denunzianten angezeigt, auf einer nicht genehmigten Versammlung gesprochen zu haben. Das ist deshalb besonders perfide, weil es überhaupt nur eine einzige nicht genehmigte Versammlung gegeben hat. Nämlich die am ersten Streiktag auf der Wiese in Meidling, zu der Amalie Ryba Adelheid hinzugebeten hat. Für die fehlende Erlaubnis der Behörden konnte Adelheid also gar nichts. Sie hat zwar zu den Frauen gesprochen und ihnen gesagt, was nun zu tun sei, um den Streik siegreich zu führen. Aber unmittelbar danach ist sie bereits zum zuständigen Amt gelaufen, um die Versammlungen an den folgenden Tagen genehmigen zu lassen.«

»Ich hoffe sehr, Adelheid kommt am Ende nicht noch ins Gefängnis«, sagte Sophie bedrückt.

Victor zuckte mit den Schultern. »Ich glaube, jedem Mann und jeder Frau, die sich für die Sache der Arbeiter und Arbeiterinnen einsetzen, ist klar, dass er oder sie solch ein Risiko eingeht.«

Sophie durchfuhr ein Stich. An eine solche Gefahr hatte sie in Bezug auf sich selbst noch nie gedacht.

»Wie werden sich die Frauen gefreut haben!«, verdrängte sie ihren Anflug von Furcht. Doch als sie sich deren strahlende Gesichter vorstellte, kehrte ihre gute Laune sofort zurück.

Adler lächelte etwas süffisant. »Gefreut haben sich alle über den höheren Lohn und die kürzere Arbeitszeit. Aber so manch eine Frau hat sich auch darüber gegrämt, dass die schönen freien Tage nun vorbei sind. Viele der Arbeiterinnen hatten noch nie in ihrem Leben auch nur einen einzigen Urlaubstag.

Die vierzehn Tage an der frischen Luft und noch dazu in herzlicher Gemeinschaft haben den meisten überaus gutgetan.«

»Nur die bürgerliche Presse lässt kein gutes Haar an den Streikenden«, bemerkte Richard. Er hatte in den letzten Tagen die ausschließlich konservativen Zeitungen im Palais Thurnau dazu studiert.

Victor Adler verzog den Mund. »Nicht nur diese speichelleckenden Blätter ziehen über die Arbeiterinnen her. Auch die Mitglieder der neugegründeten Christlichsozialen Partei mokieren sich über uns. Ihr Gründer, Karl Lueger, hat Arbeiter sogar schon als ›Lumpen und Lausbuben‹ bezeichnet.«

»Karl Lueger«, sagte Richard nachdenklich. »Von diesem Mann hört man in letzter Zeit immer häufiger. Aber er bezeichnet sich doch als Anwalt der kleinen Leute. Oder nicht?«

»Damit ist leider die Arbeiterschaft nicht gemeint. Schon gar nicht die Mitglieder der Sozialdemokratischen Partei, der großen Gegenspielerin der Christlichsozialen. Lueger meint damit am ehesten die Kleinbürger, die Fünf-Gulden-Männer, denen er auch seine Posten im Wiener Gemeinderat verdankt. Sie bilden den größten Teil seiner Anhängerschaft.«

»Ich habe bislang eher im Zusammenhang mit Antisemitismus von Lueger gehört«, versetzte Richard.

»Damit fängt er die Kleinbürger, die Krämer, Handwerker und Kleinunternehmer ein. Denn viele Fabrikherren sind jüdischer Herkunft und haben sich protzige Palais an der Ringstraße erbauen lassen. Lueger macht seinen Anhängern weis, dass sich diese Unternehmer auf ihre Kosten bereichern würden. Denn sie stellen in ihren Fabriken genau die Produkte in Massen her, die zuvor in Heimarbeit oder kleinen Werkstätten gefertigt worden sind. Und wenn die Handwerker mit ihren Betrieben zugrunde gehen, hat dies natürlich auch Auswirkungen auf die kleinen Läden.«

Victor trank einen Schluck Wein. »Lueger hat die jüdischen Unternehmer schon im Jahr 1890 als Raubtiere in Menschengestalt bezeichnet. Sie seien schlimmer als Wölfe, Panther, Leoparden und Tiger«, ergänzte er.

»Aber die Gründung der Christlichsozialen Partei ist doch erst ein paar Wochen her?«, versicherte sich Richard.

Victor nickte. »So ist es. Ich persönlich halte Lueger ja für einen ausgemachten Opportunisten. Als ihm die Deutschnationalen zu radikal wurden, hat er sich von ihnen distanziert. Aber nicht ohne zuvor deren ehemaligen Anführer Georg von Schönerer zu beerben. Nachdem man Schönerer wegen seines Überfalls auf die Redaktion des *Neuen Wiener Tagblatts* verurteilt hatte, haben sich viele seiner ehemaligen Anhänger von ihm distanziert und gehören nun zu Luegers Gefolgschaft.«

»Schönerer war ein Schuft«, konstatierte Richard. Nur zu gut erinnerte er sich noch an die Attacke auf die Zeitung, deren Zeuge er geworden war. Auch Schönerers Gefolgsleute, die mit ihm zusammen die Redaktion überfielen, hatten nur den schlechtesten Eindruck auf ihn gemacht. »Aber Lueger scheint mir charakterlich auch nicht viel besser zu sein, sondern sich nur geschickter zu tarnen. Jedenfalls muss der Mann vom Ehrgeiz zerfressen sein. Denn wenn ich recht unterrichtet bin, stammt Lueger aus kleinsten Verhältnissen.«

Wieder nickte Victor. »Das stimmt, Richard. Luegers Vater war Hausmeister an der Theresianischen Akademie und erreichte es, dass Karl an diesem, eigentlich adeligen Schülern vorbehaltenen Gymnasium aufgenommen wurde und schließlich seine Matura ablegte. Danach studierte er die Jurisprudenz und ging schon früh in die Politik. Schon mit einunddreißig Jahren ließ er sich 1875 in den Wiener Gemeinderat wählen, und du wirst es nicht glauben, damals von den Liberalen, die er jetzt genauso wie die Juden und die Sozialdemokraten verteufelt.«

»Tatsächlich ein Opportunist«, bestätigte Richard. »Doch was ist nun das Programm dieser Christlichsozialen Partei? Und womit hetzt Lueger seine Anhänger im Augenblick auf?«

»Das weiß ich leider nur vage vom Hörensagen.« Victor

Adler musterte Richard nachdenklich. »Denn ich selbst kann mich auf seinen Versammlungen ja leider nicht blicken lassen. Ich bin jüdischer Herkunft und noch dazu ein Sozialdemokrat. Damit vereinige ich bereits zwei Eigenschaften in einer Person, die Karl Lueger verteufelt. Und ich bin natürlich auch bei seinen Anhängern bekannt.«

»Aber gibt es denn niemanden, den Lueger und seine Anhänger nicht kennen und der sich einmal in eine seiner Versammlungen einschleichen könnte?« Jetzt mischte sich auch Sophie, die bislang aufmerksam zugehört hatte, wieder ins Gespräch ein.

»Leider im Augenblick noch nicht«, antwortete Victor mit einem Anflug von Resignation. »Zwei unserer Wiener Genossen haben es vor einigen Wochen versucht und sind, als sie erkannt wurden, nur knapp den Prügeln entkommen, die ihnen die Christlichsozialen angedroht haben. Frauen sind ohnehin auf politischen Versammlungen nicht erlaubt. Also konnten wir auch Adelheid oder Irene nicht unerkannt einschleusen. Viele unserer Genossen sind zudem von recht einfachem Gemüt, Arbeiter eben, die kaum lesen und schreiben können. Einige haben zwar unerkannt Luegers Versammlungen besucht und konnten uns etwas von der dortigen Stimmung berichten, aber nicht, womit Lueger genau die Massen aufhetzt und welche rhetorischen Stilmittel er dazu verwendet. Diesbezüglich blieben ihre Berichte stets vage, meist jedoch sogar unverständlich.«

Adler trank noch einen Schluck Rosé. »Du hattest recht, Sophie. Dieser Wein ist wirklich sehr erfrischend.«

Dann fuhr er fort: »Also müssen wir warten, bis sich einmal Genossen aus anderen Städten zu einem Zeitpunkt in Wien aufhalten, an dem Lueger wieder eine seiner Versammlungen abhält. Wenn wir vorher nicht jemand anderen finden, der uns diesen Dienst erweist und den Lueger und seine Anhänger nicht kennen.« Er warf Richard einen Blick zu und leerte sein restliches Glas in einem Zug.

Derweil dachte Richard nach. »Ist es richtig, dass Lueger morgen eine Versammlung in einem Gasthaus in Ottakring abhält? Ich glaube, so etwas in der *Wiener Zeitung* gelesen zu haben.«

Victor Adler bestätigte das.

»Was hältst du denn davon, wenn ich diese Versammlung besuche? Natürlich in Zivil und gekleidet wie ein Kleinbürger. Würde euch das helfen, Lueger und seine Aktivitäten besser einschätzen zu können?«

Victor blickte Richard freudig an. »Ich hatte im Stillen gehofft, dass du das für uns tun würdest.« Dann fügte er begeistert hinzu: »Natürlich würde uns das sehr helfen, Richard. Zumal wir deinem Urteil uneingeschränkt vertrauen könnten.«

In einem Gasthaus in Ottakring

17. Mai 1893, am späteren Abend

Richard vervollständigte seine Notizen und hoffte, dass der noch im Saal zurückgebliebene untersetzte, aber kräftig wirkende Mann, den Karl Lueger als seinen Leibwächter Anton Pumera vorgestellt hatte, keinen Anstoß an ihm nahm.

Von Lueger fühlte sich Richard immer noch gleichermaßen fasziniert wie abgestoßen. Zweifellos besaß Lueger Charisma, das konnten auch seine Gegner nicht abstreiten. Trotz seiner fast fünfzig Jahre wirkte der Führer der Christlichsozialen Partei zudem vital und voller Elan. Seine rotblonde, lockige Haarpracht, die die Gazetten als »Löwenhaupt« bezeichneten, wies im Gegensatz zu seinem krausen Bart nur wenige graue Strähnen auf.

Mit seiner imposanten Statur und seinen regelmäßigen Gesichtszügen fanden ihn sicherlich zumindest viele Frauen attraktiv. Aber auch Richard, der vieles, was Lueger an diesem

Abend gesagt hatte, abstoßend fand, konnte ihm sein gutes Aussehen nicht absprechen.

Zweifelsohne beherrschte Lueger, wie weiland ein römischer Volkstribun, die Fähigkeit, die Massen zu begeistern. Seine blauen Augen streiften ununterbrochen über die Menge hinweg, und seine Blicke verhakten sich immer wieder in denen seiner Anhänger. Lueger hatte auch Richard auf diese Weise einige Male fixiert, wahrscheinlich hauptsächlich, weil er ihm, zumal in seiner schlichten Aufmachung, nicht bekannt war. Richards Kleidung für heute Abend: eine einfache Leinenhose samt Hemd, gestreifter Weste und Schiebermütze, hatte ihm sein Bursche Clemens besorgt.

Jedenfalls war es Richard keineswegs leichtgefallen, dem Blick Luegers standzuhalten, anstatt ihm auszuweichen. Dabei hatten ihn viele Inhalte von Luegers Rede angewidert, insbesondere die Teile, in denen er in gehässiger Weise über die Juden herzog.

Immer wieder von Beifallsrufen aus dem Publikum unterbrochen, behauptete Lueger, die Juden in Wien hielten über die Presse, die sich größtenteils in ihren Händen befände, und vor allen Dingen über das Großkapital die Volksmassen wie Tyrannen im Griff. Einige seiner Sätze hatte sich Richard wortwörtlich notiert und kontrollierte sie nun noch einmal auf ihre Vollständigkeit:

In Wien muss der arme Handwerker am Samstagnachmittag betteln gehen, um die Arbeit seiner Hände zu verwerten. Betteln muss er beim jüdischen Möbelhändler.

In Österreich geht es vor allem um die Befreiung des christlichen Volkes aus der Vorherrschaft des Judentums.

Aller Zwist, der bei uns in Österreich herrscht, ist durch die Juden entfacht. Alle Anfeindungen unserer Partei rühren daher, weil wir der Herrschaft der Juden endlich einmal zu Leibe gerückt sind.

Zum Schluss hatte Richard noch einen Satz aufgeschrieben,

in dem der Parteiführer noch weitere, sogenannte Feinde der Christlichsozialen aufzählte:

Darum sind Juden, Sozis und Deutschnationale jetzt so an der Arbeit, um den verhassten Mann – damit meinte Lueger offensichtlich sich selbst – *zu stürzen.*

Zum Abschluss der Versammlung johlte die Menge grölend ein Lied, von dem Richard zwar schon gehört, dessen Text er bis dahin jedoch nicht gekannt hatte. Im »Lueger-Marsch« wurde der Demagoge als christlicher Kämpfer verklärt, der mit Gottes Segen gegen die Juden zu Felde zieht. Richard fühlte sich an Berichte über die Kreuzzüge erinnert.

Da er anfangs nicht mitsang, obwohl auf jedem Stuhl ein Liedtext lag, zog er einige kritische Blicke auf sich. Um nicht doch noch in einen Raufhandel verwickelt zu werden, bewegte Richard schließlich zumindest die Lippen und hoffte, dass sein Mummenschanz nicht aufflog.

»Was schreibst denn da nieder, Kerl?«, sprach ihn plötzlich Luegers Leibwächter Anton Pumera an, der die übrig gebliebenen Liedtexte einsammelte. Richard blickte auf. Der vierschrötige Mann stand, die Fäuste in die Seiten gestemmt, vor ihm.

Richards Puls beschleunigte sich. Aber er versuchte, ruhig zu bleiben. »Was kümmert des di?«, versuchte er sich unbeholfen im Wiener Dialekt.

Der Blick Pumeras wurde drohend. »Bist am End no a Spion von die Sozi«, vermutete er zu Recht. »Und zum Ausforschen kommen.«

Ehe Richard auf diese Verdächtigung reagieren konnte, ertönte von draußen ein lautes Poltern und Krachen.

Richard und Pumera stürmten gleichzeitig auf die Straße hinaus. Dort bot sich ihnen ein Bild des Grauens. Ein zertrümmerter, geschlossener Einspänner lag auf der Seite, ein verletztes Pferd wieherte laut vor Schmerz und versuchte verzweifelt, sich aufzurichten. Der Kutscher lag, offensichtlich bewusstlos, auf der Straße.

Während sich Pumera um den Fiaker kümmerte, sprang Richard auf das Tier zu, löste es aus dem Geschirr und half ihm, wieder auf die Beine zu kommen. In seiner Panik schnappte das Pferd nach ihm und stieß weitere Schmerzensschreie aus. Jetzt erst nahm Richard den Geruch von verbranntem Fell wahr. Als das Pferd, das sich offensichtlich eine Fessel gebrochen hatte, endlich stand, bemerkte Richard einen glimmenden Gegenstand direkt unter dem Schwanzansatz des armen Tiers. Beherzt hob er diesen hoch, wobei das Ross nach hinten austrat. Trotzdem bekam Richard das Ding zu fassen und warf es auf das Straßenpflaster.

Bei näherem Hinsehen erkannte er zu seinem Entsetzen einen Feuerschwamm. Jemand musste ihn dem Pferd unter dem Schwanz in den After geklemmt haben.

Derweil rüttelte Luegers Leibwächter an der völlig eingedrückten Kutschentür. Jetzt humpelte auch noch ein weiterer Mann herbei, den Richard zuvor auf der Versammlung gesehen hatte. Er hielt sich mit der rechten die offensichtlich verletzte linke Hand.

»Der Karl is da no drin!«, rief er. Während das Pferd humpelnd die Flucht ergriff, stürzte jetzt auch der Wirt, in dessen Gasthaus die Versammlung stattgefunden hatte, auf die Straße. Schließlich gelang es Richard, Pumera und dem Wirt, die eingedellte Kutschentür zu öffnen und den verletzten Karl Lueger hinauszuziehen. Auch der stöhnte vor Schmerz auf.

»Wie is des denn passiert, Karl?«, fragte der Leibwächter. Der Schrecken stand ihm ins grobknochige Gesicht geschrieben.

Lueger, dem aus einer Platzwunde an der Stirn das Blut über das Gesicht lief und seinen Bart rot färbte, schüttelte nur den Kopf. »Des weiß i ned, Anton«, sagte er. »Der Gaul is plötzlich ganz narrisch worden und hat ausgeschlagen. Dann is die Kutsch a paarmal gegen die Wänd knallt und am End umg'fallen. S' hat mi schlimm umanand 'wirbelt, und i hab mi heftig g'stoßen.«

»I glaub, i weiß, was g'scheh'n is«, meldete sich der Wirt zu Wort. »Aba mir geh'n z'erst amal ins Wirtshaus z'ruck. Dann erzähl i, was war.«

Richard und er schleppten den noch immer bewusstlosen Kutscher ins Gasthaus und legten ihn auf einer Bank ab. Lueger benötigte gleichfalls Hilfe, und Pumera musste den Humpelnden stützen. Auch der an der Hand verletzte Mann folgte ihnen.

Nachdem der Wirt einen Knecht nach einem Krankenwagen geschickt und jedem der Männer einen scharfen Trester-schnaps spendiert hatte, begann er zu erzählen.

»Des war des Judenpack, des grausliche«, behauptete er zu Richards Bestürzung. Angeblich hatten zwei gut gekleidete Herren noch während der Versammlung einen Krug Wein bei ihm gekauft. Sie waren mit dem Getränk danach wieder auf die Straße verschwunden, und der Wirt hatte sich anfangs nichts weiter dabei gedacht. Dann aber hatte er durch ein Fenster beobachtet, dass die Männer das Pferd mit Brot fütterten, das sie vorher in den Wein getunkt hatten, und sich weidlich darüber gewundert. Auch der Kutscher nahm immer wieder einen kräftigen Zug aus dem ihm angebotenen Krug.

»Schnupperts mal, wie der Kerl stinkt«, forderte der Mann mit der verletzten Hand die anderen auf. »Der Fiaker is komplett ang'soffen. Deshalb is ihm auch der Gaul durch'gangen, kaum dass der Karl eing'stiegen is. Dabei hab i den Karl noch g'warnt, dass er die Kutsch ned nehmen soll. Aba er wollt halt ned länger warten.«

Je mehr Bruchstücke Richard von den Zeugen des Unfalls und dessen Vorgeschichte erfuhr, desto klarer wurde ihm, dass es sich tatsächlich um ein Attentat auf Karl Lueger handeln musste. Die Unbekannten hatten sowohl den Fiaker als auch das Zugpferd betrunken gemacht und dem Pferd offensichtlich zusätzlich den Schwamm in den After gesteckt und angezündet.

Als Lueger trotz der Warnungen seines Begleiters einstieg, folgte der ihm wohl oder übel. Doch sobald der Fiaker anfahren wollte, stieg das Pferd laut wiehernd hoch, womöglich, weil die Glut des Feuerschwamms es jetzt plagte, und stürmte dann wie von Sinnen los, sodass die Kutsche mehrere Hindernisse rammte. Dabei wurde Luegers Begleiter aus der Kutsche geschleudert und verletzte sich die Hand. Das Pferd raste noch eine Weile weiter, bis der Einspänner schließlich mit einem Laternenpfahl kollidierte, wodurch der Wagen endgültig umstürzte und das Pferd mit sich riss. Die unbekannten Männer waren derweil über alle Berge.

Auch Lueger war offensichtlich schwerer verletzt worden als anfänglich gedacht. Er klagte über Schmerzen am ganzen Leib und hatte sich beim Herumwirbeln der Kutsche mehrfach hart den Kopf angestoßen.

Schließlich kam der Knecht zurück, hinter ihm zwei Pfleger mit einer Trage. Richard nutzte die Gelegenheit, um sich zu verabschieden und Lueger baldige Genesung zu wünschen. Dabei schützte er vor, bereits am nächsten Morgen um sechs Uhr arbeiten zu müssen.

»A komischer Kauz«, hörte er den Wirt noch im Hinausgehen sagen. »Des is keiner von uns, sag i euch.«

Im Wiener Prater

22. Mai 1893

Sophie hätte Richard zu gerne einen Kuss auf die Nasenspitze gegeben, als er ihr aus dem Fiaker half. Aber obwohl an einem Montagvormittag kaum davon auszugehen war, dass sich Bekannte von ihnen im Prater aufhielten, wagte sie es nicht. Außerdem war Franzi bei ihnen, die Sophie allerdings im Verdacht hatte, schon längst zu ahnen, dass sie und Richard mehr verband als nur Freundschaft. Schließlich wusste Franzi ja auch, dass Richard Sophie bei der Flucht vor dem ungarischen Grafen aus der Hofburg geholfen hatte.

Nun fischte Sophie eine der neuen Kronenmünzen aus ihrer Börse und reichte sie Franzi. »Gönn dir irgendwo eine schöne Melange und ein Stück Apfel- oder Topfenstrudel! Der Major von Löwenstein und ich gehen derweil ein wenig spazieren. Wir treffen uns dann im Sachergarten zum Mittagsmahl.«

Franzi lächelte Sophie fröhlich zu und machte sich auf den Weg.

Sophie und Richard schritten in die entgegengesetzte Richtung unter den schattigen Kastanien entlang. Die Bäume blühten noch immer in Weiß und Rosa und verströmten ihren herrlichen Duft. Vögel zwitscherten aus Leibeskräften. Sonnenstrahlen, die durch die dichten Blätter drangen, malten Schattenmuster auf ihre Gesichter. Sophie fühlte sich froh und unbeschwert.

Sie plauderten über die Gäste des Kaffeehauses, den exotischen Obstgarten, Sophies neueste Schaufensterdekoration, die Gustav Klimt vor ein paar Tagen geliefert hatte, und über Richards Auftrag in Salzburg. Schon morgen würde er wieder für mehrere Wochen dorthin aufbrechen.

Ab und zu mussten sie einer Kutsche ausweichen. Sonst hatten sie die Allee nahezu für sich allein. Sie nahmen gerade auf einer gusseisernen Bank Platz, als sie eine weitere Kutsche passierte. Es war ein Einspänner, trotz des schönen Wetters mit geschlossenem Verdeck. Er hielt ungefähr einhundert Meter von ihnen entfernt an. Eine junge Frau in der Tracht eines Dienstmädchens stieg aus. Dann fuhr die Kutsche weiter.

Jetzt kam ihnen das Dienstmädchen entgegen, während die Kutsche in die andere Richtung fuhr. Plötzlich stutzte Richard. »Das ist ja Amalies Zofe Berta!«, murmelte er. »Was macht sie denn hier allein im Prater? Ami hat mir doch erst beim Frühstück erzählt, sie wolle heute einige Kommissionen in der Innenstadt tätigen.«

»Vielleicht hat Amalie es sich anders überlegt und will wie wir den schönen Spätfrühlingstag im Prater genießen«, schlug Sophie vor. »Aber wo ist sie denn jetzt ohne ihre Zofe hin?«, fiel ihr dann auf.

Richard beobachtete derweil die sich entfernende Kutsche, die gerade in einen Seitenweg abbog. Als Berta näher kam, sprang er auf und verbarg sich zu Sophies Überraschung hinter einem blühenden Busch. Die Zofe ging an ihr vorbei, ohne sie zu beachten. Sie hätte Sophie wahrscheinlich auch gar nicht wiedererkannt, denn die beiden waren sich bislang nur sehr selten und immer nur flüchtig begegnet. Zuletzt auf Amalies und Richards Hochzeit, die schon über zweieinhalb Jahre her war.

Kaum dass Berta ihnen den Rücken zukehrte, kam Richard vorsichtig aus seinem Versteck. »Es tut mir sehr leid, dass ich dir das jetzt zumuten muss, mein Lieb«, sagte er mit verkniffener Miene. »Doch mir ist das, was ich gerade beobachten konnte, nicht ganz geheuer. Bitte warte hier auf mich! Ich will derweil nach der Kutsche schauen, aus der Berta soeben ausgestiegen ist.«

Als Richard in den Seitenweg einbog, in dem der Fiaker soeben verschwunden war, merkte er, dass es ein holpriger, von Schlaglöchern durchzogener Weg war, den normale Spaziergänger wahrscheinlich kaum je benutzten. Es schien eine Art Forstweg zu sein, der tiefer in ein kleines Wäldchen führte. Je länger Richard ihn entlangschritt, desto häufiger lagen abgesägte Baumstämme zu seinen beiden Seiten, die offensichtlich auf Abtransport warteten.

Als der Weg sich erneut gabelte, blickte Richard nach rechts und links. Möglicherweise hätte er dem Einspänner gar nicht mehr folgen können, wenn ihm nicht frische Pferdeäpfel, die nur von dem Zugpferd stammen konnten, die Richtung gewiesen hätten. Er hielt sich im Schatten der Bäume, als er den Weg weiter entlangging. Dabei hätte er fast die Kutsche übersehen, die nun abseits des Pfads auf einer kleinen Lichtung stand.

Vorsichtig schlich Richard sich näher. Der Kutscher war nirgends zu sehen. Doch aus dem Gefährt vernahm Richard charakteristische Laute. Seufzen und Stöhnen drangen an sein Ohr. Schließlich anfeuernde Rufe, gefolgt von dem typischen Aufschrei während eines Orgasmus.

Aber Richard hatte schon vorher genug gehört. Diese Geräusche kannte er nur zu gut. Hätte er in diesem Moment einen Blick in einen Spiegel werfen können, wäre ihm aufgefallen, dass er kreidebleich geworden war. Vorsichtig, um auf keinen Ast zu treten und ein verräterisches Knacken auszulösen, bewegte er sich von dem Fiaker fort.

Sein Herz klopfte ihm immer noch bis zum Hals, als er schließlich wieder bei Sophie ankam.

»Wir warten hier, bis Berta zurückkommt«, beschied er der verwunderten Sophie mit grimmiger Miene. »Und frage mich bitte nicht, warum ich so lange hierbleiben möchte, bis ich mich davon überzeugt habe, dass mein Verdacht entweder berechtigt ist, oder ich mittlerweile schon Gespenster sehe und höre.«

Sophie konnte sich nicht daran erinnern, den sonst so beherrschten Richard jemals in einer solchen Verfassung gesehen zu haben. Er ballte immer wieder die Hände zu Fäusten und stierte starr vor sich hin. Immerhin kannte sie Richard gut genug, um zu wissen, dass ihn etwas aufs Höchste beunruhigte, und vermied es daher, ihm Fragen zu stellen oder ihn in eine Konversation zu verwickeln. Sie rückte lediglich so dicht an ihn heran, wie es die Schicklichkeit in der Öffentlichkeit erlaubte. Unter ihrem Samtbeutel verborgen, legte sie ihm beruhigend eine Hand auf den Oberschenkel.

Während die Minuten quälend langsam verstrichen, wurde Sophie klar, dass es um Amalie gehen musste. Etwas hatte Richard im Wald beobachtet, das ihm die Erklärung dafür lieferte, warum sie ihre Zofe weggeschickt hatte, sofern sie selbst in der Kutsche geblieben war. Schließlich beschlich sie ein Verdacht, so ungeheuerlich, dass sie es nicht wagte, ihm Ausdruck zu verleihen.

Doch er bestätigte sich nur allzu rasch. Nach einer halben Stunde kam der Einspänner wieder aus dem Seitenweg heraus und bog in die Praterallee ein. Sobald Richard das Gefährt erblickte, sprang er von der Bank auf, zog diesmal auch Sophie mit sich und verbarg sich mit ihr erneut hinter dem blühenden Busch.

Tatsächlich sah Sophie jetzt auch Berta den Weg zurückkommen. Fast unmittelbar vor ihrem Versteck blieb der Einspänner stehen. Amalie beugte sich aus dem Kutschenfenster hinaus, offensichtlich, um nach Berta Ausschau zu halten. Von ihrem Platz hinter dem Busch hatte Sophie einen ausgezeichneten Blick auf sie.

Amalies Wangen waren gerötet, der herabgezogene und eingerissene Spitzenkragen ihres Kleides machte einige dunkelrote Flecken an ihrem Hals sichtbar. Ihre Frisur war fast völlig in Auflösung begriffen, rotblonde Strähnen hingen ihr über beide Wangen. Amalie blickte nach rechts und links auf die nur wenig belebte Allee und winkte Berta ungeduldig zu, als sie sie entdeckte. Dann zerrte sie ihre Zofe fast in den Fiaker hinein, so fest zog sie an deren Arm. Sofort setzte sich das Gefährt wieder Richtung Praterstern in Bewegung.

Eigentlich hatte sich Sophie vom heutigen Besuch des Sachergartens, der renommiertesten Gaststätte im Prater, weitere Ideen für das Café Prinzess erhofft. Denn das Hotel und Restaurant Sacher gegenüber der Hofoper hatte sie nicht mehr betreten, seitdem ihr Franzi vom Schicksal ihrer unglücklichen Freundin Elfi erzählt hatte. Doch hier im Prater-Gasthaus musste sie nicht befürchten, Anna Sacher, die ihr Dienstpersonal derart herzlos traktierte, zu begegnen.

Doch jetzt realisierte Sophie, dass sie den Kopf nicht frei

haben würde, um sich aufmerksam umzusehen und dabei ihre eigenen Möglichkeiten abzuwägen, noch in dieser Saison einen Schanigarten vor dem Café Prinzess einzurichten. Bislang hatte sie das Thema gegenüber Toni Schleiderer noch nicht angesprochen, zumal sie von Gustav Klimt erfahren hatte, dass sich Toni ihm gegenüber abfällig über ihr Engagement für den Frauenstreik geäußert hatte. Ein weiterer Nadelstich in die immer schmerzhaftere Wunde ihrer Enttäuschung über die schlechte Zusammenarbeit mit dem ehemaligen Chef-Konditor des Prinzess, den sie in ihrer Kindheit und Jugend immer als väterlichen Freund wahrgenommen hatte.

Nachdem sie und Richard sich gesetzt und Sophie Franzi wieder an ihren eigenen Tisch zurückgeschickt hatte, versehen mit einer weiteren Münze für eine neue Bestellung, saßen sie einander anfangs schweigend gegenüber, bis der Ober ihnen die bestellten Getränke serviert hatte. Für ein Mittagsgericht war ihnen der Appetit vergangen.

Schließlich atmete Richard tief ein, hob den Kopf und sah Sophie gerade in die Augen. »Würdest du mich heiraten, wenn ich mich von Amalie scheiden ließe?«, presste er hervor. »Auch wenn ein Skandal damit einherginge?«

Sophie war völlig überrumpelt. »Ich … ich habe darüber noch nie nachgedacht, Richie«, stammelte sie. »Bislang bin ich davon ausgegangen, dass wir niemals heiraten können. Schließlich ist Amalie jung und gesund und …«, die nächsten Worte fielen ihr schwer, »und wird dir sicherlich irgendwann auch Kinder gebären.«

Richard schüttelte so heftig den Kopf, dass seine Halswirbel knackten. »Kinder werde ich mit Amalie niemals haben, Phiefi«, bedeutete er ihr nun zu ihrer großen Überraschung. »Selbst wenn Amalie in der Lage wäre, ein Kind auszutragen, wäre es nicht von mir. Denn die Ehe habe ich nie mit ihr vollzogen«, lüftete er endlich das Geheimnis, das er Sophie bislang verschwiegen hatte.

»Nie vollzogen?«, echote sie verblüfft. »Das ... das heißt, du hast nie wie ein Ehemann mit ihr verkehrt? Auch kurz nach eurer Hochzeit nicht? Bevor wir nach meiner Flucht aus der Hofburg wieder zusammenkamen?«

Erneut schüttelte Richard so heftig den Kopf, dass es ihn diesmal sogar schwindelte. Einen Moment lang verzog er das Gesicht.

»Um dir endlich reinen Wein einzuschenken, Phiefi, ich habe nur vor unserer Heirat mit Amalie geschlafen. Damals aus der Enttäuschung heraus, dass du mich abgewiesen hast, um ehrlich zu sein.« Er errötete, sodass die Narbe auf seiner linken Wange weiß hervortrat.

Richards Bekenntnis schnürte Sophie die Kehle zu. Stillschweigend war sie davon ausgegangen, dass Richard und Amalie im Lauf der Zeit auch ihre sexuelle Beziehung wieder aufgenommen hätten. Obwohl ihr Richard kurz nach ihrer Flucht aus der Hofburg einige Male beteuert hatte, sein Verhältnis zu Amalie sei nur noch platonisch.

Doch Richard war ein gesunder Mann in den besten Jahren. Sophie hatte ihn nie danach gefragt, ob er wieder mit Amalie schlief, nachdem sie beide sich ja nur noch in der Öffentlichkeit trafen und daher nicht einmal mehr verstohlene Zärtlichkeiten untereinander austauschten. Jetzt wusste Sophie nicht, was sie ihm antworten sollte. Aber es war auch gar nicht nötig. Denn nun brach es aus Richard heraus.

»Ich verfluche mich täglich dafür, dass ich mich damals überhaupt auf dieses Eheversprechen eingelassen habe. Ich hätte lieber betteln gehen oder stehlen sollen, um meine Spielschulden zu begleichen. Aber auf jeden Fall hätte ich niemals mit Ami schlafen dürfen. Adalbert hat es uns schon vor der Heirat erlaubt, weil wir unseren Hochzeitstermin wegen des Selbstmords des Kronprinzen immer wieder verschieben mussten. Am Abend unserer Hochzeit hatte Amalie ihre zweite Fehlgeburt und wäre beinahe daran gestorben. Dies diente mir eine ganze Zeit lang als Vorwand dazu, ihr Bett zu meiden. Doch schließlich, das ist ungefähr ein Jahr her, gab ich ihr unmissverständlich zu verstehen, dass ich nie wieder mit ihr verkehren würde. Bereits zuvor hatte sie mich das erste Mal betrogen. In einem der Separees des Sachers und zwar mit meinem eigenen Cousin Maxi.«

Fassungslos hörte Sophie Richards Bekenntnis zu. Schmerzlich wurde ihr klar, wie unglücklich er schon seit langer Zeit war. Gleichzeitig spürte sie deutlicher denn je, wie viel sie für ihn bedeuten musste.

Doch Richard war noch nicht fertig. »Schon damals hätte ich liebend gerne die Scheidung eingereicht. Doch ich fürchtete mich zu sehr vor einem Skandal, wenn bekannt geworden wäre, dass mich Amalie mit meinem eigenen Cousin betrogen hat. Da Maxi zudem für die Verwüstungen in der Bar des Sacher, verantwortlich war, hätte das unter anderem das Ende meiner Karriere im Generalstab bedeutet. Und auch das meines Cousins Fredl, Maxis jüngerem Bruder.«

Mit kurzen Worten schilderte er Sophie die damaligen Ereignisse und seine daraus resultierenden Dilemmata. »Auch wenn ich das Duell überlebt hätte, das meine Offiziersehre in diesem Fall von mir verlangte, wäre meine Familie auf dem Schaden sitzengeblieben, den Maxi verursacht hat.«

Sophie stieß hörbar die Luft aus. Sie hatte seinerzeit zwar von der Randale im Sacher gehört, aber natürlich nicht geahnt, dass Richards Cousin der Hauptschuldige war.

»Der Besitz meiner Familie wäre zum Teil gepfändet worden, um den Schaden und die Strafe zu bezahlen. Mit Sicherheit wäre den Löwensteinern aber vor allem die Hoffähigkeit entzogen worden«, zählte Richard die weiteren, damals wie ein Damoklesschwert über seiner Familie schwebenden Konsequenzen auf. »Die Schadenssumme als betrogener Ehemann aus Amis Mitgift zu bestreiten, war meine absolute Notlösung. Denn das hätte bedeutet, dass ich mein Gesicht innerhalb der

Familie verliere. Also drohte ich Adalbert, Erzherzog Albrecht Amalies Schande zu unterbreiten. Erst daraufhin war mein Onkel Adalbert bereit, den Löwensteinern die Summe noch einmal vorzustrecken. Denn das Bekanntwerden von Amis Unzucht hätte zwangsläufig zu einer außerordentlich schmutzigen Scheidung geführt. Mein eigener Cousin hatte mich zum Hahnrei gemacht. Ganz Wien hätte über die Löwensteiner, aber auch über Adalbert gelacht. Das wollten weder er noch ich riskieren.«

Richard stieß hörbar die Luft aus. »Also verzichtete ich damals darauf, die Gelegenheit beim Schopf zu ergreifen und die Scheidung einzureichen. Denn obwohl das Urteil zweifelsohne zu meinen Gunsten ausgefallen wäre, hätte all das einen solchen Skandal verursacht, dass ich es damals nicht gewagt hätte, dir überhaupt noch einmal unter die Augen zu treten, Phiefi. Geschweige denn, dich zu bitten, meine Frau zu werden.«

Wie gerne hätte Sophie Richard jetzt in die Arme genommen. Und wie sehr verfluchte sie das Schicksal, das sie, wie die beiden Königskinder, nicht zusammenkommen ließ.

Über ihre nächsten Worte dachte sie in ihrer Erschütterung über Richards Eröffnungen nicht nach. »Es würde mir nicht das Geringste ausmachen, Richie, dich als geschiedenen Mann zu heiraten. Auch wenn das mit einem Skandal verbunden wäre.«

Ihre letzten unbedachten Worte bereute sie allerdings sofort. Denn in Richards dunklen Augen blitzte es freudig auf. »Das würdest du in Kauf nehmen, Geliebte?«

Sophie nickte. »Grundsätzlich schon, Richie.« Das Herz wurde ihr schwer.

Bevor sie weitersprechen konnte, schnitt Richard ihr jedoch das Wort ab. »Ich wollte noch ein, zwei Jahre warten und dann entweder wegen Amis Unfruchtbarkeit oder der nie vollzogenen Ehe die Scheidung beantragen. In aller Stille, ohne schmutzige Wäsche zu waschen. Und danach um deine Hand anhalten. Doch wenn du den Skandal nicht scheust, reiche ich schon morgen die Scheidung von Amalie ein. Denn nun ist das Maß voll!«

Sophie wich unwillkürlich ein Stück zurück. »Ich meine ernst, was ich eben gesagt habe, Richard. Ich liebe dich von ganzem Herzen und würde mir nichts mehr wünschen, als dich heiraten zu können.« Ihre Kehle verengte sich. Tränen traten ihr in die Augen. »Doch was ich eben wegen des Skandals gesagt habe, war vorschnell und unbedacht. Denn den könnte ich zum jetzigen Zeitpunkt noch nicht riskieren. Ich muss mich um das Kaffeehaus und vor allem um meine Familie kümmern.«

Richards Miene verfinsterte sich. »Wie lange sollen wir denn noch warten?«, drängte er. »Wenn ich einen Privatspion auf Amalie ansetze, um weitere Beweise für ihren fortgesetzten Ehebruch zu sammeln, werde ich das Weib schon bald los sein. Kein Richter wird gegen mich entscheiden, zumal ich sicher bin, dass der heutige Vorfall nicht der erste war.«

Kurz berichtete er Sophie von seiner Beobachtung vor seiner ersten Abreise nach Salzburg Ende April. Leider hatte er es aufgrund seiner langen Abwesenheit danach versäumt, Amalie diesbezüglich zur Rede zu stellen, so wie er es ursprünglich vorgehabt hatte.

In Sophies Brust tobten widerstreitende Gefühle. Einerseits realisierte sie, dass Richard ihr hier im Sachergarten gerade einen ernst gemeinten Heiratsantrag gemacht hatte. Ganz im Gegenteil zu seinem Ansinnen zu Beginn ihrer Beziehung, als er sie lediglich zu seiner Mätresse machen wollte. Andererseits gab es Hindernisse, die ihr diesen verlockenden Weg im Augenblick noch versperrten.

Um Zeit zu gewinnen, stellte sie zunächst eine Frage. »Warum lässt Amalie sich denn so tief herab, sich mit ihr völlig unbekannten Männern einzulassen, noch dazu aus dem einfachen Volk?«

»Das Weib ist lüstern, schlimmer als jede Hure«, entschloss sich Richard zu ungeschminkter Offenheit. Als Sophie vor Scham errötete und den Blick senkte, fuhr er etwas gemäßigter fort. »Sie lebt ihre geheimen Wünsche aus, die niemand hinter ihrem lieblichen Antlitz vermuten würde und die ich ihr nicht mehr erfüllen will.«

Sophie schluckte schwer. »Aber dann wäre eine Scheidung von Amalie zu diesem Zeitpunkt ja noch weit beschämender für dich als nach ihrem Ehebruch mit deinem Cousin. Vor Gericht würde tatsächlich die schmutzigste Wäsche gewaschen werden. Und wieder wäre sowohl die Hoffähigkeit deiner Familie als auch die der von Thurnaus in Gefahr. Denn der Kaiser muss doch zu jeder Scheidung im Hochadel zumindest formal sein Einverständnis geben, soweit ich nicht fehlunterrichtet bin. Und wie ich Franz Joseph kennengelernt habe, wird er dafür nur sehr wenige Gründe als honorig genug erachten und auf negative Konsequenzen für die Geschiedenen und deren Familien verzichten.« Ein bitterer Unterton schwang in ihrer Stimme mit. »Eben genau diejenigen, die du ursprünglich geltend machen wolltest.«

Richard erschrak. Daran hatte er bislang überhaupt noch nicht gedacht. Doch gerade, weil Sophie recht hatte, wuchs seine Erbitterung. »Ich dachte, du liebst mich genug, um auch einen Skandal in Kauf zu nehmen. Und mich auch ohne Hoffähigkeit und glänzende militärische Karriere zum Mann zu nehmen.«

Der Klumpen, der sich mittlerweile in Sophies Magen gebildet hatte, wurde immer schwerer. Sie holte tief Luft.

»Ich wünsche mir nichts mehr, Richie, als deine Frau zu werden. Mit oder ohne Hoffähigkeit, das ist mir gleichgültig. Aber ich bin nicht allein auf dieser Welt. Selbst wenn ich wüsste, wie es nach deiner skandalträchtigen Scheidung und unserer Hochzeit mit dem Kaffeehaus weitergehen würde, dem Lebenswerk meines Onkels, das er mir anvertraut hat, muss ich Rücksicht auf meine Mutter und meine Schwester nehmen.«

Richard wich ihrem flehenden Blick trotzig aus und starrte mit zusammengebissenen Zähnen auf den Tisch.

»Denn ich würde ja unweigerlich mit in den Skandal verwickelt werden, Richie«, versuchte Sophie weiterhin, um sein Verständnis zu werben. »Oder glaubst du, Amalie ließe es sich gefallen, als allein Schuldige dazustehen? Sie würde behaupten, du hättest sie nie geliebt, da ich schon während eurer Verlobung deine Geliebte gewesen wäre, und dass sie nur aus purer Verzweiflung zu ihren Taten getrieben worden sei.«

»Amis Ausschweifungen würde dennoch kein Richter akzeptieren.« Richard blieb hartnäckig.

»Aber ich sehe schon jetzt die Schlagzeilen im *Wiener Salonblatt* vor mir«, hielt Sophie traurig dagegen. »Nicht nur ich würde dabei durch den Schmutz gezogen werden. Auch meine Familie würde es treffen. Und weder meine Mutter noch meine Schwester verkraften im Moment noch weitere Belastungen. Henriette strebt gleich dir die Scheidung an, wie du ja weißt. Werde ich im Rahmen deiner Scheidung jedoch als deine langjährige Mätresse verleumdet, wirft dies auch auf meine Mutter ein schlechtes Licht. Und schmälert ihre Aussichten, gegenüber meinem Stiefvater jemals zu *ihrem* Recht zu kommen. Denn es wäre Wasser auf Arthurs Mühlen, sie charakterlich diffamieren zu können.«

Richard ballte die Hände zu Fäusten und schwieg weiterhin verbissen. »Zudem könnte es Ereignisse beschleunigen, die wir jetzt noch um jeden Preis verhindern möchten«, fuhr Sophie, zunehmend verzweifelt, fort. »Meine Mutter harrt ebenfalls in ihrer unerträglichen Ehe aus, damit Milli nicht in ihre Scheidung hineingezogen wird und die Untaten meines Stiefvaters vor Gericht öffentlich machen muss. Milli ist gerade erst auf dem Weg der Besserung. Aber Dr. Freud glaubt, dass es noch Monate, vielleicht sogar Jahre dauern kann, bis sie psychisch wieder völlig gesund ist. Wir haben mit Freud vereinbart, dass er für Milli eintritt, wenn es dann zum Prozess kommt, und ihre Aussagen bezeugt. Aber im Augenblick ist Milli einer solchen Belastung noch nicht gewachsen. Sie könnte einen schweren

Rückfall in ihre Hysterie erleiden. Deshalb darf es jetzt unter keinen Umständen einen Skandal um mich geben.«

Richard starrte noch immer vor sich auf den Tisch. Sophie fühlte sich hilflos. Es tat ihr körperlich weh, ihn schon wieder verletzen zu müssen. Zumal ihr erst eben klargeworden war, wie schwer ihn ihre frühere Abweisung schon getroffen hatte.

Plötzlich kam ihr ein weiterer Gedanke, der ihr die Luft abschnürte. »Außerdem könnten wir uns nicht mehr treffen, solange dein Scheidungsprozess von Amalie andauert, Richie. Denn sowohl sie als auch dein Schwiegervater würden dies als Waffe gegen uns verwenden.« Sie sah kurz über ihre Schulter und wagte es dann, Richard ihre Hand auf den Arm zu legen. Es würgte sie in der Kehle. »Und wenn ich dich nicht mehr sehen kann, würde mich das meiner größten Freude berauben.« Ihre Stimme zitterte.

Jetzt erst sah Richard auf. Doch sein Blick war hart. »Selbst wenn Ami uns ebenfalls einen Detektiv auf den Hals hetzt, würde der keine Beweise für meine körperliche Untreue finden, Phiefi. Weil es nämlich keine gibt! Das weißt du doch sehr gut!«

Die Bitterkeit in seiner Stimme bewegte Sophie zutiefst. Kurz zögerte sie noch, dann sprang sie über ihren Schatten.

»Aber vielleicht gibt es für uns in der Zwischenzeit ja einen Mittelweg. Vorausgesetzt, du möchtest mich wirklich heiraten, sobald du frei bist.«

Kapitel 12

Im Zug nach Salzburg

27. Juni 1893

Sophie blickte aus dem Fenster ihres Zugabteils auf die liebliche oberösterreichische Landschaft. Schon vor einer halben Stunde hatte der Zug, den die private Eisenbahngesellschaft nach Ihrer Majestät »Kaiserin-Elisabeth-Bahn« benannt hatte, die Stadt Linz passiert. Nun war es nicht mehr weit bis nach Salzburg.

Franzi, die Sophie gegenübersaß, war eingenickt. Ihr zuliebe hatte Sophie nur ein Abteil Zweiter Klasse gebucht, in dem, anders als in der Ersten Klasse, auch Dienstboten mitfahren durften, selbstverständlich zum vollen Preis. Doch bislang war die Reise, die sie beide heute Vormittag angetreten hatten, überaus bequem verlaufen. Selbst das Mittagessen im Speisewagen war annehmbar gewesen.

Es war schon eine gute Weile her, dass Sophie mit der Eisenbahn gefahren war. Als öffentliches Verkehrsmittel für jedermann hatte sie sie allerdings noch nie benutzt. Der Hofzug, in dem sie die Kaiserin auf ihren Reisen begleitet hatte, war zwar weit komfortabler als dieses Zugabteil. Dennoch dachte sie an ihre Zeit im Dienst Elisabeths nicht gerne zurück. Je länger diese zurücklag, desto weniger verstand Sophie, wie sie es in der steifen Atmosphäre des Kaiserhofs und als Begleiterin der, wie Dr. Freud es wahrscheinlich ausdrücken würde, »neurotischen« Sisi überhaupt ausgehalten hatte.

Dabei war es erst wenige Stunden her, dass sie wieder an den traurigen Anlass ihres Einzugs in die Hofburg erinnert worden war. Während Henriette Milli gestern Nachmittag zu einer Sitzung bei Dr. Freud begleitete, hatte Sophie in der großen Kommode des Schlafzimmers, das Henriette bewohnte, nach zwei vermissten Unterröcken gesucht, die sie mit nach Salzburg nehmen wollte und die von Franzi nach der Wäsche womöglich falsch einsortiert worden waren.

Zwar fand ihre Zofe die Unterröcke später in Sophies eigenem Zimmer, wo sie sie versehentlich zu deren Nachthemden gesteckt hatte. Doch Sophie entdeckte in der dritten Schublade der großen Kommode ihrer Mutter stattdessen etwas anderes. Es war eine Kopie der Denkschrift von Helene Vetsera, die Marys Mutter zur Rehabilitation ihrer Tochter verfasst hatte, die aber noch vor ihrer Verbreitung weitestgehend von der Polizei konfisziert worden war. Doch einen der wenigen Vorabdrucke hatte die Baronin zuvor Sophies Mutter geschenkt, mit der sie seit vielen Jahren befreundet war.

Zwar wusste Sophie von der Existenz dieses auch vier Jahre nach Rudolfs Selbstmord durchaus noch gefährlichen Dokuments im Besitz ihrer Mutter. Dennoch war ihr dies vorübergehend vollständig entfallen. Und sie hatte Henriette auch nie danach gefragt, ob sie bei ihrer Flucht aus dem Palais Werdenfels neben ihren persönlichen Papieren auch die Denkschrift mitgenommen hatte. Doch ihre Mutter war zum Glück umsichtig genug gewesen, das Dokument einzupacken, wohl wissend, dass ihr Noch-Ehemann Arthur wahrscheinlich ihre sämtlichen im Palais verbliebenen Sachen durchsuchen würde.

Trotzdem war Sophie weidlich darüber erschrocken, dass sie die Denkschrift in diesem zumindest für das Dienstpersonal und Milli leicht zugänglichen Versteck fand. Spontan fasste sie den Entschluss, Helenes Vermächtnis zu den übrigen Dokumenten zu legen, die sie schon kurz nach Marys Tod in der verschrammten Frisierkommode im Ankleidezimmer der Aufseherinnen des Cafés Prinzess versteckt hatte.

Dieses Geheimfach, das Sophie nur durch einen reinen Zufall gefunden hatte, war bis heute ein sicherer Ort für Marys Abschiedsbrief an sie, der kompromittierende Inhalte über den geplanten gemeinsamen Selbstmord von ihr und Rudolf enthielt. Das Versteck verwahrte außerdem eine der letzten Fotografien ihrer Freundin aus dem Atelier Adèle, die Mary anlässlich ihres ersten Treffens mit dem damaligen Thronfolger anfertigen ließ, um sie ihm später als Andenken zu schenken. Es zeigte Mary gemeinsam mit der tückischen Gräfin Marie Louise Larisch, die diese erste intimere Begegnung in der Hofburg am 5. November 1888 ebenso wie die meisten Folgetreffen vermittelt hatte.

Ohne deren Raffgier wäre es nie zu der heimlichen Liebesbeziehung zwischen Mary und Rudolf gekommen. In seiner Todessehnsucht bezahlte Rudolf Marie Louise sehr gut für ihre Kupplerdienste, da er wahrscheinlich schon früh in der vor Liebe zu ihm verblendeten, erst siebzehnjährigen Mary die ideale Gefährtin gesehen hatte, die mit ihm in den Freitod gehen würde.

Also hatte sich Sophie gestern Abend, als das Café geschlossen war, ins Ankleidezimmer der Aufseherinnen geschlichen, das Geheimfach geöffnet und die Denkschrift darin verstaut. Schon einmal hatten ihr die in der Kommode versteckten Dokumente gute Dienste geleistet. Zwar hatte sie deren Existenz mittlerweile weitestgehend verdrängt. Dennoch sagte ihr ein unbestimmtes Gefühl, dass sie die Papiere noch einmal brauchen würde.

Henriette hinterließ Sophie an der Stelle, an der sie die Denkschrift gefunden hatte, eine kurze Notiz in einem verschlossenen Umschlag, ohne ihrer Mutter das jetzige Versteck zu verraten. Wenn Henriette den Zettel überhaupt fand, bevor Sophie aus Salzburg zurückkehrte, könnte sie ihr immer noch erklären, warum sie das Dokument entfernt hatte.

Der Zug pfiff, als er in den nächsten Bahnhof einlief. Franzi schreckte aus ihrem Schlummer hoch. »Wie weit is's noch, gnä's Fräulein?«, nuschelte sie. Sophie konsultierte den Fahrplan. »Noch zwei weitere Haltestellen, dann sind wir in Salzburg. Ich denke, es wird höchstens noch eine halbe Stunde dauern.«

Auf dem Weg zum Salzburger Hauptbahnhof

27. Juni 1893, um die gleiche Zeit

Richards Hände waren vor Nervosität schweißfeucht, als er sich auf den Weg zum Hauptbahnhof machte, um Sophie und ihre Zofe, die in weniger als einer halben Stunde eintreffen würden, dort abzuholen.

Wie er es Sophie versprochen hatte, hatte Richard ein Hotelzimmer für sie und Franzi gebucht. Das sollte jedoch eine Überraschung werden. Sophie rechnete mit einem Zimmer in einem einfachen, bürgerlichen Hotel, das sie auch selbst bezahlen wollte. Richard hatte ihr jedoch eine luxuriöse Unterkunft in einem der besten Salzburger Hotels bestellt, dem Grand Hôtel l'Europe, das dem Bahnhof schräg gegenüberlag.

Fast hatte er schon die Reservierung für eine der großzügigen Suiten unterschrieben, als ihm in letzter Minute auffiel, dass diese auch ein Dienstbotenzimmer mit einschloss. Doch da er hoffte, während Sophies Besuch in Salzburg endlich ans Ziel seiner jahrelangen Träume zu kommen, wäre Franzi, auch wenn sie bereits ahnte, dass Sophie und Richard mehr als nur Freundschaft verband, dabei im Weg gewesen. Nur durch einige Türen von ihrer Zofe getrennt, hätte es Sophie, so wie er sie einschätzte, sicherlich nie gewagt, Richard in ihr Schlafzimmer einzulassen.

Also hatte er Sophie ein luxuriöses Einzelzimmer und Franzi eine nette Kammer im Dienstbotentrakt gebucht, in die sogar ein Klingelzug von Sophies Zimmer aus ging.

Trotzdem war Richard keineswegs sicher, ob es in Salzburg nunmehr endlich zu der ersehnten Liebesnacht mit Sophie kommen würde. Zwar hatte sie ihm versprochen, dass ihre Beziehung nicht dauerhaft platonisch bleiben würde, nachdem sie Amalies Ehebruch mit einem wildfremden Fiaker vor einigen Wochen im Prater entdeckt hatten. Aber seither war noch nichts geschehen.

Selbstverständlich konnte Richard Sophie für ein solches Stelldichein weder in ihrer eigenen Wohnung aufsuchen noch sie ins Palais Thurnau einladen. Und mitten in Wien ein Liebesnest in einem Hotel für sie beide zu buchen, hatte er nicht gewagt. Vor allem aus Sorge, Sophie würde es empört ablehnen, sich dort wie eine Luxus-Kurtisane mit ihm zu treffen. Nur weil es für Richard auf unabsehbare Zeit keine Möglichkeit zu geben schien, sich geräuschlos von Amalie zu trennen, hatte Sophie überhaupt eingewilligt, seine Geliebte zu werden, sobald sich dafür eine Gelegenheit ergab.

Und eine solche Gelegenheit war im Rahmen ihrer Reise nach Salzburg nun gegeben. Richard ging in der dortigen Garnison bereits seit mehreren Wochen weiter der Beschäftigung nach, die ihm die Erzherzöge Rainer und Albrecht angewiesen hatten. Inzwischen hatte er die Hälfte der Kompanien unangekündigt besucht, Exerzierübungen beobachtet und sich danach mit den verantwortlichen Offizieren unterhalten.

Natürlich hatte es sich mittlerweile herumgesprochen, dass man ihn mit der Inspektion des gesamten 59. Infanterieregiments betraut hatte. Dennoch war es ihm bislang gelungen, überall unangemeldet zu erscheinen. Kompanien, bei denen ihm sein Gefühl sagte, dass es dort möglicherweise nicht mit rechten Dingen zuging, besuchte er sogar ein zweites oder drittes Mal. Und siehe da! In zwei Fällen hatte er tatsächlich wieder Missstände in Form unangemessen harter Arreststrafen für einfache Soldaten oder Unterschlagung von Armeeeigentum aufgedeckt.

Natürlich war Richard klar, dass sich sein Ruf als »Wachhund Rainers«, wie der Spitzname lautete, den man ihm inzwischen gegeben hatte, von Inspektion zu Inspektion weiterverbreitete. Auf Dauer würde er sich also neue Taktiken einfallen lassen müssen, um zum Ziel zu gelangen. Allerdings kam ihm dabei zu Hilfe, dass es durchaus auch einige mutige Offiziere gab, die sich über das ungeschriebene Gesetz des Corpsgeists in der k.u.k. Armee hinwegsetzten und ihm Hinweise gaben, an welchen Stellen er genauer hinsehen sollte. Auch einige anonyme Anzeigen hatten ihn in seinem Privatquartier erreicht, das in einem Salzburger Altstadthotel lag.

Für die Dauer von Sophies Aufenthalt hatte sich Richard allerdings ebenfalls ein Zimmer im Grand Hôtel l'Europe gebucht, was Sophie allerdings noch nicht wusste. Für die drei Tage, die sie für ihren Besuch veranschlagt hatte, erbat er sich Urlaub.

Obwohl er die Treffen mit Sophie in den letzten Wochen schmerzlich vermisst hatte, war Richard froh, durch seinen Aufenthalt in Salzburg Amalie aus dem Weg gehen zu können. Nach einiger Überlegung hatte er vorläufig darauf verzichtet, einen Privatdetektiv auf sie anzusetzen. Zum einen war es ihm einfach zu peinlich. Zum anderen hätte es ihm ja im Augenblick nichts genutzt, Beweise für ihren fortgesetzten Ehebruch zu sammeln. Denn Sophie hatte ihm ja unmissverständlich erklärt, dass sie zumindest jetzt noch nicht dazu bereit war, die mit seiner Scheidung einhergehenden Strapazen sowie den damit verbundenen Skandal für sich in Kauf zu nehmen.

Auf welche Weise er Amalie also schlussendlich loswerden könnte, ohne größeres Aufsehen zu erregen, blieb Richard vorläufig ein Buch mit sieben Siegeln. Doch das sollte heute nicht im Vordergrund stehen. Erst einmal hoffte er, Sophie endlich zu seiner Geliebten machen zu können.

Und womöglich würde sich durch ihre Reise nach Salzburg auch eins ihrer eigenen Probleme lösen, nämlich die unerfreuliche Zusammenarbeit mit Toni Schleiderer in Wien. Denn der Anlass für Sophies Reise war ein glücklicher Zufall.

Richard, der sich überaus gerne in Kaffeehäusern aufhielt, besuchte vom Beginn seines Aufenthalts in Salzburg an regelmäßig das alteingesessene Café Tomaselli, das zentral in der Innenstadt am Alten Markt lag. Die Atmosphäre dort kam ihm wie eine Mischung aus der im Café und im Kaffeehaus Prinzess vor. Die Einrichtung war rustikaler als im Café, aber luxuriöser als im Kaffeehaus. Die Wände waren mit edlem, braunem Holz vertäfelt, auch die Kronleuchter erinnerten an das Kaffeehaus. Die mannshohen Fenster zur Straßenseite hin glichen allerdings wieder eher denen im Café Prinzess, auch wenn sie keine so spektakulären Schaufensterdekorationen aufwiesen.

Mittlerweile hatte Sophie Klimt nämlich damit beauftragt, auch die restlichen beiden Fenster zum Graben mit seinen Kunstwerken auszustatten. Für die Blaubeer-Sahnetorte gab es nun eine Art Wienerwald im Miniaturformat mit Hirschen, Rehen und Hasen, die, wie die Tiere im exotischen Obstgarten, die präsentierte Torte staunend umringten.

Die vierte Dekoration hatte Sophie genutzt, um die neueste Kreation ihres Zuckerbäckermeisters einzuführen. Passend zum Monat Juni, in dem diese Früchte reiften, war dies eine Kirschtorte mit Schokoladencremefüllung, die in einem Kirschenhain präsentiert wurde. Diesmal saßen kleine Lausbuben in den Bäumen, delektierten sich an den stibitzten Früchten und warfen sie kleinen Mädchen zu, die sie in ihren Schürzen auffingen.

Auch diese Dekorationen fanden großen Anklang beim Publikum, hatte Sophie Richard geschrieben, der weder den Wienerwald noch den Kirschenhain bislang mit eigenen Augen gesehen hatte. Doch die Kirschtorte war binnen weniger Tage zu einem der meistverkauften Produkte des Cafés geworden.

Auch das Tortenangebot und die Speisekarte des Tomaselli waren exquisit und würden Sophie womöglich für das Café

Prinzess inspirierende Ideen liefern. Obwohl die berühmten Salzburger Nockerln sich in Wien wahrscheinlich nicht ganz so gut verkaufen ließen wie hier in der Stadt, in der sie kreiert worden waren.

Und dieses wunderbare Café sollte aufgrund eines Erbschaftsstreits nun verkauft werden, hatte Richard bei einem seiner Besuche vom Oberkellner erfahren. Da sie schon einmal über die Möglichkeit einer Filiale des Prinzess diskutiert hatten, gab Richard die Information sofort an Sophie weiter. Zu diesem Zweck hatte er ihr sogar eigens ein Telegramm ins Kaffeehaus geschickt.

In einem nachfolgenden ausführlicheren Schreiben schilderte er Sophie das Ambiente des Cafés. Sie war spontan begeistert gewesen und hatte daraufhin beschlossen, so rasch wie möglich nach Salzburg zu kommen, um sich das Tomaselli persönlich anzusehen und womöglich sogar in erste Kaufverhandlungen einzutreten.

Nun würde ihr Zug in wenigen Minuten in den Hauptbahnhof einfahren. Richard konnte es kaum erwarten, Sophie endlich wiederzusehen.

Auch wenn ihm ein wenig mulmig zumute war, weil er ihr im Laufe des Tages noch eine schlechte Nachricht verkünden musste.

Grand Hôtel l'Europe in Salzburg

27. Juni 1893, ungefähr eine Stunde später

»Aber Richie, du hättest dich doch nicht so in Unkosten stürzen dürfen«, mahnte Sophie, nachdem Franzi endlich ihren Koffer ausgepackt hatte und das Zimmer verließ, um ihre eigene Dienstbotenkammer zu beziehen. In Sophies Stimme klang allerdings mehr Freude über Richards Großzügigkeit mit als Tadel wegen seiner hohen Ausgaben. Zuvor hatte er ihr unmissverständlich klargemacht, dass er für alles aufkommen wolle und keinen Widerspruch duldete.

Jetzt zog er Sophie endlich in die Arme und küsste sie leidenschaftlich. Nach vielen Monaten waren sie zum ersten Mal wieder allein. Er genoss es über alle Maßen, erneut ihren schlanken biegsamen Körper zu fühlen und den zarten Rosenduft einzuatmen, der ihrem Sommerkleid aus feinem, gelbem Leinen entströmte.

Auch Sophie gab sich ganz Richards Zärtlichkeiten hin. Ohne ihre frühere Scheu lösten die Anzeichen seines Begehrens, die sie schwach durch ihre Röcke hindurch wahrnahm, ein wohliges Gefühl in ihrem Unterleib aus. Sie hatte sich verändert. Sie war erwachsener geworden, schon längst nicht mehr das schüchterne junge Mädchen, das sich einst in diesen gut aussehenden Offizier verliebt hatte, dann aber vor seiner Leidenschaft furchtsam zurückgeschreckt war.

Zwar verdrängte Sophie noch immer jede klare Vorstellung davon, was möglicherweise in Salzburg geschehen könnte. Doch auch sie hatte diese Reise herbeigesehnt und sich in Wien energisch durchgesetzt, um diese antreten zu können. Zu ihrer Begründung entschloss sie sich selbstbewusst zur Wahrheit und erklärte sowohl Toni als auch ihrer Mutter, sich das berühmte Café Tomaselli anschauen zu wollen, um es möglicherweise als Filiale für das Prinzess zu erwerben.

Erstaunlicherweise äußerte nicht Toni Schleiderer, sondern Henriette Bedenken gegen Sophies Reise. Ihre Mutter führte ins Feld, dass Sophie noch niemals allein über Nacht außerhalb Wiens gewesen wäre, was durchaus der Wahrheit entsprach. Da Sophie ahnte, was sich Richard von ihrer Begegnung in Salzburg erhoffte, war sie froh, dass ihre Mutter sich nicht als Begleitperson anbieten konnte, da sie aufgrund der fortdauernden Behandlung Millis in Wien unabkömmlich war.

Auch Mamsell Ida, die Henriette als Ersatz für sich vorschlug, war in beiden Gaststätten des Prinzess unentbehrlich, erst recht während Sophies Abwesenheit.

Als Henriette ihr die Reise deswegen sogar ausreden wollte, hatte Sophie schließlich genug. Sie machte ihrer Mutter unmissverständlich klar, dass sie in ihrem jungen Leben bereits weit größere Herausforderungen allein bewältigt hatte als eine dreitägige Reise nach Salzburg. Zumal es nie infrage gestanden hatte, dass Franzi sie selbstverständlich begleiten würde.

Dagegen brachte Toni Schleiderer zu ihrem Erstaunen keine Einwände gegen ihre Abwesenheit vor, sondern fragte sie nur ein wenig über das Tomaselli aus. Dank Richards Briefen konnte Sophie ihm Auskunft geben. »Du weißt sicher, dass das Café zu den ältesten Kaffeehäusern im ganzen Kaiserreich gehört.«

Toni nickte. »Leider war ich noch nicht in Salzburg. Doch ich habe gehört, dass das Café am Alten Markt außerordentlich günstig und laufnah zu den meisten Sehenswürdigkeiten und Einrichtungen liegt.«

Sophie bestätigte das. »Alles andere muss ich vor Ort in Erfahrung bringen. Offiziell steht das Café noch nicht zum Verkauf. Mein Bekannter, der mir die Nachricht übermittelt hat, weiß es lediglich vom Oberkellner, der dort sogar noch länger tätig ist als Herr Franz im Prinzess. Daher gibt es auch noch keinen Verkaufspreis, geschweige denn Mitbewerber, soviel ich weiß. Das kann sich natürlich aufgrund der Bekanntheit des Etablissements rasch ändern. Ich möchte mir trotzdem erst einmal ein Bild von der Ausstattung, dem Personal und den Gästen des Kaffeehauses machen, ehe ich mein Kaufinteresse zu erkennen gebe. Alles Weitere wird sich dann finden.«

»Dann wünsche ich dir eine erfolgreiche Reise und bin sehr gespannt darauf, mit welchen Erkenntnissen du nach Wien zurückkehrst.« Wie sich Sophie die Leitung dieser möglichen Filiale nach deren Erwerb vorstellte, fragte Toni wohlweislich nicht. Aber sie war sicher, dass er diesbezüglich auf die gleiche

Lösung hoffte wie sie: Nämlich ihm die Leitung der Filiale zu übertragen, möglicherweise sogar als Teilhaber. Und damit ihre dauernden Kompetenzstreitigkeiten in Wien, die Toni natürlich ebenfalls belasteten, letztlich zu einem guten Ende zu führen.

Denn Toni konnte sich denken, dass Sophie die Leitung der Filiale nicht selbst übernehmen würde. Anders als sie, hatte er keine Verwandtschaft in Wien und war daher vor Ort nicht gebunden. Er war nie verheiratet gewesen, seine Eltern bereits seit über einem Jahrzehnt tot. All seine ehemals zahlreichen Geschwister waren als Kinder an der Halsbräune gestorben.

Natürlich war Sophie klar, dass sie, sogar wenn Toni etwas zum Kaufpreis beisteuern würde, für den Erwerb des Tomaselli auf ihre Erbschaft zurückgreifen müsste, da die Rücklagen des Prinzess dafür nicht ausreichten. Doch sie war bereit, das kalkulierte Risiko einzugehen und einen großen Teil ihres Vermögens in das Café zu investieren. Auch wenn sie Anna Sacher inzwischen zutiefst unsympathisch fand, imponierte ihr doch deren Unternehmergeist, dem sie nacheifern wollte.

Zudem war sie, was ihre Beziehung zu Toni anging, mittlerweile aus Schaden klug geworden. Deshalb hatte sie zwei Tage vor ihrer Abreise noch Dr. Krömer aufgesucht, um sich von ihm darüber aufklären zu lassen, wie sie im Falle eines Erwerbs der Filiale mit Toni als Leiter verfahren könne. Krömer hatte ihr geraten, einen regulären Vertrag mit ihm abzuschließen, der all ihre gegenseitigen Rechte und Pflichten weit konkreter festlegte, als dies die testamentarischen Bestimmungen ihres Onkels taten.

Als sie Krömer gegenüber andeutete, dass sie vor allem Wert darauf legte, ein Auge auf die Buchhaltung zu behalten, wartete er mit einer für sie überraschenden Information auf. Mittlerweile, so teilte er ihr mit, gäbe es Firmen, die sich darauf spezialisiert hätten, die Buchhaltung anderer Firmen zu übernehmen. Zu ihren Pflichten gehöre es, ihren Kunden regelmäßig

Bericht über das Verhältnis von Einnahmen und Ausgaben zu erstatten und ihnen sogar Vorschläge für Einsparmaßnahmen zu machen, wenn sich dies anbot.

Sophie fand diese Idee auch für das Prinzess attraktiv. Sollte sie sich in Salzburg bewähren, könnte sie auch die Buchhaltung der beiden Gaststätten Prinzess an eine auswärtige Firma delegieren und sich damit entlasten. Das Kaffeehaus könnte Mamsell Ida leiten.

Immer faszinierter von diesen Perspektiven, war sie jetzt überaus gespannt darauf, was sich alles in Salzburg ergeben würde. Selbstverständlich stand und fiel der Erwerb der Filiale in erster Linie mit dem verlangten Kaufpreis, den Sophie jedoch hoffte, rasch in Erfahrung bringen zu können. Noch heute wollte sie dem Tomaselli ihren ersten Besuch abstatten und konnte es kaum erwarten.

Deshalb war sie etwas erstaunt, als ein Ober des Hotelrestaurants an die Tür klopfte und einen Servierwagen mit Petits Fours und einer Kanne Kaffee auf einem Warmhalte-Rechaud ins Zimmer schob.

»Ich wusste nicht, ob du bereits im Speisewagen des Zugs zu Mittag gegessen hast, Phiefi. Deshalb habe ich im Hotel erstmal eine kleine Stärkung für uns bestellt.«

»Das ist wirklich sehr aufmerksam von dir, Richie«, lächelte Sophie. »Doch ich habe tatsächlich mit Franzi im Zug gegessen. Jetzt ist es erst kurz vor drei. Deshalb bin ich überhaupt noch nicht hungrig.«

»Ich hoffte außerdem, den Nachmittagskaffee mit dir im Tomaselli einnehmen zu können«, fügte sie hinzu. Sie blickte Richard, der merkwürdig verlegen dreinblickte, forschend an. »Oder liegt das Café zu weit von hier entfernt, um es heute noch aufzusuchen?«

»Keineswegs«, antwortete Richard. »Höchstens drei oder vier Kilometer. Ein schöner Spaziergang, sofern du die bequemen Schuhe mitgebracht hast, um die ich dich gebeten habe.«

Daran hatte Sophie, eingedenk ihrer Blasen nach dem Spaziergang mit den streikenden Arbeiterinnen, in der Tat gedacht und das Schuhwerk eingepackt, das sie tagsüber im Kaffeehaus trug. Denn Richard hatte ihr außerdem noch eine Überraschung angekündigt, für die sie dieses bequeme Schuhwerk ebenso brauchen würde wie ein einfaches Baumwollkleid, das, ohne Schaden zu nehmen, auch nass werden könnte. Auf das, was diese Ankündigung zu bedeuten hatte, war sie sehr neugierig.

»Aber stärke dich vor unserem Gang in die Stadt doch wenigstens etwas, Phiefi!«, drängte Richard. »Trink zumindest eine Tasse Kaffee und nimm ein Stück des Gebäcks!«

Sophie tat Richard den Gefallen und kostete ein mit einem grünen Überzug glasiertes Petit Four. Es sollte wohl nach Pistazien schmecken, aber Sophie fand es viel zu klebrig und süß. Doch sie verzog keine Miene und verlor kein Wort darüber. Schließlich wollte sie Richard, der es ja gut gemeint hatte, die Freude nicht verderben.

Deshalb ging sie nur zu gern auf seine nächste Frage ein, um auf ein anderes Thema abzulenken.

»Was gibt es denn Neues in Wien?«

»Adelheid Popp wurde gestern freigesprochen«, strahlte Sophie.

Im ersten Moment war Richard verwirrt. Dann fiel ihm ein, wen Sophie meinte. »Das ist die Arbeiterführerin, von der wir bei meinem letzten Besuch im Kaffeehaus gesprochen haben. Was hatte man ihr noch einmal vorgeworfen?«

Sophie schnaubte. »Auf einer unangemeldeten Versammlung gesprochen zu haben«, erinnerte sie Richard. »Ich selbst war vor Gericht nicht dabei, aber Irene Gerban hat die Zeugenaussage des Mannes gehört, der Adelheid angezeigt hat. Es scheint ein Anhänger Karl Luegers gewesen zu sein, vermutet Irene. Er beschuldigte Adelheid, bei einer Rede, die er wohl als Gast des Wirtshauses mit angehört hat, so fürchterliche Aussagen und Begriffe wie ›Um höheren Lohn und Gerechtigkeit kämpfen‹ und ›Abschaffung der Ausbeutung‹ verwendet zu haben.« Ihre Stimme klang verächtlich.

Richard lächelte in sich hinein. Die Aussagen dieses Zeugen klangen tatsächlich ähnlich vorurteilsbehaftet gegenüber den Arbeitern wie die, welche er von Luegers Rede in Ottakring in Erinnerung hatte. Der zudem aber auch den jüdischen Unternehmern gegenüber negativ eingestellt war. Eben ein janusköpfiger Opportunist.

Richard hatte Victor Adler bereits am Tag nach der Versammlung seine Eindrücke geschildert. Der wusste wiederum, dass der Parteiführer ins Spital eingeliefert worden war, da sich seine Verletzungen bei dem vermeintlichen Attentat als recht erheblich herausgestellt hatten.

»Doch der Richter hatte offensichtlich ein Einsehen!«, rief Sophies Stimme Richard jetzt in die Gegenwart zurück. »Er sprach Adelheid mit der Begründung frei, sie habe in wohltuender Weise belehrend auf ihre hilflosen Kolleginnen eingewirkt und damit von vorneherein dafür gesorgt, dass der Streik in geordneten Bahnen verlaufen sei.«

Richard war verblüfft. »Ein solches Urteil im Namen Seiner Majestät hätte ich von einem Richter im Dienst der konservativen Regierung wahrlich nicht erwartet.«

Sophie lächelte spitzbübisch. »Wir auch nicht, lieber Richie. Aber es macht uns Hoffnung, dass es irgendwann doch noch so etwas wie Gerechtigkeit für die Arbeiterinnen geben wird.«

Sie sah auf die Uhr. »Doch nun lass uns in die Innenstadt aufbrechen! Ich gebe Franzi den Nachmittag frei, dann sind wir ganz unter uns.« Sie warf Richard einen vielsagenden Blick zu. »Ich kann es kaum abwarten, das Tomaselli zu besuchen!«

Zu ihrer Überraschung holte Richard tief Luft. »Leider muss ich dir jetzt etwas Unangenehmes sagen, Phiefi. Ich habe erst heute Morgen erfahren, dass sich die Erbengemeinschaft des

Tomaselli nun doch geeinigt hat und das Café selbst weiterführen will.«

In Wahrheit wusste Richard das sogar schon seit vorgestern. Wieder hatte es ihm der Oberkellner des Tomaselli verraten, als er diesen fragte, ob es denn schon einen ungefähren Verkaufspreis gäbe.

Doch er hatte nicht gewagt, Sophie diesbezüglich ein Telegramm zu schicken. Zu groß war seine Angst gewesen, sie würde daraufhin die ganze Reise absagen.

»Aber damit du nicht allzu enttäuscht bist, Phiefi, habe ich mir ein wunderbares Programm für uns überlegt. Ich möchte dir heute die Altstadt zeigen mit dem Dom und den historischen Gebäuden am Marktplatz. Dem Tomaselli können wir trotzdem einen Besuch abstatten. Sie haben auch einen wunderbaren Schanigarten, der dir vielleicht Ideen für das Café Prinzess gibt. Und morgen wartet einer der schönsten Schlossparks Österreichs auf dich.«

»Der vom Schloss Mirabell?«, vermutete Sophie.

Richard schüttelte lächelnd den Kopf. »Noch viel schöner! Aber das bleibt vorläufig mein Geheimnis.«

In einem Gartenrestaurant am Ufer der Salzach

27. Juni 1893, am späteren Abend

»Was für eine wunderbare Sommernacht«, seufzte Sophie, satt und zufrieden nach einem reichlichen Nachtmahl. »Schau doch nur, Richie, wie die Sterne am Himmel leuchten! Und da!«, rief sie plötzlich aus. »Ich glaube, das sind Glühwürmchen!«

Richard folgte ihrem ausgestreckten Zeigefinger mit den Augen. Tatsächlich umschwärmten goldene Pünktchen die Tische der Gartenwirtschaft am Ufer der Salzach. Leise plätscherte der Fluss gegen die Ufer. Die Nacht war warm und duftete betörend nach den weißen, roten und dunkelblauen Petunien, die in Blumenkästen vom Geländer herabhingen, mit dem das Terrain des Gartenlokals begrenzt war.

Die Atmosphäre war so romantisch, wie sie es nur sein konnte vor ihrer ersten Liebesnacht, nach der Richard sich immer mehr sehnte. Dazu trugen auch Sophies glänzende Augen und ihre vom Wein beflügelte, fröhliche Stimmung bei.

Ihre anfängliche Enttäuschung über den verfehlten Zweck ihrer Reise hatte sie zum Glück rasch überwunden. Gemütlich waren sie durch Salzburg spaziert, besichtigten den mächtigen Dom und bewunderten die gut erhaltenen, pompösen Patrizierhäuser aus den vergangenen Jahrhunderten. In der alten Hofapotheke aus der Rokokozeit kauften sie Fenchel- und Salbeibonbons, obwohl keiner von ihnen beiden an einer Erkältung litt.

Nur ein Anflug von Wehmut war noch übrig geblieben, als sich Sophie und Richard schließlich im Schanigarten das Cafés Tomaselli eine Portion Salzburger Nockerln servieren ließen. Zu Sophies Erstaunen schmeckte ihr die Speise, die überwiegend aus gebackenem Eischnee und Zucker bestand, nicht besonders gut. Wie die Petits Fours im Hotel war sie ihr zu süß.

»Ich glaube, die Mokkaprinzentorte, die mir als Kind viel zu bitter war, hat meinen Geschmack mittlerweile geprägt«, zwinkerte sie Richard zu. »Aber da die Salzburger diese Süßspeise über alles lieben, wäre die Mokkaprinzentorte womöglich sogar an sie verschwendet gewesen.«

Auch ansonsten tröstete sie sich schnell darüber hinweg, dass das Café Tomaselli nun doch nicht mehr zum Verkauf stand. »Ich vermute, die Eigner hätten ein Vermögen dafür verlangt. Schau doch nur auf diese weiß lackierten, gusseisernen Möbel und die teuren Markisen und Sonnenschirme hier im Schanigarten. Das allein dürfte schon einiges gekostet haben. Und dazu noch die Buchsbäume in den Kübeln, die als Begrenzung zur Straße dienen, und die vielen Blumen. Sogar Oleander scheint hier zu gedeihen.«

Die in Österreich nicht heimischen Sträucher hatte Sophie weiland auf den Fluren der Hofburg zum ersten Mal gesehen. Sie waren zur Dekoration anlässlich des Hofballs, den Sophie damals mit dem ungarischen Grafen Szalay besucht hatte, aus den Gewächshäusern Ihrer Majestäten herbeigeschafft worden und mussten überaus teuer sein.

»Ob ich meinen Schanigarten auch einmal mit Oleander schmücken werde, bleibt noch dahingestellt«, ergänzte sie mit einem schelmischen Lächeln. »Ansonsten gefällt mir die Einrichtung dieser Gartenterrasse außerordentlich gut. Selbst wenn ich die gleichen Möbel für meinen Schanigarten kaufe, kommt mich das jedenfalls weitaus billiger als der Erwerb dieses Kaffeehauses. Und ist längst nicht so kompliziert.«

Natürlich hatte sie mit Richard auch einen Blick ins Innere des Cafés geworfen, sich aufgrund des wunderbaren Sommerwetters allerdings dazu entschlossen, im Freien Platz zu nehmen.

Nach den Nockerln und einer Melange, die Sophie ebenfalls längst nicht so schmackhaft fand wie die Mandelmelange des Cafés Prinzess, schlenderten sie noch durch die Getreidegasse, um Mozarts Geburtshaus zu besichtigen, und kamen schließlich am Ufer der Salzach an.

Nun verbrachten sie schon den ganzen Abend in diesem wunderbaren Gartenrestaurant. Richard hob die Flasche, um Sophie noch ein Glas Weißwein nachzuschenken. Doch sie war leer.

»Sollen wir jetzt ins Hotel zurückkehren, mein Schatz? Oder möchtest du noch etwas trinken?« Richards Stimme klang rau. Sophie erwiderte seinen Blick. Diesen Ausdruck in ihren funkelnden grünen Augen hatte er noch nie gesehen.

Sophie streichelte seine Hand. Sie genoss es bereits den ganzen Nachmittag, sich hier in Salzburg, wo niemand sie kannte, nicht den gleichen Zwang antun zu müssen wie an ihren Treffpunkten in Wien. Sie konnte sich unbekümmert bei Richard einhängen, mit ihm lachen und scherzen, ihm Küsschen auf die Wange geben und eben auch seine Hand streicheln, wann immer ihr danach zumute war. Ein wunderbares Gefühl!

Nun schüttelte sie ganz leicht den Kopf. »Nein, Richie, ich möchte nichts mehr. Lass uns jetzt ins Hotel gehen!« Auch ihre Stimme klang belegt.

Arm in Arm schlenderten sie zurück durch die sommerwarmen Straßen, nachdem Richard die Rechnung beglichen hatte. Beide sprachen kein Wort. Aber ihr Atem ging schwer. Sophie klopfte das Herz bis zum Hals. Aus einem Impuls heraus blieb sie stehen und legte Richard die Hand auf die Brust. Durch sein leichtes Jackett hindurch, er trug heute Zivil, spürte sie auch sein Herz deutlich pochen.

Immer noch schweigend, legten sie die letzte Strecke zum Grand Hôtel zurück. Sophie fühlte sich angenehm müde und schwer, gleichzeitig jedoch quicklebendig und voller Erwartung auf das, was jetzt kommen würde.

Im Hotel angekommen, betraten sie den neumodischen Aufzug, um in Sophies Zimmer im zweiten Stock zu gelangen. Sie sahen einander nicht an und vermieden auch jeden Blickkontakt mit dem Lakaien, der den Fahrstuhl bediente. Als sich die schmiedeeiserne Gittertür mit floralen Mustern öffnete, drückte Richard dem Hoteldiener eine Münze in die Hand und führte Sophie über den mit einem roten Teppich ausgelegten Flur vor die Tür ihres Zimmers.

Sophies Hand zitterte, als sie den Schlüssel in ihrem Beutel suchte. Doch als sie ihn schließlich ins Schloss steckte, erwartete die beiden eine Überraschung. Die Tür wurde von innen geöffnet.

Franzi begrüßte sie. »Grüß Gott, gnä's Fräulein, gnä' Herr. I hoff, Se ham an schön Tag g'habt.«

Sophie spürte, wie ihr das Blut ins Gesicht stieg. Auch Richard errötete.

Franzi blickte zunächst erstaunt, dann betreten von einem zum anderen. »I wollt die gnä Herrschaften ned stören«, stammelte sie schließlich und wurde jetzt gleichfalls rot, als sie erkannte, dass sie mit ihrem Diensteifer wohl genau das getan hatte.

»I wollt dem gnä' Fräulein des Bett aufdecken, wann's z'ruckkommt. Is des ned recht?«

»Doch, doch, Franzi!« Richard fasste sich als Erster wieder. Er griff nach Sophies Hand und drückte einen Kuss darauf. »Vielen Dank für den wunderschönen Tag. Und nun wünsche ich dir eine gesegnete Nacht, Phiefi. Wir sehen uns morgen um acht Uhr beim Frühstück.«

Damit drehte sich Richard um und schritt den Gang entlang zu seinem eigenen Zimmer, das auf einem anderen Stockwerk lag.

Mit einem ihr bislang unbekannten Bedauern blickte Sophie ihm nach.

Im Schloss Hellbrunn bei Salzburg

28. Juni 1893, am nächsten Tag

»Iiih, aaah!«, schrie Sophie laut auf, als die in der mit Marmor und Muschelmosaiken geschmückten Decke der Neptungrotte verborgenen Wasserröhrchen plötzlich alle gleichzeitig zu sprühen begannen. Auch rings um Sophie herum schrien Frauen und sogar einige Männer auf, als die sanften, aber kühlen Wasserstrahlen sie durchnässten.

Nur Richard lachte amüsiert. »Hast du tatsächlich geglaubt, mein Lieb, du kämst gänzlich ungeschoren von den Wasserspielen davon?«

Mit Richard an der Hand strebte Sophie zum Ausgang der Grotte. Das war gar nicht so einfach, weil dies auch die Mehrheit der restlichen Besucher tat.

Draußen betrachtete Sophie lachend ihr leichtes, blumenbedrucktes Baumwollkleid. »Nun weiß ich zumindest, warum du mich heute durchaus nicht im Seidenkleid mitnehmen wolltest«, schmunzelte sie. »Darauf hätten die Wasserflecken sicherlich Spuren hinterlassen. Das Gewand wäre ruiniert.«

»Genauso ist es, mein Schatz. Deshalb bat ich dich ja, ein Kleid mitzunehmen, das auch nass werden darf. Denn dies ist nicht der letzte Guss, dem wir heute ausgesetzt sein werden. Doch zum Glück haben wir heute ja wieder einen warmen Sommertag. Ideal für den Besuch im Schloss Hellbrunn. Habe ich dir zu viel versprochen, als ich dir gestern die Überraschung ankündigte?«

»Nein, hier ist es wirklich ganz wunderbar. So schön, dass ich ununterbrochen jauchzen könnte!«, strahlte Sophie.

Mittlerweile hatten die Wasserröhrchen in der Neptungrotte zu spritzen aufgehört. »Meinst du, wir können unbeschadet wieder hinein?«, fragte Sophie. »Oder fängt es gleich wieder zu sprühen an, sobald Publikum in der Grotte ist?«

Richard schüttelte lachend den Kopf. »Das glaube ich nicht, Phiefi. Ich denke, es gibt einen festen Zeitrhythmus, in dem das Wasser herauszuschießen beginnt, unabhängig davon, wie viele Besucher sich in der Grotte aufhalten.«

Er fasste sie an der Hand und zog sie mit sich zurück. »Außerdem sind wir beide ja jetzt schon nass. Da machen ein paar Tropfen mehr oder weniger auch nichts mehr aus.«

»Aber du hast mich zunächst getäuscht, Richie, was die Wasserspiele angeht«, tadelte Sophie ihn mit gespieltem Unmut, den ihr fröhliches Lächeln jedoch Lügen strafte.

»Nun, den Sitz am Fürstentisch wollte ich einer Dame tatsächlich nicht zumuten«, rechtfertigte sich Richard. »Schließlich ist mein Hosenboden noch immer völlig durchweicht.

An jedem anderen Ort würde dies peinliches Aufsehen erregen.«

In der Tat war das sogenannte Römische Theater die erste Attraktion der Wasserspiele, die der Erbauer des Schlosses und Parks Hellbrunn, der Fürsterzbischof Markus Sittikus von Salzburg, vor mehr als zweihundertfünfzig Jahren in Auftrag gegeben hatte. In der Mitte des halbrunden Bauwerks, das reich mit Mosaiken und Statuen geschmückt war, stand eine lange marmorne Tafel mit vier Schemeln an jeder Längsseite. Von ihrem Platz auf den ebenfalls marmornen Stufen aus hatte Sophie beobachtet, dass aus den steinernen Schemeln plötzlich ein starker Wasserstrahl emporschoss, der die darauf Sitzenden bis auf die Haut durchnässte.

Die meisten Besucher traf das vollkommen unvorbereitet. Anfangs war Sophie irritiert darüber, dass ihr Richard, anders als andere Herren ihren Damen, einen Platz am Tisch verwehrte. Offensichtlich war er der Einzige, der wusste, auf was er sich dabei einließ. Alle übrigen Besucherinnen und Besucher wurden von der Wasserattacke völlig überrascht. In der Tat hatten sich einige fein gekleidete Damen damit wahrscheinlich ihre Tagesroben aus Seide oder Musselin verdorben.

Auf dem Weg zu den Grotten, die sich im Untergeschoss des sonnengelb gestrichenen Schlosses befanden, erzählte Richard Sophie, dass es mit dieser Tafel im Römischen Theater eine ganz perfide Bewandtnis hatte:

»Nur ein einziger Schemel an diesem Fürstentisch speit kein Wasser aus. Das ist natürlich der, auf dem der Fürsterzbischof stets Platz nahm, während er seinen Gästen die anderen Sitze zuwies. Da man sich nach der höfischen Sitte der damaligen Zeit nicht erheben durfte, bevor der Fürsterzbischof seinerseits aufstand, waren die Gäste, denen er eins auswischen wollte, anschließend tropfnass, wenn er sie endlich entließ. Weitaus schlimmer, als es heute bei den Sitzenden ist, die ja sofort aufspringen, wenn die ersten Wasserstrahlen hochschießen.«

Dennoch rechnete Sophie nicht damit, dass der Park des Erzbischofs noch weitere Wasserscherze bereithielt. Nun betrachtete sie noch einmal die überlebensgroße Statue des römischen Gottes Neptun in der Grotte, der seinen Dreizack drohend zum Angriff auf imaginäre Feinde erhob. Auch diese Statue war aus weißem Marmor gefertigt.

»Der Fürsterzbischof muss damals ein Vermögen für die Einrichtung dieser Spielereien ausgegeben haben«, sinnierte sie, während sie die Muster der überreich geschmückten Decke betrachtete. »Während wahrscheinlich, damals wie heute, die meisten Untertanen in seinem Reich kaum das Nötigste zum Leben hatten.« Die ausgemergelten Gesichter der streikenden Textilarbeiterinnen kamen ihr wieder in den Sinn.

»Da hast du sicher recht, Phiefi«, bestätigte Richard. »Doch es ist, wie es ist. Lass uns den heutigen Tag ohne trübe Gedanken an all die Ungerechtigkeit, die sich hinter diesem Luxus verbirgt, genießen. Diese Wasserspiele sind einzigartig. Da man den Park schon sehr schnell der davon begeisterten Öffentlichkeit zugänglich machte, um die kostspieligen Anlagen mittels der Eintrittsgelder erhalten zu können, gibt es keine vergleichbaren Wasserscherze aus der Zeit des damaligen Fürsterzbischofs mehr, die sich mit denen von Hellbrunn messen können. Stell dir nur einmal vor, diese wertvollen Anlagen wären vernichtet worden, wie es in vielen Schlössern der Fall war, als solche Wasserspiele für das Privatvergnügen der Adeligen aus der Mode kamen. Dann wäre die Verschwendung noch sehr viel größer gewesen.«

Sophie fiel es leicht, sich auf Richards Vorschlag einzulassen. Schließlich lag noch ein wunderbarer Tag vor ihnen und im Anschluss daran diesmal hoffentlich auch eine wunderbare Nacht.

Franzi hatte es Sophie an diesem Morgen leichtgemacht, zu verhindern, dass sie ihr bei ihrer ersten Liebesnacht erneut im Wege stehen würde. Als die Zofe sie fragte, ob sie am Abend auf sie warten solle, hatte Sophie dies verneint und ihr einfach den ganzen Tag einschließlich des Abends freigegeben. Ob und was sie Franzi über ihre Beziehung zu Richard später sagen würde, schob Sophie im Augenblick noch vor sich her.

Sie bummelten weiter durch den Teil des Parks, der die Wasserspiele enthielt. Obwohl sich Sophie vorzusehen versuchte, gelang ihr dies nicht überall. Schon in der Vogelsang-Grotte, in der mithilfe eines wasserbetriebenen Mechanismus unterschiedliche Vogelstimmen nachgeahmt wurden, überraschte sie das Wasser erneut, während sie gebannt den Rufen von Eule, Kuckuck und Nachtigall lauschte.

Das nächste Mal wurde sie vor dem Mechanischen Theater besprüht. Dieses war fast einhundertfünfzig Jahre später als die Grotten von einem Nachfolger des Markus Sittikus eingerichtet worden. Vor der Kulisse einer barocken Kleinstadt bewegten sich durch eine wasserbetriebene Mechanik weit über hundert Figuren, darunter Handwerker, flanierende Bürger und sogar Gaukler, und stellten das Leben zur damaligen Zeit naturgetreu nach. Dass tückischerweise einige, hinter ihrem Rücken vor dem Theater stehende, steinerne Figuren plötzlich kühle Wasserstrahlen auf die faszinierten Betrachter der Szenerie spien, hätte sich Sophie zwar denken können. Sie war aber viel zu versunken in dieses Wunderwerk der damaligen Technik gewesen, um rechtzeitig auszuweichen.

Nach dem Bummel durch die restlichen Wasserspiele und so manch einer weiteren unerwarteten Dusche ruhten sich Sophie und Richard auf einer Bank des weitläufigen Parks aus. Er erinnerte Sophie aufgrund der vielen exotischen Pflanzen und blühenden Blumenrabatten an den Park der Kaiservilla in Ischl. Die warme Sonne trocknete ihre nasse Kleidung schnell.

Dann unternahmen sie einen ausgedehnten Spaziergang zum sogenannten Monatsschlössl, das, auf einem Berg gelegen, eine wunderbare Aussicht über die ganze Schlossanlage und den Park bis hin zur Festung Hohensalzburg bot. Hungrig kehrten sie danach in der Gartenwirtschaft im Schlosshof ein und stärkten sich an einer einfachen Mahlzeit.

Schließlich besichtigten sie noch das Schloss selbst, das im Gegensatz zum aufwendigen Park eher bescheiden wirkte. Mit dem Fiaker, der sie zurück in die Innenstadt brachte, ließen sich Richard und Sophie dann noch auf die Hohensalzburg kutschieren, die mächtige Feste der Erzbischöfe. Sie beherbergte heute die Kontore des 59. Infanterieregiments, für das Richard gerade tätig war. Von dort aus genossen sie erneut den atemberaubenden Blick über die Stadt und das Umland. Zu Fuß kehrten sie schließlich nach Salzburg zurück und verbrachten den Abend wieder in einer Wirtschaft am Ufer der Salzach.

Als nach ihrem üppigen Mahl die Sterne genauso wie am gestrigen Abend am Himmel funkelten und Glühwürmchen durch die Nacht segelten, verriet Sophie das Begehren in Richards dunklen Augen, dass es nun an der Zeit war, zurück ins Hotel zu gehen. Arm in Arm schlenderten sie gemächlich dorthin, wieder in vertrautem Schweigen. Und doch klopfte Sophie erneut das Herz bis zum Hals.

Diesmal war ihr Schlafzimmer leer. Doch die gute Franzi war dennoch tätig gewesen. Das Bett war einladend aufgeschlagen, ein Strauß frischer Blumen stand auf der Frisierkommode. Richard wiederum hatte Gebäck und eine Flasche Champagner bereitstellen lassen.

Kaum hatten sie die Tür hinter sich geschlossen, fielen sie einander in die Arme. Sophie kribbelte es am ganzen Körper, in ihrem Unterleib pochte es. Widerstandslos ließ sie sich von Richard zum Bett ziehen und das leichte Baumwollkleid samt Unterrock und Mieder abstreifen. Nur noch in Hemd und spitzenbesetzter Unterhose lauschte sie mit geschlossenen Augen den Geräuschen, die Richard machte, während er sich ebenfalls seiner Kleidung entledigte.

Schließlich schmiegte er sich an sie. Zum ersten Mal fühlte

Sophie seine nackte Haut auf der ihren. Sie erschauerte, als er ihr sanft die restliche Wäsche auszog, und genoss seinen Geruch, eine Mischung aus seinem herben Rasierwasser und Schweiß.

Sanft begann Richard, Sophie am ganzen Körper zu streicheln. Vom Hals und den Armen tastete er sich behutsam zu den intimen Stellen vor, liebkoste ihre Brüste, bis Sophie, die alles willenlos geschehen ließ, vor Wonne aufstöhnte. Nur kurz zuckte sie zusammen, als er als erster Mensch, seitdem sie ein Kleinkind gewesen war, die Stelle zwischen ihren Beinen berührte.

Schließlich schob er ihre Schenkel sanft auseinander und hob sie ein wenig an. Vor seinem harten, drängenden Geschlecht scheute sie unwillkürlich zurück, bis sie sich unter seinen fortgesetzten Liebkosungen wieder entspannte.

Erst dann drang er mit einem kurzen heftigen Ruck in sie ein. Langsam bewegte er sich in ihr und nahm Sophie mehr und mehr in seinen Rhythmus mit. Nach und nach wurde Sophie von Gefühlen erfasst, so stark und mächtig, wie sie es nie für möglich gehalten hätte. Willenlos ließ sie sich von ihnen mitreißen, stärker und stärker, bis Richard schließlich mit einem unterdrückten Aufschrei zum Höhepunkt kam.

Erschöpft rollte er sich von ihr herunter und blickte ihr mit einem so glückseligen Ausdruck in die Augen, wie sie ihn in all den langen Jahren ihrer Beziehung noch nie gesehen hatte.

»Danach habe ich mich so unendlich lange gesehnt, mein Lieb«, seufzte er.

Auch Sophie fühlte sich einerseits glücklich, andererseits war sie auch ein klein wenig enttäuscht. Da war noch etwas, das fehlte.

»Deshalb war ich in meiner Hast auch so schnell«, flüsterte Richard ihr nun ins Ohr. »Doch dem kann ich rasch Abhilfe schaffen.«

Schon glitt er mit den Lippen ihren Bauch hinab. Der Ansturm der Gefühle, die er alsdann in Sophie auslöste, vertrieb alle Scham.

Das ist also die Liebe, von der schon die Minnesänger schwärmten, schoss es ihr kurz durch den Kopf. Dann gab sie sich seufzend vor Lust Richards Liebkosungen hin.

Teil 4

Hochmut tut selten gut

Kapitel 13

Sophies Wohnung über dem Kaffeehaus

Ende Oktober 1893

»Des können S' Ihna ned vorstellen, gnä's Fräulein, was so manch a Dienstmadl durchmach'n muss!«

Franzis Stimme zitterte noch immer vor Aufregung, während sie Sophie frisierte. Am vorigen Abend hatte die Zofe gemeinsam mit dem Dienstmädchen Emma die erste Dienstbotenversammlung besucht, die jemals in Wien stattgefunden hatte.

Nun lag ihr das Herz auf der Zunge. Aber auch Sophie war neugierig auf das, was sich auf der Versammlung abgespielt hatte.

»Dann erzähl einmal, Franzi!«, forderte sie das Mädchen auf. »Ich bin schon ganz gespannt.«

Sophie wusste, dass Irene Gerban, die in ihren jungen Jahren ebenfalls als Dienstmädchen gearbeitet hatte, die Versammlung geleitet hatte. »Viel geändert hat sich seither nicht«, hatte Irene ihr noch gestern Nachmittag in resigniertem Ton erzählt, als Sophie dem Frauenhaus wieder einmal einen Besuch abstattete. »Wir wissen nicht einmal, wie viele Teilnehmerinnen überhaupt kommen werden«, meinte sie skeptisch. »Viele Mädchen haben möglicherweise gar kein Interesse an so einer Veranstaltung. Andere bekommen vielleicht keinen Ausgang dafür. Wieder andere kommen aus Böhmen und verstehen kaum Deutsch.«

Irene und einige der schwangeren Frauen aus dem Frauenhaus hatten die Zettel mit der Veranstaltungsankündigung persönlich auf Märkten und in Parkanlagen den durch ihre Tracht in der Regel erkennbaren Dienstboten in die Hand gedrückt.

Schon allein aus dem Grund, dass Irene befürchtete, es würden sich kaum Zuhörerinnen einstellen, bat Sophie Franzi und Emma darum, die Versammlung zu besuchen, wozu sich beide gern bereit erklärten. Doch diese Maßnahme hatte sich im Nachhinein als gänzlich überflüssig erwiesen.

»S' war voll bis auf die letzten Plätz«, erzählte Franzi. »Manch a Madl hat sogar steh'n müssen, weil's keine Stühl mehr geben hat.«

»Und wie lief die Versammlung ab?«, fragte Sophie nun noch gespannter als zuvor. Sie selbst hatte auf Bitten Irenes nicht an der Veranstaltung teilgenommen. Dafür brachte die Arbeiterführerin einen triftigen Grund vor:

»Wir möchten die Dienstmädchen dazu bringen, über das zu sprechen, was sie in ihrem Alltag so alles erleben oder bereits erlebt haben. Da würde es vielleicht große Scheu auslösen, wenn du als gnädige Frau, die selbst Dienstpersonal beschäftigt, dabei wärst.«

»Was haben die Madln denn alles berichtet?«, fügte Sophie die Frage hinzu, die sie besonders interessierte.

»Z'erst hat die Frau Gerban von sich erzählt. Dann hat's die Madln g'fragt, wie's ihna gangen is. Und des war ganz grauslich, was da g'sagt worden is.« Nun sprudelten die Worte nur so aus Franzi heraus.

Das allermeiste war Sophie völlig neu, da sie nie im Traum daran gedacht hätte, das ihr anvertraute Personal so schlecht zu behandeln. Viele Dienstmädchen mussten mindestens sechzehn Stunden am Tag arbeiten und bekamen nicht einmal genug zu essen. »Nur des, was übrig is. Oft schimm'lig und vergammelt.«

Auch die Wohnverhältnisse vieler Dienstmädchen waren entsetzlich. Sie mussten auf sogenannten Hängeböden schlafen, berichtete Franzi. Das waren in den Räumen eines Stockwerkes eingezogene, nur über eine Leiter erreichbare und meist fensterlose Zwischengeschosse, in die oft lediglich eine Matratze passte und in denen man kaum aufrecht knien konnte. Oft lagen solche Hängeböden über der Küche. Im Sommer war es dort unerträglich heiß und stickig, insbesondere, wenn gleich darunter der Herd stand. Im Winter dagegen froren die Mädchen erbärmlich, sobald die letzte Glut im Küchenherd erloschen war.

»I hab nie g'wusst, wie gut i's g'habt hab«, betonte Franzi. »In der alten Hofburg hab i mei Kammer mit zwei andern Madln teilen müssen. Aba des war immer no besser als des, was die meisten Dienstmadln erleben.«

Danach ließ sich Franzi nahezu euphorisch darüber aus, wie gut sie es nun in Sophies Wohnung hätte, in der Emma und sie sogar jeweils über eine eigene Kammer verfügten.

Manche, insbesondere sehr junge Mädchen, wurden sogar geschlagen, setzte Franzi ihren Bericht empört fort. Und sehr viele von den Söhnen des Hauses missbraucht. »Und wann's dann schwanger wor'n sind, jagt die Herrschaft die armen G'schöpf auf die Gass'n. Wie die Sacher die Elfi!«

Erst auf der Versammlung hatte Franzi offensichtlich realisiert, dass das Schicksal ihrer Freundin und der schwangeren Mädchen im Frauenhaus eher die Regel als die Ausnahme war. Ein Mädchen hatte am gestrigen Abend von einem besonders entsetzlichen Vorfall erzählt:

Der Sohn des Hauses hatte es auf seinem Schlafplatz in der Küche nachts überfallen und vergewaltigt. Als sich das Mädchen am nächsten Morgen bei der Mutter des Burschen beschwerte, erhielt es zur Antwort: »Ich zahle Ihnen doch einen so guten Lohn, damit mein Sohn sich keine von der Straße nehmen muss.«

Je mehr solcher Schicksale gestern Abend bekannt wurden, desto wütender wurde die Menge. Und dann war es so gekommen, wie es hatte kommen müssen. Der von den Behörden zur Beobachtung entsandte Regierungsvertreter löste die Versammlung schließlich auf.

»Aba des lassen mir uns ned g'fallen«, schloss Franzi ihren Bericht. »Die Frau Gerban hat versprochen, es gibt bald a neue Versammlung. Darf i da no amal mit der Emma hingeh'n?«

»Selbstverständlich«, antwortete Sophie geistesabwesend. Seit einigen Minuten ließ sie ein Gedanke nicht mehr los.

Zwar hatte sie Franzis Freundin Elfi, die vor vier Wochen entbunden hatte, tatsächlich als Spülerin in der Küche des Kaffeehauses eingestellt. Das Mädchen hatte sich von seinem Lohn vor ein paar Tagen sogar ein eigenes, bescheidenes Zimmer gemietet, in dem es mit seinem Söhnchen, das tagsüber in der Krippe des Frauenhauses betreut wurde, wohnte. Dennoch war Elfi noch immer keine Gerechtigkeit zuteilgeworden, was die Vaterschaft ihres Kindes anging.

Offensichtlich gelang dies den missbrauchten Mädchen in der Regel nicht, wie das Beispiel, das Franzi gerade erzählt hatte, bewies. Aber vielleicht konnte sie, Sophie von Werdenfels, etwas für Elfi bewirken?

Noch bevor sie ihren heutigen Dienst im Café antrat, setzte sich Sophie an ihren Schreibsekretär und verfasste einen Brief an Frau Anna Sacher. Darin bat sie diese um eine Unterredung, ohne ihr Anliegen bereits zu nennen.

Hotel Sacher

Ende Oktober 1893, zwei Tage später

»Ich bedanke mich recht schön, Frau Sacher, dass Sie mich schon so kurz nach Erhalt meines Schreibens empfangen.« In letzter Minute verkniff sich Sophie die Formulierung »mir eine Audienz gewähren«.

Denn Anna Sacher thronte so hoheitsvoll hinter dem mächtigen, mit Schnitzereien verzierten Nussbaum-Schreibtisch ihres Kontors, als würde sie mit Sophie von Werdenfels nicht eine ihr ebenbürtige Geschäftsfrau, sondern eine Untertanin empfangen.

Sophie ärgerte sich kurz über sich selbst, weil ihr dieser Fauxpas fast passiert wäre. Doch schon Anna Sachers nächste Worte zeigten ihr, dass sie ihr Eindruck, die Hotelbesitzerin fühle sich ihr haushoch überlegen, nicht trog.

»Sie schreiben, Sie möchten mich in einer dringlichen Angelegenheit um meine Unterstützung bitten, Fräulein von Werdenfels. Was kann ich denn für Sie tun?« Ohne Sophies Antwort abzuwarten, fuhr Anna fort. »Wahrscheinlich kommen Sie, um mich um Rat bezüglich der Führung Ihres Kaffeehauses zu fragen.« Annas Tonfall klang sehr von oben herab, erst recht, als sie weitersprach, bevor die irritierte Sophie überhaupt zu einer Antwort ansetzen konnte. »Dass ich Ihnen die Geheimnisse des Hauses, insbesondere unsere mittlerweile im ganzen Reich und sogar darüber hinaus berühmten Rezepte, nicht verraten kann, werden Sie mir sicherlich nachsehen.« Wahrscheinlich bezog sich Anna Sacher hierbei auf den kurzen Disput mit Sophie über die Vinaigrette für den Paradeiser-Salat bei ihrem letzten Besuch des Sacher-Restaurants im April.

»Doch gerne gebe ich Ihnen so manche bewährte Empfehlung, zum Beispiel, wie Sie Ihr Personal führen können.«

Jetzt endlich hatte sich Sophie so weit gefasst, dass sie die unterschwellig mitklingende Arroganz Anna Sachers parieren konnte. Zumal die ihr gerade sogar das Stichwort dafür geliefert hatte.

»Ich weiß Ihre Hilfsbereitschaft sehr zu schätzen, Frau Sacher«, begann Sophie mit devoten Worten, die ihr ironischer Tonfall jedoch Lügen strafte. »Denn eine Personalfrage führt mich in der Tat heute zu Ihnen. Es geht dabei um Ihre Gepflogenheit, ein Stubenmädchen, das von einem Gast Ihres Hauses geschwängert wurde, auf die Straße zu werfen, anstatt es in seinem Unglück zu unterstützen.«

Annas Gesicht verwandelte sich in eine undurchdringliche Maske, hinter der sich ihr Zorn über Sophies Worte nur erahnen ließ. Ihre rehbraunen Augen fixierten Sophie kalt.

»Wie darf ich das verstehen, Fräulein von Werdenfels? Was maßen Sie sich an, über meinen Umgang mit meinen Angestellten zu urteilen?«

Sophie erwiderte Anna Sachers Blick kühl. »Ich maße mir in der Tat ein Urteil darüber an und noch dazu kein günstiges, Frau Sacher«, konterte sie. »Es entspricht weder dem Gebot der christlichen Nächstenliebe noch der Fürsorgepflicht einer Arbeitgeberin gegenüber ihren Beschäftigten, wenn Sie ein hilfloses, kaum zwanzigjähriges Ding entlassen, anstatt ihm in dieser Notlage beizustehen.«

»Von wem sprechen Sie, wenn ich fragen darf, Fräulein von Werdenfels?« Wären Annas Worte ein scharfer Dolch gewesen, hätten sie Sophie durchbohrt. So aber prallten sie von dem Panzer ab, mit dem sich Sophie schon nach Anna Sachers ersten Worten gewappnet hatte.

»Es geht um ein Stubenmädchen mit Namen Elfi Braun.«

»Ach, um dieses Flittchen!« Annas Mundwinkel zogen sich verächtlich nach unten. »Es war höchste Zeit, Elfi vor die Tür zu setzen, da ihre beständigen Amouren schließlich zum erwarteten Ergebnis führten. Wie man sich bettet, so liegt man, heißt es schließlich nicht umsonst.«

Wieder fixierte sie Sophie kalt. »Oder würden Sie in Ihrem vornehmen Café eine schwangere, unverheiratete Serviererin beschäftigen?«

Einen Augenblick lang fühlte Sophie sich in der Defensive. Sie erinnerte sich daran, dass auch ihr Onkel Stephan einst ein schwangeres Serviermädchen entlassen hatte, allerdings nicht, ohne ihm eine beträchtliche Summe mit auf den Weg gegeben zu haben.

Dann gewann ihr Eigensinn wieder die Oberhand. Von dieser bigotten, selbstgerechten Dame würde sie sich nicht ins Bockshorn jagen lassen.

»Im Café beschäftigen könnte ich ein schwangeres Mädchen nicht, sobald sein Zustand sichtbar wird«, gab sie zunächst zu. »Aber ich würde trotzdem dafür sorgen, dass es sein Kind nicht in Elend und Armut zur Welt bringen muss.«

Sie holte tief Luft und kam nun zum Kern ihres Anliegens. »Insbesondere würde ich den Vater des Ungeborenen mit in die Verantwortung nehmen, sofern mir seine Identität bekannt wäre.«

Anna Sacher lehnte sich mit ihrer fülligen Figur so heftig in ihrem Lehnstuhl zurück, dass er knarrte. »Also erwarten Sie von mir, dass ich meine hochwohlgeborenen, illustren Gäste mit solch unappetitlichen Lappalien behellige? Es ist doch die Schuld des Flittchens, wenn es sich verführen lässt.«

»Und der Erzeuger des Kindes hat daran gar keinen Anteil?«

Nun beugte sich Anna Sacher wieder über ihren Schreibtisch zu Sophie vor. »Was wollen Sie von mir, Fräulein von Werdenfels? Dass ich mein ehrbares Haus schützen muss, um durch solche leichtfertigen Dinger nicht in Verruf zu geraten, liegt ja wohl auf der Hand.«

»Über die Ehrbarkeit Ihres Hauses ließe sich sicherlich streiten«, erwiderte Sophie. Vor Zorn schlug ihr das Herz heftig gegen ihren Brustkorb. »Dazu muss ich nur an die vielen Anekdoten denken, die sich rund um Ihre verschwiegenen Separees und deren *illustre*«, sie betonte das Wort spöttisch, »Gäste ranken.«

Nun fehlten Anna einen Moment lang die Worte. Innerlich triumphierend, bemerkte Sophie, dass sie sogar errötete. Sophie nutzte ihren Vorteil und holte tief Luft.

»Sie möchten wissen, warum ich heute hierhergekommen bin, Frau Sacher. Ich möchte dem Stubenmädchen zu seinem Recht verhelfen. Daher bitte ich Sie um den Namen und vor allen Dingen um die Adresse des Grafen, der die bis dahin unberührte Elfriede Braun mit Schmeicheleien und falschen Versprechungen verführt hat. Elfi kennt nur den Vornamen des Mannes, er heißt Friedrich und soll aus Böhmen stammen. Elfi hat uns weiterhin berichtet, dass sie nur zwei Nächte mit jenem Mann verbracht hat. Mit einer größeren Geldsumme wäre dem Madl, das mittlerweile einen kleinen Knaben zur Welt gebracht hat, schon gedient.«

Nun lehnte Anna Sacher sich wieder in ihrem Lehnstuhl zurück. »Woher wissen Sie das eigentlich alles, Fräulein von Werdenfels?«, wich sie Sophies Forderung zunächst aus.

»Elfi ist eine Freundin meiner eigenen Zofe Franzi. Sie hat ihr Kind in einem Haus für ledige Mütter zur Welt gebracht, das ich finanziell unterstütze. Elfi war allerdings keineswegs die erste junge Frau aus dem Sacher, die dort entbunden hat. Nach der Geburt habe ich Elfi in der Küche meines Kaffeehauses eingestellt.«

Annas Lippen verzogen sich zu einem geringschätzigen Lächeln. »Bedenkt man, dass das Flittchen mir seine Schwangerschaft sogar so lange verschwiegen hat, bis sich diese nicht mehr verheimlichen ließ und damit etliche Monate länger in meinem Hotel als Stubenmädchen gearbeitet hat, als es ihm zustand, scheint mir, dass für diese Elfi doch gut gesorgt worden ist. Was wollen Sie also von mir, frage ich Sie nun zum letzten Mal?«

Wieder hielt Sophie Anna Sachers stechendem Blick stand. »Wie ich Ihnen bereits sagte, Frau Sacher, ich möchte den Namen und die Adresse des böhmischen Grafen erfahren. Dann kann ich mich an ihn wenden und ihn um Unterstützung für die junge Mutter und seinen nichtehelichen Sohn bitten.«

»Sie erwarten tatsächlich von mir, dass ich so indiskret bin, Ihnen die Identität eines meiner adeligen Gäste zu enthüllen? Damit Sie ihn, womöglich unter Hinweis auf mich, alsdann belästigen können?« Anna Sacher griff sich in gespielter Entrüstung an ihre volle Brust. »Mitnichten dürfen Sie bei mir mit so etwas rechnen, Fräulein von Werdenfels. Zumal sich diese Elfi mir in dieser delikaten Angelegenheit nicht anvertraut hat. Bis ich mit eigenen Augen erkannte, was vorging.«

»Dass Elfi Ihnen die Schwangerschaft so lange wie möglich verschwiegen hat, haben wir ihr geraten. Damit sie nicht sofort ohne Lohn und Brot dasteht.«

»Wer ist wir?«

»Die Leiterin des Frauenhauses, Frau Irene Gerban. Sie ist die Schwiegertochter des Grafen von Sterenberg, der das Haus weitgehend finanziert.«

Anna schürzte die Lippen. Dann griff sie zu einem Zeitungsblatt, das auf ihrem Schreibtisch lag, und überflog einen Artikel. »Dachte ich es mir doch, dass ich den Namen Irene Gerban schon einmal gehört habe. Das ist jene zweifelhafte Dame niedriger Herkunft, die auf einer Dienstbotenversammlung gesprochen und das anwesende Personal gegen seine Herrschaften aufgehetzt hat. Obwohl doch jedermann weiß, dass die Führung jener ansprüchlichen und unbotmäßigen Geschöpfe zu den undankbarsten Aufgaben jeder Hausfrau gehört. Wie ich hier lese, mussten sogar die Behörden einschreiten, um Tumulte im Rahmen dieser Veranstaltung zu beenden.«

»Die Tumulte entstanden, weil viele Schicksale von Dienstboten, die unter empörenden Bedingungen leben und arbeiten müssen, zur Sprache kamen. So wurde es mir jedenfalls berichtet.«

»Berichtet ...?« Anna ließ den Rest der Frage offen.

»Auch meine eigenen Dienstmädchen nahmen an der Versammlung teil«, erläuterte Sophie.

»Oh!« Anna Sacher tat erstaunt. »Das hätte ich nun nicht gedacht! Soll ich das so verstehen, dass auch Ihr eigenes Personal zu den Unzufriedenen gehört, die eine solche Versammlung besuchen?«

Sophie spürte, dass ihr Gespräch mit Frau Sacher groteske

Formen anzunehmen begann. Sie überlegte kurz, entschloss sich dann aber, die letzte ironische Bemerkung Annas zu ignorieren.

»Also, geben Sie mir nun die Anschrift des Vaters von Elfi Brauns Kind?«

Statt einer Antwort zog Anna Sacher eine Schublade ihres Schreibtisches auf, in der sich eine Kassette befand, und wühlte in dieser herum. Dann legte sie eine Zwanzig-Kronen-Münze auf den Tisch. »Geben Sie das dem Madl, oder nehmen Sie es für die entstandenen Unkosten im Frauenhaus. Ansonsten bitte ich Sie, mich mit dieser Angelegenheit nicht weiter zu belästigen.«

Einen Moment lang starrte Sophie fassungslos auf die Münze. Dann stand sie entschlossen auf.

»Ich bin nicht gekommen, um Sie um Geld zu bitten, Frau Sacher.« Insgeheim beschloss sie, dem Frauenhaus die ihm durch ihre Worte nun entgehende Spende zu ersetzen. »Sondern ich kam, um an Ihr Mitgefühl und Ihren Anstand zu appellieren. Offensichtlich war dieses Bemühen vergebens, da Sie über diese Qualitäten nicht verfügen. Ich wünsche Ihnen einen guten Tag.«

Ohne Anna Sacher die Hand zu reichen, rauschte Sophie hinaus. Hätten die Blicke, die sie in ihrem Rücken spürte, töten können, wäre sie auf der Stelle gestorben.

Kaffeehaus Prinzess

November 1893

»Mei' Stolz is, i' bin halt an echt's Weanerkind,
A Fiaker, wie ma'n ned alle Tag' find't,
Mei Bluat is so lüftig und leicht wie der Wind,
I' bin halt an echt's Weanerkind.«

Auch Sophie summte leise mit und wiegte sich im Takt, als der bekannte Sänger und Schauspieler Alexander Girardi das überaus beliebte Wiener Fiakerlied bereits zum zweiten Mal an diesem Abend zum Besten gab.

Girardi hatte sich schon längere Zeit nicht mehr im Kaffeehaus Prinzess blicken lassen. Zuletzt war er hier gewesen, als Sophie noch als Sitzkassiererin fungierte.

Gerüchteweise hatte sie gehört, dass nicht nur das bereits jahrzehntelange Engagement des Schauspielers am *Theater an der Wien* für diese Abstinenz verantwortlich war. Dort gab man gerade wieder die Operette »Der Zigeunerbaron« von Johann Strauss, die auch Sophie noch gerne besuchen wollte und in der Girardi mit seiner tragenden Tenorstimme die Hauptrolle sang.

Doch man munkelte, der eigentliche Grund dafür, dass Girardi nach jeder Vorstellung entweder sofort nach Hause eilte oder die vornehmen Wiener Restaurants durchkämmte, wäre in seiner erst in diesem Jahr erfolgten Heirat mit der ebenfalls sehr bekannten Schauspielerin Helene Odilon zu suchen. Helene war angeblich kein Kind von Traurigkeit und pflegte ihre diversen Affären auch nach der Hochzeit, worauf ihr Gatte mit rasender Eifersucht reagierte. Dies mochte womöglich auch mit der italienischen Herkunft des Sängers und Schauspielers zusammenhängen, obwohl der bereits seit vielen Jahren in Österreich lebte.

Nun hatte Girardi das Fiakerlied beendet und verbeugte sich nach allen Seiten, um sich für den frenetischen Applaus seiner Zuhörerschaft zu bedanken. Doch die war noch immer nicht zufrieden.

»Noch einmal! Noch einmal!«, schallte es aus dem vollbesetzten Kaffeehaus-Saal.

Girardi hob entschuldigend die Hände. »Habt Erbarmen, ihr Lieben!«, rief er in die Runde. »Ich muss erst einmal meine Kehle befeuchten und brauche eine kleine Pause.« Dann stieg er von dem Stuhl herunter, den er bestiegen hatte, um für alle Zuhörer gut sichtbar zu sein.

Das gab Sophie das Stichwort. Sie wollte sich gerade aufmachen, um den Schauspieler persönlich im Kaffeehaus zu begrüßen und zu einem Getränk einzuladen. Doch zu ihrem Ärger kam Toni Schleiderer ihr zuvor. Sophie hatte ihn seit über einer Stunde nicht mehr gesehen und war daher der Ansicht gewesen, er sei bereits nach Hause gegangen.

Sie selbst war von Mamsell Ida benachrichtigt worden, dass sich Alexander Girardi heute Abend zum ersten Mal seit langer Zeit wieder im Kaffeehaus eingefunden hätte. Ida schickte eigens einen Lehrbuben in Sophies Wohnung, um sie rufen zu lassen. Schon bei seinen früheren Aufenthalten hatte der Sänger sich immer wieder dazu bereit erklärt, einige Wiener Lieder zu singen. Sophie liebte deren leichte Melodien und fröhliche Texte, die sie jedes Mal in gute Laune versetzten, sogar wenn sie einmal niedergeschlagen war.

Kurz überlegte sie, ob sie zu Toni und Alexander hinzutreten sollte, nahm dann aber Abstand davon. Toni könnte es aufdringlich finden. Leider war ihr Verhältnis zueinander immer noch angespannt.

Natürlich war Tonis Enttäuschung der Wermutstropfen in ihrem überströmenden Glück gewesen, als sie nach drei herrlichen Tagen und zwei wunderbaren Liebesnächten im Sommer wieder aus Salzburg nach Wien zurückgekehrt war. Sophie hatte der fehlgeschlagene Erwerb des Cafés Tomaselli aufgrund der neuen Innigkeit ihrer Beziehung zu Richard damals kaum aufs Gemüt geschlagen. Doch ihre diesbezügliche Gleichgültigkeit interpretierte Toni falsch.

»Es wäre eine gute Lösung für uns beide gewesen, uns auf diese Weise räumlich zu trennen«, gab Toni zu Sophies Erstaunen offen zu, dass er tatsächlich auf die Leitung einer so prominenten Filiale des Prinzess wie das Tomaselli in Salzburg gehofft hatte. »Jeder hätte sich nach seinem eigenen Ermessen viel freier entfalten können, als es uns hier in Wien möglich ist.«

»Und warum, glaubst du, fällt es uns beiden so schwer, uns immer wieder zu einigen?«, ergriff Sophie die Gelegenheit beim Schopf, um sich mit Toni auszusprechen.

Doch der blieb recht unkonkret. »Wir haben ganz unterschiedliche Vorstellungen davon, wie man ein Kaffeehaus zu führen hat«, antwortete er. »Ich möchte bewahren, pflegen und genießen, was bereits entstanden ist. Du dagegen kommst alle Nase lang mit neuen Ideen, willst dauernd etwas verändern und bringst dadurch Unruhe ins Unternehmen.«

Mehr war aus ihm nicht herauszubekommen. Nach diesem Gespräch hatte Sophie Abstand davon genommen, Toni für den fast schon vergangenen Sommer vorzuschlagen, noch Schanigärten für das Café und das Kaffeehaus einzurichten. Tatsächlich hätte sich das nach ihrer Rückkehr aus Salzburg für die verbleibende Sommerperiode kaum mehr gelohnt, wenn man berücksichtigte, dass allein für die Anschaffung des Mobiliars und die Einrichtung je einer Terrasse für das Café und das Kaffeehaus einige Wochen benötigt worden wären.

Außerdem wollte Sophie erst einmal ihr neues Glück mit Richard genießen, anstatt sich Hals über Kopf und noch dazu gegen Tonis Widerstand in die Umsetzung ihrer nächsten Idee zu stürzen. Leider ließ sich auch dieser Wunsch nicht so leicht realisieren, wie sie es sich gewünscht hätte.

Denn noch immer war Richard mehrere Wochen pro Monat in Salzburg mit dem zunehmend frustrierender werdenden Versuch beschäftigt, seine mit Erzherzog Rainer abgestimmten Reformideen im 59. Infanterieregiment umzusetzen. Da Richards Vorschläge auch mit einer Beschneidung der bisherigen Kompetenzen von Offizieren und Unteroffizieren durch eine stärkere Kontrolle ihrer Aktivitäten einhergingen, stieß er im Regiment auf viel passiven Widerstand, wie er Sophie brieflich mitteilte.

Und war er dann endlich wieder einmal in Wien, musste er sich natürlich zuerst seinen familiären Verpflichtungen im Palais Thurnau widmen. Die Herbstsaison war in vollem Gange. An vielen Abenden musste Richard gesellschaftliche Verpflichtungen in Begleitung von Amalie und seinem Schwiegervater wahrnehmen. Und im Augenblick hielt sich zudem noch Richards Familie zu einem ausgedehnten Besuch in Wien auf.

Wenn Richard also übermorgen endlich wieder nach Wien zurückkehren würde, gäbe es vorläufig keine Gelegenheit für sie beide, sich in dem kleinen Hotel in der Josefstadt zu treffen, in dem sie seit Sophies Rückkehr aus Salzburg einige Liebesnächte verbracht hatten. Wobei von »Nächten« eigentlich nicht die Rede sein konnte. Denn beide kehrten natürlich jedes Mal spätabends in ihr eigenes Bett zurück.

Noch eine weitere Komplikation galt es zu bewältigen. Bei ihrem ersten heimlichen Treffen in Wien hatte Sophie einen Theaterbesuch vorgeschützt und am nächsten Morgen beim Familienfrühstück verlegen festgestellt, dass sie die diesbezüglich neugierigen Fragen ihrer Mutter und Schwester kaum beantworten konnte.

Also begannen ihre nächsten Begegnungen mit Richard notgedrungen stets mit dem gemeinsamen Besuch des Schauspiels oder Konzerts, das Sophie als Grund für ihren abendlichen Ausgang angab. Richard pflegte dazu eine Loge zu buchen, in der sie auch die Pausen verbrachten, um nicht allzu vielen Bekannten zu begegnen. Mit der Zeit ließ sich dies aber ebenso wenig vermeiden, wie ihre früheren Treffen in Cafés und Restaurants vollkommen unbemerkt geblieben waren.

Auch Sophies Mutter Henriette wurde zunehmend misstrauisch, wenn Sophie unter dem Vorwand, Richards Ehefrau Amalie sei unpässlich und er wolle die Theater- oder Konzertkarten nicht verfallen lassen, in unregelmäßigen Abständen immer wieder mit ihm ausging und erst spät in der Nacht zurückkehrte.

Lange würde Sophie ihre Liebesbeziehung also zumindest vor ihrer Familie nicht mehr geheim halten können, zumal ja auch ihre Kammerzofe Franzi seit dem Aufenthalt in Salzburg darin eingeweiht war. Bislang hatte das treue Wesen zwar kein Sterbenswörtchen darüber verraten, war aber natürlich über alle Treffen Sophies mit Richard im Bilde, da sie ihr vor dem Ausgehen regelmäßig beim Ankleiden half und sie frisierte. Und natürlich ahnte Franzi, dass die beiden im Anschluss an die Veranstaltung noch ein Schäferstündchen genossen.

Gerade verabschiedete sich Toni Schleiderer von Alexander Girardi. Sophie erhob sich von ihrem kleinen Tisch, an dem sie bislang allein in der Nähe der Sitzkassiererinnen-Theke gesessen hatte, um den Künstler zu begrüßen. In diesem Moment sprach sie jemand von der Seite an.

»Servus, liebes Fräulein von Werdenfels. Ich freue mich sehr, Sie einmal wiederzusehen.«

Als sich Sophie umwandte, blickte sie in das lächelnde Gesicht des Arztes und Dichters Arthur Schnitzler, der ebenfalls schon längere Zeit nicht mehr im Kaffeehaus gewesen war.

Sophie erwiderte das Lächeln und bot Schnitzler einen Platz an ihrem Tisch an. »Nachdem ich die Leitung des Cafés Prinzess übernommen habe, kann ich mich leider nur noch ab und zu nach meinem Feierabend im Kaffeehaus aufhalten. Doch auch ich freue mich sehr, Sie wieder einmal begrüßen zu dürfen. Sie hatten in jüngster Zeit sicherlich viel zu tun?«

Schnitzler nickte und strich sich über seinen spitz zulaufenden dunklen Vollbart, eine Geste, die Sophie schon früher an ihm beobachtet hatte.

»Am 1. Dezember wird mein neues Schauspiel im *Deutschen Volkstheater* uraufgeführt«, sagte er stolz. »Es heißt ›Das Märchen‹. Dem Stück den letzten Feinschliff zu geben und jetzt auch bei den Proben anwesend zu sein, erfordert tatsächlich recht viel Zeit, zumal ich ja weiterhin meine ärztliche Praxis betreibe.«

»Wovon handelt Ihr Stück denn?«, fragte Sophie höflich. Eigentlich hätte sie viel lieber ein paar Worte mit Alexander Girardi gewechselt. Denn das Wenige, was sie als Sitzkassiererin von den Diskussionen des Literatenvereins »Jung-Wien« mitbekommen hatte, sprach sie nicht besonders an.

»Von einer Thematik, die aktueller denn je ist«, grinste Schnitzler. »Sie betrifft durchaus auch unseren Künstler des Abends.« Er machte eine etwas abfällige Geste in die Richtung Girardis. »Aber ich weiß nicht, ob ich einer jungen, unverheirateten Dame adeliger Herkunft davon überhaupt etwas erzählen darf.«

Falls es Schnitzlers Absicht gewesen war, mit seinen kryptischen Worten Sophies Neugier zu wecken, war ihm dies gelungen. »Natürlich dürfen Sie das, Dr. Schnitzler. Nun bin ich erst recht auf den Inhalt Ihres Schauspiels gespannt.«

»›Das Märchen‹ handelt von einer Beziehung, die man im landläufigen Sinne wohl als unmoralisch bezeichnen würde«, gab der Dichter bereitwillig Auskunft. »Erst einmal ein paar Worte zur Vorgeschichte des ersten Akts: Die junge Fanny sollte eine jener furchtbaren, arrangierten Ehen eingehen, wie sie leider Gottes in unseren Kreisen gang und gäbe sind. Aber Fanny entfloh diesen bürgerlichen Zwängen und ließ sich auf eine Beziehung mit dem Arzt Dr. Witte ein. Der ließ Fanny allerdings im Stich, als er genau eine solch konservative, gute Partie machen konnte.«

»Und was wird danach aus Fanny?«, nutzte Sophie die kurze Pause, die Schnitzler machte, um einen Schluck Wein zu trinken und sich dann umständlich mit einem Sacktuch über den Bart zu streichen.

Als die blaugrauen Augen des Dichters zu strahlen begannen, beschlich Sophie der Verdacht, Schnitzler habe diese Pause absichtlich eingelegt, um ihre Neugier zu steigern.

»Ja, was glauben Sie denn, welches Schicksal ich meiner Fanny zugedacht habe?«, stellte er zunächst eine Gegenfrage.

Sophie hob etwas ratlos die Schultern. »Ich bin keine Schriftstellerin, die sich dramatische Szenen ausdenkt. Hoffentlich lassen Sie Fanny nicht …«, sie suchte kurz nach den richtigen Worten, »nicht in zweifelhafte Kreise absinken«, behalf sie sich dann mit einer ungeschickten Formulierung und spürte gleichzeitig, dass sie errötete.

Wieder grinste Schnitzler breit. »Im Gegenteil! Ich prangere in meinem Schauspiel nicht das sogenannte gefallene Mädchen an, sondern die bigotten Männer in unserem Land. Fanny findet zunächst einen neuen Verehrer, den Dichter Fedor, der sich in sie verliebt, ohne zu wissen, dass sie bereits eine Liebesbeziehung hinter sich hat. Als er es herausfindet, schwört er zunächst, daran keinerlei Anstoß zu nehmen. Aber ich habe die Figur des Fedor als die eines typischen Mannes unserer Zeit konzipiert. Deshalb beginnt es den Dichter nach und nach doch zu stören, dass seine Geliebte keine Jungfrau mehr ist. Viele Männer hegen den heimlichen Wunsch, der erste Liebhaber ihrer Angebeteten zu sein, und schätzen Frauen gering, die sich außerhalb der Ehe hingeben. Schließlich zerbricht die Beziehung zwischen Fanny und Fedor genau daran.«

Mit jedem Wort Schnitzlers fühlte sich Sophie beklommener. Zeigte Schnitzler ihr, ohne etwas von Richard und ihr zu ahnen, am Ende gar ihr eigenes zukünftiges Schicksal auf? Würde Richard sie auch irgendwann verachten, weil sie mit ihm schlief, ohne mit ihm verheiratet zu sein?

Schnitzler blickte sie forschend an. Ihre Zweifel mussten sich wohl in ihrem Gesichtsausdruck widerspiegeln. »Möchten Sie noch wissen, wie das Stück endet?«

Sophie zögerte zuerst, dann nickte sie stumm. Die Kehle war ihr auf einmal wie zugeschnürt.

»Fanny pfeift sowohl auf ihren ehemaligen Geliebten Fedor als auch auf ihre den verkrusteten Sitten verhaftete Familie«, sagte Schnitzler fröhlich. »Sie geht nach Sankt Petersburg und wird dort eine erfolgreiche Schauspielerin.«

»Aha!« Sophie ging ein Licht auf. »Aus diesem Grund haben Sie Ihr Stück ›Das Märchen‹ genannt.«

Schnitzler wirkte verblüfft. »Aber nein! Wie kommen Sie denn darauf?«

»Nun, es hat doch etwas sehr Märchenhaftes, ich meine damit Unwahrscheinliches, dass eine zweifach verlassene, unverheiratete Frau allein auf eigenen Füßen stehen kann und sogar erfolgreich Karriere macht.«

Schnitzler lachte laut auf. »Ach, so meinen Sie das, meine Liebe! Doch der Titel meines Schauspiels hat einen ganz anderen Hintergrund. Anfangs verwahrt sich Fannys Geliebter Fedor gegen das Vorurteil, dass jede Frau, die vor der Ehe eine sexuelle Beziehung mit einem Mann eingeht, entweder dumm oder verworfen ist. Dieses Vorurteil nennt er ein ›Märchen‹. So lange, bis er ihm selbst anheimfällt.«

Sophie lächelte etwas gequält. In diesem Moment zeigte Schnitzler auf Alexander Girardi, der gerade den Stuhl bestieg, um ein weiteres Lied zu singen.

»Auch unser guter Freund Alex hätte es leichter mit seiner Helene, wenn er den altmodischen Konventionen nicht so sehr verhaftet wäre. Eines der am wenigsten nützlichen, menschlichen Gefühle ist die Eifersucht. Ich bin ja nicht nur Dichter, sondern auch Arzt. Und aus medizinischer Sicht halte ich die außereheliche sexuelle Abstinenz für ausgemachten Unfug. Sie widerspricht ganz einfach der menschlichen Natur.«

Sophie blickte Schnitzler schockiert an.

»Und ich stehe mit meiner Meinung auch gar nicht allein da. Sie kennen doch Dr. Freud, der sich ebenfalls häufig hier im Kaffeehaus aufhält?«

Wieder konnte Sophie nur stumm bejahen.

»Freud beschäftigt sich viel mit der menschlichen Sexualität. Sogar viel zu viel für unsere verknöcherten Medizinerkollegen. Auch er teilt meine Ansicht.« Schnitzler blickte Sophie, gespannt auf ihre Antwort, erwartungsvoll an.

Zum Glück fing Alexander Girardi genau in diesem Moment an zu singen.

Zwei Stunden später war das Kaffeehaus noch immer bis auf den letzten Platz besetzt. Es war schon nach Mitternacht. Aber noch immer strömten neue Gäste von der Straße herein, die Girardi im Prinzess singen gehört hatten und seine unvergleichliche Stimme erkannten.

Auch Sophie war geblieben, verzaubert von der Leichtigkeit, mit der der Sänger die bekannten Wiener Lieder vortrug, um die sein Auditorium ihn immer wieder bat. Die volkstümlichen Weisen lenkten sie außerdem von den Gedanken ab, die das Gespräch mit Schnitzler in ihr hervorgerufen hatte. Den Dichter war sie letztendlich mit dem Versprechen losgeworden, die Premiere seines Theaterstücks am 1. Dezember zu besuchen. Dann hatte sie die nächste Pause Girardis genutzt, um sich zu verabschieden und auch andere Gäste zu begrüßen.

Gerade hatte der Sänger das letzte Lied beendet, nachdem er zuvor angekündigt hatte, seine Stimme danach für die morgige Aufführung schonen zu müssen. Doch die Menge kannte immer noch kein Halten und begann, laut zu johlen.

»Das Fiakerlied, Alex! Noch einmal das Fiakerlied!«, klang es vielstimmig von allen Seiten.

Nachdem sich Girardi mit einem weiteren Glas Wein gestärkt hatte, bestieg er den Stuhl ein letztes Mal und gab das Lied noch einmal zum Besten. Auch Sophie, die sich wieder an ihren Tisch neben der Theke der Sitzkassiererin zurückgezogen hatte, lauschte dem Sänger mit geschlossenen Augen.

Die letzten Töne waren kaum verklungen, da drangen plötzlich grobe Stimmen an ihr Ohr.

»Passen S' doch auf, Sie Trottel! Ham S' keine Augen im Kopf?«

Sophie blickte sich um. Ein junger Offizier wies empört auf

einen Rotweinfleck, der sich auf seiner Uniformjacke auszubreiten begann.

Der Angeherrschte, ebenfalls ein junger Mann in einem teuer aussehenden Anzug mit Weste, der sein Jackett über dem Arm trug, entschuldigte sich zunächst. »Es tut mir sehr leid, werter Herr. Wenn Sie mir Ihre Uniformjacke ins Palais Hirschstein am Kärntner Ring schicken lassen, werde ich Ihnen den Fleck entfernen lassen.«

Doch anstatt dieses Angebot anzunehmen, echauffierte sich der Offizier noch mehr. »Sie ham gut reden, Sie Simpel! Gleich morgen früh muss ich schon wieder zu meiner Truppe abreisen. Da bleibt keine Zeit, den Fleck auszuwaschen. Aber ich weiß eine bessere Lösung als Wiedergutmachung.«

Damit hob der bereits angetrunkene Offizier sein eigenes Rotweinglas und schleuderte den Inhalt auf den teuren Anzug seines Gegenübers. Der Wein bespritzte das weiße Hemd und die Weste über und über.

»Quid pro quo!«, rief der Offizier und grölte vor Lachen, als er das zunächst betroffene, dann zornige Gesicht seines Gegenübers erblickte.

Doch der reagierte vollkommen unerwartet. Er zog eine Visitenkarte aus seiner rotweinfeuchten Weste und reichte sie dem Offizier.

»Benjamin von Hirschstein«, stellte er sich mit barscher Stimme vor. »Reserveleutnant des 6. Dragonerregiments. Ich fordere Genugtuung.«

Einen Augenblick lang wirkte der Offizier verblüfft. Dann verzog sich dessen hübsches Gesicht zu einer hässlichen Grimasse. »Von Hirschstein? Den Namen kenn ich doch! Bist am End gar a Jud?«

Die ausbleibende Antwort seines Kontrahenten nahm der Offizier für ein Ja. »Scheint so! Ein dreckiger Jud ist nicht satisfaktionsfähig.«

Endlich verstand Sophie, was sich da vor ihren Augen abspielte. Offensichtlich hatte der Mann im Anzug den Offizier zum Duell gefordert.

Von Hirschstein zog grimmig die Augenbrauen zusammen. »Das werden wir noch sehen, Herr von …« Er machte eine künstliche Pause, »oder sind Sie etwa gar kein ›Herr von‹?« Nun grinste auch er verächtlich. »Wahrscheinlich nicht, legt man Ihre Manieren zugrunde.«

Das Gesicht des angetrunkenen Offiziers färbte sich puterrot. »Sie irren sich, Kerl! Ich bin von uraltem Adel. Meine Familie besitzt sogar die Hoffähigkeit! Aber Satisfaktion gewähre ich Ihnen trotzdem nicht.« Immerhin hatte ihn die souveräne Antwort seines Gegners so beeindruckt, dass er unwillkürlich zum »Sie« in der Anrede zurückkehrte. »Wie ich schon sagte, ein Jude ist ehrlos.«

Benjamin von Hirschstein streckte ungerührt die Hand aus. »Ihre Karte, mein Herr, wenn ich bitten darf. Oder zumindest Ihren Namen.«

Der Offizier feixte. »Eine Karte habe ich tatsächlich nicht bei mir. Für einen Jud wär sie auch viel zu schad! Aber meinen Namen dürfen Sie sich gerne merken. Ich bin Leutnant Maximilian von Löwenstein.«

Kapitel 14

Palais Thurnau in der Herrengasse

Ende November 1893

»Das glaube ich jetzt nicht! Das ist einfach nicht zu fassen! Ich drehe dem Kerl noch einmal den Hals um!«

Mit großen Schritten durchmaß Adalbert von Thurnau die Bibliothek. Richard konnte sich nicht daran erinnern, dass sein Schwiegervater bei irgendeiner anderen Gelegenheit schon einmal so laut vor Zeugen gebrüllt hatte.

Sein Geschäftspartner Theodor von Hirschstein, wie Adalbert ein Großaktionär der Wienerberger Ziegelfabriken und der Wiener Tramway-Gesellschaft, drehte seine Zigarre nervös in beiden Händen. Glühende Asche fiel auf den kostbaren Perserteppich, schon roch es nach verbrannter Wolle. Adalbert, sonst ängstlich darauf bedacht, dass der Teppich keinen Schaden nahm, beachtete es nicht einmal.

Richard seinerseits saß, eher amüsiert als betroffen, in seinem Lehnsessel und beobachtete die skurrile Szene wie in einem Theaterstück. Ganz anders als sein Onkel Maximilian, der Vierte im Raum, der noch immer als Gast im Palais Thurnau weilte und nun so blass war wie eine gekalkte Wand.

»Und es ist kein Irrtum möglich?«, wandte sich Adalbert jetzt mit einem nahezu flehentlichen Gesichtsausdruck an Baron Hirschstein. Der schüttelte den Kopf und schwenkte noch einmal das Schreiben, dessen Inhalt er den übrigen Anwesenden gerade vorgelesen hatte.

»Dies ist die Antwort, die mein Sohn Benjamin vom Ehrenrat des 2. Infanterieregiments in Bosnien-Herzegowina erhalten hat, wo dein Neffe Maxi als Leutnant stationiert ist. Der Ehrenrat hat meinem Sohn Benjamin eindeutig das Recht auf Satisfaktion zugesprochen, das ihm dein Neffe zuerst verweigert hat, weil er jüdischer Herkunft ist. In diesem Schreiben steht außerdem, dass Maxi diese Gewährung der Genugtuung befohlen wird. Unter Androhung des Verlusts seiner Offiziers-Charge, wenn er den Befehl missachtet. Auch gegenüber einem Offizier der Reserve gilt die Verpflichtung zum Duell, wenn dieser, wie Benjamin, beleidigt wird und Genugtuung fordert. Nun kommt dein Neffe Maxi nicht mehr darum herum. Es sei denn, er zieht die unehrenhafte Entlassung aus der Armee vor.«

»Oh Gott, oh Gott!« Adalbert verlegte sich jetzt aufs Jammern. Er rang die Hände. »Wodurch habe ich nur einen solchen Menschen in meiner Familie verdient?«

Dann fuhr er, wie von der Tarantel gestochen, zu seinem Vetter herum. »Was bist du nur für ein erbärmlicher Vater, Maximilian!« Jetzt brüllte er wieder. Speicheltropfen benetzten das Gesicht von Maxis Vater. »Du hast auf der ganzen Linie bei der Erziehung dieses Schurken versagt! Nicht auszudenken, wenn der Sohn eines meiner wichtigsten Geschäftspartner jetzt durch deinen Lümmel von Sprössling verletzt oder sogar getötet würde!«

Richards Onkel Maximilian von Löwenstein sank in seinem Sessel noch mehr zusammen. Er brachte kein Wort zu seiner Verteidigung hervor und wischte sich nur hilflos mit einem Sacktuch über die Wangen.

Während Richard, der glaubte, die ganze Sache ginge ihn im Grunde nichts an, sich weiterhin zurückhielt, versuchte Theodor von Hirschstein nun, begütigend auf Adalbert einzuwirken. »Adalbert, jetzt beruhige dich doch! Solche Vorwürfe nützen jetzt nichts mehr. Wir sollten stattdessen schauen, wie wir am besten aus dieser misslichen Lage herauskommen! Möglichst ohne dass einer der beiden jungen Heißsporne zu Schaden kommt.«

»Und wie stellst du dir das vor, Theodor?«, schnappte Adalbert.

»Es kommt auf die Sekundanten an, die sich die beiden erwählen. Wenn die geschickt miteinander verhandeln, könnten sie sogar noch eine gütliche Einigung herbeiführen.«

»Was für eine gütliche Einigung?«

»Ich habe eindringlich mit Benjamin gesprochen, Adalbert. Wenn sich Maxi von Löwenstein in Anwesenheit der Sekundanten bei ihm entschuldigt, will er von der Austragung des Duells absehen.«

Adalbert beruhigte sich etwas. »Das wäre in der Tat die beste Lösung. Was meinst du dazu, Maximilian?«

Richards Onkel nickte. »Dieser Ausweg wäre mir natürlich am liebsten. Aber sehen die Duellregeln ihn denn vor? Weißt du das, Richard? Du bist doch der einzige aktive Angehörige der Armee hier im Raum.«

Richard dachte kurz nach. Duelle waren eigentlich nach dem Strafgesetzbuch verboten. Trotzdem wurden sie innerhalb der k.u.k. Armee von Offizieren unter Androhung des Verlusts ihrer Ehre und ihres Offizierspostens verlangt und die an ihnen Beteiligten daher kaum jemals strafrechtlich verfolgt. Richard kannte sich mit den Regeln jedoch nur oberflächlich aus.

»Soviel ich weiß, handelt es sich bei Maxis Beleidigung zumindest um eine des zweiten Schweregrades. Er hat Benjamin von Hirschstein als ›dreckigen Juden‹ und als ›ehrlos‹ bezeichnet, wenn ich Herrn von Hirschstein richtig verstanden habe.«

»Der Ehrenrat hat sogar auf tätliche Beleidigung erkannt«, fiel dieser Richard ins Wort. »Maxi hat Benjamin zwar nicht geschlagen, aber mit Rotwein überschüttet. Auch das gilt als Tätlichkeit.«

Damit ist es sogar eine Beleidigung dritten Grades!, schoss es

Richard durch den Kopf. *Was ist Maxi doch für ein unverbesserlicher Idiot!*

»Maxi musste zudem durch den Ehrenrat seines Regiments gezwungen werden, Ihrem Sohn Genugtuung zu gewähren«, fügte Richard hinzu. »Dabei hätte er wissen können, dass die Armee keinerlei Antisemitismus duldet und ihre jüdischen Reserveoffiziere genauso wertschätzt wie die christlichen Glaubens.«

Immer wieder versuchten evangelische und katholische Offiziere, sich vor dem Hintergrund der stärker werdenden antijüdischen Stimmung in der Bevölkerung Duellen mit beleidigten jüdischen Offizieren zu verweigern. Richard hatte Erzherzog Albrecht diverse Male über diese Unsitte schimpfen hören. Tatsächlich war ihm kein einziger Fall bekannt, bei dem der Ehrenrat – ein Offiziersgremium aus dem Regiment des Geforderten unter dem Vorsitz des Kommandanten – dem Ersuchen stattgegeben hätte, einem jüdischen Offizier Satisfaktion zu verweigern.

Aber der Narr wusste eben nicht, dass es sich bei Benjamin um einen Reserveoffizier handelt, spann Richard seine Gedanken weiter. *Vielleicht hätte er das Maul ja nicht so weit aufgerissen, wenn von Hirschstein in Uniform gewesen wäre.*

»Und was heißt das jetzt?« Adalberts barsche Stimme riss Richard aus seinen hämischen Überlegungen.

»Als Beleidigter dritten Grades, worauf der Ehrenrat wegen Tätlichkeit ja erkannt hat, darf Benjamin von Hirschstein die Duell-Bedingungen meines Wissens uneingeschränkt bestimmen«, gab Richard Auskunft. »Wenn er die Großzügigkeit besitzt, sich lediglich mit einer Entschuldigung Maxis zufriedenzugeben, wäre dies natürlich für alle der beste Ausweg. Aber …«

Richard stockte. Denn er glaubte nicht daran, dass sein hochmütiger Cousin derart zu Kreuze kriechen würde. Doch zunächst verkniff er sich diese Bemerkung. Was ging ihn die ganze

Sache denn an? Sollten doch die anderen zusehen, wie sie wieder aus dem Schlamassel herauskamen, das Maxi erneut angerichtet hatte.

Doch Adalbert hatte Richard aufmerksam zugehört. »Aber was?«, hakte er nach.

Richard seufzte. »Aber wenn Maxi das Angebot der öffentlichen Entschuldigung nicht annimmt, da es immerhin mit einem großen Gesichtsverlust für ihn verbunden wäre, führt an einem Kampf Mann gegen Mann leider kein Weg vorbei.«

»Was für eine Waffe würde Ihr Sohn denn im Fall der Fälle wählen?«, wandte sich Richard an Hirschstein.

»Pistolen. Mein Sohn geht gern auf die Jagd, deshalb ist er mit Schusswaffen aller Art bestens vertraut. Da seine aktive Zeit beim Militär jedoch schon einige Zeit her ist, fühlt er sich mit dem Säbel als Duellwaffe nicht mehr besonders wohl. Daher würde er Pistolen vorschlagen.«

»Doch wir hoffen ja alle, dass es gar nicht so weit kommt.« Jetzt heftete Adalbert seinen Blick auf Richard, dem sofort Übles schwante. »Und dabei zählen wir auf dich!«, bestätigten die nächsten Worte seines Schwiegervaters seine Befürchtungen.

Doch zunächst stellte er sich naiv. »Was habe ich denn damit zu tun?«

»Du sollst einer von Maxis Sekundanten sein«, bestimmte Adalbert, der offensichtlich Richards Einverständnis voraussetzte. »Du hast schon früher positiv auf deinen Cousin eingewirkt und dich damit für diese Rolle bestens qualifiziert. Die Detailbedingungen für den Zweikampf werden von den Sekundanten ausgehandelt. Deren Pflicht ist es sogar, im ersten Schritt über eine gütliche Einigung zu verhandeln. Dafür wirst du dich nachhaltig einsetzen, damit den beiden betroffenen Familien kein weiterer Schaden entsteht.«

Und vor allen Dingen deinen Geschäften mit Hirschstein kein Nachteil droht, dachte Richard zynisch und stöhnte laut vernehmlich auf. »Ich muss in wenigen Tagen nach Salzburg zurückkehren und werde erst kurz vor Weihnachten wieder in Wien sein.«

»Das trifft sich ganz vortrefflich«, mischte sich jetzt Theodor von Hirschstein ein. »Ihr Cousin wird nämlich ebenfalls zu Weihnachten das nächste Mal beurlaubt werden, wie der Vorsitzende des Ehrenrats seines Regiments mitteilte. Das Duell kann also unmittelbar nach den Feiertagen stattfinden. Wenn Sie nicht schon vorher mit dem Sekundanten meines Sohnes eine gütliche Vereinbarung aushandeln, der Ihr Cousin aus der Ferne zustimmt. Was wir ja alle hoffen. Denn dann würde es sich nur um eine Entschuldigung im Beisein aller Sekundanten handeln.«

»Wer ist denn der Sekundant Ihres Sohnes?«

»Ein junger, jüdischer Rekrut, der gerade seinen Freiwilligendienst im 6. Dragonerregiment absolviert. Er heißt Hugo von Hofmannsthal.«

Café Prinzess

Sonntag, 3. Dezember 1893

»Ihre Kunstwerke sind in der Tat wieder sehr schön geworden, Herr Klimt.« Sophie betrachtete, vor dem Café Prinzess stehend, die beiden gerade aufgestellten Weihnachtsdekorationen in den beiden Schaufenstern rechts und links des Eingangs. Sie hatte sich nur ein Schultertuch über ihr schwarzes Seidenkleid geworfen und begann im kalten Wind, der leichte Graupelschauer vor sich hertrieb, schon zu frösteln. »Aber ich hätte die Dekorationen gerne schon in der letzten Woche gehabt«, fügte sie mit leichtem Vorwurf in der Stimme hinzu.

Gustav Klimt, der in Hemdsärmeln neben ihr stand und dem die Kälte überhaupt nichts auszumachen schien, erwiderte mit leichtem Trotz in der Stimme: »Sie sagten, Sie würden die Werke zum Ersten Advent benötigen. Und der ist heute, soviel ich weiß.«

Sophie seufzte. Sie wusste, dass der Maler damit eigentlich recht hatte. Denn in diesem Jahr fiel der Christtag auf den Vierten Advent. Daher begann die Vorweihnachtszeit nach dem katholischen Kalender tatsächlich erst am heutigen Sonntag. Trotzdem hätte Sophie die Dekorationen natürlich gerne bereits eine Woche früher aufstellen lassen, da die Adventszeit in den meisten Jahren ja bereits Ende November begann. Und Ende November als Lieferdatum hatte sie bei der Auftragserteilung auch ausdrücklich genannt.

Leider hatte sie sich Gustav Klimt gegenüber diesbezüglich widersprüchlich ausgedrückt. Auch weil sie im Augenblick der Auftragserteilung, die bereits sechs Wochen zurücklag, den Kalender noch nicht im Kopf gehabt und den Ersten Advent in der letzten Novemberwoche vermutet hatte. Deshalb verzichtete sie nun darauf, weiter mit dem Maler zu argumentieren, und bewunderte stattdessen die kleinen Meisterwerke, die er erneut geschaffen hatte.

Ein Fenster zeigte die nachgestellte Szene aus dem Gedicht »Knecht Ruprecht« des deutschen Dichters Theodor Storm, das mittlerweile auch in Wien recht bekannt war. Aber auch, wer das Gedicht nicht kannte, konnte unschwer erkennen, was der Künstler darstellen wollte: Hinter einer Wolke am Himmel lugte das Christkind im weißen Hemd mit goldenen Flügeln hervor, während durch den schneebedeckten Wald auf der Erde Knecht Ruprecht mit seinem Sack marschierte. Dabei war ihm allerdings ein Malheur passiert. Der Sack war aufgeplatzt, sodass die für das Café Prinzess typischen Weihnachtskekse, Kokoskuppeln, Ischler Lebkuchen sowie die in diesem Jahr zum ersten Mal angebotenen Marzipansterne nun überall verstreut auf dem Boden lagen. Knecht Ruprechts Helfer, zwei Zwerge mit spitzen roten Mützen, waren eifrig damit beschäftigt, sie aufzuklauben, während der Krampus, Ruprechts düsterer Begleiter im grausigen Gewand eines Perchten, seine Zähne fletschte und untätig dabeistand.

Noch besser gefiel Sophie die zweite Weihnachtsdekoration, die den Dresdner Christstollen und den Weihnachtsguglhupf gleichermaßen in den Mittelpunkt stellte. Hier saß eine festlich gekleidete Familie in einer gemütlichen Wohnstube rund um den Kaffeetisch. Die beiden Kuchen waren prominent in der Mitte des Tischs präsentiert. Im Hintergrund stand ein großer Christbaum, dessen reicher Schmuck dem diesjährigen im Café Prinzess entsprach und unter dem viele noch nicht ausgepackte Geschenke lagen.

In den beiden äußeren Schaufenstern befanden sich nun die Dekorationen für die Mokkaprinzen- und die Orangentorte, die man vorübergehend zugunsten der Weihnachtsdekoration von ihren Stammplätzen neben der Eingangstür dorthin versetzt hatte.

»Doch die Großartigkeit Ihrer neuen Kunstwerke wird die verlorene Zeit für das Adventsgeschäft sicher mehr als wettmachen«, sagte Sophie versöhnlich. »Zumal Sie ja recht haben, der Erste Advent ist heuer tatsächlich erst am ersten Dezembersonntag. Doch jetzt lassen Sie uns wieder hineingehen! Hier draußen holen wir uns am Ende noch eine schlimme Verkühlung.«

Im Separee präsentierte ihr Gustav Klimt wenig später seine Rechnung. Sophie schluckte. Diesmal verlangte der Künstler vierzig Gulden pro Dekoration. Wieder einmal war Sophie dankbar dafür, dass sie bei ihren Investitionen ins Café Prinzess nur bedingt auf Tonis Zustimmung angewiesen war. Trotzdem würde er zornig werden, wenn er bei der Monatsabrechnung die Unsumme bemerkte, die Sophie diesmal für die Schaufensterdekorationen ausgegeben hatte.

Aus diesem Grund fiel es ihr auch leichter, als sie zunächst gedacht hatte, Gustav Klimt die für ihn vermeintlich schlechte Nachricht zu übermitteln.

»Ich bin Ihnen außerordentlich dankbar dafür, dass Sie meine Schaufenster mit diesen wunderbaren Meisterstücken geschmückt haben. Doch leider war die Weihnachtsdekoration vorläufig der letzte Auftrag, den ich Ihnen erteilen kann. Nach dem Christfest werden wir wieder die saisonunabhängigen vier Dekorationen in die Schaufenster stellen, die unsere außerhalb der Weihnachtszeit höchstverkäuflichen Produkte präsentieren.«

Sophie war sich zwar darüber im Klaren, dass die Neugier des Publikums mit der Zeit abnehmen würde, wenn keine neuen Dekorationen mehr zu erwarten waren. Sie wollte diese Kosten aber zumindest so lange einsparen, bis der Schanigarten, den sie für das nächste Jahr plante, eingerichtet war. Da sie außerdem Toni Schleiderer dazu bewegen wollte, das Gleiche für das Kaffeehaus zu tun, wollte sie ihm keinesfalls die argumentative Munition gegen sich liefern, dass sie dauernd Geld für »unnötigen Zierrat« ausgab, wie er sich einmal über ihren Schaufensterschmuck geäußert hatte.

Doch zu Sophies Erleichterung reagierte Klimt sogar zustimmend auf ihre Ankündigung. »Das ist mir nur recht, Fräulein von Werdenfels. Denn auch ich hätte Ihnen sagen müssen, dass ich solche Aufträge vorläufig nicht mehr übernehmen kann.«

»Oh!«, machte Sophie erstaunt. »Ihre übrigen Geschäfte gehen also wieder gut, wie ich dem entnehmen kann?«

»Ich habe in jüngster Zeit einige Aufträge für Porträts erhalten. Und zwar in dem Stil, in dem ich in Zukunft arbeiten möchte«, antwortete Klimt stolz. »Ich will die Menschen so darstellen, wie sie wirklich aussehen, und nicht so geschönt wie in den altmodischen Stilrichtungen. Darüber hinaus habe ich einige andere Gemälde angefertigt, ebenfalls in der Art und Weise, wie ich zukünftig arbeiten möchte. Das war übrigens auch der Grund, warum ich mit Ihrem Auftrag ein paar Tage im Verzug war«, gab er, möglicherweise unbewusst, jetzt doch zu, dass er Sophies ursprüngliche Terminierung sehr wohl in Erinnerung hatte. »Für diese Gemälde suche ich allerdings noch Käufer.«

Sophie erinnerte sich an einen Bericht, den sie kürzlich über Klimt in der Zeitung gelesen hatte. »Sie sind aber doch auch für einen ganz neuen Auftrag der Wiener Universität im Gespräch. Dies allerdings gemeinsam mit Ihrem Kollegen Franz Matsch, obwohl Sie die Künstler-Compagnie ja mittlerweile aufgelöst haben.«

»Not kennt kein Gebot«, grinste Klimt. »Der große Festsaal der Universität wird vier Deckengemälde erhalten, die die Fakultäten allegorisch darstellen sollen. Für drei dieser vier Aufträge bin ich im Gespräch«, warf er sich stolz in die Brust. »Ich soll die Philosophie, die Jurisprudenz und die Medizin malen, wie es in den Vorverhandlungen heißt. Franz Matsch soll nur die Theologie bekommen. Ich werde den Auftrag natürlich annehmen, allein schon wegen des Vorschusses. Aber die Bilder werde ich so malen, wie ich das für richtig halte.« Er wirkte selbstzufrieden und zuversichtlich.

»Haben Sie nicht einmal Lust, mein Atelier zu besuchen und sich meine neuesten Werke anzusehen, Fräulein von Werdenfels?«, machte Klimt Sophie dann einen überraschenden Vorschlag.

Die zögerte. Ihr erst vor zwei Tagen stattgefundener Ausflug in die sogenannte Wiener Moderne, zu der sich auch Klimt mit seiner neuartigen Malerei bekannte, lag ihr noch schwer im Magen. Vorgestern hatte sie mit Richard tatsächlich die Uraufführung von Schnitzlers Schauspiel »Das Märchen« besucht. Das Stück war mit Pauken und Trompeten durchgefallen.

Obwohl Sophie sich nicht an den immer lauter werdenden Buhrufen des Publikums beteiligt hatte, war auch sie alles andere als begeistert von Schnitzlers Machwerk gewesen. Dessen Hauptfigur Fanny schien ihr allzu unberührt von der gesellschaftlichen Ächtung, die sie aufgrund ihrer unehelichen Affären erfuhr. Und wieder hatte Sophie die Sorge beschlichen, ob ihrer eigenen Beziehung mit Richard möglicherweise ein ähnlich ungutes Ende beschieden sein würde.

Deshalb war sie sogar ein Stück weit erleichtert gewesen, dass ihr mit Richard geplantes Schäferstündchen nach dem Theaterstück zugunsten einer Einladung von Arthur Schnitzler ausgefallen war. Der Dichter zeigte sich ungerührt vom Misserfolg seines Schauspiels. »Die Zeit ist eben noch nicht reif für meine Ideen«, sagte er schulterzuckend. Dann lud er Richard und Sophie zu einem späten Souper, gemeinsam mit der Hauptdarstellerin Adele Sandrock, ein. Allerdings genoss Sophie auch dieses gemeinsame Abendessen nicht besonders. Zu offensichtlich war es, dass Schnitzler und Sandrock, die beständig miteinander poussierten, im Begriff waren, ebenfalls eine unmoralische Beziehung einzugehen.

»Ich komme gern einmal im nächsten Jahr zu Ihnen, sofern es meine Pflichten erlauben«, antwortete Sophie Gustav Klimt nun bewusst ausweichend.

»Vielleicht möchten Sie ja sogar ein eigenes Porträt in Auftrag geben oder für Ihr Café eines meiner Gemälde als Wandschmuck erwerben«, äußerte der Maler sich optimistisch, da er ihr Zögern gar nicht bemerkt hatte.

»Möglicherweise«, wich Sophie erneut aus. »Aber das kann ich natürlich erst beurteilen, nachdem ich mir Ihre neuen Werke angesehen habe.«

»Das versteht sich von selbst«, bestätigte Klimt. »Doch ich bin sicher, in meiner Kunst und der Gleichgesinnter liegt die Zukunft der Malerei. Nicht in jenen geschönten Historienwerken, wie sie die konservative Künstlergenossenschaft nach wie vor bevorzugt.«

Nachdem Sophie Klimt bezahlt hatte, verabschiedete sich der Künstler. Als sie ihm nachblickte, musste sie sich mit leichtem Ärger über sich selbst eingestehen, dass er sie tatsächlich neugierig gemacht hatte.

Ein Besuch in seinem Atelier kann ja nicht schaden. Denn zu einem Kauf kann er mich dabei nicht zwingen. Also warte ich ab und entscheide später, was ich tue, ließ Sophie erst einmal offen, ob und wann sie Klimts Einladung Folge leisten würde.

Kaffeehaus Prinzess

Mitte Dezember 1893

»Für welche Form und welchen Ablauf des Duells hat sich Ihr Mandant denn nun entschieden?«

Richard saß mit dem jungen Hugo von Hofmannsthal in einer ruhigen Nische des Lesesaals im Kaffeehaus Prinzess. Um diese frühe Zeit am Vormittag war der Spielsalon noch gänzlich leer. Im Lesesaal hielten sich nur einige Zeitungsmarder auf, die ihre gehorteten Gazetten nach und nach bei einem einzigen Kleinen Schwarzen oder Großen Braunen durchsahen.

Richard und Hugo waren beide in Uniform. Um die näheren Einzelheiten des bevorstehenden Duells zu besprechen, hatten sie sich für heute Urlaub erbeten, wobei Hugo schon gestern Abend aus dem mährischen Brünn, dem Standort des 6. Dragonerregiments, eingetroffen war. Bereits am heutigen Morgen in aller Früh hatte er sich im Palais Hirschstein mit Benjamin besprochen.

Wie es Richard befürchtet hatte, lehnte Maxi eine öffentliche Entschuldigung bei Benjamin von Hirschstein ab. Er verwahrte sich sogar heftig dagegen. »Dem Jud bin ich alle Male gewachsen«, prahlte er in seinem Antwortschreiben auf den zuvor zwischen Richard und Hugo von Hofmannsthal schriftlich ausgehandelten Versöhnungsvorschlag. »Den schicke ich umstandslos in die Hölle.«

Daher war die Reihe nun wieder an Benjamin von Hirschstein. Er durfte nicht nur die Wahl der Waffen bestimmen, sondern auch die Art, wie sie eingesetzt werden sollten. Zu diesem Zweck trafen sich Richard und Hugo heute zum ersten Mal persönlich. Zu den Pflichten der Sekundanten gehörte es auch, ein Protokoll über die Duell-Vereinbarungen zu erstellen und es beiden Parteien zugänglich zu machen.

Hugo räusperte sich. »Benjamin möchte echte Duellpistolen verwenden«, erklärte er Richard mit seiner hohen Stimme, die so gar nicht zu seinem selbstbewussten Auftreten passte. Richard wusste, dass Hugo schon seit einiger Zeit unter einem Decknamen literarische Werke veröffentlichte und zum Dichterkreis von »Jung-Wien« gehörte, der sich regelmäßig hier im Kaffeehaus traf.

Von sich aus hätte er das dem Neunzehnjährigen, dessen Oberlippe gerade einmal den ersten leichten Flaum zeigte, gar nicht zugetraut. Doch zweifelsohne war Hugo weit über seine Jahre hinaus entwickelt, was auch seine nächsten Worte bewiesen.

»Damit tatsächlich alles mit absolut rechten Dingen zugeht, habe ich Benjamin vorgeschlagen, einen Büchsenmacher damit zu beauftragen, zwei völlig gleichartige Duellpistolen in einer Schatulle zu versiegeln. Ich kenne einen Büchsenmacher, der solche Pistolen gegen eine Gebühr ausleiht. Die Waffen werden vor der Versiegelung mit je drei Schuss Munition geladen. Die versiegelte Schatulle wird dann dem Schiedsrichter-Sekundanten zur Verwahrung übergeben und erst unmittelbar vor dem Zweikampf geöffnet.«

»Wollen wir erst die Vereinbarungen aushandeln und zu Papier bringen oder erst losen, wer von uns beiden der Schiedsrichter-Sekundant sein wird?«

»Erst einmal die Vereinbarungen abschließen«, entschied Hugo ohne jedes Zögern.

»Somit entnehme ich der Ladung von je drei Schuss Munition, dass Benjamin von Hirschstein drei Duell-Durchgänge vorschlägt?«, schlussfolgerte Richard.

Hugo bestätigte das.

»Und was ist, wenn einer der Kontrahenten bereits vor dem dritten Durchgang verletzt wird?«

»In diesem Fall wünscht Benjamin, dass der Verletzte entscheiden darf, ob er sich zum Unterlegenen deklariert oder das Duell fortgesetzt werden soll.«

»Und auf welche Art soll das Pistolenduell stattfinden?«, erkundigte sich Richard weiter.

»Benjamin bevorzugt die Barrieren-Regel mit einem Abstand von vierzig Schritt zwischen den Duellanten. Die Barriere wird jeweils nach zehn Schritten aufgebaut. Beide Kontrahenten gehen nach dem Startsignal aufeinander zu, bis sie die Barriere erreicht haben. Spätestens dann wird geschossen. Es steht den Kontrahenten jedoch frei, auch schon während des Gehens ihren Schuss abzugeben.«

Richard, der sich mittlerweile notgedrungen über die Duellregeln sachkundig gemacht hatte, nickte und machte sich zunächst auf einem Schmierzettel Notizen. Später würde er das Protokoll an Ort und Stelle ins Reine schreiben und von Hugo unterzeichnen lassen.

»Schießt einer der Kontrahenten zuerst und trifft seinen Gegner nicht, muss er sofort unbeweglich stehen bleiben, bis der andere seinen Schuss ebenfalls abgegeben hat.«

Wieder nickte Richard. Seine Besorgnis wuchs. In seiner Erbitterung über Maxis Weigerung, sich bei ihm zu entschuldigen, hatte sich Hirschstein recht drastische Regeln für das Duell ausgesucht.

Es war relativ unwahrscheinlich, dass bei drei Durchgängen keiner der beiden Duellanten ernstlich verletzt werden würde. Im Gegenteil war, je nach Verlauf des Duells, sogar mit einem tödlichen Ausgang zu rechnen. Insbesondere wenn einer der Gegner zu früh schoss, ohne zu treffen, und dann als lebende Zielscheibe verharren musste, bis auch der andere geschossen hatte.

»Sie wissen, Herr von Hofmannsthal, dass es auch mildere

Formen des Pistolenduells gäbe?«, machte Richard den Versuch, einem blutigen Ausgang vorzubeugen. »Darf ich fragen, ob Sie diesbezüglich auf Ihren Mandanten einzuwirken versucht haben?«

Hugo verzog unwillig den Mund. »Sie dürfen mir glauben, Herr von Löwenstein, dass ich alle Varianten mit Benjamin von Hirschstein besprochen habe. Auch ich selbst hätte mir eine mildere Variante gewünscht, zum Beispiel lediglich einen Durchgang oder dass sich der erste Verletzte zum Unterlegenen erklärt. Doch leider war mit Benjamin darüber nicht zu reden. Da man uns Juden alle möglichen Unarten andichtet, war es ihm sogar ein großes Anliegen, keineswegs als feige zu gelten.«

Richard verkniff sich ein Seufzen. »Dann lassen Sie uns jetzt losen, wer das Duell leiten soll. Wollen wir eine Münze werfen?«

»Damit bin ich einverstanden.« Hugo fingerte bereits in seiner Westentasche nach Kleingeld. »Oh, da habe ich ja eine prägefrische Krone. Soll ich werfen?«

Richard nickte.

»Kopf oder Zahl?«

»Zahl«, entschied Richard.

Hugo warf die Münze in die Luft, fing sie auf, umschloss sie mit der Faust und platzierte sie dann auf seinem Handrücken. Zahl lag oben.

»Damit ist es entschieden«, erklärte Hugo. Richard konnte ihm seine Enttäuschung ansehen.

»Soll der Büchsenmacher die versiegelte Schatulle ins Palais Thurnau liefern?«

»Ich bitte darum«, bestätigte Richard. Dann ging er eine Liste durch, die er sich vor dem Treffen gemacht hatte. »Wir müssen uns noch um die Ärzte kümmern, die dem Duell beiwohnen sollen.«

»Benjamin ist mit meinem Vorschlag einverstanden, Dr. Schnitzler hinzuzubitten. An wen denken Sie?«

»Das weiß ich noch nicht. Aber ich gebe Ihnen rechtzeitig Bescheid. Noch etwas sollten wir im Voraus klären. Das Duell soll im Lainzer Tiergarten stattfinden. Lassen Sie uns gemeinsam vorab um die gleiche Uhrzeit, zu der es am 28. Dezember durchgeführt wird, noch einmal die Wiese besichtigen, die dafür vorgesehen ist. Zusammen mit den beiden anderen Sekundanten. Das Gelände soll zwar sehr gut für ein Duell geeignet sein, heißt es in meiner Dienststelle. Aber wir sollten uns persönlich davon überzeugen, dass es für unsere Zwecke passt.«

Hugo stimmte zu, auch Richards Vorschlag, die beiden anderen Sekundanten mitzunehmen.

Jedem Duellanten stand ein zweiter Sekundant zu. Interessanterweise hatten sich sowohl Maxi als auch Benjamin ihnen bekannte Offiziere aus dem in Wien stationierten 4. Dragonerregiment ausgesucht. Maxis zweiter Sekundant war einer der Randalierer aus dem Hotel Sacher, wie Maxi Richard gegenüber beiläufig in einem Brief erwähnte. Dabei gestand er Richard freimütig ein, dass er ihn selbst nur gezwungenermaßen als seinen ersten Sekundanten akzeptiert hatte. Lieber hätte er damit einen der beiden anderen Kumpane beauftragt, mit denen er weiland die Bar des Sacher verwüstet hatte. Da Maxi darüber eisern schwieg, war die Identität seiner Komplizen bis heute nicht bekannt geworden. Mittlerweile war die Sache natürlich längst geregelt und damit verjährt.

»Für eine gemeinsame Besichtigung der Duellwiese gibt es allerdings eine Einschränkung«, merkte Hugo an. »Ich fahre morgen erst einmal nach Brünn zurück und werde am 22. Dezember wieder in Wien eintreffen. Ist Ihnen ein Besuch am Morgen des 23. Dezembers recht?«

»Sehr gerne«, antwortete Richard spontan. Um seinen Satz dann zu relativieren. »So gerne, wie es unter den jetzigen Umständen möglich ist.«

Café Prinzess

22. Dezember 1893

»Ida Ferenczy!« Sophie ergriff die Hände ihrer alten Freundin aus Hofburgzeiten mit beiden Händen und drückte sie. »Wie sehr ich mich doch freue, dass du heute endlich wieder einmal die Zeit gefunden hast, mich hier zu besuchen!«

»Auch ich freue mich sehr darüber, Phiefi! Und hätte gerne schon viel früher wieder einmal hereingeschaut«, antwortete Sisis Hofdame. »Aber entweder war ich mit der Beaufsichtigung des Baus der Meierei beschäftigt, die im Tirolergarten des Schlossparks in Schönbrunn für die Kaiserin errichtet wurde, oder mein Gliederreißen machte mir so schwer zu schaffen, dass ich das Bett hüten musste. Das letzte Mal im Sommer, als ich dich besuchen wollte, warst du gerade auf Reisen. Und einige Zeit später bestellte mich der Kaiser genau an dem Tag, an dem ich zu dir kommen wollte, abends als Chaperon zu einem Diner mit Katharina Schratt. Und so ist immer wieder etwas dazwischengekommen. Ich habe dir ja jedes Mal dazu geschrieben.«

»Aber nun bist du endlich hier!« Auch Sophie bedauerte, dass sich Ida und sie entgegen ihrer ursprünglichen Absicht, sich regelmäßig zu besuchen, seit Sophies Flucht aus der Hofburg kaum drei- oder viermal getroffen hatten. Doch diesen Umstand heute zu beklagen, nachdem ein Wiedersehen endlich möglich geworden war, erachtete Sophie als vergeudete Zeit.

»Darf ich dir denn wieder ein Stück von unserem Dresdner Christstollen anbieten? Das letzte Mal, als du zur Weihnachtszeit hier warst – mein Gott, das ist jetzt schon fast zwei Jahre her –, hat dir der Kuchen sehr gut gemundet.«

Ida zögerte und schien mit sich zu ringen. Schließlich lächelte sie mit einer Mischung aus Vorfreude und Resignation. »Dr. Widerhofer wäre entsetzt, dass ich schon wieder gegen seinen Diätplan verstoße. Aber mein Leben ist ohnehin schon recht arm an täglichen Freuden. Wenn ich mir alles versage, was mir Vergnügen bereitet, sterbe ich eines Tages zwar gesünder, aber deutlich unglücklicher.«

Sophie schmunzelte angesichts dieser Worte, die typisch für ihre Freundin waren. Sie wusste mittlerweile, dass es die Ungarin hauptsächlich dank ihres Pragmatismus so viele Jahre lang geschafft hatte, einigermaßen unbeschadet an ihrer Seele mit den Widrigkeiten bei Hofe umzugehen. Dazu gehörte auch, dass Ida widerspruchslos die Anstandsdame spielte, wenn sich Kaiser Franz Joseph mit der angeblichen Freundin des Kaiserpaars, der Schauspielerin Katharina Schratt, traf.

In Wirklichkeit stand für Ida fest, dass Katharina mit der Zustimmung Sisis schon seit einigen Jahren die heimliche Mätresse des Kaisers war. Die Abendessen in Idas Gegenwart dienten lediglich dazu, der Beziehung etwas Unverfängliches zu geben, insbesondere angesichts der vielen Abwesenheiten Sisis von Wien. Warum Kaiser Franz Joseph diese Abendessen allerdings angesichts seiner nahezu täglichen Treffen mit Katharina, der er ein Haus in der Nähe von Schloss Schönbrunn gekauft hatte, noch für notwendig hielt, erschloss sich Sophie nicht. Aber auch dieses Thema zu vertiefen, war die kostbare Zeit mit Ida nicht wert.

Eine Weile plauderten die Freundinnen unbeschwert miteinander. Im Separee des Cafés, das Sophie eigens für Idas Besuch den ganzen Tag über reserviert hatte, waren sie weitgehend unbeobachtet von den übrigen Gästen des Cafés. Ida äußerte sich sehr lobend über Sophies Schaufensterdekorationen. Sophie wiederum erzählte ihr von den Begegnungen mit Gustav Klimt und dem Theaterstück von Arthur Schnitzler. Doch schließlich ging den beiden der leichte Gesprächsstoff aus.

Da Sophie mit Ida weder über ihre Beziehung zu Richard noch über ihre Mutter und Schwester oder gar ihre Probleme mit Toni Schleiderer sprechen wollte, zog sie es vor, Ida zu fragen, wie es ihr in den vergangenen Monaten ergangen sei. Unweigerlich begann dies mit einer Frage nach dem Befinden der Kaiserin.

»Und ist Sisi denn mit der Meierei zufrieden?«

Ida lächelte resigniert. »Ja und nein. Sie ist ja weiterhin so häufig auf Reisen, dass auch das ›Schweizerhaus‹, wie man die Meierei nennt, nicht besonders häufig genutzt wird. Doch seitdem der Umbau des alten Jägerhauses zur Meierei begonnen hat, musste ich bereits zwei Ställe anbauen lassen, da die Kaiserin ununterbrochen Milchvieh von ihren Reisen mitbringt oder sogar zwischendurch nach Wien schickt.«

»Warum nennt man die Meierei denn ›Schweizerhaus‹?«, erkundigte sich Sophie. »Etwa, weil Ihre Majestät sich so häufig in der Schweiz aufhält?«

Ida kicherte. »Nein, das hat gar nichts mit dem Namen zu tun. Der Begriff ›Schweizer‹ ist eine alte Bezeichnung für Melker.«

»Aha! Wie sieht es in diesem Schweizerhaus aus?«

»Ich habe Sisi dort eine Wohnung mit drei Zimmern eingerichtet, einem Toilette-, einem Vorzimmer und einem Speisezimmer. Das Speisezimmer ist ganz mit ungarischen Bauernmöbeln eingerichtet. Also völlig anderen, als man sie in einer Schweizer Meierei fände. Auch das Geschirr und die gesamte Dekoration des Speisezimmers stammen aus Ungarn. Ein paarmal hat Sisi den Hofkonditor gebeten, ihr dort Kuchen oder andere Süßspeisen zu servieren. Dabei musste auch er eine ungarische Tracht tragen.«

»Und was sagt der Kaiser zu alledem?«

Ida zuckte mit den Schultern. »Er hat sich mittlerweile vollständig mit Sisis Eigenheiten arrangiert. Sie hat ihn sogar schon zweimal gebeten, das Haus in ihrer Abwesenheit mit Katharina Schratt zu besuchen. Dort sollten sie die neuen Kühe begutachten, die Sisi schicken ließ, und deren Milch kosten, um ihr hernach in der Fremde Bericht über deren Qualität zu erstatten.«

»Würde ich dich nicht so gut kennen, liebe Ida, würde ich annehmen, dass du mich auf den Arm nehmen willst«, bekannte Sophie offen. »Mich dünkt, die Kaiserin entwickelt immer skurrilere Marotten.«

»Das ist leider wahr, Phiefi. Und niemand weiß, wo das noch einmal hinführen soll. Dass ich heute überhaupt hier sein kann, hängt nur damit zusammen, dass Sisi vor einigen Tagen nach Madeira abgereist ist. Sie lässt den Kaiser und ihre Familie am Christfest allein und will erst im Mai wieder nach Österreich zurückkehren. Etwa um die Zeit, in der ihre Tochter Marie Valerie die Niederkunft ihres dritten Kindes erwartet.«

»Immerhin wäre sie dann in deren Nähe«, äußerte Sophie. »Wenn man den Artikeln des *Wiener Salonblatts* und anderer Gazetten Glauben schenkt, war Sisi nicht einmal bei der Taufe von Marie Valeries erstem Sohn anwesend.«

»Das ist wahr«, bestätigte Ida traurig. »Sie hielt sich zu dieser Zeit am Genfer See auf und hätte sich um keinen Preis in einer Festgesellschaft sehen lassen wollen.«

»Warum denn nicht?«

»Du weißt doch, dass sich Ihre Majestät über jedes zusätzliche Gramm Gewicht grämt wie über ein großes Unglück. Doch nun scheint es einen Teufelskreis zu geben. Sisi lebt tagelang nur von Milch oder Eiern, manchmal isst sie sogar überhaupt nichts. Dadurch haben sich sogenannte Hungerödeme an ihren Beinen gebildet. Das sind Erscheinungen, die ansonsten nur in Kriegszeiten auftreten, wenn die Bevölkerung schwersten Mangel leidet.«

»Hungerödeme?«, echote Sophie. Diesen Begriff hatte sie noch nie gehört.

»So nennt man Wassereinlagerungen im Körper. Sie gehen ursächlich auf das zurück, was Sisi so exzessiv betreibt, nämlich jede vernünftige Nahrungsaufnahme zu verweigern. Doch ihr ist mit keinem Argument beizubringen, dass sie durch ihr Hungern genau die Gewichtszunahme durch Wassereinlagerungen herbeiführt, die sie doch so ängstlich zu vermeiden versucht. An manchen Tagen sind auch ihre Augen schon so geschwollen, dass sie kaum mehr etwas sehen kann. Doch je mehr Wasser sie einlagert, desto weniger Nahrung nimmt sie zu sich, aus lauter Angst, zu dick zu werden. Und bei der Taufe ihres ersten Enkels im Februar dieses Jahres war es gerade mit den Ödemen besonders schlimm.«

Obwohl auch Sophie die zahlreichen Schrullen Sisis zur Genüge kennengelernt hatte, war sie entsetzt. »Und die Kaiserin ist nicht einmal für Ermahnungen der Ärzte zugänglich?«

Ida schüttelte den Kopf. »So ist es, Phiefi. Deswegen habe ich quasi Tag und Nacht in meinem Gemach ausgeharrt, während Sisi in Wien war. Denn sie hat mich damit beauftragt, ihr jeden Tag eine genau bemessene Menge Milch von genau bezeichneten Kühen aus genau bezeichneten Melkzeiten zu überbringen. Damit sie überhaupt etwas zu sich nimmt, habe ich mich täglich persönlich darum gekümmert.«

Jetzt war Sophie sogar erschüttert. Spontan legte sie Ida die Hand auf den Arm. »Es wird also von Jahr zu Jahr schlimmer mit Sisi. Und du Ärmste bist dem immer stärker ausgesetzt.«

»Das ist nun einmal mein selbst gewähltes Los, Phiefi.« Nun sah Ida sehr traurig aus. »Und ich kann es der Kaiserin nicht einmal immer recht machen. Vor einigen Tagen war es morgens so kalt, dass der Rahm auf der Milch gefroren war, als ich die Hermesvilla mit dem Getränk erreichte. Anstatt sich die Milch erwärmen zu lassen, schüttete Sisi sie weg. Und blieb dann den ganzen Tag über bis zum Abend ohne jegliche Nahrung.«

»Aber das war doch nicht deine Schuld!« Instinktiv spürte Sophie, dass sich Ida für dieses scheinbare Versäumnis Vorwürfe machte.

Ida schwieg eine Weile und starrte vor sich hin. Dann trank sie einen Schluck ihres Pfefferminztees. Auf ein Kaffeegetränk hatte sie wegen ihres Rheumaleidens verzichtet.

»Aber die Kaiserin liegt mir nach wie vor sehr am Herzen«,

flüsterte sie schließlich. »Sie ist immer noch der Mensch, der mir am wichtigsten ist. Nun aber mache ich mir Tag für Tag, Woche für Woche und Monat für Monat mehr Sorgen um sie.«

Sophie wusste darauf nichts zu erwidern. Auch Ida schien in einem Teufelskreis festzustecken, ohne Hoffnung, jemals wieder aus ihm herauskommen zu können.

Doch zu ihrer Überraschung blickte die Freundin jetzt auf und lächelte Sophie fröhlich an. »Nun ist es aber genug der trüben Gedanken! Denn ich komme eigentlich heute mit einer sehr guten Nachricht zu dir. Die Kaiserin lädt dich im nächsten Frühjahr in ihre Meierei ein. Du sollst ihr einige Köstlichkeiten aus dem Café Prinzess mitbringen.«

Sophie war völlig erstaunt. »Was ... was verschafft mir denn diese unerwartete Ehre?«

»Bevor Sisi nach Madeira abreiste, ließ sie sich noch ein letztes Mal etwas vom Hofkonditor in der Meierei servieren. Aber es schmeckte ihr gar nicht, was der arme Zuckerbäcker zubereitet hatte. Daher spielte sie sofort mit dem Gedanken, sich einmal von auswärts beliefern zu lassen. Anfangs dachte sie dabei ans Demel, dessen Veilchensorbet sie immer noch allem anderen Gefrorenen vorzieht.« Ida lächelte spitzbübisch.

»Aber dann hast du vorgeschlagen, dass sie stattdessen mich einlädt?«, traf Sophie ins Schwarze.

Ida nickte lächelnd. »Genauso ist es, Phiefi. Und habe damit natürlich Sisis Neugier geweckt. Sie will wahrscheinlich wissen, wie es dir heute geht.«

Ida führte das letzte Stück Stollen zum Mund und spülte es mit einem Schluck Tee hinunter. »Ich lasse dich wissen, wenn die Kaiserin ihre Einladung an dich tatsächlich ausspricht. Und dann erwarte ich von dir, dass du mit sämtlichen Delikatessen des Cafés Prinzess bei ihr auftauchst. Damit sie wenigstens an diesem Tag einmal ordentlich isst.«

Palais Thurnau

26. Dezember 1893

»Nun komm schon, Richie!«, drängte Maxi. »Verwandte müssen zusammenhalten!«

Richard ballte die Hände zu Fäusten und versuchte mühsam, seine Beherrschung zu behalten. »Ich habe es dir jetzt schon dreimal gesagt, Maxi! Es kommt überhaupt nicht infrage, dass ich dich mit den in der versiegelten Schatulle aufbewahrten Duellpistolen üben lasse. Das würde nicht nur dem Ehrenkodex eines Duells widersprechen, sondern wäre auch gegenüber deinem Herausforderer zutiefst unanständig und unehrenhaft.«

»Pfff«, machte Maxi verächtlich. »Seit wann haben Juden denn Ehre im Leib? Das ist doch ein zutiefst gemeines und widerwärtiges Volk.«

»Gemein und widerwärtig bist du, Maxi!« Jetzt platzte Richard doch der Kragen. »Wie kannst du nur so über Menschen reden, die sich weder in ihrem Aussehen noch in ihrer Sprache von uns unterscheiden und genauso österreichische Untertanen des Kaisers sind wie wir?! Viele von ihnen praktizieren nicht einmal mehr die jüdischen Riten. Dass ihre Vorfahren hebräischen Glaubens waren, kannst du ihnen doch nicht allen Ernstes vorwerfen! Niemand ist für seinen Stammbaum verantwortlich.«

»Ach, geh!« Maxi blieb unbeeindruckt. »Dieses Volk ist dafür bekannt, bei jeder Gelegenheit zu lügen und zu betrügen. Das liegt ihnen im Blut! Meinst du denn, der Vater von diesem Benjamin hat sein protziges Palais mit redlichen Mitteln erbaut? Soviel ich gehört habe, zählt er zu den schlimmsten Ausbeutern in ganz Wien. Den Arbeitern in seinen Fabriken soll es besonders schlecht gehen.«

Leider hatte Maxi damit recht. Auch wenn ihn dies noch lange nicht dazu ermächtigte, über die jüdische Herkunft seines

Herausforderers herzuziehen. Aber auch Richard hatte noch nie etwas Gutes über Theodor von Hirschstein gehört. Im Rahmen des Streiks der Tramway-Kutscher hatte Victor Adler ihm einiges über diesen jüdischen Großunternehmer erzählt, der einen beträchtlichen Teil der Aktien der Tramway-Gesellschaft hielt. Auch im Schlichtungsgespräch, das den damaligen Ausstand schließlich beendete, hatte Baron Hirschstein auf Richard den denkbar ungünstigsten Eindruck gemacht.

Deshalb lenkte er jetzt auf ein anderes Thema ab. »Selbst wenn ich dich mit einer der Duellpistolen üben ließe, wüsstest du doch gar nicht, ob es auch die Pistole ist, mit der du im Duell schießen wirst. Denn Benjamin als dem Beleidigten steht die erste Wahl der Waffe zu.«

Maxi grinste schmierig. »Dann wirst du mich eben mit beiden Pistolen üben lassen. Damit wären wir auf der sicheren Seite.«

»Und wie soll die Schatulle danach wieder so versiegelt werden, dass niemand den Betrug bemerkt?«, empörte sich Richard.

Maxi zuckte mit den Schultern. »Wir bestechen einfach den Büchsenmacher, damit er sein Siegel erneuert.«

Nun hatte Richard genug. »Jetzt halte endlich dein schmutziges Maul!«, schnauzte er Maxi an. »Wenn unsere Familie nicht so viel Druck auf mich ausgeübt hätte, wäre ich niemals bereit gewesen, dein Sekundant zu werden. Zumal du die Möglichkeit gehabt hast, die ganze Angelegenheit mit einer Entschuldigung aus der Welt zu schaffen. Aber dafür warst du dir ja zu fein!«

»Einem schmutzigen Jud gegenüber entschuldige ich mich nicht!«, fuhr Maxi seinerseits auf. »Das hätte *mich* meine Ehre gekostet. Ich hätte mich danach nicht mehr im Spiegel anschauen können, ohne mir selbst ins Gesicht zu spucken!«

Richard riss der Geduldsfaden endgültig. »Bespucken könntest du dein Spiegelbild schon jetzt zu Recht, Maxi! Du gehörst zu den schäbigsten Menschen, die ich kenne. Ich schäme mich, dass wir miteinander verwandt sind.« Diesmal klang seine

Stimme nicht wütend, sondern eiskalt. »Aber du wirst mich nicht in den Sumpf deiner Verworfenheit mit hinabziehen. Dieses Duell wird nach den Regeln abgehalten werden, die der Ehrenkodex unserer Armee vorsieht.«

Damit drehte er sich auf dem Absatz um und hatte den Türknauf der Bibliothek schon in der Hand, als ihm ein letzter Verdacht kam.

»Du weißt, dass ich die Schatulle mit den Pistolen in meiner Wohnung hier im Palais Thurnau aufbewahre. Sollte ich auch nur den leisesten Verdacht hegen, dass du dich daran zu schaffen gemacht hast, werde ich dies schriftlich zu Protokoll geben, damit alle Sekundanten dich zum Verlierer dieses Duells erklären. Und zwar zum unehrenhaften Verlierer!«

An Maxis unstetem Blick erkannte Richard, dass der tatsächlich mit dem Gedanken gespielt hatte, die Schatulle heimlich zu entwenden.

»Wenn du vor dem Duell noch das Schießen üben möchtest, kannst du das ja mit deinen eigenen Pistolen tun«, fügte Richard spöttisch hinzu.

Wieder grinste Maxi höhnisch. »Das habe ich wahrlich nicht nötig, mein ehrenhafter Cousin«, prahlte er. »Ich gehöre seit jeher zu den besten Schützen in jedem Regiment, in dem ich bislang gedient habe.«

Eine Wiese im Lainzer Tiergarten

28. Dezember 1893

Das mulmige Gefühl, das Richard schon seit dem Aufstehen quälte, verstärkte sich, als der Einspänner des Palais Thurnau den Duellplatz erreichte. Maxi dagegen pfiff vergnügt vor sich hin.

Anders als Richard, hatte sein Cousin sich heute früh reichlich am Frühstücksbuffet bedient, während Richard keinen

Bissen herunterbrachte. Auf Maxis spöttische Nachfrage hin behauptete er, keinen Hunger zu haben.

Das Duell war auf neun Uhr angesetzt worden. Im Sommer hätten sich die Kontrahenten bereits um sechs Uhr getroffen, da Duelle in der Regel kurz nach Sonnenaufgang ausgetragen wurden. Aber eine ausreichend gute Sicht war in der dunkelsten Jahreszeit erst am frühen Vormittag zu erwarten.

Bei der Besichtigung des Duellplatzes vor fünf Tagen hatte das schlechte Wetter Richard zu der irrationalen Hoffnung verleitet, der Kampf müsse aufgrund der widrigen Witterung zunächst auf unbestimmte Zeit verschoben werden. Während Benjamin von Hirschstein natürlich beständig vor Ort in Wien war, müsste Maxi von seinem in Bosnien-Herzegowina stationierten Infanterieregiment erst ein weiteres Mal beurlaubt werden, um am Duell teilnehmen zu können. Das wäre sicherlich nicht vor dem Frühjahr der Fall gewesen.

Entgegen seiner Kenntnis von Maxis Charakter hoffte Richard, sein Cousin wäre der Sache möglicherweise bis dahin überdrüssig und würde die wohlfeilere Form der Entschuldigung einem Kampf auf Leben und Tod vorziehen.

Doch während damals die Graupelschauer, die von einem dunkelgrauen Himmel rieselten, die Sicht auf der Wiese im Lainzer Tiergarten erheblich beeinträchtigt hatten und zudem ein böiger Wind wehte, schien Petrus heute geradezu versessen auf das Duell zu sein. Eine kalte Wintersonne strahlte von einem azurblauen Himmel und zauberte Tausende von Sternen auf den Schnee, der den Boden mit einer dünnen, gefrorenen Schicht bedeckte.

Hugo von Hofmannsthal war mit Benjamin von Hirschstein schon eingetroffen, als Richard den Duellplatz erreichte. Auch die zweiten Sekundanten beider Kontrahenten waren bereits anwesend, ebenso wie deren Ärzte. Die Mediziner trugen als einzige Zivilkleidung und waren in warme, pelzgefütterte Mäntel und Zylinder gekleidet.

Richard nickte den Ärzten grüßend zu. Arthur Schnitzler kannte er seit dem gemeinsamen Besuch seines neuen Theaterstücks mit Sophie am 1. Dezember. Durch das anschließende gemeinsame Souper sogar besser als den Militärarzt aus der Franz-Josephs-Kaserne, den er gebeten hatte, Maxi zur Seite zu stehen, nachdem Victor Adler es strikt abgelehnt hatte, bei einer derart bourgeoisen Veranstaltung mitzuwirken.

Die Sekundanten schüttelten sich die Hände, während die Kontrahenten Abstand voneinander hielten und jeden Blickkontakt vermieden.

Dann begann das Ritual: Es erforderte zunächst, dass die Sekundanten ihrer Pflicht Genüge taten, doch noch in letzter Minute eine gütliche Einigung herbeizuführen, und Maxi ein weiteres Mal dazu aufforderten, sich bei Benjamin von Hirschstein zu entschuldigen. Erwartungsgemäß lehnte Maxi das schroff ab.

Also begann man, die Arena herzurichten. Die zweiten Sekundanten kehrten einen ungefähr ein Meter breiten Pfad von Eis und Schnee frei, während Hugo und Richard von einer markierten Mittellinie aus jeweils zwanzig Schritt in jede Richtung abmaßen. Vom späteren Standpunkt der Kontrahenten aus schritten sie dann jeweils wieder zehn Schritt zurück und kennzeichneten die sogenannten Barrieren mit dunkelroten Schals, die sich vor dem weißen Untergrund abhoben wie Blut.

Dann las Richard den Duellanten noch einmal die vereinbarten Duellregeln aus dem Protokoll vor, das er vor einigen Wochen mit Hugo von Hofmannsthal angefertigt hatte.

»Sobald ich als Schiedsrichter das Zeichen gebe, bewegt sich jeder Kontrahent mit erhobener Pistole auf seine jeweilige Barriere zu. Im Gehen darf bereits gezielt oder sogar geschossen werden. Es muss spätestens geschossen werden, wenn die Barriere erreicht ist. Sobald der erste Schuss gefallen ist, müssen beide Kontrahenten sofort stehen bleiben. Der Gegner, der zuerst geschossen hat, ist verpflichtet, bewegungslos an der Stelle zu verharren, von der aus er den Schuss abgegeben hat. Sein Kontrahent hat eine halbe Minute Zeit, seinen eigenen Schuss abzugeben.«

Richard räusperte sich und holte tief Luft. Nun kam der Passus, der ihm am meisten zuwider war. »Insgesamt gibt es drei identische Durchgänge. Wird einer der Kontrahenten vorher verwundet, darf er entscheiden, ob er sich zum Unterlegenen erklärt oder das Duell fortsetzen will.«

Aus purem Interesse hatte Richard über Weihnachten einen Schmöker aus der Bibliothek des Palais Thurnau durchgeblättert, in dem bekannte Duelle und deren Ausgang geschildert wurden. Dabei erfuhr er, dass der berühmte russische Dichter Alexander Puschkin bei einem Duell ums Leben gekommen war, dessen Regeln den heutigen sehr ähnlich gewesen waren. Sogar ein Richard bis dahin völlig unbekannter Arbeiterführer namens Ferdinand Lassalle war bei einem Duell getötet worden. *Duelle gehören wahrlich zu den überflüssigen Übeln unserer Zeit,* dachte er, *damals wie heute.*

Jetzt übergab Richard Hugo von Hofmannsthal die Schatulle mit dem unbeschädigten Siegel, welches Hugo erbrach. Schwarzglänzend ruhten die beiden Duellpistolen darin auf grünem Samt. Hugo hielt Benjamin die Schatulle entgegen, der eine der Pistolen wählte und die darin befindliche Munition von drei Patronen überprüfte. Dann nahm Maxi die andere Waffe aus dem Kasten und tat es ihm nach.

Richards mulmiges Gefühl wich einer tiefen Beklemmung, als Benjamin und Maxi nun ihre Uniformjacken ablegten. Trotz des eisigen Wintertags gehörte auch das zu den Gepflogenheiten eines Duells. Dann stellten sich beide im Abstand der vierzig vereinbarten Schritte einander gegenüber an ihren jeweils markierten Standorten auf und hoben ihre Pistolen.

Richard holte tief Luft. »Vorwärts!«, krächzte er mehr, als dass er rief. Sofort stürmten beide Kontrahenten aufeinander zu. In einem Abstand von Sekunden knallten die ersten beiden Schüsse. Beide verfehlten ihr Ziel.

Richard atmete erleichtert auf. In ihrer Hitzköpfigkeit hatten die Duellgegner aneinander vorbeigeschossen. Vielleicht wäre Fortuna ja beiden gnädig genug, um sie unverletzt aus diesem Kampf zu entlassen. Denn natürlich war es auch möglich, dass es keinen Sieger in einem Duell gab, weil beide Gegner ihr Ziel mehrfach verfehlten. Ebenso, wie es leider bereits vorgekommen war, dass sich beide Kontrahenten, quasi in einem Atemzug, gegenseitig erschossen. Aber daran wollte Richard in diesem Moment lieber nicht denken.

Wieder nahmen die beiden Kontrahenten Aufstellung an den für sie markierten Plätzen. Wieder gab Richard mit klopfendem Herzen das Startsignal.

Diesmal bewegte sich Benjamin bedächtiger auf Maxi zu. Der aber stürmte erneut vorwärts und zielte beim Laufen. Sein Schuss knallte und verwundete Hirschstein am linken Arm. Danach blieb Maxi zwar gemäß der Regel sofort stehen, doch Benjamin, offensichtlich unkonzentriert wegen seiner Verwundung, schoss wieder an ihm vorbei.

Während Benjamins Verletzung von Dr. Schnitzler untersucht wurde, gab Maxi sich gar keine Mühe, seinen Triumph zu verbergen. »Ich wusste ja, dass ich dem dreckigen Jud überlegen bin«, sagte er so laut, dass es Benjamin hörte.

»Schweig still!«, zischte Richard Maxi zu. »Sonst erkläre ich dich zum Verlierer wegen unehrenhaften Verhaltens.« Doch es war zu spät. Benjamin hatte die erneute Beleidigung gehört.

Schon flüsterten Schnitzler, Hugo, Benjamin und dessen zweiter Sekundant aufgeregt miteinander. Richard beobachtete, dass Schnitzler mehrfach den Kopf schüttelte und warnend den Zeigefinger hob. Doch Benjamins Gesichtsausdruck blieb trotzig.

Nachdem der Arzt Benjamins Wunde verbunden hatte, trat Richard auf die Gruppe zu.

»Herr von Hirschstein, die Regel erfordert, dass ich Sie nun frage, ob Sie das Duell beenden und sich zum Verlierer erklären, oder ob Sie es fortsetzen möchten.«

»Das Duell wird fortgesetzt«, gab Benjamin die von Richard befürchtete Antwort. Auch Dr. Schnitzler wirkte betroffen. Offensichtlich hatte er seinem Patienten zuvor davon abgeraten, sich mit der Behinderung aufgrund seiner Verwundung der Gefahr einer noch schwereren Verletzung auszusetzen, die sogar tödlich sein könnte.

Ein letztes Mal nahmen die beiden Kontrahenten Aufstellung an ihrem Startplatz. Ein letztes Mal gab Richard das Kommando zum Beginn des dritten Durchgangs. Wieder stürmte Maxi mit großen Schritten auf seine Barriere zu, während von Hirschstein nach nur drei Schritten regungslos verharrte und zielte. Wieder fielen die beiden Schüsse fast zur gleichen Zeit.

Während Benjamin weiterhin aufrecht stehen blieb, stolperte Maxi einige weitere Schritte nach vorn und brach dann, beide Hände auf den Bauch gepresst, zusammen. Als Richard, Maxis zweiter Sekundant und der Militärarzt auf ihn zuliefen, quoll bereits ein Blutschwall aus seinem Mund.

Noch während der Militärarzt sein blutdurchtränktes Hemd aufschnitt, hauchte Maximilian von Löwenstein, der einst hoffnungsvolle Erbe des Majoratstitels, auf dem Schnee im Lainzer Tiergarten unter strahlender Sonne sein Leben aus. Er war nur siebenundzwanzig Jahre alt geworden.

Kapitel 15

Sophies Wohnung über dem Kaffeehaus

März 1894

»Ob Milli die Aufnahmeprüfung wohl bestanden hat?« Henriette rührte nervös in ihrer Teetasse. Obwohl ihr älterer Bruder Stephan sein Vermögen mit Kaffee-Produkten gemacht hatte, zog Henriette schwarzen Tee dem Kaffee seit jeher vor.

»Das fragst du jetzt sicher schon zum zehnten Mal, liebe Mama«, antwortete Sophie mit einem Anflug von Ungeduld in der Stimme. Sie warf einen Blick auf die Wanduhr im Esszimmer der Wohnung, wo sie mit ihrer Mutter bei einem späten Frühstück saß. »Es ist jetzt dreiviertel zehn. Mittlerweile müsste Milli es bereits wissen. Sicherlich ist sie spätestens in einer halben Stunde zurück.«

Auch weil Milli sich schon seit Längerem mit dieser Absicht trug, hatten beide Nachhilfelehrer aufgrund ihrer beständig besser werdenden Leistungen schon vor einigen Wochen vorgeschlagen, dass Milli keine Privatstunden mehr nehmen, sondern stattdessen lieber wieder eine normale Schule besuchen solle, um ihren Abschluss zu machen. Beide dachten dabei an die übliche Schule für Höhere Töchter, hatten aber nicht mit Millis Ehrgeiz gerechnet.

»Ich würde sehr gerne wieder zur Schule gehen«, erklärte sie zunächst zu Henriettes und Sophies Freude. »Aber zu den Salesianerinnen will ich nicht zurück. Ich möchte meine Matura am ersten Mädchengymnasium in Wien ablegen.«

Sowohl ihre Mutter als auch ihre Schwester starrten Milli verblüfft an. »An einem Gymnasium?« Sophie fand zuerst ihre Sprache wieder. »Traust du dir das denn wirklich zu?«

Milli schürzte trotzig die Lippen. »Man soll seine Träume leben, empfiehlt Dr. Freud. Wenn ich es daher nicht versuche, werde ich auch nie wissen, ob ich die Matura schaffen kann.«

Sophie war zwischen der Freude über Millis neuerwachtes Selbstbewusstsein und der Sorge darüber, dass sie möglicherweise einen weiteren Misserfolg verkraften und damit ihren gut voranschreitenden Behandlungserfolg gefährden könnte, hin- und hergerissen. Nach einigen weiteren Diskussionen einigte sie sich mit Milli zunächst darauf, das Lyzeum einmal gemeinsam mit ihr zu besichtigen.

Das erst vor zwei Jahren neueröffnete Mädchengymnasium lag nicht weit von Sophies Wohnung am Graben entfernt in der Hegelgasse im 1. Wiener Bezirk. Es war in einem Gebäude des »Wiener Pädagogiums« eingerichtet worden, wo man sich zunächst einige Jahrzehnte lang auf die Ausbildung von Volksschullehrerinnen und -lehrern konzentriert hatte. Das Gymnasium ging auf eine Initiative des »Vereins für erweiterte Mädchenbildung« zurück und stand auch unter dessen Trägerschaft.

Zunächst konstatierte Sophie, dass Milli das Gymnasium bequem zu Fuß erreichen konnte. Nach einem Spaziergang von knapp zwanzig Minuten gelangten sie gemeinsam dort an. *Der zweimal tägliche Fußmarsch an der frischen Luft dorthin wird Milli sicherlich guttun,* dachte Sophie auf dem Weg. *Und Emma und Franzi könnten sich die Begleitung Millis teilen und kämen auf diese Weise nicht allzu sehr mit ihrem Tagewerk in Verzug.*

Auch das Gebäude, durch das eine der Lehrerinnen Milli und Sophie führte, gefiel beiden gut. Es war hell und freundlich, die Klassenzimmer, in die sie in der Pause einen Blick werfen konnten, modern eingerichtet.

Zwei Wermutstropfen ergaben sich allerdings im nachfolgenden Gespräch mit dem Direktor. »Da wir keinerlei staatliche Unterstützung für unser Vorhaben erhalten, müssen wir leider ein recht beträchtliches Schulgeld erheben«, erklärte er. Sophie schluckte, als er die monatliche Summe von zehn Gulden nannte. Das war mehr als dreimal so hoch wie das Schulgeld bei den Salesianerinnen.

»Und leider sind wir außerdem nicht berechtigt, die Reifeprüfung hier an unserem Gymnasium durchzuführen. Die Matura muss an einem Jungen-Gymnasium abgelegt werden, und zwar vor den dort beschäftigten, unseren Schülerinnen in der Regel unbekannten Lehrern.«

Dies hielt Sophie im Vergleich zum finanziellen Aspekt für das größere Risiko. Denn würde Milli tatsächlich eine Reifeprüfung vor ihr völlig unbekannten Männern ablegen können? Außerdem musste sie erst einmal eine Aufnahmeprüfung bestehen, bevor sie überhaupt als Schülerin am Gymnasium aufgenommen würde.

Doch zu Sophies Erstaunen ließ Milli sich von diesen Hürden nicht entmutigen. Schon in ihrem Vorstellungsgespräch berichtete sie dem Direktor freimütig von ihrer immer noch vorhandenen Rechtschreibschwäche, obwohl diese sich in den letzten Monaten sehr gebessert hatte.

»Nun, dies mag dich an einigen Stellen möglicherweise behindern«, bestätigte der Direktor. »Doch unsere Lehrerinnen und Lehrer beurteilen die Leistungen ihrer Schülerinnen sehr differenziert. Reine Diktate sind zumindest in den höheren Klassen gar nicht mehr vorgesehen. Und bei einem Aufsatz wird der Inhalt genauso bewertet wie die Formulierungen und letztlich die Orthografie. Dabei zählen Inhalt und Ausdruck mehr als die richtige Schreibweise der Wörter.«

Während Sophies Zweifel nach diesem Besuch noch nicht vollständig ausgeräumt waren, begann Milli mit ihren Privatlehrern schon am selben Tag intensiv für die Aufnahmeprüfung zu büffeln. Aufgrund ihres Alters von fast neunzehn Jahren und der Tatsache, dass sie bei den Salesianerinnen kurz vor ihrem Abschluss gestanden hatte, wollte man sie in die aktuell höchste Klasse des Gymnasiums aufnehmen, sofern sie die Prüfung bestand. Da man den Schulbetrieb erst im Jahr 1892 begonnen hatte, war dies die dritte von insgesamt sechs Klassen Ausbildung. Ginge alles gut, würde Milli also nach vier Jahren ihre Reifeprüfung ablegen können.

Gestern hatte Milli diese Aufnahmeprüfung absolviert und war danach mit einem guten Gefühl nach Hause zurückgekehrt. Heute würde sie das Ergebnis erfahren und hatte sich energisch dagegen verwahrt, dass Sophie oder Henriette sie dabei begleiteten.

»Ich bin jetzt alt genug, um für mich einzustehen«, erklärte sie. »Es ist völlig ausreichend, wenn mich Emma hin- und zurückbringt.«

»Nun bleibt uns nur zu hoffen, dass Millis wunderbare Fortschritte bei Dr. Freud nicht gleich wieder zunichtewerden, wenn sie die Aufnahmeprüfung doch nicht bestanden hat«, sagte Sophie nervös nach einem weiteren Blick auf die Uhr.

»Da hast du recht«, seufzte Henriette. »Ich wäre sehr erleichtert, wenn ich mir in Zukunft keine allzu großen Sorgen mehr um Millis seelisches Gleichgewicht machen müsste. Zumal«, sie stockte und holte tief Luft, »zumal ich mir auch um dich langsam Sorgen zu machen beginne, Phiefi.«

Sophie durchfuhr ein Stich. Gleichzeitig wurde ihr klar, dass eine Aussprache mit ihrer Mutter längst überfällig war. Wahrscheinlich würde diese nun ihre Beziehung zu Richard von Löwenstein ansprechen. Erst gestern Abend hatte Sophie gemeinsam mit ihm die Operette »Der Zigeunerbaron« im *Theater an der Wien* besucht und im Anschluss daran einige wunderbare Stunden voller Leidenschaft in ihrem kleinen Hotel in der Josefstadt verbracht. Dass sie erst weit nach Mitternacht nach Hause zurückgekehrt war, war ihrer Mutter offensichtlich nicht verborgen geblieben.

Trotzdem tat Sophie zunächst bewusst unschuldig. »Wieso gebe auch ich dir Anlass zur Beunruhigung, Mama?«

Wieder holte Henriette tief Luft und kam zu Sophies Erstaunen gleich auf den Punkt, ohne, wie üblich, um den heißen Brei herumzureden. »Ich befürchte, dass du dich auf ein unlauteres Verhältnis mit einem verheirateten Mann eingelassen hast.« Sie sah Sophie forschend ins Gesicht. »Und möglicherweise die Konsequenzen einer solchen Beziehung nicht überblicken kannst.«

Sophie entschloss sich spontan zur völligen Offenheit. »Mit dem ersten Punkt hast du recht, Mama. Mit dem zweiten jedoch nicht. Richard hat mir die Ehe versprochen, sobald er sich aus seiner unseligen Verbindung mit seiner jetzigen Frau Amalie lösen kann.«

Henriettes Gesichtsausdruck verfinsterte sich. »Also dünkt es mich, dass ich auch mit dem zweiten Punkt recht habe, Phiefi. Die älteste Lüge der Welt ist das Versprechen verheirateter Männer, ihre Geliebte zu ehelichen, sobald sie die Möglichkeit dazu haben.«

»Das mag in der Regel durchaus stimmen, Mama. Doch für Richard und mich gilt es nicht«, konterte Sophie.

Henriette zog ihre Augenbrauen zusammen. »Auch das ist typisch, Phiefi. Jede Frau, die sich auf ein solch dubioses Verhältnis einlässt, glaubt, dass sie die Ausnahme von der Regel ist.«

»Richard und ich lieben uns seit fast sechs Jahren«, entgegnete Sophie. »Wir lernten uns näher kennen, als Mary Vetsera diese unselige Beziehung mit dem Kronprinzen Rudolf einging. Beide versuchten wir vergeblich, auf Mary und Rudolf einzuwirken, ich auf Mary, Richard auf Rudolf, mit dem er damals eng befreundet war. Diese Tragödie schweißte uns zusammen. Aber Richard war damals bereits mit Amalie verlobt.«

Mit kurzen Worten schilderte Sophie ihrer Mutter die Hintergründe dieser arrangierten Ehe und den Verlauf ihrer Beziehung mit Richard bis zu ihrer Flucht aus der Hofburg.

»Es war Richard von Löwenstein, der mir gemeinsam mit Ida Ferenczy damals geholfen hat, mich vor der Zwangsheirat mit einem syphiliskranken Grafen zu retten, der dein unseliger Gatte Arthur als mein ehemaliger Vormund bereits zugestimmt hatte.«

Zum ersten Mal erfuhr Henriette die schockierenden Hintergründe der damaligen dramatischen Situation. Bis dahin hatte sie nur gewusst, dass Sophie das Werben des Ungarn abgelehnt und um ihren Abschied vom Kaiserhof gebeten hatte, um ihren schwer kranken Onkel Stephan unterstützen zu können. Und dass sie ihren Stiefvater und damaligen Vormund Arthur mit irgendeiner Drohung in Schach hielt, die mit der Tragödie von Mayerling zu tun hatte, um im Kaffeehaus bleiben zu können. Sophie hatte es immer abgelehnt, ihr weitere Einzelheiten darüber mitzuteilen.

»Und dennoch war Richards und mein Verhältnis auch danach noch viele Monate lang ein platonisches«, fuhr Sophie fort. »Erst als mir Richard mitteilte, wie unglücklich er in seiner Ehe mit Amalie ist, die zudem nur noch auf dem Papier besteht, und mir einen Heiratsantrag machte, den er gleich nach der Scheidung in die Tat umsetzen will, verkehren wir auch wie Mann und Frau miteinander.«

»Jedoch nur bei wenigen, verstohlenen Gelegenheiten«, ergänzte sie bitter. Dann hob sie trotzig den Kopf und blickte ihrer Mutter ins Gesicht. »Diese gehören jedoch zu den glücklichsten Stunden meines Lebens. Und ich werde sie mir nicht nehmen lassen, um einer bigotten Moral Genüge zu tun, die Männer und Frauen dazu zwingt, Ehen einzugehen oder in diesen auszuharren, mit Partnern, die sie zutiefst verabscheuen. Das müsstest du selbst doch am besten wissen, Mama.«

»In der Tat«, ertönte auf einmal Millis Stimme hinter Sophies Rücken. Von ihnen unbemerkt, war ihre Schwester zurückgekehrt und hatte offensichtlich einen großen Teil der Unterhaltung mit angehört. »Ihr wart so sehr in euer Gespräch vertieft, dass ich euch nicht stören wollte«, fügte sie, leicht errötend, hinzu. »Doch geahnt habe ich das alles schon länger, Phiefi. Und ich gebe dir recht, dass das größte Unglück für eine Frau eine erzwungene oder ihr widerwärtig gewordene Ehe ist.«

Sophie nickte. »Doch es gibt immer mehr Frauen, die sich dem widersetzen oder es sich erst gar nicht gefallen lassen. Ein bekannter Wiener Dichter, der oft im Kaffeehaus verkehrt, hat darüber sogar ein Schauspiel geschrieben.« Zu ihrer eigenen Überraschung lobte Sophie plötzlich Arthur Schnitzlers Stück, auf das sie zunächst mit Befremden reagiert hatte.

»Sehr interessant«, äußerte sich Henriette. »Dieses Schauspiel würde ich mir gerne einmal ansehen.«

»Leider wird es schon nicht mehr gespielt«, antwortete Sophie mit einer Spur Erleichterung, dass ihre Mutter offenbar noch nichts von Schnitzlers »Märchen«, geschweige denn den harschen Kritiken darüber, gehört hatte.

Wieder mischte sich Milli ein. »Ich fände es sehr gut, wenn du ab und zu auch einmal wieder ausgehen würdest, Mama. Schließlich bist du noch viel zu jung, um dich bis an dein Lebensende hier in dieser Wohnung zu vergraben.«

»Ja, das wäre schön«, seufzte Henriette. »Und ich würde mich gerne auch für irgendeine sinnvolle Sache engagieren. Zumal es dir, liebe Milli, ja jetzt besser ...«, sie stockte und schlug sich in einer Mischung aus Entsetzen und Vorfreude auf die Lippen.

»Du siehst ja so glücklich aus, mein Liebling!«, jauchzte sie. »Als ob du diese Prüfung mit Bravour bestanden hättest. Wie konnten wir bislang nur vergessen, dich danach zu fragen!«

Milli lächelte breit. »Mit dem Prüfungsergebnis hast du recht, Mama. Ohne die Abzüge für die Rechtschreibfehler hätte ich die Prüfung sogar mit Auszeichnung bestanden. So immerhin noch mit ›gut‹. Der Direktor erklärte mir, er würde mich am liebsten gleich in die erste der beiden Oberstufen-Klassen schicken, wenn es diese schon am Lyzeum gäbe.«

Auch Sophie klatschte vor Freude in die Hände. »Was für wunderbare Nachrichten, Milli! Aber warum hast du uns das denn nicht gleich gesagt, als du nach Hause gekommen bist?«

Über Millis Gesicht huschte ein Anflug von Trotz. »Um ganz ehrlich zu sein, wollte ich erst einmal zuhören, worüber ihr sprecht. Auch wenn es sich eigentlich nicht gehört zu lauschen. Aber ich bin es einfach satt, von euch beiden wie ein Kleinkind behandelt zu werden.«

Sie richtete ihren Blick auf Sophie. »Dass dich mehr als pure Freundschaft mit Richard von Löwenstein verbindet, wusste ich schon längst, Phiefi. Aber ich bin sicher, von dir aus hättest du mir das nie erzählt. Dabei warst du nicht viel älter als ich, als du in den Hofstaat von Kaiserin Sisi berufen wurdest.« Sie rechnete kurz nach. »Sogar noch jünger!«, rief sie dann empört aus.

»Aber nur ein paar Monate jünger«, lächelte Sophie. »Doch nun komm und setz dich zu uns! Sollen wir zur Feier des Tages eine Flasche Champagner aus dem Café heraufbringen lassen?«

»Das wäre ganz wunderbar, Phiefi! Champagner habe ich noch nie getrunken!«

Erst eine Stunde später verließ Sophie leicht und beschwingt die fröhliche Runde, um ihren Dienst im Café anzutreten. Und das lag nicht nur an den zwei Gläsern Champagner, die ihr zu Kopfe gestiegen waren. Sie fühlte sich überglücklich über die letzten Entwicklungen in ihrer Familie, zumal auch Henriette schließlich eingeräumt hatte, ihre Beziehung zu Richard tolerieren zu wollen.

Während der kleinen Feier war Sophie jedoch noch eine Idee gekommen. »Du wolltest dich doch für einen guten Zweck engagieren, Mama. Was hältst du davon, mich das nächste Mal in das Frauenhaus zu begleiten, das ich unterstütze? Dort leben viele Frauen, deren Ehemänner sich genauso schlimm aufführren, wie es Arthur getan hat. Doch diese Frauen leben in bitterster Armut, nicht im Überfluss wie wir. Vielleicht findest du ja dort eine Tätigkeit, die dich zufriedenstellt.«

Zu ihrer großen Freude war Henriette sofort damit einverstanden gewesen.

Kaffeehaus Prinzess

28. März 1894

Trübsinnig starrte Richard in seinen mittlerweile kalt gewordenen Großen Schwarzen. Es war später Nachmittag, das Kaffeehaus begann sich langsam zu füllen. Trotzdem war es noch zu früh, um Sophie zu treffen, die in der Regel erst nach der Schließung des Cafés um sieben Uhr abends hereinschaute.

Allerdings war ihm heute jeder andere Aufenthaltsort lieber als das Palais Thurnau. Gestern Abend war Richard von seinem letzten Aufenthalt in Salzburg nach Wien zurückgekehrt. Zuvor hatte ihm Erzherzog Rainer die frustrierende Nachricht übermittelt, dass die von ihm angestoßenen Reformen zwar innerhalb des 59. Infanterieregiments umgesetzt werden würden, jedoch kein Modell für weitere Infanterieregimenter wären.

»Mein Schwager, Erzherzog Albrecht, hat dies abgelehnt. Er befürchtet, dass sich die Offiziere, deren Kompetenzen durch die Reformen beschnitten würden, dadurch in ihrer Ehre gekränkt fühlen könnten. Er überlässt es mir, wie ich in meinem Regiment mit Ihren Vorschlägen verfahre, möchte sie jedoch nicht auf das gesamte Heer übertragen.«

Damit hatte sich auch Richards letzte Aufgabe erledigt, nämlich einen ausführlichen Bericht über seine Tätigkeit zu erstellen und diesen Erzherzog Albrecht als Vorlage für dessen Anordnungen bezüglich weiterer Regimenter vorzulegen. Richard war zwar klar, dass dies nicht an den Inhalten seiner Reformvorschläge lag, sondern vor allen Dingen daran, dass Erzherzog Albrecht aufgrund seines hohen Alters immer gebrechlicher wurde und ihm für deren Umsetzung daher wahrscheinlich die Energie fehlte. Dennoch weigerte der Feldherr sich hartnäckig, Kaiser Franz Joseph trotz seiner fast achtzig Jahre und seiner fortgeschrittenen Sehschwäche um seine Entlassung in den wohlverdienten Ruhestand zu bitten.

Trotzdem war Richard natürlich enttäuscht, zumal es ihm jetzt genauso erging wie weiland Kronprinz Rudolf mit seinen Reformplänen.

Der hauptsächliche Grund für seine heutige Melancholie war jedoch, dass Maxis Todestag nun genau drei Monate her war. Deshalb waren Richards Eltern, seine Schwestern und sein Onkel Maximilian eigens nach Wien gereist, um im Beisein ihrer Wiener Verwandten an einer Totenmesse für den auf dem Zentralfriedhof Beerdigten teilzunehmen.

»Wie gut, dass seine Mutter diese Tragödie nicht mehr miterlebt«, klagte Onkel Maximilian wieder und wieder. Wilhelma, die Mutter seiner Söhne, war bereits vor über zehn Jahren einem Krebsleiden erlegen.

Lediglich Fredl, Maxis jüngerer Bruder und nunmehr zukünftiger Majoratsherr derer von Löwenstein sowie Erbe des Grafentitels, fehlte bei der Zeremonie. Er war bereits zum Jahresbeginn ins russische Kazan versetzt worden, wo er an einem einjährigen Austauschprogramm mit russischen Offizieren teilnahm, um die russische Sprache zu erlernen. Schon an Maxis Beerdigung Anfang Januar hatte Fredl nicht mehr teilnehmen können.

Sowohl in der k.u.k. Armee als auch im russischen Heer war es ein offenes Geheimnis, dass dieses Austauschprogramm den Teilnehmern beider Seiten dazu diente, später in den Geheimdienst des jeweiligen Vaterlandes einzutreten. Auch Fredl strebte nach seinem Aufenthalt in Kazan eine Position im Wiener Evidenzbüro an, wie es Richard schon früher vermutet hatte. Der Oberst seines Dragonerregiments, das in Galizien in der Nähe der russischen Grenze stationiert war, hatte Fredl aufgrund seiner hervorragenden Leistungen in der Kriegsschule und seiner exzellenten Kenntnisse der polnischen und ruthenischen Sprache für diese Laufbahn vorgeschlagen.

Obwohl Richard noch immer über den tödlichen Ausgang des Duells erschüttert war, vermisste er Maxi überhaupt nicht. Im Gegenteil widerte es ihn an, wie der Verstorbene posthum vor allem von seinem Vater Maximilian als Held verklärt wurde, der einem Juden zum Opfer gefallen sei. Stillschweigend machte man ihn, Richard, für den tödlichen Ausgang des Duells mitverantwortlich, das er als Sekundant hätte verhindern sollen. Doch nachdem ihn niemand offen einer solchen Pflichtverletzung beschuldigte, konnte sich Richard gegen den im Raum schwebenden Vorwurf nicht einmal verteidigen.

Immerhin hatten die Geschäftsbeziehungen seines Schwiegervaters Adalbert zu Benjamin von Hirschsteins Vater Theodor nicht unter dem Zweikampf gelitten, obwohl auch Benjamins Verwundung zu einer dauerhaften Behinderung in Form eines steifen Arms geführt hatte. Infolgedessen war er als Reserveoffizier mittlerweile ausgemustert worden.

»Darf ich mich noch ein wenig zu Ihnen setzen?«, riss eine bekannte Stimme Richard aus seinen trüben Gedanken. Als er den Kopf hob, erkannte er Dr. Schnitzler, der Benjamin während des Duells als Arzt zur Seite gestanden hatte. Schnitzler wies auf einen noch unbesetzten runden Tisch in der Nähe der Theke der Sitzkassiererin. »Meine Künstlerkollegen sind leider noch nicht zum heutigen Stammtisch eingetroffen.«

Obwohl Richard kein bisschen nach Konversation zumute war, machte er eine einladende Handbewegung. Schnitzler bestellte sich einen Großen Braunen. »Was führt Sie denn heute wieder einmal nach Wien?«, begann er alsdann das Gespräch.

»Ein Umstand, der Ihnen nur allzu gut bekannt sein dürfte«,

versetzte Richard. »Eine Totenmesse zum Angedenken an meinen verstorbenen Cousin Maxi.«

Schnitzler gab ein Geräusch von sich, das wohl Mitgefühl zum Ausdruck bringen sollte. »Wie hat Ihre Familie das Ganze denn aufgenommen?«

Richard hob resigniert die Schultern. »Maxi war der Erbe des Grafentitels und der zukünftige Majoratsherr meiner Familie. Zu beidem war er meiner persönlichen Ansicht nach charakterlich nicht geeignet. Dennoch verklärt man ihn nun nach seinem Tode und tut so, als wäre er wie ein Held und nicht wie ein Idiot gestorben.«

»Wie ein Idiot?«, wiederholte Schnitzler. Als Arzt eines der Kontrahenten war er nicht so stark in die Einzelheiten der Vorgeschichte des Duells eingeweiht wie Richard als Sekundant. »Meinen Sie damit, dass sich Ihr Cousin geweigert hat, sich zu entschuldigen, und stattdessen den Zweikampf vorzog?«

Richard nickte. »Maxis Verhalten führte nicht nur zur Herausforderung durch von Hirschstein, sondern er provozierte ihn auch im Anschluss so arg, dass sich Benjamin einige der striktesten Duellregeln aussuchte, die zulässig sind. Seinen Tod hat sich mein Cousin daher ganz allein zuzuschreiben.«

Zu seinem Erstaunen verzog Arthur Schnitzler skeptisch den Mund. »Ihr Cousin war einfach ein Kind seiner Zeit. Das Opfer eines vollkommen überholten Ehrenkodex in unserer ach so hochgelobten Armee.«

Richard blickte Arthur überrascht an. »Aber Sie sind doch selbst Sanitätsoffizier der Reserve, oder irre ich mich?«

»Sogar Oberarzt im Rang eines Leutnants«, bestätigte Schnitzler. »Aber ebenso, wie ich das bigotte Modell der arrangierten Ehen verachte, wie Sie aus meinem Schauspiel ›Das Märchen‹ wissen, halte ich das Duellwesen für ein archaisches Überbleibsel einer längst vergangenen Zeit.«

Er trank einen Schluck seines Milchkaffees. »Das Duell Ihres Cousins hat mich sogar als Dichter inspiriert. Ich arbeite im Augenblick an einer Novelle über dieses Thema. Die Hauptfigur will ich ›Leutnant Gustl‹ nennen. Auch dieser junge Mann schlägt sich mit der Notwendigkeit eines Duells aus nichtigem Anlass herum, weil die Ehre seines Offiziersstandes dies angeblich von ihm verlangt. Allerdings halte ich die Zeit noch nicht für gekommen, um die Novelle zu veröffentlichen.«

»Daran tust du sicher gut, lieber Arthur«, ertönte plötzlich eine Bassstimme hinter ihnen. Als Richard sich umwandte, sah er einen vollbärtigen, kräftigen Mann mit einer lächerlich wirkenden Locke, die sich über seiner Stirn kräuselte. »Duelle gehören zu den sakrosankten Ritualen der Armee.«

Arthur lächelte eine Spur verächtlich. »Darf ich vorstellen? Mein Dichterkollege und eifriger Duellant Hermann Bahr.«

»Na, na, nun übertreib mal nicht, Arthur!« Ungefragt setzte sich Bahr zu ihnen an den Tisch. »Ich habe in meinem Leben genau ein Duell bestritten, das ich heute sogar bereue. Denn es war viel Lärm um nichts, aber mit großem Aufwand verbunden. Da Duelle außerhalb der Armee oft strafrechtlich verfolgt werden, wenn sie auf österreichischem Boden stattfinden, bin ich mit meinem Gegner dazu eigens nach Ungarn gereist.«

»So, so«, machte Richard erstaunt. »Worum ging es denn in Ihrem Duell, dass Sie solche Umstände auf sich nahmen?«

Hermann Bahr winkte ab. »Sie werden lachen, das weiß ich nicht einmal mehr so genau. Um irgendeine dumme Lappalie, Worte und Anwürfe, in betrunkenem Zustand dahingesagt. Mein Gegner war der Sänger Ferdinand Jäger. Er gehörte in unseren Unizeiten einer anderen Burschenschaft an als ich. Daher gab es für mich, wie für jeden Ehrenmann, keine Alternative. Ich musste mich dem Zweikampf stellen, nachdem Ferdinand seine Forderung ausgesprochen hatte.«

»Doch, soviel ich weiß, wurde niemand bei eurem Pistolenduell verletzt«, warf Schnitzler ein.

Hermann Bahr lachte. »Wir hatten nur einen einzigen

Durchgang vereinbart. Und ich glaube, wir schossen beide absichtlich aneinander vorbei. Zumindest ich tat das. Damit war die Sache in fünf Minuten beendet und den ganzen Aufwand nicht wert.«

»Dann haben Sie entweder Glück gehabt oder beide vernünftig gehandelt«, konstatierte Richard trocken. »In dem Duell, an dem ich als Sekundant und Dr. Schnitzler als Arzt teilnehmen mussten, gab es leider einen tödlichen Ausgang. Mein Cousin blieb dabei auf der Strecke.«

»War die Beleidigung, die den Anlass für die Herausforderung gab, denn dermaßen ungeheuerlich?«, erkundigte sich Bahr. »Alle Duelle, von denen ich gehört habe, inklusive meines eigenen, waren nur Scheingefechte, um diesem uralten Ritual Genüge zu tun.«

»In diesem Fall war die Sachlage leider anders«, erklärte Schnitzler. »Wäre der Cousin von Herrn von Löwenstein nicht ein so ausgemachter Antisemit gewesen, wäre die Sache sicherlich weit glimpflicher ausgegangen.«

»Mein Cousin hat seinem Gegner aufgrund dessen jüdischer Herkunft das Recht zum Duell anfangs sogar verweigert«, erklärte Richard auf Bahrs fragenden Blick hin. »Obwohl dieser ebenfalls ein Offizier Seiner Majestät war.«

»Was für ein Schmarrn!«, polterte Bahr. »Dieser sich immer weiter ausbreitende Antisemitismus ist eine wahre Pest. Würden wir ihm an unserem Dichterstammtisch frönen, säße ich dort bald mutterseelenallein auf weiter Flur. Mit dir, lieber Arthur, dem Grünschnabel Hugo von Hofmannsthal und Felix Salten würden schon drei Kollegen jüdischer Herkunft fehlen. Und zählt man den renitenten Karl Kraus noch dazu, der zwar nicht zu uns gehört, sich aber dennoch einen Literaten schimpft, wären es sogar vier.«

»Die zunehmende Judenfeindlichkeit liegt vor allem an diesem Volksverhetzer, diesem Lueger«, warf Schnitzler ein. »Sein Einfluss wird von Tag zu Tag größer.«

»Worin äußert sich das?«, fragte Richard. Seit dem Attentat auf Karl Lueger im vergangenen Mai hatte er dessen weitere Entwicklung aufgrund seiner langen Aufenthalte in Salzburg kaum mehr verfolgt.

»Vor allen Dingen im Verhalten seiner Anhängerschaft«, sagte Bahr. »Die wächst leider stetig an. Und erfasst selbst völlig unpolitische Gruppen, neuerdings sogar Frauen. Mittlerweile spricht man schon von den ›Lueger-Amazonen‹. So nennt man die verrückten Weiber, die ihm in Scharen nachlaufen.«

»Leider gibt es noch viel schlimmeres Geschmeiß«, ergänzte Schnitzler. »Vor allem Kleriker lassen sogar die Schauermär wiederaufleben, Juden würden christliche Kinder und Jungfrauen im Rahmen ihrer teuflischen Rituale schächten.«

»Und sowas unterstützt Karl Lueger?« Richard war fassungslos.

»Er unterstützt es nicht direkt, aber er bezieht auch keine Stellung dagegen«, antwortete Schnitzler. »Andererseits kooperiert Lueger durchaus mit jüdischen Unternehmern, wenn es ihm in seine Pläne passt. Doch auf diesem Auge ist die Meute seiner Juden hassenden Anhänger blind.«

Schnitzler trank noch einen Schluck Kaffee. »Ich halte Karl Lueger für einen ausgemachten Opportunisten«, meinte er und teilte damit, ohne dies jedoch zu wissen, Richards Meinung über den Führer der Christlichsozialen Partei. »Wenn Antisemitismus ihn weiterbringt, wie zum Beispiel in seinen Wahlkämpfen, hasst er die Juden. Wenn er seine ehrgeizigen Pläne verwirklichen will und Geld dazu braucht, macht er auf einmal Geschäfte mit ihnen.«

»Und das macht ihn verwerflicher als seine fanatischen Anhänger. Denn die wissen es ja nicht besser«, ergänzte Hermann Bahr. »Aber lass uns jetzt einmal von etwas ganz anderem sprechen, Arthur. Wie geht es Adele? Als ich sie neulich traf, schien es mir, als sei eure Beziehung bereits wieder Geschichte«, konfrontierte er Schnitzler taktlos.

Tatsächlich färbten sich Arthurs Wangen rot. »Adele Sandrock und meine Wenigkeit haben natürlich wie jedes Paar dann und wann einige Meinungsverschiedenheiten. Daraus zu schließen, dass wir uns getrennt haben, ist eine unzulässige Schlussfolgerung«, antwortete er steif, ohne nachzufragen, woher Bahrs Eindruck stammte, die beiden seien gar kein Paar mehr.

Richard nahm den Wortwechsel mit einiger Verwunderung zur Kenntnis. Adele Sandrock war die Hauptdarstellerin in Schnitzlers Theaterstück »Das Märchen« gewesen. Am Abend nach der Premiere vor nicht einmal vier Monaten waren ihm beide sehr fasziniert voneinander vorgekommen.

Gerade öffnete sich die Tür des Kaffeehauses, und weitere Gäste strömten herein. »Ah, da sind sie ja endlich, unser Felix und sogar unser Hugo. Offenbar ist er gerade in Wien auf Urlaub!« Schnitzler sprang sichtlich erleichtert, das unangenehme Thema beenden zu können, auf.

Hermann Bahr tat es ihm nach. »Ich empfehle mich, Herr …?«

»Von Löwenstein«, antwortete Richard. Erst jetzt fiel ihm auf, dass Schnitzler ihn Bahr gar nicht vorgestellt hatte.

»Ich habe die Unterhaltung mit Ihnen sehr genossen«, sagte Bahr. »Doch nun ruft die Pflicht. Soweit man Diskussionen über Literatur als ›Pflicht‹ bezeichnen kann.«

Damit begaben sich Schnitzler und er zu ihrem Stammtisch und überließen Richard erneut seiner düsteren Stimmung.

Das Frauenhaus in Hernals

Mitte April 1894

»Wie gut gefällt es Ihnen denn nun bei uns, liebe Henriette? Ich darf Sie doch bei Ihrem Vornamen nennen?«, erkundigte sich Pauline von Sterenberg, die diesmal die Führung durch das Frauenhaus übernommen hatte.

Die Damen saßen mit Sophie bei einer Tasse Tee in dem kleinen Salon und genossen ein Stück des feinen Apfelkuchens, den Sophie heute zusammen mit ein paar Frauen gebacken hatte.

»Die Atmosphäre hier im Haus ist wirklich sehr herzlich«, antwortete Henriette. »Zumal wenn man bedenkt, was für ein schweres Schicksal die Frauen und Mädchen erleiden mussten, bevor sie hier Zuflucht gefunden haben.«

Pauline nickte. »Und oft noch weiter erleiden müssen. Viele Mütter leben in beständiger Angst um ihre Kinder.«

»Wieso denn das?«, fragte Henriette erstaunt nach. Auch Sophie merkte auf. »Die Kinder machen auf mich einen durchaus glücklichen Eindruck«, meinte Sophies Mutter und bestätigte damit deren eigene Wahrnehmung. »Obwohl alles sehr beengt ist, scheinen sie sich hier wohlzufühlen.«

»Zum Glück haben die allermeisten ihrer groben Väter kein Geld, um einen Anwalt damit zu betrauen, ihnen zu ihrem vermeintlichen Recht zu verhelfen. Denn die Väter könnten ihre Kinder ab einem bestimmten Alter von ihren Müttern einfordern. Mädchen müssen spätestens mit sieben, Buben sogar schon mit vier Jahren in die Obhut ihres Vaters gegeben werden, wenn der es verlangt.«

»Auch wenn der Vater gewalttätig ist oder seinen Lohn vertrinkt?« Sophie war entsetzt.

Pauline von Sterenberg nickte grimmig. »So sieht es das österreichische Familienrecht leider vor. Deshalb trauen sich viele Mütter mit ihren Kindern ja auch nicht mehr auf die

Straße. Denn wenn der Vater der Kleinen erst einmal habhaft wird, hat die Mutter keine Möglichkeit mehr, ihre Herausgabe zu verlangen. So manch eine Frau ist in dieser verzweifelten Situation um ihrer Kinder willen wieder in ihr furchtbares Zuhause zurückgekehrt.«

»Dann sollten die Frauen sich scheiden lassen!«, entfuhr es Henriette spontan. »Damit wären sie diese Unholde und Grobiane doch los!«

Pauline lächelte schmallippig. »Leider ist auch das keine Option, liebe Henriette. Denn selbst bei einer nicht einvernehmlichen Scheidung zu ihren Gunsten hat die Frau kein natürliches Anrecht darauf, ihre Kinder zu behalten. Ein Richter muss sie ihr ausdrücklich zusprechen. Und das ist leider weit seltener der Fall, als es die Tatsachen rechtfertigen würden. Zumal die Frauen dann oft nicht mit demselben Richter zu tun haben wie beim Scheidungsprozess.«

»Empörend!«, rief Henriette aus.

»Tja, im Kaiserreich gilt die Familie als allerhöchstes Gut. Auch wenn sie vollständig zerrüttet ist. Und der Mann gilt als uneingeschränktes Oberhaupt der Familie, selbst wenn er nicht mehr taugt als der letzte Lump«, sagte Pauline zynisch.

Sophie konnte förmlich spüren, wie ihre Mutter innerlich zusammensackte und ob ihrer eigenen Ehesituation verzagte. Schnell lenkte sie das Gespräch daher auf ein anderes Thema.

»Nun hast du ja gesehen, liebe Mama, womit sich die Frauen im Haus beschäftigen. Was für einen Beitrag meinst du denn, leisten zu können, dass es ihnen hier noch etwas bessergeht?«

Henriette verkrampfte die Hände im Schoß und schüttelte ratlos den Kopf. »Das weiß ich beim besten Willen nicht, liebes Kind. Backen wie du kann ich leider nicht. Auch nicht nähen oder sonst etwas Nützliches tun. Ich kann wie Sie, liebe Pauline, lediglich sticken und häkeln. Doch die Handarbeitsgruppe ist ja bei Ihnen bereits in den besten Händen.«

Pauline blickte Henriette prüfend an. »Eine weitere Handarbeitsgruppe einzurichten, dürfte kein Problem sein. Frauen im Haus haben wir dafür genug. Aber ich frage mich, ob Sie mir nicht bei einer weit sinnvolleren Aufgabe helfen könnten.«

»Und was könnte das sein?«

»Können Sie lesen und schreiben?«, stellte Pauline Henriette eine völlig überraschende Frage.

»Selbstverständlich!«, reagierte die konsterniert.

»Und beherrschen Sie auch die einfachen Grundrechenarten?«

»Addieren und Subtrahieren, oder was meinen Sie?«

Pauline nickte.

»Ich gebe zu, dass ich kein Genie in der Schule war, liebe Pauline. Doch im Alltag weiß ich mir zumindest mit dem Notwendigsten an Bildung zu behelfen.« Henriette klang deutlich gekränkt.

»So gut, dass Sie dieses Wissen auch weitergeben könnten?«

Jetzt erst ging Sophie ein Licht auf, was Pauline im Sinn haben könnte. Henriette blickte dagegen verständnislos drein.

»Dann bitte ich Sie, mir zu helfen, die älteren Kinder im Hause zu unterrichten.« Pauline zog ein amtlich aussehendes Schreiben aus der Tischschublade. »Dieser Brief der örtlichen Schulbehörde ist erst vor einigen Tagen eingetroffen. Das Amt weist zu Recht darauf hin, dass etliche der im Haus lebenden Kinder schulpflichtig sind. Doch Sie wissen ja jetzt, was den Kleinen passieren kann, sobald sie das Haus verlassen.«

»Wollen Sie hier eine Schule aufmachen?«, fragte Henriette ungläubig. »Würde die Behörde das denn als Ersatz für den regulären Unterricht akzeptieren?«

Wieder verzog Pauline ihre Lippen zu einem diesmal spöttischen Lächeln. »Aber sicherlich, wenn zwei adelige Damen diesen Unterricht übernähmen. Ich selbst fühle mich allerdings zu alt dafür, alle Fächer und Schulstunden allein zu bestreiten. Aber Sie, liebe Henriette, sind mindestens zwanzig Jahre jünger als ich. Wenn Sie sich also bereit erklären würden, dabei mitzuwirken, wird die Schulbehörde sicherlich keinen Einspruch dagegen erheben, dass wir die Kinder hier im Haus unterrichten. Einer Gräfin und einer Freifrau wird man dies kaum absprechen wollen.«

Henriette warf einen hilfesuchenden Blick zu Sophie. Doch die hielt Paulines Idee für ausgezeichnet. Ab und zu hatte die erzkonservative Atmosphäre im Kaiserreich mit ihrer Verklärung des Adels also auch ihre guten Seiten.

»Du könntest damit etwas wirklich Sinnvolles tun, Mama«, redete sie Henriette begeistert zu. »Etwas, worauf du stolz bist, und das wirklich einen wertvollen Beitrag für die Zukunft der armen Kinder in diesem Haus leistet.«

Dann kam ihr allerdings eine Erschwernis in den Sinn. »Doch wo soll der Unterricht stattfinden, Pauline? Im Haus ist doch jeder Quadratzentimeter belegt.«

Pauline seufzte. »Vorläufig müssen wir hier in den kleinen Salon ziehen, fürchte ich. Eine Schiefertafel zum Aufstellen haben wir bereits bestellt. Mein Gatte hat sich bereit erklärt, einen Anbau zu finanzieren, den wir nach seiner Fertigstellung als Schulzimmer nutzen können. Dafür müssen wir zwar einen Teil des Gemüsegartens opfern, aber alles hat eben seinen Preis.«

Sie wandte sich wieder an Henriette. »Also dürfen wir auf Ihre Unterstützung hoffen?«

»Ja, wenn ihr beide meint, dass ich das kann.« Henriette klang immer noch zögerlich.

»Einen Versuch ist es immerhin wert, liebe Mama«, ermutigte Sophie sie. Und Pauline nickte nachdrücklich dazu.

Schon auf der Heimfahrt überlegte Henriette laut, wo sie Schulhefte, Schiefertafeln, Griffel und sonstiges Schulmaterial besorgen könnte, welches sie zu spenden beabsichtigte. Und vor allen Dingen, wie sie ihren Unterricht gestalten sollte. »Meinst du, ich kann mich bei Millis Privatlehrern ein wenig sachkundig machen, wie ich es am besten angehen könnte?«

»Das ist eine ganz wunderbare Idee, Mama!« Sophie lächelte glücklich in sich hinein.

Das klang schon ganz danach, als hätte Henriette eine Aufgabe gefunden, die ihrem Leben endlich wieder einen Sinn verleihen würde.

Kapitel 16

Sisis Meierei im Park von Schloss Schönbrunn

Ende Mai 1894

Mit feuchten Händen stieg Sophie aus dem bereits betagten Landauer, der einst ihrem Onkel Stephan gehört hatte. Bislang hatte sie es weitestgehend vermieden, diese sperrige Kutsche für ihre Ausfahrten zu benutzen, zumal sie dazu jedes Mal einen Fiaker und zwei Zugpferde mieten musste. Verschiedentlich hatte sie sogar bereits daran gedacht, das Gefährt zu verkaufen, um die Miete für seinen Unterstand einzusparen.

Doch heute war sie froh darüber, dies nicht getan zu haben. Denn nicht nur sie und Mina Löb wollten heute tadellos vor der Kaiserin erscheinen, auch die feinsten Spezialitäten aus dem Café Prinzess sollten Sisi im besten Zustand präsentiert werden. Die zweite Sitzbank war daher mit diversen Kisten bestückt, die in einem Einspänner kaum Platz gefunden hätten. Diese enthielten die süßen Köstlichkeiten, deren Auswahl Sophie heute Morgen recht schwergefallen war.

Deshalb hatte sie nicht nur die bekanntesten Torten des Cafés in ihrer Miniaturform eingepackt, die es an der Verkaufstheke zum Mitnehmen gab, sondern auch eine Auswahl von Keksen und vor allen Dingen von Konfekt. Damit die Spezialitäten auf dem Weg nach Schönbrunn keinen Schaden nähmen, waren die Kisten rund um die Behältnisse mit Stroh ausgepolstert und mit Eis gekühlt. Denn der Tag war warm. Es wäre nicht auszudenken, wenn die Sahne- oder Buttercreme der Torten auf dem recht langen Weg nach Schönbrunn verderben oder der Schokoladenüberzug des Konfekts schmelzen würde.

Vor drei Tagen hatte Ida Ferenczy Sophie die Einladung der Kaiserin in die Meierei, die sie ihr bei ihrem letzten Besuch vor Weihnachten angekündigt hatte, persönlich überbracht. Und heute Morgen noch einmal ein Telegramm in Sophies Wohnung gesandt, um ihr mitzuteilen, dass die in dieser Hinsicht oft wankelmütige Sisi tatsächlich an dem Termin festhielt.

Außer der Kaiserin würden Katharina Schratt und Sisis kleine Enkelin Erzsi noch an dem Treffen teilnehmen. Deshalb hatte Sophie in letzter Minute auch noch die beliebtesten Sorten des Kinder-Konfekts eingepackt, das seit den Schaufensterdekorationen eine weitere, viel verkaufte Spezialität des Cafés war.

Nun hoffte sie natürlich, dass bei ihrem Wiedersehen mit der Kaiserin alles gut gehen würde. Denn im schlimmsten Fall stand bei einem Misserfolg sogar der Hoflieferantentitel des Cafés auf dem Spiel, sollte die Kaiserin mit den heute verkosteten Produkten unzufrieden sein. Da es Sophie erlaubt worden war, eine weitere Helferin mitzubringen, hatte sie Mina Löb um diesen Dienst gebeten. Die Aufseherin war professionell genug, um auch in Anwesenheit Ihrer allerhöchsten Majestät keinen Fehler beim Servieren zu machen.

Ida Ferenczy erwartete Sophie bereits in der Tür des Schweizerhauses, obwohl die Kaiserin erst in frühestens einer halben Stunde mit ihren Gästen, aus der Hermesvilla kommend, eintreffen würde. *Die gute Ida,* dachte Sophie gerührt. *Wie immer steht sie mir hilfreich zur Seite. Obwohl Sisi sie heute nicht einmal eingeladen hat.*

Mit Minas Hilfe trug Sophie die beiden großen Kisten vorsichtig ins Innere des Hauses. Wie Ida Ferenczy ihr bereits beschrieben hatte, war der Raum, in dem ein livrierter Lakai gerade die Kaffeetafel deckte, mit ungarischen Bauernmöbeln eingerichtet. Die Kommode, der Tisch und die Sitzgelegenheiten waren hübsch mit gelben Blumen und dunkelgrünen Blättern auf rotem Grund bemalt. Doch die Bank und die Stühle rund um den Tisch wirkten mit ihren geschnitzten Lehnen und fehlenden Sitzkissen recht unbequem.

Der Lakai wies Sophie den Weg in einen Nebenraum, in dem sie die mitgebrachten Speisen auspackte. Sie arrangierte die Torten, das Kleingebäck und das Konfekt appetitlich auf dem Geschirr, das sie ebenfalls aus dem Café mitgebracht hatte. Kaum war sie damit fertig, kehrte der Lakai zurück und schnaubte entsetzt.

»Wir haben hier unser eigenes Geschirr, gnädiges Fräulein. Ich fürchte, Sie müssen die Speisen noch einmal neu anrichten.« Mit diesen Worten öffnete er einen ebenfalls im gleichen Stil wie die Essgarnitur bemalten Bauernschrank und nahm einige Platten und Schalen heraus. Sie gehörten zum gleichen Service, mit dem auch der Kaffeetisch bereits für drei Personen gedeckt worden war.

Das irdene Geschirr war zwar ebenfalls hübsch bemalt, aber aus weit gröberem Material als die feinen Gefäße und Servierplatten aus Sèvres-Porzellan, die im Café nur bei ganz außergewöhnlichen Gelegenheiten verwendet wurden. Offensichtlich sollte jedoch das gesamte Tafelservice dem Bauernstil der Einrichtung entsprechen.

Zum Glück bleibt Mina und mir wenigstens die ungarische Nationaltracht erspart, dachte Sophie mit einem Anflug von Sarkasmus, als sie sich mit äußerster Vorsicht darum bemühte, insbesondere die zarten Torten nicht zu beschädigen, während sie diese mit Minas Hilfe auf das geforderte Porzellan umsetzte. Obwohl sich Sophie damit äußerste Mühe gab, gelang es ihr nicht zur Gänze. Eine kleine Ecke der Zitronensahnetorte nahm Schaden und war leicht eingedrückt, als sie fertig war.

»Vielleicht sollte ich darauf verzichten, diese Torte überhaupt zu servieren«, wandte sie sich zweifelnd an Ida. Doch die schüttelte nur den Kopf. »Die Kaiserin wird den Schaden wahrscheinlich gar nicht bemerken. Denn sofern sie überhaupt etwas zu sich nimmt, wird es höchstens ein Stück dieser Orangentorte sein. Und weder Katharina Schratt noch die kleine Erzsi werden Anstoß an der minimalen Beschädigung nehmen. Zumal du ihnen ja ein Stück abschneiden kannst, das tadellos in Ordnung ist, wenn sie die Torte wünschen.«

Schließlich war alles auf der Bauernkommode neben der Kaffeetafel zu einem kleinen Buffet aufgebaut. Ida Ferenczy verabschiedete sich, nicht ohne Sophie gutes Gelingen zu wünschen. Nun musste nur noch die Kaiserin mit ihrer Entourage erscheinen.

Eine halbe Stunde später wurde Sophie zunehmend nervös. Sisi hätte mit ihren Gästen längst eintreffen sollen. Zwar war es einigermaßen kühl in der Stube. Doch draußen herrschte eine so starke Nachmittagshitze, dass Sophie um die Ansehnlichkeit ihrer Torten fürchtete, sofern sich die Kaiserin weiter verspätete. Jetzt ärgerte sie sich darüber, nicht auch noch die mit Eis füllbaren flachen Gefäße mitgebracht zu haben, die man im Café an heißen Tagen unter die Tortenplatten in den Vitrinen stellte, um die Kuchen frisch zu halten.

Denn eigentlich hätte sich Sophie denken können, dass die Kaiserin nicht rechtzeitig erscheinen würde, gab diese doch generell bei Terminen – mit Ausnahme ihrer Wanderungen – nicht sehr viel auf Pünktlichkeit. Schließlich hatte sie dies oft genug erlebt, als sie noch deren Hofstaat angehörte.

Die Lage wurde auch nicht besser durch den vor sich hin köchelnden silbernen Samowar, mit dem das Teewasser erwärmt wurde. Er stand zwar in einer Ecke auf einem kleinen Extratisch, trotzdem stieß er ununterbrochen heißen Dampf aus.

Endlich, fast eine Dreiviertelstunde nach dem auf drei Uhr angesetzten Zeitpunkt, ertönten von draußen Hufgetrappel und Räderrollen. Die Equipage der Kaiserin hielt vor der Tür des Schweizerhauses.

Als der Lakai den Schlag öffnete, sprang zuerst die kleine Erzsi heraus. Sophie war Rudolfs Tochter während ihrer Zeit bei Hofe kaum begegnet, da die Kleine mit ihrer Mutter, der verwitweten Kronprinzessin Stephanie, in der Hofburg in einem eigenen Appartement lebte. Sofern Stephanie nicht gerade auf einer ihrer zahlreichen Reisen war, die sie genau wie die Kaiserin nach dem Tod des Thronfolgers so oft wie möglich unternahm. Erzsi überließ sie dabei in der Regel der Obhut von Kinderfrauen und Erzieherinnen. Das war wahrscheinlich auch derzeit der Fall, sodass sich Sisi ihrer Enkelin erbarmt und das Kind in die Hermesvilla eingeladen und mit hierhergenommen hatte.

Seit ihrer letzten Begegnung an Franz Josephs Geburtstag in der Kaiservilla in Ischl im August 1889, war die nunmehr zehnjährige Kleine ein gutes Stück in die Höhe geschossen. Sie trug ein weißes, langärmeliges Kleid mit einem gestreiften Taillengürtel. Ihre blonden Haare, die Erzsi als kleines Mädchen gerne offen getragen hatte, waren nun am Hinterkopf ordentlich zu einem Pferdeschwanz zusammengebunden. Nur die glatten Stirnfransen waren noch die gleichen wie damals. Mit dem ovalen Gesicht und der großen Nase glich Erzsi ihrer Mutter Stephanie, war jedoch viel hübscher.

Vielleicht lag dies an den strahlend blauen Augen des Mädchens, die allerdings nie fröhlich dreingeblickt hatten, wenn Sophie Erzsi begegnet war. Gerüchteweise hatte sie gehört, dass die Kleine sehr an ihrem Vater gehangen hatte, Stephanie allerdings schon Jahre vor Rudolfs Tod den Kontakt ihrer Tochter zu ihrem ungeliebten Mann weitestgehend unterbunden hatte.

Auch heute wirkte das Kind ernst und knickste höflich vor Sophie, die ihrerseits in einen tiefen Knicks versunken war, als die Enkelin des Kaisers ausstieg.

Hinter der in ein taubenblaues Seidenkleid gehüllten, sogenannten Freundin des Kaiserpaars, Katharina Schratt, stieg schließlich Sisi selbst aus der Kutsche. Wie üblich war sie ganz in Schwarz gekleidet. Wieder einmal fiel Sophie der Kontrast zwischen den beiden Frauen auf: Hier die immer korpulenter werdende, freundlich dreinblickende, ehemalige Schauspielerin. Dort die hagere, sogar ausgemergelt wirkende Kaiserin mit ihrem strengen, wenn nicht sogar verbitterten Gesichtsausdruck.

»Ich freue mich sehr, Sie einmal wiederzusehen, liebe Sophie! Ich darf Sie doch noch so nennen?«, begrüßte Katharina Schratt Sophie jovial und reichte ihr die Hand. Im Café Prinzess hatte sich Katharina seit Sophies Flucht aus der Hofburg nie wieder blicken lassen, vielleicht aus Furcht, die Kaiserin zu brüskieren. Oder, falls sie gar nichts über die Hintergründe von Sophies Entlassung aus dem Hofstaat wusste, weil sie seit jeher Stammgast im Demel war und dieser Hofkonditorei die Treue hielt.

Im Gegensatz zu Katharina Schratt musterte Sisi Sophie ohne ein Lächeln. Natürlich wäre es undenkbar gewesen, der Kaiserin ebenfalls die Hand zu reichen. Doch Sophie spürte, dass Sisi sie einen Augenblick zu lange in ihrem Hofknicks verharren ließ, bis sie ihr mit einer Geste bedeutete, sich zu erheben.

Nach einigen weiteren belanglosen Begrüßungsworten begab sich die kleine Gesellschaft ins Innere des Hauses und nahm um den gedeckten Kaffeetisch Platz.

Zunächst servierte der Diener den Damen eine Tasse frisch aufgebrühten Tee und Erzsi eine Zitronenlimonade.

»Was haben Sie uns denn Schönes mitgebracht, liebe Sophie?«, wandte Katharina Schratt sich danach an Sophie.

Die hatte sich bei den Torten hauptsächlich für die aktuellen Spitzenprodukte des Cafés entschieden. Nacheinander stellte sie die Mokkaprinzentorte, die Orangentorte und die Kirschtorte vor, die das Café erst seit dem letzten Jahr führte. Nur die Blaubeersahne hatte sie gegen die Zitronensahnetorte ausgetauscht, da Kinder diese Mehlspeise besonders gern aßen.

»Dann versuche ich einmal ein Stück von der Kirschtorte«, entschied sich Frau Schratt. Die kleine Erzsi wünschte mit leiser Stimme tatsächlich ein Stück der Zitronensahne. Erwartungsgemäß überlegte die Kaiserin am längsten, bis sie sich schließlich für die Orangentorte entschied, so wie es Ida Ferenczy vorhergesagt hatte.

Zur Sophies Überraschung servierte jedoch nicht sie, sondern der Lakai, der sie bereits begrüßt und eingewiesen hatte, den Kuchen. Hätte Sophie das gewusst, hätte sie Mina, die sich bislang völlig im Hintergrund hielt, niemals nach Schönbrunn mitgenommen. Schließlich bedeutete das für das Café, dass die gute Ida heute Überstunden machen musste und schon seit dem späten Vormittag, anstatt dem frühen Nachmittag, im Dienst war. Im Anschluss daran würde Ida nach ihrer heute aufgrund von Minas Abwesenheit ebenfalls verkürzten Pause noch mindestens eine vierstündige Schicht als Sitzkassiererin im Kaffeehaus ableisten müssen.

Die Kaiserin blieb zunächst wortkarg, während sie ihr Stück Orangentorte immerhin zur Hälfte verzehrte. »Und haben Sie denn nun gefunden, wonach Sie gesucht haben?«, richtete sie plötzlich überraschend das Wort an Sophie.

Sophie, die mit einer solch brüsken Frage nicht gerechnet hatte, versank vor Verlegenheit zunächst wieder in einen Knicks. »Ich bin Eurer Majestät sehr dankbar dafür, dass Sie mir die Erlaubnis gaben, meinem schwer kranken Onkel in seinen letzten Lebensmonaten nahe zu sein«, antwortete sie dann ausweichend. »Seit seinem Tod führe ich das Kaffeehaus, das er mir hinterlassen hat.«

Während Katharina einige undeutliche Beileidsworte nuschelte, fixierte die Kaiserin Sophie mit ihren dunklen Augen. »Also sind Sie nun eine berufstätige Frau. Allerdings, soweit ich weiß, immer noch ledig?«, setzte sie ihre unverblümte Fragerei fort.

Sophie hob trotzig den Kopf und erwiderte den Blick der

Kaiserin. »Zum Glück bin ich das, Eure Majestät. Und dadurch nicht in einer arrangierten Ehe gefangen, bei der man die Frau vor der Hochzeit nicht einmal zu fragen pflegt, ob sie damit einverstanden ist. Geschweige denn ihr mitteilt, was nach der Eheschließung auf sie zukommt.«

Natürlich ließ sie den Halbsatz weg »so, wie es Ihnen ergangen ist«. Aber jeder der Anwesenden, wahrscheinlich sogar die kleine Erzsi, wusste genau, dass er unausgesprochen im Raum hing.

Zu Sophies nicht gelindem Triumph wandte die Kaiserin zuerst den Kopf ab, ohne Sophie zu antworten.

»Wie hat Ihnen denn Ihre Torte geschmeckt, Majestät?« Wie bei jenem denkwürdigen Diner, an dem Sophie einst mit dem Kaiserpaar und Katharina Schratt kurz nach dem Hofball vor drei Jahren teilgenommen hatte, war es Katharina, die die angespannte Atmosphäre im Raum durch eine unverfängliche Frage entschärfen wollte.

Doch diesmal funktionierte die Methode nicht. »Sie ist ganz pfiffig gemacht«, räumte die Kaiserin zwar ein. Um ihren Satz jedoch gleich danach wieder zu relativieren. »Doch den Geschmack der Orangen hätte man besser treffen können. Zu viel Creme, zu wenig Frucht.« Damit schob sie ihren Teller von sich weg, den der Lakai sofort abräumte.

Zu ihrem Ärger spürte Sophie, dass sie errötete.

»Nun, das kann ich von meiner Kirschtorte nicht sagen«, sprang Katharina Schratt Sophie zu deren Erstaunen erneut bei. »Ein wahres Meisterwerk Ihres Zuckerbäckers, Sophie.« Dadurch ermutigt, mischte auch Erzsi sich ein. »Auch die Zitronensahne hat mir sehr gut geschmeckt, Großmama«, sagte sie mit ihrer feinen Stimme.

»Das ist ja schön für euch beide«, bemerkte Sisi säuerlich.

Mittlerweile hatte sich Sophie wieder etwas gefasst. »Darf ich Eurer Majestät denn etwas anderes anbieten, das ich mitgebracht habe?«

»Was haben Sie denn noch dabei?«

Sophie griff beherzt nach dem Teller mit dem Konfekt. Die mit Champagnercreme gefüllten, mit Bitterschokolade überzogenen und mit Blattgold verzierten Pralinen waren dabei. Ebenso wie die mit Pistazien verzierten Nougattrüffel, aber auch die neueren Kreationen des Hauses, die Orangentrüffel, ebenfalls von Bitterschokolade umhüllt, und die Kirsch-Pralinen, gefüllt mit einer in Kirschwasser eingelegten Amarenakirsche.

Das Konfekt für Erzsi, Orangen- und Kirschdrops sowie die Milchschokolade hatte Sophie auf einem kleineren Teller angerichtet. Sie winkte Mina Löb, die daraufhin erstmalig aus dem Hintergrund, in dem sie bislang verharrt hatte, hervortrat.

»Bieten Sie bitte der jungen Erzherzogin etwas an, während ich den Damen den Teller reiche.« Dem eine Sekunde zu spät herbeieilenden Lakaien warf sie einen so scharfen Blick zu, dass er mitten in der Bewegung innehielt.

Beide Frauen traten nun an den Tisch, knicksten und reichten dem Mädchen und den Damen die Konfektteller. Katharina Schratt suchte sich eine Praline von jeder Sorte aus, auch Erzsi steckte sich gleich ein Stück des Milchkonfekts in den Mund.

»Hmm, das schmeckt wirklich lecker«, äußerte sich das Mädchen zu Sophies Freude.

Auch Katharina Schratt nickte zunächst zustimmend. »Die Füllungen sind wirklich ganz besonders köstlich«, bekundete sie. Ihre Mimik ließ Sophie jedoch aufmerken.

Worum es der Schratt ging, wurde ihr sofort klar, als sich auch die Kaiserin einen Orangentrüffel in den Mund steckte. Sisi kaute mit einer Miene auf ihm herum, als habe sie gerade etwas Saures gekostet. Einen furchtbaren Moment lang befürchtete Sophie sogar, sie würde die Praline wieder ausspucken.

»Was sagen Sie denn zu der Schokolade, meine Liebe?«, wandte Sisi sich dann an Katharina.

»Wie ich schon sagte, die Füllung ist außerordentlich köstlich. Allerdings scheint mir der Demel, die Schokoladenumhüllung schmackhafter herzustellen«, räumte die Schratt mit einem Ausdruck des Bedauerns ein. Wieder spürte Sophie, dass sie errötete, diesmal weit stärker als zuvor.

»Ich lasse das Konfekt, das Sie mir neulich als Präsent mitgebracht haben, einmal aus der Hermesvilla hierherholen«, erklärte die Kaiserin zu Sophies ungläubigem Staunen. Die Hermesvilla war ungefähr eine halbe Stunde Kutschfahrt von Schloss Schönbrunn entfernt. Doch schon winkte die Kaiserin dem Lakaien und gab ihm entsprechende Anweisungen.

Die nächste Stunde verging für Sophie und, wie sie ihr auf der Rückfahrt gestand, auch für Mina quälend langsam. Zwar sprach Katharina Schratt dem Kuchenbuffet weiter zu und ließ sich sowohl noch ein Stück Mokkaprinzentorte als auch ein Stück Orangentorte servieren. Auch Erzsi verzehrte mit viel Vergnügen ein weiteres Stück Zitronensahne und knabberte an ihrem Konfekt. Sisi nippte derweil nur an ihrem Tee.

Sophie wurde von der Kaiserin nicht mehr ins Gespräch miteinbezogen, sondern konnte der belanglosen Plauderei zwischen ihr und Katharina Schratt nur lauschen. Schon begann sie, sich ernsthafte Sorgen um den Hoflieferanten-Status des Cafés Prinzess zu machen, und schalt sich innerlich dafür, der Kaiserin, wenn auch noch so indirekt, Paroli geboten zu haben. Hatte Ida Ferenczy sie nicht immer wieder davor gewarnt, dass Sisi außerordentlich nachtragend sein konnte?

Endlich kehrte die Equipage, die Sisi in die Hermesvilla entsandt hatte, zurück. Ein weiterer Diener sprang heraus, in der Hand eine reich mit Ornamenten verzierte Schachtel mit dem goldenen Schriftzug des Demel. Sophie durchfuhr der erste Stich. So schöne Behälter gab es im Café Prinzess nicht.

Diesmal öffnete der Tafeldiener die Schachtel und bot allen Damen außer Mina, die er geflissentlich übersah, ein Stück des darin befindlichen Schokoladenkonfekts an. Beklommen steckte Sophie es sich in den Mund. Und schmeckte zu ihrem

Entsetzen sofort, dass diese, aus reiner Schokolade bestehende Praline tatsächlich köstlicher war als alles, was sie an Schokoladenerzeugnissen bisher gegessen hatte. Die Schokolade zerging förmlich auf der Zunge. Der Geschmack der Schokolade aus dem Prinzess kam ihr dagegen grob vor. Sie zerkrümelte außerdem im Mund, anstatt zu zerschmelzen.

»Das ist die jüngste Spezialität des Demel«, erklärte Katharina Schratt mit leichter Verlegenheit. »Die Inhaberin, Maria Demel, hat mir gesagt, sie hätte irgendeine neue Maschine angeschafft, mit der man in der Lage ist, Schokolade in dieser Qualität herzustellen. Der Prozess muss zwar sehr aufwendig sein, und das Konfekt ist wahrlich nicht billig, aber jeden Heller wert, den man dafür ausgibt.« Während ihrer Erläuterung warf sie einen scheuen Seitenblick auf die Kaiserin.

Die holte nun zum vernichtenden Schlag gegen Sophie aus, was sie zweifellos schon seit einiger Zeit beabsichtigt hatte.

»Vielleicht hätte ich Ida Ferenczy doch bitten sollen, Maria Demel heute ins Schweizerhaus zu bestellen. Schließlich hätte ich wissen können, dass die Demel-Produkte mir besser munden als die aus dem Café Prinzess. Das ist ja mit dem Veilchensorbet nicht anders, das ich Ihrem Rosensorbet bei Weitem vorziehe.« Erst bei ihren letzten Worten richtete sie den Blick wieder auf Sophie.

Die knickste in tödlicher Verlegenheit und murmelte ihr Bedauern.

»Aber Ihre Bonbons sind sehr lecker!« Erzsis dünne Stimme durchbrach das peinliche Schweigen, das sich im Raum auszubreiten begann. »Die schmecken *mir* jedenfalls sehr viel besser als die Veilchenpastillen aus dem Demel.«

Nun errötete auch Sisi leicht. »Der Geschmack von Kindern ist eben noch nicht so fein ausgeprägt wie der von Erwachsenen«, versuchte sie vergeblich, das Lob ihrer Enkelin zu relativieren. Zu Sophies unendlicher Erleichterung erhob sie sich dann.

»Ich danke Ihnen trotzdem für Ihren Besuch, Fräulein von Werdenfels«, verabschiedete sie Sophie steif. »Sie haben sich sicherlich alle Mühe gegeben, uns heute eine Freude zu bereiten. So viel Mühe wie seinerzeit, als Sie noch in unseren Diensten standen.« Ihr Tonfall ließ deutlich erkennen, dass sie mit beidem nicht zufrieden war.

Noch einmal fixierte die Kaiserin Sophie mit ihren dunklen Augen. »Ihren Besuch in der Meierei betrachte ich als eine interne Hofangelegenheit. Wie über alles andere ist darüber ausdrücklich Stillschweigen zu bewahren.«

Sophie verstand die Anspielung auf Anhieb. »Selbstverständlich, Majestät. Ich werde mich wie bisher daran halten.«

Erst, als Sophie mit ihrem Geschirr wieder in der Kutsche saß – die übrig gebliebenen Süßigkeiten hatte sie den Lakaien zu deren Freude überlassen –, machte sie ihrer Erbitterung Luft. »Ida Ferenczy hat es gut gemeint, als sie der Kaiserin empfahl, mich einzuladen, damit ich ihr die Produkte des Cafés Prinzess präsentieren kann. Aber schon lange habe ich mich nicht mehr so gedemütigt gefühlt wie heute.«

Mina nickte bedrückt. »Das kann ich sehr gut verstehen, Fräulein Sophie. Auch ich hätte mir einen anderen Verlauf dieser Einladung gewünscht. Unsere Kaiserin habe ich bislang aus der Ferne immer bewundert. Sie hatte etwas Märchenhaftes für mich. Ein Irrtum, wie sich heute herausgestellt hat. Sie erinnert mich eher an ein verbittertes, altes Weib, das auch anderen Menschen das Leben vermiesen möchte, als an eine Ehrfurcht gebietende Majestät.«

Minas offene Worte trösteten Sophie ein wenig. »Wissen Sie, was für eine Schokoladenmaschine Frau Schratt gemeint haben könnte, Mina?«

»Zu meinem Bedauern, nein, Fräulein Sophie. Aber das müsste doch irgendwie herauszufinden sein.«

Café Prinzess

Anfang Juni 1894, eine Woche später

»Also, Richie, was hast du über das Konfekt des Demel und diese Maschine in Erfahrung gebracht?« Sophie konnte ihre Ungeduld kaum bezähmen.

»Gemach, gemach, liebe Phiefi!«, schmunzelte Richard. »Erst solltest du einmal das Opfer würdigen, das ich für diese Ausforschung gebracht habe. Schließlich habe ich Amalie ins Demel ausgeführt und ihre Gegenwart dabei über eine Stunde lang ertragen. Zum Glück war noch meine Mutter dabei, die gerade in Wien zu Besuch ist.«

»Ich würdige dieses Opfer«, ging Sophie auf Richards scherzhaften Ton ein. »Aber auch mein eigenes Opfer ist sehr beträchtlich. Schließlich hast du mich jetzt fast eine Woche lang auf diese Information warten lassen.«

Sie saßen bei einer Mandelmelange und Richards üblichem Großen Schwarzen an einem der kleinen Marmortische im Café Prinzess. Es war kurz vor der Schließung, nur noch wenige Gäste waren im Raum.

»Also«, begann Richard und zog zunächst umständlich eine kleine Schachtel aus einem mitgebrachten Beutel. »Hier habe ich auch für dich zehn Deka dieses sündhaft teuren Konfekts erstanden. Ebenso wie für Amalie und meine Mutter. Die Süßigkeit kostet ein kleines Vermögen. Doch ich muss gestehen, sie schmeckt tatsächlich köstlicher als jedes andere Konfekt, das ich bislang gegessen habe. Willst du eine von den Pralinen naschen?«

Sophie schüttelte, leicht verärgert, den Kopf. »Jetzt nicht! Das Konfekt überlasse ich wahrscheinlich meiner Mutter und Milli. Ich will meine eigenen Trüffel, hergestellt nach der Methode des Demel, essen. Und zwar sobald wie möglich.«

»Nun gut«, seufzte Richard. »Es liegt nicht an den Zutaten, aus denen diese Schokolade hergestellt wird. Diese sind nach wie vor Kakaobutter, Kakaomasse, Zucker und Milch. Aber die Maschine, die von ihrem Erfinder, einem Schweizer namens Rodolphe Lindt, Conchiermaschine genannt wird, vermischt diese Zutaten auf eine ganz spezielle Weise in einem drei Tage lang dauernden Prozess zu dieser ganz besonderen Konsistenz.«

»Drei Tage lang?« Sophie konnte das kaum glauben. Doch Richard bestätigte es.

»Auch aus diesem Grund ist das Konfekt so teuer. Nicht nur wegen der Maschine, die ist ja eine einmalige Investition. Sondern hauptsächlich wegen der aufwendigen Produktion.«

»Und wer hat dir das erzählt?«

Richard grinste. »Die Inhaberin, Maria Demel, persönlich. Ich tat ganz ahnungslos, so als ob ich von ihrer sensationellen Süßigkeit gehört hätte, aber mir nichts Rechtes darunter vorstellen könne. Zumal doch auch die bisherige Schokolade lecker geschmeckt hätte. Diese Skepsis stachelte dann offensichtlich den Ehrgeiz der Dame an, sodass sie mir und meinen Begleiterinnen diese Informationen gab. Die Maschine zeigen, wollte sie mir allerdings nicht. Gäste des Cafés hätten keinen Zutritt zur Backstube, erklärte sie mir.«

»Das kann ich gut nachvollziehen«, bestätigte Sophie. »Aber wo kann man diese Conchiermaschine«, sie zückte einen Bleistift und einen Schreibblock, »denn kaufen?«

»Das wollte mir Frau Demel leider ebenfalls nicht verraten. Obwohl ich meine Mutter und Amalie zur Tarnung dabeihatte, vermutete sie wohl nach meinen vielen Fragen zu Recht, ich käme als Spion. Aber da ein Schweizer die Maschine erfunden hat, nahm ich an, sie sei auch in der Schweiz zu beziehen. Und dann kam mir der Zufall zu Hilfe.«

Richard griff noch einmal in den mitgebrachten Beutel und zog diesmal ein Zeitungsblatt hervor. »Diese Anzeige habe ich doch glatt in Amalies *Wiener Salonblatt*, das sie auf dieser Seite aufgeschlagen in der Bibliothek liegenließ, entdeckt. Auch das Sacher scheint sich mittlerweile eine solche Maschine angeschafft zu haben, und nennt dankenswerterweise in der Werbeannonce für seine Schokolade sogar den Hersteller. Schau her!« Richard zeigte auf einen Satz in der pompös gestalteten, fast viertelseitigen Annonce.

Sophie las: *Feinste Schokolade, hergestellt nach der neuesten Methode der Firma Lindt aus Bern.*

»Offensichtlich hat der Erfinder der Maschine eine Fabrik gegründet, in der solche Geräte hergestellt werden. Alles Weitere müsste nun relativ einfach in Erfahrung zu bringen sein.«

Kaffeehaus Prinzess

Mitte Juni 1894

»Grüezi, werte Dame«, begrüßte der fremde Herr Ida hinter ihrer Sitzkassiererinnen-Theke. »Wo finde ich denn den Geschäftsführer?«

Ida blickte von den Coupons auf, die sie gerade sortierte und miteinander verglich. Sie hatten sich während ihrer einstündigen Mittagspause angesammelt und gingen auf ein System zurück, das sich Ida vor einiger Zeit ausgedacht und, nach Rücksprache mit Sophie, mit Toni Schleiderer vereinbart hatte.

In den Pausen der Sitzkassiererin wurden Bestellungen nicht mehr, wie vorher üblich, auf einem Block notiert, sondern in zweifacher Ausfertigung auf einem vorgedruckten Zettel, der in der Mitte perforiert war und sich daher leicht auseinanderreißen ließ.

Je eine Hälfte des Coupons spießten die Ober dann auf einen kleinen Ständer auf dem Tresen, hinter dem kassiert wurde. Die andere identische Hälfte gaben sie je nach Bestellung an der Getränketheke, in der Kaffee- oder der Speisenküche ab, wo die

Coupons ebenfalls auf einen Ständer gespießt wurden. Ohne einen solchen Coupon durfte während der Pause der Sitzkassiererin nichts herausgegeben werden.

Nach ihrer Pause sammelte die Sitzkassiererin alle Zettel in den Speise- und Getränkeausgaben des Kaffeehauses ein und verglich sie mit den Zetteln auf ihrem Tresen. Jeder der doppelt vorhandenen, identischen Coupons wurde zunächst zusammengeheftet. Die daraus resultierende Bestellung wurde so bald wie möglich im Kassenbuch nachgetragen, spätestens, wenn der Gast sie bezahlte. Erst danach wurden die Coupons abgezeichnet.

Wollte ein Gast während der Abwesenheit der Sitzkassiererin seine Rechnung begleichen, durfte er dies nur bei Herrn Franz oder dem stellvertretenden Oberkellner tun, wenn Herr Franz nicht im Dienst war. Wieder wurde dann ein kleiner Zettel ausgefüllt und auf einen zweiten Ständer gespießt, sodass die Abrechnung des Oberkellners mit der Sitzkassiererin im Anschluss unkompliziert möglich war.

Diese Methode hatte sich von Anbeginn an als sehr zuverlässig erwiesen. Es war kaum zu Fehlern gekommen. Nur die alte Helene hatte sich einige Male beim Übertrag der Bestellungen ins Kassenbuch vertan.

Heute vertrat Ida ihre Kollegin an deren freiem Tag und hatte daher, trotz der beiden einstündigen Pausen, die jeweils vor den Stoßzeiten im Kaffeehaus lagen, eine vierzehnstündige Schicht zu absolvieren, was ihr jedoch nicht das Geringste ausmachte.

Nun musterte sie den Herrn, dessen Trachtenanzug und Akzent ihn deutlich als Schweizer auswiesen. »Darf ich fragen, in welcher Angelegenheit Sie den Geschäftsführer sprechen möchten?«

»Ein«, der Schweizer konsultierte ein etwas zerknittert aussehendes Schreiben, das er aus einer Aktenmappe nahm, »ein Fräulein von Werdenfels hat mich schon vor einiger Zeit um meinen Besuch gebeten. Es geht um eine unserer sensationellen Conchiermaschinen. Leider habe ich mich einige Tage lang in der Schweiz aufgehalten und das Schreiben daher erst gestern Abend in meinem Wiener Kontor entdeckt.«

Ida wusste sofort, worum es ging. Bei dem Schweizer Herrn handelte es sich offensichtlich um den Wiener Vertreter der Firma Lindt in Bern. Zu dumm, dass er ausgerechnet jetzt ins Kaffeehaus gekommen war. Sie schüttelte bedauernd den Kopf. »Unglücklicherweise ist Fräulein von Werdenfels gerade nicht im Haus.« Es war Samstagnachmittag. Sophie war vor einer Stunde zu einem Besuch im Frauenhaus aufgebrochen. »Am besten wäre es, Sie kämen am Montag noch einmal wieder. Dann aber gleich ins Café, wo Sie Fräulein von Werdenfels den ganzen Tag antreffen dürften.«

»Aber vielleicht kann ich Ihnen erst einmal weiterhelfen«, erbot sich plötzlich Toni Schleiderer, der sich unbemerkt genähert und das kurze Gespräch offensichtlich verfolgt hatte. »Zumal Sie ja den Geschäftsführer suchen.«

Ida warf Toni einen finsteren Blick zu, sah jedoch keine Möglichkeit, ihm in der Öffentlichkeit des Kaffeehauses in die Parade zu fahren.

Anstatt den Vertreter mit in sein Kontor zu nehmen, setzte sich Toni daraufhin mit ihm an einen Tisch in der Nähe der Theke. Erst später wurde Ida klar, dass Schleiderer dies mit Absicht getan hatte, weil er wollte, dass sie mithörte.

Ohne dem Handelsvertreter ein Getränk anzubieten, fiel Toni sofort mit der Tür ins Haus. »Ihre Firma vertreibt also diese neumodischen Maschinen zur Schokoladenherstellung, nicht wahr?«, fragte er barsch.

Der Verkäufer, an den Umgang mit schwierigen Kunden gewöhnt, nickte eifrig. »Das ist richtig, mein Herr. Die Dame, die mir geschrieben hat, äußerte großes Interesse am Erwerb eines solchen Geräts.«

»So, so«, meinte Toni. »Leider weiß ich überhaupt nichts davon.«

Ida wusste, dass dies der Wahrheit entsprach. Sophie hatte ihr erzählt, dass sie sich erst einmal in einem Gespräch mit dem Vertreter Klarheit darüber verschaffen wolle, was die Maschine tatsächlich leisten konnte, und natürlich auch, was sie kosten sollte. Erst danach wollte sie Toni mit ins Boot nehmen.

»Aber Sie sind der Geschäftsführer?«, erkundigte sich der Schweizer.

»So ist es«, antwortete Toni dem Vertreter. Ida registrierte mit stillem Zorn, dass Schleiderer Sophies Position im Unternehmen gar nicht erwähnte, sondern den Verkäufer in dem Glauben ließ, eine nicht entscheidungsbefugte Untergebene habe ihm geschrieben.

»Ich habe von dieser Conchiermaschine zwar bereits gehört, kann ihren Nutzen für unser Kaffeehaus jedoch nicht beurteilen. Schokoladenprodukte gehören zwar zum ständigen Angebot des Konditorei-Cafés, dem zweiten Teil unseres Unternehmens, sind aber im Vergleich zu unseren anderen Produkten keine bedeutenden Umsatzträger, sodass sich eine größere Investition dafür nicht lohnen würde. Daher komme ich am besten gleich zum entscheidenden Punkt, um weder Ihnen noch mir unnötig Zeit zu stehlen. Was kostet Ihre Maschine denn?«

Der Vertreter öffnete seine Aktenmappe und zog einen Katalog heraus. »Die verschiedenen Modelle möchte ich Ihnen kurz vorstellen, da sie je nach Ausführung mehr oder weniger Funktionen haben und auch aus unterschiedlichen Materialien …«

»Nennen Sie mir einfach die Preise!«, unterbrach Toni ihn rüde.

Der Verkäufer runzelte konsterniert die Stirn. »Unser einfachstes Modell ist bereits für dreihundert Gulden zu haben. Das exklusivere Modell, das ich Ihnen empfehlen würde, sofern Sie die Produktion Ihrer Schokolade ausweiten möchten, gibt es für ungefähr fünfhundert Gulden.«

Toni winkte nahezu verächtlich ab. »Selbst eine Investition von *nur*«, er betonte das Wort spöttisch, »dreihundert Gulden würde sich für uns überhaupt nicht rechnen, verehrter Herr. Wie ich Ihnen schon sagte, sind Schokoladenerzeugnisse kein zentrales Angebot unseres Hauses.«

Er stand auf. »Ich bedauere daher außerordentlich, dass Sie sich umsonst hierherbemüht haben, und wünsche Ihnen noch einen schönen Tag.«

Ida stockte der Atem ob Tonis Dreistigkeit. Aber sie sah keine andere Möglichkeit einzugreifen, als Sophie beim Frühstück am nächsten Morgen zu berichten, was sich heute hier zugetragen hatte.

Kapitel 17

Herrengasse in Wien

Mitte Juni 1894, am frühen Abend desselben Tages

Schon als Richard auf dem Heimweg von der Franz-Josephs-Kaserne vom Michaelerplatz in die Herrengasse einbog, hörte er einen infernalischen Lärm. Er schien aus der Gegenrichtung, also dem anderen Ende der Herrengasse, zu kommen.

Richard zügelte seinen Rappen vor der Absperrung, die ein Trupp Gendarmen auf dem Weg vom Michaelerplatz in die Herrengasse errichtet hatte, und erkundigte sich nach der Ursache des Radaus. Über die Antwort des salutierenden Polizisten wunderte er sich nicht. Viele Gendarmen begegneten den Sozialisten mit Misstrauen.

»Des is des rote G'sindel, gnä' Herr Major.« Der Mann erkannte Richards Rang offenbar an den Uniformabzeichen. »Des kommt vo' ana Versammlung im Rathaus, wo's um des Wahlrecht gangen is. Als ob ma solche Leut wählen lassen dürft!«

Richard bedankte sich, sprang ab, da sein Pferd bereits angesichts des Krachs schnaubte und tänzelte, und führte das Ross im Schritt durch die für ihn inzwischen geöffnete Barriere.

Je näher er der Menge kam, desto deutlicher kristallisierten sich einzelne Rufe aus dem Lärm heraus.

»Abzug Windisch-Graetz!« und »Heraus mit dem allgemeinen Wahlrecht!«, ertönte es immer lauter, je näher Richard der Menge kam. Er hatte alle Mühe, seinen nervösen Hengst zu beruhigen.

Offensichtlich hatten sich die Demonstrierenden vom neuen Rathaus aus, wo heute Abend eine Versammlung der Arbeiter zum Thema »Wahlrecht« stattfinden sollte, nun in Richtung der Herrengasse aufgemacht. Eine solche Befürchtung hatte Richards Schwiegervater, als er beim Frühstück die Zeitung studierte, schon am Morgen geäußert, allerdings ohne jedes Verständnis für das Anliegen der Arbeiter.

Wahrscheinlich war die Herrengasse auch genau aus diesem Grund abgesperrt worden. Denn dort wohnte, nur ungefähr einhundert Meter vom Palais Thurnau entfernt, der jetzige Ministerpräsident, Alfred Fürst zu Windisch-Graetz, der Eduard von Taaffe erst im vorigen Jahr in seinem Amt abgelöst hatte. Offensichtlich wollte die Menge direkt vor dem Wohnsitz des Fürsten, den Richard gerade passierte, ihre Forderung nach dem Wahlrecht, das ihnen bislang verweigert wurde, bekunden.

Richard würde später von Sophie, die sich an diesem Abend, von ihm unbemerkt, mit in der Menge befand, erfahren, dass diese Idee spontan auf dem Rathausplatz entstanden war. Denn dort hatten sich viel mehr Männer und Frauen versammelt als in der Volkshalle des neuen Rathauses, in der die Versammlung stattfinden sollte, Platz hatten. Plötzlich war der Ruf ertönt: »In die Herrengasse! Dort machen wir dem Windisch-Graetz eine Katzenmusik!«

Gesagt, getan. Doch mit den Absperrungen hatten die Demonstranten offenbar nicht gerechnet. Die massivste befand sich genau vor dem Abzweig zur Freyung, in die Richard einbiegen musste, um über den Hof des Palais Thurnau dessen Stallungen zu erreichen. Die Absperrung bildete mit einer weiteren an der Schottengasse zur Herrengasse und einer Nebenstraße, die in die Herrengasse einmündete, eine Einheit. Die aus stabilen Holzbalken errichtete Barriere wurde von mindestens fünfzig Polizisten bewacht, wie Richard rasch überschlug.

Während in der Nebenstraße nur ein einsamer Fiaker stand, drängte die Menge, die über die Schottengasse zum Palais des

Ministerpräsidenten vordringen wollte, gegen die dortige Absperrung. Erstaunt registrierte Richard, dass vor allem Frauen in den vordersten Reihen standen, darunter zwei gut gekleidete Damen. Er erkannte Irene Gerban an der Seite einer Arbeiterführerin, deren Bild er aus der Zeitung kannte und deren Namen er häufig von Sophie gehört hatte. Phiefi bewunderte Adelheid Popp, wie die Frau hieß, sehr. Dass auch Sophie selbst drei Reihen hinter Irene und Adelheid mit in der Menge stand, um für das Wahlrecht von Frauen zu demonstrieren, bemerkte Richard in diesem Augenblick nicht.

Plötzlich stach ihn der Hafer. Er trat auf den Kommandanten der Gendarmen zu, der ebenfalls vor ihm salutierte.

»Grüß Gott, ich möchte mit meinem Ross in die Freyung einbiegen. Dort liegen die Stallungen des Palais, in dem ich wohnhaft bin.«

»Die Barriere wird selbstverständlich sofort geöffnet«, fiel ihm der Kommandant der Gendarmen diensteifrig sogar ins Wort.

»Ich möchte Sie allerdings bitten, auch diesen beiden Damen dort in der ersten Reihe der Menge zu öffnen. Sie sehen nicht so aus, als ob sie zu den demonstrierenden Arbeiterinnen gehören würden«, erweiterte Richard seinen Wunsch.

Jetzt blickte der Gendarm zweifelnd drein. Es war eine Sache, die Barriere vor der dahinterliegenden, menschenleeren Freyung zu öffnen. Eine andere, die vor der unübersehbaren Menge aus der Schottengasse.

»Ist der gnädige Herr Major denn sicher, dass beide Damen wirklich nichts mit diesen Leuten zu tun haben? Ich habe sie nämlich beobachtet und den Eindruck gewonnen, dass sie die gleichen Parolen schreien wie der restliche Pöbel.«

Richard tat entrüstet. »Wagen Sie es, an den Worten eines hohen Offiziers Seiner Majestät zu zweifeln?« Er bemühte sich, möglichst drohend dreinzublicken, wobei er sich mühsam das Lachen verbeißen musste. »Doch ich werde mich sogar selbst davon überzeugen, dass dies vornehme Damen sind, die unverschuldet in diese missliche Lage geraten sind.«

Damit trat Richard auf Irene Gerban zu und flüsterte ihr ins Ohr: »Ich sorge gleich dafür, dass diese Hindernisse entfernt werden. Tun Sie mir so lange den Gefallen, nicht mehr mit der Menge zu brüllen.«

Irene verstand sofort, dass Richard die Demonstrierenden dabei unterstützen wollte, zum Palais des Fürsten vorzudringen. Sie zwinkerte ihm verschwörerisch zu.

»Also, lassen Sie nun die Barriere öffnen! Ich habe mich persönlich davon überzeugt, dass diese Damen nur ihres Weges gehen wollen«, wiederholte Richard seine Forderung.

Der Kommandant der Gendarmen blickte zwar immer noch zweifelnd drein. Doch, wie üblich, obsiegte die Autorität der Armee, erst recht, wenn ein ranghoher Offizier sie einforderte. Innerlich grinsend, doch äußerlich mit unbewegter Miene, verfolgte Richard, wie zehn Gendarmen die schweren Holzbalken mühsam zur Seite zu schieben begannen, sodass genau in der Mitte der Barriere eine Öffnung entstand.

Sobald der Weg frei war, strömten nicht nur Irene und Adelheid, sondern hinter ihnen die gesamte Masse ihrer Genossinnen und Genossen in die Herrengasse. Durch die Wucht der vielen herandrängenden Körper wurden die Holzbalken von der Mitte aus endgültig zu den Seiten gedrückt. Die Gendarmen wichen zurück.

»Keine Gewalt!«, befahl Richard, als die ersten Polizisten bereits ihre Schlagstöcke hoben. »Die Menge würde kurzen Prozess mit Ihnen machen! Sie sind vollkommen in der Unterzahl!« Wieder registrierte er mit Genugtuung, dass seiner Anordnung widerspruchslos Folge geleistet wurde.

Nachdem er seinen Rappen im Hof des Palais Thurnau rasch einem Stallburschen übergeben hatte, kehrte Richard zurück, um das weitere Geschehen zu beobachten. Die Menge ballte sich jetzt vor dem Palais der Windisch-Graetz zusammen und wiederholte lauthals ihre Forderungen: »Abzug Windisch-Graetz!« und »Heraus mit dem Wahlrecht!« Natürlich befanden sich auch Irene Gerban und Adelheid Popp erneut darunter. Doch Richard wusste, dass der kommandierende Gendarm es niemals wagen würde, ihn deshalb zur Rede zu stellen.

Dem Fürsten Windisch-Graetz, dessen erzkonservative Politik der seines Vorgängers von Taaffe glich und die Richard zuwider war, gönnte er dagegen den Schrecken der plötzlich vor seinem Palais auftauchenden Volksmasse. Lange würde der Spuk allerdings nicht mehr dauern. Denn aus dem Augenwinkel sah Richard bereits mehrere Gendarmen durch die Freyung davonstürmen, wahrscheinlich, um Verstärkung herbeizuholen. Die restlichen Polizisten waren den Demonstranten gefolgt, wobei sie aufgrund ihrer zahlenmäßigen Unterlegenheit jedoch gebührenden Abstand hielten.

Gerade, als Richard sich durch das Gittertor wieder in den Hof des Palais Thurnau begeben hatte, öffnete sich der Schlag des Fiakers, der in der Nebengasse gehalten hatte. Heraus stieg seine Gattin Amalie, mit zerzauster Frisur und zerknittertem Kleid. Dahinter folgte ihre Zofe Berta. Beide quetschten sich an der Absperrung in der Nebengasse vorbei, in deren Nähe sich jetzt weder Gendarmen noch Demonstranten aufhielten.

Fassungslos beobachtete Richard, wie Amalie, die sich offenbar unbeobachtet fühlte, sich noch einmal umdrehte und dem Kutscher eine Kusshand zuwarf. Der wiederum pfiff lautstark hinter ihr her.

Zitternd vor Wut fing Richard Amalie hinter der Tür der Dienstbotentreppe ab, auf der sie, so wie er kurz zuvor, hinaufgehuscht war, um ihre Suite im Mezzanin zu erreichen. Er packte sie grob am Arm und zerrte sie in den gemeinsamen Salon, während er Berta mit einer Geste zu verstehen gab, sie solle verschwinden.

»Was soll dieses Possenspiel bedeuten?«, zischte er und schnupperte verächtlich. »Du stinkst nach Schweiß und Pferdemist! Wahrscheinlich unter deinen zerknitterten Röcken auch nach dem Auswurf deines Galans. Hurst du jetzt schon in aller Öffentlichkeit mit deinen Fiakern herum?«

Wie üblich, ließ Amalie sich zunächst nicht einschüchtern. Trotzig starrte sie ihm ins Gesicht. »Nicht mehr und nicht weniger als du mit deiner Sophie herumhurst«, konterte sie.

Diesmal sah Richard rot. Doch Amalie hatte seinen Schlag kommen sehen und wich ihm geschickt aus.

»Wage es noch einmal, die Hand gegen mich zu erheben, Richard! Dann zeige ich meinem Vater noch heute die Fotografien!«, drohte sie.

»Was für Fotografien?« Verblüfft lockerte Richard seinen Griff. Amalie nutzte die Gelegenheit, entwand sich ihm sofort und wich einige Schritte zurück.

Dann lächelte sie höhnisch. »Ich habe dir einen Privatdetektiv auf den Hals gehetzt«, gab sie offen zu. »Nachdem mir Bekannte immer und immer wieder berichtet haben, dass sie dieses Dämchen und dich im Theater, in Restaurants, im Prater und was weiß ich wo noch gesehen haben, kam mir das langsam spanisch vor. Und siehe da! Mein Verdacht hat sich rasch bestätigt.«

»Du behauptest etwas, für das du in Wirklichkeit gar keinen Beweis besitzt!« Richard versuchte, die Oberhand über die Situation zu behalten und zu verbergen, dass ihm innerlich heiß und kalt wurde. »Was ist denn dabei, wenn ich mich mit Sophie von Werdenfels an neutralen Orten in der Öffentlichkeit zeige?«

Er holte tief Luft. »Zeig deinem Vater ruhig die Fotografien deines Spions! Er wird nur Unverfängliches darauf sehen. Ich aber habe dich vor einigen Wochen mit deinem Kutscher, der dich an diesem Tag fuhr, auf einem Seitenweg im Prater erwischt. Wo du dich mit ihm, grunzend wie eine Sau, verlustiert hast!«

Einen Augenblick lang huschte ein Ausdruck von Panik über Amalies Gesicht. Dann fing sie sich wieder. »Aber eine Fotografie von diesem Vorfall besitzt du nicht!«, trumpfte sie auf. »Ich dagegen habe gleich mehrere von den Gelegenheiten, wo du mit deiner Mätresse das Hotel ›Zum weißen Schwan‹ in der Josefstadt weit nach Mitternacht verlässt. Das kann nicht nur mein Privatdetektiv bezeugen, sondern auch der Rezeptionist des Hotels. Der gegen ein geringes Entgelt übrigens meinem Privatspion jedes Mal Meldung machte, wenn du mal wieder eines der Zimmer dort für *Herrn und Frau von Hohenfels*«, ihre Stimme troff vor Verachtung, »reserviert hast.«

Richard fehlten vor Entgeisterung die Worte. Dass Amalie genau seinen ursprünglichen Plan, ihre Machenschaften mithilfe eines Privatdetektivs zu beweisen, ebenfalls entwickelt, aber im Gegensatz zu ihm in die Tat umgesetzt hatte, hätte er nie für möglich gehalten.

Amalie, die ihn scharf beobachtete, erkannte, dass sich Richard nun in der Defensive befand. »Also, ich schlage dir vor, wir halten es wie ›qui für qua‹, oder wie dieser lateinische Spruch heißt. Du lässt mich in Frieden, ich lasse im Gegenzug dich in Frieden. Denn was glaubst du wohl, wie mein Vater reagieren würde, wenn du ihm die Mär mit den Fiakern erzählst? Dafür hast *du* nämlich keinen Beweis, ich dagegen für deine Liebschaft mit dieser Sophie schon. Mein Vater würde deine Anschuldigungen für eine schmutzige Verleumdung halten, mit der du mich kompromittieren willst, um deine eigene Untreue zu kaschieren.«

Da Richard noch immer wie gelähmt vor ihr stand, nutzte Amalie ihre Chance und rauschte an ihm vorbei aus dem Salon. Nur Sekunden später hörte er ihre Schlafzimmertür ins Schloss fallen, in der sich, ebenfalls deutlich vernehmbar, der Schlüssel drehte.

Zutiefst angeekelt, blieb Richard zurück. Und musste sich voller Widerwillen eingestehen, dass diese Runde an Amalie ging.

Kaffeehaus Prinzess

Mitte Juni 1894, einen Tag später

»Guten Morgen, Toni!« Sophie bemühte sich, ihren Zorn zumindest in der Öffentlichkeit des Kaffeehauses zu mäßigen. »Ich bitte dich um eine umgehende Unterredung unter vier Augen.«

Tonis Blick begann zu flackern. Trotzdem tat er zunächst ahnungslos. »Worum geht es denn, liebe Sophie?«

Deren grüne Augen schossen jetzt Blitze. »Das möchtest du vor den Ohren der Gäste unseres Hauses sicherlich nicht erfahren. Doch wenn du nicht mitkommen willst, scheue ich auch nicht davor zurück, es dir hier im Gastraum zu sagen.«

Damit drehte sie sich auf dem Absatz um und blickte nur noch einmal kurz über die Schulter. »Also, kommst du jetzt mit?«

Da bereits die alte Helene, die heute wieder als Sitzkassiererin fungierte, und auch zwei Kellner auf den Disput aufmerksam geworden waren, folgte Toni Sophie wohl oder übel.

Kaum hatten sie die Tür des Kontors hinter sich geschlossen, konnte die nicht mehr an sich halten. Erst vor einer halben Stunde hatte Ida ihr berichtet, was sich gestern Nachmittag abgespielt hatte.

»Was fällt dir ein, Toni, einen Vertreter, den ich ausdrücklich zu *mir* bestellt habe, einfach abzuweisen? Zumal unter der Vorspiegelung, du hättest hier das alleinige Sagen, und dazu noch mit der Aussage, an seiner Maschine bestünde keinerlei Interesse?« Sophie gab sich keine Mühe, die Schärfe in ihrer Stimme zu unterdrücken. Denn was ihr Ida heute Morgen erzählt hatte, war der Tropfen gewesen, der das Fass endgültig zum Überlaufen gebracht hatte.

Erwartungsgemäß ließ sich Toni erst einmal nicht beeindrucken und hielt ihrem zornigen Blick stand. »Du wolltest hinter meinem Rücken eine teure Maschine erstehen, ohne diese Investition zuvor mit mir abzusprechen. Das ist gegen unsere Vereinbarungen.«

Sophie holte tief Luft und ballte die Hände zu Fäusten. »Jetzt höre mir einmal gut zu, Toni!« Sie zog eine Abschrift von Danzers Testament aus der Tasche, die sie in ihrer Wohnung verwahrte.

»Erstens! Ich wollte mich von dem Schweizer Vertreter erst einmal lediglich darüber beraten lassen, was die Conchiermaschine zu leisten vermag, und natürlich auch, was sie kosten soll. Zumal es sogar unterschiedliche Modelle zu geben scheint, wie mir Ida berichtet hat.« Da Toni es ja offensichtlich darauf angelegt hatte, dass Ida die Szene mit dem Vertreter mitbekam, sah Sophie keinen Grund dafür, ihre alte Freundin aus der Sache herauszuhalten.

Toni öffnete bereits den Mund zu einer Erwiderung, als eine ungewohnt herrische Geste Sophies ihn daran hinderte. »Du hörst mir jetzt erst einmal bis zum Ende zu, Toni! Danach kannst du dich zu allem, was ich dir vorzuwerfen habe, äußern.«

»Zweitens!«, fuhr Sophie fort. »Bei der Anschaffung der Conchiermaschine würde es sich um eine Investition handeln, die ausschließlich mit dem Café zu tun hat, dessen Geschäftsführerin *ich* bin, soweit ich unsere diesbezüglichen Vereinbarungen richtig in Erinnerung habe. Im Kaffeehaus, das du leitest, werden keine Schokoladenprodukte angeboten.«

»Trotzdem müssen wir über Investitionen in einer so beträchtlichen Höhe gemeinsam entscheiden«, nutzte Toni die winzige Pause, in der Sophie Luft holte, für seinen Einwand.

»Dazu komme ich noch«, fertigte Sophie ihn brüsk ab. »Zuerst lässt du mich ausreden! Drittens: Du weißt sehr gut, dass ich den Umsatz der Schokoladenprodukte insbesondere durch die neuartigen Schaufensterdekorationen ganz beträchtlich gesteigert habe. Obwohl du gegenüber dem Vertreter behauptet hast, es würde sich nur um ein unbedeutendes Nischenprodukt handeln. Die Konkurrenz in Wien schläft allerdings nicht. Sowohl der Demel als auch das Sacher haben sich solche Conchiermaschinen bereits angeschafft. Es ist also nur eine Frage der Zeit, wann unsere nach der herkömmlichen Methode hergestellten Pralinen und Trüffel nicht mehr wettbewerbsfähig sind. Mit der Investition in eine Conchiermaschine möchte ich also nicht nur einem drohenden Umsatzverlust vorbeugen, sondern im Gegenteil den Umsatz mit unserem Konfekt sogar noch einmal steigern. Zumal ich mich selbst davon überzeugt habe, dass die mit einer Conchiermaschine hergestellte Schokolade weitaus besser schmeckt als die nach der herkömmlichen Methode produzierte.«

»Aber du bist keine Expertin für dieses Thema«, ließ Toni sich vorläufig noch nicht in die Defensive drängen. »Du scheinst vergessen zu haben, dass ich der Zuckerbäckermeister bin, der eine ganze Reihe von Spitzenprodukten für das Café Prinzess entwickelt hat. Zumal dein verstorbener Onkel in seinen letzten Geschäftsjahren überhaupt nicht mehr dazu kam, selbst als Zuckerbäcker tätig zu werden.«

»Es ist gut, dass du meinen Onkel Stephan erwähnst, Toni«, überging Sophie dessen Einwand. »Mein verstorbener Onkel hat es Zeit seines Lebens gut gemeint und hätte sich sicherlich niemals vorstellen können, dass sein wohlwollendes Testament zu einem beständigen Zwist zwischen uns beiden führt. Denn er schätzte dich über alle Maßen. Nur aus diesem Grund bestimmte er, dass du mir fünf Jahre lang bei der Geschäftsführung des Unternehmens, das er *mir und nicht dir*«, Sophie betonte die letzten Worte, »hinterlassen hat, zur Seite stehen sollst. Aber du scheinst zu vergessen, lieber Toni, dass mein Onkel mir letztlich bei allen Entscheidungen das letzte Wort zugestanden hat. Dies betrifft auch sämtliche Investitionen, über die wir uns nicht gütlich einigen können. Hier bitte, lies den entsprechenden Passus selbst nach!«

Sophie hielt Toni das Testament entgegen und wies auf die entsprechenden Sätze. Sie kannte sie mittlerweile auswendig. *Ich wünsche mir, dass Herr Schleiderer dabei seine Erfahrung an meine Nichte weitergibt und alle wesentlichen Entschlüsse, zum Beispiel über größere Investitionen, einvernehmlich getroffen werden. Obwohl ich von Herzen hoffe, dass dieser Fall niemals eintreten wird, bestimme ich einschränkend, dass meine Nichte Sophie bei einer nicht auszuräumenden Uneinigkeit zwischen ihnen das letzte Wort bei geschäftlichen Entscheidungen hat.*

Zu ihrer Genugtuung erschienen rote Flecken auf Tonis Wangen. Außerdem brach ihm unübersehbar der Schweiß aus.

»Bislang habe ich weitestgehend darauf verzichtet, diese Einschränkung deiner Befugnisse auszunutzen, und mich, gemäß dem Wunsch meines Onkels, um einvernehmliche Lösungen bemüht. Das bereue ich jetzt, denn es hat unserer Zusammenarbeit mehr geschadet als genutzt. Offensichtlich nimmst du mich noch immer nicht ernst. Doch lies auch noch diesen Satz!« Sophie deutete auf eine andere Passage des Testaments.

Nach Ablauf der fünf Jahre gemeinsamer Geschäftsführung kann Sophie von Werdenfels entscheiden, ob und in welchem Ausmaß sie Herrn Schleiderer weiterhin an der Geschäftsführung beteiligen möchte.

»Von diesen fünf Jahren sind mittlerweile drei vergangen. In dieser gesamten Zeit habe ich mich nach besten Kräften bemüht, mit dir auszukommen. Auch weil ich vermute oder, besser gesagt, sogar weiß, dass du zuvor gehofft hast, mein Onkel würde dich zum Erben seines Unternehmens machen.«

Toni zuckte vor ihr zurück, als hätte sie ihn geschlagen.

»Ich weiß, dass es ein älteres Testament gab, in dem mein Onkel genau dies vorsah. Aber unseligerweise kam ich dir dann in die Quere.«

Sophie fixierte Toni scharf, der es diesmal vorzog zu schweigen.

»Um das Andenken meines Onkels zu ehren, und weil ich hoffte, du würdest aus Loyalität und in Erinnerung an die guten Zeiten, die wir beide vor seinem Tod miteinander hatten, die Kränkung über deine Zurücksetzung überwinden und dir irgendwann ebenfalls Mühe geben, habe ich dich und deine Unarten jetzt jahrelang ertragen. Ich habe dir zum Beispiel niemals einen Vorwurf daraus gemacht, dass du die Buchhaltung des Kaffeehauses derart sträflich vernachlässigt hast, dass die dadurch entstandenen Verluste womöglich sogar höher sind als die Summe, die eine Conchiermaschine kosten würde.«

»Und versuch jetzt erst gar nicht, dich herauszureden, Toni!«, hinderte Sophie ihn erneut an einer Widerrede. »Du weißt sehr gut, dass erst wieder Ordnung in die Buchhaltung kam und die Umsätze im Kaffeehaus sogar beträchtlich gestiegen sind, seit Ida wieder Sitzkassiererin ist. Doch wenn du es abstreitest, sehen wir uns die Kassenbücher, insbesondere die nach der Einführung der neuen Währung im August 1892, gerne einmal gemeinsam an. Vielleicht hast du ja eine plausible Erklärung für all die Änderungen und Schmierereien, die du nachträglich in diesen Kassenbüchern vorgenommen hast.«

Ein Impuls hinderte Sophie daran, Toni auch noch damit zu konfrontieren, dass sie vermutete, er habe die Einträge nur deshalb nachträglich manipuliert, weil er zu faul gewesen war, die Einnahmen täglich zu kontrollieren und mit dem Kassenbuch abzugleichen.

Doch allein die Erwähnung der Kassenbücher wirkte. Tonis Gesicht verfärbte sich nun dunkelrot.

Aber Sophie war noch nicht fertig. »Und das ist keineswegs der einzige Beweis dafür, dass du vielleicht ein guter Zuckerbäcker sein magst, aber kaum Eignung zur Geschäftsführung hast. Du scheinst deine Leitungsfunktion im Kaffeehaus nur darin zu sehen, die Gäste zu hofieren und das Personal herumzukommandieren. Neue Ideen lehnst du erst einmal ab. Geschweige denn, dass du selbst welche entwickelst. Denk nur an die Methode mit den Coupons! Die hat Ida sich ausgedacht, nicht du!«

Eine kurze Weile herrschte Schweigen im Raum. »Also, was willst du jetzt tun, Sophie?«, krächzte Toni schließlich.

Die holte erneut tief Luft. »Als Erstes werde ich den Schweizer Vertreter noch einmal einbestellen, um mich über die Conchiermaschine zu informieren. Um dir den damit verbundenen Gesichtsverlust zu ersparen, werde ich behaupten, bei eurem Gespräch habe es sich um ein Missverständnis gehandelt. Danach entscheide ich ganz allein, ob ich in eine solche Maschine investieren möchte, wovon ich augenblicklich ausgehe, oder nicht. Genauso werde ich über alle anderen Investitionen für das Café Prinzess in Zukunft entscheiden, ohne dich einzubeziehen. Richte dich also bitte schon einmal darauf ein, dass ich ab sofort damit beginnen werde, einen Schanigarten für das Café einzurichten. Es steht dir frei, Gleiches auch für das Kaffeehaus zu tun. Zumindest die verbleibenden Sommermonate möchte *ich* für diese Geschäftsidee nutzen.«

»Einen Schanigarten für das Kaffeehaus halte ich sogar für eine sehr gute Idee, Sophie. Ich hätte dir das schon längst vorgeschlagen, wenn wir einmal die Zeit für ein solches Gespräch gefunden hätten«, erwiderte Toni lahm. Es war ein Versuch, Sophies Anklage, er sei allen Neuerungen abgeneigt, entgegenzutreten. »Auch aus diesem Grund war ich ja in Sorge darüber, dass die Investition in die teure Maschine dieses Vorhaben möglicherweise konterkarieren könnte.«

»Du hättest mich jederzeit auf diese Idee ansprechen können, Toni!«, ließ Sophie sein vorgeschobenes Argument, man habe bislang keine Zeit für ein solches Gespräch gefunden, nicht gelten. Im Gegenteil ärgerte sie sich darüber, es im Frühjahr erneut versäumt zu haben, ihre mittlerweile schon ein Jahr alte Idee endlich in die Tat umzusetzen. *Weil ich die Auseinandersetzung mit Toni darüber gescheut habe,* machte sie sich jetzt im Stillen klar.

»Ich möchte dir allerdings nicht verhehlen, Toni, dass ich unsere Geschäftsbeziehung gemäß dem Testament meines Onkels in zwei Jahren nicht mehr verlängern werde, wenn sich unser Verhältnis bis dahin nicht dauerhaft zum Guten gewendet hat. Ich erwarte daher deine Vorschläge, was du in Zukunft dazu beitragen möchtest, unsere Zusammenarbeit nachhaltig zu verbessern und damit die Grundlage für eine Fortsetzung unserer Geschäftsbeziehung zu legen. Anderenfalls werde ich mich von dir trennen.«

Jetzt stand sie auf. »Sprich mich an, wenn du solche Vorschläge entwickelt hast! Tust du es nicht, ziehe ich meine Schlüsse daraus.«

Damit ging sie zur Tür, riss sie auf und warf sie, lauter als nötig, ins Schloss. Draußen zitterte sie vor Aufregung am ganzen Leib. Trotzdem spürte sie überdeutlich, dass ihr heutiger Schritt schon lange überfällig gewesen war.

Café Prinzess

Juni 1894, ungefähr eine Woche später

Sophie spürte sofort, dass Richard etwas schwer auf der Seele lag. Sie vermutete, dass die Absage ihres jüngsten Treffens mit seinem Gemütszustand zu tun haben könnte. Eigentlich hatten sie beide vor drei Tagen zuerst ein Sommerkonzert im Prater besuchen und danach ihr Hotel in der Josefstadt aufsuchen wollen. Doch Richard hatte ihr dieses Vorhaben schriftlich abgesagt und sie stattdessen um das heutige Treffen im Café Prinzess gebeten.

»Richie, was ist geschehen?« Die beiden saßen zu der noch wenig belebten Zeit am Vormittag in einer Ecke des Caféraums an einem der kleinen Marmortische.

Richard seufzte schwer. Dann winkte er ab. »Erzähl du mir

erst einmal, wie sich die Sache mit Toni weiterentwickelt hat. Du hattest mir ja geschrieben, dass du ihm angesichts des letzten Eklats wegen dieser Conchiermaschine die Zusammenarbeit in zwei Jahren aufkündigen möchtest, wenn sich euer Verhältnis bis dahin nicht gravierend verbessert.«

Sophie fiel es zwar schwer, sich angesichts Richards bedrückten Zustands auf ihre eigenen Probleme zu konzentrieren. Da sie sich jedoch noch am gleichen Tag, an dem sie Toni Schleiderer ihr Ultimatum gestellt hatte, alles von der Seele geschrieben und Richard den Brief in die Franz-Josephs-Kaserne gesandt hatte, ließ sie sich trotzdem darauf ein.

Denn im Gegensatz zu Richard hatte sie positive Neuigkeiten. »Toni hat sich tatsächlich bereits nach zwei Tagen für sein bisheriges Verhalten entschuldigt. In der Unterredung, um die er mich gebeten hat, beteuerte er zunächst, es sei ihm gar nicht klar gewesen, wie sehr ich unter seiner Bevormundung gelitten hätte. Denn er habe es ja schließlich immer nur gut gemeint.« Den letzten Satz betonte Sophie spöttisch.

»Nun, das sei einmal dahingestellt. Aber Toni gab tatsächlich offen zu, dass es ihm schwergefallen ist zu akzeptieren, dass mein Onkel ihm die Leitung des Unternehmens Prinzess nur anteilig zugestanden und mir als Haupterbin darüber hinaus sogar die größeren Rechte eingeräumt hat. Schließlich sei das Café Prinzess auch sein Lebenswerk, auf das er wie mein Onkel bislang immer überaus stolz gewesen sei.«

»Aha«, machte Richard. »Aber wieso hat sich Toni denn dann nicht auf deinen Vorschlag eingelassen, euch die Leitung sowohl des Kaffeehauses als auch des Cafés zu teilen?«

Sophie nickte. »Genau das habe ich Toni auch gefragt. Er hat mir erklärt, er wisse, dass mein Herz vor allem am Café hängen würde. Und damit hat er tatsächlich nicht unrecht. Denn müsste ich wählen, welchen Teil des Unternehmens ich leiten wollte, würde ich mich immer für das Konditorei-Café entscheiden. Toni habe darum im Gegenzug aber zumindest im anderen Teil des Prinzess, nämlich dem Kaffeehaus, das Sagen haben wollen, erklärte er mir weiterhin. Hätten wir uns beides dauerhaft geteilt, wären nur neue Konflikte daraus entstanden. Und damit hat Toni ebenfalls recht.«

»Und wie hat dir Toni erklärt, dass er fast all deinen Ideen immer wieder kritisch gegenüberstand?«

»Dafür machte er mehrere Gründe geltend. Zum einen, sagte er, habe er die Vorteilhaftigkeit mancher Ideen tatsächlich nicht gleich erkannt. Das jüngste Beispiel dafür ist jene Conchiermaschine, die ich mittlerweile bei der Berner Firma bestellt habe. Mit Tonis vollem Einverständnis, das er mir sofort erteilt hat, als ich ihm einige der Pralinen aus dem Demel zu kosten gab, die du mir neulich mitgebracht hast.«

»Und welche anderen Gründe nannte er sonst noch?«

»Toni hat offen eingeräumt, dass er manche meiner Ideen auch deshalb zunächst abgelehnt hat, weil er sich darüber ärgerte, sie nicht selbst gehabt zu haben, obwohl ich die Jüngere und Unerfahrenere von uns beiden sei. Auch dafür hat er sich ganz explizit entschuldigt. Und mir geschworen, es käme nie wieder vor.«

»Und glaubst du ihm das?« Richard blieb skeptisch. Diese rasche Wandlung vom Saulus zum Paulus überzeugte ihn nicht.

»Letztendlich wird es die Zeit zeigen«, räumte Sophie ein. »Aber zu Tonis Gunsten spricht, dass wir bereits gemeinsam zwei Wiener Möbelhändler aufgesucht haben, um das Mobiliar für unsere Schanigärten auszusuchen. Toni hat sich erwartungsgemäß für die eher rustikale Variante entschieden und Holzmöbel bestellt. Mir hat er dagegen ohne Einspruch die weiß lackierten, wesentlich teureren gusseisernen Tische und Stühle zugestanden. Samt einer filigranen Balustrade aus dem gleichen Material. Für das Kaffeehaus begnügt er sich darüber hinaus mit einer einfachen Markise. Ich dagegen durfte mir elegante Sonnenschirme zur Beschattung aussuchen.«

Richards Argwohn war noch immer nicht ausgeräumt. »Und

was hat er zur Vernachlässigung der Buchhaltung des Kaffeehauses gesagt?«

Sophie lächelte etwas resigniert. »Er hat offen zugegeben, dass ihm dieser ganze Papierkram überhaupt nicht liegt. Wir werden uns nun gemeinsam um eine darauf spezialisierte Firma bemühen, der wir die gesamte Buchhaltung, sowohl des Cafés als auch des Kaffeehauses, anvertrauen wollen.«

»Außerdem haben wir vereinbart, dass wir uns einmal im Monat frühmorgens vor der Öffnung des Cafés mit Ida und Mina zusammensetzen, um in dieser Runde Erfahrungen auszutauschen und weitere Verbesserungsideen zu sammeln. An diesem Tag will Toni den Oberkellner Herrn Franz sogar eigens bitten, seinen Dienst im Kaffeehaus, der in der Regel erst um die Mittagszeit beginnt, schon um acht Uhr anzutreten, damit er ungestört an dieser Besprechung teilnehmen kann.«

Sophie lächelte wieder und zog ein Papier aus ihrer Rocktasche. »Und das habe ich heute Morgen vorgefunden, als ich meinen Dienst im Café antrat. Es ist die Bestellung von zwei Oleandersträuchern für den Schanigarten des Cafés. In diesem kleinen Schreiben betont Toni, dass er die teuren Pflanzen aus eigener Tasche bezahlen wird. Quasi als Wiedergutmachung für die Unbill, die er mir zugefügt hat.«

Nun war auch Richard beruhigt. »Das scheint mir tatsächlich ein guter neuer Anfang zu sein«, räumte er ein. »Natürlich wird nur die Zeit zeigen, wie stabil dieser Zustand bleibt und ob sich eure Zusammenarbeit wirklich auf Dauer harmonisiert. Aber bislang scheint Toni ja einsichtig zu sein und alles dafür tun zu wollen.«

»Davon gehen ich und auch Ida aus«, kam Sophie zum Abschluss. Mittlerweile wurde sie zunehmend nervös. Denn sie spürte ja, dass Richard noch etwas Unangenehmes auf dem Herzen hatte. »Also bin ich nun gewappnet für die zweifellos schlechteren Nachrichten, die du heute mitbringst, mein Lieber«, eröffnete sie dieses Thema.

Richard holte tief Luft, ballte die Hände zu Fäusten und öffnete sie wieder. »Leider können wir uns eine ganze Zeit lang nur noch selten treffen, Phiefi. Und wenn, dann nur in der Öffentlichkeit. Wie heute hier im Café. Die wunderbaren Stunden mit dir im ›Weißen Schwan‹ in der Josefstadt sind leider erst einmal Vergangenheit.«

Sophie wurde das Herz schwer. So sehr sie sich auch viele Jahre lang gegen körperliche Intimitäten in ihrer Beziehung gewehrt hatte, so sehr genoss sie sie nun aus ganzem Herzen und würde sie furchtbar vermissen.

»Was ist der Grund?«, fragte sie knapp und versuchte, die aufkommenden Tränen zurückzuhalten.

»Amalie hat das getan, wovor ich bislang zurückgeschreckt bin. Sie hat einen Privatdetektiv auf uns angesetzt, der zudem den Portier des Hotels in der Josefstadt bestochen hat. Es existieren Fotografien von uns beiden, die uns gemeinsam beim Verlassen des Hotels spät in der Nacht zeigen. Außerdem würde der Portier im Zweifelsfall bezeugen, dass ich unter einem falschen Namen dort immer wieder ein Zimmer für uns beide gebucht habe, in dem wir jedoch niemals bis zum nächsten Morgen genächtigt haben.«

Sophie würgte es in der Kehle. »Und damit erpresst deine Frau dich nun?«

»Ja, so kann man es nennen. Allerdings droht sie mir nicht damit, unsere Liaison offenzulegen. Im Gegenteil möchte sie weiter ihren schmutzigen Affären mit den Fiakern nachgehen. Daher hat sie mir eine Art Patt-Situation angeboten. Ich lasse sie in Ruhe, dafür lässt sie uns in Ruhe. Trotzdem ist sie im Augenblick im Vorteil. Denn leider habe ich keine Beweise, die ich zum Ausgleich für die Fotografien und die Aussage des Portiers gegen sie ins Feld führen könnte.«

»Und was ist mit Berta, Amalies Zofe? Würde die denn nicht im Zweifelsfall Amalies Eskapaden bezeugen?«

Richard hob die Schultern. »Daran habe ich auch schon

gedacht«, räumte er ein. »Doch Berta wird sich wahrscheinlich weigern. Denn bei einer Aussage gegen Amalie würde sie in jedem Fall ihre Stellung verlieren. Weder Amalie noch mein Schwiegervater würden sie in ihren Diensten behalten. Amalie, weil sie sie verpetzt, Adalbert, weil sie Amalies Verhalten gedeckt hat. Und vor Gericht hätte sie erst recht nichts zu gewinnen, denn Amalie hat sie wahrscheinlich für ihr Schweigen bestochen.«

Das leuchtete Sophie ein. »Und wie soll es nun weitergehen?« Sie bemühte sich vergeblich darum, das Zittern in ihrer Stimme zu unterdrücken.

»Ich muss Amalie mit ihren eigenen Waffen schlagen«, sagte Richard bedrückt. »Doch das braucht Zeit. Zunächst einmal muss ich sie in Sicherheit wiegen, sie soll glauben, dass ich sie gewähren lasse. Da sie bereits Beweise gegen mich in der Hand hat, wird sie hoffentlich bald aufhören, mich ausforschen zu lassen, zumal ein Privatdetektiv sehr teuer ist. Sie wird zu Recht vermuten, dass wir uns nun besser vorsehen werden, damit dieser keine weiteren kompromittierenden Zeugnisse mehr gegen uns beibringen kann. Und hoffentlich auf die Beweise vertrauen, die sie schon hat. Trotzdem wird sie natürlich anfangs achtsam sein, ob ich ihr Gleiches mit Gleichem vergelte. Deshalb will ich frühestens in einem halben Jahr damit beginnen, ihr meinerseits einen Privatdetektiv nachzusenden, um Beweise für ihre eigene Untreue zu sammeln. Diese Beweise wären dann neueren Datums als ihre eigenen gegen uns und außerdem sehr viel skandalöser.«

Er seufzte schwer und kam dann zum Fazit seiner Überlegungen. »Bis ich diese Beweise für Amalies Eskapaden habe, dürfen wir beide kein weiteres Risiko eingehen.«

Jetzt traten Sophie doch die Tränen in die Augen. »Also können wir uns nicht mehr treffen?«

Richard musste sich zurückhalten, um nicht nach Sophies Hand zu greifen. »In der Öffentlichkeit schon, wie ich soeben sagte. Gemeinsame Theater- und Konzertbesuche bleiben uns erhalten. Ebenso wie Spaziergänge oder Kutschfahrten im Prater. Vielleicht möchten deine Mutter und deine Schwester uns sogar ab und an begleiten. Das würde unseren Zusammenkünften in der Öffentlichkeit sogar etwas Unverfängliches geben. Zumal ich mich ja auch weiterhin mit Amalie bei gesellschaftlichen Ereignissen sehen lassen werde.«

»Immerhin würden sich meine Mutter und Schwester über etwas Abwechslung freuen«, versuchte Sophie, sich zu trösten. Dann fiel ihr etwas ein. »Aber was soll ich den beiden denn über unsere Beziehung sagen? Sie werden doch merken, dass wir uns nicht mehr heimlich treffen.«

Richard schwieg betroffen. Darüber hatte er noch gar nicht nachgedacht. »Sag ihnen am besten, so weit wie möglich, die Wahrheit!«, empfahl er schließlich. »Dass ich die Scheidung von Amalie vorbereite und dich auf keinen Fall mit hineinziehen möchte. Aber erwähne bitte nichts von ihren Liebschaften mit den Fiakern! Das wäre mir überaus peinlich.«

Sophie spürte plötzlich, wie überdrüssig sie all dieser Schwierigkeiten war. »Dieses Versteckspiel ist mir so zuwider!«, entfuhr es ihr spontan.

»Mir auch, Phiefi!« Richards Stimme klang rau. Auch er blickte unglücklich drein. »Aber im Augenblick weiß ich keinen anderen Ausweg, als abzuwarten, was in den nächsten Monaten geschieht.«

Sophie bedeckte ihr Gesicht mit einem Sacktuch, wandte sich von Richard ab und schnäuzte sich. Dann atmete sie tief ein und riss sich zusammen. »Und was willst du mit den Beweisen tun, die dein Detektiv gegen Amalie sammeln soll?«

Richard zuckte mit den Achseln. »Das muss ich entscheiden, wenn ich sie habe. Noch ist sie mir gegenüber im Vorteil. Erst, wenn sich das geändert hat, können wir weitersehen.«

Teil 5

Wer sich in Gefahr begibt …

Kapitel 18

Die Herrensauna Kaiserbründl in Wien

Mitte Februar 1895

»Und, hab ich dir zu viel versprochen, Fredl?«

Alfred von Löwenstein schüttelte den Kopf. »Absolut nicht, Dimitri. Hier ist es ganz wunderbar.«

Trotz seines Lobs fühlte Fredl sich noch immer befangen. Bislang hatte er seine Veranlagung für eine Krankheit gehalten und die meiste Zeit seines Lebens unterdrückt. Dass sie so häufig vorkam, dass es in Wien sogar ein überaus luxuriöses Bad mit angeschlossener Sauna gab, in dem Männer wie er sich trafen, hätte er nie für möglich gehalten.

Trotzdem hätte sich Fredl niemals allein hierher getraut, auch wenn er es gewusst hätte. Es bedurfte des forschen Russen Dimitri Rostov, dass er es heute zum ersten Mal wagte.

Überhaupt verdankte er es Dimitri, dass er sich die Liebe mit einem Mann nicht mehr nur in seiner Fantasie ausmalen und sich dabei selbst befriedigen musste. Im Gegenteil zeigte ihm Dimitri, den er in Kazan kennengelernt und der Fredls Neigung instinktiv schon bei ihrer ersten Begegnung erkannt hatte, immer wieder, wie erfüllend die im Kaiserreich streng verbotene Liebe zwischen Männern sein konnte.

Als sich dann kurz vor dem Ende seines Austauschprogramms in Kazan auch noch herausgestellt hatte, dass Dimitri in die russische Botschaft nach Wien versetzt werden würde, kannte Fredls Glück zunächst keine Grenzen. Der große Wermutstropfen in ihrer Beziehung war allerdings, dass Dimitri nicht treu sein konnte und auch gar nicht wollte. Auch jetzt beobachtete Fredl mit dem ihm schon wohlbekannten Kloß im Magen, dass die Augen seines Geliebten wohlwollend auf dem muskulösen Körper eines nackten Mannes ruhten, der gerade in das mit lauwarmem, hellgrün schimmerndem Wasser gefüllte Schwimmbecken stieg.

So unscheinbar das Badehaus im vornehmen 1. Wiener Bezirk von außen auch erschien, so prachtvoll waren die Innenräume ausgestattet. Es wirkte wie ein orientalischer Palast in einem der Märchen aus Tausendundeiner Nacht!

An den Schmalseiten der Schwimmhalle stieg man zwischen schlanken Säulen aus rotgemasertem Marmor ins Wasser. Hinter den Stufen, die ins Becken führten, vergrößerten mannshohe Spiegel an den Rückwänden den rechteckigen Raum optisch. Die Längsseiten entlang des Beckens waren mit blau-weiß gemusterten Kacheln verkleidet und von zwei zierlichen Bögen durchbrochen. Einer der Bögen bildete gleichzeitig ein Fenster aus buntem Glas. Der andere Bogen diente als Ausgang zu den danebenliegenden Saunen und Dampfbädern.

Nun erwiderte der nackte Mann mit der Figur eines antiken griechischen Athleten Dimitris Blick, als er aus dem Wasser stieg. Nachdem er seinerseits den Russen, der sich nur ein Handtuch über die Schulter geworfen hatte, vom Scheitel bis zur Sohle gemustert hatte, machte er eine auffordernde Kopfbewegung in dessen Richtung. Fredl durchfuhr ein Stich. Würde Dimitri der unmissverständlichen Einladung dieses Galans Folge leisten? Schon zweimal hatte er in Kazan erlebt, dass Dimitri ihn einfach stehen ließ und mit einem anderen Mann davonging, um ein Liebesabenteuer zu erleben.

Unwillkürlich ballte Fredl die Hände zu Fäusten. Doch zu seiner Erleichterung schüttelte Dimitri den Kopf. Stattdessen legte er Fredl die Hand leicht auf den Oberschenkel. Fredl spürte sofort, wie sich unter dem Handtuch, das er sich lose über den

Schoß gelegt hatte, sein Glied aufrichtete. Auch Dimitri blieb dies nicht verborgen. Ohne Scham griff er zu. Fredl stöhnte vor Wonne auf, nur um sich gleich erschrocken nach allen Seiten umzusehen.

Dimitri lachte. »Was glaubst du, warum all die Männer hierherkommen und den exorbitanten Eintritt von zwei Gulden entrichten? Etwa nur, um zu schwitzen und sich den Schweiß hinterher im Schwimmbecken abzuwaschen? Nein, natürlich, um ihre geheimsten Wünsche auszuleben.«

Fredl war irritiert. Im ersten Moment wusste er nicht, was ihm Dimitri sagen wollte. Erst dann ging ihm ein Licht auf. »Du meinst ... du meinst, es gibt hier auch intime Rückzugsmöglichkeiten?« Er spürte, dass er unwillkürlich errötete.

Wieder lachte Dimitri auf. »Na, das wollen wir doch wohl hoffen! Oder besser gesagt, ich habe gleich nach unserem Eintritt eine der Kabinen für uns reserviert.«

Er blickte auf eine ebenfalls aus Marmor bestehende große Wanduhr mit goldenen Zeigern. »In fünf Minuten dürfte es so weit sein. Und glaub mir, auf dem bequemen Ruhebett werden wir uns weit wohler fühlen als in den Stallungen von Kazan.«

Tatsächlich waren die Pferdeställe der einzige Ort gewesen, an dem sie in Russland intim werden konnten. Und selbst dort wurden sie zweimal beinahe von Stallburschen erwischt.

Hier in Wien hatten sie sich dagegen noch nie in trauter Zweisamkeit treffen können. Fredl hatte vorläufig Quartier bei seinen Verwandten im Palais Thurnau bezogen. Dimitri bewohnte ein Zimmer im Obergeschoss der russischen Botschaft.

Nun reichte er Fredl die Hand und zog ihn mit sich von ihrer Bank am Beckenrand hoch. »Komm, lass uns schon einmal gehen!«

Seine Stimme klang rauchig, wie immer, wenn Dimitri erregt war, was der russische Akzent noch betonte. Fredls Erektion verstärkte sich.

Bebend vor Lust folgte er seinem Freund durch ein ebenfalls

mit rotem Marmor ausgekleidetes Treppenhaus in den ersten Stock. Dort befanden sich Türen zu beiden Seiten eines langen Flurs. »Nummer 15«, hörte Fredl Dimitri murmeln. »Diese Kabine dort muss es sein.« Es war die einzige, deren Tür offen stand. Hinter den anderen vernahm Fredl die typischen Geräusche der Leidenschaft.

Die kleine Kammer wurde fast vollständig von einem Ruhebett eingenommen, das mit rotem Leder bezogen und mit einigen Kissen und einer Decke belegt war. Obwohl kein Ofen in der Kabine stand, war es drinnen heimelig warm.

Dimitri zog Fredl hinein und schloss die Tür. Dann umfasste er sein Glied mit beiden Händen. Aufstöhnend sanken sie zusammen auf das Bett.

Nie, niemals hätte ich geglaubt, dass ich einmal solche Wonnen erleben würde, waren die letzten klaren Gedanken, die durch Fredls Kopf schossen. Dann gab er sich völlig den Zärtlichkeiten seines Geliebten hin.

Im Atelier von Gustav Klimt

Mitte Februar 1895

Neugierig betrat Sophie den noch winterkahlen Vorgarten von Gustav Klimts Atelier in der Josefstädter Straße im 8. Wiener Bezirk. Bei dem niedrigen, nur einstöckigen Häuschen handelte es sich offenbar um eine Art Gartenpavillon, der sicherlich Platz für die Werkstatt des Malers, aber keinen zusätzlichen Wohnraum bot.

Auf dem leicht gewundenen Weg erreichte Sophie schließlich die einzige Tür. Es gab weder einen Klopfer noch einen Glockenzug. Also pochte sie zuerst leise, dann immer energischer an die Tür.

Zuerst ertönte von drinnen ein leises Lachen, eindeutig

von einer weiblichen Stimme. Es wurde begleitet von dem ärgerlich klingenden Fluch eines Mannes: »Kruzifix no amal! Do' ned jetz!« Diese Stimme erkannte Sophie sofort. Es war die des Künstlers.

Verunsichert überlegte sie, ob sie wieder umkehren sollte. Obwohl Gustav Klimt sie vor einigen Tagen noch einmal ausdrücklich in sein Atelier eingeladen hatte und es schon elf Uhr vormittags war, schien sie ungelegen zu kommen. Hier verbrachte offensichtlich ein Pärchen gerade ein Schäferstündchen miteinander. Sophie wandte sich schon wieder zum Gehen, als die Tür aufgerissen wurde. Dahinter erschien Gustav Klimt, bekleidet mit einem unförmigen, bodenlangen Kittel von einem undefinierbaren Farbton zwischen Grau und Blau.

»Ach, Sie sind es, Fräulein von Werdenfels!«, begrüßte der Maler sie, offensichtlich trotz seiner Einladung überrascht.

»Guten Tag«, antwortete Sophie förmlich. »Ich hatte Ihnen zwar gesagt, dass ich Sie heute aufsuchen würde. Aber offensichtlich störe ich gerade.«

Klimt winkte ab. »Aber nein! Kommen Sie herein! Doch wundern Sie sich bitte nicht, dass ich nicht allein bin. Eins meiner Modelle ist im Atelier. Ich male nämlich gerade einen Akt.«

Einen Akt?, reagierte Sophie zunächst begriffsstutzig. Bis ihr klarwurde, dass die Frau dem Maler wahrscheinlich nackt Modell stand.

Noch einmal überlegte sie kurz, ob sie wieder umkehren sollte. Aber Klimt hatte sie bereits am Ellenbogen gepackt und führte sie ins Innere des kleinen Häuschens.

Der größte Teil wurde offensichtlich von Klimts Werkstatt eingenommen. Überall standen Staffeleien mit zum Teil fertigen, zum Teil erst begonnenen Gemälden herum. Von dem Mädchen war nichts zu sehen. Es hielt sich wohl in einem kleineren Nebenraum auf.

Klimt räumte hastig einige Utensilien von einem Stuhl und bot Sophie den Platz an. »Sie müssen mir vergeben, Fräulein von Werdenfels. Ich bin gerade überaus beschäftigt. Nicht nur mit den Skizzen für den Festsaal der Universität. Darüber habe ich Ihnen meines Wissens schon einmal etwas erzählt.«

Sophie nickte und nahm zögerlich auf dem nicht ganz reinlich aussehenden Stuhl Platz.

»Sondern ich«, Klimt machte eine ausholende Handbewegung, die den ganzen Raum umfasste, »arbeite darüber hinaus sehr eifrig an meinem eigenen Stil.«

Ehe Sophie nachfragen konnte, fuhr der Maler auch schon fort. »Ich spiele mit dem Gedanken, es den Münchner Kollegen nachzutun. Die haben sich schon vor drei Jahren von ihrer konservativen Künstler-Genossenschaft getrennt und eine eigene Gemeinschaft gegründet. Sie nennt sich ›Münchner Sezession‹ und hat mit recht großem Erfolg bereits eigene Ausstellungen ausgerichtet.«

Sophie ließ ihre Blicke verstohlen im Raum umherschweifen. Auf Anhieb erblickte sie allerdings kein Gemälde, das ihr gefiel. Zu ihrer Erleichterung kam Klimt jetzt auf den Anlass ihres Besuchs zu sprechen.

»Aber Sie kommen ja heute wegen Ihrer Schaufensterdekoration zu mir.«

Das war in der Tat so. Obwohl Klimt Sophie schon einmal bedeutet hatte, dass er an solchen Aufträgen kein Interesse mehr hätte, hatte sie ihn trotzdem kurz nach Weihnachten bei einem Besuch im Kaffeehaus gefragt, ob er ihr den exotischen Obstgarten umarbeiten würde. Der war bislang nur der Orangentorte gewidmet. Jetzt wünschte sich Sophie, dass auch die Zitronensahnetorte damit beworben werden könnte.

Klimt hatte ihr damals versprochen, einen Entwurf für die Umgestaltung anzufertigen. Seither hatte Sophie ihn verschiedentlich im Kaffeehaus darauf angesprochen, wie weit der Entwurf denn gediehen sei. Klimt hatte ihr jedes Mal ausweichend geantwortet. Bei seinem letzten Besuch vor ein paar Tagen war sie dann energisch geworden. Denn die Weihnachtsdekorationen konnte sie über Maria Lichtmess am 2. Februar hinaus nicht länger in den Schaufenstern stehen lassen und musste sie daher gegen die anderen Dekorationen austauschen.

Was nichts anderes bedeutete, als dass eins der Schaufenster dann leer bleiben oder mit anderem Schmuck bestückt werden müsste, wenn Klimt den exotischen Obstgarten abholen würde, um ihn umzuarbeiten. Ursprünglich hatte Sophie dies unbedingt vermeiden wollen.

Auf ihr Drängen hin forderte der Künstler sie von Neuem auf, ihn doch einmal in seinem Atelier zu besuchen. Dabei würde er ihr nicht nur die Entwürfe für den veränderten Obstgarten zeigen, sondern sie könne sich auch einmal seine anderen Kunstwerke ansehen. Vielleicht wolle sie ja auch ein Gemälde für das Café Prinzess erstehen, wiederholte er die Offerte, die er ihr schon einmal gemacht hatte. Und diesmal war Sophie Klimts Aufforderung nachgekommen.

Aus dem Nebenraum drang ein leiser Ruf. Klimt drückte Sophie rasch eine Skizzenmappe in die Hand. »Schauen Sie diese Entwürfe doch einmal durch! Ich sage Ihnen aber gleich, dass ich den exotischen Orangen-Obstgarten nicht umarbeiten kann. Ich müsste viele der Gipsfiguren auswechseln, was das ganze Ensemble zu sehr beschädigen würde. Deshalb habe ich Ihnen einmal ein paar Entwürfe für eine eigene Schaufensterdekoration für die Zitronentorte gemacht.«

Jetzt begann Sophie, sich ernstlich zu ärgern, und bereute, einen Teil ihres freien Tages für diesen Besuch verschwendet zu haben. Aber ehe sie Einspruch gegen Klimts Vorschlag erheben konnte, war der schon im Nebenzimmer verschwunden.

Unschlüssig schlug Sophie die Skizzenmappe auf und spürte, dass sie glühend rot wurde. Offensichtlich hatte der Künstler die Mappen verwechselt. In dieser Mappe befanden sich jedenfalls obszön anmutende Zeichnungen nackter Frauen. Ohne Scham präsentierten sie sich mit gespreizten Beinen oder fassten sich sogar an ihr Geschlecht. Sophie schlug die Mappe so rasch zu, als hätte sie sich daran verbrannt, und legte sie mangels eines freien Platzes auf die Erde.

Sie überlegte bereits, ohne Abschied zu gehen, als der Künstler zurückkehrte. »Ich glaube, Sie haben sich in der Mappe vertan, Herr Klimt«, sagte sie zunächst steif. Bis ihr schließlich die ganze Absurdität der Situation aufging und sie sogar zum Lachen reizte. »Wenn ich meine Torten auf diese Art und Weise in meinen Schaufenstern präsentieren würde, dürfte mir dies zwar viel Zulauf, aber kaum neue Kundschaft einbringen«, kicherte sie.

Einen Moment lang starrte Klimt sie verwirrt an. Dann ging ihm der Irrtum auf, der ihm unterlaufen war. Mit einem verlegenen Lächeln hob er die Skizzenmappe vom Boden auf und legte sie zu anderen Mappen auf eine Kommode.

»Ich bedauere diese Verwechslung.« Er begann, hektisch weitere Mappen zu öffnen und wieder zu schließen. »Aber gleich finde ich die richtigen Skizzen!«

Doch Sophie war mittlerweile zu einem Entschluss gekommen. »Lassen Sie es gut sein, Herr Klimt! Eine weitere Schaufensterdekoration, die nur die Zitronensahnetorte präsentiert, möchte ich nämlich gar nicht bestellen. Dafür müsste ich jeweils die Werbung für eines unserer vier Spitzenprodukte aus dem Schaufenster entfernen. Wahrscheinlich würde unsere Kundschaft sich dann zu fragen beginnen, was mit der Torte geschehen ist, die nicht mehr angepriesen wird. Daher kommt eine weitere Dekoration leider nicht infrage. Zumal die Zitronensahne zwar ganz gut läuft, aber nicht so häufig nachgefragt wird wie die anderen Torten.«

Klimt stutzte einen Moment lang und überlegte kurz. »Und was halten Sie davon, wenn Sie gleich vier neue Dekorationen bei mir bestellen? Dann könnten Sie alle Schaufenster damit bestücken.«

»Das kommt leider auch nicht infrage, Herr Klimt. Denn unser Budget für Investitionen ist für das laufende Jahr bereits verplant.« Vier weitere solcher Kunstwerke würden sie bei den aktuellen Preisvorstellungen des Künstlers ungefähr zweihundert Gulden kosten. Zwar konnte sie sich mittlerweile darauf verlassen, dass ihr Toni in eine solche Investition nicht mehr hineinredete. Denn ihr Verhältnis hatte sich tatsächlich seit ihrer Aussprache im vergangenen Sommer sehr verbessert. Schleiderer gab sich weiterhin große Mühe und hielt sich an sämtliche Absprachen. Trotzdem scheute Sophie im Augenblick diese Ausgabe.

Denn die Schanigärten, die erst spät im vergangenen Sommer eingerichtet worden waren, hatten sich noch nicht amortisiert. Insbesondere der für das Café Prinzess nicht, dessen Mobiliar sehr teuer gewesen war. Außerdem hatte sie Toni erst vor wenigen Tagen vorgeschlagen, eines jener neumodischen Telefone im Kaffeehaus zu installieren. Auch diese Investition würde nicht billig werden.

Für Spielereien wie vier neue Schaufensterdekorationen wollte Sophie daher jetzt kein Geld ausgeben. Irgendwann würde sie die Dekorationen natürlich ersetzen müssen, allein schon weil die Farben mit der Zeit ausbleichen würden. Aber im Augenblick war das noch nicht der Fall. Und ihre Kundschaft fand weiterhin Gefallen daran, besonders die Fremden, die Wien besuchten und den Graben entlangbummelten.

Zu ihrer Erleichterung lächelte der Künstler. »An sich ist mir das sogar sehr recht, Fräulein von Werdenfels. Denn, wie ich Ihnen ja schon bei der Begrüßung sagte, mir fehlt einfach die Zeit für solche Aufträge. Aber vielleicht interessieren Sie sich ja für eins meiner Gemälde.«

Klimt trat an eine Staffelei und schlug ein Leinentuch zurück, das das Gemälde bislang verdeckt hatte.

»Hier! Das könnte Ihnen gefallen. Ich habe es ›Allegorie der Liebe‹ genannt.« Er machte eine auffordernde Handbewegung. »Kommen Sie doch näher! Ich war zwar nicht so oft in Ihrem Konditorei-Café wie im angeschlossenen Kaffeehaus. Doch allein wegen des Rahmens würde dieses Gemälde ganz hervorragend in Ihren vornehmen Gastraum passen. Was meinen Sie?«

Sophie betrachtete das Bild auf der Staffelei. In der Tat gefiel ihr der mit rosafarbenen Rosen auf goldenem Grund bemalte Rahmen sehr gut. Der würde tatsächlich wunderbar zum übrigen Mobiliar des Cafés passen.

Das Gemälde an sich sprach sie jedoch nicht an. Vor einem düsteren Hintergrund neigte sich ein in dunklen Farben gemalter Mann mit einem grauen Gesicht zu einer zarten jungen Frau im hellen Kleid hinunter, um sie zu küssen. Das Bild strahlte für Sophie schon die Atmosphäre eines Schauermärchens aus, bevor sie die merkwürdigen Köpfe und sogar Fratzen überhaupt entdeckte, die vom oberen Gemälderand her auf das Paar herabblickten.

Sie deutete auf die Gesichter. »Was haben die denn zu bedeuten?«

»Damit betone ich die Vielschichtigkeit der Liebe. Insbesondere die Fratzen weisen darauf hin, dass die Liebe nicht nur glücklich macht, sondern auch Leiden verursachen kann. Sie sollen die Nornen darstellen, die unheilbringenden Schicksalsgöttinnen aus den nordischen Sagen.«

Sophie zuckte zusammen. Der Kontrast zwischen dem prächtigen Rahmen und dem düsteren Motiv, zumal angesichts der Doppeldeutigkeit, die es über die Liebe zum Ausdruck bringen sollte, verstörte sie.

Denn ohne dass Klimt dies im Geringsten wissen konnte, traf seine Aussage bei Sophie gerade einen wunden Punkt. Seit Richards Eröffnung im vergangenen Juni, dass Amalie gegen sie beide über belastendes Material verfügte, hatten sie sich über ein halbes Jahr lang nur noch in der Öffentlichkeit getroffen. Wie es Richard vorgeschlagen hatte, wurden sie bei einigen Theaterstücken und Konzerten von Henriette und Milli begleitet. Einmal waren sie dabei zu viert sogar Amalies Vater Adalbert begegnet.

Erst im Laufe des Herbsts wurde Richard sich zunehmend sicher, dass Amalies Privatdetektiv ihn nicht länger beschattete. Dafür hatte er zwar keinen Beweis, aber er vertraute seinem Instinkt.

Er begann nun seinerseits, Amalies Tagesablauf auszuforschen, um ihre Treffen mit ihren verschiedenen Liebhabern zeitlich näher bestimmen zu können. Mittlerweile war er sich relativ sicher, dass Amalie die Jours fixes, die sie zweimal wöchentlich besuchte, dazu als Vorwand benutzte. Beim Abendessen erzählte Amalie nach solchen Veranstaltungen häufig, sie sei bis zum späten Nachmittag in den verschiedenen Palais zu Besuch gewesen. Dagegen hatten zwei der Gastgeberinnen, die Richard bei einer unverfänglichen Gelegenheit danach fragte, ihm gegenüber sogar bedauert, dass Amalie so viele Verpflichtungen hätte, dass sie jeweils nur eine Stunde geblieben sei.

Einen eigenen Privatdetektiv hatte Richard bislang nicht engagiert. Trotzdem hielten Sophie und er im Januar ihre Abstinenz nicht mehr aus. Als sie sich auf der Rückfahrt von einem Theaterstück fast in der Kutsche geliebt hätten, beschlossen sie, sich zumindest ab und zu auch wieder zu einer Liebesnacht zu treffen. Dafür dachten sie sich eine ganz neue Methode aus.

Richard reservierte Sophie, die er als seine Schwester ausgab, unter einem Tarnnamen ein Einzelzimmer im Grand Hotel am Kärntner Ring. Sophie weihte ihre Mutter und Schwester in diese Treffen ein, die ihre Beziehung zu Richard ja duldeten, und verbrachte dort die ganze Nacht. Erst nach dem Frühstück, das sie sich auf ihrem Zimmer servieren ließ, kehrte sie wieder nach Hause zurück. Richard besuchte sie dort ab dem frühen Abend für einige Stunden und kehrte dann ins Palais Thurnau zurück.

Im Abstand von vier Wochen hatten sie sich auf diese Weise dort bislang zweimal getroffen. Schon allein aufgrund des großen Betriebs und der im Vergleich zum Hotel in der Josefstadt riesigen Belegschaft, war es unwahrscheinlich, dass Richard und Sophie dabei jemand aufgefallen waren. Doch selbst, wenn es so gewesen sein sollte, konnten sie sich beim Personal eines solchen Hotels auf dessen absolute Diskretion verlassen. Denn wie Richard seit seiner unseligen Beziehung mit der Balletttänzerin Olga Popova wusste, fanden sich häufig unverheiratete Paare in den luxuriösen Zimmern zu einer Liebesnacht ein.

Dennoch hatte Sophie trotz ihrer Sehnsucht nach Richard nach ihren beiden Begegnungen jedes Mal ein ungutes Gefühl beschlichen. Denn was wäre, wenn Amalies Privatdetektiv entgegen Richards Gefühl doch noch aktiv sein sollte und sie erneut in flagranti erwischen würde?

Dieses ungute Gefühl verstärkte sich nun, als sie die Fratzen der Nornen auf Klimts Gemälde betrachtete. Ihre letzte Liebesbegegnung lag erst drei Tage zurück. Obwohl Richard derjenige war, der im Juni des letzten Jahres äußerste Vorsicht in ihrer Beziehung angemahnt hatte, hatte er noch immer keinen Privatdetektiv engagiert, um seinerseits objektive Beweise für Amalies Unzucht zu erlangen. In einem Anfall von Aberglauben beschloss Sophie jetzt, wenn auch mit wehem Herzen, alle intimen Treffen mit Richard wieder auszusetzen, bis er endlich etwas gegen Amalie in der Hand hätte.

»Also, wie gefällt Ihnen das Bild?«, riss Klimt Sophie aus ihren düsteren Grübeleien. Sie riss sich zusammen.

»Der Rahmen dieses Gemäldes ist wirklich außerordentlich schön. Doch das gesamte Bild ist mir zu düster und spricht mich nicht an«, entschied sie sich, wie in letzter Zeit immer öfter, zur Offenheit.

Angesichts der enttäuschten Miene des Künstlers kam ihr plötzlich eine Idee. Bislang hatte sie ihr Vorhaben, für das Café Prinzess gleich dem Demel exklusive Schachteln für das neue teure Schokoladenkonfekt anzuschaffen, noch nicht in die Tat umgesetzt.

»Aber was halten Sie davon, mir eine Vorlage für eine Bon-

bonniere zu machen, die diesem wunderschönen Rahmen entspricht? Kämen wir diesbezüglich miteinander ins Geschäft?«

Klimt stutzte einen Moment lang. Dann stimmte er zu. »Sofern ich das Motiv auch weiterhin für eigene Zwecke nutzen kann, bin ich damit einverstanden.«

Dagegen hatte Sophie nichts einzuwenden. »Dann warte ich auf Ihren Entwurf für dieses Vorhaben, Herr Klimt. Sobald Sie ihn mir *von sich aus* vorlegen, können wir die weiteren Einzelheiten besprechen«, betonte sie.

Ihre Intuition sagte ihr, dass sie diesmal nicht so lange auf einen Vorschlag des Künstlers warten müsste wie auf die jüngsten Entwürfe für die Schaufensterdekoration.

Das Kontor einer Privatdetektei in Wien

März 1895

»Nun, Herr Major von Löwenstein, was führt Sie denn heute zu mir?«

Der Mann mit dem imposanten Schnauzbart, den Richard auf ungefähr Mitte vierzig schätzte, lächelte freundlich, beobachtete Richard dabei aber aufmerksam.

»Herr Kriminal-Kommissär Moritz Stukart hat Sie mir empfohlen«, antwortete Richard zögernd. Noch immer war ihm nicht wohl in seiner Haut. Aber da Sophie sich konsequent weigerte, ihn noch einmal im Grand Hotel zu treffen, solange es keine Beweise für Amalies Untreue gab, hatte er sich vor einer Woche endlich dazu durchgerungen, den Polizeibeamten Stukart aufzusuchen und sich ihm anzuvertrauen. Er kannte Stukart von der gemeinsamen Überführung des Giftmörders Felix Wagner.

Zum Glück stieß sein Anliegen dort auf offene Ohren. Richard erhielt auf seine Nachfrage, ob ihm Stukart eine zuverlässige Detektei in Wien nennen könnte, sogar eine unerwartet positive Auskunft.

»Tatsächlich kann ich Ihnen einen ehemaligen Kollegen von mir empfehlen, der den Polizeidienst aus freien Stücken quittiert hat, um eine Privatdetektei zu eröffnen. Der Mann heißt Heinz Pichler und hat sich erst vor zwei Monaten niedergelassen.«

Richard fiel bereits der erste Stein vom Herzen. Wenn Pichler sich erst vor zwei Monaten selbstständig gemacht hatte, konnte er keinesfalls der Detektiv sein, den Amalie schon vor mehr als einem Jahr engagiert hatte. Denn auch die Sorge, in derselben Detektei wie Amalie zu landen, hatte ihn bislang umgetrieben und daran gehindert, früher aktiv zu werden.

Der Hauptgrund dafür, dass er sein Sophie kürzlich gegebenes Versprechen jedoch noch nicht eingelöst hatte, war der Tod Erzherzog Albrechts vor ungefähr vier Wochen gewesen. Der Feldherr war in seiner Villa in Arco in der Nähe des Gardasees an den Folgen einer Lungenentzündung verstorben. All seine Ämter hatte er bis zu seinem Tode innegehabt und sogar noch einen Tag vorher auf seine Rekonvaleszenz gehofft, um seinen Pflichten wieder nachgehen zu können.

Richards neuer Vorgesetzter war Generaloberst Friedrich von Beck. Offiziell hatte Kaiser Franz Joseph in eigener Person Albrechts Nachfolge als oberster Befehlshaber der Armee angetreten. Doch hinter den Kulissen übernahm Beck Albrechts ehemalige Funktionen, obwohl er formal nur der Chef des Generalstabs der k.u.k. Armee war.

Natürlich war Richard als persönlicher Adjutant des verstorbenen Feldherrn zum einen in die Vorbereitungen seines Begräbnisses in der Kapuzinergruft eingebunden gewesen, das auf Wunsch des Verstorbenen mit hohen militärischen Ehren einherging. Zum anderen musste sich natürlich auch Richards Zusammenarbeit mit seinem neuen Vorgesetzten, Generaloberst Beck, erst einmal einspielen.

»Sie sagten, Herr Pichler habe den Polizeidienst aus freien Stücken quittiert?«, hatte Richard bei Stukart in Hinblick auf den Privatdetektiv einen weiteren Aspekt nachgehakt. »Es gab also kein besonderes Vorkommnis, das ihn dazu nötigte?«

Stukart lächelte schmallippig. »Ja und nein«, antwortete er. »Wenn Sie glauben, dass sich der Mann etwas zuschulden kommen gelassen hat, kann ich Sie beruhigen. Es ist eher das Gegenteil. Pichler wurde zweimal bei den letzten Beförderungsrunden übergangen, obwohl ich seine Arbeit für ausgezeichnet halte. Doch aus mir unerfindlichen Gründen sah dies der Chef des Sicherheitsbüros leider nicht so.«

»Ich jedenfalls hätte Pichler sehr gerne als Kollegen behalten«, fügte Stukart hinzu. »Er war als Kommissär in der Abteilung für Raub und Einbrüche tätig und hätte aufgrund seiner hohen Aufklärungsquote schon längst zum Oberkommissär befördert werden müssen.«

»Sie halten den Mann also für absolut vertrauenswürdig?«, versicherte Richard sich noch einmal.

Stukart nickte. »Sonst würde ich Ihnen den Herrn nicht empfehlen. Denn außer der Tatsache, dass sich Pichler im Polizeidienst immer korrekt verhalten hat, verfügt er über eine ausgezeichnete Intuition und Menschenkenntnis. Und ich vermute, dass es sich um eine sehr delikate Angelegenheit handelt, wegen der Sie ihn gegebenenfalls engagieren wollen.«

Als Richard darauf nicht antwortete, hob Stukart die Hand. »Keine Sorge, Sie müssen mir Ihr Anliegen nicht schildern. Das geht mich rein gar nichts an. Aber eines möchte ich doch noch betonen. Heinz Pichler hat sich auch deshalb selbstständig gemacht, weil eine Tante ihm eine kleine Erbschaft hinterlassen hat. Davon hat sich Pichler unter anderem die neueste Fotokamera angeschafft, die im Moment zu haben ist. Natürlich auch, um gegen die immer größer werdende Konkurrenz eine Chance auf dem Markt zu haben. Und um möglichst rasch Kunden einzuwerben. Sie dürften einer seiner ersten Klienten sein, falls Sie sich dazu entschließen, ihn zu beauftragen.«

Und nun saß Richard dem Detektiv an diesem Tag in dessen gediegenem Kontor gegenüber.

»Alles, was Sie mir anvertrauen, bleibt in diesen vier Wänden«, versicherte Pichler Richard, als er dessen Zögern bemerkte. Offensichtlich waren ihm derartige Reaktionen seiner Klienten vertraut. »Auch dann, wenn Sie mir nach unserem Gespräch keinen Auftrag erteilen.«

Stockend begann Richard zu berichten, was ihm auf der Seele lag. Dabei spürte er, dass sein Gesicht glühend heiß wurde, so sehr schämte er sich, Amalies Eskapaden zu beschreiben. Anfangs verschwieg er Pichler, dass auch er ein außereheliches Verhältnis unterhielt, dem Amalie auf die Schliche gekommen war. Doch der Privatdetektiv verfügte tatsächlich über die außergewöhnlich gute Intuition, die ihm Moritz Stukart bescheinigt hatte.

»Wenn Sie doch Ihre Gattin, noch dazu in Gegenwart einer Zeugin, einmal dabei erwischt haben, wie Sie Ihnen mit einem wildfremden Mann die Treue brach, und es darüber hinaus eine Zofe gibt, die bei einem Scheidungsprozess zu Ihren Gunsten aussagen müsste, wozu brauchen Sie dann noch die von mir zu ermittelnden Beweise?«

»Die Zofe Berta könnte vor Gericht zu einer Aussage gezwungen werden?«, lenkte Richard zunächst auf einen Nebenaspekt ab.

»Im Falle einer nicht einvernehmlichen Scheidung könnten Sie Berta natürlich als Zeugin für Ihre Partei benennen. Sie würde vor Gericht vereidigt werden und es daher sicher nicht wagen, eine Falschaussage zu machen.«

Richard ließ dies auf sich wirken. Derweil musterte der Privatdetektiv ihn ausgiebig. »Doch mein Gefühl sagt mir, dass es so einfach nicht ist, Herr von Löwenstein.« Er ließ den Satz in der Luft hängen und beobachtete Richard weiter.

Der gab sich einen Ruck. »Auch ich bin außerhalb meiner Ehe mit einer jungen Frau liiert«, räumte er zögernd ein. »Zur Heirat mit meiner jetzigen Frau wurde ich als junger Mann von ihrem und meinem Vater gezwungen. Ich bereue heute zutiefst, dass ich dies geschehen ließ. Denn jene Frau, mit der ich eigentlich zusammen sein möchte und die ich nach meiner Scheidung heiraten will, ist die Liebe meines Lebens. Wir haben schon viel gemeinsam durchgemacht und erfolgreich überwunden. Das hat uns zusammengeschweißt. Dennoch war es uns bislang nicht möglich, unsere Beziehung zu legalisieren.«

»Weil Sie in Ihrer ungeliebten Ehe feststecken«, ergänzte Pichler nüchtern den unausgesprochenen Teil von Richards Satz. »Wie steht denn Ihre jetzige Frau zu einer möglichen Trennung?«

Richard stutzte. Darüber hatte er noch nie nachgedacht. Sein eigenes Unglück hatte für ihn immer im Vordergrund gestanden. Aber auch Amalie konnte in der Ehe mit ihm eigentlich nicht glücklich sein, wenn er es richtig bedachte.

Er verdrängte den unwillkommenen Gedanken. »Das weiß ich nicht, Herr Pichler«, sagte er kurz angebunden. »Vielleicht wäre ihr eine Trennung ebenfalls recht. Aber darauf kann ich es nicht ankommen lassen. Ich brauche handfeste Beweise für ihre Untreue.«

»Was hat Ihre Frau denn gegen Sie in der Hand?«, schoss Pichler erfolgreich ins Blaue.

Richard knirschte mit den Zähnen. »Sie hat vor mir eine Privatdetektei beauftragt, um mich auszuforschen. Und behauptet, Fotografien von mir und So ... ich meine der anderen Frau zu besitzen. Sie seien gemacht worden, als wir das Hotel verließen, in dem wir uns heimlich trafen.«

Pichler machte sich eine Notiz. »Zu welcher Tageszeit, wenn ich fragen darf?«

»Jeweils nach Mitternacht. Ganz genau weiß ich das nicht mehr.«

Pichler sah auf. »Also in völliger Dunkelheit?«

»Ja, es war jedes Mal dunkel«, bestätigte Richard. Worauf wollte der Detektiv hinaus?

»Gab es eine Laterne in unmittelbarer Nähe?«

Richard versuchte, sich zu erinnern. »Vor dem Hotel brannte um diese Uhrzeit nur ein kleines Nachtlicht. Die nächste Gaslaterne war mindestens drei Meter entfernt.«

»Haben Sie sich nach dem Verlassen des Hotels noch länger vor der Tür aufgehalten? Zum Beispiel, um die Dame zum Abschied zu küssen?«

Richard schüttelte heftig den Kopf. »Das haben wir niemals getan. Da bin ich mir absolut sicher.« Er war nicht einmal auf diesen Gedanken gekommen, weil Sophie eine solche Intimität auf offener Straße selbst im Schutze der Nacht mit Sicherheit abgelehnt hätte.

»Dann ist es fraglich, ob diese Fotografien, über die Ihre Gattin angeblich verfügt, überhaupt irgendeinen Beweiswert haben«, sagte Pichler zu Richards Erstaunen. »Ich kann es zwar nicht ausschließen, aber der Detektiv, den Ihre jetzige Gattin beauftragt hat, müsste schon eine genauso moderne Kamera besitzen wie ich. Und die sind sehr teuer.«

Pichler erklärte dem staunenden Richard, dass er über das neueste Modell einer Firma namens Kodak verfügte. Der Apparat konnte aufgrund eines Rollfilms anstelle der ursprünglichen Plattentechnik auch Schnappschüsse aufnehmen, während ältere Kameras nur einigermaßen zuverlässig bei unbeweglichen, arrangierten Szenen funktionierten.

»Sie waren doch sicher schon einmal im Atelier eines Fotografen, Herr von Löwenstein«, erläuterte er. »Dann wissen Sie doch, wie lange Sie dort unbeweglich sitzen oder stehen bleiben mussten, bis die Aufnahme im Kasten war.«

Das leuchtete Richard ein. »Und Ihre moderne Kamera kann auch im Dunkeln schärfere Bilder machen als die herkömmlichen Modelle?«, fragte er nach.

Pichler nickte. »So ist es, Herr von Löwenstein. Aber ich sage Ihnen gleich, dass meine Dienstleistungen deshalb auch nicht billig sind.«

»Das ist mir ein Erfolg Ihrer Bemühungen wert«, versicherte ihm Richard. Dann gab er Pichler einige Erläuterungen für mögliche Ansatzpunkte, um Amalies Treiben auszuforschen. »Heute ist Mittwoch. Am besten finden Sie sich morgen gegen halb zwei unauffällig vor dem hinteren Tor des Palais Thurnau in der Freyung ein. Von dort aus können Sie die Mietdroschke, die meine Gattin regelmäßig nimmt, um einen Jour fixe zu besuchen, bis zu ihrem Zielort verfolgen. Und wenn meine Hypothese stimmt, verlässt sie ihre Gastgeber bereits nach ungefähr einer Stunde, um ihrem Vorhaben nachzugehen.«

Pichler grinste nun breit. »Das darf ich also so verstehen, dass Sie mir den Auftrag erteilen?« Richard bestätigte das.

»Dann sollten wir uns hier in meinem Kontor ungefähr alle vierzehn Tage treffen. Ich berichte Ihnen dann über das Ergebnis meiner Bemühungen, und Sie entscheiden, ob Sie meine Dienste weiterhin in Anspruch nehmen möchten.«

Auch das schien Richard neben dem guten Eindruck, den er bereits von Pichler gewonnen hatte, ein überaus rechtschaffener Vorschlag zu sein, und überzeugte ihn vollends von der Seriosität dieses Mannes.

Weitaus leichteren Herzens als vorher verließ er Pichlers Kontor. Das leise Unbehagen, das bei dem Gedanken, auch er könne Amalie unglücklich gemacht haben, in seiner Magengrube nagte, verdrängte er erst einmal.

Die Herrensauna Kaiserbründl in Wien

Anfang April 1895

»Ich fürchte, wir können uns für eine Weile nicht mehr sehen, Mitri«, seufzte Fredl bedrückt. Seine Hände spielten mit einer Strähne von Dimitris Haar, dessen Kopf auf seinem Bauch lag. Sie befanden sich wieder einmal in einer der Kabinen im Kaiserbründl, das sie seit ihrem ersten Besuch im Februar ungefähr einmal pro Woche aufgesucht hatten.

Dimitri hob den Kopf. »Warum nicht, mein Schatz?« Lasziv ließ er seinen Zeigefinger um Fredls Hoden kreisen. »Gelüstet es dich denn nicht mehr nach mir?«

In einer Aufwallung von spontanem Unmut zog Fredl Dimitris Hand weg. »Wie kannst du nur so etwas glauben, Mitri? Ich hätte dich am liebsten Tag und Nacht um mich.«

Dabei entging ihm der Ausdruck auf Dimitris Gesicht, der seinen Kopf wieder mit dem Blick auf Fredls Füße gerichtet auf dessen Bauch legte. Sonst hätte ihn die Mischung aus Verächtlichkeit und Triumph verstört.

»Nun, was hindert uns denn dann daran, unsere Träume zu leben?«, antwortete Dimitri Fredl gedehnt.

Der seufzte schwer. »Das Geld. Der schnöde Mammon. Ich schulde meinem Vetter Richard bereits fünfzig Gulden. Mein Onkel, bei dem ich wohne, ist nicht bereit, mir etwas zu leihen. Leider hat mein Vater noch immer zu viele Schulden bei ihm.«

»Und jetzt fehlt dir das Geld, um mich hier weiter zu treffen«, konstatierte Dimitri.

»Natürlich!«, bestätigte Fredl mit einem Anflug von Ungeduld. »Es kostet für uns beide doch jedes Mal vier Gulden. Speisen und Getränke nicht einmal mitgerechnet, wenn wir dieses Etablissement aufsuchen. Und du hast nur beim ersten Mal bezahlt!«, konnte er sich den Vorwurf, der ihm schon länger auf der Seele lag, nicht mehr verkneifen.

Dimitri erhob sich abrupt. »Du weißt, dass ich mit meinem Salär meine Familie in Russland unterstützen muss. Wir sind kleine Leute und gehören nicht zum Hochadel wie du. Hätte mich der Gutsherr, bei dem mein Vater als Verwalter arbeitet, nicht empfohlen, wäre mir eine Karriere beim Militär versagt geblieben. Aber ich habe in Russland noch sechs Geschwister, die auch zur Schule gehen und essen wollen.«

Er griff nach seinem Handtuch und fixierte Fredl. »Wenn dir unsere Liebe nichts mehr wert ist, sag es mir gleich! Auch andere Männer haben schöne Söhne.«

Das war genau die Reaktion, die Fredl befürchtet hatte. Zorn, Eifersucht und die Panik, seinen Geliebten zu verlieren, lösten ein Gefühlswirrwarr in seiner Brust aus. Er bezweifelte keine Sekunde lang, dass Mitri, wie er ihn zärtlich nannte, seine Drohung wahrmachen und ihn wegen eines anderen Mannes verlassen würde. Zumal er dabei freie Auswahl haben dürfte.

Denn Dimitri war ein ausgesprochen attraktiver Mann. Im Gegensatz zu Fredl, der zwar aufgrund seiner langjährigen Zugehörigkeit zu den Dragonern eine muskulöse Gestalt besaß, dessen mausähnliche Gesichtszüge jedoch unscheinbar waren. Dimitris schwarze Haare waren dicht und gelockt, sodass er sie im Alltag mit viel Pomade bändigen musste. Fredls Haare waren dagegen von einem verblichenen Braun und begannen trotz seiner erst fünfundzwanzig Jahre bereits dünn zu werden. Schon zeigten sich die ersten Ansätze von Geheimratsecken.

Dimitri war groß gewachsen mit breiten Schultern, an die man sich anlehnen konnte. Fredl reichte ihm gerade einmal bis zum Kinn. Dimitris schwarzer Schnauzer und seine dunklen Augen gaben ihm das Aussehen eines verwegenen Freibeuters. Fredls Schnurrbart hing dagegen oft traurig herunter und war selbst mit Pomade nicht in Form zu bringen.

Dimitri würde daher zweifellos nicht die geringsten Schwierigkeiten haben, gleich mehrere Liebhaber als Ersatz für ihn,

Fredl, zu finden. Und er selbst würde damit die große Liebe seines Lebens verlieren.

Fredl ballte seine Hände so fest zu Fäusten, dass ihm die Fingernägel in die Haut schnitten. Der Gedanke, Dimitri zu verlieren, war schon jetzt unerträglich für ihn.

»Du weißt, dass ich alles für unsere Liebe täte, Mitri«, beteuerte er panisch angesichts Dimitris Drohung. »Aber meine Familie ist arm, obwohl sie aus dem Hochadel stammt.« Die Verzweiflung drohte, ihn zu übermannen. Entsetzt spürte er sogar, dass ihm die Tränen kamen. »Daher muss ich erst eine Weile etwas von meinem Sold sparen, bis wir uns wiedersehen können.«

Wieder musterte Dimitri Fredl aufmerksam. »Dabei gäbe es doch eine ganz einfache Lösung«, äußerte er kryptisch.

Fredl richtete sich jetzt in eine sitzende Stellung auf. Sein Herz klopfte heftig. »Dann sag sie mir, Geliebter! Ich habe dir doch gelobt, alles für unsere Liebe zu tun!«

Dimitri lächelte schmal. »Dann höre meinen Plan, Fredl!« Er setzte sich wieder zu ihm auf das Ruhebett.

Anfangs ungläubig, dann mit zunehmendem Entsetzen, lauschte Fredl seinen Vorschlägen. »Aber das wäre Hochverrat! Darauf steht schwerer Kerker, vielleicht sogar die Todesstrafe!«, wandte er schließlich mit schwacher Stimme ein, als Dimitri geendet hatte.

Der grinste nun sogar. »Das kommt ganz darauf an, wie man es anstellt. Natürlich darf man sich nicht dabei erwischen lassen. Aber die Sache ist so lukrativ, dass du dir eine eigene Wohnung mieten könntest. Dann könnten wir uns sehen, wann immer es uns danach gelüstet.«

Fredl fühlte sich innerlich noch immer wie gelähmt. Er war unfähig zu jeder weiteren Reaktion.

»Denn auch ich wäre überaus glücklich, wenn wir zusammenbleiben würden.« Dimitris Stimme nahm wieder den rauchigen Klang an, der Fredl trotz seiner Erstarrung erschauern ließ. »Denk einfach einmal ein paar Tage über meinen Vorschlag nach! Nimm derweil das als Beweis meiner Liebe!«

Damit presste Dimitri sein Gesicht auf Fredls Bauch und ließ seine Zunge ganz langsam hinabwandern.

Kapitel 19

Praxis Dr. Freuds in der Berggasse

Juni 1895

»Es freut mich außerordentlich, dass es Milli weiterhin so gut geht.« Dr. Freud, vor dessen Schreibtisch Henriette und Sophie saßen, zündete sich eine weitere Zigarre an. Sein Behandlungszimmer war mittlerweile völlig verqualmt. Millis Therapie war auf ihren eigenen Wunsch hin bereits zum Jahresende 1894 erfolgreich beendet worden.

»Und da Milli jetzt auch die erste Klasse im Lyzeum so gut bewältigt hat, denken Sie daran, in Bälde die Scheidung von Ihrem Ehemann einzureichen, bevor Ihre Tochter volljährig ist, Frau von Freiberg?«, richtete der Psychiater das Wort an Henriette.

Die versuchte, ihren Hustenreiz zu unterdrücken. »Das hatte ich Ihnen brieflich ja bereits mitgeteilt, Dr. Freud. Und deshalb um die heutige Unterredung gebeten.«

»Stimmen Sie denn darin mit uns überein, dass Milli der Belastung einer Aussage vor Gericht über den Missbrauch durch ihren Stiefvater jetzt psychisch gewachsen ist?«, ergriff Sophie das Wort.

»Natürlich müsste ich Ihre Schwester dazu noch einmal intensiv befragen«, erklärte Freud. Da die Schulferien noch nicht begonnen hatten, war Milli heute nicht mitgekommen. »Doch da Sie schildern, wie gut sich Milli auch nach Abschluss der Behandlung weiterentwickelt hat, könnte es möglich sein. Zumal

Milli es sich selbst zutraut und sogar darauf drängt, wie Sie mir geschrieben haben, liebe Frau von Freiberg.«

Henriette nickte nachdrücklich. »So ist es, Dr. Freud. Uns allen ist es jetzt ein großes Anliegen, meine unselige Ehe so rasch wie möglich zu beenden. Und dabei zählen wir natürlich auch auf Ihre Unterstützung. Das ist der eigentliche Grund unseres heutigen Besuchs.«

Freud paffte weiterhin an seiner Zigarre. Sophie beschlich ein ungutes Gefühl. Während der Behandlungsstunden Millis und auch während seiner bisherigen Besprechungen mit ihr und Henriette hatte Freud stets auf das Rauchen verzichtet. Sie begann zu ahnen, dass die heutige Rücksichtslosigkeit des Nervenarztes möglicherweise mehr zu bedeuten hatte als simple Unachtsamkeit gegenüber rauchempfindlichen Damen.

Die nächsten Worte Freuds verstärkten ihre Befürchtungen. »Was kann ich in diesem Zusammenhang denn für die Damen tun?«, fragte er, wobei er doch nur allzu gut wissen musste, was sie von ihm begehrten. Schließlich war dieses Anliegen insbesondere zu Beginn von Millis Behandlung oft genug thematisiert worden.

»Sie sagten uns mehrmals zu, Dr. Freud, Millis Aussagen vor Gericht mit einem Gutachten zu unterstützen«, wies Sophie ihn genau darauf hin. »Unser Anwalt, Dr. Krömer, ist der Auffassung, dass Milli mit hoher Wahrscheinlichkeit aussagen muss. Wenn meine Mutter die Scheidung gegen den Willen meines Stiefvaters, also nicht einvernehmlich, einreicht, wird er sie im Gegenzug des böswilligen Verlassens beschuldigen. Dann wiederum bleibt meiner Mutter nichts anderes übrig, als die jahrelangen Untaten meines Stiefvaters gegenüber meiner jüngeren Schwester offenzulegen. Unser Anwalt ist relativ sicher, dass der Richter Milli alsdann in den Zeugenstand rufen wird. Ihr Gutachten sollte Millis Aussagen zumindest unterstützen oder ihr ein Erscheinen vor Gericht im besten Fall sogar ersparen.«

Sophie hatte zunehmend das Gefühl, gegen eine Wand anzureden. Denn Freuds Miene blieb unbeweglich, während er ihr zuhörte und dabei ununterbrochen seine Zigarre rauchte. »Was genau stellen Sie sich denn vor, Fräulein von Werdenfels?«, stellte er eine weitere, nach Sophies Auffassung völlig überflüssige Rückfrage.

»Dass Sie die Taten, die Milli Ihnen geschildert hat, mit ihren hysterischen Symptomen in Zusammenhang bringen! Dass Sie erläutern, dass sich Milli deshalb sogar das Leben zu nehmen versuchte, sodass meine Mutter gar nichts anderes tun konnte, als ihr eigenes Zuhause, das Erbe unseres verstorbenen Vaters, zu verlassen.« Sophie hörte selbst, dass ihr Tonfall immer aufgeregter wurde.

Freud paffte weiter seine Zigarre und antwortete zunächst nichts.

»Wir kommen selbstverständlich für alle Unkosten auf«, beteuerte Henriette. »Sowohl für die Erstellung des Gutachtens als auch für Ihr persönliches Zeugnis vor Gericht. Und akzeptieren jede Summe, die Sie uns dafür in Rechnung stellen.« Auch Henriette klang nun zunehmend ängstlich.

Endlich holte Freud tief Luft, was er mit einem heftigen Hustenanfall bezahlte. In jeder anderen Situation hätten Sophie und Henriette alle Mühe gehabt, ihr Amüsement über diese Reaktion des Psychiaters auf die von ihm selbst verursachte schlechte Luft im Raum zu verbergen. Jetzt jedoch fühlten sich beide zunehmend beklommen.

Tatsächlich drückte Freud die Zigarre jetzt vorsichtig in seinem schweren Kristallaschenbecher aus, offensichtlich, weil er sie später noch zu Ende rauchen wollte. Dann ging er zum Fenster und riss es weit auf. Erleichtert schnappten die Frauen nach der frischen Sommerluft, die hereinströmte.

»Nuuun«, begann Freud gedehnt, nachdem er wieder hinter seinem Schreibtisch Platz genommen hatte. »Meine jüngsten medizinischen Erkenntnisse lassen es leider nicht mehr so sicher erscheinen, dass die hysterischen Symptome junger Frauen tatsächlich ausschließlich auf reale traumatische, sexuelle Erfahrungen zurückgeführt werden können.«

»Wieso das?«, fragten Henriette und Sophie wie aus einem Mund.

»Haben Sie nicht eben erst ein ganzes Buch darüber veröffentlicht?«, fügte Sophie hinzu. Dr. Schnitzler hatte ihr bei einem seiner Besuche im Kaffeehaus darüber berichtet und auch davon – Sophie stockte bei der Erinnerung daran der Atem –, dass diese Veröffentlichung erneut auf sehr viel Kritik in der konservativen Wiener Ärzteschaft gestoßen war.

»Das ist richtig, Fräulein von Werdenfels«, bestätigte Freud steif. Unwillkürlich griff er wieder nach der nicht mehr brennenden Zigarre. »Doch die Wissenschaft schreitet beständig voran. Was heute noch sicher erscheint, kann morgen bereits überholt sein.« Er machte eine kleine Pause.

»Mittlerweile habe ich Grund zu der Annahme, dass oft nicht reale Ereignisse, sondern sexuelle Fantasien hinter hysterischen Symptomen stehen, insbesondere bei jungen Frauen.«

»Aber Sie wissen doch genau, dass dies zumindest bei Milli nicht der Fall ist!«, rief Sophie empört aus.

»Das ist wohl wahr«, bestätigte Dr. Freud, machte Sophies kurzzeitige Erleichterung jedoch bereits mit seinen nächsten Worten wieder zunichte. »Doch sie ist möglicherweise ein Einzelfall. Ich arbeite gerade an einer neuen Theorie. Sie erscheint mir weitaus vielversprechender als meine vergangenen Thesen. Trete ich jetzt jedoch auf der Grundlage meiner vorigen Theorie als Gutachter vor Gericht auf, würde das zumindest in den einschlägigen Kreisen der medizinischen Gesellschaft in Wien einiges Aufsehen erregen. Infolgedessen liefe ich Gefahr, mit meinem neuen, wie ich ja schon betonte, vielversprechenderen Ansatz nicht mehr ernst genommen zu werden.«

Erst später würde Sophie von Dr. Schnitzler erfahren, dass sich Freud mittlerweile sogar mit seinem langjährigen Freund

und Mitautor der Schrift »Studien der Hysterie«, Dr. Josef Breuer, wegen seiner These überworfen hatte, hinter hysterischen Symptomen stünden ausschließlich sexuelle Traumata. Breuer hatte diese angeblich nie geteilt. Die Kontroverse um Freuds in der Schrift vertretene These drohte sogar, dessen Praxis zum Erliegen zu bringen, da viele Patientinnen und Patienten sie mittlerweile mieden oder ihre begonnene Behandlung sogar abbrachen.

Doch in diesem Moment merkte sie nur, dass Dr. Freud keineswegs mehr der Verbündete beim Scheidungsprozess ihrer Mutter war, als den sie ihn jahrelang erachtet hatten.

»Soll das bedeuten, dass Sie nicht bereit sind, Millis Aussagen vor Gericht mit Ihrem Gutachten zu bestätigen?«, kam Sophie daher auf den Punkt. Sie hatte Freuds ausweichende Antworten satt. Wie auch schon bei anderen Gelegenheiten zog sie es seit ihrer Auseinandersetzung mit Toni Schleiderer vor, das Kind möglichst rasch beim Namen zu nennen, anstatt lange um den heißen Brei herum zu reden.

Doch wieder reagierte der Nervenarzt zunächst ausweichend. »Ich muss es mir noch einmal durch den Kopf gehen lassen, Frau von Freiberg, Fräulein von Werdenfels. Ich gebe Ihnen umgehend Nachricht, wenn ich mich endgültig entschieden habe.«

Damit stand Freud hinter seinem Schreibtisch auf und machte dadurch unmissverständlich klar, dass die heutige Unterredung beendet war.

Schon zwei Tage später erreichte Henriette ein Schreiben, in dem Freud außerordentlich bedauerte, als Gutachter in ihrem Scheidungsprozess nicht zur Verfügung stehen zu können. Aus Sorge, Milli könne durch ihre Aussage vor Gericht wieder Schaden nehmen, gab Henriette ihre Scheidungsabsicht daher zumindest vorläufig erneut auf.

Das Evidenzbüro in Wien

Juli 1895

Fredl horchte noch einmal nach allen Seiten, ob sich auf dem Gang im zweiten Stock des Evidenzbüros, an dem sein Kontor lag, irgendein Laut vernehmen ließ, der doch noch auf die Anwesenheit eines seiner Kollegen hinwies. Zwar war er zuvor den ganzen Flur entlanggelaufen und hatte an alle Türen geklopft, ohne an diesem warmen Juliabend noch irgendjemanden anzutreffen. Dennoch sagte er sich immer wieder, er könne nicht vorsichtig genug sein mit dem, was er wieder einmal im Begriff war zu tun.

Seit seiner Rückkehr aus Kazan und seiner Beförderung vom Oberleutnant zum Hauptmann arbeitete Fredl als sogenannter Kundschaftsoffizier in der russischen Gruppe des Evidenzbüros, wie man die Zentrale des österreichischen Geheimdienstes bezeichnete. Sie war eine Stabsstelle des Kriegsministeriums. Zu Fredls täglichen Aufgaben gehörte es, die Berichte auszuwerten, die von den verschiedenen österreichischen Spionen in Russland einerseits und den russischen Spionen im Auftrag Österreichs andererseits an das Evidenzbüro gesandt wurden.

Seine anfänglichen Gewissensbisse waren angesichts des sehr beträchtlichen Lohns, den ihm die Russen für seine Maulwurfstätigkeit zahlten, schnell in den Hintergrund getreten. Schon vor mehreren Wochen hatte Fredl das Palais Thurnau verlassen und sich eine Wohnung in einem komfortablen Zinshaus in der Nähe der Karlskirche im 4. Wiener Bezirk gemietet. Zwar war sein Weg zur Arbeit jetzt erheblich weiter als vom Palais Thurnau aus, das nur eine kurze Strecke entfernt vom Gebäude des Kriegsministeriums Am Hof lag. Aber diesen kleinen Nachteil nahm Fredl gerne in Kauf.

Denn nun konnten Dimitri und er sich tatsächlich treffen, wann immer sie wollten, oder besser gesagt, wenn Dimitri sich unauffällig aus seinem Quartier in der russischen Botschaft entfernen konnte. Fredls Bitte, doch zu ihm in die Wohnung zu ziehen, lehnte er allerdings ab.

»Du weißt doch, mein Geliebter, dass Verhältnisse unter Männern überall geächtet sind. Selbst wenn wir nicht zu unterschiedlichen Nationen gehören würden, wäre es zweifelsohne verdächtig, wenn wir uns eine Wohnung teilen würden.«

Das leuchtete Fredl wohl oder übel ein. Zumal Dimitri innerhalb der russischen Gesandtschaft in Wien gerade erst zum persönlichen Adjutanten des Militärattachés aufgestiegen war. Eine Beförderung, die Dimitri eindeutig den Informationen verdankte, mit denen Fredl ihn nach seinen anfänglichen Bedenken seit Mai dieses Jahres versorgte.

Nachdem er noch einmal angestrengt gelauscht hatte, trat Fredl ans Fenster seines Kontors und zog die Gardine zur Seite. Von draußen leuchtete die Abendsonne nun genau auf seinen Schreibtisch, auf dem er den jüngsten Bericht des österreichischen Spions Egon Wedel ausgebreitet hatte. Die Identität dieses Mannes, der in Russland als Handelsreisender tätig war und dort auch Geschäfte mit lokalen Armee-Einheiten abschloss, hatte Fredl Dimitri schon gleich zu Beginn seiner Maulwurfstätigkeit offenbart. Seither fotografierte er die Berichte dieses und anderer Spione mit einer der hochmodernen Kameras ab, die ihm Dimitri zu diesem Zweck überbracht hatte. Den Apparat tauschte er regelmäßig gegen einen anderen aus, dessen Rollfilm noch leer war. Dieser Austausch fand jetzt ausschließlich in Fredls neuer Wohnung statt, wo man vor unerwünschten Beobachtern sicher war.

Nachdem Fredl den Bericht des im Dienst des Evidenzbüros tätigen Spions abgelichtet hatte, wandte er sich einem weiteren Dokument zu, das heute hereingekommen war. Es stammte von einem russischen Spion in Österreichs Diensten. Zu Fredls Aufgaben gehörte es, diese Spione regelmäßig zu instruieren. Zunächst fertigte Fredl eine weitere Fotografie an. Dann konsultierte er die Notizen, die er sich gestern Abend beim letzten Besuch Dimitris in seiner Wohnung gemacht hatte.

Der russische Spion nannte in seinem Bericht eine Quelle für seine geheimen Informationen, die Fredl nun an Dimitri weitergeben würde. Fredl vermutete zwar, dass diese Quelle zuverlässig war, antwortete jedoch dem russischen Spion, sie sei manipuliert und er solle deshalb keinen weiteren Informationen mehr trauen. Den Namen des Informanten, der Mitarbeiter in einem russischen Waffenarsenal war, würde Fredl an Dimitri weitergeben. Der würde dann dafür sorgen, dass diese Quelle ausgeschaltet würde.

Stattdessen nannte Fredl seinem russischen Spion eine andere, bereits manipulierte Quelle als Ersatz. Dabei handelte es sich um einen Kanzleischreiber im russischen Kriegsministerium in Sankt Petersburg, der angeblich immer wieder Zugang zu vertraulichen Akten hatte. In Wirklichkeit war dieser Schreiber ein überzeugter Anhänger des Zaren und daher nur allzu bereit, dem russischen Verräter falsche Auskünfte zu geben oder ihm sogar eigens zu diesem Zweck gefälschte Dokumente zu überlassen, die er angeblich abgeschrieben hatte.

Fredl fertigte eine Abschrift seiner Antwort mit den gefälschten Angaben an den russischen Spion für die Akten des Evidenzbüros an. Obwohl der gesamte österreichische Geheimdienst im Vergleich zum russischen nur über ein sehr geringes Budget und lediglich einen Bruchteil von dessen Offizieren verfügte, fiel tagtäglich eine solche Unzahl von Schriftstücken an, dass sie im Einzelnen kaum kontrolliert werden würden. Außerdem führte jeder Kundschaftsoffizier der Einfachheit halber im Evidenzbüro seine eigenen Spione, sodass es allein von daher schon unwahrscheinlich war, dass sich ein Kollege mit Fredls Briefen beschäftigen würde.

Dem Chef des Generalstabs, Generaloberst Friedrich von Beck, wurde jeden Abend eine Zusammenfassung der geheimdienstlichen Erkenntnisse des Tages vorgelegt, die jedoch die einzelnen Schriftstücke nicht enthielt. Mit einem Anflug von schlechtem Gewissen erinnerte sich Fredl daran, dass sein Cousin Richard diese Zusammenfassung in der Regel las und sie seinem Vorgesetzten Beck nur dann vorlegte, wenn sie auffällige Informationen zum Inhalt hatte. Einmal wöchentlich ließ sich auch Kaiser Franz Joseph über die Ergebnisse des Evidenzbüros informieren.

Um die nächste beträchtliche Summe von immerhin fünfhundert Gulden in Empfang nehmen zu können, die ihm wie üblich postlagernd zugesandt werden würde, musste Fredl jetzt nur noch eine Aufgabe erledigen. Und die hatte Zeit bis morgen. Dimitri hatte ihm gestern Abend den Namen eines relativ unbedeutenden österreichischen Spions im Dienste Russlands genannt inklusive einiger dazugehöriger Beweise.

Auch bei diesem Mann handelte es sich um einen in subalterner Stellung tätigen kleinen Beamten in der österreichischen Botschaft in Sankt Petersburg. Doch die Preisgabe von dessen Identität als Spion war für Fredl weit mehr wert, als die Russen ihm für seinen Verrat bezahlten. Sie diente nämlich vor allem zur Tarnung von Fredls eigener Spionagetätigkeit.

Denn niemand würde vermuten, dass hier ein Spion, nämlich er, einen anderen aus dem eigenen Lager verriet. Fredl verschaffte sein Verrat im Gegenteil das Renommee eines sehr erfolgreichen Kundschaftsoffiziers. Das hatte er bereits bei seiner ersten Enttarnung eines solchen unbedeutenden, für Russland tätigen Österreichers erfahren.

Da Fredl natürlich nur einen Bruchteil seiner Informationen an Dimitri weitergab und ansonsten auch seine übrigen Aufgaben im Evidenzbüro mit Bravour erledigte, hatte ihm dies bereits das Wohlwollen des jetzigen Leiters des Evidenzbüros eingebracht. Der würde jedoch zu Beginn des nächsten Jahres das Kommando über ein Infanterieregiment übernehmen und hatte bereits angedeutet, Fredl seinem Nachfolger besonders zu empfehlen.

Und so überwogen die Vorteile seiner Maulwurfstätigkeit deutlich die potenziellen Gefahren, beruhigte Fredl ein weiteres Mal sein Gewissen, während er die Kamera sorgfältig in einer Tasche verstaute und die Geheimpapiere in seinem Schreibtisch einschloss. Schließlich zog er noch die Gardinen vor dem Fenster seines Kontors wieder vor, hinter dem gerade die Abendsonne unterging.

Dann machte er sich auf den Weg in seine Wohnung, voller Vorfreude auf die nächste Begegnung mit Dimitri.

Vor einem Krämerladen in Hernals

Juli 1895

»Horcht! Da scheinen sie zu kommen!« Irene Gerban legte eine Hand ans Ohr und lauschte in die Richtung, aus der ein anschwellender Gesang ertönte.

Die vor dem Krämerladen von Benjamin Löb versammelten Frauen merkten auf. Tatsächlich wurde der Gesang immer lauter, glich aber eher einer Katzenmusik als einem wohltönenden Chor. Doch es waren eindeutig Frauenstimmen.

Noch bevor die ersten dieser Frauen in die kleine Straße einbogen, in der Benjamin Löb im Arbeiterviertel Hernals seinen Krämerladen unterhielt, verstanden die vor seinem Geschäft wartenden Frauen auch die gesungenen Worte.

Hoch Lueger! Lasst uns singen,
aus dem Herzen soll es klingen.
Stimmet froh sein Loblied an,
Ehre sei dem braven Mann!

Das war der Refrain des in Wien mittlerweile sehr populären Lueger-Marsches.

»Von wegen ›braver Mann‹!«, knurrte Adelheid Popp ingrimmig. »Wer solch einen Pöbel anführt, ist alles andere als brav.«

Mina Löb, die Aufseherin des Cafés Prinzess, stand angespannt neben ihrem Vater. Sophie trat auf sie zu und legte ihr die Hand auf den Arm.

»Hab keine Angst, Mina!« Außerhalb des Cafés duzten sich die beiden schon seit einer Weile. »Wir sind hier über fünfzig Frauen. Genug, um diese Lueger-Amazonen, wie sie genannt werden, daran zu hindern, irgendeinen größeren Schaden anzurichten.«

»Ich hoffe, dass du recht hast, Sophie«, antwortete Mina mit erstickter Stimme. »Erst gestern hat eine solche weibliche Meute den Obstladen eines jüdischen Inhabers hier in Hernals verwüstet. Die Weiber haben Früchte und Gemüse auf die Straße geworfen und sind darauf herumgetrampelt. Mein Vater und ich haben dem Geschäftsinhaber abends beim Aufräumen geholfen. Der Schaden ist beträchtlich. Und die herbeigerufene Polizei ließ so lange auf sich warten, dass die Täterinnen längst über alle Berge waren.«

Sophie spürte heißen Zorn in sich aufwallen. »Das sollen diese Furien hier erst einmal versuchen!« Sie ballte die Hände zu Fäusten. »Dann werden sie uns kennenlernen!«

Noch einmal ließ sie den Blick über die Menge der versammelten Frauen schweifen. Die meisten waren Arbeiterinnen. Viele davon gehörten zu den Textilarbeiterinnen, deren Streik Sophie vor zwei Jahren unterstützt hatte und die damals günstige Lebensmittel durch die Vermittlung von Minas Vater Benjamin bezogen hatten. Aber es waren auch etliche Frauen aus dem Frauenhaus dabei. Sogar ihre Mutter Henriette und Pauline von Sterenberg befanden sich darunter. Beide hatten sich nicht davon abhalten lassen, heute mitzukommen, nachdem Sophie ihnen vorgestern erzählt hatte, was Benjamin Löbs kleinem Laden drohte.

»Seit Tagen verteilen diese Lueger-Amazonen Flugblätter vor jüdischen Geschäften. Mina Löb hat mir einen dieser Schmierzettel mitgebracht«, erklärte sie anlässlich ihres Besuchs im Frauenhaus und gab besagtes Blatt an ihre Mutter weiter.

»Christen, kauft nur bei Christen! Kauft nicht bei Juden! Das sind Volksschädlinge!«, las Henriette mit entgeisterter Stimme vor. Dann reichte sie den Zettel an Pauline weiter. »Das ist ja ungeheuerlich! Was sind das denn für Menschen, die einem solch verächtlichen Aufruf Folge leisten?«

»Leider hat Karl Lueger viele Anhänger in Wien«, warf Pauline ein. »Erst recht, seit er die Wahlgänge zum Bürgermeister im Mai alle gewonnen hat. Allerdings mit weniger Stimmen, als es seinem Ehrgeiz gefrommt hat. Deshalb hat er seine Wahl auch erst einmal nicht angenommen. Stattdessen wurde der Gemeinderat unter dem Vorwand, die Liberalen würden zu sehr gegen ihn als Bürgermeister opponieren, aufgelöst. Und nun gibt es Neuwahlen im September. Seither machen Luegers Anhänger mit solchen Aktionen die Straßen unsicher.«

»Woher weißt du das alles so genau?«, erkundigte sich Henriette. Die Frauen duzten sich seit geraumer Zeit.

Pauline lächelte. »Du vergisst, liebe Yetta, dass meine Schwiegertochter eine bekannte Wiener Arbeiterführerin ist und sich für die Sozialdemokratische Partei engagiert. Sie liefert mir diese Informationen täglich aus erster Hand. Und wird sicher eine ganze Reihe ihrer Genossinnen aktivieren können, um einen Angriff auf das Geschäft von Mina Löbs Vater abzuwehren.«

Genau in diesem Augenblick stießen Irene Gerban und Adelheid Popp zu den dreien hinzu, die im kleinen Salon des Frauenhauses in Hernals versammelt waren. Schon längst diente dieser Raum nicht mehr als Schulzimmer. Stattdessen wurde der Unterricht in zwei hellen, mit stabilen Schulmöbeln eingerichteten Klassenzimmern abgehalten, die in dem von Graf von Sterenberg finanzierten Anbau entstanden waren.

Irene hatte die letzten Worte ihrer Schwiegermutter aufgeschnappt. »Angriff auf ein Geschäft? Wovon sprecht ihr denn?«

Sophie berichtete, dass Mina Löb sie gestern mit betretener Miene darum gebeten hatte, sich am morgigen Tag freinehmen zu können. Der Anlass dafür sei, dass sie aus einer zuverlässigen Quelle erfahren habe, eine Gruppe Lueger-Amazonen wolle das Geschäft ihres Vaters heimsuchen.

»Ob die Weiber nur die Kundschaft am Betreten hindern möchten, oder ob sie Schlimmeres planen, weiß Mina nicht. Die Kundin, die ihren Vater gewarnt hat, hat mit ihrer Schwester eine der Versammlungen der christlichsozialen Anhängerinnen Luegers besucht. Die Schwester ist eine glühende Antisemitin und hat wohl gehofft, diese Kundin ebenfalls für die Ideen Luegers gewinnen zu können. Das hat zum Glück aber nicht geklappt.«

Sowohl Irene als auch Adelheid sagten daraufhin spontan ihre Hilfe zu. Und tatsächlich war es ihnen gelungen, nahezu fünfzig Frauen bis zum heutigen Nachmittag zu mobilisieren.

Der Gesang wurde nun lauter und lauter. Nun kamen die ersten, ganz in Weiß gekleideten Frauen in Sicht. Sie gingen in Fünferreihen hintereinander. Die mittlere Frau in der ersten Reihe schwenkte eine weiß-rote Fahne. Weiß und Rot galten als die Farben der christlichsozialen Bewegung. Die meisten der Frauen trugen daher entweder rote Schärpen oder Gürtel um die Taille oder hatten sich ein rotes Halstuch umgebunden.

Die erste Reihe der Amazonen stoppte abrupt, als sie der Menge vor dem Geschäft ansichtig wurde. Mit Genugtuung registrierte Sophie, dass die Gruppe der Christlichsozialen nur aus dreißig Frauen bestand, also gegenüber ihrer eigenen Gruppe deutlich in der Unterzahl war. Nach kurzem Zögern setzten sich die Amazonen jedoch wieder in Marsch.

Die Fahnenträgerin in der vorderen Reihe stimmte sogar erneut den Lueger-Marsch an, den die Weiber bislang auf ihrem Weg mehr gegrölt als gesungen hatten.

»Das ist die Emilie Platter«, hörte Sophie Irene sagen. »Stellt euch vor, das ist nicht mal eine Österreicherin, geschweige denn eine Wienerin. Sie soll aus Norddeutschland stammen. Und evangelisch ist sie noch dazu!«

Das war wirklich erstaunlich. Denn die Christlichsozialen waren eigentlich eine Partei der Katholiken.

Sophie musterte die untersetzte, ältere Frau, deren weißes Kleid sich so eng um ihren korpulenten Körper spannte, dass die Nähte jeden Augenblick zu platzen drohten. Ihr Gesicht mit den feisten Wangen und den buschigen dunklen Augenbrauen fand Sophie genauso unattraktiv wie ihre gesamte Erscheinung.

Obwohl die Lueger-Amazonen ebenfalls bemerkt haben mussten, dass sie gegenüber den Verteidigerinnen vor dem Geschäft in der Unterzahl waren, marschierten sie unverdrossen weiter. Etwa fünf Meter vor der ersten Reihe der Arbeiterinnen hielten sie an.

»Was wollen Sie hier?« Energisch trat Irene Gerban einen Schritt vor.

»Wir gehen gegen das Ungeziefer vor, das sich hier in unserem Vaterland mehr und mehr ausbreitet.« Emilie Platters Stimme erinnerte an das Knurren einer Bärin, die ihre Jungen verteidigt. *Nur, dass der Anlass dieser Drohung heute alles andere als ehrenwert ist,* dachte Sophie.

»Wir verbitten uns diese unflätigen Worte, mit denen Sie unsere jüdischen Mitbürger beleidigen!«, mischte sich jetzt Adelheid Popp ein.

Sophie klatschte spontan in die Hände. Alle Frauen ihrer Gruppe fielen in den Beifall ein.

»Aha! Ihr seids von den Sozialdemokraten, diesem Gesindel!«, rief Emilie Platter. Dann drehte sie sich zu ihren eigenen Verbündeten um. »Sagt an, ihr ehrenwerten Frauen! Lassen wir uns von diesem Geschmeiß von unserer Mission abbringen?« Ihr Akzent verriet deutlich, dass sie nicht aus Wien stammte.

»Nein!«

»Auf gar keinen Fall!«

»Wir weichen keinen einzigen Zentimeter zurück!«, ertönte es vielstimmig aus der Gruppe der Amazonen.

Nachdem Emilie Platter die ersten Töne angestimmt hatte, fiel ihre Gefolgschaft erneut in die Worte des Lueger-Marsches ein.

Doch Irene und Adelheid hielten dagegen. Erst später würde Sophie erfahren, dass sie ihrerseits »Die Internationale« angestimmt hatten, das Kampflied der sozialistischen Arbeiterbewegung. Nur Sophie, Henriette und Pauline kannten es nicht. Die gesamte restliche Gruppe einschließlich Benjamin Löb fielen sofort ein.

Als würden die beiden Frauengruppen in einen Wettstreit treten, wurden die Gesänge auf beiden Seiten lauter und lauter und glichen schließlich mehr einem Kreischen als einer Melodie. Ob des infernalischen Lärms hätte sich Sophie am liebsten die Ohren zugehalten.

Das alte Mütterchen, das sich mit einem Henkelkorb am Arm durch die Gasse auf den Krämerladen zubewegte, bemerkten beide Gruppen erst, als die Alte vor ihnen stand. Verblüfft hielten sie in ihrem Gesang inne.

»Was is denn des da?«, schnarrte die alte Frau. »So an Lärm am helllichten Tag! Seid's narrisch wor'n?«

Unwillkürlich bildeten die Arbeiterfrauen, die bisher den Eingang zum Krämerladen blockiert hatten, eine Gasse, um die alte Frau in den Laden eintreten zu lassen. Auch Benjamin Löb, der die Kundin offensichtlich kannte, trat zwei Schritte auf sie zu.

»Halt!«, ertönte da die raue Stimme von Emilie Platter. »Das hier ist der Laden von einem Jud!«

Die Alte musterte Emilie von Kopf bis Fuß. »Ja und? Was schert di des?«

»Eine gute christliche Frau kauft nicht bei einem Juden!«, erklärte Emilie. »Das sind die Mörder unseres Heilands!«

Die alte Frau verharrte noch einige Sekunden und musterte Emilie weiter. Jedes Geräusch ringsum war plötzlich verstummt. Es lag eine solche Spannung in der Luft, dass man eine Stecknadel hätte fallen hören können.

Schließlich wandte sich die Alte wieder in Richtung Ladentür. »So a Schmarrn!«, sagte sie laut und deutlich. »I kauf da scho, seit i denken kann. Und lass mi ned vo' a paar narrische Weiber aufhalten. Geht's heim, wo's hing'hörts.« Und an Minas Vater gewandt, meinte sie:

»Und du, Benjamin! Willst ma ned a bisserl helfen? Weißt eh, die steile Stuf'n!«

Unter den ungläubigen Blicken der christlichsozialen Frauen reichte Benjamin Löb der Greisin den Arm und führte sie in seinen Laden. »Hast a frische Butter da?«, hörte man ihre schnarrende Stimme noch einmal aus dem Innern des Geschäfts. Dann gingen ihre nächsten Worte im lauten Gelächter der Arbeiterinnengruppe unter.

Auch Sophie lachte aus vollem Herzen mit. Wer hätte gedacht, dass eine alte Frau die Absicht der Lueger-Amazonen, Benjamin Löbs Laden zu blockieren, noch weit effektiver konterkarieren würde als ihre eigene, fünfzigköpfige Frauengruppe?

Dann geschah etwas völlig Unerwartetes. Emilie Platter warf die Fahne, die sie noch immer in der Hand hielt, zu Boden und drehte den Arbeiterinnen ihre Kehrseite zu. Dann hob sie ihre Röcke, zog ihren Schlüpfer herunter und zeigte den verblüfften Frauen ihren nackten Hintern. Wie auf ein unsichtbares Kommando, taten es ihr sämtliche Mitglieder ihrer Gruppe nach.

Dreißig nackte Gesäße, nicht einmal alle reinlich, präsentierten sich den verdutzten Arbeiterfrauen. Ehe diese sich aus ihrer fassungslosen Erstarrung lösen konnten, zog Emilie ihren

Schlüpfer wieder hoch und ihre Röcke herunter. Dann setzte sie sich mit ihrer Fahne an die Spitze ihrer Gruppe und stimmte erneut den Lueger-Marsch an, während sie die Gasse wieder in die Richtung, aus der sie gekommen war, hinabmarschierte.

Erstaunlicherweise war es Henriette von Freiberg, die zuerst ihre Sprache wiederfand. »Offensichtlich haben diese Amazonen da etwas verwechselt. Wenn mich nicht alles täuscht, kämpften die Amazonen aus der griechischen Sage mit nackten Brüsten, nicht mit nackten Hintern.«

Noch einen Moment lang herrschte verdutztes Schweigen. Dann hallte die Gasse erneut vom brüllenden Gelächter der Arbeiterinnen wider.

Im Wiener Prater

August 1895

Sophie genoss das milde Wetter, das endlich auf die schwüle Augusthitze der vergangenen Tage und die heftigen Gewitter, die sich abends oder nachts entladen hatten, gefolgt war. Der Tag war wie gemacht für den Ausflug in den Prater, den Richard und sie schon seit Langem planten. Heute war es endlich so weit.

Während Richard den gemieteten offenen Einspänner in leichtem Trab über die Prater-Hauptallee lenkte, schloss Sophie die Augen und reckte ihr Gesicht der Sonne entgegen. Allzu lange hatte sie sich keinen freien Tag mehr gegönnt, der allein ihrem Vergnügen diente. Umso mehr hatte sie sich auf den heutigen Tag gefreut.

Auch Richard hatte sie seit einigen Wochen nicht mehr getroffen. Sein neuer Vorgesetzter, Generaloberst Friedrich Beck, betraute ihn immer wieder mit Aufgaben, die ihn mehrere Tage oder sogar Wochen lang von Wien wegführten. Erst vor zwei

Tagen war er aus dem fernen Galizien zurückgekehrt, wo er das Terrain für ein geplantes Herbstmanöver sondiert hatte.

Am Vorabend hatten sich Sophie und Richard wieder in einem der großen Wiener Hotels, diesmal dem »Bristol«, zu einer leidenschaftlichen Liebesnacht getroffen. Seit sie zu Beginn des Jahres zu der Methode übergegangen waren, sich nur noch in stark von Fremden besuchten Häusern dieser Größe zu treffen, fühlte Sophie sich wieder sicher. Zumal Richards Privatdetektiv bis zu Amalies Abreise in die Sommerfrische schon eine Reihe von Beweisen für deren Untreue gesammelt hatte.

Wenn es doch nur schon einen konkreten Plan für Richards Scheidung gäbe! Einen Moment lang schien sich ein Schatten vor die Sonne zu schieben, der Sophie frösteln ließ. Doch Richard wollte noch Amalies Rückkehr nach Wien abwarten, um die Hypothese des Detektivs zu erhärten, Amalie würde sich vor allem mit drei bestimmten Fiakern treffen. Also würden sie wohl noch etwas warten müssen, bis Richard die Konfrontation mit Amalie und seinem Schwiegervater suchte. Auch ihre Mutter Henriette hatte seit Freuds Abfuhr noch keine Lösung für die Umsetzung ihrer Scheidungsabsicht gefunden.

Sophie schüttelte die unangenehmen Gedanken ab. Sie öffnete die Augen und ließ ihren Blick über die saftig grünen Wiesen des Praters schweifen. Schon vernahm sie aus der Ferne die fröhlichen Stimmen der Volksmenge, untermalt von Walzermusik.

Richard lächelte Sophie liebevoll an und deutete nach vorne. »Dort liegt das Prohaska, wo wir zu Mittag speisen werden. Hörst du die Damenkapelle spielen?«

Sophie erwiderte Richards Lächeln und merkte, dass sie diesen unbeschwerten Tag im Prater fast noch mehr herbeigesehnt hatte als ihre vergangene Liebesnacht. »Ich freue mich schon darauf, Richie«, strahlte sie ihn an. Um gleich darauf in gespielter Abscheu den Mund zu verziehen. »Aber die Krebse werde ich dort nicht probieren. Mich schaudert es vor diesem Getier.«

Krebse waren die in ganz Wien berühmte Spezialität des Prohaska und genauso bekannt wie die aus acht Damen bestehende Musikkapelle Richter, die im Sommer jeden Tag im Schanigarten, der Gartenterrasse des Prohaska, aufspielte.

Richard zwinkerte Sophie zu. »Wart einmal ab, Liebes! Auf einem Versuchsbissen bestehe ich jedenfalls und pule ihn dir auch eigens aus der Schale«, kam er einem möglichen weiteren Protest Sophies zuvor. »Und wenn dir das Krebsfleisch dann wirklich nicht schmeckt, haben sie dort auch ganz wunderbare Eierschwammerln mit Semmelknödeln.«

Sophie täuschte ein Seufzen vor. »Na gut, wenn es denn unbedingt sein muss, Richie, koste ich von dem Krebs.«

Nur wenige Minuten später hielt Richard bei einem Miet-Standplatz für Fiaker an. Nachdem er dem Platzwart eine Münze in die Hand gedrückt und ihn gebeten hatte, das Zugpferd des Einspänners zu füttern und zu tränken, hakte sich Sophie bei ihm unter.

Fröhlich schob sie sich den einfachen Strohhut ein wenig aus der Stirn, um sich umzublicken. Ihr Korsett unter dem mit einem Blumenmuster bedruckten Baumwollkleid war nur leicht geschnürt. Auch auf Handschuhe hatte sie verzichtet. Niemand sollte heute in ihr die selbstbewusste Leiterin des Cafés Prinzess erkennen, zu der sie sich in den letzten Jahren entwickelt hatte. Stattdessen wollte sie wie eine junge Frau aus dem Kleinbürgertum wirken, die mit ihrem Liebsten einen Bummel über das ausgedehnte Pratergelände macht.

Auch Richard hatte seine Majorsuniform selbstverständlich zu Hause gelassen und war in die Kleidung eines Handwerksburschen geschlüpft, der sein Festgewand trug. Sein hellgraues Hemd stand am Kragen ein wenig offen, das grüne, locker geschlungene Halstuch kontrastierte gefällig zu seinen dunklen Haaren.

Beide wussten mittlerweile aus Erfahrung, dass das Sprichwort »Kleider machen Leute« mehr denn je auf sie zutraf. Selbst für den hypothetischen Fall, dass sie während der Hundstage dieses heißen Sommers an einem späten Freitagvormittag hier im Prater auf Bekannte aus ihren Kreisen stoßen sollten, war es unwahrscheinlich, dass man sie beide in ihrer schlichten Aufmachung erkennen würde.

Doch die allermeisten ihrer Bekannten hielten sich momentan sowieso nicht in Wien auf. Die reichen Familien des Hochadels und des Großbürgertums befanden sich um diese Jahreszeit auf ihren im ganzen Kaiserreich verstreuten Landsitzen. So wie auch Amalie seit einigen Wochen mit ihrem Vater Adalbert im Salzkammergut weilte, um dort die Sommerfrische zu genießen. Richard behauptete zwar, Amalie wäre wegen ihrer Liebschaften lieber in Wien geblieben, hätte dies aber gegenüber ihrem Vater nicht begründen können. Nicht einmal ihre Ehe konnte ihr dafür als Vorwand dienen, da Richard so häufig beruflich abwesend war.

Für Sophie und Richard war der diesjährige heiße Sommer dagegen genau aus diesen Gründen eine wundervolle Zeit. Sofern sie einmal in ihren anspruchsvollen Berufen abkömmlich waren, konnten sie sich relativ unbeschwert auch in der Öffentlichkeit treffen.

»Wo möchtest du denn als Erstes hingehen, Phiefi?«, fragte Richard Sophie nun.

»Ins Aschanti-Dorf«, antwortete sie, ohne zu überlegen. Verdutzt stellte sie fest, dass sich Richards Miene unwillig verzog.

»In allen Zeitungen wird darüber geschrieben«, verteidigte Sophie ihren Wunsch. »Und da ich in meinem Leben wohl nie nach Afrika kommen werde, möchte ich wenigstens in dem im Prater aufgebauten Dorf sehen, wie die Menschen dort leben.«

Schon öffnete Richard den Mund zu einer Erwiderung,

schloss ihn dann aber wieder. Sophie bemerkte es trotzdem. »Was spricht denn dagegen?«

»Nun, das musst du selbst herausfinden, Phiefi«, wich er ihr aus.

Nach zehn Minuten Wegs waren sie im Tiergarten am Schüttel angekommen, in dem sich das Dorf der Aschanti befand. Richard entrichtete den Eintritt und führte Sophie auf das Gelände.

In einem umzäunten Areal, das Sophie an das Gehege eines Zoos erinnerte, waren primitive Holzhütten und luftige Zelte aufgebaut. Da es kurz vor Mittag war, hockten dunkelhäutige Frauen aller Altersgruppen vor offenen Feuerstellen im Sand. Einige rührten in eisernen Töpfen. Sie trugen Turbane auf ihren schwarzen Köpfen und um den Leib lediglich schreiend bunte Tücher, die sie unterhalb ihrer nackten Brüste zusammengebunden hatten.

»Oh!« Sophie schlug sich schockiert die Hand vor den Mund. Gemäß den heißen Regionen, aus denen es stammte, sei das afrikanische Negervolk nur leicht bekleidet, hieß es in den aufdringlichen Werbe-Annoncen der Wiener Gazetten. Doch dass diese Kleidung bei den Frauen nur aus billigen Stoffbahnen bestand, die ihren Oberkörper nahezu freiließen, hatte sich Sophie darunter nicht vorgestellt. Schon nahm sie das Feixen und die lüsternen Blicke einer Gruppe junger Burschen wahr, die neben ihr stand. Einige machten sogar obszöne Geräusche und die dazugehörigen Gesten, wenn eine der Frauen aufschaute.

Die wenigen Aschanti-Männer, die sich außerhalb der Hütten aufhielten, warfen den Grobianen zwar finstere Blicke zu, blieben ansonsten aber passiv.

Richard schaute in das Programm, das man ihm am Eingang in die Hand gedrückt hatte. »Gleich führen die Frauen einen Tanz auf«, teilte er Sophie mit.

Die nahm ihm das Programm aus der Hand. *Aufreizend in*

seiner primitiven Art, sei dieser Fruchtbarkeitstanz, las sie. Plötzlich fühlte sie sich zutiefst abgestoßen.

»Das sind doch Menschen!«, raunte sie Richard zu. »Aber man beglotzt sie wie Tiere und beraubt sie jeglicher Würde. Das ist furchtbar! Komm, lass uns gehen! So habe ich mir das nicht vorgestellt.«

Sophie registrierte Richards erleichtertes Lächeln. Doch den eigentlichen Grund dafür verschwieg er ihr.

Auch Amalie hatte vor ihrer Abreise darauf bestanden, das vielgerühmte Aschanti-Dorf zu besichtigen. Während sie für die eingeborenen Frauen nur Verachtung übrig gehabt hatte, entblödete Ami sich nicht, die Armmuskeln eines der Krieger mit ihrer behandschuhten Hand zu betasten. Auch die Kleidung der Männer ließ den Oberkörper größtenteils frei. Sie hatten zuvor einen Kriegstanz aufgeführt und gingen nun am Zaun des Geheges entlang, um sich betrachten zu lassen. Und auch zu befühlen, hielt dies einer der Gaffer für angezeigt.

Richard hatte sich in Grund und Boden für Ami geschämt und ihr auf der Rückfahrt heftige Vorwürfe gemacht. Wie üblich, waren sie vollständig von ihr abgeprallt. Stattdessen trieb sie es noch auf die Spitze.

»Im *Wiener Salonblatt* steht, dass es sogar zu Unzucht dieser Wilden mit Wiener Frauen gekommen sein soll.« Ihre hellgrauen Augen nahmen jenen begehrlichen Ausdruck an, den Richard noch aus den Zeiten kannte, in denen Amalie ihn anfangs erfolgreich, später vergeblich zu verführen trachtete. Er verkniff sich die Bemerkung, dass auch sie sich wahrscheinlich am liebsten von einem dieser »Wilden«, wie sie die Aschanti nannte, bespringen lassen würde.

Nun schüttelte er heftig den Kopf, um diese unangenehme Erinnerung zu vertreiben. »Wohin möchtest du denn als Nächstes gehen, Phiefi?«, lenkte er sich ab.

Sophie zog die Stirn kraus. »Für die Zaubervorstellung im Theater Stern ist es vor dem Mittagessen schon zu spät«, überlegte sie laut. Von ferne schlug eine Kirchturmuhr zwölfmal. »Lass uns doch einfach ein wenig bummeln und schauen, was es hier noch alles zu entdecken gibt.«

Mittlerweile hatten sie den Wurstelprater erreicht, wie der Vergnügungsteil des Praters im Volksmund genannt wurde. Vor einer Bude hatte sich eine größere Menschentraube gebildet, aus der immer wieder ein dumpf klatschendes Geräusch wie von einem Schlag, gefolgt von lautem Johlen, erklang. Neugierig traten Richard und Sophie näher. Um sich dann fast gleichzeitig angewidert abzuwenden und weiterzugehen.

Denn vor einem sogenannten Watschenmann stand eine Schlange mehr oder weniger muskelbepackter Männer. Sie alle bemühten sich nacheinander, einer überlebensgroßen männlichen Puppe mit aller Kraft ins lederüberzogene Gesicht zu schlagen, um auf diese Art ihre Kraft zu demonstrieren. Eine mit der Figur verbundene Mess-Skala zeigte die Wucht der Schläge an, damit sich die einzelnen Kandidaten auch miteinander vergleichen konnten.

Was Sophie und Richard jedoch so abstieß, war das Aussehen des Watschenmanns. Es war zwar nur eine Negerpuppe, auf die eingeprügelt wurde. Doch es bestand kein Zweifel daran, dass ein Großteil der Wiener Praterbesucher dunkelhäutige Menschen als minderwertig empfand. Sie dienten entweder als lebendige Schauobjekte oder in Form der Puppe als Ventil, an der man seine Aggressionen ungestraft abreagieren konnte.

Niemand käme auf den Gedanken, einen Offizier der k.u.k. Armee als Watschenmann aufzustellen, ging es Richard durch den Kopf, während sie schweigend weitergingen. *Das würde jedermann für eine unerhörte Beleidigung unserer ach so ehrenwerten Armee erachten. Der Schausteller, dem eine solche Puppe gehört, befände sich noch am selben Abend in Haft.*

Schon kam die nächste Menschenansammlung in Sicht, aus der lautes Gelächter und Jubelrufe ertönten. Doch diese Gruppe bestand überwiegend aus Kindern. »Das ist das Kasperltheater«, jauchzte Sophie. »Daran erinnere ich mich! Hier war ich als Kind schon einmal mit meinem Vater.« Sophies Vater Nikolaus war bei einem Kutschenunfall ums Leben gekommen, als sie acht Jahre alt gewesen war.

Aufgeregt zog Sophie an Richards Hand, der sie ein wenig verwundert gewähren ließ. Dass sich Sophie ausgerechnet für eine Kinderbelustigung begeistern würde, hatte er nicht erwartet.

Doch Sophie war völlig hingerissen von den Figuren und dem Stück, das mit den typischen Charakteren des Kasperltheaters aufgeführt wurde. »Es ist das Spiel vom Räuber, der den Geburtstagskuchen der Großmutter geklaut hat«, flüsterte sie ihm zu. »Schau! Nun verpasst der Kasperl dem Bösewicht mit seiner Klatsche die Abreibung, die er verdient.«

Amüsiert verfolgte Richard das Geschehen. Nach und nach erkannte auch er die Geschichte wieder. Die Kinderfrau seiner um etliche Jahre jüngeren Schwestern hatte sie ihnen einst während eines Christfests mit den zuvor geschenkten Handpuppen vorgespielt.

Nachdem der Räuber noch eine Reihe von Schlägen mit Kasperls Klatsche erhalten hatte, bat die blonde Gretl um Gnade für den Burschen. Als dieser zudem um Verzeihung für seinen Diebstahl flehte, da er so hungrig gewesen sei, lud die Großmutter den Räuber sogar zu ihrer Geburtstagsfeier ein, zu der sie den Kuchen gebacken hatte. Sehr zum Ärger des gefräßigen Hanswursts, der sich weidlich darüber beklagte, bis der Kasperl auch ihm mit seiner Klatsche drohte. Doch am Ende reichte der Kuchen für alle.

»Wusstest du, dass der Wurstelprater der Figur des Hanswursts angeblich sogar seinen Namen verdankt?«, raunte Richard Sophie zu.

Die nickte. »Das wusste ich. Das Puppentheater gehört zu den ältesten Pratervergnügungen.«

Nach dem Ende des Stücks klatschten die Kinder begeistert Beifall. Ihre Augen strahlten vor Glückseligkeit. Plötzlich durchfuhr Richard ein Stich. Der Gedanke, der ihn ausgelöst hatte, überwältigte ihn mit Macht.

In diesem Jahr hatte er seinen fünfunddreißigsten Geburtstag gefeiert. Noch stand er als Mann in der Blüte seiner Jahre. Aber würde er jemals Kinder haben? So lange er in seiner unglückseligen Ehe mit Amalie gefangen blieb, war dies völlig ausgeschlossen.

Und Sophie? Auch sie war inzwischen fünfundzwanzig Jahre alt. Noch nicht zu alt, um Kinder zu gebären. Aber eben auch nicht mehr die Jüngste. Würden sie je ein eigenes Kind haben? Noch schützten sie sich bei jeder leidenschaftlichen Umarmung mit den Mitteln, die eine vertrauenswürdige Hebamme Sophie empfohlen hatte, vor einer Schwangerschaft. Doch was wäre, wenn diese Mittel einmal versagten?

Im gleichen Moment wurde Richard überdeutlich bewusst, wie sehr er sich eine Familie mit Sophie und mehreren Kindern wünschte. Fast konnte er deren kleine Gesichter schon vor sich sehen. Würden sie Phiefis grüne Augen haben oder seine dunkelbraunen? Und wie würden sie heißen? Ihm gefiel der Mädchenname Susanna am besten. Aber was würde Sophie dazu sagen? Noch nie hatten sie über gemeinsame Kinder gesprochen.

Erst als sie schon fast beim Restaurant Prohaska angekommen waren, fiel Richard auf, dass auch Sophie auf dem Weg dorthin merkwürdig still geworden war. Er legte ihr den Arm um die Taille. »Woran denkst du gerade, mein Lieb?«, flüsterte er ihr ins Ohr.

Doch zu seiner gelinden Enttäuschung schüttelte sie zunächst den Kopf. Erst als sie am Tisch saßen und auf ihre Bestellung warteten, teilte ihm Sophie ihre eigenen Gedanken mit.

»Ich musste eben an all die armen Kinder denken, die in unserem Haus für bedrängte Frauen wohnen und nicht vor die Tür gehen dürfen, weil ihre gewalttätigen Väter sie sonst entführen könnten. Für die wäre es doch wunderbar, solch ein Kasperl-Theaterstück anschauen zu können. Die Anschaffung ist sicher gar nicht so teuer. Man braucht die Kulisse …«

»Weißt du was?«, fiel ihr Richard ins Wort. »Ich kann doch meinen Burschen Clemens bitten, solch ein Theater zu basteln. Dafür genügen einige dünne Holzplatten und ein paar Farben zum Anmalen.« Er stockte und überlegte kurz. »Nur die Vorhänge müssten wir von woanders hernehmen!«

»Das dürfte gar kein Problem sein«, nahm Sophie strahlend den Faden auf. »Ich spendiere den Stoff, und die meisten Frauen im Haus können nähen. Es gibt dort sogar einige Nähmaschinen.«

»Die Handpuppen habe ich neulich in der Auslage eines Spielwarenhändlers am Stephansplatz gesehen. Sie sind zwar recht teuer, da es Spielzeug für die Reichen ist. Doch für uns wären die Preise durchaus erschwinglich! An den Kosten beteilige ich mich gerne!«

»Ach, wie wunderbar!« Sophie klatschte vor Freude in die Hände. »Aber es müssen mindestens fünf Figuren sein! Der Kasperl, der Hanswurst, die Gretl, die Großmutter und wenigstens einer der Bösewichter!«

»Lass uns lieber zwei davon nehmen! Ich schlage den Räuber und den Zauberer vor. Damit kann man schon viele verschiedene Stücke aufführen!«

Sophie quoll das Herz vor Glück schier über. Spontan ergriff sie Richards Hand. »Ich liebe dich! Und die Kinder werden so glücklich sein. Wenn ich schon keine eigenen …!« Sie stoppte mitten im Satz und errötete. »Entschuldige, ich wollte nicht …« Unter Richards intensivem Blick verstummte sie.

»Auch ich habe eben daran gedacht, Phiefi!« Richards Stimme klang rau. »Wie schön es wäre, mit dir eine richtige Familie zu haben.«

Gemischte Gefühle drohten Sophies Brust zu sprengen. Überströmendes Glück, große Traurigkeit und Zorn auf das unbarmherzige Schicksal wechselten einander ab. Zum Glück kam gerade der Ober mit den bestellten Speisen und ersparte es beiden, ihre Sehnsüchte tiefer zu erforschen, als es für den entspannten Tag, den sie noch miteinander verbringen wollten, gut gewesen wäre.

Etliche Stunden später fühlte sich Sophie aufs Angenehmste erschöpft. So viele Eindrücke waren auf sie eingestürmt und hatten sie ihre traurige Anwandlung vor dem Mittagessen beinahe vergessen lassen.

Wie sie es vorausgeahnt hatte, schmeckte ihr das berühmte Krebsfleisch im Restaurant Prohaska überhaupt nicht. Schon vom Geruch wurde ihr leicht übel, sodass Richard mit großem Behagen beide Portionen aufaß, die er zunächst trotz ihres Protestes bestellt hatte. Sophie war der Appetit auf eine warme Mahlzeit allerdings vergangen. Sie begnügte sich mit einem Stück Apfelstrudel mit Schlagobers.

Umso interessanter empfand sie das Ambiente im Prohaska, vor allem die achtköpfige Damenkapelle in ihren weißen Rüschen-Kleidern mit den hellblauen Schärpen. Gekonnt boten sie bekannte Wiener Walzermelodien dar, allen voran den Donauwalzer von Johann Strauss.

Sophie wunderte sich allerdings über den einzigen Mann in der Gruppe, der am Harmonium mitspielte. Zumal ihr dies eher ein Fraueninstrument zu sein schien, während neben den Geigen und Bratschen die normalerweise für Männer so typischen Instrumente wie Cello und Kontrabass und sogar die große Trommel von den Damen gespielt wurden.

Der Grund dafür ernüchterte sie vorübergehend. »Der Herr am Harmonium ist Herr Richter. Er leitet die Kapelle, die daher auch seinen Namen trägt«, erklärte der Ober auf ihre Nachfrage hin trocken.

»Ach, ich dachte, die Geigerin am Stehpult wäre die Leiterin!«

Der Ober schüttelte den Kopf. »Das ist die Dirigentin. Aber der Chef ist ein Mann.«

Wie es sich gehört, ergänzte Sophie in Gedanken die Worte, die der Ober zwar nicht ausgesprochen hatte, die sich seiner Miene aber deutlich entnehmen ließen.

Nach dem Mittagessen besichtigten Sophie und Richard zuerst Präuschers Panoptikum mit den Mumien und den Wachsfiguren berühmter Persönlichkeiten wie der Kaiserin Maria Theresia. Die grausige Folterkammer verließ Sophie allerdings rasch wieder.

Der nächste Höhepunkt war der Besuch der Vorstellung im kleinen Zaubertheater des Jakob Stern. Er war ein entfernter Verwandter von Mina Löb, der Sophie nach ihrer Flucht aus der Hofburg zu der Zaubertinte verholfen hatte, mit der sie ihren Stiefvater Arthur aufs Glatteis führte.

Sophie genoss die Darbietungen in vollen Zügen. Doch ihre leise und recht irreale Hoffnung, dass die »Fliegenden Münzen«, die »Wandernde Orange« oder gar die Fackel, die sich nach dem Anzünden in eine Rose verwandelte, ihr einen weiteren Ansatzpunkt bieten könnten, um ihren Stiefvater Arthur ein für alle Mal loszuwerden, zerschlug sich natürlich. Trotzdem verfolgte Sophie die Kunststücke mit atemloser Spannung. Obwohl sie wusste, dass es keine Zauberei gab und sogar die »Dame ohne Unterleib« in ihrer Vitrine nur das Produkt einer optischen Täuschung war, faszinierte die Vorstellung sie über alle Maßen.

Es war schon spät am Nachmittag, als Sophie und Richard das Theater nach einem vergnüglichen Plausch mit Herrn Stern verließen. Der absolute Höhepunkt des Tages stand ihnen jedoch noch bevor: Erst seit wenigen Monaten gab es die aufgebaute Theater- und Vergnügungsstadt »Venedig in Wien«. Im sogenannten Kaisergarten hatte man die Lagunenstadt naturgetreu nachgebaut, mit einem Panorama des Markusplatzes, begehbaren Palazzi, der berühmten Rialtobrücke und natürlich vielen Kanälen. Auf ihnen konnten sich die Besucher in echten Gondeln zu den italienischen Gesängen der Gondolieri entlangfahren lassen, um all diese wunderbaren Sehenswürdigkeiten zu bestaunen.

Wegen des riesigen Besucheransturms gab es allerdings keinen unbegrenzten Zutritt zu diesem Gelände, sondern man musste eine Reservierung vornehmen. Richard hatte noch vor dem Besuch des Panoptikums Eintrittskarten erworben, die allerdings erst ab sieben Uhr abends gültig waren. Bis dahin hatten Sophie und Richard fast noch eine ganze Stunde Zeit.

Da sie noch keinen Hunger verspürten, zumal sie später im Ristorante »Al Doge di Venezia« auf dem Gelände zu Abend speisen wollten, bummelten sie zunächst ziellos durch die Gassen des Wurstelpraters. Sie beobachteten weitere Kinder, die auf den Pferden oder in den Kutschen eines Karussells jauchzend im Kreis fuhren, und bewunderten die prächtige Ausstattung dieses Ringelspiels. In deren Zentrum stand eine riesige Figur, die »Großer Chineser« genannt wurde.

An einer Schießbude schoss Richard Sophie einen ganzen Strauß künstlicher Rosen, die, aus der Nähe betrachtet, allerdings recht schäbig aussahen. Mit Richards Einverständnis verteilte Sophie die unechten Blumen an verschiedene junge Mädchen, die ihnen entgegenkamen.

Schließlich fiel ihr ein auffälliges, mit grellen Farben bemaltes Schild ins Auge. *Erforsche Deine Zukunft*!, stand darauf in riesigen Lettern. *Das Schicksal steht in Deinen Händen geschrieben!*

»Lass uns dort einmal hineingehen, Richie!«, bat sie spontan.

Der runzelte skeptisch die Stirn. »Das ist alles Hokuspokus«, wandte er ein. »Die Handleser oder Chiromanten, wie sie sich nennen, sind ausgemachte Scharlatane, die einem nur das Geld aus der Tasche ziehen!«

»Es sind doch nur ein paar Heller!«, bettelte Sophie. »Und ich glaube natürlich nicht an das, was dort geweissagt wird. Aber es wäre doch ein Riesenspaß!«

Richard seufzte tragisch, bevor er amüsiert nickte. Er gab Sophie einen leichten Nasenstüber. »Also gut, wenn du darauf bestehst!«

Dann entrichtete er das geringe Eintrittsgeld. Beide traten ins Innere der Bude. Sofort stellte Sophie enttäuscht fest, dass das durch einen mit magischen Zeichen bedruckten Vorhang abgetrennte Kabinett des Chiromanten besetzt war. Zwei Frauen warteten bereits darauf, an die Reihe zu kommen. Zunächst ziellos ließ Sophie ihren Blick durch den Raum schweifen, bis ein aufwendig gestalteter Apparat ihre Blicke auf sich zog.

Sie knuffte Richard leicht in die Seite. »Schau mal, Richie! Dort gibt es ein ›Internationales Heiraths-Vermittlungs-Bureau‹!«

Verdutzt musterte er Sophie und folgte dann ihrem ausgestreckten Zeigefinger. »Tatsächlich!« Er grinste breit, als er das Schild las. Es war ganz oben am Automaten angebracht, der unmittelbar darunter ein nach vorne offenes Gebäude nachstellte, in dem sich eine Gruppe papierener Figuren befand.

Dann packte auch ihn der Mutwille. »Dann sollten wir doch einmal schauen, wen uns der Automat als Ehepartner empfiehlt!«

Beim Näherkommen erkannten sie, dass es im oberen Teil des Geräts links den Einwurfschlitz für Damen und rechts den für Herren gab. Der Automat versprach jedem Ratsuchenden nach dem Einwurf von je drei Zweiheller-Münzen eine genaue Beschreibung des zukünftigen Bräutigams beziehungsweise der Braut. Richard kramte in den Taschen seiner leinenen Hose nach Kleingeld.

»Du zuerst!«, entschied er. »Denn du bist ja noch ledig!« Kaum waren ihm die Worte entschlüpft, hätte er sich am liebsten die Zunge abgebissen. Doch Sophie sah darin offenbar gar keinen Affront. Ihre Wangen glühten vor Aufregung, ihre Augen blitzten.

Richard warf drei Kupfermünzen in den Schlitz der Damenseite des Automaten. Sie hörten die Münzen klappernd in den Bauch des Apparats fallen. Dann zog Sophie an der Klappe unterhalb des Geldeinwurfs und fischte einen Zettel heraus.

»Ihr Bräutigam«, las sie fröhlich vor, »ist ein schneidiger Kavallerie-Offizier in der k.u.k. Armee Seiner Majestät.«

Sie hob den Kopf und lächelte schelmisch. »So weit stimmt die Beschreibung schon einmal.«

Richard schmunzelte. »Ich wette, dass jeder Zettel diesen Satz enthält. Denn welche Dienstmagd wünscht sich nicht einen schneidigen Kavallerie-Offizier zum Mann?«

Doch Sophie las schon wieder. Ihre Augen weiteten sich, ihre Hand mit dem Zettel begann zu zittern. Sie bewegte lautlos die Lippen, bis sie zum Ende der Beschreibung gekommen war.

Dann hielt sie Richard schweigend den Zettel hin. Mittlerweile war sie totenblass geworden. Beunruhigt riss er ihr das Papier aus der Hand und konnte anfangs selbst kaum fassen, was darauf stand.

Ihr Bräutigam ist ein stattlicher Mann von über 1,80 Meter Größe. Er hat braune Haare und Augen und trägt einen kurzen Schnauzer. Im Gesicht hat er eine Narbe von einem Gefecht.

In seiner Jugend war er recht leichtsinnig. Doch jetzt in gesetzterem Alter hat er einen ausgeprägten Gerechtigkeitssinn entwickelt und setzt sich für das Gute ein.

Als seine Braut wird er Sie auf Händen tragen und Ihnen jeden Wunsch von den Augen ablesen. Doch noch steht Ihnen beiden ein Hindernis im Weg, bevor alles zu einem guten Ende kommen wird.

Völlig verdattert schaute Richard Sophie an. »Was … was für ein unglaublicher Zufall«, stammelte er zunächst. Um sich nach einer kurzen Weile zu schütteln wie ein junger Hund. »Doch auf den zweiten Blick betrachtet, werden hier eigentlich nur Allgemeinplätze verkündet. Viele Offiziere haben braune Haare und Augen und tragen einen Schnauzer anstatt eines Vollbarts. Und als Soldat ist auch eine Narbe nichts Seltenes. Zu guter

Letzt sind Offiziere in ihrer Jugend oft leichtfertig, auch das ist nichts Besonderes.«

»Und ... und das Hindernis?«

Richard lachte kurz auf. »Ist ebenfalls für einen Offizier nicht außergewöhnlich. Die meisten können es sich aufgrund ihres mageren Solds nicht erlauben zu heiraten und brauchen außerdem dazu die Erlaubnis ihres Vorgesetzten. Die keinesfalls immer erteilt wird.«

Langsam fasste er sich wieder. »Also, sehr geschickt gemacht, dieser Automat hier mit seinen Vermittlungstexten. Die Beschreibungen des Bräutigams passen auf Tausende junger Männer im Reich. Und trotzdem ist man im ersten Moment geneigt zu glauben, man sei in persona gemeint.«

»Nun gut!«, stimmte Sophie mit einem schiefen Lächeln zögernd zu. »Dann wird sich ja jetzt erweisen, ob und inwieweit der Automat recht hat, wenn er dir deine Braut beschreibt.« Sie streckte die Hand aus und ließ die Münzen in den Einwurfschlitz fallen.

»Du wirst sehen, Phiefi! Mir prophezeit das Ding eine Matrone in fortgeschrittenem Alter, vielleicht eine Wittib mit drei halbwüchsigen Kindern und Haaren auf den Zähnen. Oder sogar auf der Oberlippe.«

Trotz seiner spöttischen Worte begann sich sein Puls zu beschleunigen, als Richard nun seinen eigenen Zettel herauszog. Mit lauter Stimme begann er vorzulesen:

»›Ihre Braut ist um etliche Jahre jünger als Sie, doch trotzdem kein junges Madl mehr, sondern eine gestandene Frau.‹ Siehst du? Wieder nur Allgemeinplätze! Welcher Mann wünscht sich schon eine Braut, die älter ist als er selbst, oder gar einen albernen Backfisch?«

»Lies weiter!«, drängte ihn Sophie. Sie lächelte nicht. Aus ihr unerfindlichen Gründen schlug ihr das Herz bis zum Hals.

»Ihre Braut ist blondhaarig und hat ...«, Richards Stimme wurde leiser, »Augen, so grün wie Smaragde.«

Auch seine Hand begann nun zu zittern. »Sie macht sich nicht viel aus Geld und Gut, obwohl sie sehr wohlhabend ist. Sie hat ein großes Herz und kümmert sich gern um die Armen. Besonders liegen ihr die Kinder am Herzen!« Richards Stimme war nun so leise, dass Sophie ihn kaum mehr verstand.

»Sie weiß, dass Sie noch unerreichbar für sie sind. Doch sie hat Geduld und wird bis zum letztlich guten Ende auf Sie warten.« Diese letzten Worte las Sophie selbst. Richard stand wie zur Salzsäule erstarrt. Sie musste ihm den Zettel aus der Hand ziehen.

Richard erholte sich als Erster von der Überraschung, die sie beide gelähmt hatte. »Das ist ein Zaubertrick, Phiefi! Stimmt's? Das hast du mit diesem Herrn Stern, dessen Vorstellung wir heute besucht haben, irgendwie arrangiert!«

Sophie schüttelte den Kopf. Sie brauchte drei Anläufe, bevor sie wieder sprechen konnte. »Nein, Richie! Stern hat hiermit überhaupt nichts zu tun. Es ist lediglich ein unglaublicher Zufall!«

Noch immer ganz perplex, wanderten sie eine Weile ziellos herum und begaben sich dann zum Eingang des Themenparks »Venedig in Wien«. Doch die fröhliche, unbeschwerte Stimmung von vorher wollte sich zwischen ihnen nicht mehr einstellen. Mechanisch absolvierten sie die Gondelfahrt zwischen den Palazzi, ohne wirklich etwas von der wunderbaren Umgebung zu sehen oder den milden Sommerabend zu genießen. Nicht einmal für die herrlichen Vasen und Schalen der Glasbläser aus Murano hatte Sophie einen Blick. Da ihnen weder nach dem geplanten Souper noch dem Tanz, der den Abschluss des Tages bilden sollte, zumute war, verließen sie den Park schon nach einer Stunde.

Einträchtig kehrten sie zu ihrem Miet-Einspänner zurück und hielten sich dabei in innigem Schweigen an den Händen. Erst als Richard von der Prater-Hauptallee in die Wiener Innenstadt abbog, fand er seine Sprache wieder.

»Wenn das kein unglaublicher Zufall war, dann eben ein Fingerzeig des Himmels, Phiefi.« Seine Stimme klang rau. »Doch Fortuna ist unbeständig in ihrer Gunst. Wir werden unserem Glück daher auf die Sprünge helfen müssen.«

Kapitel 20

Das Frauenhaus in Hernals

Anfang Oktober 1895

»Also wird uns Adelheid hier vorläufig nicht mehr besuchen können?«, fragte Sophie bedrückt.

Irene Gerban schüttelte traurig den Kopf. »Wir halten es beide für besser, wenn sich Adelheid vorläufig fernhält. Zumindest so lange, bis sie ihre Haftstrafe verbüßt hat. Noch ist nicht klar, wann sie sie antreten muss.«

Henriette, die gerade nach ihrer letzten Schulstunde mit einer Tasse Tee zusammen mit Sophie und Irene im kleinen Salon des Frauenhauses saß, blickte verständnislos von einer zur anderen. »Worum geht es denn? Warum kann Adelheid nicht mehr hierherkommen?«

»Ich hatte dir doch erzählt, dass man sie wegen eines Artikels in der Arbeiterinnenzeitung angeklagt hat, Mama«, sagte Sophie etwas ungeduldig. »Hast du denn den Zeitungsbericht gar nicht gelesen, der heute Morgen im *Neuen Wiener Tagblatt* stand? Ich habe dich doch eigens darauf hingewiesen.«

Henriette errötete leicht und verneinte. »Ich bin nach dem Frühstück nicht mehr dazu gekommen, Phiefi. Seitdem ich zusätzlich noch den Naturkundeunterricht übernommen habe, brauche ich mehr Zeit zur Vorbereitung meiner Lektionen. Heute habe ich mich mit den heimischen Wildtieren beschäftigt und mir überlegt, wie ich dieses Thema den Kindern so nahebringen kann, dass sie auch Spaß daran haben. Denn einen

Ausflug in den Wienerwald kann ich mit ihnen ja nicht machen, was ich außerordentlich schade finde.«

Sophies Anflug von Groll verflüchtigte sich sofort. Immer wieder freute sie sich von Neuem darüber, mit welcher Leidenschaft und Begeisterung Henriette die schulpflichtigen Kinder der misshandelten Frauen nun schon seit fast eineinhalb Jahren unterrichtete.

»Verzeih mir, Mama! Dann lass dir kurz erzählen, was geschehen ist.«

In einer der Septemberausgaben der Arbeiterinnenzeitung, die Adelheid Popp als verantwortliche Redakteurin leitete, hatte sie der Veröffentlichung eines Leitartikels mit der Überschrift »Frau und Eigentum« zugestimmt. Sie hatte diesen Artikel zwar nicht selbst geschrieben, wie ihr der Staatsanwalt ursprünglich vorwarf, ihn aber gebilligt und die Drucklegung erlaubt, was dem Gericht und den Geschworenen genauso verwerflich erschien.

»Und worum ging es in diesem Artikel?«, erkundigte sich Henriette.

»Auf jeden Fall nicht um das, was man Adelheid vor Gericht vorwarf und weshalb man sie verurteilte. Man beschuldigte sie, die ›heilige Institution der Ehe‹ in den Schmutz getreten zu haben und stattdessen die freie Liebe zu propagieren. Was auch immer sie vor Gericht zu ihrer Verteidigung vorbrachte, fand kein Gehör.« Irene Gerban und ihre Schwiegermutter Pauline hatten als Zuhörerinnen an der Verhandlung teilgenommen. Irene war noch immer erbittert über die Ungerechtigkeit des Verfahrens.

Sophie merkte, dass ihre Mutter noch immer nicht genau verstand, worum es ging. »Die Autorin des Artikels wandte sich vor allem gegen die sogenannten arrangierten Ehen, die nur um des Geldes willen geschlossen werden oder damit eine Frau versorgt ist. In diesen Ehen gäbe es keine Liebe, schrieb die Verfasserin zu Recht. Deshalb seien diese Ehen vergleichbar mit der Prostitution, bei der ebenfalls keine echten Gefühle im Spiel sind, wenn sich ein Paar vereinigt.«

Henriettes Miene erstarrte.

»Und Adelheid empörte sich wie die Autorin des Artikels außerdem vor Gericht darüber, dass die Prostitution in unserem Land sogar legalisiert ist. Während eine Ehefrau so gut wie all ihrer Rechte entkleidet wird, sobald sie den Trauschein unterzeichnet hat. Mit ›freier Liebe‹ meinte Adelheid jedoch nicht die hemmungslose Unzucht, wie das Gericht ihr vorwarf, sondern dass nur echte Liebe die Basis einer jeden Beziehung zwischen Mann und Frau sein kann. Unabhängig davon, ob sie verheiratet sind oder nicht.«

Henriette war inzwischen puterrot geworden. »Verstehe ich dich richtig, Phiefi, dass Adelheid behauptet, eine Frau, die in einer lieblosen Ehe ausharrt, sei nicht besser als ein käufliches Freudenmädchen?«

»Nun, liebe Yetta«, mischte sich Irene ungefragt ein. »Ist das denn nicht so?«

Henriette spürte ein Brennen hinter den Augen. »In gewisser Hinsicht schon«, flüsterte sie. »Aber wenn es nun einmal keinen anderen Ausweg gibt …« Sie ließ den Satz unvollendet.

In diesem Augenblick betrat Pauline den Salon. Sie hatte gerade ihren heutigen Handarbeitskursus beendet. Mit ihrem feinen Gespür erfasste sie sofort die Spannung, die im Raum herrschte.

Ungewollt, da sie in Henriettes Ehesituation nicht wirklich eingeweiht war, verstärkte Irene mit ihren nächsten Worten die ungute Stimmung noch. »Selbst wenn eine misshandelte Frau die Scheidung begehrt, wird sie von unseren konservativen Richtern oft abgewiesen und dazu aufgefordert, sich wieder mit ihrem Mann zu versöhnen und ihm zu verzeihen. Das haben wir bei unseren Bewohnerinnen oft genug erfahren. Denn schließlich ist die Familie in unserem Land eine ›unantastbare Einrichtung‹«, zog sie ein sarkastisches Fazit. »Und eine Frau, die es dennoch wagt, sich ihrem Kerker durch Scheidung zu entziehen, wird von der Gesellschaft geächtet.«

Henriette stöhnte leise auf.

»Auf jeden Fall haben die Geschworenen Adelheid zu einer vierzehntägigen Haftstrafe mit einem Fasttag als Verschärfung verurteilt«, fügte Irene, der Henriettes Reaktion offenbar entgangen war, hinzu. »Die Urteilsbegründung war besonders perfide: Auch wenn sie den Artikel nicht selbst geschrieben habe, sei Adelheid für seine Veröffentlichung verantwortlich. Sie sei doch eine ›intelligente Dame‹, wie der Unmensch von Staatsanwalt sich ausdrückte, und hätte deshalb erkennen müssen, welche ›Irrlehren‹ in dem Artikel enthalten waren.«

»Hat er wirklich ›Irrlehren‹ gesagt?«, fragte Sophie fassungslos nach.

»So hat er sich ausgedrückt. Und die Geschworenen sind ihm einstimmig nach einer nur viertelstündigen Beratung in seiner Beurteilung des Artikels gefolgt.« Eine kleine Standuhr schlug sechsmal.

»Oh!« Irene blickte auf ihre Uhr und sprang auf. »Ich muss gehen. In einer halben Stunde beginnt unsere heutige Versammlung zum Frauenwahlrecht.« Sie wandte sich an ihre Schwiegermutter. »Wolltest du nicht auch mitkommen, liebe Pauline?«

Doch die lehnte ab. »Geh nur allein, Irene! Ich fühle mich heute Abend ein wenig müde. Vielleicht mag Sophie dich ja begleiten.«

An sich hätte die gern an der Versammlung teilgenommen. Doch nun schien es Sophie geraten, ihre deutlich erschütterte Mutter nicht allein zu lassen. »Ich weiß nicht«, zögerte sie. »Ich glaube, ich sollte mit meiner Mutter nach Hause fahren. Offensichtlich geht es dir nicht gut, Mama.«

Pauline sah sie aufmerksam an. »Geh nur mit Irene, Phiefi! Ich wollte schon lange einmal ein vertrauliches Wort unter vier Augen mit deiner Mutter sprechen.«

Verwirrt und ein wenig gekränkt, da ihre Mutter keinen Einspruch gegen Paulines Vorschlag erhob, schloss sich Sophie Irene an und verließ wenig später das Frauenhaus.

»Nun erzähle mir einmal, liebe Yetta, was dir so sehr aufs Gemüt drückt!«, forderte Pauline Henriette auf, sobald die Tür hinter Irene und Sophie ins Schloss gefallen war.

Henriette zögerte. Noch nie hatte sie ihre eheliche Misere einer fremden Person außerhalb der Familie anvertraut, sah man einmal von Dr. Freud und dem Anwalt Dr. Krömer ab, die aus professionellen Gründen darüber unterrichtet waren. Daher hatte Henriette Sophie auch eindringlich darum gebeten, im Frauenhaus Stillschweigen über ihre persönliche Situation zu bewahren. Dort wusste man nur, dass Henriette getrennt von ihrem Ehemann lebte.

»Es ging gerade um Scheidung und die unantastbare Stellung der Familie«, hakte Pauline nach. »Ich vermute, ihr habt euch über den Prozess gegen Adelheid Popp unterhalten.«

Henriette nickte mit abgewandtem Blick. »Ja, und darüber, dass sie in nächster Zeit nicht mehr ins Frauenhaus kommen kann. Das finde ich sehr schade.« Noch war sie nicht bereit, sich Pauline zu öffnen. »Warum eigentlich nicht?«, versuchte sie, von sich abzulenken.

»Adelheid möchte vermeiden, dass die Aufmerksamkeit der Öffentlichkeit, die derzeit auf ihr ruht, sich zu sehr auf dieses Haus richtet. Schließlich leben auch hier viele Frauen von ihren Männern getrennt und würden sich am liebsten von ihnen scheiden lassen. Nach konservativer Auffassung hat jedoch nicht der prügelnde Ehemann, sondern die Mutter, die sich und ihre Kinder vor seinen Gewalttätigkeiten schützen möchte, die Familie zerstört.«

Plötzlich konnte Henriette die bislang mühsam unterdrückten Tränen nicht mehr zurückhalten. »Dann … dann«, schluchzte sie, »gibt es wohl auch für mich keine Hoffnung.

Ich verharre seit vielen Jahren in einer Ehe, die unerträglich für mich geworden ist«, brach es aus ihr heraus. »Zwar habe ich mich räumlich von meinem Mann getrennt, aber frei von diesem Scheusal werde ich wohl niemals sein.«

Pauline griff sanft nach ihrer Hand und streichelte sie. »Das wird nur dann geschehen, wenn du die Hoffnung aufgibst, liebe Yetta. Davon kann ich dir ein Lied singen.«

Henriette war so verblüfft über Paulines letzten Satz, dass sie zu weinen aufhörte. »Aber … aber«, stammelte sie. »Ich dachte, du wärst glücklich in der Ehe mit deinem Mann.«

»Das bin ich auch«, bestätigte Pauline. »Sogar überglücklich. Aber bevor ich mit Ferdinand endlich die Liebe meines Lebens heiraten konnte, musste ich die Ehe mit meinem ersten Gatten ertragen. Als ich ihm eigenhändig die Waffen gegen mich in die Hand gab, indem ich mein Elend mit Laudanum-Tropfen ertränkte, ließ er mich sogar in eine Irrenanstalt einsperren.«

Henriette starrte Pauline nur an. Ihr fehlten die Worte. »Lass dir erzählen, womit ich mich selbst ins Unglück gebracht habe, und wie ich mich später wieder daraus befreite.«

Fast eine Stunde lang lauschte Henriette Paulines Erzählung. »Zwar machte der Tod meines ersten Gatten eine Scheidung letztendlich überflüssig«, kam diese schließlich zum Schluss. »Aber wäre er nicht gestorben, würde ich vielleicht noch heute in jener Irrenanstalt vor mich hinvegetieren. So weit solltest du es gar nicht erst kommen lassen. Du hast noch alle Möglichkeiten, dein Schicksal in die eigene Hand zu nehmen.

Aber nun, wo ich dir mein gesamtes vergangenes Leben enthüllt habe, vergelte Vertrauen mit Vertrauen! Warum möchtest du dich von deinem Gatten scheiden lassen oder besser gefragt, warum bist du noch immer mit ihm verheiratet, wenn er dir doch so unerträglich geworden ist?«

Anfangs stockend, dann immer flüssiger begann Henriette zu erzählen. Von ihrer hilflosen Trauer nach dem Tod ihres ersten Mannes, der ihre große Liebe gewesen war. Von ihrer Hoffnung, bei Arthur, der ihr anfangs einfühlsam den Hof gemacht hatte, Trost und Halt zu finden, was sich schnell als großer Irrtum erwies. Von Arthurs Tyrannei und Despotismus gegenüber ihrer Familie, seinem Geiz und wie er mit ihrem eigenen Geld umging, das sie in die Ehe miteingebracht hatte, ohne auch nur im Geringsten zu ahnen, dass sie durchaus etwas hätte dagegen tun können. Und schließlich stockend und tränenüberströmt von dem, was er ihrer jüngsten Tochter Milli angetan hatte.

Pauline lauschte anfangs voller Mitgefühl. Erst als sie von Millis Schicksal erfuhr, zeigte sich Entsetzen in ihren dunklen Augen. »Furchtbar, wozu manche Männer fähig sind«, murmelte sie. Einen Moment lang wirkte sie abwesend, dann blickte sie auf. »Auch mein erster Gatte Wilhelm hat sich Grässliches zuschulden kommen lassen. Doch zumindest an unserer Tochter Mathilde hätte er sich niemals vergriffen.«

Henriette erinnerte sich bei diesem Namen vage an die dickliche, unattraktive Frau, die sie einmal bei einem Jour fixe im Palais Sterenberg gesehen hatte. Das war eine der wenigen Gelegenheiten gewesen, bei denen sich Henriette nach der Trennung von Arthur angelegentlich eines gesellschaftlichen Ereignisses wieder in der Öffentlichkeit gezeigt hatte. Zwar war keiner der überwiegend weiblichen Gäste ihr mit Ablehnung begegnet. Aber ihre eigene Befangenheit war so groß gewesen, dass sie auf ähnliche Veranstaltungen seither verzichtete. Ab und zu besuchte sie mit ihren Töchtern ein Theaterstück oder ein Konzert. Ansonsten ging sie ganz in ihrer Arbeit im Frauenhaus auf.

»Wie geht es deiner Tochter denn heute?«, fragte Pauline besorgt nach.

»Zum Glück wieder gut.« Henriette berichtete von Millis erfolgreicher Behandlung durch Dr. Freud und ihren guten Leistungen im Mädchengymnasium. »Aber da sich Freud entgegen seines ursprünglichen Versprechens weigert, Milli vor

Gericht mit einem Gutachten zu unterstützen, wage ich nicht, meine Scheidung von Arthur bei Gericht einzureichen. Ich würde mir nie verzeihen, wenn Millis seelische Gesundheit dadurch einen Rückschlag erlitte.«

»Zumal es ja ohnehin unwahrscheinlich ist, dass ein Richter mir überhaupt bei einer Scheidung zu meinem Recht verhilft, wie ich gerade eben noch einmal schmerzlich realisiert habe.« Henriettes letzte Worte wurden von ihrem heftigen Schluchzen fast erstickt.

Pauline dachte eine Weile nach, während sie Henriette tröstend über den Arm streichelte und wartete, bis diese sich wieder etwas gefasst hatte. »Hast du denn schon alles versucht, um deinen Gatten möglicher weiterer Untaten zu überführen?«

Henriette schaute Pauline verständnislos an. »Was meinst du damit?«

»Nun, auch mein erster Gatte Wilhelm nutzte meine Hilflosigkeit und Passivität aus, um sich Rechte über mein Vermögen anzueignen, die ihm gar nicht zustanden. Du hast gerade erzählt, dass du Arthur nie irgendeinen Widerstand entgegengesetzt hast, wenn er mit deinem eigenen Geld umging, wie es ihm beliebte.«

Henriette zuckte hilflos mit den Schultern. »Aber genau, weil ich es zugelassen habe, ist es heute zu spät, um daran etwas zu ändern. Das sagt zumindest mein Rechtsbeistand. Arthur hat das uneingeschränkte Recht, über die Erträgnisse meines beträchtlichen Vermögens zu verfügen. Selbst jetzt nach unserer Trennung.«

Pauline wiegte ihr silberweißes Haupt. »Über die Erträgnisse wohl. Aber wie sicher bist du dir denn, dass er nicht auch auf die Substanz deines Vermögens zugegriffen hat?«

»Dazu hätte er juristisch mein Einverständnis gebraucht, sagt unser Anwalt. Und das habe ich ihm zum Glück nie gegeben. Allerdings nur, weil Arthur auch nie danach gefragt hat«, gestand Henriette beschämt ein.

In Paulines dunkelbraunen Augen blitzte es unternehmungslustig auf. »So wie du deinen jetzigen Mann beschreibst, hätte er es vermutlich als unter seiner Würde empfunden, dich um die Erlaubnis zu bitten, auch über dein Vermögen verfügen zu dürfen. Dazu hätte es nämlich tatsächlich einer juristisch beglaubigten Vollmacht bedurft. Ein so selbstverliebter Mann wie dein Gatte wäre sicherlich vor so einem Schritt zurückgescheut. Aber da er es gewohnt war, dass du dir alles gefallen lässt, hat er womöglich an dir vorbei gehandelt.«

»Du … du meinst, Arthur könnte ohne mein Wissen auch auf mein Vermögen zugegriffen haben?« Dieser Gedanke war Henriette noch nie gekommen. Aber plötzlich spürte sie deutlich, dass dies durchaus möglich sein könnte. »Aber dann hätte er sich doch ins Unrecht gesetzt. Womöglich sogar strafbar gemacht.«

»Kannst du dich an irgendeine Zeit in deiner Ehe erinnern, in der dein Mann plötzlich sehr viel großzügiger war, als du es vorher von ihm gewohnt warst?«

»Ja, das kann ich«, bestätigte Henriette. »Das war zu der Zeit, in der meine Tochter Sophie in den Hofstaat der Kaiserin berufen wurde. Gleichzeitig erhielt Arthur den schon so lange ersehnten Freiherren-Titel. Damals war er nicht nur überaus freigiebig, was die Ausstattung Phiefis anging, die sie bei Hofe brauchte. Sondern er leistete sich auch einen nagelneuen Einspänner samt zwei Zugpferden zum Wechseln und einem livrierten Kutscher. Das alles behielt er auch bei, als Sophie den Hof schon längst wieder verlassen hatte.«

»Und ich gehe recht in der Annahme, dass sein eigener Verdienst dazu niemals ausgereicht hätte?«

»Meines Wissens nicht. Arthur wurde zwar damals auch zum Abteilungsleiter im Ministerium des Äußeren befördert. Aber ich weiß von einer Freundin, deren verstorbener Mann ebenfalls als Diplomat tätig war, dass dessen Verdienst niemals dazu ausgereicht hätte, ein solch feudales Leben zu führen. Und

Albin«, damit meinte sie den Mann von Helene Vetsera, deren Namen sie jedoch nicht nennen wollte, »war damals in der gleichen Position wie Arthur heute. Auch in dieser Familie wurde aller Luxus aus dem Vermögen bestritten, das die Frau in die Ehe eingebracht hatte.«

»Und über eigenes Geld verfügte Arthur zum Zeitpunkt unserer Eheschließung nicht«, fügte sie bitter hinzu. »Deshalb lässt mein Rechtsbeistand auch keine Gelegenheit aus, den Wert eines Ehevertrags zu betonen, auf den ich einst leider verzichtet habe.«

»Nun, damit hätten wir doch zumindest einen Anhaltspunkt gefunden, bei dem du einmal ansetzen und nachforschen könntest, Yetta«, lächelte Pauline. »Du solltest so rasch wie möglich zusammen mit deinem Anwalt den Treuhänder deines Vermögens aufsuchen, um dich über dessen aktuellen Stand zu informieren. Im schlimmsten Fall gibt es nichts, was du gegen Arthur verwenden kannst, da er sich in dieser Hinsicht nie etwas zuschulden kommen ließ. Aber mein Gefühl sagt mir, dass du dort fündig werden könntest.«

Kontor der Privatdetektei Pichler in Wien

Mitte Oktober 1895

»Nun, Herr Pichler, was haben Sie Neues über meine Gattin Amalie herausgefunden?«

Amalie war vor ungefähr vier Wochen aus dem Salzkammergut nach Wien zurückgekehrt. Klaglos, wie Richard ingrimmig konstatierte, ganz im Gegensatz zu früheren Jahren, in denen sie es häufig bedauert hatte, nicht an den großen Jagdgesellschaften teilnehmen zu können, mit denen sich Wiens High Society in den Herbstmonaten auf ihren Landsitzen vergnügte. Doch die Geschäfte ihres Vaters riefen ihn regelmäßig schon im

September zurück nach Wien. Adalbert selbst bedauerte dies nicht, da ihm die Jagd nichts bedeutete, zumal er aufgrund seiner fehlenden Militärzeit nicht einmal schießen konnte.

Da Heinz Pichler Richard bislang keinerlei Anlass dazu gegeben hatte, ihm zu misstrauen, hatten sie die Abstände ihrer regelmäßigen Besprechungstreffen von anfangs vierzehn Tagen schon bald auf vier Wochen verlängert. Seit Amalies Rückkehr Mitte September trafen sie sich daher heute zum ersten Mal.

»Im Vergleich zur ersten Jahreshälfte scheint sich, was die Beziehungen Ihrer Gattin betrifft, etwas verändert zu haben.« Pichler schob Richard eine dünne Aktenmappe über seinen Schreibtisch hinweg zu. »Hier drinnen finden Sie die Fotografien, die ich in den letzten Wochen von Ihrer Gattin und deren Liebhabern machen konnte. Oder, um es genauer auszudrücken, von ihrem seit ihrer Rückkehr einzigen Liebhaber.«

»Ami trifft sich nur noch mit einem Mann?« Richard war erstaunt. »Was ist denn aus ihren anderen *Verehrern* geworden?« Er betonte das Wort spöttisch.

Pichler zuckte mit den Schultern. »Das kann ich Ihnen nicht sagen, Herr von Löwenstein. Dieser Mann hier«, Pichler schlug die Akte auf und zeigte auf die zuoberst liegende Fotografie, »ist im Augenblick die einzige Person, mit der sich Ihre Gattin zu treffen pflegt. Ungefähr ein- bis zweimal die Woche an wechselnden Tagen. Denn die Jours fixes, die Ihre Gattin im ersten Halbjahr vor diesen Verabredungen jeweils besucht hat, finden zurzeit ja noch nicht statt.«

Richard nickte. Dies war ihm bewusst. Ebenso wie die Tatsache, dass Pichlers Aufwand, Amalie zu beschatten, daher seit ihrer Rückkehr weit höher war und ihn natürlich auch viel teurer kommen würde.

Nun betrachtete er die etwas körnige Schwarzweiß-Fotografie. Sie zeigte einen jungen Mann, den Richard auf ungefähr Mitte zwanzig schätzte.

»Ist das ein Wasserer?«, fragte er verblüfft und wies auf das Halstuch, das der Mann umgebunden hatte.

Pichler bestätigte das. Somit war Amalies neuer Liebhaber nicht einmal ein Fiaker, sondern nur dessen Gehilfe, der die Pferde versorgte. Flüchtig erinnerte sich Richard daran, dass »Wasserer« der Spitzname gewesen war, mit dem Kronprinz Rudolf ihren gemeinsamen Freund Miguel von Braganza gerufen hatte, weil dieser bei der Jagd gleichfalls ein rotes Halstuch zu tragen pflegte.

Die Aufnahme zeigte Amalie und ihren Liebhaber im Profil. Der Mann hatte ihr einen Arm um die Taille gelegt und umfasste mit der freien Hand ihr Gesicht, das sie ihm mit halb geschlossenen Augen entgegenreckte.

»Seit wann unterhält meine Frau diese Affäre?«

»Dieser junge Mann tauchte vor der Abreise Ihrer Gemahlin ins Salzkammergut noch nie auf. Möglicherweise hat sie ihn bereits vorher als Gehilfen eines ihrer Liebhaber kennengelernt. Mir ist er jedenfalls nicht untergekommen, da ich die Beschattung Ihrer Gattin in Absprache mit Ihnen ja jeweils unterbrach, sobald ich einige Fotografien von ihr und ihren jeweiligen Liebhabern in verfänglichen Situationen im Kasten hatte.«

In der Tat hatte Pichler seit seiner Beauftragung durch Richard im März dieses Jahres ungefähr zehn brauchbare Aufnahmen gemacht. Sie zeigten Amalie, wie sie sich bei der Begrüßung oder beim Abschied von ihren Geliebten in die Arme nehmen und küssen ließ. Auf drei Fotografien griff ihr der Mann dabei an die Brust, auf einer vierten sogar in den Schritt. Natürlich hatte Pichler keine Fotografien des eigentlichen Beischlafs machen können, da dieser sich ja jeweils im Innern der Kutschen abspielte. Dennoch zeigten seine Aufnahmen eindeutig, dass Amalie auf Abwegen wandelte.

Jetzt zog Pichler zwei weitere Fotografien aus der Akte. »Sehen Sie sich diese Bilder einmal genauer an, Herr von Löwenstein! Fällt Ihnen etwas Besonderes daran auf?«

Richard musterte die Aufnahmen ratlos. Derweil beobachtete der Privatdetektiv ihn mit einem undefinierbaren Gesichtsausdruck. Dann half er dem offenbar begriffsstutzigen Richard auf die Sprünge.

»Betrachten Sie doch einmal die Gesichter der beiden, Herr von Löwenstein!«

Erst jetzt fiel Richard auf, dass Amalies Gesicht einen Ausdruck aufwies, den er bislang noch nie wahrgenommen hatte. *Hingabe,* wurde ihm plötzlich klar, *dies ist nicht mehr das bloße Begehren, das sich sonst in ihrer Miene gespiegelt hat.*

Der nächste Gedanke kam ihm unwillkürlich und schockierte ihn. Doch Pichler sprach ihn bereits aus.

»Bei allen Begegnungen dieser beiden gewann ich den Eindruck, dass sie sich wirklich lieben. Auch wenn sie natürlich zudem miteinander geschlafen haben, steckt diesmal mehr dahinter als pure Lust.«

Richard spürte erneut das leise Ziehen in der Magengrube, das er schon im ersten Gespräch mit dem Privatdetektiv gehabt hatte. Auch Amalie war mit ihm als Ehemann nie glücklich gewesen. Auf jeden Fall hatte sie Richard niemals so angeblickt wie diesen einfachen Mann aus dem Volke.

Der Fiaker-Gehilfe war zweifelsohne ein attraktiver Mann mit einem dunklen Lockenkopf, markanten Gesichtszügen und vollen, sinnlichen Lippen. Doch was hatte er ansonsten vorzuweisen, dass sich die gegenüber Menschen niederen Standes sonst so hochmütige Amalie in ihn verliebt hatte?

Diesmal ließ sich der Gedanke, dass nicht nur er selbst, sondern sie beide in ihrer arrangierten Ehe unglücklich waren, nicht mehr so leicht verdrängen wie noch vor einigen Monaten.

Der Privatdetektiv räusperte sich und riss Richard aus seinen Grübeleien. Pichlers nächste Worte trafen ihn dennoch völlig unvorbereitet.

»Es ist mir wohl bewusst, Major von Löwenstein, dass ich mit meinem Vorschlag, den ich Ihnen gerne unterbreiten würde, meine Befugnisse weit überschreite. Dennoch fühle ich mich verpflichtet, es Ihnen anzubieten. Sind Sie bereit, sich meinen Vorschlag anzuhören?«

Richard nickte verblüfft.

»Schon im Laufe der ersten Monate, in denen ich mich bemüht habe, Ihren Auftrag bestmöglich zu erfüllen, ist mir öfter der Gedanke gekommen, was Sie mit diesen Aufnahmen zu tun beabsichtigen. Aus diesem Grund habe ich bislang auch darauf verzichtet, mit den Kutschern, die mit Ihrer Gattin verkehrt haben, Kontakt aufzunehmen. Auch wenn ich deren Namen und sogar Anschriften mittlerweile natürlich in Erfahrung gebracht habe.«

Richard verstand nicht, worauf der Privatdetektiv hinauswollte. »Wollen Sie die Fiaker als potenzielle Zeugen gewinnen?« Noch ehe Pichler die Frage beantworten konnte, fuhr Richard fort. »Darauf lege ich allerdings keinen Wert. Ein Scheidungsprozess, bei dem diese Aufnahmen als Beweismittel dienen, ist schon skandalträchtig genug.«

»Sie sprechen mir aus der Seele, Herr von Löwenstein. Wenn meine Arbeit für Sie damals schon abgeschlossen gewesen wäre, hätte ich Ihnen bereits im Sommer geraten, eine gütliche Lösung mit Ihrer Gattin zu suchen und die Fotografien höchstens als Druckmittel einzusetzen, um deren Einverständnis zu einer Trennung zu erlangen. Meiner unbedeutenden Ansicht nach sollten Sie die Aufnahmen, die ich in Ihrem Auftrag gemacht habe, nur im äußersten Notfall als Beweismittel vor Gericht verwenden. Also nur dann, wenn sich Ihre Gattin völlig verstockt zeigen, sich der Scheidung widersetzen und diese Affären abstreiten sollte.«

Obwohl Richard sich selbst bereits mit dieser Absicht getragen hatte, war er überrascht, diese als Ratschlag aus dem Mund des Privatdetektivs zu hören. »Und was veranlasst Sie zu dieser Überzeugung, Herr Pichler?«

Der blieb vollständig ungerührt von Richards barschem

Tonfall. »Ihre Frau ist nach den Maßstäben unserer Zeit nicht mehr jung, soviel ich weiß.« Pichler blätterte in seinen Notizen. »Aha, hier habe ich es aufgeschrieben. Sie ist fünfundzwanzig Jahre alt, damit aber immer noch fast zehn Jahre jünger als Sie.«

»Worauf wollen Sie eigentlich hinaus?« Richards Puls begann sich zu beschleunigen.

»Reichen Sie gegen den Willen Ihrer jetzigen Gattin die Scheidung ein und legen diese kompromittierenden Fotografien als Beweis vor, ist der Ruf Ihrer Frau für alle Zeit ruiniert, sollte auch nur das kleinste Detail davon in die Öffentlichkeit dringen. Und seien Sie versichert, die Klatschpresse, die nach solchen Sensationen giert, hat gerade bei Scheidungsprozessen im Adel überall ihre Spitzel. So manch ein Gerichtsschreiber verdient sich eine goldene Nase mit der Weitergabe solcher Informationen.«

Richard fehlten die Worte, zumal er wusste, dass der Privatdetektiv mit seinen Ausführungen recht hatte.

»Nun aber ergibt die zweite Serie meiner Fotografien noch einen anderen Sachverhalt«, fuhr Pichler fort. »Zugegebenermaßen sind die ersten Affären Ihrer Frau nach unseren gängigen Moralvorstellungen, wie sich Ehefrauen zu benehmen haben, überaus schäbig. Doch nun scheint sie sich tatsächlich verliebt zu haben. In einen Mann, der sie respektvoll behandelt. Zumindest weist keine der Fotografien, die ich von den beiden gemacht habe, eine ähnlich übergriffige Handlung auf, wie sie auf einigen Aufnahmen der ersten Serie seitens der Fiaker zu sehen sind.«

»Aber der Kerl ist ein einfacher Mann aus der Unterschicht!«, fuhr Richard auf. »Glauben Sie wirklich, ein Richter würde meiner hochadeligen Gattin zugutehalten, dass sie sich in so jemanden verliebt hat?«

Pichler hielt Richards wütendem Blick wieder mit jenem undefinierbaren Gesichtsausdruck stand, den er bereits zu Beginn dieses Gesprächs gezeigt hatte.

»Möchten Sie meine ehrliche Meinung erfahren, Herr von Löwenstein? Ich weiß, dass es mir nicht zusteht, sie Ihnen mitzuteilen. Deshalb brauche ich dazu Ihre Erlaubnis. Sonst sehe ich selbstverständlich davon ab.«

»Weil Sie mich für einen Schwächling halten, der dem nicht gewachsen ist, was Sie mir sagen wollen?«

Pichler antwortete nichts auf Richards Unterstellung. Stattdessen machte er Anstalten, die Fotografien zurück in die Akte zu legen, und zeigte Richard damit an, dass er das Gespräch für beendet hielt. Der ruderte zurück.

»Natürlich interessiert mich Ihre Meinung, Herr Pichler«, sagte er mühsam beherrscht.

Pichler sah auf und räusperte sich erneut. »Dann fühle ich mich verpflichtet, sie Ihnen nicht vorzuenthalten. Wenn ich Sie richtig verstanden habe, wurde auch Ihre damals blutjunge Gattin nicht danach gefragt, ob sie Sie ehelichen will. Sie beide wurden von Ihren jeweiligen Vätern in diese Heirat gezwungen.«

Er machte eine Pause, bis Richard widerwillig nickte.

»Und wenn ich die Geschichte Ihrer Ehe richtig in Erinnerung habe, hat Ihre Gattin sich eine ganze Zeit lang aufrichtig darum bemüht, Ihr Wohlwollen zu gewinnen. Ist es nicht so?«

Da sich Richard tatsächlich angesichts der ersten verräterischen Aufnahmen von Amalies Hurereien dazu hatte hinreißen lassen, Pichler von ihren früheren Verführungsversuchen ihm gegenüber zu berichten, musste er erneut zustimmen. Dabei war der Gedanke jedoch völlig neu für ihn, dass Amalie dabei mehr im Sinn gehabt haben könnte als die Befriedigung ihrer eigenen Lust.

»Also vermute ich, dass auch Ihre Gattin mit ihrer aktuellen Ehesituation unglücklich ist. Zumal ihr ja auch nicht verborgen blieb, dass Ihr Herz schon vor Ihrer Ehe einer anderen Frau gehörte.«

Richards innerer Aufruhr wuchs. »Worauf wollen Sie eigentlich hinaus? Kommen Sie doch bitte endlich auf den Punkt!«

»Zumindest ein kluger Richter wird sich natürlich die Frage stellen, was Ihre Gattin zu solch einem außergewöhnlichen Verhalten veranlasst haben könnte. Und möglicherweise auch in Ihrem eigenen Benehmen gegenüber Ihrer Frau eine Mitschuld erkennen«, folgte Pichler schonungslos offen Richards Aufforderung. »Zumal, wenn den Affären Ihrer Gattin mit wildfremden Männern, die auf mich ein wenig wie Verzweiflungstaten wirken, jetzt die aufrichtige Liebe zu einem Mann folgt, der Ihnen selbst weder vom Stand noch von Ihrer Stellung in der Gesellschaft her auch nur im Geringsten das Wasser reichen kann.«

Richard fühlte sich, als hätte er einen Faustschlag in den Magen erhalten. Stumm starrte er den Privatdetektiv an.

Dadurch ermutigt, kam Pichler zu seinem Fazit. »Selbstverständlich wird Ihre Gattin schuldig geschieden werden, auch dann, wenn sie Ihre außereheliche Beziehung zu der wahren Dame Ihres Herzens vor Gericht glaubwürdig belegen kann. Denn die Ansprüche an die Moral von Ehefrauen sind eben höhere als an die von Ehemännern. Dennoch wird Ihnen ein Richter womöglich den Tadel einer Mitschuld am Verhalten Ihrer Gattin nicht vorenthalten. Denn es wäre Ihre Verantwortung als Ehemann, der zudem weit älter ist, gewesen, dafür zu sorgen, dass Sie sich mit Ihrer Gattin zumindest insoweit arrangieren, dass Sie beide nicht in diese ausweglose Lage geraten.«

Richard saß wie vom Donner gerührt auf seinem Stuhl. Wie bei einem Vexierbild hatte ihm der Privatdetektiv plötzlich eine völlig konträre Sichtweise seiner unglücklichen Ehe vorgehalten, als er sie bis dahin gehabt hatte.

Trotz seiner großen Menschenkenntnis deutete Pichler Richards Schweigen jedoch falsch. »Wenn ich Ihnen, trotz Ihrer Erlaubnis zu sprechen, jetzt zu nahegetreten bin, Herr von Löwenstein, bitte ich um Verzeihung. Und akzeptiere selbstverständlich, wenn Sie mich auf der Stelle aus Ihren Diensten entlassen.«

Endlich fand Richard seine Sprache wieder. »Nein … das möchte ich nicht«, stammelte er zunächst, wobei er eher seinem Gefühl als seinem Verstand folgte. »Lassen Sie mich nur einen Augenblick lang meine Gedanken ordnen!«

Das war jedoch leichter gesagt als getan. Pichlers Worte waren nicht in wenigen Minuten zu verdauen. Fast zehn Jahre lang hatte sich Richard innerlich gegen die Verbindung mit Amalie gewehrt. Die Ressentiments, die sich in dieser langen Zeit gegen sie aufgestaut hatten, kämpften in seiner Brust gegen die nun unabweisliche Einsicht, dass auch er eine Mitschuld an ihrer verpfuschten Ehe trug.

Schließlich kam er zu einer Entscheidung. »Was ich genau mit den Beweisen tun werde, die Sie für die Untreue meiner Frau gesammelt haben, muss ich noch überlegen, Herr Pichler. Doch jetzt möchte ich Ihnen zunächst den Auftrag erteilen, die Beziehung meiner Gattin zu jenem Wasserer noch einige Monate lang weiter zu beobachten. Kommen wir beide danach zu der Auffassung, dass sich Amalie wirklich in jenen Mann verliebt hat und dieser ihre Liebe erwidert, ist dies ein anderes Ergebnis, als wenn sie ihre wahllosen Affären mit fremden Männern wiederaufnimmt. Ehe ich Weiteres unternehme, möchte ich mir darüber Klarheit verschaffen.«

Pichler nickte. »Ihr Wunsch sei mir Befehl, Major von Löwenstein«, antwortete er förmlich. »Dann darf ich Sie in vier Wochen zu unserer nächsten Besprechung erwarten. Bis dahin dürfte ich zumindest herausgefunden habe, in welche Richtung sich die augenblickliche Liebschaft Ihrer Gattin weiterentwickelt.«

In der Rothschild-Bank in Wien

Mitte Oktober 1895

»Sehr verehrte Damen, verehrter Herr Dr. Krömer, darf ich Ihnen vor Beginn unserer Besprechung ein Getränk anbieten?«

Sowohl Sophie als auch ihre Mutter Henriette lehnten höflich ab. Beide waren viel zu aufgeregt, um etwas herunterzubekommen. Dr. Krömer bestellte sich dagegen erwartungsgemäß das übliche Glas Wasser.

»Nun, dann können wir gerne sofort zum Zweck unseres heutigen Zusammentreffens kommen«, begann der Leiter der Treuhand-Abteilung der renommierten Rothschild-Bank in Wien das Gespräch, sobald Krömer sein Getränk von einem Bürofräulein serviert worden war.

»Sie, verehrter Herr Kollege, hatten mir bereits schriftlich mitgeteilt, dass sich Ihre Mandantin, Freifrau Henriette von Freiberg«, er nickte höflich in Henriettes Richtung, sprach aber weiterhin mit Krömer, »einen Überblick über den aktuellen Stand ihres von ihrem verstorbenen ersten Ehegatten hinterlassenen Erbes machen möchte.«

»So ist es, verehrter Herr Dr. Bause«, bestätigte Krömer. »Benötigen Sie eine Legitimation der anwesenden Damen mittels ihrer Ausweispapiere?«

»Das ist nicht nötig, Herr Dr. Krömer, da Sie sich ja für die Identität der anwesenden Damen verbürgen. Ich habe lediglich eine Frage an Ihre Mandantin, Frau von Freiberg.«

Er stoppte und wartete Krömers Nicken ab, ehe er sich an Henriette wandte. »Gehe ich recht in der Annahme, gnädige Frau, dass Ihnen die Anwesenheit Ihrer Tochter, Fräulein Sophie von Werdenfels, bei diesem vertraulichen Gespräch genehm ist?«

»Selbstverständlich, Herr Dr. Bause. Sonst hätte ich Sophie nicht mitgebracht«, betonte Henriette. Wieder einmal freute sich Sophie über das immer selbstsicherer werdende Auftreten ihrer Mutter.

»Nun, mit welchen Auskünften kann ich den Damen dienen?« Unwillkürlich wandte sich Bause wieder an Krömer, obwohl er eigentlich Henriette und Sophie angesprochen hatte. Krömer, der seinen Kollegen noch aus Studienzeiten kannte, hatte zum Glück im Voraus mit beiden vereinbart, dass sie ihm in der Regel das Wort überlassen sollten.

»Zunächst einmal möchte ich Ihnen mitteilen, dass uns eine heikle Angelegenheit heute hierherführt.« Auch darüber hatte sich Krömer zuvor mit Henriette und Sophie abgestimmt. »Ich darf mich doch auf Ihre völlige Diskretion verlassen?«, versicherte er sich.

»Selbstverständlich.« Bause schien durch Krömers Frage nicht irritiert. Offensichtlich gehörte dies zum Ritual solcher Gespräche.

»Freifrau von Freiberg lebt bereits seit mehreren Jahren von ihrem jetzigen Ehemann, dem Freiherrn Arthur von Freiberg, getrennt«, erläuterte Krömer. »Sie hat sich daher entschlossen, sich heute einen Überblick über den Stand des von Ihrer Bank treuhänderisch verwalteten Vermögens zu verschaffen.«

Auch das war Dr. Bause natürlich bekannt, da Krömer ihm dieses Anliegen bereits schriftlich mitgeteilt hatte, bevor es zum heutigen Treffen gekommen war. Deshalb zog er nun eine Ledermappe heran, in der sich einige Papiere befanden.

Obwohl ihm deren Inhalt mit Sicherheit bekannt war, gehörte es ebenfalls zum Ritual, die Dokumente zuvor noch einmal einige Augenblicke lang zu studieren. Dann gab Bause Krömer Antwort.

»Da es keinen mir bekannten Ehevertrag anlässlich der zweiten Vermählung der gnädigen Frau von Freiberg gibt und auch ansonsten keine anderweitigen Verfügungen von ihr getroffen wurden, gehen die Erträgnisse des recht beträchtlichen Vermögens monatlich an ihren jetzigen Ehegatten, Freiherrn von Freiberg. Auch er unterhält ein Konto bei unserer Bank, auf das ihm die monatliche Summe jeweils überwiesen wird.«

»Wie hoch sind diese Erträgnisse?«, fragte Krömer.

»Nun, die Summen schwankten natürlich während der vergangenen fünfzehn Jahre, in denen wir den Nachlass treuhänderisch verwalten durften. Durch einige geschickte Anlagen ist es uns jedoch insbesondere in jüngster Zeit gelungen, die Erträgnisse beträchtlich zu steigern. Sie betragen im Augenblick fast vierzigtausend Gulden pro Jahr.«

»Vierzigtausend Gulden?«, entfuhr es Henriette spontan. »Aber das ist ja eine exorbitant hohe Summe!«

Bause lächelte geschmeichelt und wandte sich jetzt direkt an Sophies Mutter. »Das ist wohl wahr, gnädige Frau. Umso mehr schmerzt es mich als Treuhänder, dass diese ganz erheblichen Erträge nie dem Vermögenszuwachs dienten, sondern regelmäßig abflossen. Wobei ich einschränkend hinzufügen muss, dass die Erträgnisse, wie ich es Ihnen ja schon erläuterte, einigen Schwankungen unterlagen.«

»In welcher Größenordnung?«, ergriff nun wieder Krömer das Wort. Wieder studierte Bause seine Unterlagen. »Die niedrigsten Erträge lagen bei ungefähr zwanzigtausend Gulden pro Jahr.«

Sophie schlug das Herz bis zum Hals. »Wie hoch war denn die Erbschaft meines Vaters?«, mischte sie sich jetzt ein. Dann erschrak sie zunächst über ihre vorlaute Frage, beruhigte sich aber rasch, nachdem keiner der beiden Herren Anstoß daran nahm.

»Ihr seliger Herr Vater hinterließ Ihrer Mutter die Summe von vierhundertfünfundachtzigtausend Gulden Barvermögen. Zusätzlich zu Ihrem damaligen Wohnsitz, dem Palais Werdenfels in der Marokkanergasse, samt allem Interieur.«

Sowohl Sophie als auch Henriette entfuhr unwillkürlich ein Stöhnen. Sophie hätte sich niemals träumen lassen, wie reich ihre Mutter war. Zumal ihr Vater sowohl für sie selbst als auch für Milli schon jeweils eine Mitgift von einhunderttausend Gulden ausgesetzt hatte, die ebenfalls von der Rothschild-Bank verwaltet wurde. Mit Zins und Zinseszins war diese Summe wahrscheinlich mittlerweile weitaus größer. Aber das gehörte erst einmal nicht hierher.

Sophie versuchte, den Ärger zu unterdrücken, der in ihr aufstieg, weil sich ihre Mutter nach dem Tod ihres ersten Gatten nie um ihre Finanzen gekümmert hatte. In ihrer tiefen Trauer war sie weiland nicht einmal bei der Eröffnung von Nikolaus von Werdenfels' Testament dabei gewesen, sondern hatte all ihre Erbschaftsangelegenheiten Nikolaus' älterem Bruder Matthias überlassen. Nach der Hochzeit mit Arthur war es zum Bruch mit Nikolaus' Familie gekommen.

Danach war Henriette allerdings, genauso wie Sophie, jahrzehntelang davon ausgegangen, dass die Verfügungsgewalt über ihr gesamtes Vermögen nach ihrer zweiten Heirat völlig in Arthurs Hände übergegangen wäre. Weshalb sich erst jetzt herausstellte, dass Nikolaus von Werdenfels' Nachlass mehr als doppelt so hoch war wie das Bar- und Anlagevermögen, das ihr Onkel Stephan Sophie hinterlassen hatte.

Henriette griff sich an die Brust und atmete schwer vor Aufregung. Bauses besorgtes Angebot einer Pause lehnte sie jedoch ab.

Es war Krömer, der einen kühlen Kopf behielt. »Sie erwähnten soeben, verehrter Herr Dr. Bause, dass im Jahr 1879 nach dem Tod des ersten Gatten meiner Mandantin das Bar- und Anlagevermögen eine Höhe von vierhundertfünfundachtzigtausend Gulden aufwies. Dass diese Summe sich nicht durch die Erträgnisse erhöht hat, haben Sie bereits erwähnt. Doch hat sie sich eventuell sogar verringert?«

Wieder studierte Bause seine Unterlagen.

»Die augenblickliche Summe beträgt genau vierhundertfünfunddreißigtausend Gulden«, gab er dann Auskunft.

Wieder schnappte Henriette hörbar nach Luft. Sophies Herz begann zu rasen.

»Wodurch kam es zu dieser Verringerung?«, stellte Krömer die entscheidende Frage.

»Nach einer Vollmacht, die Ihre verehrte Frau Mandantin ihrem zweiten Gatten Arthur von Freiberg zu Beginn des Jahres 1889 ausstellte, hob er im Februar 1889 eine Summe von dreißigtausend Gulden aus dieser Erbschaft ab. Im Laufe der letzten Jahre kamen weitere kleinere Summen hinzu, sodass mittlerweile insgesamt fünfzigtausend Gulden aufgelaufen sind, um die sich das ursprüngliche Vermögen verringert hat.«

»Eine Vollmacht?« Henriettes Stimme wurde schrill. »Ich habe zwar nie Einspruch dagegen erhoben, dass mein zweiter Gemahl über die Erträgnisse meines Vermögens nach Belieben verfügte. Aber eine Vollmacht, auch die Substanz meines Erbes angreifen zu dürfen, habe ich ihm nie erteilt!«

Jetzt wirkte Dr. Bause zum ersten Mal verwirrt. Diesmal schien er die Akte nicht nur pro forma, sondern ernsthaft zu studieren. Dann zog er ein Dokument heraus und legte es Henriette vor.

»Diese Vollmacht haben Sie Ihrem Gatten Arthur gemäß der Datierung des Dokuments am 15. Februar 1889 erteilt. Ein Notar hat diese Vollmacht drei Tage später beglaubigt.«

Da Henriette nur ungläubig auf das Schriftstück starrte, griff zuerst Krömer danach, um es zu lesen. Es war ein Standard-Vordruck, wie man ihn in jedem gut sortierten Bürohandel erwerben konnte, und in den die Angaben zu Henriettes Person, wahrscheinlich von Arthur, in Druckbuchstaben eingetragen worden waren.

»Ist das Ihre Unterschrift, gnädige Frau?«

Henriette schüttelte stumm den Kopf. Jetzt streckte auch Sophie die Hand aus und las das Dokument.

»Ich gestehe zwar, dass ich meine Mutter noch nicht sehr häufig etwas habe unterschreiben sehen«, sagte sie mit zitternder Stimme. »Aber dies ist eindeutig nicht ihre Handschrift.«

»Das kann ich bestätigen, Dr. Bause«, stimmte Krömer zu. Dann kramte er seinerseits in seiner ledernen Aktentasche. »Glücklicherweise habe ich die Ermächtigung dabei, die mir Freifrau von Freiberg für mein Mandat erteilt hat.« Er zeigte Bause das Papier, der daraufhin die Unterschriften miteinander verglich, nachdem Sophie ihm die vorgebliche Vollmacht ihrer Mutter zurückgegeben hatte.

Bause hob den Kopf. Seine Miene wirkte verstört. »Darf ich Sie hier und jetzt um eine Unterschriftsprobe bitten, gnädige Frau?« Er wartete Henriettes Einverständnis gar nicht erst ab, sondern schob ihr Papier, Tinte und Feder über seinen Schreibtisch hinweg zu.

Mit zitternder Hand kam Henriette Bauses Aufforderung nach. Und obwohl die Buchstaben, die sie niederschrieb, dadurch verwackelten, war doch eindeutig zu erkennen, dass ihre Unterschrift in keiner Weise ihrer vermeintlichen Unterschrift auf der Vollmacht für Arthur glich. Die Ähnlichkeit mit der Unterschrift unter Krömers Mandat war jedoch offensichtlich.

»Also hat mein Stiefvater diese Vollmacht gefälscht.« Mittlerweile hatte Sophie sich wieder gefasst. Pauline von Sterenbergs Intuition war richtig gewesen. »Aber wie kommt es denn dann zu der notariellen Beglaubigung?«

Zu Sophies Erstaunen erröteten sowohl Bause als auch Krömer leicht. »Möchten Sie diese Frage beantworten, Dr. Krömer?«, zog Bause sich aus der Affäre.

Der Anwalt räusperte sich und trank dann einen Schluck Wasser. Dieses Ritual kannten Sophie und Henriette schon aus früheren Situationen, in denen Krömer Zeit gewinnen wollte, womöglich, um seinen nächsten Schachzug zu überlegen.

Nun holte er sichtlich Luft. »Dafür gibt es mehrere Möglichkeiten. Welche davon die richtige ist, könnte uns nur der Kollege, der die Vollmacht beglaubigt hat, mitteilen. Wer war das doch gleich nochmal?« Er las erneut den Namen des betreffenden Notars. Dann hob er den Kopf. »Dieser Kollege, der sich meines Wissens mittlerweile im Ruhestand befindet, galt während seiner aktiven Laufbahn als integer. Deshalb vermute ich, dass er lediglich in einem, leider nicht unüblichen Punkt vom gesetzlich vorgeschriebenen Prozedere abgewichen ist. Wahrscheinlich hat Arthur von Freiberg ihm ein weiteres Schreiben vorgelegt, das angeblich von der Hand seiner Gemahlin stammt. In diesem Schreiben wird gestanden haben, dass sie sich unpässlich fühlt oder sogar erkrankt war, als der Termin in der Kanzlei des Notars zur Beglaubigung der Vollmacht anstand.« Jetzt erst sprach er Henriette direkt an. »Und dass Sie aus diesem Grund stattdessen schriftlich bestätigen, dass es mit der von Ihnen ausgestellten Vollmacht seine Richtigkeit hat.«

»Und was wären die anderen Möglichkeiten?«, fragte Sophie scharf.

Krömer errötete noch mehr und trank einen weiteren Schluck Wasser. »Die einzige andere Möglichkeit wäre eine Gefälligkeits-Beglaubigung. Also eine Beglaubigung, ohne dass irgendein Dokument aus der Hand Ihrer Mutter den Kollegen dazu berechtigt hätte«, antwortete er zunächst an Sophie gewandt. »Wissen Sie, gnädige Frau, ob Ihr jetziger Gemahl eine persönliche Beziehung zu diesem Notar unterhält?«, richtete er das Wort dann wieder an Henriette.

Die ließ sich dessen Namen noch einmal nennen. Dann verneinte sie. »Darüber weiß ich nichts. Den Namen dieses Notars habe ich noch nie gehört. Doch mein Gatte befand sich im Februar 1889 erst einige Wochen wieder in Wien, als diese angebliche Vollmacht ausgestellt wurde. Bis dahin war er in Kairo im diplomatischen Dienst tätig und nur wenige Wochen pro Jahr hier vor Ort. Daher halte ich es nicht für wahrscheinlich, dass sich die beiden persönlich so gut kannten, dass ihm der Notar einen solchen …«, sie stockte kurz und fuhr dann in verächtlichem Ton fort, »*Freundschaftsdienst* erwiesen hätte.«

Mittlerweile war Sophie, die die beiden Anwälte in den letzten Minuten scharf beobachtet hatte, zu einer Schlussfolgerung gelangt. »Also ist es eine zwar illegale, aber gängige Praxis, dem Ehemann eine Beglaubigung ohne persönliche Anwesenheit seiner Ehefrau als Vollmachtgeberin auszustellen?«

Während Bause stumm blieb und Sophies Blick auswich, rang sich Krömer zu einer Antwort durch, nachdem er einen weiteren Schluck Wasser getrunken hatte.

»Es entspricht nicht den Buchstaben des Gesetzes«, räumte er ein. »Aber vielen Damen sind solche formalen Angelegenheiten überaus lästig. Und da der Ehemann als das Haupt der Familie gilt, ist es nicht unüblich, dass Vollmachten einer Ehegattin unter Verzicht auf ihre persönliche Anwesenheit lediglich aufgrund eines Schreibens von ihrer eigenen Hand beglaubigt werden.«

»In diesem Fall wäre aber auch ein solches Schreiben gefälscht gewesen«, konstatierte Sophie. »Also bleibt nur noch die Frage offen, ob mein Stiefvater den Notar mit einem solchen gefälschten Schreiben meiner Mutter bewusst getäuscht hat, oder ob die beiden unter einer Decke steckten.« Sie straffte sich. »Also, meine Herren, wie sollen wir in dieser Angelegenheit weiter verfahren?«

»Sollte es sich um eine gefälschte Vollmacht handeln, wovon ja leider auszugehen ist, hat sich Freiherr von Freiberg strafbar gemacht.« Auch Dr. Bause hatte sich endlich wieder gefasst. »Da Ihnen, gnädige Frau, dadurch ein erheblicher Vermögensschaden entstanden ist, bitte ich zunächst um Ihr Einverständnis, Ihrem jetzigen Gemahl die Erträgnisse Ihres Vermögens ab sofort nicht mehr auszuzahlen. Doch dafür brauche ich Ihre schriftliche Anweisung.«

»Die können Sie auf der Stelle haben!« Auch Henriette hatte sich wieder gefasst. Ihr anfängliches Entsetzen verwandelte sich nun in Zorn. Sie streckte die Hand aus. »Ich schreibe auf der Stelle nieder, was Sie mir diesbezüglich in die Feder diktieren.«

Krömer räusperte sich. »Verehrte gnädige Frau, mir erschiene es angemessener, wenn Sie mich nun in mein Kontor begleiten würden, damit wir diese Anweisung dort in Ruhe aufsetzen. Zumal die Zeit für unsere Besprechung, um die ich Herrn Dr. Bause gebeten habe, bereits jetzt überschritten ist.«

Der nickte nachdrücklich dazu und zog demonstrativ seine Taschenuhr aus der Weste. »Auch mir käme das sehr gelegen, gnädige Frau. Eigentlich sollte ich bereits seit zehn Minuten mit einem anderen Kunden sprechen. Aber Sie können versichert sein, dass wir ab sofort keinen Heller mehr an Ihren Gatten überweisen werden.« Er wandte sich an Krömer. »Bis zum nächsten Monatsersten sind zwar noch etliche Tage Zeit. Dennoch wäre ich Ihnen dankbar, Herr Kollege, wenn Sie mir die Verfügung der gnädigen Frau schnellstmöglich zukommen lassen würden.«

»Sie wird Ihnen noch heute Nachmittag durch meinen Büroboten zugestellt«, versicherte Krömer.

»Und wie finden wir heraus, mit welcher Art Betrug mein Stiefvater die gefälschte Vollmacht erwirkt hat?«, mischte sich Sophie wieder ein, da die Herren bereits Anstalten machten, sich zu verabschieden.

»Ich kenne den Notar ebenfalls von mehreren Rechtssachen, in denen wir zusammengearbeitet haben«, antwortete Krömer. »Ich werde noch heute um eine Unterredung mit ihm bitten, um den Sachverhalt klären zu können. Auch dazu sollten wir alles Weitere in meiner Kanzlei besprechen.«

Vor allen Dingen sollten wir klären, wie wir uns diesen Sachverhalt zunutze machen können, um endlich die Scheidung meiner Mutter voranzutreiben, lag es Sophie schon auf der Zunge zu sagen. Doch sie verkniff sich die Bemerkung. Nicht nur, um dem Treuhänder Dr. Bause keine weitere Zeit zu stehlen. Sondern auch, weil ihn diese familiären Angelegenheiten schlichtweg nichts angingen.

Erst auf der Fahrt in Krömers Kontor fiel Sophie ein, dass sie gar nicht danach gefragt hatte, wie hoch der Zuwachs bei der Summe war, die ihr verstorbener Vater ihr und Milli als Mitgift ausgesetzt hatte.

Kapitel 21

Kontor von Dr. Krömer in Wien

November 1895

»Herr Dr. Krömer, Herr von Freiberg ist jetzt eingetroffen.«

Henriette griff spontan nach Sophies Hand. Ihre eigene war schweißfeucht. Die beiden Frauen saßen hinter einem Vorhang, mit dem ein Abstellraum in Krömers Kontor sozusagen elegant abgetrennt und verborgen wurde. Das war der Kompromiss, auf den sich Henriette schließlich mit dem Anwalt geeinigt hatte. Ursprünglich hatte sie darauf bestanden, dass sowohl sie als auch Sophie beim Gespräch mit Arthur dabei wären.

Doch Krömer hatte nachhaltig davon abgeraten. »Bedenken Sie bitte, gnädige Frau, wie das auf Ihren Ehegatten wirken wird, wenn ich ihn vor Ihren Augen und Ohren seiner Vergehen bezichtige. Erst recht, wenn auch noch Ihre Tochter Sophie dabei ist. Wir sind uns doch darin einig, dass wir eine geräuschlose einvernehmliche Scheidung anstreben, da dies für das Ansehen Ihrer Familie das Beste ist. Doch für dieses Vorgehen muss ich Ihren Gatten mit den uns zur Verfügung stehenden Mitteln, die ihm eh schon missfallen werden, erst einmal gewinnen. Wenn ich ihn nun in Ihrer beider Beisein zudem noch demütige, ist die Gefahr recht groß, dass er zunächst nicht nur alles abstreitet, um sein Gesicht zu wahren, sondern die Unterredung sogar abbricht. Dann würden wir zumindest heute noch nicht zu der Einigung gelangen, an der Ihnen doch so sehr gelegen ist.«

»Aber nachdem inzwischen auch der Notar bereit ist zu bezeugen, dass er aufgrund des gefälschten Schreibens die Beglaubigung ausgestellt hat, haben wir meinen Stiefvater doch vollständig in der Hand«, wandte Sophie ein.

Krömer hob mahnend den Zeigefinger. »Sie vergessen, Fräulein von Werdenfels, dass sich mein verehrter Kollege nur für den äußersten Notfall dazu bereit erklärt hat, vor Gericht auszusagen. Zwar befindet er sich bereits im Ruhestand und muss daher keine beruflichen Konsequenzen mehr befürchten. Aber dass er sich nicht an das Gesetz gehalten hat, wiegt dennoch schwer. Geht ein solches Täuschungsmanöver gut, kräht später kein Hahn mehr danach. Geht es aber schief, wie in unserem Fall, müsste der Kollege zumindest mit einem mündlichen Tadel des Richters rechnen. Und das würde ich ihm sehr gerne ersparen.«

Schließlich gaben sowohl Sophie als auch Henriette nach. Ausschlaggebend für Sophie war die Erinnerung an die Hartnäckigkeit, mit der ihr Stiefvater nach ihrer Flucht aus der Hofburg anfangs Widerstand gegen die von ihr erzwungene Lösung geleistet hatte.

Beide Frauen stimmten außerdem darin überein, dass sie Milli eine Aussage vor Gericht unbedingt ersparen wollten, was nur im Fall einer einvernehmlichen Scheidung nicht nötig sein würde.

Als Krömer schließlich den Vorschlag machte, dass beide dem Gespräch hinter dem Vorhang zur Abstellkammer lauschen dürften, allerdings unter der Bedingung, sich auf gar keinen Fall bemerkbar zu machen, akzeptierten sie ihn. Schon vor einer halben Stunde hatten sie ihre Plätze in der düsteren Kammer auf zwei unbequemen Stühlen eingenommen, die Krömer zu diesem Zweck hineinstellen ließ. Selbstverständlich gab der Anwalt auch seinem Büropersonal die strikte Anweisung, nichts von Sophies und Henriettes Anwesenheit verlauten zu lassen.

»Führen Sie den Freiherrn herein!«, wies Krömer nun sein Bürofräulein an.

Nur wenig später hörten Henriette und Sophie, dass Krömer seinen Stuhl zurückschob und seinem Besucher entgegenging.

»Ich danke Ihnen, Herr von Freiberg, dass Sie meiner Einladung Folge geleistet haben. Wenn Sie so freundlich sein wollen, hier Platz zu nehmen.« Vor Sophies innerem Auge erschien die kleine Besprechungsecke in Krömers Kontor, wo drei bequeme Lehnsessel um einen niedrigen Tisch gruppiert waren.

Arthur murmelte eine unverständliche Begrüßung. Das ihm angebotene Getränk lehnte er ab.

Dann hörten Sophie und Henriette seine erboste Stimme. »Sie sind mir eine Erklärung schuldig, Dr. Krömer. Aus welchem Grund haben Sie mich heute hierherbestellt und in Ihrem Brief dabei dringend darauf hingewiesen, dass ich keinen eigenen Rechtsbeistand mitbringen soll?«

Bevor Krömer antworten konnte, fuhr Arthur bereits selbstgerecht fort. »Die einzige Erklärung dafür muss sein, dass meine Ehefrau Henriette mich demütig um Verzeihung für ihr Fehlverhalten bitten will sowie darum, sie wieder in meinem Hause aufzunehmen.«

Henriette keuchte vor Empörung. Sophie packte sie hart am Arm, um sie an das versprochene Stillschweigen zu gemahnen. Doch zum Glück schien Arthur nichts gehört zu haben.

Krömer räusperte sich. Dann gab es eine winzige Pause. Wahrscheinlich nahm der Anwalt seinen Schluck Wasser, wie immer vor heiklen Gesprächssituationen.

»Da befinden Sie sich leider im Irrtum, Herr von Freiberg«, sagte er kühl. »Im Gegenteil hat mich Ihre Gattin ermächtigt, auf eine Strafanzeige gegen Sie zu verzichten, sollten Sie einer schnellen, einvernehmlichen Scheidung zustimmen.«

Arthur schnaubte laut. Dann zeigte er die erwartete Reaktion. »Meine Gattin will gegen *mich* Strafanzeige erstatten? Welchen Vergehens will sie mich denn beschuldigen? *Sie* hat unser gemeinsames Heim ohne jede Absprache mit mir verlassen. Bis heute kenne ich nicht einmal den Grund dafür. Mein Anwalt hat mir jedenfalls versichert, dass ich Henriette jederzeit des böswilligen Verlassens bezichtigen und damit mit Leichtigkeit die Scheidung zu ihren Ungunsten erreichen kann.«

»Ihr Rechtsbeistand ist jedoch leider nicht über den ganzen Sachverhalt …« Krömer kam nicht mehr dazu, seinen Satz zu beenden, denn Arthur fiel ihm ins Wort.

»In meiner Großherzigkeit und Gutmütigkeit habe ich bislang davon Abstand genommen. Denn Henriettes Ruf in der Wiener Gesellschaft wäre damit für alle Zeiten ruiniert. Es ist schon schlimm genug, dass sie über einer Gaststätte haust, anstatt in unserem Palais zu residieren.«

Diesmal musste Sophie sich beide Hände vor den Mund pressen, um jeden Laut des Unmuts zu unterdrücken.

»Möchten Sie Ihren Ausführungen noch etwas hinzufügen, Herr von Freiberg?«

»Ich glaube, dass sie aussagekräftig genug sind«, ging Arthur Krömer in die Falle, die dieser auch sogleich zuschnappen ließ.

»Dann bitte ich Sie jetzt, mir so lange das Wort zu überlassen, bis ich die Sichtweise meiner Mandantin ausreichend erläutert habe. Ich bin sicher, dass Sie einige neue Erkenntnisse gewinnen werden.«

»Also …«

Offensichtlich brachte Krömer Arthur mit einer Geste zum Schweigen. Denn nun fuhr er fort: »Lassen Sie mich zunächst dazu kommen, warum Ihre Gattin mit Ihrer jüngeren Stieftochter Emilia ihr eigenes Heim verlassen hat. Denn meines Wissens ist sie die alleinige Besitzerin des Palais Werdenfels, da ihr erster Gatte es ihr vererbt hat.«

Arthur schnappte hörbar nach Luft, entgegnete jedoch nichts.

Dann raschelte Papier. »Hier liegt mir das Gutachten eines bekannten Wiener Nervenarztes vor, der Ihre Stieftochter

Emilia monatelang wegen hysterischer Symptome behandelt hat. Für diese Symptome macht der Arzt ursächlich eine andauernde«, er machte eine kleine Pause, wahrscheinlich, um die richtigen Worte zu suchen, »eine andauernde unstatthafte Belästigung des Mädchens durch Sie verantwortlich. Allein dieses Gutachten in Kombination mit den Aussagen Emilias und des Psychiaters würde vor Gericht jeden Versuch Ihrerseits, Ihre Gattin des böswilligen Verlassens zu beschuldigen, konterkarieren.«

Henriette und Sophie warfen sich fassungslose Blicke zu. Wie war Dr. Krömer denn doch noch an ein Gutachten Freuds gekommen? Der hatte es doch explizit abgelehnt, sich auf diese Weise in den Prozess einzubringen.

Derweil blieb es auch vor dem Vorhang zunächst still.

»Zeigen Sie mir das Gutachten!«, forderte Arthur schließlich mit krächzender Stimme.

»Dieses Gutachten werde ich erst vor Gericht vorlegen. Ihr Rechtsbeistand wird Ihnen bestätigen, dass dies dem üblichen Prozedere entspricht. Der Richter wird Sie dann höchstwahrscheinlich nach den in dieser Expertise aufgeführten Details befragen. Natürlich unter Eid, das versteht sich von selbst.«

Wieder herrschte eine kleine Weile Schweigen vor dem Vorhang. Sophie ging plötzlich ein Licht auf. Sie nutzte die Gelegenheit, als der Anwalt sich erneut räusperte, um ihrer Mutter ins Ohr zu flüstern. »Ich glaube, das ist eine Finte. Krömer täuscht nur vor, ein Gutachten zu besitzen.«

»Emilia lügt«, meldete sich Arthur zu Sophies und Henriettes Empörung schließlich wieder zu Wort. Allerdings zitterte seine Stimme dabei.

»Es wird die Aufgabe des Gerichts sein, das herauszufinden«, beschied ihm Krömer kühl. »Doch viel mehr ins Gewicht dürften die handfesten Beweise fallen, die wir für den Betrug haben, mit dem Sie sich unrechtmäßig am Vermögen Ihrer Gattin bereichert haben.«

Kaffeehaus Prinzess

November 1895, am selben Tag

Nervös sah Richard wohl zum zehnten Mal auf seine Taschenuhr. Es war schon fast sechs Uhr am frühen Abend. Und noch immer war Sophie mit ihrer Mutter nicht von dem Termin beim Anwalt zurück.

Da Richard wusste, wie wichtig der heutige Tag für Sophie und ihre leibliche Familie war, hatte er ihr spontan angeboten, ab fünf Uhr im Kaffeehaus auf sie zu warten, um das Ergebnis der Besprechung zwischen Krömer und Arthur von Freiberg sofort zu erfahren.

Das Kaffeehaus hatte Richard dem Café als Warteplatz vorgezogen. Zum einen, weil er sich dort die Zeit mit dem Studium verschiedener Gazetten vertreiben konnte. Zum anderen aber auch, weil ein allein an einem Tisch sitzender Mann im Kaffeehaus keinerlei Aufmerksamkeit auf sich zog, ganz im Gegenteil zum Konditorei-Café. Außerdem fand Richard das Publikum im Kaffeehaus interessanter.

Aus dem Augenwinkel heraus nahm er wahr, dass der bekannte Sänger und Schauspieler Alexander Girardi gerade durch den Eingang trat. Sofort wurde auch ein Teil der restlichen Gäste auf Girardi aufmerksam und begrüßte ihn lautstark. Richard seufzte innerlich. Wahrscheinlich würde der Sänger schon bald wieder seine Wiener Lieder zum Besten geben. Allein die Lautstärke, die dann im Kaffeehaus herrschen würde, ließe ein vertrauliches Gespräch mit Sophie in einer der Nischen kaum noch zu.

Doch es kam völlig anders. Nachdem sich Girardi suchend umgeblickt hatte, stürmte er plötzlich mit großen Schritten auf einen Mann zu, den Richard vom Sehen her kannte, da auch er ein regelmäßiger Gast im Prinzess war.

Zu seinem Erstaunen und der raschen Belustigung der

übrigen Gäste brüllte der Sänger diesen Mann an: »Du Saukerl! Lass gefälligst die Finger von meiner Frau!«

Schon packte er den derart Beleidigten beim Kragen, zog ihn vom Stuhl hoch und schüttelte ihn. Der ließ sich das allerdings nicht gefallen und trat Girardi mit Wucht gegen das Schienbein, was den Sänger zunächst zurückweichen ließ.

»Du bist ja narrisch in deiner Eifersucht!«, schrie Girardis Gegner zurück. »Ich mach die Kostüme für deine Frau! Ansonsten hab ich nichts mit ihr zu schaffen.«

Schon bildeten die ersten Schaulustigen einen Halbkreis um die beiden Kontrahenten, offensichtlich in der Erwartung, dass sie erneut aufeinander losgehen würden. Tatsächlich ballten beide die Hände zu Fäusten und begannen sich zu umkreisen. Da eilte Toni Schleiderer herbei, drängte sich zwischen sie und hob begütigend die Hände.

»Meine Herren! Ich bitte Sie! Bewahren Sie Contenance! Dies ist ein Kaffeehaus, keine Stätte für einen Faustkampf!«

Auch der Oberkellner Herr Franz und zwei weitere Bedienstete eilten hinzu. Bei einer Schlägerei würde unweigerlich einiges Geschirr und Mobiliar zu Bruch gehen. Das musste unbedingt verhindert werden.

Tatsächlich gelang es Schleiderer und den Kellnern, die Kontrahenten voneinander zu trennen. »Nehmen Sie doch wieder Platz, meine Herren!« Er zeigte auf eine entfernte Nische in Richards Richtung. »Verehrter Herr Girardi, dort hätte ich ein wunderbares Plätzchen für Sie, wo Sie völlig ungestört sind und zur Ruhe kommen können. Sehr gerne lasse ich Ihnen meinen besten Wein kredenzen. Natürlich auf Kosten des Hauses!«

Flüchtig wandte er sich auch dem Kostümbildner zu, der sich tatsächlich bereits wieder gesetzt hatte. »Natürlich gilt mein Angebot auch für Sie, mein Herr.« Trotz der konzilianten Worte zeigte Tonis Tonfall deutlich, dass er weit mehr Wert auf Girardi legte als auf dessen Gegner.

Doch trotz seiner Mühe ließ sich der Sänger nicht beruhigen. »Für heute lasse ich dich davonkommen«, drohte er dem Kostümbildner. »Doch wehe, du läufst mir das nächste Mal über den Weg!« Damit drehte er sich auf dem Absatz um und stürmte hinaus.

Auch die übrigen Gäste nahmen ihre Plätze wieder ein. Aus ihrem Getuschel konnte Richard schließen, dass sie der Vorfall weiter beschäftigte. Tatsächlich war Alexander Girardis Eifersucht auf echte oder vermeintliche Liebhaber seiner Ehefrau Helene Odilon, eine ebenfalls bekannte Schauspielerin, mittlerweile legendär.

Obwohl das zu diesem Zeitpunkt noch niemand wissen konnte, wunderten sich die Wiener ein paar Monate später deshalb auch nicht darüber, dass diese Ehe mit einer Eskalation endete. Mithilfe eines gefälschten psychiatrischen Gutachtens ließ die von ihrem Ehemann mittlerweile angewiderte Helene Alexander in eine Irrenanstalt einweisen. Nur der Intervention von Katharina Schratt, der Freundin des Kaisers, war es zu verdanken, dass man Girardi bald wieder entließ. Die Ehe wurde natürlich kurz darauf geschieden.

Heute diente Girardis Eifersuchtsanfall im Kaffeehaus noch vor allem dem Amüsement der übrigen Gäste. Nur Richard beschlich ein beklommenes Gefühl. Zu deutlich war ihm gerade vor Augen geführt worden, zu was eine zerrüttete Ehe einen Menschen bringen konnte, selbst wenn sie einst aus Liebe geschlossen worden war. Umso mehr hoffte er, dass die Sache heute wenigstens für Sophies Mutter zu einem guten Ende gekommen war.

Gerade als Richard erneut auf seine Taschenuhr sah, öffnete sich der Eingang von der Dorotheergasse her aufs Neue. Der eintretende Gast erregte womöglich noch mehr Aufmerksamkeit als Alexander Girardi. Es war der Volkstribun Karl Lueger, der es sich zur Gewohnheit gemacht hatte, sich in jedem Kaffeehaus der Stadt immer wieder einmal blicken zu lassen. Sophie hatte Richard erzählt, dass er auch vor und nach der Gemeinderatswahl, welche die Christlichsozialen Mitte September mit großem Abstand gewonnen hatten, schon zweimal im Prinzess erschienen war.

Auch jetzt merkten die übrigen Besucher auf und begrüßten Lueger noch herzlicher als Girardi. »Hoch Lueger!« und »Ein Hoch unserem wahren Bürgermeister!«, ertönte es von allen Seiten.

Die Begrüßungsrufe waren allerdings nicht ganz korrekt, wie Richard wusste. Zwar hatte Karl Lueger die Bürgermeisterwahl Ende Oktober aufgrund der Mehrheitsverhältnisse im Gemeinderat tatsächlich mit Bravour gewonnen. Doch Kaiser Franz Joseph, der jeden Wiener Bürgermeister in seinem Amt bestätigen musste, hatte ihm wegen seines offenen Antisemitismus die Anerkennung verweigert. Das tat Luegers Beliebtheit im Volk jedoch nicht nur keinerlei Abbruch, sondern förderte sie sogar.

Huldvoll lächelnd winkte der Demagoge nun nach allen Seiten und ignorierte Toni Schleiderer, der devot auf ihn zueilte, um ihm einen Platz am besten freien Tisch anzubieten. Stattdessen ging Lueger von Tisch zu Tisch, schüttelte jedem Gast die Hand und wechselte ein paar joviale Worte mit ihm. Schließlich näherte er sich auch Richards Nische. Der hielt seinen Blick angelegentlich auf seine Zeitung gerichtet, in der Hoffnung, dies würde Lueger dazu bewegen, an ihm vorbeizugehen.

Doch weit gefehlt! Eine solche Missachtung war der Volkstribun offensichtlich nicht gewöhnt. Sie reizte ihn sogar, aktiv dagegen anzugehen. »Guten Tag, werter Herr«, sprach er Richard mit seiner sonoren Bassstimme an. »Was lesen Sie denn gerade so Interessantes? Lassen Sie mich doch daran teilhaben!«

Notgedrungen hob Richard den Kopf und erwiderte Luegers Gruß, ohne ihm allerdings Auskunft über seine Lektüre zu geben. Doch er hatte nicht damit gerechnet, wie gut dessen visuelles Gedächtnis für ihm einmal begegnete Personen war.

»Sie kenne ich doch!«, konstatierte Lueger überrascht.

»Allerdings trugen Sie damals keine Majorsuniform, sondern die einfache Tracht eines Handwerkers.« Richard spürte zu seinem Ärger, dass er errötete.

Unaufgefordert nahm Lueger Richard gegenüber Platz. Als sich Toni Schleiderer erneut unterwürfig näherte, um seine Wünsche entgegenzunehmen, bestellte er kurz angebunden ein Glas Spätburgunder und bedeutete Toni dann mit einer barschen Geste, sich wieder zu entfernen.

»Es war vor zwei Jahren in Ottakring. Am Abend des Attentats auf mich«, raunte Lueger, sobald Toni außer Hörweite war. »Sie haben damals geholfen, mich aus der zertrümmerten Kutsche zu befreien. Habe ich recht?«

Vor Luegers durchdringendem Blick verwarf Richard seine unmittelbare Anwandlung, dies abzustreiten, sofort. Stattdessen hob er trotzig den Kopf.

»Ich war in der Tat dabei, Herr Lueger«, gab er zu. Dann trat er die Flucht nach vorn an. »Doch nicht als einer Ihrer Anhänger, sondern im Auftrag der Sozialdemokraten.«

Wenn Richard erwartet hatte, dass Lueger dies schockieren würde, irrte er sich. Der Volkstribun grinste lediglich amüsiert.

»Also hatte mein lieber Pumera recht!« Richard erinnerte sich daran, dass dies der Name des Leibwächters war. »Er glaubte schon damals, dass Sie nur gekommen wären, um mich auszuforschen.«

Widerwillig bewunderte Richard Luegers Gelassenheit. »Offensichtlich scheint Ihnen das überhaupt nichts auszumachen.«

»Man wächst an seinen Gegnern«, entgegnete Lueger schlagfertig. »Je intensiver man sie studiert, desto eher ist man ihnen überlegen.«

Plötzlich sah Richard rot. »Bislang hatte ich eher den Eindruck, Sie wachsen nicht an Ihren Gegnern, sondern machen sie mit unlauteren Mitteln nieder. Und animieren Ihre Anhänger, ja, sogar Ihre Anhängerinnen dazu, sie aufs Heftigste zu verleumden und noch dazu zu verfolgen.«

Wieder reagierte Lueger anders, als Richard es erwartet hatte. »Sind Sie jüdischer Abstammung, Herr …«

»… von Löwenstein«, gab Richard knapp Auskunft.

»Aha, von Löwenstein«, konstatierte Lueger. »Der Name ist mir bekannt. Sie stammen von uraltem Adel ab. Jüdische Vorfahren haben Sie jedenfalls nicht.«

»In der Tat nicht. Trotzdem stößt es mich aufs Äußerste ab, wie Sie und Ihre Partei mit unseren jüdischen Mitbürgern umgehen. Dabei gibt es wahrlich keinerlei Grund für Ihre Anhänger und vor allem Ihre Anhängerinnen, sich moralisch über die Juden zu erheben.«

Lueger musterte ihn nun scharf, obwohl seine Lippen weiterhin lächelten.

»Wie meinen Sie das?«

»Nun, ich denke dabei an einen Vorfall vor einem jüdischen Geschäft, bei dem sich sogenannte christlichsoziale Frauen unanständiger aufführten, als ich es jemals von irgendeiner Prostituierten in Wien gehört habe.«

Jetzt wirkte Luegers Blick amüsiert. Er grinste wieder. »Ach, Sie meinen diese Nackate-Arsch-Affäre?« Natürlich hatte nicht nur Sophie Richard das Geschehen vor dem Krämerladen von Benjamin Löb brühwarm geschildert, sondern es war auch in der gesamten Presse breitgetreten worden.

»Vor allem die«, bestätigte Richard.

»Ich habe dem Klier die klare Anweisung gegeben, diese närrischen Weiber besser im Zaum zu halten. Damit sowas nicht mehr vorkommt.« Auf Richards verständnislosen Blick hin ergänzte Lueger: »Franz Klier heißt der Mann, den ich mit der Aufsicht über die politischen Aktivitäten dieser Weiber betraut habe.«

Dann neigte er sich über den Tisch zu Richard und senkte die Stimme. »Aber Ihnen, Herr Major, möchte ich noch etwas ganz Persönliches verraten. Wie Ihr Beispiel zeigt, ist der Antisemitismus ein Pöbelsport. Er taugt nur dazu, Wahlen zu gewinnen.«

Angewidert zuckte Richard zurück. Doch noch bevor er auf diese ungeheuerliche Aussage Luegers reagieren konnte, stand der schon auf, leerte das inzwischen servierte Glas Spätburgunder in einem Zug und wandte sich den nächsten Gästen zu.

Richard blieb fassungslos sitzen, wohl wissend, dass ihm kein einziger von Luegers Anhängern Glauben schenken würde, sollte er diese Aussage ihres Idols wortwörtlich zitieren.

Kontor von Dr. Krömer in Wien

November 1895, am selben Tag

»Was für einen Betrug? Was unterstellen Sie mir?«, brüllte Arthur. Ein Stuhlbein ratschte über das Parkett. »Das muss ich mir nicht bieten lassen ...«

Krömer blieb gelassen. »Ich kann Ihnen diesen Sachverhalt gerne erst vor Gericht erläutern, wenn Sie das wünschen.« Er machte eine kleine Pause. »Aber günstiger für Sie wäre es, ich könnte es hier und heute tun.«

Die Federn des Lehnsessels quietschten, als sich Arthur wieder in den Sitz fallen ließ. »Also, was wollen Sie?«

»Es ist Ihnen sicherlich nicht entgangen, dass die Rothschild-Bank Ihnen im Monat November die Erträgnisse aus dem Vermögen Ihrer Gattin nicht ausgezahlt hat.«

»Ein Irrtum, den ich bereits aufgeklärt habe.« Noch blieb Arthur dreist.

»Das nähme mich Wunder.« Krömer blieb ihm gewachsen. »Denn ich habe erst in jüngster Zeit mit dem Leiter der dortigen Treuhand-Abteilung geklärt, dass Sie sich mittels einer gefälschten Vollmacht auch Zugriff auf die Vermögenssubstanz

Ihrer Gattin verschafft haben. Insgesamt haben Sie fünfzigtausend Gulden entnommen und sich damit unrechtmäßig bereichert.«

»Das ist nicht wahr!«, fuhr Arthur auf. »Dieses Geld habe ich mit Zustimmung meiner Gattin aus ihrem ererbten Geld entnommen, um ihrer ältesten Tochter Sophie eine standesgemäße Ausstattung mitzugeben, als diese an den Hof berufen wurde.«

Das hatten sich Henriette und Sophie auch schon gedacht und Krömer im Vorfeld mitgeteilt. Und dem Anwalt selbstverständlich weitere Informationen dazu gegeben, die er nun nutzte.

Wieder hörte man Papier rascheln. »Wenn ich Ihre Gattin richtig verstanden habe, schafften Sie sich zur gleichen Zeit, in der Ihre Stieftochter in den Hofstaat Ihrer Majestät, der Kaiserin Elisabeth, berufen wurde, eine nagelneue Kutsche samt Zugpferden an und stellten sogar einen eigenen Kutscher dafür ein.«

»Auch das geschah ausschließlich im Sinne meiner Familie«, behauptete Arthur frech. »Seine Majestät hatte mich soeben in den Freiherrenstand erhoben. Ein standesgemäßes Auftreten war daher unerlässlich, vor allem, um die Stellung meiner Tochter bei Hofe zu stärken.«

Wieder musste sich Sophie die Hand vor den Mund pressen, damit ihr kein Laut der Empörung entwich.

»Die Summe, die Sie sich damals unrechtmäßig aneigneten, betrug dreißigtausend Gulden. Die Vermögenssubstanz ist jedoch durch weitere Abhebungen, alle datiert auf die Zeit nach dem Auszug Ihrer Frau aus dem Palais Werdenfels, um weitere zwanzigtausend Gulden geschrumpft.«

Offensichtlich wollte Arthur erneut protestieren, denn Krömer wies ihn zurecht. »Lassen Sie mich aussprechen, Herr von Freiberg, damit Sie das ganze Ausmaß Ihrer desaströsen Lage erkennen!«

Noch einmal raschelte Papier. »Hier liegt mir die Originalvollmacht Ihrer Gattin vor, die sie Ihnen angeblich gegeben hat, damit Sie auf Ihr Vermögen zugreifen können. Die Unterschrift ist eindeutig gefälscht. Ebenso wie jener Brief, mit dem Sie einen meiner ehrenwerten Kollegen dazu brachten, diese Vollmacht notariell zu beglaubigen. Lassen Sie mich aussprechen!« Diesmal klang Krömer energisch.

»Wir haben ein grafologisches Gutachten in Auftrag gegeben, bei einem ausgewiesenen Experten für Handschriften. Er arbeitet hauptamtlich im Evidenzbüro.«

Sophie lächelte. Diesen Kontakt hatte ihr Richard über seinen Cousin Alfred vermittelt, der dort als Nachrichten-Offizier tätig war.

»Sowohl die Unterschrift auf der Vollmacht als auch der Brief, den mir der Notars-Kollege überlassen hat, entsprechen nicht der Handschrift Ihrer Gattin. Interessanterweise jedoch der Schrift desjenigen, der diese Briefe verfasst hat.«

Man hörte ein leises Rascheln. »Das sind Briefe von Ihnen an Ihre Gattin Henriette. Obwohl versucht wurde, die Schrift Ihrer Gattin in den gefälschten Dokumenten zu imitieren, gibt es eindeutige Anzeichen dafür, dass sowohl die Unterschrift auf der Vollmacht als auch der Brief an den Notar von Ihrer eigenen Hand stammen.«

Vor ihrem inneren Auge konnte Sophie geradezu sehen, wie Arthur erblasste. Seine Briefe an Henriette nach deren Auszug hatten dem Grafologen als Vergleichsmaterial gedient. Dessen Gutachten war im Gegensatz zu dem fiktiven des Psychiaters real und kam eindeutig zu dem Schluss, den Krömer Arthur gerade zur Kenntnis gebracht hatte.

Jetzt blieb es lange Zeit vor dem Vorhang still. Man hörte lediglich ein Gluckern, als sich Krömer sein Wasserglas nachfüllte.

»Also, was wollen Sie von mir?« Arthurs Stimme klang so erstickt, als würde ihm etwas im Halse stecken. »Sie sprachen zu Beginn von einer einvernehmlichen Scheidung.«

Krömers Stimme klang, als würde er bei seiner Antwort lächeln. »Das ist richtig, Herr von Freiberg. Bevor ich Ihnen das Angebot meiner Mandantin unterbreite, mache ich Sie allerdings darauf aufmerksam, dass Sie es Ihnen nur einmal machen wird. Lehnen Sie es ab, oder reagieren Sie nicht darauf, bin ich befugt, bereits zu Beginn der nächsten Woche die nicht einvernehmliche Scheidung einzureichen. Außerdem werde ich mit den hier vorliegenden Beweisen Strafanzeige gegen Sie erstatten.«

Offensichtlich forderte Arthur Krömer lediglich mit einer Geste zum Weitersprechen auf. Ihm schienen die Worte zu fehlen.

»Sie stimmen einer diskret verlaufenden, einvernehmlichen Scheidung zu, die an einem einzigen Prozesstag über die Bühne gehen kann. Sie erklären in Übereinstimmung mit Ihrer Gattin, sich auseinandergelebt zu haben und keine Möglichkeit mehr zu sehen, die eheliche Gemeinschaft aufrechtzuerhalten. In diesem Fall werden weder Ihr Betrug noch die Misshandlung Ihrer jüngeren Stieftochter Erwähnung vor dem Richter finden.«

Wieder schienen Arthur die Worte zu fehlen.

»Sie nicken, also scheinen Sie einverstanden zu sein. Bitte beantworten Sie mir diese Frage laut und deutlich! Sind Sie mit diesem Vorgehen einverstanden?«

»Das bin ich«, kam Arthur der Aufforderung mit keuchender Stimme nach.

Sophie ballte die Hände zu Fäusten, um nicht vor lauter Freude zu klatschen.

Doch Krömer war noch nicht fertig. »Sie wissen, dass in einem weiteren Prozess die Vermögensverhältnisse geklärt werden müssen, wenn darüber kein außergerichtliches Einverständnis erzielt wird.«

Wieder machte der Anwalt eine Pause, offensichtlich, um Arthurs Reaktion abzuwarten.

»Dann lassen Sie mich Ihnen ein weiteres, überaus großzügiges Angebot Ihrer Gattin machen, das nur bis zum letzten Werktag dieser Woche seine Gültigkeit behält. Heute ist Dienstag. Daher müssten Sie bis zum nächsten Samstag Ihre Antwort darauf geben.«

»Ich verstehe Sie nicht.« Arthurs Stimme klang tonlos.

»Dann lassen Sie mich die Bedingungen erläutern. Erstens: Sie verlassen das Palais Werdenfels binnen der nächsten drei Monate. Zweitens: Sie beantragen in Ihrer Dienststelle im Ministerium des Äußeren Ihre schnellstmögliche Versetzung ins Ausland. Eine beglaubigte Abschrift dieses Antrags inklusive der Empfangsbescheinigung Ihrer Dienststelle legen Sie mir bis zum Samstag vor. Im Gegenzug erhalten Sie ein Schriftstück, in dem sich Ihre Gattin dazu verpflichtet, nicht nur keinen Ersatz für die unrechtmäßig entwendete Summe aus ihrem Vermögen zu verlangen, sondern Ihnen einmalig sogar weitere fünfundzwanzigtausend Gulden an dem Tag auszuzahlen, an dem Sie Wien verlassen.«

Wieder herrschte Schweigen vor dem Vorhang. Diesmal half Krömer Arthur nicht über die Schwelle.

»Ich … ich … Darüber muss ich erst einmal nachdenken.« Arthurs Stimme klang so verzerrt, dass Sophie sie nicht als die seine erkannt hätte, hätte sie nicht gewusst, dass die Worte aus seinem Mund kamen.

Wieder kratzten Stuhlbeine über das Parkett. Wahrscheinlich schob Krömer seinen Lehnsessel zurück und stand auf.

»Das steht Ihnen selbstverständlich frei, Herr von Freiberg. Doch vergessen Sie nicht, ich erwarte Ihre Antwort von heute an gerechnet in spätestens vier Tagen.«

Die Besprechung war beendet. Nachdem sich Arthurs Schritte entfernt hatten und sie darüber hinaus die Tür des Kontors ins Schloss fallen hörten, zogen Sophie und Henriette den Vorhang beiseite.

»Das haben Sie wirklich großartig gemacht!«, lobte Henriette.

»Vor allem die Finte mit dem psychiatrischen Gutachten war genial«, ergänzte Sophie.

»Aber glauben Sie denn, dass jetzt alles glattgehen wird?« Trotz des heutigen Erfolgs huschte ein ängstlicher Ausdruck über Henriettes Gesicht.

»Mit Speck fängt man Mäuse«, resümierte Krömer selbstzufrieden. »Ihr Noch-Gatte wird sich die Gelegenheit sicherlich nicht entgehen lassen, nicht nur ungestraft für seine Missetaten davonzukommen, sondern darüber hinaus auch noch die erkleckliche Summe von fünfundzwanzigtausend Gulden einzustreichen.«

Krömer behielt recht. Bereits am Freitag, also einen Tag vor dem Ablauf des Ultimatums, lag ihm die beglaubigte Abschrift des Schreibens, mit dem Arthur von Freiberg um seine baldige Versetzung ins Ausland gebeten hatte, mitsamt der Empfangsbescheinigung des Ministeriums vor.

Am Montag der darauffolgenden Woche reichte der Anwalt das Ersuchen um eine einvernehmliche Scheidung der Eheleute Henriette und Arthur von Freiberg vor dem zuständigen Wiener Gericht ein.

Teil 6

Ende gut, alles gut?

Kapitel 22

In der Backstube des Prinzess

Ende November 1895, kurz vor dem 1. Advent

»Um Himmels willen!« Sophie fuhr der Schrecken in alle Glieder. Entsetzt schlug sie sich die Hände vor den Mund.

Irgendwann in der Nacht hatte die Conchiermaschine offensichtlich ihren Geist aufgegeben. In der Backstube roch es noch leicht verschmort.

Die Schokoladenmasse, die bereits zu zwei Dritteln der zweiundsiebzig vorgeschriebenen Stunden in der Maschine gewalzt worden war, um ihr die gewünschte Konsistenz zu verleihen, war erstarrt.

Vergeblich betätigte Sophie den Mechanismus, um die Maschine wieder in Gang zu setzen. Die gab lediglich ein schnarrendes Geräusch von sich. Das Walzwerk, mit dessen Hilfe die Schokoladenmasse beständig bewegt wurde, hatte sich offenbar festgefressen.

»Was machen wir denn jetzt?«, jammerte Sophie.

»Vielleicht können wir ja wenigstens noch die Schokolade retten«, sagte Wallner, der Konditormeister. Extra für die Advents- und Weihnachtszeit hatte er ein wunderbares Rezept entwickelt, die sogenannte Gewürzschokolade, verfeinert mit Zimt, Nelken und einer Prise Muskat. Die Weihnachtsschokolade sollte der Verkaufsschlager der diesjährigen Adventszeit werden.

Einen kurzen Moment lang schöpfte Sophie Hoffnung. »Wie könnten Sie die Schokolade denn retten?«

»Wir nehmen die Masse aus der Maschine und vollenden den Herstellungsprozess auf die herkömmliche Weise. Und stellen danach auch die weiteren Schokoladenartikel nach altgewohnter Art her.«

Sophies Hoffnungsfunke erlosch so schnell, wie er aufgeglüht war. »Der Geschmack dieser Schokolade kann aber bei Weitem nicht mit dem feinen Konfekt mithalten, das unsere Konkurrenz anbieten wird. Sie wissen doch, dass mittlerweile außer dem Sacher und dem Demel auch die Konditorei Gerstner eine solche Conchiermaschine besitzt.«

Der Konditormeister zuckte ratlos mit den Achseln. »Dann weiß ich keinen anderen Rat, Fräulein von Werdenfels, als sofort eine neue Maschine anzuschaffen. Zumal wenn wir die vielen Bestellungen rechtzeitig ausliefern möchten, die wir in diesem Jahr erhalten haben.«

In der Tat hatten nicht nur viele Privatleute, sondern sogar große Unternehmen das feine Schokoladenkonfekt des Cafés für ihre Weihnachtsfeiern und -gesellschaften bestellt, um ihre Gäste und Angestellten damit zu beschenken. Gar nicht zu denken an die viele Laufkundschaft, die Sophie mit großzügigen Annoncen, die schon heute in sämtlichen Wiener Gazetten erscheinen würden und bereits im Voraus für die gesamte Adventszeit bezahlt worden waren, ins Café locken wollte.

Auch die aufwendigen Schachteln, die sie nach der Vorlage von Gustav Klimt bei einer großen Druckerei in Auftrag gegeben hatte, waren bereits gestern geliefert worden. Die Schachteln waren sehr teuer, verliehen dem darin verpackten Schokoladenkonfekt aber das Aussehen eines kostbaren Präsents. Viele Kunden hatten die vergoldeten Schachteln mit den darauf abgebildeten rosafarbenen Rosen trotz des erheblichen Aufpreises daher gleich mitbestellt.

»Herr Wallner hat recht, Sophie.« Unbemerkt war auch Toni Schleiderer in die Backstube getreten. »Wir müssen sofort nach dem Vertreter der Firma Lindt schicken, um schnellstmöglich einen Ersatz zu bekommen. Schließlich geht es nicht an, dass die Maschine schon nach dieser kurzen Zeit, die wir sie in Betrieb hatten, defekt ist. Dazu war sie zu teuer.«

»Und weißt du was, Sophie?«, fügte er hinzu. »Ich mache mich gleich selbst auf den Weg. Denn mich wird der Vertreter nicht so leicht abwimmeln können wie einen unserer Angestellten.«

Mit neuer Hoffnung, das Weihnachtsgeschäft vielleicht doch noch zu retten, folgte Sophie eine knappe Stunde später dem Schweizer Vertreter in die Backstube. Toni hatte ihn zum Glück in seinem Kontor angetroffen und darauf bestanden, dass er ihn sofort ins Prinzess begleitete.

Der Vertreter betrachtete die Conchiermaschine von allen Seiten und versuchte ebenfalls vergeblich, den Mechanismus des Walzwerks wieder in Gang zu setzen.

»Ich fürchte, da ist leider nichts zu machen.« Die Miene des Schweizers verhieß nichts Gutes. »Eine Reparatur ist bei einem solch immensen Schaden leider ausgeschlossen.«

»Dann brauchen wir zumindest sofort einen Ersatz!« Sophies Stimme klang aufgeregt. »Wann können Sie uns eine neue Maschine liefern?«

Der Schweizer mied ihren Blick. »Ich fürchte, ich muss Sie erneut enttäuschen, Fräulein von Werdenfels. Meines Wissens ist der früheste Liefertermin für eine neue Maschine Ende März. Das Gerät ist überaus begehrt und unsere Produktion daher seit Monaten ausgelastet.«

»Ende März?!« Sophies Puls begann zu rasen. Gewaltsam riss sie sich zusammen. »Aber wir brauchen das Gerät für das Weihnachtsgeschäft. In diesem Jahr haben wir besonders viele Bestellungen für unser Schokoladenkonfekt erhalten. Und bereits mit der Gewürzschokolade eine Weihnachts-Novität in allen Wiener Zeitungen angekündigt.«

Die Mimik des Vertreters zeigte jetzt echtes Mitgefühl. »Ich würde Ihnen wirklich gerne helfen«, versicherte er. »Aber Wunder kann auch ich nicht bewirken. Zumal wir in Bern sogar schon eine Warteliste haben, für den Fall, dass eine früher auslieferbare Bestellung storniert werden sollte.«

»Dann erwarten wir zumindest einen erklecklichen Schadensersatz«, mischte sich Toni wieder ein. »Nicht nur für die Maschine, sondern auch für das Geschäft, das uns durch ihren Ausfall verloren geht. Schließlich haben Sie uns eine fünfjährige Garantiezeit zugesagt!«

Der Ausdruck von Mitgefühl im Gesicht des Vertreters wich nun dem eines professionellen Verhandlers. »Diese Garantie besteht jedoch nur unter der Voraussetzung eines sachgemäßen Gebrauchs«, betonte er. »Die einzige Ursache, die ich mir für das Versagen des Walzwerks vorstellen kann, ist eine Überlastung der Maschine. Und diese Schokolade«, er zeigte auf die erstarrte, unansehnliche Masse, die an einigen Stellen einen hellgrauen Belag aufwies, »scheint mir nicht nur aus den vier Zutaten Kakaobutter, Kakaomasse, Zucker und Milch zu bestehen, die normalerweise zu Schokolade verarbeitet werden.«

»Was soll das denn jetzt heißen?«, fuhr der Konditormeister auf. »Die Zutaten habe ich selbst abgewogen und in die Maschine gefüllt. Dabei habe ich sogar auf die Gewürze verzichtet, die ich erst nach Ablauf der zweiundsiebzig Stunden hinzufügen wollte.«

Wortlos griff der Vertreter in die Granitschale, in der die Zutaten gewalzt wurden, und brach ein kleines Stück der Schokoladenmasse ab. Dann steckte er es sich in den Mund, verzog aber sofort das Gesicht und spuckte den Brocken in seine Hand. »Die Schokolade ist viel zu zäh! Dadurch wurde die Menge zu schwer für das Walzwerk. Da ist noch irgendwas anderes als die vorgeschriebenen Zutaten drin. Das kann ich schmecken!«, behauptete er.

»Und was soll das sein?« Der Konditormeister näherte sich

dem Schweizer bedrohlich mit bereits zu Fäusten geballten Händen.

»Bitte, bewahren Sie Ruhe, Herr Wallner«, schaltete sich Sophie ein, die sich mittlerweile wieder etwas gefasst hatte. »Wie sollen wir jetzt verbleiben?«, wandte sie sich danach an den Vertreter.

»Wenn Sie erlauben, gnädiges Fräulein, werde ich eine Probe der Schokolade in unser Schweizer Labor schicken und sie dort analysieren lassen. Enthält diese Masse tatsächlich keine anderen als die erlaubten Zutaten, werden wir natürlich Regress leisten. Allerdings leider frühestens im März.«

Palais Thurnau in der Herrengasse

Januar 1896

Mit schmerzenden Muskeln betrat Richard das Palais Thurnau vom Haupteingang in der Herrengasse aus. Heute hatte er sein neues Büro im Kriegsministerium bezogen, das gleich um die Ecke des Palais lag. Den ganzen Tag hatte er daher mit seinem Burschen Clemens und zwei weiteren Helfern Kisten aus seinem ehemaligen Kontor in der Franz-Josephs-Kaserne getragen, auf ein Fuhrwerk verladen und danach die steilen Stufen in den ersten Stock des alten Gebäudes Am Hof geschleppt.

Dort befand sich ein Teil der Räume des Kriegsministeriums und auch das Kontor seines neuen Vorgesetzten. Die Räume im Albrechtspalais gehörten zum Eigentum des verstorbenen Erzherzogs und waren nach dessen Tod daher nicht von seinem Nachfolger bezogen worden.

Natürlich hätte Richard den gesamten Umzug auch den Angestellten des Ministeriums überlassen können. Aber da sich im Laufe der Jahre vieles, was ihm lieb und teuer war, in seinem Kontor angesammelt hatte, wollte er den Umzug persönlich beaufsichtigen und hatte auch selbst mit Hand angelegt. Zumal er immer wieder gehört hatte, dass so manche Kiste nach einem solchen Umzug verschwunden blieb.

Dennoch war er unangenehm überrascht über seine körperliche Verfassung, die einiges zu wünschen übrig ließ. Generaloberst Beck, sein Vorgesetzter, betraute Richard seit dem vergangenen Herbst mehr und mehr mit Schreibtischtätigkeiten. Seine Reisen absolvierte er mit der Eisenbahn und bestieg nur noch selten ein Pferd, um ans Ziel zu gelangen. Das musste sich zumindest in seiner Freizeit unbedingt ändern, nahm er sich vor.

Denn er fühlte sich jetzt so müde, dass er sich nach der ungestörten Stunde in der Bibliothek, die er nach Dienstschluss üblicherweise mit dem Studium der Wiener Zeitungen zu verbringen pflegte, geradezu sehnte. Doch seine Hoffnung, vor dem Abendessen noch etwas entspannen zu können, wurde enttäuscht.

Als er die Tür öffnete, befand sich bereits Amalies Vater Adalbert in der Bibliothek. Das war ungewöhnlich genug, denn Adalbert pflegte von seinen Geschäften in der Regel frühestens zum Nachtmahl ins Palais zurückzukehren. Jetzt erhob er sich sogar aus seinem Lehnsessel, um Richard per Handschlag zu begrüßen.

»Was gibt es denn, Adalbert? Es sieht ja fast so aus, als hättest du auf mich gewartet.«

Adalbert lächelte und wirkte dabei so zufrieden wie ein Kater, der gerade eine Schüssel Schlagobers ausgeschleckt hatte. »Man hat mir die gute Neuigkeit gerade erst bestätigt, lieber Richard«, erwiderte er kryptisch. »Ganz im Vertrauen, selbstverständlich. Aber mache Amis Zofe bitte keinen Vorwurf daraus, dass sie es mir schon gesagt hat. Berta hat mich geradezu angefleht, die Sache noch für mich zu behalten. Aber belügen wollte sie mich eben auch nicht. Und da ich ja Augen im Kopf habe ...«

Richard riss der Geduldsfaden. »Ich weiß beim allerbesten

Willen nicht, worauf du hinauswillst, Adalbert! Bitte erkläre dich! Ich habe einen anstrengenden Tag hinter mir und möchte mich jetzt etwas ausruhen.«

Adalbert ließ sich nicht beirren und behielt sein breites Lächeln bei. »Daran tust du auch gut, lieber Schwiegersohn. Denn möglicherweise ist es ja mit den ruhigen Nächten schon bald vorbei. Zumindest dann, wenn Amalie darauf besteht, die Wiege in eure Schlafkammer zu stellen.«

»Welche Wiege?«, reagierte Richard zunächst begriffsstutzig. Dann durchfuhr es ihn heiß und kalt. Schon Adalberts nächste Worte bestätigten seine schlimmsten Befürchtungen.

»Es hat ja lange genug gedauert, bis Ami und du euch wieder versöhnt habt. Aber was lange währt, wird endlich gut, heißt es ja schon im Sprichwort.« Er zwinkerte Richard vertraulich zu. »Und ich habe ja auch immer wieder auf Ami eingewirkt, euch wieder einander anzunähern. Offensichtlich mit Erfolg.« Er grinste selbstzufrieden.

»Was hat man dir denn gesagt?« Instinktiv blieb Richard auf der Hut.

»Nun, ich kenne ja mittlerweile die Anzeichen dafür, dass Amalie guter Hoffnung ist. Auch wenn sie es mir noch nicht selbst gesagt und offensichtlich auch ihrer Zofe verboten hat, es mir mitzuteilen, habe ich doch gemerkt, dass Ami bei den Mahlzeiten kaum etwas zu sich nimmt und häufig bleich und übernächtigt wirkt. Alles wie beim letzten Mal vor eurer Hochzeit.«

Richard konnte sich zwar beim besten Willen an solche Anzeichen von Amalies damaliger Schwangerschaft nicht erinnern, war aber nun aufs Höchste beunruhigt. Adalbert deutete sein fassungsloses Schweigen falsch.

»Weißt du es etwa noch gar nicht, lieber Richie? Nun, dann solltest du dir auf jeden Fall rasch Gewissheit verschaffen!«

»Was hat Berta dir denn gesagt?«, krächzte Richard mit heiserer Stimme.

Adalbert errötete leicht. »Es … es gibt ja die sogenannten stillen Tage, wenn du weißt, was ich meine, Richie. Ich habe Berta einfach direkt darauf angesprochen, da sie sich ja um Amalies Wäsche kümmert. Und sie hat mir bestätigt, dass dieses … äh … Ereignis nunmehr schon seit drei Monaten ausgeblieben ist.«

Fredls Wohnung in Wien

Januar 1896

»Mitri, so versteh mich doch! Ich weiß beim allerbesten Willen nicht, woher ich so viel Geld nehmen soll!«

Dimitri Rostov verzog seine sinnlichen Lippen zu einer beleidigten Schnute. »Aber es sind doch nur fünfhundert Gulden!«

»Ich habe das Geld nicht, Mitri«, bekräftigte Fredl mit Nachdruck. »Ich habe deine Spielschulden erst neulich mit dem Geld der letzten Sendung aus Eydtkuhnen bezahlt.« So hieß die kleine Stadt in Ostpreußen nahe der russischen Grenze, aus der Fredl postlagernd der Lohn für seine Spionagedienste zugesandt wurde. »Es waren vierhundert Gulden, wie du ja weißt. Bis zum nächsten Auftrag eures Geheimdienstes bleibt mir nur mein Sold. Und davon muss ich unter anderem diese Wohnung bezahlen.«

Fredls Hoffnung, dass sich Dimitri erweichen lassen würde, war wie üblich vergeblich. Denn der stand sofort von ihrem gemeinsamen Lager in Fredls Wohnung auf und griff nach seiner Hose.

»Dann muss ich mir eben wieder einmal anders behelfen«, sagte er betont gleichmütig.

Verzweiflung stieg in Fredl auf. Er wusste nur zu gut, dass Dimitri seine Drohung wahrmachen und sich einem seiner zahlreichen anderen Liebhaber zuwenden würde. So wie er es seit dem Beginn ihrer Beziehung immer wieder getan hatte. Doch diesmal blieb ihm keine andere Wahl, als Dimitri gehen zu lassen. »Dann tu eben, was du nicht lassen kannst!« Er drehte den Kopf zur Wand, damit Mitri nicht sah, dass seine Augen feucht wurden.

Dann wartete er auf das Zuschlagen der Haustür, sobald Dimitri seine restliche Kleidung angelegt hätte. Doch erstaunlicherweise geschah etwas anderes.

Plötzlich spürte er Mitris Mund auf seinem Nacken. »Aber ich will doch niemand anderen als dich, Fredl«, raunte er ihm mit seiner rauchigen Stimme ins Ohr. »Vielleicht gibt es ja bald einen neuen Auftrag. Ich habe heute ein Gespräch in der russischen Botschaft mitangehört. Du könntest dir diesen Auftrag sehr gut bezahlen lassen. Weit besser als alle vorherigen. Und mit einem beträchtlichen Vorschuss, versteht sich.«

»Und was soll das sein?« Trotz Dimitris Entgegenkommen schwante Fredl Übles. Und tatsächlich machte der ihm einen ganz ungeheuerlichen Vorschlag.

Verzweifelt argumentierte Fredl dagegen an. Doch am Ende gab er wie immer nach.

Palais Thurnau in der Herrengasse

Januar 1896, eine halbe Stunde später

Aus seinen früheren Auseinandersetzungen mit Amalie klug geworden, widerstand Richard dem Impuls, sofort in ihr Schlafzimmer zu stürmen, um sie bezüglich ihrer Schwangerschaft zur Rede zu stellen.

Stattdessen machte er einen kurzen Spaziergang vom Haupteingang des Palais Thurnau in der Herrengasse bis zum Hintereingang in der Freyung. Schon während Adalberts Rede war

Richard klargeworden, dass die Stunde der Wahrheit nun endgültig gekommen war. Denn die Vaterschaft für Amalies Kind anzuerkennen, würde bedeuten, dass eine Scheidung von ihr zumindest in absehbarer Zeit unmöglich wäre. Und das kam für ihn unter keinen Umständen infrage.

Wenigstens war die Vaterschaft des Ungeborenen eindeutig. Erst vor einer Woche hatte sich Richard erneut mit dem Privatdetektiv Heinz Pichler getroffen und dabei erfahren, dass Amalie die Zahl ihrer Liebhaber nicht wieder erweitert hatte. Im Gegenteil schien ihre Liebe zu dem Fiaker-Gehilfen ungebrochen.

Am Ende seines Spaziergangs kam Richard zu dem Entschluss, sein weiteres Vorgehen von Amalies Verhalten in dem nun bevorstehenden Gespräch abhängig zu machen. Zeigte sie sich trotzig und widerspenstig, wie sie es in früheren Streitsituationen häufig gewesen war, würde er nicht zögern, Adalbert von Thurnau noch heute Abend ins Bild zu setzen und ihm die Fotografien ihrer Liebschaft mit dem Wasserer als Beweis vorzulegen. Wäre sie jedoch dagegen verzweifelt und wüsste keinen Ausweg aus ihrer Lage, wäre er bereit, eine gütliche Lösung mit ihr zu suchen. Wie die allerdings aussehen könnte, wusste er im Moment noch nicht.

Mit schweren Schritten stieg er die Dienstbotentreppe empor, um ungesehen in den Flur zu gelangen, der zu ihrer gemeinsamen Suite gehörte. Noch einmal verharrte er kurz vor Amalies Schlafzimmertür, dann holte er tief Luft und klopfte energisch an. Wie er gehofft hatte, traf er sie dort an. Sie war allein und öffnete ihm daher eigenhändig die Tür.

»Wir müssen reden, Amalie!« Schweigend bedeutete sie ihm hereinzukommen.

Aufmerksam geworden durch Adalberts Beschreibung, musterte er Amalie zum ersten Mal seit längerer Zeit bewusst. Tatsächlich sah sie elend aus. Tiefe Schatten lagen unter ihren geröteten Augen. Im Gegensatz zu ihren früheren Schwangerschaften war sie dünner anstatt pummeliger geworden. Das Kleid, das sie trug, war ihr eindeutig zu weit.

»Du weißt es schon«, sagte sie leise nach einem Blick in Richards Gesicht. »Berta hat mir schon heute Nachmittag eingestanden, dass mein Vater sie gefragt hat, ob ich guter Hoffnung sei, und sie ihm bestätigt hat, dass ich seit drei Monaten nicht mehr geblutet habe. Da war es nur eine Frage der Zeit, bis er es dir mitteilen würde.«

Richard nickte und ließ sich in einen Lehnsessel fallen. Auf seinen Wink hin nahm Amalie ihm gegenüber Platz.

Dann sammelte er sich. »Dein Vater glaubt natürlich, das Kind sei von mir. Aber du und ich wissen ja nur zu gut, dass es nicht so ist.«

Innerlich wappnete er sich bereits gegen Amalies Vorwürfe. Doch stattdessen begann sie zu weinen. »Ich weiß ja nicht einmal genau, ob ich wirklich schwanger bin.« Sie schluchzte so heftig, dass Richard ihre Worte kaum verstand.

»Was lässt dich denn daran zweifeln?«

»Das einzige Anzeichen ist das Ausbleiben meiner stillen Tage«, schluchzte sie. »Bei meinen ersten Schwangerschaften war mir zudem aber morgens oft übel. Trotzdem hatte ich tagsüber mehr Appetit als sonst. Auch meine Brüste schwollen an. All das ist dieses Mal nicht der Fall.«

Noch nie hatte Amalie so offen mit Richard über die körperlichen Merkmale ihrer vergangenen Schwangerschaften gesprochen. Auch nicht, als vor ihrer Hochzeit feststand, dass sie ein Kind von ihm erwartete. Allein daran erkannte Richard, dass sich Amalie in einem psychischen Ausnahmezustand befand.

Mehrmals setzte er zu einer Antwort an, bis er glaubte, die richtigen Worte gefunden zu haben. »Wie dem auch sei, Amalie«, sagte er so sanft, wie es ihm möglich war. »Ob du guter Hoffnung bist oder nicht, unsere Ehe ist nun endgültig am Ende.«

Sie hob tränenüberströmt ihr Gesicht. »Willst du denn gar nicht wissen, wer der mögliche Vater ist?«

Richard zuckte mit den Achseln. »Das weiß ich längst, Ami. Wenn die Nachforschungen, die ich anstellen ließ, richtig sind, ist es der Fiaker-Gehilfe, mit dem du dich seit mehreren Monaten triffst.«

»Du hast mich also ebenfalls ausforschen lassen«, konstatierte Amalie resigniert. »Aber damit hätte ich eigentlich rechnen müssen«, sagte sie mehr zu sich selbst als zu ihm.

Richard beschloss, zunächst nicht darauf einzugehen. »Unsere Ehe war ein Fehler, Amalie«, erwiderte er stattdessen. »Doch einen, den weder du noch ich allein zu verantworten haben. Unsere Väter haben uns zu dieser unseligen Verbindung gezwungen.«

Amalie blickte an Richard vorbei in die Ferne. Sie schluchzte nicht mehr. Aber ununterbrochen flossen ihr Tränen über die Wangen.

Sie flüsterte einige Worte, die er zunächst nicht verstand. »Dabei hatte ich so gehofft, dass unsere Ehe am Ende gutgehen würde«, wiederholte sie. »Mein Vater hat mir immer wieder versichert, dass wir lernen würden, einander zu lieben. Wenn ich mir nur genügend Mühe gäbe, dir eine gute Ehefrau zu sein.«

Nun schluchzte sie auf. »Aber alles, was ich versucht habe, war letztlich vergebens«, presste sie hervor.

Wann hast du jemals versucht, mir eine gute Ehefrau zu sein?, lag es Richard schon auf der Zunge zu sagen. Erst dann begriff er, was sie meinte. Und hörte plötzlich erneut Heinz Pichler sagen, als wäre er in diesem Moment mit ihnen im Raum: »Waren Sie ihr denn ein guter Ehemann?«

»Ist das der Grund, warum du schon vor unserer Hochzeit in mein Bett gekommen bist?«, fragte er dann mit belegter Stimme.

Amalie nickte und schluchzte wieder. »Ich hoffte, damit auch dein Herz zu gewinnen. Und dass du dann diese, diese Sophie, vergessen würdest.«

Sie stockte, bevor sie die nächsten Worte sprach. »Schließlich war das doch die einzige Art von Liebe, die ich bis dahin überhaupt kannte.«

Richard starrte sie verständnislos an. Doch schon sprach sie mit abgewandtem Blick, als würde sie mit sich selbst reden, weiter.

»Meine Mutter starb bei meiner Geburt. Mein Vater hat sie über alles geliebt. Ich habe immer gespürt, dass er mir im Grunde seines Herzens die Schuld an ihrem Tod gibt.«

»Aber er hat dir doch jeden Wunsch erfüllt, Amalie!«, wandte Richard ein.

»Das ist wahr«, gab sie zu. »Alles, was man mit Geld kaufen kann, hat er mir gegeben. Aber nie das Gefühl, dass er mich wirklich liebt. Als ich ein kleines Mädchen war, habe ich ihn kaum je gesehen. Er ließ mich auf seinem Landgut in der Obhut von Ammen und Kinderfrauen zurück und nahm mich nie mit nach Wien, wo er seine Geschäfte tätigte. Auch wenn ich noch so sehr darum bettelte.«

Richard war betroffen. Plötzlich tat sich ihm eine völlig andere Ursache für Amalies oft so anmaßendes und hoffärtiges Verhalten auf. Auch er und seine Schwestern hatten Kinderfrauen gehabt. Dennoch hatte sich ihre Mutter Aglae immer liebevoll um sie alle gekümmert. Doch Amalie schien ein sehr einsames Kind gewesen zu sein. Hatte sie diese Gefühle mit ihrem garstigen Verhalten überspielt? Musste sie sich deshalb über andere Menschen erheben und ihnen hochmütig und schnippisch begegnen, weil sie im Umgang mit ihnen nie menschliche Wärme gespürt hatte?

Die Szene aus ihrer Kindheit fiel ihm wieder ein. Damals hatte die fünfjährige Amalie ihn, den vierzehnjährigen Kadetten, genötigt, sie auf seinem Pferd reiten zu lassen. Als das Ross sie abwarf, weil sie sich nicht an Richards Anweisungen hielt, gab sie ihm die Schuld dafür, woraufhin er eine furchtbare Tracht Prügel von seinem Vater bezogen hatte.

Die damalige Lüge hatte Richard Amalie nie verziehen. Bis vor wenigen Minuten hatte er sie für ein Zeichen ihres schon in früher Kindheit verworfenen Charakters gehalten. War es in Wahrheit nur der Versuch gewesen, ihrer Bestrafung zu entgehen und ihren Vater nicht auch noch gegen sich aufzubringen?

Eine andere Erklärung fiel ihm nicht ein. »Was meinst du damit, dass du mir mit der einzigen Art von Liebe begegnet bist, die du kanntest?«, kam er aufs Thema zurück.

»Der Karli hat sie mir gezeigt.« Auf Richards verständnislosen Blick hin, ergänzte sie. »Das war der Kammerdiener, von dem ich das erste Mal schwanger wurde.«

Noch bevor Richard sich von seiner Verblüffung erholt hatte, flüsterte sie: »Heute glaube ich, er hat mich wirklich geliebt. Aber ich habe ihn damals im Stich gelassen. Ich war zu feige, um mich zu ihm zu bekennen. Mein Vater ließ ihn aus dem Haus prügeln, als er von meiner Fehlgeburt erfuhr.«

Richards Erschütterung wuchs. »Und infolgedessen hat dein Vater dich dann zu der Ehe mit mir gezwungen.«

Jetzt sah Amalie auf. Ein schwaches Lächeln huschte über ihr Gesicht. »So sehr zwingen musste er mich gar nicht, Richie. Du bist ein stattlicher Mann und hast mir durchaus gefallen. Und ich hoffte, auch du würdest es irgendwann zu schätzen wissen, eine so reiche und hübsche Erbin geheiratet zu haben, wie ich sie nun einmal bin. Zumal wir uns in dem einzigen Bereich der Liebe, den ich damals kannte, ja wunderbar verstanden haben. Und das ist nicht selbstverständlich für eine Ehe, wie mein Vater mir bedeutet hat, nachdem er uns erlaubte, auch schon vor der Hochzeit miteinander zu schlafen.«

Richard war schockiert. Offensichtlich hatten Ami und Adalbert auch schon früher über ihr Liebesleben miteinander gesprochen. *Deshalb misst sich Adalbert also einen Verdienst an dieser Schwangerschaft bei,* wurde Richard klar.

»Hätte ich allerdings gewusst, dass du mich dadurch nicht zu lieben lernst, sondern sogar zutiefst verachtest, hätte ich es niemals getan«, fuhr Amalie fort. »Obwohl ich durchaus großen Gefallen an der körperlichen Liebe finde, wie ich freimütig eingestehe.«

»Hast du deshalb die Affäre mit Maxi begonnen?«

Zu Richards Erstaunen schüttelte Amalie den Kopf. »Maxi hat mir Lust bereitet, das stimmt. Aber in Wahrheit hatte ich mich bereits vorher in ihn verliebt. Er schmeichelte mir und tat mir schön. Das war der eigentliche Grund, warum ich mich ihm hingab. Erst als du unsere Affäre entdeckt hast, wurde mir klar, dass sich Maxi nie etwas aus mir gemacht hat.«

Sie ballte die Hände zu Fäusten. »Danach beschloss ich dann irgendwann, mir die einzige Art von Liebe zu holen, die mir überhaupt zur Verfügung stand. Ohne die ganze Gefühlsduselei drum herum.«

»Deshalb die Fiaker!«, murmelte Richard.

»Deshalb die Fiaker«, echote Amalie. »Du selbst hast mich mit der Nase auf die Idee gestoßen. Trotzdem schäme ich mich heute dafür, obwohl Schorsch es mir zum Glück nicht übelnimmt.«

Beschämt erinnerte sich Richard daran, dass er Amalie diesen verächtlichen Vorschlag tatsächlich gemacht hatte, als sie ihn das letzte Mal zu verführen trachtete. Weil er das nur für den Versuch gehalten hatte, ihre eigene Lust zu befriedigen. Nicht im Traum wäre ihm jemals der Gedanke gekommen, dass es ihre Art war, um seine Liebe zu werben.

Gleichzeitig wurde ihm der Unterschied zwischen Amalie und Sophie bewusst. Sophie hatte es jahrelang empört abgelehnt, sich ihm hinzugeben, weil er verlobt und später verheiratet gewesen war. *Vielleicht hat dies Sophie umso begehrenswerter für mich gemacht,* schoss es ihm nun durch den Kopf. Weil er von ihr nicht bekommen konnte, was er bei Amalie nie geschätzt hatte.

Doch diese Gedanken spielten jetzt keine Rolle, denn er spürte, dass er Sophie aufrichtig liebte, auf welchem Weg diese

Liebe auch immer entstanden war. Sie war die Frau, mit der er in Zukunft leben wollte.

»Aber warum, warum hast du mich von Anfang an derart abgelehnt?« Amalies schmerzlicher Tonfall, mit dem sie ihm diese Frage stellte, holte Richard in die Gegenwart zurück.

Da war natürlich die Geschichte mit dem Pferd aus ihrer Jugend. Und selbstverständlich die Demütigung, wegen seiner Spielschulden eine arrangierte Ehe eingehen zu müssen. Aber plötzlich wurde Richard klar, dass eine ganz andere Situation den Ausschlag für seine tiefe Abneigung gegenüber Amalie gegeben hatte. Dafür, dass er sie danach nur widerwillig ertragen und sich niemals auch nur die geringste Mühe gegeben hatte, ihr zumindest ein erträgliches Miteinander zu bieten, wenn er sie denn schon nicht liebte.

»Wenn du Sophie damals nicht aus dem Palais Thurnau gewiesen hättest, wären vielleicht Kronprinz Rudolf oder zumindest die damals blutjunge Mary Vetsera noch am Leben.«

Jetzt war es an Amalie, ihn verwirrt anzuschauen. Mit kurzen Worten erläuterte ihr Richard, dass ihn Sophie an jenem schicksalhaften Januartag im Jahr 1889 darum hatte bitten wollen, nach Mayerling zu eilen, um in letzter Minute das Unglück zu verhindern, das dann tatsächlich geschehen war.

An ihrer entsetzten Reaktion erkannte Richard, dass Amalie bis dahin nicht die geringste Ahnung davon gehabt hatte, auf welche Weise sie sich mitschuldig an der Tragödie von Mayerling gemacht hatte. Sie schlug beide Hände vors Gesicht und stöhnte auf.

Dann begann sie, erneut heftig zu schluchzen. »Ich war damals so eifersüchtig auf diese Sophie. Weil du sie geliebt hast und nicht mich.«

Zum ersten Mal schaute Richard vollständig hinter Amalies Fassade. Was er sah, war nicht die arrogante, hochmütige Frau, deren einziges Bestreben es war, den Titel einer Gräfin zu tragen und regelmäßig im *Wiener Salonblatt* erwähnt zu werden. Stattdessen erblickte er ein zwar verwöhntes, aber einsames, unglückliches Mädchen. Amalie war es zeit ihres Lebens gewohnt gewesen, alles zu bekommen, was mit Geld zu erkaufen war. Doch die Liebe und Anerkennung, nach der sie sich sehnte, war ihr nie in dem Ausmaß, das sie sich gewünscht hatte, zuteilgeworden.

Die Situation drohte, ihm über den Kopf zu wachsen. Schon wollte er Amalie fragen, wie sie beide denn nun mit der bestehenden Situation umgehen wollten, als ihm noch etwas einfiel. Er erinnerte sich an den innigen Gesichtsausdruck der beiden Liebenden auf den Fotografien Pichlers. »Doch nun hast du endlich die wahre Liebe gefunden?«

Amalie nickte. »So ist es, Richie. Der Schorsch liebt mich genauso, wie ich bin. Es ist herrlich, mit ihm zu schlafen. Dabei sind Liebe und Leidenschaft vereint! Das ist so, wie ich es mir immer erträumt habe. Denn Schorsch liebt mich auch, wenn wir nicht miteinander verkehren. Er sagt, ich sei eine wunderbare Frau, das größte Glück, das ihm in seinem ganzen Leben widerfahren ist. Und das, obwohl er von meinen Lotteraffären mit den Fiakern weiß.«

Ihr Blick richtete sich wieder in die Ferne, während ihr die Tränen erneut über die Wangen liefen. »Nun trage ich vielleicht sein Kind unter dem Herzen. Und könnte dich, Richard, endlich los- und zu deiner Sophie gehen lassen. Wäre ich«, schluchzte sie nun wieder auf, »wäre ich doch nur ein einfaches Dienstmadl und nicht die Grafentochter Amalie von Thurnau. Dann könnte ich Schorschs Kind bekommen und glücklich mit ihm leben.«

»Ist es das, was du dir wünschst, Ami?« Richard war bis ins Mark erschüttert. Ein einfacher Bursche aus dem Volk gab Amalie das, was sie sich vergeblich von ihm, dem standesgemäßen, hochadeligen Gatten ersehnt hatte.

Sie nickte unter Tränen.

Er holte tief Luft, um den Gefühlssturm, der in seiner Brust tobte, zu bezwingen. »Dann sollten wir schon hier und heute nach einer Lösung suchen, wie wir unsere fatale Ehe beenden können! Ohne uns dabei noch unglücklicher zu machen, als wir es schon getan haben.«

»Willst du das Kind denn als dein eigenes anerkennen, Richard?« Ein Hoffnungsschimmer blitzte in Amalies hellgrauen Augen auf. »Dann müsste ich es wenigstens nicht weggeben. Und könnte es als Erinnerung an meine einzige wahre Liebe behalten.«

Obwohl Amalie Richard von Herzen leidtat und er sein schroffes Verhalten in der Vergangenheit ihr gegenüber jetzt zutiefst bereute, spürte er, dass ihm das nicht möglich war.

»Nein, das kann ich nicht tun, Amalie«, sagte er schweren Herzens. »Denn es würde uns beiden auf Dauer nicht helfen, wirklich glücklich zu werden. Wir sollten stattdessen einen Weg finden, uns voneinander zu trennen, ohne uns weitere Schmerzen zuzufügen.«

»Und wie könnte ein solcher Weg aussehen?« Amis resignierter Tonfall zeigte Richard, dass sie selbst keine Möglichkeit dafür sah.

Noch einmal holte er tief Luft. »Lass mich einen kleinen Moment lang überlegen!«, bat er. Er schloss die Augen. Nach und nach formte sich schemenhaft ein erster Plan in seiner Vorstellung. Die Einzelheiten mussten zwar noch geklärt werden. Aber die Eckpunkte konnten sie vielleicht schon heute vereinbaren.

»Wir müssen als Erstes deinen Vater einweihen, dass unsere Ehe gescheitert ist und wir uns deshalb gütlich voneinander trennen möchten. Wenn du wirklich schwanger bist, Amalie, werde ich mich bei deinem Vater für dich verwenden und die Schuld für deinen Seitensprung auf mich nehmen, da ich dich all die Jahre so vernachlässigt habe. Das Kind solltest du dann auf eurem Landgut bekommen, sodass niemand in der Wiener Gesellschaft davon erfährt. Das Kind könnte auch auf eurem

Gut aufwachsen, in der Obhut einer vertrauenswürdigen Kinderfrau. Du könntest es besuchen, so oft du möchtest.«

»Und wie ginge es mit uns weiter?«

»Sobald du entbunden hast, kehrst du nach Wien zurück. Wir lösen unsere Ehe auf, ohne Skandal und ohne gegenseitige Schuldzuweisungen. Zum Glück gibt es in Österreich eine solche einvernehmliche Scheidungsmöglichkeit.«

»Und wenn mein Vater dagegen ist, dass wir uns trennen?«

Richard seufzte schwer. »Wir beide sind volljährig und geschäftsfähig. Dann müssten wir uns eben gegen seinen Willen scheiden lassen. Adalbert und mein Onkel Maximilian haben uns einst mit Billigung meines eigenen Vaters dazu gezwungen, einander zu heiraten. Doch heute hat niemand mehr etwas gegen uns in der Hand, das er verwenden könnte, um uns seinen Willen aufzuzwingen. Nur wir zwei könnten uns gegenseitig mit den verräterischen Fotografien erpressen, die unser beider Untreue beweisen.«

»Vielleicht könntest du *mich* damit erpressen, Richie«, sagte Amalie müde. »Auf den wenigen Fotografien, die mein Privatdetektiv mir geliefert hat, ist weder Sophie noch du genau zu erkennen. Das habe ich damals nur vorgetäuscht, um dir wehzutun.«

Obwohl Pichler, Richards eigener Detektiv, dies bereits vermutet hatte, rührte ihn Amalies Offenheit. »Auch ich werde keine einzige der Fotografien, die ich besitze, gegen dich verwenden«, versprach er. Dann fiel ihm noch etwas Wichtiges ein. »Und wir sollten außerdem die Identität von Schorsch geheim halten. Du behauptest einfach, das Kind sei von einem verheirateten Adeligen, dessen Namen du deshalb nicht nennen möchtest. Das wird dein Vater letztlich akzeptieren, zumal es ihm ja nichts nützen würde, den Namen dieses fiktiven Standesgenossen zu kennen. Denn ohne einen Skandal zu verursachen, könnte er ihn ja nicht mit deiner Schwangerschaft konfrontieren.«

Amalie wirkte plötzlich völlig erschöpft. »Das ist heute alles etwas viel für mich, Richie. Lass uns beide noch ein paar Tage über alles nachdenken und unseren Plan dann noch einmal prüfen. Jetzt bin ich zu müde dazu und muss mich erstmal ein wenig ausruhen.«

»Du hast recht, Amalie«, stimmte Richard zu. »Aber eines solltest du noch wissen. Ob, wie und wann du dich weiterhin mit deinem Geliebten treffen willst, bleibt dir überlassen. Mit gebührendem Abstand zu unserer Scheidung werde ich Sophie heiraten. Allein aus diesem Grund will ich deinem eigenen Glück nicht im Wege stehen, wenn du eine Möglichkeit findest, deine Liebe mit Schorsch weiter zu leben.«

Mitten in der Nacht wachte Amalie auf und spürte sofort die warme, klebrige Flüssigkeit zwischen ihren Beinen. Als sie ihr Nachtlicht andrehte, bemerkte sie, dass sowohl ihr Nachthemd als auch ihr Laken blutbefleckt waren. Doch der stechende Schmerz, der bislang mit ihren Fehlgeburten einhergegangen war, fehlte völlig.

Dr. Brückner, der Frauenarzt, den sie auf Anweisung ihres enttäuschten Vaters schon am nächsten Tag konsultierte, bestätigte später, dass es sich beim Ausbleiben ihrer stillen Tage wohl nur um eine verzögerte Menstruation gehandelt habe. Anzeichen für eine Schwangerschaft habe er nicht entdeckt.

Kapitel 23

Café Prinzess

Februar 1896

Beklommen und traurig ließ Sophie ihren Blick durch den halbleeren Gastraum des Cafés Prinzess schweifen. Noch vor wenigen Monaten war es hier zur gleichen Zeit, um Mittag herum, brechend voll gewesen. Etliche Gäste hatten damals keinen Platz mehr gefunden. Doch seit der Misere mit dem Schokoladenkonfekt schien sie geradezu vom Pech verfolgt zu sein.

Es war schon schlimm genug, dass etliche verärgerte Kunden, denen Sophie die Weihnachtsbestellung stornieren musste, das Café mittlerweile mieden und mit großer Wahrscheinlichkeit zum Demel oder dem Sacher übergewechselt waren. Toni Schleiderer hatte Sophie erzählt, dass man dort sogar Sonderschichten eingelegt hätte, um die Kunden noch rechtzeitig bedienen zu können, die eigentlich im Prinzess bestellt hatten.

Zwar tat Konditormeister Wallner sein Möglichstes, um auch ohne Conchiermaschine eine schmackhafte Gewürzschokolade herzustellen. Doch diese erwies sich ebenso wie das sonstige Schokoladenkonfekt aus dem Sortiment des Cafés als Ladenhüter. Nach Weihnachten hatte Sophie die Süßigkeiten im Frauenhaus und über Adelheid Popp an Arbeiterinnen verschenkt und die Produktion erst einmal vollständig eingestellt.

Aber auch im neuen Jahr reihte sich bislang eine Panne an die andere. Um den Fauxpas mit dem Schokoladenkonfekt wieder wettzumachen, war vom Chefkoch des Prinzess gleich zu

Jahresbeginn eigens für das Café ein Rezept für eine Suppe aus Paradeisern kreiert worden. Bislang hatte man dieses Fruchtgemüse beim Mittagsbuffet nur als Salat angeboten.

Die Suppe schmeckte köstlich. Mit einer groß angelegten und sehr teuren Kampagne in allen Wiener Gazetten bewarb Sophie diese Novität daher als neue Spezialität des Café Prinzess. Dann war erneut etwas Undenkbares passiert.

Erste Gäste hatten bereits ihre Bestellungen aufgegeben, als der Koch mit betretener Miene im Caféraum erschien und Sophie bat, ihm in die Küche zu folgen. Dort erfuhr sie zu ihrem Entsetzen, dass die Paradeisersuppe völlig verdorben war. An diesem Tag schmeckte sie widerlich süß. Um sie ganz frisch servieren zu können, hatte der Koch sie erst am Vormittag zubereitet und kurz vor Mittag gewürzt. Mit einer kräftigen Prise Salz, wie er dachte, die er in den großen Eisentopf gab. Als er die Suppe abschmeckte, salzte er sie kräftig nach und stellte erst dabei zu seinem Entsetzen fest, dass es wohl zu einer Verwechslung gekommen sein musste. Das Salzgefäß war versehentlich mit Zucker nachgefüllt worden. Jedenfalls war die Suppe ungenießbar und Ersatz auf die Schnelle natürlich nicht zu beschaffen.

Auch Tonis Angebot, mit der Frittaten- und der Gulaschsuppe aus dem Kaffeehaus auszuhelfen, nutzte nichts. Die meisten Gäste verließen aufgebracht das Café, ohne überhaupt etwas zu bestellen. »Wenn ich rustikal zu Mittag speisen möchte, gehe ich gleich ins Kaffeehaus!« Diese zornigen Worte eines älteren Gasts klangen Sophie noch heute in den Ohren.

Das Unglück hatte sich am selben Tag natürlich noch fortgesetzt. Auch eine ganze Charge Marzipankekse war versalzen, weil Salz im Zuckergefäß gewesen war.

Der Lehrbub, den man mit dem Nachfüllen betraut hatte, beteuerte verzweifelt, nichts falsch gemacht zu haben. Doch sowohl Toni Schleiderer als auch der Koch vermuteten, der Bursche hätte bestimmt um seine Lehrstelle gefürchtet und daher Zuflucht zu einer Notlüge genommen, um seinen Fehler zu vertuschen. Sophie ließ es schließlich bei einer ernsthaften Ermahnung bewenden, da sie der Kummer des Jungen rührte und durch seine Entlassung der gute Ruf des Cafés auch nicht mehr zu retten gewesen wäre.

Nicht genug damit, hatte sich die Pechsträhne wenig später ein weiteres Mal fortgesetzt. Diesmal konnte das Mittagsbuffet nicht angeboten werden, da sämtliche dazugehörigen Salate verdorben waren. Aus unerfindlichen Gründen hatte man sie über Nacht nicht in die Kühlkammer gestellt.

Wieder verlor das Café einige enttäuschte Gäste. Gar nicht zu reden von der schlechten Mundpropaganda, aufgrund der auch Gäste, die von den Malheurs nicht betroffen waren, vom nächsten Besuch im Café womöglich absahen. Es waren einfach zu viele Pannen in zu kurzer Zeit.

Zudem war Mitte Januar das Schreiben der Berner Firma Lindt eingetroffen. Darin erklärte sie, die Schokoladenmasse in der defekten Conchiermaschine sei mit so viel Mehl versetzt gewesen, dass sie, wie es schon der Vertreter vermutet hatte, viel zu schwer für das Walzwerk geworden und der irreparable Schaden damit zu erklären sei. Natürlich wollte man keinen Ersatz für die Maschine leisten und bot lediglich an, gegen Ende des Monats März eine neue Maschine zu liefern.

»Die lügen doch wie gedruckt!«, tobte Toni Schleiderer. »Und saugen sich irgendwas aus den Fingern, nur um keinen Regress leisten zu müssen.«

Herr Wallner, der Konditormeister, der die Zutaten für die Schokoladenmasse gemischt hatte, bat sogar um seine Entlassung. Es bedurfte Tonis und Sophies ganzer Überredungskunst, um den in seiner Berufsehre schwer gekränkten Mann zum Bleiben zu bewegen.

Trotzdem war der entstandene materielle Schaden immens. Neben dem verlorenen Weihnachtsgeschäft musste eine neue Maschine bestellt werden, um das Café Prinzess in Wien wettbewerbsfähig zu halten. Und die kostete auch noch über hundert Gulden mehr als die erste, wahrscheinlich, weil die Nachfrage nach diesen Geräten mittlerweile so groß war.

Sophie seufzte schwer, nachdem gerade wieder ein ehemaliger Stammgast nur einen kurzen Blick auf die Schaufensterdekoration geworfen hatte, dann aber an der Eingangstür des Cafés vorbeigegangen war.

Dabei könnte jetzt alles so schön sein, dachte sie traurig und fühlte schon wieder ein Brennen in den Augen.

Vor zwei Wochen war ihre Mutter Henriette endlich von Arthur von Freiberg geschieden worden. Zum 1. März würde dieser seine neue Position als Leiter des österreichischen diplomatischen Diensts in Konstantinopel antreten und zuvor das Palais Werdenfels räumen. Henriette und Milli machten eifrig Pläne, dorthin zurückzuziehen, und suchten auch bereits über eine Vermittlungsagentur einen Ersatz für Mamsell Ida, die ihnen viele Jahre lang den Haushalt geführt hatte, nun aber im Prinzess unentbehrlich geworden war.

Milli erzielte auf dem Mädchengymnasium nach wie vor ausgezeichnete Noten und blühte zunehmend auf. Sophie war daher ängstlich darauf bedacht, sie nicht mit ihren aktuellen Sorgen zu belasten.

Henriette arbeitete weiterhin mit Hingabe als Lehrerin im Frauenhaus. Gemeinsam mit Richards Burschen Clemens führte sie außerdem jeden Samstag ein Stück mit dem Kasperltheater auf, das Sophie und Richard im letzten Spätsommer gespendet hatten. Für die begeisterten Kinder war es der Höhepunkt der Woche.

Nach ihrer erfolgreichen Scheidung trug Henriette sich darüber hinaus mit dem Gedanken, gemeinsam mit Dr. Krömer eine Methode zu entwickeln, auch den bedrängten Frauen im Haus zu einer Scheidung von ihren gewalttätigen Ehemännern zu verhelfen, ohne dass sie dabei den Verlust ihrer Kinder riskierten.

Am meisten hätte es Sophie jedoch unter anderen Umständen glücklich gemacht, dass sich auch zwischen Richard und Amalie eine gütliche Lösung abzeichnete. Richard hatte Sophie von der vermeintlichen Schwangerschaft Amalies erzählt, die schließlich zu einer ehrlichen Aussprache zwischen den beiden führte, mit dem Ergebnis, ihre erzwungene Ehe schnellstmöglich einvernehmlich aufzulösen. Es fehlte nur noch das Gespräch mit Adalbert von Thurnau, das sich durch eine Dienstreise Richards zunächst verzögert hatte, aber in den nächsten Tagen geplant war.

Während Sophie traurig weitere ehemalige Gäste am Café Prinzess vorbeidefilieren sah, kam Toni Schleiderer herein. Beunruhigt blickte ihm Sophie entgegen. Im Gegensatz zum Café war das Kaffeehaus um die Mittagszeit weiterhin sehr gut besucht.

Wie Richard vorhergesehen hatte, war das dort inzwischen installierte Telefon eine weitere Attraktion für die Gäste, obwohl sie für dessen Benutzung eine Gebühr entrichten mussten. Seither gehörten tatsächlich auch immer mehr Unternehmer, Bankleute und Börsenmakler zur Stammkundschaft. Und mit der Zustimmung Sophies hatte Toni den gesamten Gastraum inzwischen neu möbliert.

Doch Tonis Miene wirkte nicht so, als ob er sie ausgerechnet während der Mittags-Stoßzeit sprechen wolle, um ihr eine weitere schlechte Nachricht zu überbringen.

»Hast du einen Augenblick Zeit, Sophie?«, erkundigte er sich, bevor er sie bat, ihm in einen kleinen Nebenraum der Kaffeeküche zu folgen. Trotz seiner Fröhlichkeit wuchs Sophies Beklemmung. Doch diesmal erwartete sie eine angenehme Überraschung.

Auf einem Tisch stand eine kunstvoll mit Schlagobers und kandierten Ananasstücken verzierte kleine Torte, die Sophie völlig unbekannt war. Sie verbreitete einen intensiven, fremdartigen Duft. Mit einem breiten Lächeln im Gesicht stand der Konditormeister Wallner neben dem Tisch.

»Unser lieber Rudi hat sich etwas Schönes für dich ausgedacht, liebe Sophie«, kündigte Toni an. Die beiden duzten sich natürlich seit ihrer gemeinsamen Zeit in der Backstube.

»Ein neues Tortenrezept?«, vermutete Sophie sofort.

»Wie man es nimmt, Sophie«, antwortete Toni geheimnisvoll. »Doch das soll der Rudi dir selbst erläutern.«

Der machte eine kleine Verbeugung, bevor er zu sprechen begann. »Neu ist das Rezept dieser Torte nicht, Fräulein von Werdenfels«, erläuterte er. »Es stammt von meiner Großmutter, die russischer Herkunft war. Das Gebäck nennt sich Malakoff. Meines Wissens führt noch kein einziges Café in Wien diese Torte.«

»Ich habe das Rezept meiner Großmutter natürlich etwas abgewandelt und verfeinert«, fügte der Konditormeister stolz hinzu. »Unter eifriger Mithilfe des lieben Toni. Eine ganze Woche lang haben wir abends in der Backstube gewerkelt, bis wir endlich mit dem Ergebnis zufrieden waren.«

Sophie war einerseits gerührt, andererseits beunruhigt, da sie ahnte, weshalb die beiden diese Mühe auf sich genommen hatten. Mittlerweile gewohnt, gleich auf den Punkt zu kommen, fragte sie: »Und nun glaubt ihr beide, das könnte die nächste Novität des Cafés sein?«

»So ist es, Sophie«, bestätigte Toni. »Denn mit dieser Torte hat es eine ganz besondere Bewandtnis. Vielleicht möchtest du erst einmal ein Stückerl kosten?«

Noch ehe Sophie zustimmen konnte, schnitt Wallner ihr bereits ein kleines Tortenstück heraus. Er platzierte es mit einem Tupfen Schlagobers auf einem Teller und reichte es ihr.

Sophie stach ein Stückchen davon ab und führte es zum Mund. Sofort verbreitete sich ein exotisches Aroma von Alkohol und Frucht auf ihrer Zunge. Etwas Vergleichbares hatte sie tatsächlich noch nie gegessen.

»Ein sehr ansprechender Geschmack, Herr Wallner!«, lobte sie. »Was für Zutaten haben Sie verwendet?«

»Unter anderem den besten Rum, der in Wien zu bekommen war.«

Von diesem Getränk hatte Sophie bislang nur gehört, es aber noch nie gekostet. »Ist das nicht eine Art Schnaps aus Zuckerrohr?«, erkundigte sie sich erstaunt.

»So ist es. Ich habe den Rum allerdings mit etwas Ananassaft gemischt. Meine Großmutter stammte aus einfachen Verhältnissen und lebte in einer Hafenstadt am Schwarzen Meer, bevor sie meinen Großvater heiratete und nach Österreich kam. Rum ist unter Seeleuten ein sehr gebräuchliches Getränk. So gelangte er wahrscheinlich auch in den Malakoff, den es in der Familie meiner Großmutter nur an hohen Festtagen gab. Ananas gehört dagegen nicht zu den Originalzutaten. Selbst wenn meine Großmutter diese Frucht überhaupt gekannt hätte, wäre sie zu teuer für sie gewesen. Aber die Ananas stammt aus einer ähnlichen Region unserer Erde wie das Zuckerrohr, aus dem der Rum hergestellt wird. So kam ich auf die Idee, sie als Zutat hinzuzufügen.«

Sophie nahm noch einen Bissen und ließ ihn auf der Zunge zergehen. »Es schmeckt wie eine einzige Masse«, konstatierte sie. »Keine Butter- oder Schlagobers-Creme zwischen Tortenböden, sondern irgendeine andere Art der Zusammensetzung. Habe ich recht?«

Immer noch lächelnd, nickte der Konditormeister. »So ist es, Fräulein von Werdenfels. Nur der untere Boden wird als Ganzes gebacken. Die restlichen Schichten bestehen aus Biskotten, die vor dem Einschichten in die Tortenform in mit Rum versetzte Milch getaucht werden. Die Biskotten werden abwechselnd mit der Creme und den Ananasstücken in die Form geschichtet. Schauen S' her!«

Er zeigte auf das Innere der angeschnittenen Torte. »Das ist eine weitere Besonderheit des Malakoff. Während wir bei anderen Kuchen ängstlich darauf bedacht sind, dass die Böden durch den Belag nicht aufweichen, ist es hier im Gegenteil gewollt. Auch die Herstellung der Torte ist relativ einfach. Die einzelnen Schichten werden nacheinander in die Form gefüllt, mit einer Cremeschicht als Erstes und dem gebackenen Boden ganz zuoberst. Dann wird das Gefäß mindestens eine Nacht in die Kühlkammer gestellt und sein Inhalt später gestürzt und verziert.«

»In der Kühlkammer halten sich die noch nicht gestürzten Torten außerdem eine Weile. Dadurch ist es möglich, einen größeren Vorrat herzustellen«, beendete Wallner seine Ausführungen.

Sophie nahm zwei weitere Bissen. Danach fühlte sie sich abrupt gesättigt. »Diese Torte ist offensichtlich sehr reichhaltig. Obwohl Sie mir nur ein kleines Stück aufgelegt haben, kann ich den Rest kaum mehr aufessen.«

»Ein weiterer Vorteil des Malakoff«, bestätigte Herr Wallner. »Sie sehen ja, dass ich nur eine kleine Torte hergestellt habe, um Sie diese heute probieren zu lassen. Doch das wäre auch exakt die Größe, die wir im Café Prinzess anbieten würden.«

»Also wären die Stücke sehr viel kleiner als bei unseren anderen Mehlspeisen?« Wieder fühlte Sophie eine leise Beunruhigung. »Würde das unseren Gästen nicht auffallen?«

»Nur, bevor sie den Malakoff gekostet haben. Denn der Hauptbestandteil der Creme ist viel feine Butter. Nur gemischt mit gemahlenen Nüssen, Eiern und Zucker. Nicht mit Milch und starkem Kaffee wie zum Beispiel bei der Creme der Mokkaprinzentorte. Die einzige Flüssigkeit, die hinzugefügt wird, sind ein paar Esslöffel Rum und Ananassaft. Das macht die Torte sehr gehaltvoll. Viel kann man davon also gar nicht essen, bis man sich, wie Sie gerade auch, gesättigt fühlt.«

Sophie war noch nicht überzeugt. »Und Sie, Herr Wallner, und du, Toni, ihr meint beide, dass ausgerechnet diese Torte die neue Spezialität im Café Prinzess werden sollte?«, fragte sie zweifelnd.

Über die Gesichter der beiden huschte ein Schatten. Toni antwortete zuerst: »Eben weil die Torte in Wien noch nicht bekannt ist, haben wir uns gedacht, dass der Malakoff eine Art Köder sein könnte, um neugierige Gäste wieder ins Café Prinzess zu locken. Indem man ihnen ein kleines Stück dieser Torte zum Probieren anbietet, ohne dass sie das einen Heller kostet.«

»Somit ginge kein Gast ein Risiko ein, wenn er sich von dieser Novität beim ersten Mal verführen lässt. Bis auf die Ananas ist der Malakoff in der Herstellung relativ preiswert«, ergänzte Wallner.

»Und wem der Malakoff nach dem Probieren zu mächtig ist, wird sich danach womöglich eine andere unserer Mehlspeisen bestellen. Wem der Malakoff dagegen mundet, wird mehr davon haben wollen.«

Sophie ließ sich Tonis und Wallners Argumente durch den Kopf gehen. »Ihr habt recht, wenn ihr annehmt, dass man Kunden dadurch neugierig machen kann, dass sie etwas kostenlos erhalten. Es würde jedoch nur funktionieren, wenn diese Aktion in ganz Wien bekannt wird. Und das bedeutet, dass wir erneut eine große Werbekampagne mit teuren Annoncen starten müssten«, gab sie zu bedenken. »Lohnt sich das, um möglicherweise ausschließlich Gratisproben an unsere Gäste zu bringen?«

Toni nickte energisch. »Dass das Café Prinzess etwas bei seinen Gästen gutzumachen hat, steht leider außer Frage, Sophie. Deshalb wird es niemanden wundern, wenn wir diesmal mit einer kostenlosen Tortenprobe locken. Aber ich habe mir noch etwas Zusätzliches überlegt, das Aufsehen erregen wird. Und das ich angesichts deines großen Pechs in den letzten Monaten sogar aus meiner eigenen Tasche bezahlen und dir schenken würde.« Er griff hinter sich und nahm ein zusammengerolltes Papier aus einer Lederhülle. »Schau einmal her!«

Toni entrollte die farbige Skizze einer Schaufensterdekoration. Sie zeigte männliche und weibliche Figuren bei einer

Schlittenfahrt, dick in Pelze und Fellmützen eingehüllt, inmitten einer russisch anmutenden, verschneiten Landschaft. Auf dem Rücksitz des vordersten Schlittens in der Mitte der Szenerie stand die Malakoff-Torte.

»Ich musste Gustav Klimt einhundertfünfzig Gulden anbieten, bis er sich endlich dazu bereit erklärt hat, noch einmal eine Schaufensterdekoration herzustellen«, betonte Toni. »Allein dadurch werden viele Neugierige angelockt werden. Rudi Wallner hat sich außerdem bereits ein Rezept für Rumtrüffel überlegt, die wir zusätzlich anbieten könnten.«

»Also, Sophie, nun gib deinem Herzen einen Stoß!«, forderte Toni sie schließlich auf, als sie immer noch zögerte.

Auch angesichts der Enttäuschung, die sich bereits auf Rudi Wallners Gesicht zeigte, überwog Sophies Rührung über die viele Mühe, die sich die beiden bereits mit dieser Idee gemacht hatten, ihre Bedenken.

»Also gut«, stimmte sie zu. »Ich danke euch von Herzen für euren Einsatz.« Dann fiel ihr noch etwas ein. »Doch wir müssen uns mit der Einführung des Malakoff beeilen. Wenn die Schaufensterdekoration zu der Torte passen soll, müssen wir sie noch im Winter anbieten. Doch es ist bereits Februar. Also muss es schnell gehen!«

Sie wandte sich zuerst an Toni. »Wird Klimt denn die Schaufensterdekoration diesmal rechtzeitig herstellen?«

Der errötete leicht. »Sie ist bereits fertig«, gestand er. »Das Risiko, dass wir wieder wochenlang darauf warten müssen, wollte ich nicht eingehen.«

»Du hast einhundertfünfzig Gulden aus deiner eigenen Tasche ausgegeben, ohne zu wissen, ob ich dem Malakoff zustimmen würde?«, fragte sie ungläubig.

»Für irgendetwas wäre die Dekoration ja auf jeden Fall nütze gewesen«, erwiderte Toni.

Ob seiner Großzügigkeit kamen Sophie nun fast die Tränen.

»Und die Torten kann ich ebenfalls in wenigen Tagen bereitstellen«, ergänzte Wallner. »Schließlich wollen wir doch alle, dass es mit dem wunderbaren Café Prinzess endlich wieder aufwärtsgeht.«

Kriegsministerium Am Hof

Februar 1896

Richard streckte seinen schmerzenden Rücken und griff nach der letzten Akte des heutigen Tages. Gerade hatte er seinen Bericht über eine Inspektionsreise einiger böhmischer Standorte verschiedener k.u.k. Regimenter abgeschlossen. Nun fehlte nur noch die Durchsicht des täglichen Berichts aus dem Evidenzbüro. Generaloberst Beck hatte Richard die Aufgabe übertragen, sich jeden Abend vor seinem Dienstschluss einen Überblick über die Ergebnisse der verschiedenen Geheimdienstgruppen zu verschaffen. Er selbst wollte nur dann unterrichtet werden, wenn es außergewöhnliche Ereignisse gäbe.

Rasch überflog Richard den Bericht. An diesem Abend wollte er unbedingt pünktlich ins Palais Thurnau zurückkehren. Denn nach dem Diner sollte endlich das Gespräch zwischen Amalie, ihm und Amis Vater Adalbert stattfinden.

Zum Glück schien heute im Evidenzbüro nichts Besonderes eingegangen zu sein. Ein französischer Spion im Auftrag der k.u.k. Monarchie hatte über einige unerhebliche Beobachtungen aus dem Pariser Kriegsministerium berichtet. Ein enttarnter Doppelspion, der sowohl für Österreich als auch für Italien tätig war, wurde weiterhin ausgeforscht. Bislang, ohne ihn dingfest machen zu können. In dieser Tonart ging es noch eine Weile weiter. Bisher gab es nichts Wichtiges, das Richard morgen früh an seinen Vorgesetzten weitergeben müsste.

Seufzend schlug er eine weitere Seite um, in der Erwartung, auf dieser die Fortsetzung des Berichts vorzufinden. Um dann ungläubig auf ein Dokument zu starren, das in dieser Akte überhaupt nichts zu suchen hatte. Es war eine Kopie, die einen Teil der Pläne zum Ausbau der Festung Przemysl zeigte, die dicht an der russischen Grenze in Galizien lag. Unter ihr befanden sich noch weitere Kopien. Im Falle einer kriegerischen Auseinandersetzung mit Russland kam der Festung eine ganz besondere Bedeutung zu. Deshalb sollte sie unter anderem mit hochmoderner Artillerie ausgestattet werden.

Wie kamen diese Geheimdokumente in die Akte über die Tagesergebnisse des Evidenzbüros? Erst vorgestern hatte Richard sie im Auftrag von Generaloberst Beck seinem Cousin Fredl ausgehändigt. Mit der unmissverständlichen Aufforderung, diese Pläne sofort seinem Vorgesetzten, Oberstleutnant Kolossváry, der im Januar die Leitung des Evidenzbüros übernommen hatte, zu übergeben. Auf Empfehlung seines Vorgängers hatte dieser Fredl zu seinem persönlichen Sekretär ernannt. Fredl war daher auch für die Zusammenstellung des täglichen Geheimdienstberichts verantwortlich. Offensichtlich waren ihm die Kopien versehentlich in den dafür bestimmten Aktendeckel geraten.

Richard besah sich den zuoberst liegenden Plan. Sofort fiel ihm ein kleiner Riss ins Auge, außerdem an einer anderen Stelle ein dünner Rand, wie ihn ein Tintenfass hinterlassen haben könnte, das man darauf abgestellt hatte.

Obwohl die Kopie nur ein Teilstück der Festungspläne wiedergab, ging dieser unsachgemäße Umgang mit solch wichtigen Geheimdokumenten Richard entschieden zu weit. Er warf einen raschen Blick auf seine Taschenuhr. Schon kurz nach sieben Uhr. In weniger als einer Stunde wurde er zum Diner im Palais Thurnau erwartet. Trotzdem stand er auf, um das Büro seines Cousins aufzusuchen, das einen Stock über seinem eigenen Kontor lag. Die Pläne nahm er allerdings nicht mit, sondern schloss sie zuvor in seinem eigenen Schreibtisch ein. Nicht ohne ein paar andere Papiere darüber zu schichten. Mit diesen Dokumenten der allerhöchsten Geheimhaltungsstufe konnte man nicht vorsichtig genug sein.

Das wollte er auch Fredl einschärfen und ihm damit drohen, eine solche Nachlässigkeit beim nächsten Mal ihren beiden Vorgesetzten zu melden.

Aufgrund der fortgeschrittenen Zeit nahm Richard zwei Stufen der steilen Treppe auf einmal. Doch als er außer Atem vor dem Kontor seines Cousins ankam, fand er die Tür verschlossen vor. Offensichtlich war Fredl bereits nach Hause gegangen.

Auch gut, dachte Richard bei sich. *Dann komme ich heute Abend wenigstens nicht zu spät. Aber gleich morgen werde ich mit Fredl in aller Deutlichkeit sprechen.*

Dann machte er sich auf seinen kurzen Heimweg und konzentrierte sich dabei auf das bevorstehende Gespräch, von dem so viel für ihn abhing. Fredl und die geheimen Festungspläne waren erst einmal vergessen.

Palais Thurnau in der Herrengasse

Februar 1896, am selben Abend

»Nun, ihr beiden, was wollt ihr denn mit mir bereden?«

Adalbert von Thurnau sah erwartungsvoll von einem zum anderen und versuchte vergeblich, seine Nervosität zu verbergen. An seinem unsteten Blick und seiner aufgesetzten Fröhlichkeit erkannte Richard seine innere Spannung.

Er und Amalie saßen Adalbert gegenüber in der Bibliothek. Der Diener Sieber hatte Getränke bereitgestellt, die jedoch noch niemand angerührt hatte.

Richard räusperte sich. Er hatte zuvor mit Amalie abgesprochen, dass er zuerst sprechen wollte. »Lieber Adalbert! Wir sind heute Abend zusammengekommen, um dir eine schwerwiegende Entscheidung mitzuteilen, die wir beide einvernehmlich getroffen haben.« Sogar für seine eigenen Ohren klang er zu salbungsvoll und bemühte sich daher um einen weniger steifen Tonfall. »Eine Entscheidung, die sowohl Ami als auch mir unser zukünftiges Leben erleichtern wird.«

Adalberts Lächeln erstarrte. »Worum geht es euch denn?« Jetzt zitterte seine Stimme leicht.

»Wir haben beschlossen, uns zu trennen – nicht nur von Tisch und Bett –, sondern unseren Ehebund gänzlich zu lösen.«

»Aha!«, machte Adalbert, dem erst einmal die Worte fehlten. »Und warum so plötzlich?«, krächzte er schließlich.

Richard sammelte sich innerlich für die mit Ami abgesprochene Lüge. »Du weißt, lieber Adalbert, dass wir es in jüngster Zeit noch einmal aufrichtig miteinander versucht haben. Und zumindest Amalie und du habt euch eine kurze Zeit lang der irrigen Hoffnung hingegeben, sie wäre endlich wieder guter Hoffnung. Meine eigene Freude darüber währte jedoch nur einige Stunden, bis Amalie erkannte, dass lediglich ihre stillen Tage eine Weile ausgeblieben waren.«

Adalbert musterte ihn scharf. Richard hoffte, dass er überzeugend genug gewirkt hatte.

»Das ist doch kein Grund, euch gleich scheiden zu lassen. Ihr seid beide noch jung genug, um einen ganzen Stall voller Kinder zu bekommen.«

Da sie mit dieser Antwort gerechnet hatten, waren sie darauf vorbereitet. Jetzt kam die Reihe an Amalie, darauf zu reagieren.

»Du weißt sehr gut, Vater, dass weder Richard noch ich selbst gefragt wurden, ob wir diese Verbindung eingehen und ihr zustimmen wollen. Jetzt haben wir in einem sehr offenen Gespräch festgestellt, dass wir einfach nicht zueinander passen. Wir schätzen uns zwar gegenseitig, aber wir lieben uns nicht. Vielleicht liegt es auch daran, dass unsere Ehe bislang kinderlos geblieben ist.«

»Wohl eher daran, dass ihr es viel zu selten versucht habt!«, sagte Adalbert mit brutaler Offenheit. »Vor allem du, Richard, hast dich doch kaum darum bemüht, Amalie zu schwängern.«

Auf diesen Vorwurf war Richard zu seinem Ärger nicht vorbereitet. Er hatte nicht damit gerechnet, dass Amis Vater dieses delikate Thema so direkt ansprechen würde. Deshalb reagierte er spontan.

»Und daran würde sich auch in Zukunft nichts ändern, Adalbert. Ich begehre Amalie schon lange nicht mehr und sie mich auch nicht. Innerlich habe ich mich immer gegen diese erzwungene Ehe gesperrt. Und das Amalie büßen lassen, was ich heute bereue, da ich sie damit tief verletzt habe. Aber ich hätte mich nie auf dieses Arrangement einlassen dürfen.«

Adalbert unternahm einen weiteren Versuch der Gegenwehr, diesmal mit Richards eigenen Argumenten. »Wenn du aber doch zu dieser Einsicht gelangt bist, Richie, dass du Ami bislang unglücklich gemacht hast, warum machst du es dann nicht ab sofort wieder gut? Ich bin sicher, sie wird dir verzeihen, wenn du dir nur ausreichend Mühe gibst.«

»Nein, das werde ich nicht tun!«, entgegnete Amalie heftig. »Denn auch ich liebe Richard nicht mehr.« Etwas ruhiger fuhr sie fort. »Wir haben uns gegenseitig das Leben lange genug schwer gemacht. Auch ich trage meinen Anteil daran. Die Liebe blieb in all der Zeit der Entzweiung leider auf der Strecke.«

»Hast du deshalb diese Affäre mit Maxi begonnen?«, kam Adalbert den beiden in ihrer Argumentation jetzt ungewollt entgegen.

»Ja, das habe ich«, bestätigte Amalie trotzig. »Aber Maxi hat mich noch weit schäbiger behandelt, als Richard es jemals getan hat. Für ihn war ich nicht viel besser als eine Luxusprostituierte. Du warst doch ebenfalls bei dem Gespräch dabei, als er das mehr oder weniger offen eingestand. Richard hat wenigstens aufgehört, mit mir zu schlafen, als ihm klarwurde, dass er mich niemals lieben könnte.«

»Wann soll das gewesen sein?«

»Schon nach Amis Fehlgeburt am Abend der Hochzeit«, gestand Richard. »Ich wünschte ihr damals von Herzen, dass sie wieder gesund wird. Aber ich verfluchte die Sackgasse, in die wir uns beide vor dem Altar im Stephansdom begeben haben, von Anfang an.«

Adalberts Gesichtszüge wurden starr. »Also habt ihr beide mich soeben gerade belogen. Ihr habt euch also gar nicht wieder miteinander versöhnt, daher konnte Ami auch nicht schwanger sein!« Er holte tief Luft. »Und wenn ich mein Einverständnis zu einer Scheidung verweigere?«

»Dann würdest du zumindest Amalie sehr unglücklich machen«, erwiderte Richard, wie sie es vorher vereinbart hatten. »Denn ich werde die Scheidung einreichen, mit oder ohne dein Einverständnis.«

»Und ich werde mich nicht dagegen wehren«, ergänzte Amalie mit fester Stimme. »Ich bin jetzt noch jung genug, um einen anderen Gatten zu finden, den ich lieben kann und der mich wiederliebt, Vater. Zumindest, wenn unsere Trennung in aller Stille und ohne jeden Skandal verläuft.«

Dass Amalie in Wirklichkeit ihr heimliches Verhältnis mit Schorsch, dem Fiaker-Gehilfen, fortzusetzen und sich daher gegen jede neue Verheiratung zu wehren gedachte, verschwieg sie ihrem Vater tunlichst.

Deshalb verfing Richards nächstes Argument durchaus bei ihm. »Dabei solltest du Folgendes bedenken, Adalbert! Der Grund, dass du uns zu dieser Heirat gezwungen hast, war der, dass Amalie aufgrund eines ihrer Jugend geschuldeten Fehltritts keine Jungfrau mehr war. Du wolltest nicht riskieren, sie einem Ehemann anzudienen, der dies in der Hochzeitsnacht womöglich bemerken und sie deshalb gleich am nächsten Tag verstoßen würde.«

»Und weil keinesfalls gesichert war, ob sie überhaupt noch einmal empfangen könnte«, warf Adalbert grimmig ein.

Amalie wich seinem stechenden Blick betreten aus. Doch

Richard sprang für sie in die Bresche. »Dass Amalie ein Kind empfangen kann, ist erwiesen. Die zweite Fehlgeburt am Abend unserer Hochzeit mag damit zusammenhängen, dass sie sich zuvor zu wenig geschont hat. Also ist es durchaus möglich, dass sie ein Kind austragen kann, wenn sie nach der nächsten Empfängnis vorsichtiger ist. Doch zu einer solchen Empfängnis gehören nun einmal zwei«, endete er vielsagend.

»Und es gibt noch etwas, das Richard mir nicht geben kann, obwohl ich es mir sehr wünsche, von dem ich bei der Verlobung aber noch gar nichts wusste«, sagte Amalie. Ursprünglich hatte sie sich dagegen gesträubt, dieses Argument anzuführen. Doch Richard hatte sie schließlich davon überzeugt, dass es möglicherweise dabei helfen würde, die Zustimmung ihres Vaters zu erhalten.

»Dass ich an Richards Seite jemals Gräfin werde, ist unwahrscheinlich. Denn Majoratsherr und damit Titelträger der Löwensteiner wird er kaum werden können, denn sein Cousin Alfred ist jung und gesund. Und das Obersthofmeisteramt hat die Befürwortung unseres Antrags gegenüber dem Kaiser, den Grafentitel ›von Thurnau‹ auf Richard zu übertragen, davon abhängig gemacht, dass ich mindestens einen männlichen Nachkommen gebäre. Doch in dieser Hinsicht drehen wir uns im Kreis, wie wir dir ja gerade auseinandergesetzt haben.«

»Also gib uns heute deinen Segen, in Frieden auseinanderzugehen, und uns beiden damit die Chance, in unserem Leben doch noch glücklich zu werden. Was wir uns gegenseitig angetan haben, können Richard und ich uns verzeihen. Aber miteinander leben können wir nicht.« Amalies Tonfall klang endgültig.

Adalbert stand auf, trat an den Servierwagen und goss sich ein Glas Cognac ein. Damit trat er an ein Fenster der Bibliothek und blickte eine Weile schweigend hinaus auf die Herrengasse.

Derweil warteten Amalie und Richard mit klopfendem Herzen auf seine Entscheidung. Schließlich drehte sich Adalbert um.

»Ich habe mir eure Argumente für eine Scheidung noch einmal durch den Kopf gehen lassen. Und stimme dir, Richard, tatsächlich dahingehend zu, dass niemand bei einer neuen Verehelichung Amalies eine jungfräuliche Braut erwarten wird. Wenn ich dir, Amalie, die du ja ohnehin meine einzige Erbin bist, eine großzügige Mitgift aussetze, dürfte sich daher so manch ein jüngerer Sohn aus einer alten Adelsfamilie finden, der nur allzu bereit ist, dich zur Frau zu nehmen. Da er ansonsten sein Leben lang vom Wohlwollen des Majoratsherrn seiner eigenen Familie abhängig bleiben wird.«

Obwohl Adalbert seine Worte an Amalie und Richard richtete, kam es den beiden so vor, als würde er auf diese Weise seine Gedanken ordnen und auch gleich auf ihre Richtigkeit hin prüfen. Er nahm wieder in seinem Sessel Platz und trank sein Glas in einem Zug leer.

»Zudem könnte sich ein jüngerer Sohn Hoffnungen auf einen Titel machen, den er aus eigener Kraft nicht erhalten kann. Denn den Antrag beim Obersthofmeisteramt, meinen Grafen-Titel nach meinem Tod auf den Schwiegersohn zu übertragen, werde ich natürlich nicht zurückziehen. Und nachdem für eine Empfängnis Liebe und Leidenschaft nun einmal die besten Voraussetzungen sind, mag das, was euch beiden unmöglich war, in einer neuen Verbindung ganz einfach vonstattengehen.«

Erst jetzt hob Adalbert den Kopf und sah Amalie und Richard wieder an. »Dennoch ist eure Scheidung an eine Bedingung geknüpft.« Er atmete tief ein. »Kaiser Franz Joseph muss seine Zustimmung dazu erteilen. Denn tut er es nicht, verliere ich meine Hoffähigkeit. Und dieser Preis ist mir für eure Scheidung zu hoch. Zumal du, Amalie, als eine ohne Billigung des Kaisers geschiedene Frau deine gesellschaftliche Stellung verlieren würdest. In diesem Fall würde ich euch also ebenfalls meine Zustimmung verweigern.«

»Wir sind beide volljährig«, fuhr Richard auf, obwohl auch

schon Sophie ihn seinerzeit im Sacher-Garten auf diese mögliche Hürde hingewiesen hatte. »Und sind von niemandes Erlaubnis abhängig, um uns zu trennen.«

»Wenn Seine Majestät eure Scheidung missbilligt, könnt ihr natürlich trotzdem tun, was ihr wollt. Offiziell ist das nur ein formaler Akt ohne juristische Relevanz«, räumte Adalbert ein. Doch seine Stimme klang drohend, als hätte er noch ein schlagendes Argument in der Hinterhand. »Was dein Onkel Maximilian tut, wenn er und deine ganze Familie bei Hofe geächtet werden, weiß ich nicht, und es ficht mich auch nicht an, Richie. Ich jedenfalls werde dich, Amalie, dann aber als meine Tochter verstoßen, solltest du dich unter dieser Voraussetzung meinem Willen widersetzen und dich nicht gegen die Scheidung wehren. Und danach würde ich Seine Majestät auf Knien bitten, mich nicht für meine störrische Tochter büßen zu lassen.«

Richard und Amalie saßen wie erstarrt. Mit einer solchen Konsequenz hatte keiner von ihnen gerechnet. Richard fasste sich als Erster wieder und gab Adalbert die entsprechende Antwort.

»Dann werden wir also ein entsprechendes Ersuchen beim Obersthofmeisteramt einreichen. Ich werde mich dabei von einem ausgewiesenen Juristen beraten lassen, um die richtigen Formulierungen zu finden und Scheidungsgründe anzugeben, die für Seine Majestät akzeptabel sind.«

Adalbert nickte ohne ein Lächeln.

»So soll es denn sein. Aber bedenkt bitte beide, dass ihr als Adelige im konservativen Habsburgerreich mit einer Scheidung Gefahr lauft, noch viel unglücklicher zu werden, als ihr es bereits seid. Im Hochadel geht es anders zu als in der halbseidenen Künstlerszene. In unseren Kreisen gilt eine Scheidung noch immer als Makel. Also, warten wir ab, wie Seine Majestät, Kaiser Franz Joseph, entscheiden wird.«

Auf dem Weg vom Evidenzbüro zu Fredls Wohnung

Februar 1896, einen Tag später

Fredl war schweißgebadet, als er sich endlich auf den Weg zu seiner Wohnung im 4. Bezirk machte. Tagsüber hatte er das Gespräch, das sein Cousin Richard am Morgen mit ihm geführt hatte, noch so gut wie möglich verdrängt. Aber jetzt holten ihn Richards eindringliche Worte wieder ein.

»Wie konntest du nur solch wichtige Dokumente so nachlässig behandeln, dass sie in die tägliche Berichtsakte geraten sind? Hatte ich dir nicht befohlen, die Pläne nur Oberstleutnant Kolossváry persönlich zu übergeben, der sie höchstselbst in Verwahrung nehmen sollte?«

»Ich … ich kann mir das auch nicht erklären«, hatte Fredl gestammelt. Und dann Zuflucht zur erstbesten Lüge genommen, die ihm einfiel. »Vielleicht hat der Oberstleutnant die Festungspläne ja wieder aus dem Tresorschrank genommen, in dem er sie nach der Übergabe verwahrt hat. Dabei sind ihm die Pläne womöglich in den Papierstapel geraten, den er mir täglich zur Durchsicht übergibt. Und mir dann versehentlich in die Berichtsakte gerutscht.«

Richards Miene konnte Fredl ansehen, dass er diese Möglichkeit als pure Ausrede für seine Schlampigkeit betrachtete. Aber zum Glück ließ sein Cousin es mit einer weiteren Mahnung bewenden. »Beim nächsten Mal muss ich einen solch schwerwiegenden Vorfall melden, Fredl. Sowohl deinem als auch meinem eigenen Vorgesetzten. Also gib besser Acht!«

Das habe ich nun davon, mich auf ein solch gefährliches Spiel eingelassen zu haben, dachte Fredl jetzt ingrimmig. Um sich abzukühlen, hatte er auf die Mietdroschke verzichtet, die er sonst allabendlich zu nehmen pflegte, und war zu Fuß gegangen.

Zum Glück hatte Richard wenigstens die beiden Malheurs nicht erwähnt, die ihm gestern zusätzlich noch passiert waren, als er die Pläne am späten Nachmittag hastig in seinem Kontor abfotografierte. Dabei war im Originaldokument ein kleiner Riss entstanden, als er den mehrmals gefalteten Grundriss der Feste auseinanderschlug. Dann hatte auch noch das Tintenfass, das er zum Beschweren des Papiers benutzte, einen Rand darauf hinterlassen. Bei den restlichen Fotografien hatte Fredl sich dann besser vorgesehen. Doch zu allem Unglück war ausgerechnet gestern Abend Oberstleutnant Kolossváry länger geblieben als üblich. Sodass Fredl die Pläne nicht unauffällig wieder in dessen Tresorschrank, zu dem er einen Nachschlüssel besaß, zurücklegen konnte.

Völlig außer sich vor Angst, er könne auffliegen, war Fredl dann in sein eigenes Kontor zurückgekehrt, um hastig den Geheimdienstbericht fertigzustellen. Aus unerfindlichen Gründen glaubte er, sich sogar daran zu erinnern, die Festungspläne zuvor in seinem eigenen Schreibtisch eingeschlossen zu haben. Doch offenbar trog ihn sein Gedächtnis vor lauter Nervosität. Unbemerkt waren die Dokumente stattdessen in die Richard übergebene Akte geraten.

Schon gestern Abend hatte Fredl sich vorgenommen, eine solch gefährliche Aufgabe vorerst nicht mehr zu übernehmen. Jetzt, nachdem Richard seinen fatalen Fehler entdeckt hatte, wollte er sogar noch einen Schritt weitergehen. Aus Eydtkuhnen würde ihm, wie immer postlagernd, eine erkleckliche Geldsumme in bar zugeschickt werden, sobald die Fotografien entwickelt waren. Obwohl er seinen Vorschuss von zweihundert Gulden längst ausgegeben hatte, wollte Fredl nun zur Sicherheit mindestens sechs Wochen vergehen lassen, bis er den Geldbrief auf dem Postamt abholte. Falls Richard schon Verdacht geschöpft hätte und ihn beobachten ließe.

Das musste auch Dimitri verstehen. Schließlich nutzte es weder ihm noch Fredl, wenn dessen Maulwurfstätigkeit entdeckt würde. Wohl war Fredl nicht dabei, wenn er sich Dimitris Reaktion vorstellte. Doch diesmal würde er nicht nachgeben.

Kapitel 24

Café Prinzess

Sonntag, 1. März 1896

»Bitte, meine Damen, wenn Sie so freundlich sein möchten, noch einen Moment lang im benachbarten Kaffeehaus Platz zu nehmen«, sprach Sophie die beiden Frauen an, die soeben das Café Prinzess betreten hatten und sich suchend nach einem freien Tisch umsahen. »Dort haben wir heute eigens einen Bereich für Gäste des Cafés abgetrennt. Selbstverständlich können Sie Ihre Bestellung auch dort aufgeben. Oder zumindest bereits die Malakoff-Torte kosten, wenn Sie nicht auf den nächsten freien Tisch im Café warten möchten.«

Es war Sonntagnachmittag gegen vier Uhr, und Sophie, Mina und Ida hatten bereits seit dem späten Vormittag alle Hände voll zu tun, um der ununterbrochen ins Café Prinzess strömenden Kundschaft einen Platz zu verschaffen. Die ersten Familien waren bereits nach dem Kirchgang im nahen Stephansdom ins Café gekommen, um die Novität zu kosten, die Sophie in den beiden vergangenen Wochen täglich in allen auflagenstarken Wiener Gazetten angepriesen hatte.

Vom Erfolg dieser Werbeaktion war Sophie nahezu überwältigt. Jetzt begleitete sie die Damen persönlich durch den Flur ins Kaffeehaus. Auch der dortige Lesebereich, den Toni Schleiderer Sophie für diesen besonderen Nachmittag in der Hoffnung auf einen Besucheransturm zur Verfügung gestellt hatte, war bereits nahezu besetzt. Wie viele Gäste vor ihnen, entschieden sich auch die beiden Damen dafür, sofort zu bestellen.

Sophie verspürte eine große Dankbarkeit gegenüber Toni, der ihr auch schon bei der Vorbereitung des heutigen Tages eine große Hilfe gewesen war. Von ihm stammte die Idee, das Publikum in Wien von Tag zu Tag neugieriger auf die Malakoff-Torte zu machen. Er überzeugte Sophie davon, täglich Anzeigen zu schalten, obwohl dies erhebliche Kosten verursachte, die durch die Einnahmen des heutigen Tages natürlich bei Weitem nicht gedeckt werden würden. »Doch auf Dauer rechnet sich diese Investition allemal«, argumentierte er. »Du wirst sehen, nicht nur deine Stammgäste kehren danach wieder in Scharen ins Café zurück.«

Um die Spannung der Kundschaft zu steigern, waren die Annoncen geschickt formuliert worden. Sie machten an jedem Tag mit der Zeitspanne auf, die es noch dauerte, bis die Malakoff-Torte zum ersten Mal im Café Prinzess präsentiert werden würde. Versehen mit einer kunstvollen Zeichnung der Torte, die Gustav Klimt als Gratis-Dreingabe für sein exorbitant hohes Honorar für die Schaufensterdekoration beigesteuert hatte, hieß es im Text der gestern erschienenen, besonders großflächigen Anzeigen:

Morgen ist es endlich so weit!
Jetzt müssen Sie, verehrte Kundschaft, nur noch
EINEN TAG
warten, um unsere neue Spezialität kostenlos zu probieren:
! Die MALAKOFF-Torte !
Kreiert nach einem russischen Geheimrezept!

Vor einer Woche war in den Werbetexten zusätzlich noch auf die Schaufensterdekoration hingewiesen worden, die Toni Schleiderer Sophie geschenkt hatte.

Und tatsächlich hatten sich nicht nur die Kinder, sondern

auch viele Erwachsene die Nase an der Schaufensterscheibe plattgedrückt, um Gustav Klimts neuestes Kunstwerk zu bestaunen. Denn Toni hatte im Gegenzug für das hohe Honorar zum ersten Mal Klimts Erlaubnis erwirkt, ihn öffentlich als den Urheber dieses Kunstwerks nennen zu dürfen. Bei den vorigen Dekorationen hatte der Maler stets darauf bestanden, anonym zu bleiben.

Dass viele Bewunderer der neuen Schaufensterdekoration außerdem gleich ins Café Prinzess einkehrten oder zumindest etwas an der Verkaufstheke erstanden, sorgte dafür, dass die Umsätze schon in der vergangenen Woche endlich wieder die ehemals gewohnte Höhe erreicht hatten.

Toni Schleiderer hatte Sophie auch den Rat gegeben, keinen Besucher abzuweisen. Stattdessen bot er an, an diesem besonderen Tag den Lesesaal des Kaffeehauses nach der Mittagszeit zur Verfügung zu stellen, falls die Plätze im Café Prinzess zu knapp würden. Da dies ab dem Nachmittag der Fall war, baten Toni und der Oberkellner Herr Franz die männlichen Gäste im Spielbereich, den vielen Damen zuliebe zumindest auf das Rauchen schwerer Zigarren zu verzichten.

Dass der 1. März, der auf einen Sonntag fiel, das ideale Datum war, um den Malakoff einzuführen, hatte wiederum Ida als Idee beigesteuert. »Ein neuer Monat, eine neue Torte«, überzeugte sie Sophie, die die Aktion ursprünglich lieber schon eine Woche früher gestartet hätte. Doch ihre Sorge, ein vorzeitiger Frühlingseinbruch könne das Interesse an dieser eher winterlichen Novität mindern, stellte sich heute Morgen als unnötig heraus. Zwar schien die Sonne von einem azurblauen, nahezu wolkenlosen Himmel, doch in der Nacht hatte es Stein und Bein gefroren. Auch den ganzen Tag über war es draußen bitterkalt. Das ideale Wetter, um, in dicke Pelze gehüllt, einen kleinen Spaziergang zu machen und sich danach in der wohlig warmen Gaststube des Café Prinzess verwöhnen zu lassen.

Der Malakoff fand zu Sophies Freude riesigen Anklang. Die

meisten Herren, aber auch etliche Damen bestellten sich nach der Gratisprobe ein weiteres Stück zum regulären Preis. Wem die Torte zu reichhaltig war, wich, wie es Toni vorausgesagt hatte, auf leichtere Mehlspeisen aus.

Der einzige kleine Wermutstropfen war, dass die Rumtrüffel bereits am Nachmittag ausverkauft waren. Diesbezüglich hatte sich Sophie durchgesetzt und den Konditormeister Wallner gebeten, nur einen kleinen Vorrat davon herzustellen. Schließlich würde die neue Conchiermaschine erst Ende März geliefert werden, sodass die Trüffel nach der herkömmlichen Herstellungsweise produziert werden mussten.

Kaum war Sophie vom Kaffeehaus wieder ins Café zurückgekehrt, strömten die nächsten Besucher herein. Schon jetzt, drei Stunden vor der Schließung des Cafés, war klar, dass der Tag ein voller Erfolg werden würde.

Kurz vor acht Uhr abends, nachdem die Kasse abgerechnet, der Caféraum aufgeräumt und die Serviermädchen nach Hause gegangen waren, setzten sich Sophie, Mina und Ida endlich zusammen, um ebenfalls ein Stückchen vom übrig gebliebenen Malakoff zu essen. Viel war nicht mehr da. Es reichte nicht einmal mehr, um Sophies Familie und den Dienstmädchen in ihrer Wohnung etwas davon abgeben zu können.

»Herr Wallner hat zum Glück die nächsten Malakoffs bereits vorbereitet, damit wir sie auch morgen anbieten können. Aber die Torten stehen noch in der Kühlkammer und müssen durchziehen, damit sich das Rum- und Ananas-Aroma genügend entfalten kann. Morgen wird hoffentlich genug übrig bleiben, um auch den anderen fünf Damen in der Wohnung eine Kostprobe der Torte als Nachtisch zum Nachtmahl mitzubringen.«

Mina stutzte. »Wieso seid ihr außer Ida und dir denn jetzt zu fünft?«

Sophie und Ida lächelten. »Wir haben seit einer Woche eine neue Mitbewohnerin«, sagte Sophie geheimnisvoll. »Meine

Mutter und Milli werden ja schon im Laufe des Monats ins Palais Werdenfels zurückkehren. Sie nehmen Emma als neue Haushälterin mit, da sie bis jetzt über die Vermittlungsagentur niemanden gefunden haben, der ihnen zusagt. Deshalb brauchen wir ein weiteres Dienstmädchen.«

»Und dieses Dienstmädchen wohnt schon bei euch?«, wunderte sich Mina.

»Ja, und du kennst es sogar flüchtig. Es ist Franzis Freundin Elfi, die im Augenblick noch als Spülerin in der Küche arbeitet. Schon länger hat Elfi die Abendschicht übernommen, um sich tagsüber besser um ihren kleinen Sohn kümmern zu können. Franzi betreut das Kind seither während deren Schicht. Und dann kamen einige Dinge zusammen. Emma wird uns verlassen. Gleichzeitig hat der Vermieter Elfi den Zins für ihre kleine Kammer so unverschämt erhöht, dass ihr Lohn dafür nicht mehr ausgereicht hätte. Dies hat sie erst Franzi und später auf deren Rat hin auch mir gestanden. Da wir ja ohnehin noch zwei freie Dienstbotenkammern in der großen Wohnung haben, habe ich Elfi spontan angeboten, schon einmal mit ihrem Söhnchen dort einzuziehen. Nach Emmas Umzug wird sie dann von der Spülerin wieder in ihren eigentlichen Beruf als Dienstmädchen zurückwechseln. Schließlich hat sie ja lange genug im Sacher als Stubenmädchen gearbeitet und kennt sich daher mit den meisten Hausarbeiten zur Genüge aus.«

Während Sophies ausführlicher Rede hatten Ida und Mina ihr Stückchen Torte aufgegessen. Daher fragte sie: »Aber nun sagt an, wie schmeckt euch der Malakoff?«

»Die Mokkaprinzentorte ziehe ich vor«, antwortete Ida ehrlich. »Diese Torte hier schmeckt mir ein wenig zu sehr nach Alkohol.«

»Dem schließe ich mich an, Sophie«, sagte Mina. »Doch die Hauptsache ist, dass unsere Gäste den Malakoff mochten.«

Nun erst probierte auch Sophie das erste Stück des Tortenrests auf ihrem Teller. Tatsächlich gewann sie den Eindruck, dass Herr Wallner mehr Rum verwendet hatte als bei der Kostprobe, die er ihr vor einigen Wochen präsentiert hatte. Auch der leicht bittere Nachgeschmack der Creme war ihr damals nicht aufgefallen.

»Wahrscheinlich bleibt der Malakoff eher eine Torte für unsere männlichen Gäste als für die weiblichen«, konstatierte Sophie. »Aber trotzdem war der heutige Tag ein wunderbarer Erfolg.«

Zwei Stunden später, Sophie war bereits völlig erschöpft zu Bett gegangen und las noch in einem Buch, bemerkte sie ein anfangs leichtes, dann immer stärker werdendes Grummeln im Bauch. Schließlich hatte sie das Gefühl, sich dringend erleichtern zu müssen. Den Abort erreichte sie in letzter Minute und stellte fest, dass sie an heftigem Durchfall litt.

Woran kann ich mir denn nur so schlimm den Magen verdorben haben?, grübelte sie, als sie in ihr Bett zurückkehrte. Oder war ihr Leiden der Aufregung des heutigen Tages geschuldet?

Kaum hatte sie sich niedergelegt und das Licht gelöscht, trieben weitere Bauchkrämpfe sie erneut auf den Abtritt. So ging es fast die ganze Nacht über weiter. Erst in den frühen Morgenstunden fiel Sophie in einen erschöpften Schlaf.

Als Sophie am nächsten Tag völlig übernächtigt ihren Dienst im Café antrat, berichtete ihr Mina, dass es ihr in der Nacht ganz genauso ergangen wäre. Auch Ida erschien mit dunklen Ringen unter den Augen zu ihrer Schicht als Aufseherin im Café und erklärte, dass sie am Vorabend sogar ihre Arbeit als Sitzkassiererin vorzeitig abgebrochen hatte, da sie beständig den Erfrischungsraum aufsuchen musste.

Einen Reim konnte Sophie sich nicht darauf machen. Aber sie war aufs Höchste beunruhigt. Zu Recht, wie sich nur wenige Tage später erweisen sollte.

Café Prinzess

März 1896, zehn Tage später

»Draußen wartet ein Herr auf dich, Sophie, der sich mir als Gewerbe-Inspektor vorgestellt hat und dich dringend sprechen möchte.« Mina wirkte alarmiert. »Ich weiß ja, dass ich dich eigentlich nicht stören sollte. Aber dies scheint mir eine Ausnahmesituation zu sein.«

Sophie brach am ganzen Körper der Schweiß aus. Gerade hatte sie sich mit den jüngsten Abrechnungen der Firma, die seit einiger Zeit die Buchhaltung des Prinzess übernahm, in ihr Büro zurückgezogen. Erwartungsgemäß waren die Umsätze seit Dezember beständig zurückgegangen. Betrug das Minus in der Vorweihnachtszeit aufgrund der fehlenden Schokolade-Spezialitäten noch zwanzig Prozent, so war es im Januar bereits auf vierzig Prozent angestiegen, in der ersten Februarhälfte sogar auf fünfzig Prozent. Kurzfristig hatte die Neugier der Gäste im Rahmen der Werbeaktion für den Malakoff wieder für einen gewissen Ausgleich gesorgt, sodass es im gesamten Monat Februar nur einen Verlust von dreißig Prozent im Vergleich zum Vorjahresmonat gab.

Die Tageseinnahmen vom 1. März waren die höchsten, die das Café Prinzess jemals verzeichnet hatte. In der Folgewoche waren sie jedoch bereits erneut beträchtlich gesunken. Tag für Tag waren immer weniger Besucher ins Café gekommen. Insbesondere der Malakoff wurde kaum mehr verlangt. Der Konditormeister hatte sogar schon einige Torten wegwerfen müssen.

»Ich habe gehört, der Malakoff sei nicht allzu bekömmlich«, hatte ein Gast Sophie vor zwei Tagen erklärt, als sie ihm ein kostenloses Stück zum Probieren anbot. »Nicht jedermann verträgt die russische Küche«, lautete die vergleichsweise noch harmlose Erklärung dieses Besuchers.

Doch Sophie konnte sich denken, dass noch viele weitere

Gäste nach dem Genuss der Torte am 1. März an Bauchgrimmen und Durchfällen gelitten hatten. Und obwohl alle Themen, die rund um die Verdauung kreisten, in der Regel bei gesellschaftlichen Anlässen tabu waren, hatten sich die Folgen des Cafébesuchs am Tag der Einführung des Malakoff mittlerweile sicherlich herumgesprochen.

Wieder hatte der Konditormeister Wallner kurz vor dem Einreichen seiner Kündigung gestanden. Diesmal hatte Sophie einen Tag lang sogar überlegt, ob sie ihn nicht tatsächlich entlassen sollte. Denn auch zwei Lehrbuben und ein Geselle waren am Einführungstag nach dem heimlichen Naschen eines Stücks Malakoff wenige Stunden später mit den gleichen Symptomen krank geworden, die auch Sophie, Mina und Ida heimgesucht hatten.

Ausschlaggebend für Sophies Entscheidung, Wallner dennoch vorläufig als Konditormeister zu behalten, war das Ergebnis einer erneuten Verkostung. Sowohl sie selbst als auch Mina Löb aßen mit dem Mut der Verzweiflung zwei Tage nach dem Einführungstag ein weiteres Stück des mittlerweile neu hergestellten Malakoff. Diesmal ohne irgendwelche nachfolgenden Beschwerden.

»Vorgestern muss irgendetwas in die Torte geraten sein, was durchaus nicht hineingehört«, vermutete Mina. »Dafür spricht auch, dass mir die Torte diesmal sehr viel besser geschmeckt hat als am 1. März.«

Auch Sophie hatte bemerkt, dass in dem soeben verkosteten Malakoff weniger Alkohol enthalten zu sein schien und der leicht bittere Beigeschmack fehlte. Dennoch hatte sie Wallner die Anweisung gegeben, aufgrund der fehlenden Nachfrage nur noch maximal zwei Malakoffs in der Kühlkammer vorrätig zu halten.

Doch nun schien alles noch schlimmer zu kommen. »Führ den Herrn herein!«, bedeutete Sophie Mina. Wenig später kehrte diese mit einem korpulenten, rotgesichtigen Mann zurück, der sich ihnen gegenüber als »Gruber« von der Gewerbe-Inspektion auswies.

Ein Getränk lehnte er ab, was wahrscheinlich mit dem Anlass seines Besuchs zusammenhing. Umständlich kramte er in seiner abgeschabten Aktentasche und zog schließlich ein ganzes Bündel Papiere hervor.

»Ich komme heute mit schlechten Nachrichten zu Ihnen, Fräulein von Werdenfels. In den vergangenen Tagen wurden insgesamt zwölf Anzeigen bei der Gewerbe-Inspektion eingereicht. Alle stammen von Gästen Ihres Cafés am 1. März, die im Nachgang zu ihrer Einkehr an erheblichen Verdauungsbeschwerden litten.«

Obwohl Sophie nichts Gutes erwartet hatte, wich ihr das Blut aus dem Gesicht. War ihr soeben noch heiß gewesen, so begann sie nun, am ganzen Körper zu frösteln.

»Ein Arzt, den ich bereits vor meinem heutigen Besuch konsultiert habe, vermutete aufgrund der ihm berichteten Symptome, dass es sich um Vergiftungserscheinungen handelt, die auf den Genuss einer verdorbenen Speise in Ihrem Café zurückgehen könnten.« Er schwieg und wartete auf Sophies Reaktion.

Sophie entschloss sich sofort dazu, dem Gewerbe-Inspektor die Wahrheit zu sagen. Was hätte es auch genutzt, alles abzustreiten? Sie hatte ja am eigenen Leib erfahren, dass die Anzeigen berechtigt waren.

So atmete sie tief durch und öffnete ihre verkrampften Hände. »Ich vermute, dass es in unserer Backstube zu einem Fehler bei der Zubereitung einer neuen Torte namens Malakoff gekommen ist.« Sie hoffte, dass ihre Stimme nicht allzu stark zitterte. »Diese Mehlspeise wurde an jenem Tag als Novität eingeführt und jedem Gast ein Probierstückchen davon angeboten. Auch ich selbst und meine Bediensteten litten nach dem Genuss eines Stücks Malakoff in der Nacht darauf an Verdauungsbeschwerden.«

»Doch es handelte sich zum Glück um einen einmaligen Vorfall«, erklärte sie in der Hoffnung, noch etwas retten zu können. »Zwei Tage später habe ich erneut ein Stück Malakoff gekostet, diesmal ohne jegliche Probleme.«

»So, so.« Der Gewerbe-Inspektor wiegte sein von einem grauen Haarkranz umgebenes Haupt, das in der Mitte kein einziges Härchen mehr aufwies. »Ich muss Ihnen leider mitteilen, dass ich heute sowohl die Küchen als auch die Backstube und sämtliche Vorratsräume besichtigen muss, um mich von ihrer Reinlichkeit zu überzeugen. Außerdem muss ich Sie bitten, mir einen dieser Kuchen mitzugeben. Wir werden ihn einer chemischen Analyse unterziehen, um ihn auf gesundheitsschädliche Stoffe zu untersuchen.«

Resigniert stand Sophie auf. »Ich führe Sie selbstverständlich sofort herum.« Immerhin konnte sie sich darauf verlassen, dass in allen Räumen, die der Speise- und Getränkezubereitung dienten, peinliche Sauberkeit herrschte. Gemeinsam stiegen sie die Treppe ins Souterrain hinab.

Wallner wurde bleich wie eine gekalkte Wand, als Sophie in Kittel und Haube, die sie auch dem Gewerbe-Inspektor aufgenötigt hatte, in die Backstube trat. In der großen Küche hatte das Personal geschäftig herumgewuselt. Es roch appetitlich nach dem Mittagsmahl, das gerade für die Kaffeehausgäste zubereitet wurde. Die Backstube war jedoch nahezu leer. Wallner hatte fast alle seine Gesellen und Lehrbuben in die Küche geschickt, um dort mitzuhelfen, da es in der Backstube kaum etwas zu tun gab.

Der einzige verbliebene Geselle formte gerade einen Apfelstrudel. Wallner selbst war mit der Zubereitung eines Guglhupfs beschäftigt. Beides waren Mehlspeisen, die ebenfalls eher im Kaffeehaus als im Café geordert wurden.

Trotz seines Schocks beantwortete der Konditormeister die bohrenden Fragen des Gewerbe-Inspektors bereitwillig. »Ich versichere Ihnen, werter Herr, dass ich den Malakoff für den Eröffnungstag genauso zubereitet habe wie alle späteren, und wie es meinem Rezept entspricht. Ich kann mir daher nicht erklären, wie es zu den Verdauungsbeschwerden gekommen ist. Der Malakoff enthält viel Butter und ist daher eine sehr reichhaltige Torte. Insofern könnte möglicherweise ein Gast mit einem empfindlichen Magen die Mehlspeise nicht so gut vertragen haben wie unsere leichteren Obsttorten. Eine andere Erklärung fällt mir dazu nicht ein.«

Wieder wiegte der Gewerbe-Inspektor sein Haupt und dachte eine kurze Zeit lang nach. »Für heute will ich es mit einer Verwarnung bewenden lassen, Fräulein von Werdenfels«, wandte er sich dann an Sophie. »Denn sowohl Ihre Ehrlichkeit als auch die unbestreitbare Sauberkeit im Küchen- und Backbereich hat mich beeindruckt. Bitte geben Sie mir einen Malakoff für die chemische Analyse mit. Lässt sich dabei nichts Auffälliges finden, dürfen Sie Ihr Etablissement weiter betreiben. Doch enthält die Mehlspeise eine gesundheitsschädliche Zutat oder wiederholt sich ein ähnlicher Vorfall mit einer anderen Ihrer angebotenen Speisen oder Getränke, werde ich Ihr Café von Amts wegen sofort schließen müssen.«

Richards Kontor im Kriegsministerium

Ende März 1896

Stirnrunzelnd las Richard das Schreiben zum dritten Mal aufmerksam durch, das ihm sein Vorgesetzter, Generaloberst Beck, vor einer halben Stunde unter dem Siegel der strengsten Verschwiegenheit übergeben hatte. Es kam vom Leiter des Evidenzbüros, Oberstleutnant Kolossváry, der es wiederum vom Chef des deutschen militärischen Geheimdienstes erhalten hatte.

Generaloberst Beck hatte Richard eingeschärft, niemanden von diesem Vorgang zu unterrichten. »Ich hätte mich sogar persönlich um diese außerordentlich heikle Angelegenheit kümmern sollen, wenn es nach dem Leiter des deutschen Geheimdienstes gegangen wäre. Allein, dafür fehlt mir die Zeit. Deshalb vertraue ich die Sache nunmehr Ihnen an mit der Anweisung, sie mit äußerster Diskretion weiterzuverfolgen.«

Richard hatte salutiert und bereits den Türknauf in der Hand, als Beck hinzufügte: »Wir müssen damit rechnen, dass es im Wiener Evidenzbüro einen Maulwurf gibt. Deshalb habe ich Oberstleutnant Kolossváry angewiesen, nicht einmal seine engsten Mitarbeiter einzuweihen.«

Nun las Richard zum dritten Mal, was sich ereignet hatte. Auf dem Wiener Hauptpostamt hatte über drei Wochen lang ein Brief an einen Herrn »Georg Leuschner« gelegen, der nicht abgeholt worden war. Gemäß den geltenden Vorschriften hatte man den Brief, der keinen Absender aufwies, deshalb ans Postamt des kleinen ostpreußischen Orts Eydtkuhnen zurückgeschickt, wo er aufgegeben worden war. Eydtkuhnen war allgemein als Tummelplatz verschiedenster Spionageorganisationen bekannt, insbesondere der russischen.

Vom Postamt Eydtkuhnen aus war der Brief daraufhin zunächst ungeöffnet zur deutschen Postdirektion nach Berlin weitergeleitet worden. Dort war er geöffnet und als Inhalt die stattliche Summe von fünftausend Gulden in Scheinen gefunden worden. Ein Begleitschreiben befand sich nicht dabei.

»Wir müssen davon ausgehen, dass es sich um den Lohn für eine außergewöhnlich bedeutsame Spionageaktion handelt«, hatte der Chef des deutschen militärischen Geheimdienstes an den Leiter des Evidenzbüros geschrieben.

Beck und Kolossváry waren daraufhin übereingekommen, die Preußen zu bitten, den Geldbrief an denselben Adressaten namens Leuschner zurück nach Wien zu schicken. Richard sollte nun dafür sorgen, dass der Abholschalter auf dem Hauptpostamt rund um die Uhr polizeilich überwacht würde, sobald der Geldbrief wieder eingetroffen war.

Auch innerhalb der Polizei war höchste Geheimhaltung angesagt. Richard würde sich daher in den nächsten Tagen erneut an Moritz Stukart wenden müssen, der mittlerweile zum Oberkommissär befördert worden war.

Was für eine hochkarätige Information ist wohl für diese enorm hohe Summe aus dem Wiener Evidenzbüro illegal nach Russland gegangen?, ging es ihm durch den Kopf. Ein Bild blitzte vor seinem inneren Auge auf. Doch das war so undenkbar, dass er es sofort wieder verdrängte.

Kaffeehaus Prinzess

Anfang April 1896

Mit wenig Erfolg versuchte Ida, sich hinter ihrer Theke als Sitzkassiererin von ihren Sorgen um Sophie abzulenken. Lieber hätte sie heute im Café gearbeitet, um Sophie dort als Aufseherin zu entlasten. Aber es war Helenes freier Tag, und so blieb Ida nichts anderes übrig, als den ganzen Tag im Kaffeehaus zu bleiben.

Vor einigen Tagen war endlich die neue Conchiermaschine geliefert worden. Doch anstatt dies als ein Zeichen zu betrachten, dass Licht am Ende des Tunnels zu sehen war, stürzte es Sophie sogar in neue Verzweiflung. Franzi hatte Ida berichtet, dass sie Sophie in ihrer Schlafkammer stundenlang schluchzen gehört hatte. Heute Morgen war Sophie mit bleichem Gesicht und schwarzen Ringen unter den Augen gleichzeitig mit Ida am Frühstückstisch erschienen, obwohl ihre Dienstzeit im Café erst in zwei Stunden begann.

»Ich kann sowieso nicht schlafen«, erklärte sie. Tatsächlich rührte Sophie kaum einen Bissen an, obwohl sich Franzi mit dem Frühstück größte Mühe gegeben hatte und frische Semmeln, ein weich gekochtes Ei und Sophies Lieblingsmarmelade bereitstanden. In den letzten Wochen war Sophie stark abgemagert, da sie nur wenig zu sich nahm.

Schließlich fasste sich Ida ein Herz und sprach Sophie offen an. »Wir hatten alle die Hoffnung, meine Liebe, dass die Herstellung des feinen Schokoladenkonfekts mithilfe der Conchiermaschine wieder zu einer größeren Beliebtheit des Cafés führen könnte. Doch die Lieferung des Geräts scheint dich gar nicht zu freuen.«

Wieder traten Sophie Tränen in die Augen. »Ich muss diesmal fast sechshundert Gulden dafür entrichten«, klagte sie. »Obwohl ich mit dem Café im Augenblick nur Verluste mache. Toni hat mir berichtet, dass inzwischen sogar ins Kaffeehaus weniger Gäste kommen als früher. Wo soll das alles nur enden?«

Leider hatte Sophie recht. Obwohl es keine weiteren Beanstandungen durch die Gewerbe-Inspektion gab, hatte sich der Eklat am Einführungstag der Malakoff-Torte offensichtlich mittlerweile in Wien so weit herumgesprochen, dass selbst im Kaffeehaus weniger Mahlzeiten bestellt wurden als noch vor einigen Wochen.

Dennoch gab es einen Punkt, den Ida nicht so recht verstehen konnte. »Natürlich machst du gerade eine schwere Zeit durch, Phiefi. Aber die Verluste allein können es doch nicht sein, die dir so zu schaffen machen. Denn schließlich hast du doch Rücklagen und bist weit von einem Bankrott entfernt.«

Sophie schniefte und schnäuzte sich in ein Sacktuch. »Ich habe einfach viel zu viel Angst, noch einmal enttäuscht zu werden. Und weiß mittlerweile auch nicht mehr, ob ich allen, die in den Küchen oder der Backstube arbeiten, überhaupt noch trauen kann. Denk doch nur an das, was erst letzte Woche wieder passiert ist!«

Ida seufzte. Fast wäre es tatsächlich zu einer erneuten Katastrophe gekommen, die diesmal das endgültige Aus für das Café hätte bedeuten können. In der Kühlkammer hatte ein Hühnersalat mit Mayonnaise gestanden, der am nächsten Tag für das

Mittagsbuffet im Café vorgesehen war. Weil Franzi und Elfi an jenem Tag mit Elfis kleinem Buben beschäftigt gewesen waren, der an einer heftigen Erkältung litt, hatten sie vergessen, rechtzeitig ein warmes Nachtmahl aus der Küche des Kaffeehauses zu holen. Als Sophie, die schon wieder stundenlang über den Büchern gebrütet hatte, endlich heraufkam, war die Küche bereits geschlossen gewesen.

Sophie schickte Elfi daraufhin in die Kühlkammer, um etwas von dem Hühnersalat zu holen. »Schließlich müssen wir morgen Mittag wahrscheinlich ohnehin die Hälfte davon an das Personal verschenken oder gar wegwerfen, weil wir ja kaum mehr Gäste haben.«

Sowohl Sophie als auch Elfi und Franzi hatten von dem Salat gegessen und danach erneut die halbe Nacht auf dem Abort verbracht. Wieder war etwas in den Salat geraten, das nicht hineingehörte, obwohl er nicht verdorben geschmeckt hatte. Der einzige Lichtblick war, dass diesmal zumindest der Konditormeister Wallner nichts mit dem Vorfall zu tun haben konnte, da der Salat in der Speiseküche zubereitet worden war. Doch seither war Sophie endgültig in Panik, zumal sie nicht mehr an die Aneinanderreihung so vieler Zufälle glauben konnte.

Den Malakoff strich sie trotz der positiv für das Café ausgegangenen chemischen Analyse völlig aus dem Tortenangebot. Selbstverständlich ließ sie auch die teure Schaufensterdekoration entfernen, die die russische Schlittenfahrt darstellte. Beide Maßnahmen waren besonders schade, da der April sich bis dato als außergewöhnlich kühl erwies, sodass Torte und Dekoration durchaus noch zur Witterung gepasst hätten.

Doch der Hauptgrund für Sophies Verzweiflung, den sie Ida heute Morgen gestanden hatte, machte dieser jetzt am meisten zu schaffen. »Wallner hat mir angeboten, ganz neue Arten von Schokolade zu kreieren, sobald die Conchiermaschine einsatzfähig ist«, berichtete Sophie. »Er möchte Schokolade zum Beispiel mit einer Zutat namens Chili mischen. Das ist eine Art scharfe Paprikaschote, die ursprünglich aus Südamerika stammt und die er bei einem Besuch in Ungarn als Gewürz kennengelernt hat. Allerdings wird sie dort eher für feuriges Gulasch verwendet. Im Sommer möchte er eine andere Sorte mit Himbeeren herstellen.«

»Ich kann mir zwar nicht vorstellen, wie eine Schokolade mit Chili schmecken könnte«, gestand Ida. »Aber die Idee ist zumindest sehr interessant! Wieder eine Novität, die allein durch die ungewöhnliche Geschmackskombination sicher Neugier und Aufsehen erregen würde.«

»Ja, eben!«, schluchzte Sophie. »Ich soll schon wieder eine Werbekampagne dafür starten und sogar eine weitere Schaufensterdekoration in Auftrag geben. Diesmal eine Art mexikanische Wüstenlandschaft. Das hat mir zumindest Toni geraten, mit dem Wallner seine Idee zuvor diskutiert hat.«

»Auch das scheint mir ein guter Plan zu sein«, konstatierte Ida. »Zumal ja auch Toni weiterhin fest an deiner Seite steht!«

»Ja«, gab Sophie zu. »Das ist gerade mein einziger Lichtblick. Aber eine neue Aktion wage ich einfach nicht. Diesmal würde ich es nicht verkraften, wenn sie erneut schiefginge.«

»Servus«, riss Ida nun eine jugendlich klingende Stimme aus ihren trüben Gedanken. »I hab da a Packerl für'n Herr Schleiderer.«

»Herr Schleiderer ist heute nicht im Haus«, beschied Ida dem Jungen. Toni hatte seinen freien Tag. Er nahm ihn oft parallel zur alten Helene, was Ida als ein Zeichen seines Vertrauens wertete. »Aber du kannst das Packerl auch mir übergeben. Ich leite es dann zuverlässig weiter.«

Der Junge trat unschlüssig von einem Fuß auf den anderen. »Aba der Meister hat g'sagt, des Packerl muss glei zahlt wer'n. Es is des letzte Flascherl, was er g'habt hat. Er hat's gestern z'erst ned g'funden, wie der gnä' Herr da war, und dacht, dass

Nachschub erst im nächst'n Monat käm. Dann hat er do no was g'habt und mi glei herg'schickt.«

»Wo kommst du denn her?«, erkundigte sich Ida.

»Ei, von der Hirschen-Apothek'n in der Josefstadt. Bin den ganzen Weg z'Fuß gangen.«

»Was soll es denn kosten?«

Ich lege den Betrag aus der Kasse vor und rechne ihn morgen mit Toni ab, überlegte Ida. *Dann muss der Bub nicht nochmal kommen.*

»A Gulden oder zwei Kronen«, antwortete der Lehrjunge.

»So viel?«, entfuhr es Ida. »Was ist denn in dem Flascherl drin?«

Der Junge zuckte mit den Schultern. »Des hat der Meister ned g'sagt«, erklärte er. »Aba's is des letzte auf Vorrat. Jetz dauert's a paar Wochen, bis was Neues kommt«, wiederholte er.

Kopfschüttelnd entrichtete Ida den Gulden und verstaute das Packerl in ihrer Handtasche. Dann versuchte sie, sich endlich auf das Kassenbuch zu konzentrieren, und vergaß den ganzen Vorfall erst einmal wieder.

Sophies Wohnung über dem Kaffeehaus

Anfang April 1896, am nächsten Morgen

Als Ida am nächsten Morgen, im Gegensatz zum Vortag, erst gegen zehn Uhr zum Frühstück erschien, wunderte sie sich erneut. Diesmal allerdings darüber, dass Sophie zur Öffnungszeit des Cafés noch immer am Tisch saß. Ida selbst hatte es sich nach ihrer langen Schicht am Vortag gegönnt, einmal auszuschlafen. Sophie sah dagegen elender aus denn je.

»Ich muss dringend etwas mit dir bereden, Ida«, kündigte Sophie unheilschwanger an. »Oder besser noch, du hörst das Ganze aus Elfis eigenem Mund.«

Sie klingelte nach Franzi und bat diese, ihre Freundin Elfi zu holen und gemeinsam mit ihr wieder ins Esszimmer zu kommen. Dann goss sie sich mit zitternder Hand eine Tasse Kaffee ein.

»Gestern Abend kam Franzi zu mir. Sie sagte, die Elfi hätte ein paar merkwürdige Beobachtungen in der Küche gemacht. Neulich, als sie uns den Hühnersalat holte, aber auch schon einige Male davor.«

»Was für Beobachtungen?« Ida griff jetzt ebenfalls nach der Kaffeekanne und goss sich ein. An der Tatsache, dass Sophie völlig vergessen hatte, auch ihr einzuschenken, erkannte sie deren inneren Aufruhr.

»Das soll sie dir in meinem Beisein noch einmal selbst erzählen«, beschied Sophie Ida kryptisch.

Wenig später kam Franzi mit Elfi im Schlepptau zurück.

»Setzt euch mit an den Tisch!«, bat Sophie. »Möchtet ihr auch noch eine Tasse Kaffee?« Beide schüttelten den Kopf. »Dann wiederhole jetzt noch einmal, Elfi, was du mir gestern Abend berichtet hast.«

Das Mädchen war sichtlich nervös und wusste nicht wohin mit seinen Händen. »Aba i möcht niemand verpfeifen. Vielleicht heißt's ja gar nix«, zögerte sie.

»Jetz sag scho, was war!«, forderte Franzi ihre Freundin auf.

»Also, gern mach i des ned«, beteuerte das Mädchen. »Den Herr Schleiderer hab i immer gern g'habt.«

»Den Toni?«, fiel ihr Ida ins Wort.

»Den Toni«, echote Sophie. Sie klang zutiefst deprimiert. Mit einer Geste forderte sie Elfi auf, weiterzusprechen.

»Des gnä' Fräulein hat mi ja neulich nach dem Hendlsalat g'schickt«, wandte sich Elfi an Ida. Sie räusperte sich und schluckte. »Zum Nachtmahl«, ergänzte sie überflüssigerweise. »Wo's uns nachher schlecht worden is.«

»Ja, ja!«, sagte Ida ungeduldig. »Nun komm doch auf den Punkt!«

Als Elfi weiter zögerte, mischte sich Franzi ein. »Die Elfi hat g'sehn, wie der Schleiderer aus der Kühlkammer kommen is. Grad, wie sie selber in die Küch reingangen is. Und dann hat er a Flascherl fallen lassen.«

Idas Gesichtsausdruck wurde argwöhnisch. »Was für ein Flascherl?«

»Der Herr Schleiderer hat se g'schreckt, wie i kommen bin«, erklärte Elfi. »A braun's Flascherl war's. Es is in tausend Scherb'n zersprungen.«

»Was war denn da drin?«

»Des weiß i ned. Aba es hat ganz komisch g'rochen.«

»Wonach?«

»Irgendwie bitter. I hab den Herrn Schleiderer g'fragt, ob i's aufputzen soll. Aba des hat er ned wollen. Dann hab i was von dem Hendlsalat g'holt und bin wieder raufg'laufen.«

»Und dann is uns alle drei schlecht worden in der Nacht«, ergänzte Franzi empört.

»Und das war nicht der erste Vorfall dieser Art, hat mir Elfi erzählt«, sagte Sophie müde. »Elfi hat Toni immer wieder abends in die Kühlkammer gehen sehen. Sie hatte ja beim Spülen die Abendschicht. Und dazu gehört das Aufwischen des Küchenbodens. Dabei hat sie Toni auch am Vorabend des 1. März in die Kühlkammer treten sehen. Damals blieb er besonders lange drin.«

»Am Vorabend der Einführung des Malakoff?« Ida war zutiefst schockiert. »Wie lange war er denn drin, Elfi?«

»Mehr wie a halbe Stund. I hab mi g'wundert, weil's ja da drinnen so kalt is. Wie i gangen bin, hab i des Gaslicht extra no brennen lassen.«

»Herr Wallner hatte mehr als zwanzig Malakoffs vorbereitet«, sagte Sophie. »Wenn Toni da irgendwas Giftiges reingespritzt hat, hat er natürlich seine Zeit dafür gebraucht.«

»Und Zucker und Salz hat er a vertauscht. Des hat die Elfi a g'sehn!«

»Stimmt des?«, hakte Ida nach.

Elfi zuckte mit den Schultern. »Des weiß i ned sicher, Frau Ida. Aba er hat was aus an Gefäß in a Schüssel g'füllt, aus'n ander'n in a and're Schale, dann alles z'ruck in die Gefäße. Mir hat er die Schüsseln dann zum Ausspülen geben.«

»Weißt du noch, wann das war?«

»Am Tag nach Dreikönig. Mei Bub, der Valentin, hat Namenstag g'habt.«

»Passt das zur verdorbenen Paradeisersuppe, Phiefi?«

Sophie nickte. »Das Datum hat sich mir ins Gedächtnis gebrannt. Es war der 8. Januar. Im Kassenbuch stehen außerdem alle Stornierungen der bestellten Suppe.«

Ida atmete heftig aus. »Kannst du dir vorstellen, warum Toni das gemacht hat, Phiefi?« Dann fiel ihr ein, dass dieser Teil des Gesprächs nicht für die Ohren der Dienstmädchen bestimmt war. »Ihr habt uns sehr geholfen und könnt beide zurück an die Arbeit gehen«, sagte sie freundlich. »Fräulein von Werdenfels und ich müssen beraten, was nun zu tun ist.«

Kaum hatten die Mädchen die Tür hinter sich geschlossen, sprudelte es nur so aus Sophie heraus. »Ich habe mir darüber schon die ganze Nacht lang den Kopf zerbrochen. Das Einzige, was mir einfällt, ist, dass Toni wohl gehofft hat, ich würde mich, wenn der Ruf des Cafés ruiniert ist und die Geschäfte nicht mehr laufen, vielleicht im Juli, wenn die Fünfjahresfrist vorbei ist, die uns Onkel Stephan gesetzt hat, aus der Geschäftsführung des Prinzess zurückziehen. Aber ihn auf jeden Fall angesichts der großen Misere als Stütze an meiner Seite behalten wollen.«

Ida ließ sich das durch den Kopf gehen. »Das wäre in der Tat ein mögliches Motiv. Hast du denn mit einem dieser beiden Gedanken gespielt und es ihm sogar verraten?«

Sophie nickte. »Das habe ich. An dem Tag, an dem der Gewerbe-Inspektor im Haus war. Da habe ich ihm gesagt, dass ich gar nicht mehr weiß, ob ich überhaupt Geschäftsführerin bleiben will oder in Zukunft nur als stille Teilhaberin fungieren werde.«

Ida schnaubte. »Wenn er wirklich für all diese Schweinereien verantwortlich ist, glaubt er sich wahrscheinlich fast schon am Ziel. Aber warum möchtest du denn überhaupt die Flinte ins Korn werfen?«

»Dafür gibt es eigentlich einen erfreulichen Grund.« Mit kurzen Worten setzte Sophie Ida darüber ins Bild, dass Richard den Antrag auf die Erlaubnis des Kaisers für seine einvernehmliche Scheidung von Amalie schon vor vier Wochen eingereicht hatte. Nun wartete er jeden Tag auf die Entscheidung und war sehr optimistisch, dass sie zu seinen Gunsten ausfallen würde. »Und danach möchte er mich so schnell wie möglich heiraten. Dass wir uns schon lange lieben, wird dir ja wohl nicht verborgen geblieben sein, liebe Ida«, schloss sie ihren Bericht.

»Gespürt habe ich es in der Tat schon lange, Phiefi«, gab Ida zu. »Wenn ich auch nicht geglaubt habe, dass ihr zwei eine echte Zukunft habt.«

Sophie lächelte unter Tränen. »Das habe ich selbst lange Zeit nicht geglaubt. Aber genauso sieht es jetzt aus, Ida. Und natürlich möchten wir baldmöglichst Kinder haben. Dann könnte ich ohnehin erst einmal nicht im Café weiterarbeiten.«

»Aber davon weiß Toni Schleiderer natürlich nichts«, konstatierte Ida nun wieder mit grimmiger Miene. »Und hat möglicherweise daher zu unlauteren Mitteln gegriffen, um dich hier rauszuekeln.«

Plötzlich schlug sie sich mit der flachen Hand an die Stirn. Dann zog sie das Packerl aus ihrer Handtasche und riss es auf. Darin war ein braunes Fläschchen. »Rizinusöl!«, sagten Sophie und Ida wie aus einem Mund, als sie das Etikett gelesen hatten.

»Nun ist mir alles klar, Phiefi! Rizinusöl ist ein starkes Abführmittel. Und Toni Schleiderers Vorrat scheint vor wenigen Tagen auf dem Küchenboden zerschellt zu sein.«

Ida stand auf und zog heftig am Klingelzug. Als Elfi und

Franzi hereinstürzten, zog sie den Stöpsel aus der mit Wachs versiegelten Flasche.

»Riech einmal daran, Elfi! Erkennst du den Geruch?«

Die nickte heftig. »Ja, den kenn i. So hat's in der ganzen Küch g'rochen, wie der Herr Schleiderer des Flascherl hat fallen lassen.«

Sophies Wohnung über dem Kaffeehaus

Anfang April 1896, am selben Abend

»Ich danke dir, Richie, dass du gleich auf meine Bitte reagiert hast und sofort gekommen bist.«

Schon Sophies Wunsch, den sie ihm unter dem vereinbarten Tarnnamen durch einen Dienstmann heute Morgen ins Kriegsministerium geschickt hatte, verwunderte ihn. Niemand dürfe ihn sehen, schrieb sie, wenn er sie abends in ihrer Wohnung aufsuchen würde. Insbesondere niemand vom Personal des Kaffeehauses. Ihre Zofe Franzi würde ihn daher um Punkt acht Uhr am Eingang zur Dienstbotentreppe erwarten.

Solch eine Heimlichtuerei betrieben Sophie und er schon lange nicht mehr. Mehrere Male hatten sie sich schon in Sophies Wohnung getroffen, seit Sophies Mutter und Schwester zurück ins Palais Werdenfels gezogen waren und sie außerdem nicht mehr befürchten mussten, bei ihren Zusammenkünften von einem Privatdetektiv in Amalies Diensten ausgeforscht zu werden. Jedes Mal hatte er den Vordereingang vom Graben aus in die Wohnung benutzt oder war sogar durch den Caféraum gegangen und hatte die Treppe genommen, die vom Verbindungsflur zum Kaffeehaus in die Wohnung führte.

Dass Sophie große Sorgen mit dem Café hatte, war Richard natürlich bekannt. Mehrere Male hatte sie ihm bereits ihr Herz über die vielen Pannen der jüngsten Zeit ausgeschüttet. Dabei äußerte sie sogar den Gedanken, spätestens nach ihrer Hochzeit nicht mehr aktiv im Prinzess mitarbeiten zu wollen.

Richard stand Sophies Vorstellungen ambivalent gegenüber. Natürlich würden sich seine finanziellen Verhältnisse nach der Trennung von Amalie drastisch verschlechtern, zumal er Adalbert auch die Mitgift zurückerstatten wollte. Insofern war es ihm zunächst eine Beruhigung gewesen, dass zumindest Sophie weiterhin über ein komfortables Einkommen verfügen würde. Wie ein Vertrag zwischen ihr und Toni Schleiderer aussehen könnte, in dem sie lediglich als stille Teilhaberin fungierte, war offen.

Andererseits widerstrebte es Richard, erneut vom Vermögen seiner Ehefrau abhängig zu sein. Eine Lösung für dieses Dilemma gab es bislang noch nicht. Das Problem stand im Augenblick natürlich auch nicht im Vordergrund. Erst einmal musste die geräuschlose Scheidung zwischen ihm und Amalie über die Bühne gehen.

Jetzt erschrak Richard zutiefst über Sophies erbarmungswürdiges Aussehen. Seit er sie vor ungefähr einer Woche zuletzt getroffen hatte, schien sie ihm noch mehr abgemagert zu sein. Ihre Augen lagen tief in den Höhlen, ihre Lippen waren rissig. Sogar ihre ansonsten gepflegten Fingernägel waren brüchig und teilweise eingerissen.

»Was ist denn nur passiert, Phiefi?« Da Sophie sich nach einer flüchtigen Umarmung nicht neben ihn auf das Sofa im Salon, sondern ihm gegenüber auf einen Lehnsessel gesetzt hatte, schloss er daraus, dass ihr an Zärtlichkeiten im Augenblick weit weniger gelegen war als an seiner Unterstützung in einer offensichtlich äußerst schlimmen Situation. So gut glaubte er, ihre Körpersprache mittlerweile zu kennen.

Und er behielt recht. Zunehmend fassungslos lauschte er dem Bericht über ihre jüngsten Entdeckungen.

»Und es besteht gar kein Zweifel daran, dass Toni Schleiderer für all diese schrecklichen Vorfälle im Café verantwortlich ist?«, fasste er Sophies Ausführungen schließlich zusammen.

»Elfis Beobachtungen sprechen eindeutig gegen ihn«, antwortete sie tonlos. »Natürlich hatte ich schon länger jemanden aus dem Küchen- oder Backstubenpersonal im Verdacht. Womöglich bestochen von einem meiner Wiener Konkurrenten. Aber auf Toni wäre ich nie gekommen.«

»Dann musst du ihn überführen, am besten, indem du ihn auf frischer Tat bei seiner nächsten Sabotagehandlung ertappst!« Richards Entsetzen verwandelte sich nun in zornige Entschlossenheit.

»Das hat mir Ida ebenfalls geraten. Aber mein Kopf ist leer. Ich habe überhaupt keine Idee, wie ich das bewerkstelligen könnte.«

Richard dachte nach. Dann machte er Sophie erste Vorschläge. Nach und nach entwickelten die beiden einen Plan. Bereits während ihres Gesprächs lebte Sophie sichtlich auf.

»Und damit Toni seine Schandtaten auch strafrechtlich büßen muss, sollte er sie wirklich begangen haben, schlage ich dir vor, dass ich den Oberkriminalkommissär Moritz Stukart bitte, dir einen Polizeibeamten an die Seite zu stellen. Der könnte Toni sogleich verhaften, wenn sich dein Verdacht bestätigt.«

»Glaubst du denn, Herr Stukart würde das für mich tun?«

Richard nickte grimmig. Heute war der Geldbrief wieder auf dem Wiener Hauptpostamt eingetroffen. Er hatte den Leiter des Postamts persönlich angewiesen, den Brief zurückzuhalten, bis er mit Stukart eine ständige Beobachtung des Schalters durch Polizeibeamte in Zivil vereinbart hatte.

»Ich habe ohnehin morgen eine Besprechung mit Stukart«, sagte er nun, ohne Sophie den Anlass für diese zu nennen. Zur Geheimhaltung der Spionageaffäre fühlte er sich auch ihr gegenüber verpflichtet. »Dabei werde ich ihn darum bitten, mir diesen Gefallen zu tun.«

Kapitel 25

Auf dem Wiener Hauptpostamt

April 1896

Die Schlange der Wartenden vor dem Schalter, an dem postlagernde Sendungen abgeholt werden konnten, rückte nur langsam voran. Fredl trat ungeduldig von einem Fuß auf den anderen und blickte immer wieder über seine Schulter und im ganzen Raum umher. Doch er konnte nichts Auffälliges entdecken.

Dennoch blieb er unruhig. *Wenn ich heute das Geld nicht abholen kann, weil es noch immer nicht eingetroffen ist, werde ich Mitri endgültig verlieren.* Bei diesem Gedanken brach ihm der kalte Schweiß aus.

Denn Dimitri hatte ihm gestern Abend unmissverständlich erklärt, die Beziehung zu ihm beenden zu wollen, wenn sich Fredl weiterhin außerstande sah, ihn finanziell zu unterstützen. »Das musst du verstehen, mein Schatz. Ich bin leider darauf angewiesen, aus meiner Beziehung zu dir auch Kapital zu schlagen. Du weißt, dass ich das Geld für meine Familie in Russland brauche.« Fredl schüttelte sich innerlich noch immer vor Panik, wenn er sich an Dimitris gleichgültigen Tonfall erinnerte, der etwas Endgültiges hatte.

Gleichzeitig verachtete er sich zutiefst dafür, seinen männlichen Liebhaber aushalten zu müssen wie eine Kurtisane. Zumal Fredl mittlerweile sonnenklar war, dass Dimitri seine leidenschaftlichen Gefühle für ihn nicht im Geringsten erwiderte.

Trotzdem war er Mitri verfallen und hasste sich inzwischen dafür.

Einmal hatte er sogar versucht, Gleiches mit Gleichem zu vergelten, und die Sauna Kaiserbründl allein aufgesucht. Recht schnell hatte sich dort ein Mann gefunden, der ihm Avancen machte. Doch sobald sich die Tür der Kabine mit dem breiten roten Lederbett hinter ihnen geschlossen hatte, flüchtete Fredl voller Selbstekel aus dem Raum und hatte die Sauna danach sofort verlassen. Ihm ging es nicht nur um den sexuellen Aspekt der Liebe zwischen Männern, wie es offensichtlich bei Dimitri der Fall war. Fredl wollte sich in einer solchen Beziehung mit Leib *und* Seele verlieren und konnte sich nicht vorstellen, ähnliche Gefühle, wie er sie für Mitri empfand, auch für einen anderen Mann zu entwickeln.

Seine Spannungen mit Dimitri zogen sich mittlerweile schon fast zwei Monate lang hin. Der Russe hatte erwartungsgemäß sehr ungnädig darauf reagiert, dass sich Fredl weigerte, den stattlichen Lohn für seinen Verrat der Festungspläne von Przemysl auf dem Hauptpostamt so schnell wie möglich abzuholen. Als er es auf Drängen seines Liebhabers schließlich etwas mehr als vier Wochen nach dem Spionageakt versuchte, und damit zwei Wochen früher, als er es ursprünglich geplant hatte, fand er zu seinem Entsetzen noch gar keinen Geldbrief vor.

Dies konnten sich weder er noch Dimitri erklären. »Möglicherweise sind die Fotografien zu schlecht gewesen«, vermutete Dimitri schließlich. »Du solltest die Pläne auf jeden Fall noch einmal an dich bringen und fotografieren!«

Das lehnte Fredl entschieden ab und erschien in kurzen Zeitabständen zwei weitere Male vergeblich auf dem Hauptpostamt. Beim letzten Mal gewann er den Eindruck, dass der Schalterbeamte ihn wiedererkannte und intensiv musterte. Daher beschloss er, erst wieder einige weitere Wochen ins Land gehen zu lassen, bevor er erneut dort vorsprach.

Da er Dimitri nur noch geringe Geldsummen geben konnte,

die er von seinem Sold abzweigte, erschien der immer seltener in Fredls Wohnung. Schließlich machte der Russe keinen Hehl mehr daraus, sich auch mit anderen Männern zu treffen. Fredls Verzweiflung ließ ihn offenbar kalt. Nun hatte ihm Mitri ein letztes Ultimatum gestellt, das Fredl heute aufs Hauptpostamt getrieben hatte.

Zum Glück saß diesmal ein anderer Beamter hinter dem Schalter als bei seinen vorigen Besuchen. »Georg Leuschner«, stellte er sich vor und merkte dabei, dass sowohl seine Hände als auch seine Stimme zitterten. »Ich erwarte eine postlagernde Sendung.«

Der Beamte suchte in der Schublade eines Aktenschranks, der hinter seinem Stuhl stand, unter dem Buchstaben »L«. Zu Fredls unendlicher Erleichterung zog er einen braunen, dicken Umschlag heraus. Hastig griff Fredl danach und wollte sich schon abwenden, als ihn der Schalterbeamte zurückrief. »Halt, mein Herr! Sie müssen noch hier und hier unterschreiben!«

Hastig kritzelte Fredl den fingierten Namen an die Stellen, auf die der Mann wies. Dann beeilte er sich, das Hauptpostamt rasch zu verlassen.

Dass ihm zwei Männer unauffällig folgten, bemerkte er nicht.

In der Backstube des Kaffeehauses

April 1896, zehn Tage nach Sophies letzter Begegnung mit Richard

Sophie stieß den jungen Polizeibeamten, mit dem sie jetzt schon die dritte Nacht in der Speisekammer neben der Backstube hockte, leicht in die Seite, als er erneut zu schnarchen begann. Der Mann schreckte auf und blickte sich im Licht der Petroleumfunzel, die den engen schlauchförmigen Raum nur schwach erleuchtete, verwirrt um.

»Sie sind wieder eingeschlafen, Herr Moser«, flüsterte Sophie dem Mann ins Ohr. Auch sie kämpfte, seit sie erneut gegen zehn Uhr abends ihren Platz eingenommen hatte, immer wieder gegen ihre Müdigkeit an. Jetzt unterdrückte sie ein Gähnen. Gleichzeitig spürte sie eine tiefe Resignation. Sollte der ganze Aufwand, den sie im Vorfeld betrieben hatte, um den Saboteur zu überführen, ganz umsonst gewesen sein?

In der Nacht, die auf den Abend folgte, an dem sie ihren Plan Stück für Stück mit Richard entwickelte, hatte sie nachts zum ersten Mal seit längerer Zeit wieder gut geschlafen. Voller Elan teilte sie Ida, Franzi und Elfi ihr Vorhaben am nächsten Morgen mit. Jede der Frauen steuerte noch eine gute Idee bei.

Und so sprach Sophie bereits am selben Tag mit dem Konditormeister Wallner über die Herstellung der Chili-Schokolade. Zunächst fertigte er ihr eine Kostprobe der Schokolade auf die herkömmliche Art an. Die exotische Geschmacksmischung von Bitterschokolade und einem Hauch des scharfen Paprikagewürzes überzeugte sowohl Ida und die Dienstmädchen als auch sie selbst. Wie fein würde diese Schokolade erst schmecken, wenn sie mit der Conchiermaschine hergestellt wurde und dabei die unvergleichliche, zart schmelzende Konsistenz entwickelte?

Auch Toni, den Sophie zur Tarnung in ihre Pläne einbezog, lobte die Chili-Schokolade über alles. Und ermutigte Sophie nachdrücklich dazu, für diese außergewöhnliche Novität zumindest eine kleine Werbeaktion in den Wiener Gazetten zu starten. »Es wäre zumindest ein bescheidener Neubeginn, wenn die Aktion diesmal erfolgreich wäre«, erklärte er scheinheilig.

Am Tag nach der Lieferung hatte Ida Toni die wieder sorgfältig verschlossene und verpackte kleine Flasche mit dem Rizinusöl übergeben, als sie die Kaffeehaus-Einnahmen des Vortages mit ihm abrechnete. Somit war zumindest dafür gesorgt, dass Toni das Mittel für eine erneute Sabotagehandlung zur

Verfügung stand und er keine weitere Apotheke aufsuchen musste, sollte er das Rizinusöl tatsächlich benutzen wollen, um Speisen zu verderben.

Wallner freute sich sehr darüber, dass Sophie seine Idee mit der Chili-Schokolade schließlich doch noch aufgegriffen hatte. Obwohl sie nicht glaubte, dass der Konditormeister in die Sabotageakte verwickelt war, verriet sie ihm kein Sterbenswörtchen über die Hintergründe ihrer Entscheidung.

Vor drei Tagen hatte Sophie die ersten Annoncen geschaltet. Einen Tag, bevor Wallner gleich morgens nach seinem Dienstbeginn die Grundzutaten für die gewünschte Menge Schokolade sorgfältig abwog und abmaß und in die neue Conchiermaschine füllte, die dann um Punkt neun Uhr zum ersten Mal in Betrieb genommen wurde. Das Chili-Gewürz wollte Wallner erst der fertigen Schokoladenmasse beimischen. Zweiundsiebzig Stunden lang, vom momentanen Zeitpunkt an gerechnet also bis morgen um neun Uhr, würde die Masse in der Conchiermaschine gewalzt werden, bis sie die gewünschte Konsistenz erreicht hätte. Für die Herstellung der ausreichenden Menge Konfekt veranschlagte Wallner einen weiteren Tag. Liefe alles nach Plan, würde das Konfekt übermorgen in der Verkaufstheke des Cafés bereitliegen.

Seit der Inbetriebnahme der Maschine schlüpfte Sophie jeden Abend unbemerkt kurz nach zehn Uhr gemeinsam mit dem jungen Polizeibeamten Moser, den man ihr tatsächlich auf Richards Bitte hin zur Seite gestellt hatte, in die Speisekammer. Kurz vorher hatten die Zugehfrauen, die die Backstube putzten, Feierabend gemacht. Im ganzen Souterrain war es jetzt dunkel, da auch die Speiseküche des Kaffeehauses längst geschlossen war.

Damit sie es nicht allzu unbequem hätten, deponierte Sophie vor ihrer ersten Nachtwache zwei Klappstühle und eine Petroleumlampe in einer schlecht einsehbaren Nische der Speisekammer. Obwohl sie deshalb im Sitzen dicht hinter der Tür warten konnte, schmerzten ihr mittlerweile alle Glieder von dem unbequemen Stuhl, auf dem sie nun schon die dritte Nacht verbrachte. Denn in den ersten beiden Nächten war rein gar nichts geschehen und bis auf das Walzwerk der Conchiermaschine kein Geräusch in der leeren Backstube zu hören gewesen.

Im schwachen Licht der Petroleumfunzel warf Sophie jetzt einen Blick auf ihre kleine Taschenuhr. Es war schon zwei Uhr nachts. Auch alle Geräusche aus dem Kaffeehaus waren verstummt. Die letzten Gäste hatten das Etablissement vor zwei Stunden verlassen.

Sophie versuchte, ihre zunehmende Frustration zunächst mit dem Gedanken zu verdrängen, dass Wallner zumindest die Schokolade für das beworbene Konfekt verarbeiten könnte, wenn auch heute Nacht nichts passierte. Dann würde wenigstens die Verkaufsaktion pünktlich starten.

Es sei denn – plötzlich durchfuhr es sie heiß und kalt –, es sei denn, Toni Schleiderer hatte bereits tagsüber eine Möglichkeit gefunden, die Schokoladenmasse zu verderben. Allerdings könnte dann das gesamte Personal der Backstube seine Anwesenheit an einem der vergangenen drei Tage bezeugen.

Doch was würde das nützen? Sophie brach der Schweiß aus. Denn dass Schleiderer manchmal die Backstube betrat, wunderte niemanden. Schließlich hatte er dort fast zwei Jahrzehnte lang gewirkt. Aber hätte er es wirklich gewagt, das Rizinusöl in die Schokoladenmasse zu kippen, wenn Personal mit im Raum war? Ihr Gefühl sagte Nein, ihr Verstand hielt es jedoch für möglich.

Ihre Zweifel verstärkten sich. Konnte sie es, wenn auch in der heutigen Nacht kein Anschlag verübt wurde, überhaupt riskieren, Wallner das Konfekt aus der womöglich kontaminierten Schokoladenmasse herstellen zu lassen? Ja, beschloss sie nun. Allerdings würde ihr dann nichts anderes übrig bleiben, als morgen Abend von der Schokolade zu kosten. Um dann die ganze Aktion erneut, wie damals bei der Paradeisersuppe, kurzfristig abzusagen, wenn Toni das Konfekt vergiftet hätte und sie die Nacht erneut auf dem Abort verbringen würde.

Da sie in diesem Fall aber keinen angemessenen Ersatz für die Chili-Schokolade anbieten konnte, würde der Ruf des Cafés endgültig beschädigt sein. Auch wenn ihr die Schließung durch die Gewerbe-Inspektion erspart bliebe, würde es möglicherweise Jahre dauern, bis es seinen einstigen guten Ruf wiedererlangt hätte. Nun verfluchte sie sich im Stillen dafür, Wallner nicht angewiesen zu haben, Ersatzkonfekt ohne Schokolade sowie Kekse in ausreichender Menge herzustellen, um die wegen der Chili-Schokolade gekommenen Kunden eventuell zumindest entschädigen zu können.

Wieder lauschte Sophie in die Stille. Wieder hörte sie keinen verdächtigen Laut. Immerhin war ihre Müdigkeit aufgrund ihrer alarmierenden Gedanken völlig verflogen. Sie fühlte sich im Gegenteil hellwach, während der ruhiger werdende Atem des jungen Polizeibeamten neben ihr darauf hindeutete, dass Moser wieder im Begriff war, einzuschlafen.

Aber selbst wenn sie Toni heute Nacht nicht erwischen würde, sollte er nicht ungestraft davonkommen, schwor sie sich jetzt in ihrer Erbitterung. Auch wenn sie keinen Beweis gegen ihn in der Hand hatte, würde sie seinen Vertrag als Mitgeschäftsführer, der im Juli auslief, unter keinen Umständen verlängern. Die Leitung des Kaffeehauses sollte Ida übernehmen, das hatte Sophie schon länger erwogen und zuletzt mit ihr abgesprochen. Sie war sich nur noch nicht schlüssig darüber, ob sie Toni vor seiner Entlassung mit ihrem Verdacht, dass er das Café monatelang sabotiert hatte, konfrontieren sollte oder nicht.

Plötzlich hörte sie ein Geräusch. Als es näher kam, identifizierte sie eindeutig leise Schritte auf der Treppe ins Souterrain. Vorsichtig puffte sie den Polizisten in die Seite und legte im schwachen Schein der Petroleumlampe den Zeigefinger auf die Lippen. Zum Glück war der junge Mann sofort hellwach.

Die Schritte kamen näher. Sie waren weiterhin so leise, als ob sich jemand bemühen würde, keinen unnötigen Laut zu verursachen. Sophies Puls begann, sich zu beschleunigen. Das Blut rauschte in ihren Ohren. Es musste Toni sein, der da kam! Denn außer ihm besaß niemand, der nicht im Haus wohnte, einen Schlüssel zum Eingang des Gebäudes.

Ein leises Quietschen verriet den Lauschenden, dass nun die Tür zur Backstube vorsichtig geöffnet wurde. Sophie löschte die Petroleumlampe, damit kein Schein durch die Türspalte der Speisekammer fiel. Stattdessen huschte nun ein flackerndes Licht durch die Backstube.

Die Schritte kamen an ihrer Tür vorbei. Nur ungefähr drei Meter davon entfernt stand die Conchiermaschine an der rechten Wand der Backstube. Zu Sophies Erstaunen wurde der Rührmechanismus abgestellt. Wollte Toni lediglich den Produktionsvorgang unterbrechen? Das würde die Schokolade allerdings nicht gänzlich verderben, da sie ja schon fast fertig conchiert worden war.

Oder wollte Toni etwa erneut Mehl in die Masse geben? Sophie erschrak bis ins Mark. Denn mittlerweile hegte sie keinen Zweifel mehr daran, dass Toni die erste Maschine auf diese Weise zerstört hatte. Wenn das auch heute seine Absicht war, würden nicht nur die Schokolade, sondern auch die Maschine erneut unbrauchbar werden. Wollte Toni Mehl einfüllen, musste er das Walzwerk natürlich abstellen, da er sonst Gefahr lief, dass sich Mehlstaub im ganzen Raum verbreitete. Den könnte er in der Dunkelheit nicht beseitigen, und das Mehl würde dann natürlich, anders als beim ersten Versuch, die Maschine zu beschädigen, am nächsten Morgen sofort auffallen.

Vor lauter Sorge, was der Eindringling im Sinn haben könnte, hielt es Sophie jetzt nicht mehr auf ihrem Sitz. Sie puffte Moser noch einmal in die Seite, diesmal so kräftig, dass er zusammenzuckte. Dann riss sie die Tür der Speisekammer auf.

Und diesmal leistete ihr die Glücksgöttin Fortuna Beistand. Im hellen Licht der Laterne, die er mit der linken Hand in die Höhe hielt, war Toni Schleiderer deutlich zu erkennen. Er stand genau vor der Conchiermaschine. In der rechten Hand hielt er eine kleine Flasche, deren Inhalt er gerade unter heftigem Schütteln in die Schokoladenmasse goss. Völlig überrumpelt von Sophies plötzlichem Erscheinen, konnte er diese Bewegung nicht einmal sofort unterbrechen, sodass auch Moser, der hinter Sophie in die Backstube kam, deutlich erkennen konnte, was sich abspielte.

Mit wenigen Schritten war der Polizeibeamte beim Schalter neben der Eingangstür und drehte das Gaslicht an. Toni Schleiderer stand jetzt wie erstarrt, das Gesicht zur Tür gewandt, Laterne und Flasche in den Händen.

»Was tust du da, Toni?« Plötzlich überkam Sophie eine eiskalte Ruhe.

Auf Tonis Wangen bildeten sich rote Flecken. »Ich … ich …«, stammelte er, »ich wollte nur nachschauen, ob mit der Schokolade alles in Ordnung ist.« Sein Blick flackerte, trotzdem fand er zu seiner alten Dreistigkeit zurück. »Schließlich weiß ich doch, wie wichtig diese Aktion für dich und das Café ist, Sophie.«

»Und warum kümmert Sie das mitten in der Nacht?«, mischte sich der Polizeibeamte Moser ein. »Zumal Sie doch der Leiter des Kaffeehauses sind, soweit ich korrekt unterrichtet bin. Keineswegs der Leiter der Backstube.«

Moser trat auf Toni zu und streckte fordernd die Hand nach der Flasche aus. Aber anstatt sie ihm zu übergeben, warf Toni sie auf den gefliesten Boden. Doch wieder zeigte Fortuna sich Sophie gnädig. Das Fläschchen zersprang nicht in tausend Scherben, was Toni wohl beabsichtigt hatte, sondern blieb heil. Lediglich einige Tropfen der noch darin enthaltenen Flüssigkeit spritzten auf den Boden.

Sophie trat an die Conchiermaschine und blickte auf die

Schokoladenmasse. Auf deren Oberfläche waren ebenfalls viele Tropfen zu erkennen, die im Schein der Deckenlampe glitzerten. Warum Toni das Walzwerk abgestellt hatte, blieb ihr ein Rätsel. Vielleicht wollte er die Flüssigkeit auf diese Weise gleichmäßig über die Schokolade verteilen und das Walzwerk dann wieder einschalten, um sie unterzumischen.

Aber das spielte jetzt keine Rolle mehr, rief sich Sophie zur Ordnung. Sie tauchte den Finger in einen der Tropfen und kostete vorsichtig mit der Zungenspitze. »Rizinusöl«, bedeutete sie dem Polizisten. Auch der nahm einen Tropfen mit dem Zeigefinger auf und leckte daran. Dann schüttelte er sich. »Zweifelsohne! Das ist Rizinusöl!«, bestätigte er.

Dann drehte er sich zu Toni Schleiderer um. »Herr Antonius Schleiderer, Kraft meines Amtes verhafte ich Sie wegen des Verdachts, diese Schokolade vergiftet zu haben. Drehen Sie sich um! Hände hinter den Rücken!«

»Das ist … das ist ein furchtbarer Irrtum«, versuchte Toni, das Unvermeidliche noch zu verhindern.

Doch Moser fasste ihn rüde am Arm und riss ihn herum. Dann legte er ihm Handschellen an. »Sie folgen mir jetzt auf die Wache! Und leisten Sie keinen Widerstand, sonst wird alles noch schlimmer für Sie!«

Kriegsministerium Am Hof

Ende April 1896

»Und es besteht keinerlei Zweifel an der Identität des Verräters?« Richard stellte die Frage bereits zum wiederholten Mal, im verzweifelten Versuch, die furchtbare Wahrheit könne sich doch noch als Irrtum herausstellen.

Generaloberst Beck, Richards Vorgesetzter, blickte ihn mitfühlend an. »Wie ich Ihnen bereits mehrfach sagte, Major von

Löwenstein, leider nein. Doch fassen Sie den Sachverhalt doch noch einmal zusammen, Oberstleutnant Kolossváry!«

Die drei Männer befanden sich allein im Kontor des Generalobersten im Kriegsministerium. Es war bereits acht Uhr abends, also längst nach dem offiziellen Dienstschluss.

»Wir teilen Ihnen die Fakten erst heute mit, Major von Löwenstein, da wir zum einen sicher sein mussten, dass es keinerlei Zweifel an unserem Verdacht gegen Ihren Cousin Alfred gibt, den wir seit seiner Enttarnung auf dem Postamt nunmehr beständig beschatten lassen. Zum anderen haben wir vor einigen Tagen ein Schreiben des deutschen militärischen Geheimdienstes erhalten mit dem Hinweis, für welchen Verrat die riesige Summe von fünftausend Gulden bezahlt worden sein könnte.«

Richard hatte zwar eine Ahnung, um was es sich dabei handeln könnte, schwieg aber still. Möglicherweise irrte er sich ja und würde den Verdacht gegen Fredl mit seiner Vermutung nur noch verschlimmern.

»Lassen Sie *mich* bitte zusammenfassen, was Ihre Ermittlungen ergeben haben und Sie mir schon mitgeteilt haben!«, bat er nun. »Sie werden verstehen, ich stehe noch unter Schock und bin dadurch vielleicht etwas begriffsstutzig.«

Beck nickte ihm aufmunternd zu.

»Am 21. April, also vor ungefähr einer Woche, hat sich der Mann namens Georg Leuschner die postlagernde Sendung, die aus Eydtkuhnen auf diesen Namen nach Wien zurückgeschickt wurde, aushändigen lassen. Dabei hat er mit seiner Unterschrift den Empfang der Sendung bescheinigt.«

Auf das Nicken des Leiters des Evidenzbüros fuhr Richard fort. »Die beiden Polizeibeamten in Zivil, die den Schalter zu dieser Zeit beobachteten, folgten auf das verabredete Zeichen des Schalterbeamten hin dem unbekannten Mann bis vor die Haustür von dessen Wohnung. In einem Gespräch mit dem Hauswart ließen die Polizisten sich die Namen sämtlicher Mieter nennen. Als man diese Namen mit den Mitarbeitern des Evidenzbüros abglich, stellte sich heraus, dass der einzige infrage kommende Bewohner mein Cousin Alfred von Löwenstein ist.«

»Mein persönlicher Sekretär!«, polterte Kolossváry. »Der mir von meinem Vorgänger empfohlen wurde und dem ich vorbehaltlos vertraut habe.«

Richards Kehle verengte sich. Er musste sich räuspern, bevor er weitersprach. »Aufgrund dieses ungeheuerlichen Verdachts wurden zunächst weitere Beweise gegen meinen Cousin gesammelt, um ganz sicherzugehen, dass er der Maulwurf im Evidenzbüro ist. Dazu gehört ein grafologisches Gutachten, welches die Unterschriften des Namens ›Georg Leuschner‹ auf dem Postamt eindeutig identisch erklärt mit der Handschrift meines Cousins. Weitere Nachforschungen förderten zutage, dass Alfred eine widernatürliche Beziehung zu einem Mitarbeiter des russischen Militärattachés in Wien unterhält. Der Mann heißt Dimitri Rostov. Wieder bezeugte der Hauswart, dem man eine Fotografie Rostovs vorlegte, dass dieser Mann seit dem Einzug meines Cousins in seine augenblickliche Wohnung dort anfangs sehr häufig, in jüngster Zeit seltener ein- und ausging.«

Nur aus dem Augenwinkel heraus nahm Richard wahr, dass Beck und Kolossváry nickten. Die unnatürliche Neigung Fredls war Richard so peinlich, dass er den Blicken der beiden Ranghöheren auswich.

»Vor dem Hintergrund des Verdachts gegen meinen Cousin erklärte sich so manch einer seiner Erfolge plötzlich ebenfalls als ein Ergebnis seiner Spionagetätigkeit. Die für Russland tätigen österreichischen Spione, die er vorgeblich entdeckte, könnte er mithilfe von Dimitri Rostov enttarnt haben, der als Verbindungsmann zwischen der russischen Botschaft und dem Geheimdienst fungiert.«

»Mit diesen Scheinerfolgen hat Ihr Cousin bereits meinen Vorgänger getäuscht!«, unterbrach Kolossváry Richard. »Um sich auf diese Weise die Vertrauensstellung als mein persönlicher Sekretär zu erschleichen!«

Beck machte eine ungeduldige Handbewegung. »Lassen Sie von Löwenstein weiterreden, Oberstleutnant!«

»Eine Maulwurfstätigkeit meines Cousins würde auch erklären, warum einige für Österreich tätige Spione in Russland aufgeflogen sind. Bislang konnte man die Quelle für deren Enttarnung nicht identifizieren. So weit konnte ich Ihnen bisher folgen.«

»Dann lassen Sie uns zum Anlass unseres heutigen Gesprächs kommen, Major!«, schaltete sich Generaloberst Beck jetzt ein. »Wir haben erneut die Kollegen vom deutschen militärischen Geheimdienst um Mithilfe gebeten, um welchen Geheimnisverrat es sich handeln könnte. Sie stießen durch einen ihrer eigenen Spione auf das Gerücht, dass jemand die Pläne zum Ausbau der Festung Przemysl an die Russen verraten hätte. Angeblich ein hochkarätiger Mitarbeiter des Wiener Evidenzbüros. Dabei kann es sich leider um niemand anderen handeln als Ihren Cousin Alfred von Löwenstein.«

Richard stöhnte leise.

»Im Folgenden konzentrierten wir uns darauf herauszufinden, wie Ihr Cousin an diese Pläne gekommen sein könnte, um sie alsdann weiterzugeben. Kurzfristig kamen dabei sogar Sie ins Spiel, Major von Löwenstein«, sagte Kolossváry.

»Ich? Ich!« Richard konnte es anfangs kaum fassen und glaubte, sich verhört zu haben. »Wie kommen Sie denn auf mich?«

Beck gab dem Leiter des Evidenzbüros mit einer Geste zu erkennen, dass er weitersprechen wollte. »Hier im Kriegsministerium gab es nur vier Personen, die Zugriff auf die Pläne hatten. Ich selbst, Oberstleutnant Kolossváry und unsere beiden persönlichen Adjutanten, die zudem miteinander verwandt sind.«

Richard schoss das Blut ins Gesicht. »Also hatten Sie auch mich im Verdacht?«

Beck nickte ernst. »Wir mussten diese Möglichkeit zunächst in Betracht ziehen. Ich übergab Ihnen die Pläne für den Ausbau der Festung mit der unmissverständlichen Anweisung, diese sofort an den Leiter des Evidenzbüros weiterzugeben. Ich erinnere mich an die genaue Uhrzeit, es war morgens um dreiviertel zehn. Sie übergaben die Pläne offensichtlich an Kolossvárys persönlichen Sekretär, also Ihren Cousin, wogegen im Grunde ja auch nichts einzuwenden war.«

»Aber mit der strikten Aufforderung, dem Oberstleutnant die Pläne auf der Stelle auszuhändigen«, beteuerte Richard. »Ich traf nur Fredl, nicht Sie selbst in Ihrem Kontor an, Oberstleutnant von Kolossváry. Da Sie gerade ein menschliches Bedürfnis ...«

»Schon gut, schon gut!«, fiel ihm der Leiter des Evidenzbüros ins Wort. »Zum Glück für Sie hat Ihr Cousin sich auch an Ihre Anweisung gehalten. Er übergab mir die Pläne sofort, als ich ins Kontor zurückkam. In seiner Anwesenheit schloss ich die Geheimdokumente in meinem Tresorschrank ein. Die Uhr schlug gerade zehn. In dieser kurzen Zeit konnte Ihr Cousin also nichts Unerlaubtes mit den Papieren getan haben.«

»Nachdem wir diesen Punkt einwandfrei in einem persönlichen Gespräch klären konnten, blieb nur Alfred als Verdächtiger übrig«, kam Beck zum Schluss seiner Ausführungen.

»Wahrscheinlich hat er sich irgendwie einen Nachschlüssel für meinen Tresorschrank besorgt«, schnaubte Kolossváry. »Auf welche Weise werden die Ermittlungen ergeben, die wir jetzt umgehend gegen Alfred von Löwenstein einleiten müssen. Es sei denn ...«, unterbrach er sich kryptisch.

»Es sei denn, wir finden eine andere und für alle Beteiligten ehrenhaftere Lösung, als Ihren Cousin zu verhaften und des Hochverrats anzuklagen«, vollendete Beck den Satz. »Ein solcher Strafprozess wäre zumindest für das Ansehen des Evidenzbüros äußerst schädlich. Aber auch auf mich als Leiter des Generalstabs könnte ein Schatten fallen. Gar nicht davon zu reden, welche Schande es für Ihre Familie wäre. Sie müssten selbstverständlich Ihre sofortige Demission einreichen.«

Hilflos ballte Richard die Hände zu Fäusten. Es war schon schlimm genug, dass er nach der Scheidung von Amalie im Vergleich zu Sophie relativ mittellos sein würde. Wenn er nun auch noch seine Besoldung verlieren würde, stünde er ohne einen Heller auf der Straße. Ausgerechnet jetzt, wo sich die Dinge zwischen ihm, Amalie und Sophie endlich zum Guten zu wenden schienen.

Erst nach und nach drang Becks Aussage vollständig in sein Bewusstsein. »Welche andere Lösung schwebt Ihnen vor?«

Beck und Kolossváry sahen ihn mit einem merkwürdigen Gesichtsausdruck an. »Wenn Sie den Ehrenkodex unserer heiligen Armee zugrunde legen, würde manch ein Offizier aus weit geringfügigerem Anlass zu diesem Ausweg greifen.«

Die ganze Bedeutung dieses inhaltsschweren Satzes erfasste Richard nur langsam.

»Sie meinen ... Sie schlagen vor, dass ...« Die Worte wollten ihm nicht über die Lippen. Innerlich fühlte er sich wie gelähmt.

Beck und Kolossváry nickten. »Wir sind zu der Ansicht gelangt, dass Sie Ihren Cousin von dieser Lösung überzeugen sollten. Dann bliebe die ganze Angelegenheit zunächst unter uns vieren, und niemand sonst käme zu Schaden. Natürlich muss ich irgendwann den Kriegsminister und Seine Majestät davon unterrichten, dass die bisherigen Pläne für den Ausbau der Festung verraten wurden und daher geändert werden müssen. Aber das hat noch Zeit, denn bis jetzt wurde ja noch nicht mit dem Ausbau begonnen«, erläuterte Beck das weitere Vorgehen. »Womöglich ist es dabei nicht einmal erforderlich, den Namen des Verräters zu nennen, sondern nur zu berichten, dass er enttarnt wurde und sich selbst gerichtet hat. In jedem Fall würde nichts schriftlich niedergelegt werden müssen.«

Richard war noch immer unfähig zu reagieren.

»Wir können Ihnen allerdings nur den heutigen Abend Zeit dazu geben, um Ihren Cousin von diesem ehrenhaften Ausweg zu überzeugen. Weigern Sie sich, Alfred diesen Vorschlag zu unterbreiten, oder weigert er sich, ihm nachzukommen, wird er morgen in aller Herrgottsfrühe verhaftet werden. An eine Flucht ist schon jetzt nicht mehr zu denken. Das Haus wird rund um die Uhr bewacht.«

»Also, wie entscheiden Sie sich?«, insistierte Beck, als Richard weiterhin stumm blieb.

Mit aller Kraft riss er sich zusammen. »Ich werde meinem Cousin Ihr Angebot überbringen.«

Kapitel 26

Fredls Wohnung in Wien

Ende April 1896, eine Stunde später

Mit langsamen Schritten stieg Richard die Treppe zu Fredls Wohnung im zweiten Stock des Mietshauses empor. Seine Beine fühlten sich so schwer wie Blei an.

Fredl erwartete ihn schon an der offenen Eingangstür. »Ach, du bist das, Richard!« Die Enttäuschung in seiner Stimme war nicht zu überhören. Offensichtlich hatte er jemand anderen erwartet. *Wahrscheinlich seinen russischen Liebhaber,* vermutete Richard.

Doch schon, als Fredl ihn hineinbat, lächelte er Richard herzlich an. »Wie schön, dass du mich einmal be …« Die Worte blieben ihm im Halse stecken, als er Richards Gesichtsausdruck bemerkte.

»Doch es ist nicht dein Bedürfnis nach meiner Gesellschaft, das dich heute hierherführt«, konstatierte Fredl resigniert. »Wahrscheinlich bringst du mir schlechte Nachrichten.«

Richard ging ihm voraus in den Salon und ließ sich schwer auf das Sofa fallen. »Ahnst du schon, worum es geht?«

Fredl trat an einen Servierwagen und goss Richard und sich ein Glas Branntwein ein. Der fruchtige Geruch von Birnenschnaps verbreitete sich im Raum. Fredl leerte sein Glas in einem Zug und füllte sich dann sofort aus der Flasche nach, die er auf den Tisch gestellt hatte.

»Ich bin aufgeflogen«, zog er die richtigen Schlüsse.

Richard konnte nur nicken. Er brachte kein weiteres Wort über die Lippen.

»Und sie schicken ausgerechnet dich hierher, um mich zu verhaften, Richie?«

Nun trank auch Richard sein Glas in einem Zug aus und hielt es Fredl zum Nachfüllen hin. Dann schüttelte er den Kopf.

»Ich komme natürlich nicht, um dich zu verhaften. Schließlich bin ich weder Mitglied der Geheimpolizei noch des Evidenzbüros. Im Gegenteil«, bevor er weitersprach, leerte er das Glas von Neuem, »verhält es sich so, dass ich komme, um dir, deiner Dienststelle und unserer ganzen Familie die Schande zu ersparen, die ein Strafprozess wegen Hochverrats mit sich bringen würde.«

Fredl sah Richard zunächst verwirrt an, bis er zu verstehen begann, was dieser meinte.

»Zur Flucht kannst oder willst du mir also nicht verhelfen«, realisierte er bitter.

Richard hielt Fredl noch einmal das Schnapsglas hin, bevor er antwortete. »Das kommt auf den Blickwinkel an. Eine Flucht im herkömmlichen Sinne wäre dir gar nicht mehr möglich. Dieses Haus wird bereits seit Tagen rund um die Uhr überwacht.«

Fredl nickte nachdenklich. Dann verzog er den Mund zu einem gespenstischen Lächeln. »Du wirst es wahrscheinlich kaum glauben, Richie, aber die Anzeichen dafür habe ich sogar schon bemerkt. Ich wollte sie aber nicht wahrhaben.«

»Warum?« Richard presste nur dieses eine Wort über die Lippen.

Fredl verstand ihn trotzdem. »Weißt du, was wahre Liebe ist?«, reagierte er mit einer Gegenfrage.

Richard war zuerst verblüfft, dann antwortete er ehrlich. »Ja, das weiß ich.«

»Und wärst du bereit, für diese wahre Liebe alles zu tun?«

Richard zögerte, dann beschloss er, wieder wahrheitsgemäß zu antworten. »Früher war ich es nicht, Fredl. Da ging ich aus

Egoismus oder Schwäche, oder wie man es auch immer nennen mag, den einfacheren Weg. Heute würde ich alles für meine Liebe tun.«

»Fast alles«, relativierte er dann. »Mein Vaterland verraten würde ich nicht.«

Fredl nickte mit einem sarkastischen Lächeln. »Du Glücklicher! Offensichtlich stehen dir mehr Wege offen als mir.«

»Ist es dieser Russe, der dich zur Spionage verleitet hat?«, konnte sich Richard die Frage nicht verkneifen.

»Ja, es ist dieser Russe.« Jetzt klang auch Fredls Stimme sarkastisch. »Wahrscheinlich hat er es von Anfang an darauf angelegt. Und wurde wahrscheinlich von seinen Auftraggebern gut dafür bezahlt. Mich hat er jedenfalls nicht mehr besucht, seit ich ihm den größten Teil meines Judaslohns für den Verrat der Festungspläne gegeben habe.« Jetzt klang Fredl so traurig, dass er Richard aufrichtig leidtat. Die nächsten Worte seines Cousins erschreckten ihn dennoch. »Trotzdem liebe ich Mitri noch immer. Ohne ihn bedeutet mir mein Leben sowieso nichts mehr. Also hätte ich wahrscheinlich in nächster Zeit sowieso zu der Konsequenz gegriffen, die du mir anrätst, wenn ich deinen Besuch richtig interpretiere.«

»Du hättest dir das Leben genommen wegen eines untreuen Schurken, der nur an deinem Geld interessiert war?« Obwohl Fredl ja recht hatte, und er nur deshalb gekommen war, um seinem Cousin diesen Ausweg aus der verfahrenen Situation nahezulegen, erschrak Richard doch angesichts dessen tiefer Verzweiflung.

»Was erstaunt dich denn so daran, Richie? Ich dachte, dieser Vorschlag ist der Anlass deines heutigen Besuchs«, erwiderte Fredl mit einem Anflug von Spott.

»Aber doch nicht aus diesem Grund!« Kaum waren die Worte heraus, merkte Richard, wie absurd sie waren. Sah man das Ganze aus Fredls Perspektive, war es exakt so, wie der es gesagt hatte. Er würde sich das Leben wegen seines untreuen Liebhabers nehmen. Denn nur ihm zuliebe hatte er sich offenbar zu seiner Spionagetätigkeit verleiten lassen.

Plötzlich fühlte sich Richard zu Tode erschöpft. Er zog seine Pistole aus dem Halfter und legte sie auf den Tisch.

Wieder lächelte Fredl spöttisch. »Du kannst deine Waffe wieder mitnehmen, Richie. Eine Pistole besitze ich selbst. Offensichtlich vergisst du, dass ich immerhin Hauptmann bin. Nur einen Rang niedriger als du.«

»Dabei hättest du dein ganzes Leben noch vor dir gehabt.« Nun fühlte auch Richard eine tiefe Bitterkeit. »Eine glänzende Karriere. Du hättest es bis zum General bringen können.«

Fredl zuckte mit den Achseln. »Ein Leben ohne Liebe bedeutet mir nichts. Und die Art Liebe, zu der das Schicksal mich nun einmal verdammt hat, hätte ich niemals so offen leben können wie ein *normaler Mann.*« Die letzten Worte betonte er wieder sarkastisch.

Er stand abrupt auf. »Aber nun solltest du gehen, Richie. Den letzten Teil des Weges muss ich allein zurücklegen.«

Einen Moment lang überlegte Richard, ob er Alfred in die Arme schließen sollte. Im Gegensatz zu Maxi hatte er seinen jüngeren Cousin immer gemocht. Doch Fredl wirkte bereits unnahbar, wie entrückt, sodass Richard es nicht wagte, sich ihm zu nähern. Aus Angst, Fredl könne ihn zurückstoßen.

Er hatte das Erdgeschoss noch nicht erreicht, als er den Schuss hörte, der durch das ganze Stiegenhaus hallte.

Erst weit nach Mitternacht öffnete Richard die Eingangstür zum Palais Thurnau. Zuvor war er wie von Sinnen durch die Straßen der Wiener Innenstadt gelaufen. Zweimal hatte er sich in einem dunklen Hauseingang versteckt, damit niemand sah, dass er von einem Weinkrampf geschüttelt wurde.

Zu seinem Erstaunen erhob sich der erste Diener Sieber von einem Lehnstuhl in der Halle und rieb sich den Schlaf aus den Augen. Offensichtlich hatte er auf Richard gewartet.

»Der gnädige Herr erwartet Sie noch in der Bibliothek, Herr von Löwenstein«, richtete er Richard aus.

»Um diese Uhrzeit?«

Sieber deutete eine Verbeugung an. »Ich habe Anweisung erhalten, Ihre Ankunft abzuwarten und Sie zu jeder Nachtstunde in die Bibliothek zu schicken.«

Die Gedanken rasten durch Richards Kopf, als er die geschwungene Wendeltreppe in die Beletage hinaufhastete. Was hatte das zu bedeuten? Die Nachricht von Fredls Freitod konnte Adalbert noch nicht erreicht haben. Man hatte abgesprochen, dass man die Leiche seines Cousins erst frühmorgens finden oder ihn alternativ verhaften würde, sollte er es nicht gewagt haben, sich selbst zu entleiben.

Als Richard die Tür zur Bibliothek aufstieß, konnte er vor lauter Zigarrenqualm zunächst kaum etwas erkennen. Hustend riss er zuerst die beiden Fensterflügel auf, ehe er sich zu Adalbert umwandte, der zusammengesunken in einem Lehnsessel saß.

»Was gibt es denn um diese nachtschlafende Zeit, Adalbert, das nicht bis morgen früh hätte warten können?«, fragte er unwirsch.

Anstatt einer Antwort hielt Adalbert ihm ein mittlerweile recht zerknittert aussehendes Dokument entgegen. »Das ist heute Nachmittag aus dem Obersthofmeisteramt eingetroffen.«

Mit klopfendem Herzen überflog Richard das Schreiben. Dann schüttelte er sich, trat ans Fenster und las es noch einmal. Doch sein Inhalt war unmissverständlich.

Seine Allerheiligste Majestät, Kaiser Franz Joseph, bedauert, dem Scheidungsbegehren des Majors Richard von Löwenstein und seiner Ehefrau Amalie, geborene von Thurnau, die Zustimmung versagen zu müssen. Da der ausschlaggebende Grund für den Trennungswunsch die bisherige Kinderlosigkeit des Paares ist, hegt Seine Majestät die Hoffnung, dass aufgrund des noch jungen Alters der Eheleute diesbezüglich noch Abhilfe geschaffen werden kann. In die-

sem Zusammenhang legt Seine Majestät den Eheleuten dringend ans Herz, ihr Zerwürfnis rasch wieder zu bereinigen, wie es sich in einer christlichen Ehe geziemt.

Im Namen Seiner Majestät gezeichnet durch
Rudolf Fürst zu Liechtenstein, Obersthofmeister

Wiener Hofburg

Mitte Juni 1896

Wieder schlug Sophie das Herz bis zum Hals, als sie hinter Ida von Ferenczy die steilen Stufen der Adlerstiege erklomm, die zu Kaiserin Elisabeths Appartement in der Hofburg führte. Wie bei ihrem ersten Besuch vor über sieben Jahren, hatte Ida sie am Fuß der Stiege erwartet und ging ihr voran.

Das Vorzimmer, in das die beiden schließlich eintraten, schien Sophie unverändert zu sein. Einrichtung und Wandschmuck hatte sie sowohl von ihrem ersten Besuch als auch von ihrer Zeit in den Diensten der Kaiserin noch genauso in Erinnerung, wie sie diese heute vorfand. Die imposanten Gemälde zwischen den goldverzierten Stuckelementen, die mit rotem Samt gepolsterten Bänke ohne Lehnen, die ringsum an den Wänden standen.

Anders als bei ihrem ersten Besuch wies Ida Sophie diesmal mit einer Handbewegung einen Platz auf einer dieser Bänke an. Dann trat sie nach kurzem Klopfen in den nebenan gelegenen Kleinen Salon, in dem Sisi ihre Audienzen in der Hofburg abzuhalten pflegte.

Hier sitze ich nun wie weiland die Gräfin Marie Louise Larisch, erinnerte sich Sophie. Die ehemalige Lieblingsnichte der Kaiserin war so tief in die Tragödie von Mayerling verstrickt gewesen, dass Sisi sie nach dem Tod ihres Sohnes Rudolf nie wieder empfangen hatte.

Wenigstens das würde sich heute nicht wiederholen. Denn dank der Intervention ihrer Hofdame Ida Ferenczy, die Sophie um diesen letzten Freundschaftsdienst gebeten hatte, würde die Kaiserin sich Sophies Anliegen zumindest anhören.

Aus dem Nebenraum drang kaum ein Geräusch. Um sich die Wartezeit zu verkürzen, ließ Sophie die Ereignisse der letzten Wochen noch einmal Revue passieren.

Es war so viel geschehen! Toni Schleiderer war mittlerweile zu einer fünfmonatigen Haftstrafe verurteilt worden. Zwar hatte ihn das Gericht mangels handfester Beweise für seine anderen Untaten nur für schuldig befunden, im April den Versuch unternommen zu haben, die Schokoladenmasse in der Conchiermaschine zu verderben. Aber die Beweise für diese Tat waren erdrückend, wie der Richter in seiner Urteilsbegründung verlas.

Da waren zum einen die Zeugenaussagen Sophies und des Polizeibeamten Moser, der Toni auf frischer Tat ertappt und verhaftet hatte. Hinzu kamen die Laboranalyse des Rizinusöls, das Toni in die Conchiermaschine geschüttet hatte, die Aussage des Apothekers, der Toni das Abführmittel verkauft, und die Idas, die es ihm übergeben hatte.

Obwohl der Apotheker ebenfalls bezeugte, Toni bereits zuvor Rizinusöl verkauft zu haben, und der Gewerbe-Inspektor Gruber aussagte, dass es vielen Gästen nach dem Genuss der Malakoff-Torte schlecht geworden sei, erachtete das Gericht die vorliegende Beweislage für weitere Missetaten Tonis jedoch als nicht ausreichend.

Allerdings nahm die Presse großen Anteil an dem Prozess. Auf Richards Initiative hin hatte das *Neue Wiener Tagblatt* schon am Tag nach Tonis Verhaftung über die Vorkommnisse im Café berichtet. Schnell schlossen sich andere Gazetten, allen voran das *Wiener Salonblatt*, an. Schließlich lebten die Zeitungen ja von solchen Skandalen und deren Aufklärung.

Ein mehr als willkommener Nebeneffekt war, dass die Frequenz der Besucher im Café Prinzess seit diesen Presseberichten über Tonis Verhaftung und spätere Verurteilung schon wieder deutlich zugenommen hatte. Zunächst trieb das Verlangen, von solchen Ereignissen aus erster Hand zu erfahren, viele Besucher ins Café. Sophie gab daher allen Serviermädchen die Anweisung, mögliche Fragen nach Tonis Schandtaten ausführlich zu beantworten. Entgegen der Diskretion, zu der das Café-Personal ansonsten in anderen heiklen Angelegenheiten verpflichtet wurde.

Auch die Chili-Schokolade fand großen Anklang. Diesbezüglich war Sophie zu der Methode zurückgekehrt, jedem Café-Gast das erste Probestückchen gratis anzubieten. Da den Besuchern sowohl die neuartige Schokolade mundete als auch die übrigen Produkte des Cafés, kamen die ersten Gäste mittlerweile bereits wieder regelmäßig.

Den Malakoff nahm Sophie allerdings nicht mehr ins Angebot des Cafés auf. Sie hätte es auch nicht getan, hätte sie damals schon gewusst, dass sich diese Torte im Laufe der nächsten Jahre zu einer ausgewiesenen Wiener Spezialität entwickeln würde.

Im Prinzess hatte sich die Situation also deutlich entspannt. Weitaus schlimmer traf die Familie von Löwenstein der Freitod Alfreds. Richard hatte Sophie gegenüber nur angedeutet, was der wahre Grund für diesen gewesen war. Offiziell griff man zur gleichen Methode für dessen Erklärung, die die kaiserliche Familie weiland bei Kronprinz Rudolfs Suizid gewählt hatte, und kolportierte die Nachricht, Fredl habe sich in einem Anfall von Irrsinn selbst entleibt.

Doch Alfreds Vater Maximilian hatte den Tod seines zweiten Sohnes nicht verkraftet und kurz nach dessen Beerdigung einen Schlaganfall erlitten. Nun lag er halbseitig gelähmt und des Sprechens unfähig in seinem Bett und wurde von Richards Vater Eduard als Majoratsherr vertreten. Nach dem Tod Maximilians würde erst Eduard, später dann Richard zum Majoratsherrn der Löwensteiner werden und damit auch den Grafentitel erben.

Zum Glück hatten diese Aussichten Amalie, die sich den Titel einer echten Gräfin dereinst so sehr gewünscht hatte, nicht von ihrer Trennungsabsicht abgebracht. Ihre heimliche Liebe zu dem Fiaker-Gehilfen war ungebrochen. Deshalb war sie genauso verzweifelt wie Richard und Sophie wegen der kaiserlichen Ablehnung ihres Scheidungsgesuchs.

Anders dagegen Adalbert. Er war nach wie vor fest dazu entschlossen, aufgrund der Missbilligung des Kaisers die Scheidung entweder ganz zu verhindern oder dafür zu sorgen, dass Richard schuldig von Amalie geschieden würde. Diesbezüglich setzte er seine Tochter mit der Drohung, sie zu enterben und zu verstoßen, wenn sie dabei nicht mitmachen würde, wie für diesen Fall angekündigt, unter starken Druck.

Richard und Sophie waren sich trotz dieser Misere von Anbeginn an darin einig, die Fotografien des Privatdetektivs Pichler über Amalies Seitensprünge mit fremden Fiakern auf keinen Fall gegen sie zu verwenden. Mit Zustimmung Sophies hatte Richard die Aufnahmen mittlerweile sogar verbrannt.

Und so war langsam der Plan in Sophie gereift, Marys Abschiedsbrief einzusetzen, um doch noch die Zustimmung des Kaisers zu einer Trennung von Richard und Amalie und damit eine gute Lösung für alle Beteiligten zu erwirken. Natürlich führte der Weg dazu nur über die Kaiserin.

Deshalb besprach sich Sophie zunächst mit Ida von Ferenczy. Als Sophie ihr Marys Brief zeigte, war die treue Hofdame der Kaiserin anfangs völlig entsetzt darüber, dass Sophie auch sie über den Besitz dieses kompromittierenden Schreibens so viele Jahre lang belogen hatte. Dann ließ sie sich schließlich doch dazu erweichen, Sisi Sophies Anliegen vorzutragen und den Versuch zu unternehmen, ihr die gewünschte Audienz bei Ihrer Majestät zu verschaffen.

»Einzig um der großen Liebe willen, die du für Richard

von Löwenstein empfindest, will ich dir helfen, dir das Glück zu ermöglichen, das mir nie vergönnt war«, seufzte sie. »Eine Garantie dafür, dass du bei Sisi Erfolg haben wirst, kann ich dir allerdings nicht geben.«

»Das alles hat außerdem seinen Preis«, fuhr Ida nach einer kleinen Pause fort. »Auch wenn die Hoffähigkeit der Familie von Löwenstein erhalten bleibt, musst du damit rechnen, dass Seine Majestät euch zukünftig bei allen Festlichkeiten ignorieren wird. Denn Sisi muss ihm ja sagen, von wem die Initiative für den Tausch des Briefes gegen die Bewilligung zur Scheidung ausgeht. Ich kann außerdem nicht ausschließen, dass auch die von Thurnaus von dieser Missachtung betroffen sein werden.«

Diese möglichen Konsequenzen ließen Sophie allerdings kalt. Sie und Richard beabsichtigten sowieso nicht, jemals wieder an einem Fest bei Hofe teilzunehmen. Und Adalberts Ehrgeiz, dazugehören zu wollen, war Sophie herzlich gleichgültig. Viel schlimmer empfand sie dagegen, was Ida ihr noch bedeutete.

»Außerdem ist es das Ende unserer Freundschaft, Phiefi«, sagte die Hofdame traurig. »Sisi würde es mir nie verzeihen, wenn ich weiter Kontakt zu dir pflegen würde, und dies als Zeichen meiner Illoyalität ihr gegenüber werten. Das gilt sogar für den Fall, dass sie sich weigert, dich überhaupt zu empfangen.«

»Und wenn die Kaiserin dein Angebot ablehnt, darfst du sie auf gar keinen Fall unter Druck setzen, Phiefi«, stellte Ida klar. »Das musst du mir in die Hand versprechen. Denn auch das würde die Kaiserin mir persönlich verübeln. Doch wenn ich in Zukunft schon auf deine Freundschaft verzichten muss, bin ich umso mehr auf die Sisis angewiesen.«

Sophie hatte natürlich eingewilligt, aber ihrerseits eine Bedingung gestellt. »Lehnt die Kaiserin meine Bitte ab, bleibt der Originalbrief allerdings in meinem Besitz. Ich werde ihn nicht gegen Ihre Majestäten verwenden, Marys Abschiedsbrief an mich aber auch nicht ohne Gegenleistung aushändigen.«

Ida erbat sich zwei Tage Bedenkzeit, stimmte letztlich aber Sophies Bedingung zu und fertigte eine Abschrift des Originalschreibens an. Damit wandte sie sich an die Kaiserin und hatte Sophie deren Einwilligung zu einer Audienz erst vor zwei Tagen überbracht. Glücklicherweise weilte die Kaiserin zwischen ihren nach wie vor ausgedehnten Reisen für einen kurzen Zwischenaufenthalt überhaupt in Wien.

Endlich öffnete Ida die Tür zum Vorzimmer und bedeutete Sophie, in den Kleinen Salon zu treten.

Die Kaiserin, wie immer in Schwarz gekleidet, erwartete Sophie stehend. In dem tiefen Hofknicks, in den Sophie versunken war, ließ sie diese weitaus länger verharren, als es den Konventionen entsprach. Zwar bot sie Sophie hernach einen Platz an dem gedeckten Teetisch an, offerierte ihr jedoch kein Getränk.

Dann betrachtete sie Sophie lange. Sophie wagte ihrerseits nur, ein paar flüchtige Blicke auf die Kaiserin zu werfen. Deren Wangen wirkten eingefallener denn je, ihre Gestalt konnte man nur noch als spindeldürr bezeichnen. Doch die Ringe, die Sisi an beiden Händen trug, schnitten ihr ins Fleisch. *Die Ödeme,* schoss es Sophie durch den Kopf, *die Folgen der Hungerkuren, von denen mir Ida berichtet hat. Auch Sisis Finger sind dadurch geschwollen.*

Erst nach einiger Zeit, die Sophie unendlich lang vorkam, richtete die Kaiserin das Wort an sie. »Also haben Sie mich damals belogen, Sophie«, konstatierte sie kalt. »Sie haben behauptet, den Abschiedsbrief der Baroness Vetsera vernichtet zu haben.«

Sophie spürte ihre Wangen heiß werden. Gemäß ihrer Absprache mit Ida, nichts zu beschönigen oder sogar abzustreiten, antwortete sie mit leiser Stimme: »Eure Majestät haben recht. Ich bitte Sie um Verzeihung für meine Lüge.«

Sophie, die Sisi nicht ins Gesicht zu sehen wagte, spürte deren stechenden Blick auf sich gerichtet. »Und aus welchem

Grund möchten Sie mir das verräterische Dokument heute überantworten?«

Sophie war verwirrt. Hatte Ida Sisi ihr Anliegen denn nicht geschildert? Aus dem Augenwinkel heraus nahm sie eine auffordernde Geste Idas wahr. Offensichtlich wollte die Kaiserin Sophies Motive aus deren eigenem Mund hören.

Sie sammelte sich innerlich. »Es geschieht um meiner großen Liebe willen«, gestand sie. »Der Mann, den ich liebe, verharrt seit vielen Jahren in einer arrangierten, von ihm nie gewollten Ehe. Nicht nur er selbst, auch seine jetzige Frau sind deshalb zutiefst unglücklich. Sie streben daher eine einvernehmliche Scheidung an. Jedoch stammen beide aus dem Hochadel und sind folglich auf die Einwilligung Seiner Majestät angewiesen, um die Hoffähigkeit ihrer Familien zu erhalten.«

Sophie machte eine kleine Pause und warf einen flüchtigen Blick auf Sisis Gesicht. Das glich einer Maske. Sophie kannte diesen Ausdruck aus vergangenen Situationen, in denen die Kaiserin auf diese Weise ihr Missfallen an einem Gesprächsinhalt auszudrücken pflegte. Trotzdem bedeutete sie Sophie jetzt mit einer Geste, fortzufahren.

»Seine Majestät, der ehrwürdige Kaiser Franz Joseph, hat dem Ersuchen zu einer Billigung dieser Scheidung jedoch nicht zugestimmt. Er hält die Ehe für eine unantastbare Institution, die Gott zusammengefügt hat und die der Mensch daher nicht trennen soll.«

Keine Silbe von dieser angeblichen Begründung des Kaisers stand in dem Ablehnungsbescheid des Obersthofmeisteramts. Aber Sophie kannte ja Sisis Einstellung zur Ehe als »widernatürlicher Einrichtung«, zumal wenn sie ohne das Einverständnis beider Ehegatten zustande gekommen war. Und tatsächlich verfing ihre List.

Sisi schnaubte unwillig. »So ein Schmarrn!«, äußerte sie sich deutlicher, als es Sophie erwartet hatte. »Durch solche erzwungenen Verbindungen ist schon viel Unglück entstanden!«

Damit reagierte sie genauso wie in ihren ehemals vertrauten Gesprächen mit Sophie über dieses Thema.

»Sie möchten mir also den kompromittierenden Abschiedsbrief Ihrer verstorbenen Freundin Mary Vetsera im Gegenzug dafür anbieten, dass ich die Einwilligung meines Gatten zu dieser Scheidung doch noch erwirke? Damit *Sie* alsdann in den heiligen Ehestand treten können?« Sisis Stimme klang ironisch.

Sophie senkte den Kopf und nickte. »Ich wäre Ihnen dafür für den Rest meines Lebens dankbar, Majestät. Und als Zeichen meiner Ergebenheit überlasse ich Ihnen alle Zeugnisse der Tragödie von Mayerling, die sich in meinem Besitz befinden. Neben dem Abschiedsbrief handelt es sich dabei noch um eine Fotografie, die mir Mary zum Andenken an ihre erste Begegnung mit Ihrem verehrten Herrn Sohn schenkte und entsprechend signierte. Sowie um eine Ausgabe der Denkschrift ihrer Mutter Helene über die Ereignisse im Jagdschloss.«

Wieder spürte Sophie den stechenden Blick der Kaiserin auf sich gerichtet. »Und was tun Sie mit diesen Papieren, wenn ich mich weigere, meinem Gatten Ihr Anliegen vorzutragen?«

Aus einem Impuls heraus hob Sophie nun doch den Kopf und sah der Kaiserin geradewegs in die dunklen Augen. »Dann geschieht gar nichts weiter damit, Majestät. Die Dokumente verbleiben in dem Versteck, in dem ich sie schon seit vielen Jahren sicher verwahre.«

Eine kurze Zeit lang erwiderte Sisi Sophies Blick. Dann wandte sie ihn zu deren Erstaunen ab. »Kann ich mich auf diese Zusage verlassen, Ida?«, sprach sie stattdessen ihre Hofdame an.

»Das können Sie, Majestät«, versicherte Ida. »Auch bislang hat Sophie von Werdenfels keinen Gebrauch von diesen Dokumenten gemacht. Doch auch ich bitte Sie von Herzen, verhelfen Sie diesem Paar zu dem Glück, nach dem es sich seit so vielen Jahren sehnt.«

Ein spöttisches Lächeln huschte über Sisis Gesicht. »Glauben Sie an die ewige Liebe, Sophie?«, stellte sie dann eine überraschende Frage.

Wieder hob Sophie den Kopf und sah der Kaiserin in die Augen. »Ich glaube genauso stark daran wie Ihre verehrte Tochter Marie Valerie«, antwortete sie spontan. Diese Reaktion hatte sie sich im Vorfeld nicht überlegt.

»So, so!«, machte Sisi, ohne weiter auf Sophies Bemerkung einzugehen. Sie drehte den Kopf erneut zu Ida.

»Sie haben mir ja schon eine Abschrift des Schreibens übergeben, Ida. Ich kann daraus ersehen, dass sein Inhalt für die Reputation der Monarchie und insbesondere für das Ansehen meines verstorbenen Sohnes tatsächlich außerordentlich schädlich wäre, dränge er je an die Öffentlichkeit. Obwohl diese junge Dame hier heute versichert, von diesem Brief niemals Gebrauch machen zu wollen, hätte ich das Original daher gerne in meinem Besitz. Können Sie bestätigen, dass es sich überhaupt um einen echten Brief der Baroness Vetsera handelt?«

Ida Ferenczy bejahte. »Das kann ich, Majestät. Der Originalbrief, den mir Sophie von Werdenfels gezeigt hat, ist auf dem Briefpapier des Jagdschlosses Mayerling geschrieben. Mit dem charakteristischen Wappen, das ein Hirschgeweih zeigt. Dieses Briefpapier existiert meines Wissens heute nicht mehr.«

Sisi dankte ihr mit einem Nicken. Dann richtete sie ihren Blick in die Ferne. Auch dieses Verhalten kannte Sophie aus ihren Zeiten als Hofdame der Kaiserin. Es war ein Zeichen dafür, dass Sisi nachdachte.

Schließlich fixierte sie Sophie erneut. »Lassen Sie es mich noch einmal zusammenfassen, Sophie! Sie begehren die Erlaubnis meines Gemahls Franz Joseph zur Scheidung des Richard und der Amalie von Löwenstein. Damit die Hoffähigkeit beider Herkunftsfamilien erhalten bleibt. Denn nur darum scheint es Ihnen ja zu gehen. Denn auf den juristischen Vorgang einer Scheidung hätte selbst mein Gatte keinerlei Einfluss.«

Wieder schlug Sophie das Herz bis zum Hals. Nun näherte

sich der Zeitpunkt der Entscheidung, das spürte sie mit jeder Faser ihres Körpers. »So ist es, Majestät.«

»Sollte ich bei meinem Gemahl eine solche Erlaubnis, ausgestellt über das Obersthofmeisteramt, erwirken, übergibt Ihnen Ida von Ferenczy dieses Papier im Gegenzug für die drei von Ihnen genannten Dokumente über die unselige Beziehung meines Sohnes zu Mary Vetsera. Sie verpflichten sich dazu, keine Abschrift des Originalbriefs zu behalten.«

»Das schwöre ich Ihnen bei meinem Seelenheil«, versicherte Sophie mit zitternder Stimme.

Wieder wandte Sisi den Kopf zu Ida. »Kann ich ihr vertrauen?«

Die nickte nachdrücklich. »Das können Sie, Majestät. Sophie wird keine Abschrift behalten. Aber selbst wenn ich mich derart in ihr täuschen würde und sie es dennoch täte, hätte eine solche Abschrift keinerlei Wert. Denn sie trüge weder Marys Handschrift noch das Wappen von Mayerling. Im Gegenteil, man könnte Fräulein von Werdenfels sogar strafrechtlich wegen Betrugs und Majestätsbeleidigung verfolgen lassen, sollte sie eine solche Fälschung gegen das Kaiserhaus verwenden wollen.«

»Niemals, niemals würde ich so etwas tun!« Nun verlor Sophie doch ihre mühsam aufrechterhaltene Contenance. »Auch die Originaldokumente werde ich nicht gegen das Kaiserhaus verwenden, wenn meinem Herzensanliegen nicht stattgegeben wird. Denn das würde das Andenken meiner unglücklichen Freundin Mary endgültig in den Schmutz ziehen. Man würde ihre große Liebe zu Ihrem Sohn in der Presse breittreten und sie mit Häme überhäufen. Das hat sie nicht verdient.«

Sophies leidenschaftliche Worte erzielten tatsächlich Wirkung. Die Kaiserin erhob sich und bedeutete Sophie damit, dass die Audienz beendet war.

»Eine Garantie kann ich Ihnen nicht dafür geben, dass mein Gatte seine Ansicht über eine Scheidung in der Familie Löwenstein ändern wird. Aber ich werde mich bemühen, ihn dazu zu bewegen.«

Drei bange Tage später, in denen Sophie nachts kein Auge hatte schließen können, überbrachte Ida Ferenczy ihr das Dokument des Obersthofmeisteramts mit dem Einverständnis des Kaisers zur Scheidung von Richard und Amalie. Die Papiere, die Sophie ihr im Gegenzug übergab, verbrannte Ida noch in ihrem Beisein in einem hastig entzündeten Feuer im Kamin des Salons von Sophies Wohnung.

Epilog

Fronleichnamsprozession durch Wien

17. Juni 1897

Der nach und nach lauter werdende Chorgesang, der das Glockengeläut der umliegenden Kirchen allmählich zu übertönen begann, kündigte Sophie und Richard an, dass sich die Fronleichnamsprozession jetzt ihrem Standort vor dem Café Prinzess im Graben näherte.

Der »Hofball Gottes«, wie das Volk das prächtige Schauspiel nannte, an dem es im Gegensatz zu allen anderen Hoffestlichkeiten als Zuschauer teilnehmen durfte, war die wichtigste repräsentative Veranstaltung des Kaiserhofs. Sie bedeutete für die Wiener High Society gleichzeitig das Ende der aktuellen Saison. Kurz danach würden sich Hochadel und Großbürgertum auf ihre Landsitze begeben.

Sophie stellte sich auf die Zehenspitzen, um den Fronleichnamszug kommen zu sehen. Obwohl weder sie noch Richard jemals wieder an einem Hofball in der Faschingssaison teilnehmen wollten, nahm Sophie schon seit Kindesbeinen als Zuschauerin an der Fronleichnamsprozession teil. Es war eine jährlich wiederkehrende, im Wiener Kalender fest verankerte Feierlichkeit, die sie sich auch dieses Jahr nicht entgehen lassen wollte.

Nun schritten die Hofkirchensänger, die die Spitze des Zuges bildeten, flankiert von dem sie begleitenden Orchester, an ihrem Standplatz vorbei. Dahinter folgten zunächst einhundert ausgewählte Hofbedienstete in ihren Gala-Livreen. Dann kam die hohe Geistlichkeit von Wien in prunkvollen, in der Junisonne goldglänzenden und buntbestickten Gewändern und entfaltete, auch mittels der mitgeführten Kirchenfahnen, zum ersten Mal die volle Pracht des Prozessionszuges.

Der Anblick der kirchlichen Würdenträger erinnerte Sophie an ihre nun kurz bevorstehende Hochzeit mit Richard. Als geschiedenem Mann blieb ihm bei einer Wiederverheiratung eine kirchliche Zeremonie eigentlich versagt. Trotzdem würde es in Baden, ihrem zukünftigen Wohnort, eine kleine bescheidene Feier in einer Kapelle geben. Victor Adler hatte Richard den Kontakt zu einem Priester vermittelt, der sich in der Armenfürsorge engagierte und Gottes Segen für ein sich liebendes Paar von den strengen Regeln der erzkonservativen katholischen Kirche zu unterscheiden wusste.

Danach würde sich eine ausgewählte Hochzeitsgesellschaft in der Villa treffen, die Sophie und Richard vor einigen Wochen als ihren zukünftigen Wohnsitz erstanden hatten. Sie erwarteten nur einen kleinen Kreis von Gästen. Dazu gehörten Sophies Mutter Henriette und ihre Schwester Milli, die heute ebenfalls zur Fronleichnamsprozession gekommen waren. Richards Vater Eduard weigerte sich, an der Hochzeit teilzunehmen, und hatte dies auch Richards Mutter und Schwestern verboten. Doch dem war das einerlei.

»Mein Vater fehlt mir nicht. Er hat mich damals zur Ehe mit Amalie gezwungen. Würde er mich nun zu unserer Vermählung beglückwünschen, hätte das ohnehin einen schalen Beigeschmack«, kommentierte er Eduards Absage.

Dagegen hatten Pauline von Sterenberg und Irene Gerban ihr Kommen zugesagt. Auch Victor Adler und Adelheid Popp würden teilnehmen.

Auf Henriettes Vorschlag hin hatte Sophie auch die Baronin Helene Vetsera und deren Tochter Hanna zur Hochzeit eingeladen. Die Vetseras hatten ihr Palais in der Salesianergasse aufgrund ihrer Ächtung durch die Wiener Gesellschaft nach Marys Tod schon vor einigen Jahren aufgegeben und lebten nun in einer Villa in Payerbach in Niederösterreich.

Dort erfreute sich die Baronin, anders als in Wien, mittlerweile wegen ihres Einsatzes für soziale Zwecke eines hohen Ansehens, wie sie Henriette, mit der sie in losem Briefkontakt stand, schrieb. Daher hatte Helene die Einladung auch erst angenommen, als sie erfuhr, dass die Hochzeitsfeier in Baden stattfinden und dort keine ihr nicht wohlgesonnenen Gäste erwartet würden. Nach Wien wäre sie nicht gekommen.

Sowohl das Kaffeehaus als auch das Café Prinzess blieben am Tag der Hochzeit erst zum dritten Mal in der Geschichte des Unternehmens geschlossen. Das erste Mal hatte dies Stephan Danzer während des letzten Weihnachtsfests, das ihm noch vergönnt gewesen war, verfügt. Die zweite Schließung war am Tag seiner Beerdigung erfolgt.

Es verstand sich von selbst, dass auch die leitenden Angestellten des Prinzess zur Feier geladen waren. Dazu gehörten Mina Löb mit ihren Eltern und natürlich die gute Ida, die es mit der ihr eigenen Diplomatie und viel Geschick verstanden hatte, die Leitung des Kaffeehauses zu übernehmen.

Aus dem gleichen Grund würde auch Herr Franz, der Oberkellner, an den Hochzeitsfeierlichkeiten teilnehmen. Anfangs war es schwierig für ihn gewesen, Ida als weibliche Vorgesetzte zu akzeptieren. Solch eine Reaktion hatte schon Toni Schleiderer vorhergesagt, als Sophie damals mit dem Gedanken spielte, sich die Leitung des Kaffeehauses mit ihm zu teilen.

Doch Ida verschaffte sich auf eine unaufgeregte Weise Respekt und erwarb sich rasch die Sympathien des restlichen Kaffeehaus-Personals, das sie schon als Sitzkassiererin geschätzt hatte. Schließlich strich auch Herr Franz die Segel und beugte sich Idas Autorität. *Wahrscheinlich vor allem, weil sie ihm gegenüber niemals betont hat, dass sie seine Vorgesetzte ist,* erklärte sich Sophie Idas Erfolg.

Eine Sonderrolle bei der bevorstehenden Hochzeitsfeier nahmen der Chefkoch der Speiseküche und natürlich der Zuckerbäckermeister Wallner ein. Eigentlich hatte Sophie auch diese beiden als dienstfreie Gäste einladen wollen, um sie für ihr großes Engagement zu belohnen, mit dem sie dem Café Prinzess mittlerweile fast wieder zum alten Renommee verholfen hatten.

Beide kreierten immer wieder neue Rezepte. Die köstliche Spargelsuppe, die im Augenblick angeboten wurde, hatte der Chefkoch mit Lachs verfeinert. Auch die Neuauflage der Paradeisersuppe war ihm prächtig gelungen. Deren Ruf als Delikatesse hatte sich anfangs eher unauffällig unter den Gästen verbreitet. Denn Sophie verzichtete auf jegliche Werbemaßnahmen und bot die Suppe lediglich auf der Tageskarte an.

Und schon bald wäre jede Annonce verschleudertes Geld gewesen. Denn mittlerweile gehörte die Suppe aufgrund ihrer Beliebtheit zum ständigen Angebot des Cafés und wurde nicht nur zur Mittagszeit, sondern auch am frühen Abend als Imbiss angeboten. Selbst die Gäste des Kaffeehauses fragten immer wieder nach dieser Spezialität.

Trotzdem fühlte sich Sophie insbesondere dem Konditormeister Wallner zu großem Dank verpflichtet. Denn ihm war es gelungen, auch den neuen Sabotageakten von Toni Schleiderer gegen das Café Prinzess erfolgreich zu begegnen. Schon kurz nach seiner Haftentlassung schien Toni das Rezept für die Mokkaprinzentorte an den Besitzer eines Cafés verraten zu haben, das erst vor Kurzem in der Wiener Innenstadt eröffnet hatte.

Die Torte wurde dort zwar unter dem Namen Marzipan-Mokkacreme angeboten, und natürlich fehlte ihr die Dekoration mit dem orientalisch gewandeten Mohrenprinzen. Doch ihr Geschmack war identisch mit dem der Mokkaprinzentorte im Café Prinzess.

Anfänglich war Sophie über diesen erneuten Vertrauensbruch Tonis erschüttert gewesen. Ihr verstorbener Onkel Stephan hatte das von ihm entwickelte Rezept jahrzehntelang wie seinen Augapfel gehütet und die Buttercreme, solange es seine sonstigen Pflichten erlaubten, immer eigenhändig angerührt.

Nur seinem langjährigen Mitarbeiter Toni, dem damaligen Chef-Zuckerbäcker, hatte Danzer das Rezept schließlich verraten. Der gab es mit Sophies Billigung unter dem Siegel der Verschwiegenheit an Rudi Wallner weiter, als dieser die Leitung der Backstube übernahm.

Auch Wallner war anfangs über den Verrat der traditionellen Spezialität des Cafés Prinzess, der es sogar seinen Hoflieferantentitel verdankte, empört. Dann holte er jedoch zum Gegenschlag aus: Die jüngste Novität des Cafés waren nun die »Mokka-Prinzessinnen-Törtchen«, gefüllt mit Marillenmarmelade und von Marzipan umhüllt. Ihr Geschmack erinnerte an den der Mokkaprinzentorte, die das Café selbstverständlich weiterhin führte, bildete aber trotzdem, insbesondere für die langjährigen Gäste, eine willkommene Abwechslung für den Gaumen und wurde daher aufs Äußerste gelobt.

Eine aufwendige neue Schaufensterdekoration, die den Siegeszug der dunkelhäutigen »Königin von Saba« darstellte, tat ein Übriges, um den Törtchen schnell zum Durchbruch zu verhelfen. Gustav Klimt hatte Sophie dafür allerdings nicht wieder engagiert. Denn es gab noch genügend unbekannte Künstler in Wien, die sich für einen Bruchteil von Klimts zuletzt gefordertem Honorar um solche Aufträge rissen.

Inzwischen arbeitete Sophie mit zweien von ihnen zusammen und spielte mit dem Gedanken, zumindest zweimal im Jahr sämtliche Dekorationen in den Schaufenstern auszutauschen. Natürlich gab es schon längst eine Dekoration für die Zitronensahnetorte. Aber auch die anderen bewährten Produkte sollten nun mit immer wieder wechselnden Szenarien beworben werden. Selbst für die russische Schlittenlandschaft beabsichtigte Wallner, ein winterliches Rezept zu entwickeln, damit Sophie sie wiederverwenden konnte. Schließlich war bei der Dekoration lediglich die Malakoff-Torte auszutauschen.

Apropos Malakoff. Auch diese Torte bot das neu eröffnete Kaffeehaus, mit dem Toni Schleiderer wahrscheinlich kooperierte, inzwischen an. Wallner hatte es sich nicht nehmen lassen, dort inkognito ein Stück zu probieren. »Natürlich hat der Schuft auch dieses Rezept gestohlen«, berichtete er Sophie nach seiner Rückkehr zunächst voller Wut. Kurz spielten beide mit dem Gedanken, den Malakoff erneut im Café Prinzess anzubieten. Jedoch verwarfen sie die Idee rasch wieder. Zu viele schlechte Erinnerungen waren mit dieser Torte verbunden.

»Zweifellos wird der Malakoff seinen Siegeszug durch Wien antreten«, prophezeite Wallner. »Doch der Kreativität eines begabten Zuckerbäckers sind keine Grenzen gesetzt«, zwinkerte er Sophie zu. »Also werden wir neue Spezialitäten entwickeln, um auch ohne Malakoff mit unseren Wettbewerbern mithalten zu können.«

Als Sophie den Chefkoch und den Konditormeister zu ihrer Hochzeitsfeier eingeladen hatte, um auch ihnen einen unbeschwerten freien Tag zu gönnen, hatten beide dies entrüstet abgelehnt. Der Chefkoch bestand stattdessen darauf, mit seinen Gehilfen eigenhändig vor Ort das Fest-Souper zu bereiten, das der Hochzeitsgesellschaft serviert werden sollte.

Wallner wiederum arbeitete bereits seit Tagen an der Hochzeitstorte und hatte Sophie daher dringend gebeten, die Backstube nicht ohne vorherige Ankündigung aufzusuchen. »Die Torte soll eine Überraschung werden«, begründete er seinen Wunsch. Er verriet Sophie lediglich, dass er Erdbeeren als Zutat verwendete. Bei der Kaffeetafel nach der kirchlichen Feier wollte er die Hochzeitstorte persönlich präsentieren.

»Wart einmal ab, die Torte wird die diesjährige Sommer-Novität im Café«, prophezeiten Ida und Mina einmütig, was Sophie schon länger vermutete. Sie beschäftigte sich bereits mit den ersten Entwürfen für eine Schaufenster-Szenerie, in der Erdbeeren eine tragende Rolle spielten. Aber noch war es nicht so weit. Und sollte ihr Gefühl sich als richtig erweisen, würde sie ihre Arbeit im Café ohnehin bald unterbrechen müssen.

Ein Schnauben ihrer Mutter Henriette, die neben ihr stand, lenkte Sophies Aufmerksamkeit wieder auf die Prozession. Hinter der Gruppe der Geistlichen näherten sich die Hofwürdenträger. Gemäß ihres niederen Rangs kamen zuerst die Truchsesse.

Auch ohne ihre Mutter nach dem Grund für ihren finsteren Gesichtsausdruck zu fragen, konnte Sophie sich denken, woran Henriette gerade dachte. Richards spöttisch verzogene Mundwinkel wiesen darauf hin, dass er die gleiche Vermutung hegte wie sie.

Einst hatte Sophies Stiefvater und mittlerweile von Henriette geschiedener zweiter Gatte Arthur sich nichts sehnlicher gewünscht, als den Hoftitel des Truchsesses zu erwerben. Das war zu der Zeit gewesen, als er seine gesamte Familie noch völlig beherrschte. Insbesondere Sophies Rang als Hofdame der Kaiserin sollte Arthur zu dieser ersehnten Würde verhelfen.

Doch inzwischen war dies alles längst Geschichte. »Ich verstehe heute überhaupt nicht mehr, warum ich mich Arthur so viele Jahre lang unterworfen habe«, äußerte Henriette sich noch ab und zu mit Bitterkeit. Dann pflegte sie jedoch ihre schmalen Schultern zu straffen und hinzuzufügen: »Immerhin habe ich nicht nur für mich etwas daraus gelernt, sondern auch schon einigen bedrängten Frauen im Frauenhaus aufgrund meiner Erfahrungen beistehen können.«

Tatsächlich widmete sich Henriette seit der Scheidung von Arthur mit Inbrunst dem Ziel, Frauen mit gewalttätigen Ehemännern zur Scheidung zu verhelfen, ohne dass sie dabei befürchten mussten, ihre Kinder zu verlieren. Als Schlüssel zum Erfolg erwies sich dabei einmal mehr die Unterstützung durch einen kundigen Rechtsbeistand. Dr. Krömer, der die Frauen, die sich von sich aus keinen Anwalt hätten leisten können, vor Gericht vertrat, hatte die Richter schon in einigen Fällen davon überzeugen können, dass die prügelnden Ehemänner die wahren Schuldigen für die Zerrüttung der Familien waren. Infolgedessen erzielte er auch die entsprechenden Urteile gegen sie.

Krömers Honorar zahlte Henriette aus ihrer eigenen Tasche. Denn an Geld mangelte es ihr nicht, seit Arthur aus ihrem Leben verschwunden war. Dennoch spielte sie im Augenblick mit dem Gedanken, ab der Herbstsaison gemeinsam mit Pauline von Sterenberg Wohltätigkeits-Galas zu veranstalten, um Spenden für in Not geratene Frauen auch bei anderen Begüterten der Wiener Gesellschaft einzuwerben.

Sophie konnte sich nicht genug über den neuen Elan ihrer Mutter wundern und freute sich sehr darüber. »Besser spät als nie!«, pflegte sie Henriette deshalb auch zu entgegnen, wenn diese wieder einmal über ihre verlorenen Jahre lamentierte.

Auch Milli gab ihnen allen Grund zur Freude. Vor einigen Tagen hatte sie vorzeitig ihre Matura bestanden und damit das letzte Schuljahr am Mädchengymnasium übersprungen. Nun spielte sie mit dem Gedanken, ein Studium aufzunehmen. Noch war Frauen der reguläre Zugang zu Hochschulen jedoch verwehrt. Doch es gab erste Bestrebungen, sie zumindest als Gasthörerinnen an den Philosophischen Fakultäten in Österreich zuzulassen.

»Sobald das möglich ist, schreibe ich mich ein«, kündigte Milli selbstbewusst an. Um die Zwischenzeit zu überbrücken, wollte auch sie sich als Lehrerin im Frauenhaus engagieren.

Hinter den Truchsessen schritten nun die Kämmerer, erkennbar an ihren goldenen Schlüsseln, an den Zuschauern zu beiden Seiten des Grabens vorbei. Danach sollten die politischen Würdenträger folgen.

Laute Hochrufe kündigten Richard an, dass sich Karl Lueger näherte. Im April dieses Jahres war der Führer der Christlichsozialen Partei zum fünften Mal zum Bürgermeister von Wien gewählt und infolgedessen endlich von Kaiser Franz Joseph in seinem Amt bestätigt worden.

Luegers Beliebtheit bei seinen Anhängern war ungebrochen. Mittlerweile hatte die Begeisterung des einfachen Volks für ihn schon groteske Züge angenommen. Neben dem Lueger-Marsch, dem schon einige Jahre alten Loblied auf den Demagogen, gab es mittlerweile auch noch das »Lueger-Vaterunser« und sogar das »Lueger-Glaubensbekenntnis«. Die zwei wichtigsten Gebete der katholischen Kirche wurden auf diese Weise zweckentfremdet, was jedoch nicht einmal die zahlreichen Kleriker unter Luegers Anhängern zu stören schien.

Jetzt schritt Lueger mit der Bürgermeisterkette um den Hals breit lächelnd an seinen jubelnden Anhängern vorbei und winkte huldvoll nach allen Seiten. Richard dagegen fühlte sich von dem Mann zutiefst abgestoßen.

Er erinnerte sich an seine jüngste Begegnung mit dem Bürgermeister im Kaffeehaus Prinzess, die erst einige Wochen zurücklag. Dort hatte er, zunächst in seiner Nische unbemerkt, ein Gespräch mitangehört, das Lueger mit Theodor von Hirschstein über eine mögliche Übernahme der Wiener Tramway-Gesellschaft durch ein städtisches Unternehmen führte. Anteilseigner an der Tramway-Gesellschaft war auch Richards ehemaliger Schwiegervater Adalbert von Thurnau. Offensichtlich planten Lueger und Hirschstein eine neue Geschäftspartnerschaft an den übrigen Aktionären vorbei.

Angesichts des immer krasser werdenden Antisemitismus unter Luegers Anhängern hatte es sich Richard nicht nehmen lassen, sich einen Moment lang zu Lueger an den Tisch zu setzen, nachdem Hirschstein das Kaffeehaus verlassen hatte.

»Beantworten Sie mir doch bitte eine Frage, Herr Lueger!«, bat er zynisch. »Durch die Wiener Straßen tobt der Pöbel mit dem folgenden Spruch auf den Lippen: ›Dr. Lueger soll regieren, und die Juden soll'n krepieren‹. Wie vereinbart sich dies mit einem geplanten Geschäft zwischen Ihnen und dem jüdischen Baron von Hirschstein?«

Luegers volle Lippen verzogen sich unwillig. »Ich sagte Ihnen doch schon einmal, von Löwenstein, Antisemitismus ist ein Pöbelsport.«

»Das bedeutet also, hinter den Kulissen ist es Ihnen völlig egal, ob ein Geschäftspartner, der Ihnen von Nutzen ist, jüdischer Herkunft ist?«, insistierte Richard.

Dessen abfälligen Tonfall schien Lueger nicht gewohnt zu sein. Nur so konnte es sich Richard später erklären, dass der Bürgermeister sich tatsächlich von ihm hatte provozieren lassen. »So ist es, von Löwenstein«, erklärte er barsch. »Lassen Sie sich eines gesagt sein: Wer a Jud is, bestimme ich.«

Seither verabscheute Richard Lueger noch mehr als zuvor. Immerhin hatte er ihm bei seinem geplanten, vor den anderen Aktionären verheimlichten Geschäft mit der Tramway-Gesellschaft einen Strich durch die Rechnung gemacht, indem er seinen völlig ahnungslosen ehemaligen Schwiegervater Adalbert von Thurnau über den Inhalt des von ihm zufällig belauschten Gesprächs ins Bild setzte. Adalbert war darob heftig empört gewesen und gedachte, Theodor von Hirschstein sofort zur Rede zu stellen. Was aus diesem Gespräch geworden und wie es danach weitergegangen war, wusste Richard nicht.

Hinter den städtischen kamen jetzt die hohen politischen Würdenträger der k.u.k. Monarchie, darunter der Ministerpräsident und die kaiserlichen Minister. Es folgten die Erzherzöge. Richard erkannte Erzherzog Rainer, den Schwager des verstorbenen Erzherzogs Albrecht und Inhaber des 59. Infanterieregiments in Salzburg, für den er so lange tätig gewesen war.

Heute konnte er ohne Bitterkeit an die gescheiterten Heeres-Reformpläne seines ehemaligen Auftraggebers zurückdenken. Seine Arbeit im Kriegsministerium erfüllte ihn, zumal Generaloberst Beck nach wie vor große Stücke auf ihn hielt. Am diesjährigen 18. August, dem Geburtstag des Kaisers, würde

Richard sogar zum Oberstleutnant befördert werden, hatte Beck ihm inoffiziell bedeutet.

Das war auch Balsam auf die einzige Wunde in seiner Beziehung zu Sophie, nämlich der Tatsache, dass es hauptsächlich ihr Vermögen war, das ihren gemeinsamen Wohlstand begründete. Er selbst hatte sein Vorhaben umgesetzt, Adalbert nach der Scheidung von Amalie deren Mitgift zurückzuerstatten. Die Villa in Baden hätte er daher niemals aus eigener Kraft finanzieren können.

Doch dank der Umsicht ihres verstorbenen Vaters und Onkels war Sophie vermögender denn je. Allein ihre Mitgift von ehemals einhunderttausend Gulden war durch die geschickte Verwaltung des Treuhänders auf mehr als das Doppelte angestiegen. Und auch das Unternehmen Prinzess warf wieder beachtliche Gewinne ab, zumal die durch Toni Schleiderer verursachte letztjährige Krise des Cafés nun nahezu überstanden war.

Richard warf Sophie einen Seitenblick zu, den er dann langsam und möglichst unauffällig zu ihrem Bauch hinabgleiten ließ. Sie benahm sich etwas seltsam in letzter Zeit. Obwohl sie noch nicht zusammenlebten, da sich Richard nach dem Einreichen der Scheidung eine kleine Wohnung genommen hatte, verbrachten sie die Nacht häufig in Sophies Wohnung und frühstückten am nächsten Morgen natürlich gemeinsam. Dabei gelüstete es Sophie in jüngster Zeit immer wieder nach höchst merkwürdigen Speisen wie Essiggurken oder Salzheringen. Einige Male hatte sie auch gar nichts gegessen und vorgegeben, keinen Hunger zu haben. Doch Franzi hatte Richard augenzwinkernd bedeutet, dass Sophie sich bereits mehrere Male frühmorgens übergeben hätte.

Den Rest konnte er sich eigentlich zusammenreimen, wollte Sophie jedoch nicht darauf ansprechen, bis sie ihm von sich aus die Mitteilung machen würde, dass seine Hoffnungen berechtigt waren.

Gerade puffte sie ihn in die Seite. »Schau mal!«, raunte sie ihm ins Ohr. »Da kommen Amalie und ihr Vater.«

Richard folgte Sophies Blick. Tatsächlich drängte sich seine ehemalige Gattin am Arm eines schmucken, ungefähr gleichaltrigen Mannes durch die Menge, gefolgt von Adalbert. Ami war wie üblich äußerst elegant in ein zartviolettes Seidenkleid mit gerafftem Rock gekleidet.

In der Hoffnung, dass Amalie ihn in der Menge nicht erkennen würde, beobachtete Richard sie. Sie plauderte unbekümmert mit ihrem Begleiter aus dem Kreis ihrer zahlreichen adeligen Verehrer, der, seinem Gesichtsausdruck nach zu schließen, außerordentlich angetan von ihr war. Richard verkniff sich ein Grinsen. Denn er wusste es besser.

Bei ihrem Abschiedsgespräch vor seinem Auszug hatte Amalie ihm anvertraut, mittlerweile erreicht zu haben, dass ihr Geliebter als Stallbursche im Palais Thurnau eingestellt worden sei. Wahrscheinlich war ihr heutiges Treffen mit einem jener zahlreichen Galane, mit denen Richard sie seit ihrer Scheidung immer wieder in der Wiener Öffentlichkeit gesehen hatte, ein weiterer Teil ihrer Tarnung, um ihre Liebe zu dem ehemaligen Fiaker-Gehilfen und heutigen Stallburschen ungestört ausleben zu können.

»Heiraten werde ich jedenfalls nicht mehr, Richie«, bedeutete sie ihm beim Abschied.

Ob und wie lange das gut gehen würde, blieb dahingestellt und war zum Glück nicht mehr Richards Sache. Kaiser Franz Joseph schien jedenfalls weder den Löwensteinern noch den von Thurnaus etwas übelzunehmen, hatte Richards Mutter Aglae ihm nach dem Besuch eines Hofballs erzählt. An beide Familien hatte der Kaiser beim Cercle die gleichen, nichtssagenden Worte gerichtet wie an andere Besucher.

»Womöglich hat Sisi dem Kaiser gar nichts von den Mayerling-Papieren erzählt«, vermutete Sophie. »Um ihn nicht unnötig aufzuregen. Sie erreicht ja auch auf andere Weise noch immer bei ihm, was sie will.«

Richards Scheidung von Amalie war so geräuschlos über die Bühne gegangen, wie es bei einem Paar aus dem Hochadel überhaupt möglich war. Natürlich hatte das *Wiener Salonblatt* irgendwie Wind davon bekommen und darüber berichtet, jedoch schnell das Interesse an dem Scheidungsprozess verloren, als dabei nichts Skandalträchtiges zum Vorschein kam. Als Scheidungsgrund akzeptierte der Richter die Kinderlosigkeit des Paares, welche zu einer Entfremdung der Eheleute geführt hätte. Die Verhandlung ging in weniger als zwei Stunden über die Bühne.

Ein weiterer Blick auf Sophie zeigte Richard nun, dass auch sie Amalie beobachtete. »Ihr Kleid ist auf jeden Fall von Jungmann & Neffe«, konstatierte sie. »Das ist die aktuelle Farbe der Frühjahrssaison.« Dann schlug sie sich leicht an die Stirn. »Ach Gott, dort habe ich morgen ja noch einen Anprobetermin für mein Hochzeitskleid. Das hätte ich jetzt fast vergessen!«

»Vielleicht, weil du so ein großes Geheimnis um das Kleid machst!«, spottete Richard. »Ein so großes Geheimnis, dass es dir sogar aus dem Gedächtnis gerät.«

Sophie knuffte ihn spielerisch in die Seite, obwohl gerade der goldene Baldachin an ihnen vorbeigetragen wurde, unter dem der Hofburgpfarrer die Monstranz mit beiden Händen hochhielt. Obgleich die Menge vorübergehend in andächtiges Schweigen versank, flüsterte sie ihm ins Ohr: »Glaub ja nicht, dass du das Kleid vor dem Hochzeitstag zu sehen bekommst, Richie. Das bringt nämlich Unglück!«

Davon war Sophie, die ansonsten eher nicht zum Aberglauben neigte, fest überzeugt. Richard hatte sie lediglich verraten, dass sie auf eine Bestickung des Stoffs mit Myrtenzweigen verzichtet hatte. »Schließlich bin ich ja keine Jungfrau mehr und habe es auch nicht nötig, das bei unserer Hochzeit vorzutäuschen«, zwinkerte sie.

Den Traum aus beige- und rosafarbenem Seidenmoiré mit

dem plissierten Rock aus Seidenchiffon und den schmalen, nur an den Schultern leicht gepufften Ärmeln, die gerade in Mode waren, würde sie Richard erst zeigen, wenn sie die kleine Kapelle betrat, in der sie kirchlich eingesegnet werden sollten. So lange musste er sich noch gedulden.

Zum Glück findet unsere Hochzeit schon in zwei Wochen statt, dachte sie nun glücklich, *so muss das Kleid wenigstens nicht weiter gemacht werden, wenn meine Vermutung stimmt. Und Mina Löb, der ich die Leitung des Cafés übertragen möchte, wenn ich wirklich guter Hoffnung bin, wird ihre Sache genauso gut machen wie Ida im Kaffeehaus.*

Rund um sie herum brach die Menge erneut in Jubelrufe aus. Kaiser Franz Joseph schritt hinter dem Baldachin mit der Monstranz einher, barhäuptig als Zeichen seiner Demut vor Gott, den Generalshut mit dem grünen Federbesatz in der rechten Hand. Obwohl Seine Majestät äußerst würdevoll wirkte, schienen Sophie die Jubelrufe nicht ganz so laut zu sein wie vor ein paar Minuten bei dem Bürgermeister Karl Lueger.

Hinter den Adjutanten des Kaisers in ihren Gala-Uniformen kamen endlich auch die ersten Teilnehmerinnen an der Fronleichnamsprozession in Sicht. Kaiserin Sisi war selbstverständlich nicht darunter. Ihre Stelle vertrat erneut eine Adelige, die den Zug der Damen anführte.

Es war allerdings nicht die Erzherzogin Marie Therese von Braganza, die die Kaiserin seinerzeit bei der Fußwaschungszeremonie vertreten hatte, der Sophie nach ihren ersten Wochen in der Hofburg beigewohnt hatte. Marie Therese war vor ungefähr einem Jahr Witwe geworden, was mit der Stellung der ersten Dame bei Hofe unvereinbar war. Allerdings munkelte man, dass sie ihrem jähzornigen und eifersüchtigen Ehemann Karl Ludwig, einem jüngeren Bruder des Kaisers, keineswegs nachtrauerte.

Die Dame, die jetzt die Riege der Erzherzoginnen und Palastdamen anführte, kannte Sophie nicht. Alle weiblichen Mitglieder des Hofes waren in prachtvolle Gewänder gekleidet. Seide in allen Farben schimmerte in der warmen Junisonne, verziert mit Applikationen aller Art. Kostbares Geschmeide glitzerte an Hälsen, Armen und in den aufwendigen Frisuren. Rings um sich herum hörte Sophie die Frauen ehrfürchtig raunen.

Ihre Mutter Henriette stieß sie plötzlich leicht in die Seite. »Tut es dir nicht doch manchmal leid, dass du den Hof wieder verlassen hast?«, flüsterte sie. »Schau doch nur all diese Pracht! Du könntest ein Teil davon sein!«

Sophie musste keine Sekunde lang über ihre Antwort nachdenken. »Nein, liebe Mama«, flüsterte sie zurück. »Das tut mir nicht im Geringsten leid. Es ist nur die güldene Fassade, die du hier siehst. Sie dient dazu, das einfache Volk zu blenden und ihm etwas vorzugaukeln, das in Wahrheit nicht existiert.«

Henriette blickte sie immer noch ein wenig zweifelnd an.

Sophie straffte den Rücken. »Glaub mir, Mama! Ich weiß, wovon ich spreche! Dieser Glanz am Kaiserhof der Habsburger ist falsch!«

Wahrheit und Fiktion

Schon bei der Planung der Trilogie beabsichtigte ich, die einzigartige Wiener Kaffeehauskultur im letzten Jahrzehnt des 19. Jahrhunderts in den Mittelpunkt des dritten Bandes zu stellen. Ein besonderer Glücksfall war dabei für mich, dass ein sehr informativer Bildband über die Wiener Kaffeehausgeschichte genau im November 2020 erschien, als ich mich mit den Recherchen für Band 3 zu beschäftigen begann.

Einiges von dem, was der Herausgeber Christian Brandstätter und die verschiedenen Autoren des Bildbandes in Wort und vor allem vielen Fotografien und Darstellungen zu Papier brachten, war in meinen vorigen Quellen nicht enthalten und hatte folglich bis dahin auch keine Erwähnung gefunden. Dies betrifft insbesondere die traditionell einzige weibliche Mitarbeiterin des damaligen Kaffeehaus-Personals, nämlich die Sitzkassiererin. Im Original heißt diese bedeutende Dame »Sitzkassierin«. Diese Bezeichnung wäre jedoch für die meisten Leserinnen und Leser wahrscheinlich zu verwirrend gewesen und vielleicht sogar für einen Druckfehler gehalten worden.

Während das Café Prinzess, also das Konditorei-Café, im Mittelpunkt der ersten beiden Bände stand, steht das traditionelle Kaffeehaus im Zentrum von Band 3. Denn nur hier, nicht im Café, konnte sich das charakteristische Leben in einem klassischen Wiener Kaffeehaus abspielen. Die Beschreibungen des Ambientes und der Einrichtung um die Jahrhundertwende entsprechen in meinem Roman den historisch verbürgten Quellen, insbesondere der bereits erwähnten von Christian Brandstätter. Viele Gäste im Kaffeehaus Prinzess sind historische Persönlichkeiten aus dieser Zeit.

Dass ich mir erlaubt habe, den Literatenclub mit dem Namen »Jung-Wien« von seinem traditionellen Standort, dem Griensteidl, wo sich die Dichter bis zur Schließung dieses Cafés im Jahr 1897 regelmäßig trafen, ins Kaffeehaus Prinzess zu verlegen, mag mir die geneigte Leserschaft nachsehen. Die Zusammensetzung des Literatenclubs entspricht jedoch denjenigen Personen, die ich in meinem Roman erwähnt habe, wenn ich auch der Übersichtlichkeit halber nur die wichtigsten Protagonisten aufgeführt habe.

Dazu gehört in erster Linie der Arzt und Dichter Dr. Arthur Schnitzler, dessen Verhalten und Persönlichkeit ich weitgehend meinen historischen Quellen nachgestellt habe. Viele Aussagen, die Schnitzler und seine Kollegen im Roman äußern, entsprechen überlieferten Zitaten der Beteiligten. Auch die Episoden aus dem Leben Schnitzlers, die ich in Band 3 erwähne, zum Beispiel seine Bekanntschaft mit Sigmund Freud oder die Uraufführung seines Schauspiels »Das Märchen«, das tatsächlich beim Publikum durchfiel, sind historisch belegt.

Historisch korrekt ist auch, dass der Begründer von »Jung-Wien«, Hermann Bahr, im Jahr 1893 ein Duell absolvierte. Wann auch immer ich mich in die Fiktion begeben habe, habe ich mich dennoch bemüht, diese auf historischen Gegebenheiten fußen zu lassen: Hugo von Hofmannsthal konnte natürlich kein Sekundant im fiktiven Duell zwischen Maxi von Löwenstein und Benjamin von Hirschfeld sein. Aber er absolvierte ungefähr zu der Zeit, in der ich das Duell angesiedelt habe, seine einjährige Rekrutenzeit im 6. Dragonerregiment. Die erwähnten Duellregeln gehören dagegen samt und sonders zu den damals gebräuchlichen.

Auch meine anderen, historisch belegten Besucher des Kaffeehauses waren regelmäßige Gäste in solchen Etablissements.

Dazu zählen der spätere Psychoanalytiker Dr. Sigmund Freud, der tatsächlich hauptsächlich wegen des Tarock-Spiels dort einkehrte, ebenso wie der Maler Gustav Klimt, der Sänger Alexander Girardi und der spätere Bürgermeister von Wien, Dr. Karl Lueger. Bis auf den Letzteren, der dafür bekannt war, sich in sämtlichen bekannten Wiener Kaffeehäusern regelmäßig einzufinden, um seine Popularität durch seine demonstrative Leutseligkeit zu steigern, frequentierten die anderen Genannten natürlich unterschiedliche Stamm-Cafés und Kaffeehäuser. Dass ich sie alle als Gäste im Kaffeehaus Prinzess erscheinen lasse, ist dramaturgischen Erwägungen geschuldet.

Ein entscheidendes Element, das Konzept für die Kaffeehaus-Trilogie bei Goldmann einzureichen, war, dass trotz der sehr untergeordneten Stellung von Frauen im letzten Jahrzehnt des 19. Jahrhunderts mit Maria Demel, Anna Sacher und Susanna Griensteidl gleich drei Frauen ihre Ehemänner bei der Leitung ihrer Unternehmen beerbten. So konnte ich auch Sophie von Werdenfels nach und nach in die Leitung des Unternehmens Prinzess hineinwachsen lassen, ohne dies nur auf einer rein fiktiven Grundlage tun zu müssen. Mit anderen Worten: Es gab tatsächlich Frauen in einer solchen Position im damaligen Wien, denen Sophie nacheifern konnte.

Von den drei genannten Damen lasse ich allerdings nur Anna Sacher eine tragendere Rolle im Roman einnehmen. Dass Frau Sacher mir nicht sympathisch war, unter anderem wegen ihres Umgangs mit schwanger gewordenen Stubenmädchen, ist Ihnen beim Lesen des Buches sicherlich aufgefallen.

Einige dramaturgische Elemente bei der Gestaltung der Handlung im Kaffeehaus habe ich natürlich bei realen Wiener Kaffeehäusern »abgeschaut«. So wurde das Café Demel zwar erst im vergangenen Jahrhundert durch seine spektakulären Schaufensterdekorationen noch berühmter als zuvor. Aber diese Geschäftsidee diente mir als Vorlage für die Schaufensterdekorationen, die Sophie für das Café Prinzess in Auftrag gibt.

Dass ich mir erlaubt habe, den heute weltbekannten Maler Gustav Klimt zum Schöpfer dieser Dekorationen zu machen, möge man mir ebenfalls nachsehen. Klimt befand sich zur Zeit meines Romans tatsächlich in einer kritischen Übergangsphase zwischen dem herkömmlichen Stil der Historienmalerei und seinen revolutionären neuen Ideen. Erwiesen ist jedenfalls, dass Gustav Klimt damals Auftragsarbeiten annehmen musste, um die Familie seines Bruders nach dessen frühem Tod zu unterstützen. Um welche Auftragsarbeiten es sich dabei genau handelte, verschweigt die Biografie, die ich zur Beschreibung der Persönlichkeit des Malers herangezogen habe.

Nicht jedoch seine Unzufriedenheit mit der den Traditionen verhafteten Wiener Künstler-Genossenschaft und die Auflösung der Wiener Künstler-Compagnie als ersten Akt seines Widerstands. Die hauptsächlichen Ereignisse in meinem Roman enden ein Jahr, bevor Gustav Klimt, nach dem Modell der Münchner Sezession, die Wiener Sezession begründete und sich dabei mit Gleichgesinnten von der Künstler-Genossenschaft abspaltete. Allerdings entsteht eine Idee mit solcher Tragweite ja nicht von heute auf morgen. Insofern ist es durchaus wahrscheinlich, dass der Künstler seine diesbezüglichen Gedanken auch schon vorher mitteilte, wie ich es ihn in meinem Buch tun lasse.

Auch die schockierenden erotischen Skizzen, die Sophie bei ihrem Besuch in Klimts Atelier entdeckt, sowie sein Gemälde »Allegorie der Liebe« gab es bereits ungefähr zu der Zeit, in der diese Szene spielt.

Dies gilt auch für die medizinischen Behandlungsmethoden und wissenschaftlichen Abhandlungen von Dr. Sigmund Freud. Zur Zeit meines Romans behandelte er seine Patientinnen exakt mit der Methode, die ich in den Therapieszenen mit Sophies Schwester Milli beschrieben habe. Freud war damals auch noch davon überzeugt, dass die hysterischen Symptome vieler seiner Patientinnen auf sexuelle Traumata zurückgingen.

Auch dass er 1895 darüber gemeinsam mit Josef Breuer sein Werk »Studien über Hysterie« veröffentlichte, entspricht den historischen Tatsachen.

Die dort geschilderten Fallanalysen dienten mir jedoch nicht zum Vorbild für den sexuellen Missbrauch Millis durch ihren Stiefvater Arthur. Hier habe ich auf zeitgenössische Schilderungen solcher entsetzlichen Taten zurückgegriffen. Zum einen, weil ich es für durchaus plausibel halte, dass sich die erst in den letzten Jahrzehnten in dieser Ausführlichkeit geschilderten Verbrechen auch damals schon so oder ähnlich abgespielt haben könnten. Zum anderen aber auch, weil es mir mit der Würde der von Freud beschriebenen Opfer nicht vereinbar erschien, deren reale Missbrauchserlebnisse meiner fiktiven Geschichte zugrunde zu legen. Aus dem gleichen Grund habe ich auch darauf verzichtet, Fälle aus meiner eigenen ehemaligen psychologischen Praxis zu verwenden.

Wie im Roman in Ansätzen beschrieben, wandte sich Freud nach der Veröffentlichung der »Studien über Hysterie« mehr und mehr von seinen darin noch vertretenen Thesen ab und ersetzte sie durch jene psychoanalytischen Konzepte, insbesondere den Ödipus-Komplex, mit denen ich bereits in meinem Studium der Psychologie genauso wenig anfangen konnte wie heute. Ein dramaturgischer Glücksfall war es daher, dass ich Freuds Wirken in der Zeitspanne schildern konnte, in der ich mit seinen Behandlungsmethoden und Hypothesen noch mitgehen kann.

Allerdings wurde mir erst beim Studium der Quellen bewusst, wie tragisch es für die betroffenen Frauen und Mädchen gewesen sein muss, dass Freud ab der zweiten Hälfte der Neunzigerjahre des 19. Jahrhunderts reale Missbrauchserlebnisse tatsächlich zunehmend in den Bereich sexueller Fantasien verwies. Dass dafür auch pragmatische, wirtschaftliche Gesichtspunkte verantwortlich waren, da Freuds Praxis aufgrund seiner früheren Thesen und seiner daraus resultierenden schlechten Reputation als Arzt tatsächlich zu erliegen drohte, ist historisch belegt.

Auch der unglückliche Verlauf der Ehe von Alexander Girardi, damals einer der bekanntesten Wiener Schauspieler und Sänger, entspricht den historischen Fakten.

Eine schillernde historische Figur meines Romans ist Dr. Karl Lueger. Das Attentat auf ihn fand tatsächlich bis hin zum Datum genau so statt, wie von mir beschrieben. Und auch seine Wirkung auf seine Anhänger und seine Aussagen, wie er sie im Roman vor allem gegenüber Richard macht, sind historisch belegt, auch wenn diese Zitate aus späteren Zeiten stammen. Doch dass Karl Lueger mit seinem opportunistischen Antisemitismus viel Unheil anrichtete, gilt nicht nur für die in meinem Roman beschriebene Zeit. Lueger wie auch den in Band 1 beschriebenen Georg Schönerer nahm sich Adolf Hitler später zu Vorbildern!

Weitestgehend historisch authentisch sind auch die beschriebenen Ereignisse rund um die Wiener Arbeiterinnen, sowohl der erste Frauenstreik im Mai 1893 als auch der Artikel, aufgrund dessen Veröffentlichung Adelheid Popp zu einer Haftstrafe verurteilt wurde. Diese Ereignisse schildere ich jedoch, anders als in der Weingut-Trilogie, nicht aus der Perspektive einer betroffenen Arbeiterin, sondern aus der Perspektive Sophies, also einer begüterten Adeligen, die dadurch zum ersten Mal erfährt, wie es damals in jener gesellschaftlichen Schicht zuging. Das Haus für bedrängte Frauen ist allerdings fiktiv.

Nicht erfunden sind jedoch die Probleme, mit denen sich Sophies Mutter Henriette im Rahmen ihrer Scheidung herumschlagen muss. Das Ehe- und Familienrecht im Habsburgerreich habe ich so geschildert, wie es sich damals darstellte. Einige Reformen, zum Beispiel die Möglichkeit der Übernahme der Vormundschaft einer Mutter für das eigene Kind, wurden allerdings erst einige Jahre nach der Zeit meines Romans in Gesetze gegossen.

Dies gilt aber nicht für die Scheidungs-Gesetzgebung. Obwohl es im Habsburgerreich ansonsten absolut konservativ zuging und der Ehemann tatsächlich als alleiniges Oberhaupt der Familie galt, gab es in Österreich (anders als zum Beispiel im Deutschen Reich, wo eine Scheidung ausschließlich zu Ungunsten einer für schuldig befundenen Partei ausgehen konnte) tatsächlich schon seit dem Jahr 1868 die Möglichkeit einer einvernehmlichen Scheidung. Dies habe ich mir im Roman auf verschiedene Weise dramaturgisch zunutze gemacht.

Im Roman gibt es bei der Schilderung der gesetzlichen Bestimmungen bezüglich der Rechte einer Ehefrau und der Möglichkeit einer Scheidung jedoch kein einziges fiktives Element. Ich habe lediglich einige wenige gesetzliche Bestimmungen um ein paar Jahre vorweggenommen.

Ein Schmankerl am Rande: Trotz der damit oft verbundenen gesellschaftlichen Ächtung wurden damals wie heute mehr Scheidungen von Frauen eingereicht als von Männern.

Um die Atmosphäre im ausgehenden Habsburgerreich noch authentischer schildern zu können, habe ich mir auch an anderer Stelle erlaubt, Ereignisse, die in der Realität erst etliche Jahre später stattfanden, etwas verändert schon in Band 3 der Trilogie aufzunehmen:

Die Affäre rund um den fiktiven Giftmörder Felix Wagner ist (bis auf die Mitwirkung Richards) fast eins zu eins dem tatsächlichen Kriminalfall des Adolf Hofrichter aus dem Jahr 1909 nachgestellt. Leider gelang es mir nicht herauszufinden, was man sich genau unter den sogenannten Oblatenpastillen vorzustellen hat, die für den Giftmord verwendet wurden. Sie werden in den mir bekannten Quellen nicht näher beschrieben.

Aus der zweiten in den Roman aufgenommenen Affäre um den Meisterspion Oberst Redl (real im Jahr 1913) habe ich mir für die Figur von Richards Cousin Fredl dagegen nur wenige Elemente entliehen. Der hauptsächliche Unterschied liegt darin, dass, obwohl auch Oberst Redl homosexuell war, dies nach neuesten Forschungserkenntnissen bei seiner Spionagetätigkeit kaum eine Rolle spielte. Diese war stattdessen eher seiner Vorliebe für ein luxuriöses Leben geschuldet und (bis auf die allerletzte Phase) nicht seiner Hörigkeit gegenüber einem Liebhaber.

Auch die »Nackate-Arsch-Affäre« zwischen Anhängerinnen der Sozialdemokratischen und der Christlichsozialen Partei spielte sich einige Jahre später und in einem anderen Kontext ab, als ich ihn für den Roman gewählt habe. Tatsächlich begegneten sich auf einer Bahnstrecke zwei Züge, in denen jeweils die Anhängerinnen der gegnerischen Parteien saßen. Nach dem unvorhergesehenen Stopp beider Züge gerieten diese miteinander in einen Disput, der dann genau mit jenem Eklat endete, wie er sich im Roman vor dem Krämerladen von Benjamin Löb ereignet.

Noch ein Wort zu den wenigen Episoden, bei denen auch Kaiserin Elisabeth in Band 3 eine Rolle spielt: Auch diese sind authentischen historischen Darstellungen aus den letzten Lebensjahren der Kaiserin nachgestellt. Insbesondere die Szene in ihrer Meierei fand tatsächlich statt, wenn auch mit dem damaligen Chef-Konditor des Cafés Demel und natürlich ohne den fiktiven Eklat mit der Schokolade.

Noch einmal zurück zu einigen Episoden, die ich im Kaffeehaus angesiedelt habe. Ob ein Wiener Café zur Zeit des Romans tatsächlich schon Schokolade mit jener von Rodolphe Lindt erfundenen Conchiermaschine herstellte, weiß ich nicht. Auf jeden Fall gab es diese Maschine bereits seit dem Jahr 1879. Dass die Schokoladenproduktion mit jener Methode ihren Siegeszug durch die ganze Welt antrat, kann man indirekt sogar noch heute der Werbung der Firma Lindt entnehmen, die dem Betrachter oftmals conchierte Schokolade zeigt.

Auch die Tatsache, dass ich mir den Malakoff als jene Torte ausgesucht habe, die fast zum Ruin des Cafés Prinzess führt, hat einen historischen Hintergrund. Heute ist der Malakoff eine in

Wien recht bekannte Spezialität, obwohl sie in keinem Kaffeehaus angeboten wurde, das ich während meiner Recherchereisen aufsuchte. Erste Rezepte für diese Torte tauchen jedoch erst in Backbüchern zu Beginn des 20. Jahrhunderts auf. Insofern könnte die Torte im Jahr 1896 in Wien tatsächlich noch eine Novität gewesen sein.

Das Rezept des Malakoff, wie ich es im Buch beschrieben habe, stammt von meiner verstorbenen Schwiegermutter und liegt mir in handschriftlicher Form vor. Es gleicht den im Internet gefundenen Rezepten nur ungefähr. Mein Verhältnis zu diesem Malakoff war genauso ambivalent wie das Sophies: Die Torte war in der Familie meines Mannes außerordentlich beliebt und wurde nur zu besonderen Gelegenheiten zubereitet. Mir selbst war sie jedoch aufgrund der äußerst kalorienreichen Zutaten immer zu mächtig.

Zum Schluss des inhaltlichen Teils meines Nachworts bleibt mir noch die Hoffnung, dass Sie, liebe Leserinnen und Leser, auch den Untertitel von Band 3 »Geheime Wünsche« mit dem Inhalt des Buchs in Einklang bringen können. Fast all meine fiktiven Protagonisten hegen solche »geheimen Wünsche«, die sich keineswegs immer nur auf sexuelle Fantasien beziehen. Auch wenn ich mit dem Titel zugegebenermaßen eine Reminiszenz an Sigmund Freud, eine der wichtigsten meiner historisch verbürgten Figuren in diesem Roman, machen wollte.

Nun kann ich kaum glauben, dass ich gerade im Begriff bin, die letzten Worte meiner Kaffeehaus-Trilogie zu schreiben. Nahezu zwei Jahre lang habe ich mich fast täglich mit der Geschichte beschäftigt und die intensivsten Recherchen dazu betrieben, seit ich historische Romane schreibe.

Durch alle drei Bände haben mich die liebenswerten Menschen begleitet, die mich bislang bei all meinen Marie-Lacrosse- oder sogar auch den früheren historischen Romanen unterstützt haben. Die Trilogie wie auch all meine anderen Bücher hat mein engagierter Agent Thomas Montasser vermittelt.

Eigentlich bin ich nur eine seiner zahlreichen Autorinnen und Autoren. Dennoch gibt er mir nie das Gefühl, mit meinen Anliegen eine unter vielen zu sein, sondern kümmert sich stattdessen nicht nur zeitnah, sondern auch überaus kompetent um alles, was meinem Erfolg als Schriftstellerin förderlich ist.

Auch vonseiten des Goldmann Verlags wurde ich erneut intensiv bei der Arbeit an dieser Trilogie begleitet. Stellvertretend für alle Mitarbeiterinnen und Mitarbeiter, die sich beständig für meine Romane einsetzen, möchte ich Frau Barbara Heinzius danken, die trotz ihrer anspruchsvollen und arbeitsintensiven Tätigkeit als Senior Editor jederzeit gesprächsbereit war und von Anfang an an den Erfolg dieser Trilogie geglaubt hat. Auch meinen Presseverantwortlichen, Frau Katrin Cinque und Frau Barbara Henning, möchte ich ganz herzlich für ihren Einsatz danken.

Ebenso wie meiner Lektorin Heike Fischer. Allein, es gibt auch weitere Personen, die mich nachhaltig unterstützt und damit entlastet haben:

Von den Leserinnen, denen ich so manch einen Tipp verdanke, möchte ich vor allem die Wienerin Isabella Girstmair hervorheben, die sich wieder die Mühe gemacht hat, alle Dialektpassagen in Band 3 durchzusehen und diesen den Wiener Flair zu verleihen, den ich nicht allein zustande gebracht hätte. Erneut unter Einsatz ihrer Freizeit und sogar gern, wie sie mir immer wieder versichert hat! Ich kann ihr nicht genug dafür danken.

Zum ersten Mal ist mir bei den Fernleihen für mein nächstes Projekt bewusst aufgefallen, dass es auch gute Engel im Hintergrund gibt, die mich schon seit den Recherchen für meinen ersten Roman »Hexenliebe« begleiten. Das ist das Team der Stadtbibliothek Bad Kreuznach. Manch eine Autorenkollegin berichtet von intensiven Recherchen in verstaubten Archiven und umfangreichen Universitätsbibliotheken. Solche Umstände musste ich noch nie auf mich nehmen. Was immer ich an Literatur für lesenswert hielt, sei es aus jüngster oder weiter zurückliegender Zeit, besorgten mir die zuverlässigen Mitarbeiterinnen und Mitarbeiter der Stadtbibliothek, denen ich im Nachwort meines zehnten Romans endlich einmal dafür danken möchte.

Last not least: Dieser Roman wurde nahezu vollständig im über sechs Monate währenden Teil- oder Total-Lockdown aufgrund der Corona-Pandemie geschrieben. So manches Mal fiel mir an meinem Schreibtisch ohne die gewohnte Abwechslung durch Treffen mit Familie und Freunden sowie durch Kulturveranstaltungen die Decke dabei nahezu auf den Kopf.

Dass ich trotzdem nicht schwermütig wurde, verdanke ich zum einen dem Zuspruch meiner zahlreichen Leserinnen und Leser, die sich begeistert von den ersten beiden Bänden der Kaffeehaus-Trilogie zeigten.

Zum anderen meinem Mann Jürgen, der mir wie immer zur Seite stand, und unserem kleinen Kater Mirko, der mich jeden Tag aufs Neue zum Lachen bringt. Diesen beiden möchte ich daher den dritten Band meiner Trilogie widmen.

Glossar

Adjustierung	österreichischer Militärjargon: Beschreibung der befohlenen Bekleidung und Ausrüstung
Agitation	im 19. Jh. gebräuchlicher Begriff für die aktive politische Tätigkeit der Sozialisten
Allegorie	bildliche Darstellung eines abstrakten Begriffs
Amazone	Kriegerin aus der griechischen Mythologie
anfechten/es ficht mich nicht an	alter Begriff für »sich um etwas sorgen«/es kümmert mich nicht
Aphrodisiakum	potenz- und libidosteigerndes Mittel
Appreturfabrik	Industriegebäude, in dem die Eigenschaften von Stoffen, aber auch von Papier und Leder mit mechanischen und chemischen Mitteln verändert werden
Aschanti	Name eines westafrikanischen Volkes
Beletage	am besten ausgestattetes Geschoss eines adeligen oder großbürgerlichen Wohnhauses
bestallen	in ein Amt einsetzen, berufen
Bettgeherin	Mieterin eines Bettes in einer Wohnung für bestimmte Stunden
Billett	kurzer Brief

Biskotten	Löffelbiskuit
Bukowina	ehemalige Region im Habsburgerreich; heute: nördlicher Teil zur Ukraine und südlicher Teil zu Rumänien gehörend
Cercle	kurze persönliche Ansprache eines Mitglieds der kaiserlichen Familie als Auszeichnung für Mitglieder der Hofgesellschaft
Chaiselongue	niedriges, gepolstertes kombiniertes Sitz- und Liegemöbel für eine Person
Chaperon	Anstandsdame
Christfest	österreichisch: Weihnachten
Christtag	österreichisch: Heiligabend
Contenance bewahren	die Form/Haltung wahren; gelassen bleiben
Corpsgeist	Zusammenhalt einer Gruppe aus einem bestimmten Ehrbegriff heraus
Deka	österreichisch: zehn Gramm
Demagoge	Person, die andere durch leidenschaftliche Reden politisch aufhetzt
Dienstmann	bezahlter Bote
Diwan	Sofa im arabischen Stil
Dünkel	alte Bezeichnung für Arroganz
dünken – mich dünkt	alte Bezeichnung für »ich denke«
Eierschwammerl	österreichisch: Pfifferling
Entourage	französisch: Leute, die zum engen Umfeld einer Person gehören und deren Gefolgschaft bilden
Equipage	elegante Kutsche nebst Ausstattung
Erdapfel	österreichisch: Kartoffel
Evidenzbüro	in Österreich die Bezeichnung für den Geheimdienst
Fabrikherr	Fabrikant, Unternehmer

Fauteuil	französisch: schwerer Lehnsessel
Fauxpas	französisch: Fehler, Peinlichkeit
fesch	österreichisch: attraktiv, hübsch
Feuerschwamm	Pilzart, die getrocknet als Zunder benutzt wurde
Fiaker	österreichisch: sowohl für Kutsche als auch für Kutscher
Fortuna	römische Göttin des Glücks
Frittaten	österreichisch: Pfannkuchenstreifen als Suppeneinlage
frommen	alter Begriff für helfen, etwas nützen
Fünf-Gulden-Männer	Wählergruppe, die mindestens fünf Gulden Steuern pro Jahr bezahlte
Galizien	historische Landschaft im heutigen Südpolen und der Westukraine, damals zum Habsburgerreich gehörig
Gemächt	alter Begriff für Penis
Gazette	französisch: Zeitung
Gliederreißen	alter Begriff für Rheuma
Grafologe	Schriftsachverständiger
Großer Brauner	österreichisch: schwarzer Kaffee mit Milch
Großer Schwarzer	österreichisch: doppelter Espresso
Gulden	in Österreich noch bis 1900 gültige Währung
Halsbräune	alter Begriff für Diphterie
Heller	eine Krone = 100 Heller
heuer	österreichisch: in diesem Jahr; heutzutage
Heuriger	österreichisch: Weinwirtschaft im Freien
hoffärtig	alter Begriff für eitel, arrogant
Jänner	österreichisch: Januar

januskopfig	doppelgesichtig im Sinne von falsch, unehrlich; abgeleitet vom römischen Gott Janus mit zwei Gesichtern
Jause	kräftiger Imbiss
Jour fixe	fester Besuchstag in adeligen Familien
Kalesche	Kutsche mit zusammenklappbarem Verdeck
Kämmerer	dem Hochadel vorbehaltenes männliches Ehrenamt bei Hofe
Kleiner Schwarzer	österreichische Form des Espresso
Kommission	alter Begriff für Besorgung
Kompanie	militärische Einheit aus 60 bis 250 Soldaten
Konstantinopel	alter Name für Istanbul
Kontor	alter Begriff für Büro
Krampus	in Österreich grimmiger Begleiter des Heiligen Nikolaus
Kreuzer	ein Gulden = sechzig Kreuzer
Kriegsschule	Akademie für ausgewählte, besonders begabte Offiziere
Krone	österreichische Währung ab 1892; zunächst noch parallel zum Gulden
k.u.k.	österreichische Abkürzung für kaiserlich und königlich
Lakai	alte Bezeichnung für Diener
Landauer	vierrädrige, viersitzige Kutsche mit zwei gefederten Achsen
Laudanum	im 19. Jh. gebräuchliches Beruhigungsmittel auf Opiumbasis
Legat	Vermächtnis, hier in Form von Geld und anderen materiellen Vermögensgegenständen
Livree	einer Uniform nachgestellte Kleidung männlicher Dienstboten

Majoratsherr	ältester Sohn und Familienoberhaupt einer adeligen Familie; Herr über den gesamten Familienbesitz
Malheur	französisch: Missgeschick
Mamsell	Vorgesetzte der weiblichen Dienerschaft in einem Haushalt
Marille	österreichisch: Aprikose
Matrone	ältere, lebenserfahrene Frau
Matura	österreichisch: Abitur
Mehlspeise	österreichischer Oberbegriff für Gebäck und Kuchen aller Art
Meierei	Hof, auf dem Milchwirtschaft betrieben wird
Melange	schwarzer Kaffee mit aufgeschlagener Milch
Mezzanin	Hochparterre
Neptun	römischer Gott des Meeres
Nornen	Unheil bringende Schicksalsgöttinnen aus den nordischen Sagen
Obersthofmeisteramt	höchste Behörde am Kaiserhof
Obersthofmeister	Leiter des Obersthofmeisteramts
Oblate	dünne Scheibe aus einem Teig von Mehl und Wasser
Palastdame	im Gegensatz zur Hofdame unbezahlte Ehrenrolle im Hofstaat für verheiratete adelige Damen
Paradeiser	österreichisch: Tomate
Perchten	gute oder böse Geister aus dem österreichischen Brauchtum
Petit Four	oft mit farbigem Zuckerguss glasiertes Feingebäck
Promeneuse	französisch: hier eine bezahlte Gesellschafterin für adelige Damen bei deren Spaziergängen

quid pro quo	lateinisch: dies für das
Rechaud	Warmhalteplatte
Rheinbayern	im 19. Jh. zu Bayern gehöriger Teil der Pfalz
Ringelspiel	österreichisch: Karussell
ruthenisch	in der k.u.k. Monarchie Bezeichnung für ukrainisch
Sackerl	österreichisch: Tüte
Satisfaktion	Begriff aus dem Duell: Genugtuung gewähren
satisfaktionsfähig	würdig, ein Duell auszufechten
Sacktuch	österreichisch: Taschentuch
schächten	ausbluten lassen
Schanigarten	österreichisch: Außenbereich oder Gartenterrasse eines Gasthauses
Schlagobers	österreichisch: Schlagsahne
Schwammerl	österreichisch: Pilz
Schwindsucht	alter Begriff für Tuberkulose
sekkieren	österreichisch: schikanieren
Sekundant	mit der Durchführung des Duells Beauftragter eines Duellanten
Separee	abgeteilter, sichtgeschützter Bereich in einem Lokal oder Restaurant
Sicherheitsbüro	österreichischer Begriff für Kriminalpolizei
Soiree	festliche Abendgesellschaft
Somnambule	Schlafwandlerin
Souper	französisch: festliches Abendessen
Suite	abgeschlossene Wohneinheit oder Zimmerflucht in einem Hotel
Syphilis	im 19. Jh. tödlich verlaufende Geschlechtskrankheit
Tarock	Name eines Kartenspiels
Topfenstrudel	österreichisches Gebäck mit Quark

Trafik	österreichisch: kleines Geschäft, u. a. für Zeitungen und Tabakwaren
Tramway	Pferdeomnibus; öffentliches Verkehrsmittel im 19. Jh.
très chic	französisch: sehr modisch
Truchsess	Ehrenamt bei Hofe für neu Geadelte
Volkstribun	Begriff aus der römischen Antike: Vertreter der Interessen des Volkes
weiland	alter Begriff für damals
Wittib	alter Begriff für Witwe
wohlfeil	alter Begriff für billig
Zinshaus	österreichisch: Mietshaus

Verzeichnis der wichtigsten Quellen

Vorbemerkung: Aufgrund der Fülle des verwendeten Materials können nur die wichtigsten Quellen genannt werden. Der Umfang recherchierter Literatur beträgt ein Vielfaches.

Über die Wiener Kaffeehauskultur

Brandstätter, C. (Hrsg.): Das Wiener Kaffeehaus. Wien: Christian Brandstätter Verlag, 2020.

Über Wiener Künstler

Kränsel, N.: Gustav Klimt. München: Prestel, 2006.

Perlmann, M.L.: Arthur Schnitzler. Sammlung Metzler – Realien zur Literatur, Bd. 239. Stuttgart: J. B. Metzlersche Verlagsbuchhandlung, 1987.

Wunberg, G. (Hrsg.): Die Wiener Moderne. Literatur, Kunst und Musik zwischen 1890 und 1910. Stuttgart: Reclam, 1982.

Über Karl Lueger

Ehrlich, A.: Karl Lueger. Die zwei Gesichter der Macht. Wien: Amalthea, 2010.

Über Anna Sacher

Czernin, M.: Das letzte Fest des alten Europa. Anna Sacher und ihr Hotel. München: Knaus Verlag, 2014.

Über Kaiserin Sisi

Hamann, B.: Elisabeth. Kaiserin wider Willen. München: Piper Verlag GmbH, 2005.

Über Sigmund Freud

Breuer, J. & Freud, S.: Studien über Hysterie. Frankfurt a. Main: Fischer Taschenbuch Verlag, 7. Auflage 2011.

Freud, E.; Freud, L. & Grubich-Simitis, I. (Hrsg.): Sigmund Freud. Sein Leben in Bildern und Texten. Frankfurt a. Main: Suhrkamp Verlag, 2006.

Über sexuellen Missbrauch

Heiliger, A.: Täterstrategien und Prävention. Sexueller Missbrauch an Mädchen innerhalb familialer und familienähnlicher Strukturen. München: Verlag Frauenoffensive, 2000.

Über Frauenrechte

Dadatschek, B.: Die Frau und das allgemeine bürgerliche Recht. In: Die Frau im Korsett. Wiener Frauenalltag zwischen Klischee und Wirklichkeit. 1848–1920. 88. Sonderausstellung des Historischen Museums der Stadt Wien, 1985, S. 61–67.

Heindl, W.: Aspekte der Ehescheidung in Wien um 1900. Grenzen und Möglichkeiten der Erforschung des Problems. In: Mitteilungen des Österreichischen Staatsarchivs, 1980, S. 218–246.

Klucsarits, R. & Kürbisch, F.G. (Hrsg.): Arbeiterinnen kämpfen um ihr Recht. Wuppertal: Peter Hammer Verlag, 1981.

Popp, A.: Jugend einer Arbeiterin: Bonn: Verlag J.H.W. Dietz Nachf. GmbH, 2. Auflage 1991.

Über den Wiener Prater

Storch, U.: Im Reich der Illusionen. Der Wiener Prater, wie er war. Wien: Metroverlag, 2016.

Über das Duellwesen

Mader, H.: Duellwesen und altösterreichisches Offiziersethos. Studien zur Militärgeschichte, Militärwissenschaft und Konfliktforschung, Band 31, 1983.

Über die Affäre Adolf Hofrichter

Seyrl, H. & Edelbacher, M.: Zyankali für den kranken Hund. Der Fall Adolf Hofrichter, 1909. In: Verbrechen in Wien. Historische Kriminalfälle im 20. Jahrhundert. Berlin: Elsengold Verlag 2019, S. 36–41.

Über die Affäre Oberst Redl

Moritz, V. & Leidinger, H.: Oberst Redl. Der Spionagefall. Der Skandal. Die Fakten. Wien: Residenz Verlag, 2012.